U0907251

素手红尘

伊北 著

漓江出版社
桂林

图书在版编目(CIP)数据

素手红尘/伊北 著. —桂林:漓江出版社, 2016.6
ISBN 978-7-5407-7816-3

Ⅰ. ①素… Ⅱ. ①伊… Ⅲ. ①长篇小说-中国-当代 Ⅳ. ①I247.5

中国版本图书馆 CIP 数据核字(2016)第 094275 号

出版统筹:吴晓妮
责任编辑:李映儒
责任营销:景迷霞
封面设计:李诗彤
内文排版:钟 玲

出版人:刘迪才
漓江出版社有限公司出版发行
广西桂林市南环路 22 号 邮政编码:541002
网址:http://www.lijiangbook.com
全国新华书店经销
销售热线:021-55087201-833

山东临沂新华印刷物流集团印刷
(山东临沂高新技术产业开发区新华路 邮政编码:276017)
开本:960mm×690mm 1/16
印张:28.25 字数:350 千字
2016 年 7 月第 1 版 2016 年 7 月第 1 次印刷
定价:39.80 元

目　录

第一部　山有木兮木有枝

太阳落尽了就掌灯。

六安城虽不大，但尚家还是赶新潮用上了“洋灯”，整个大厅被罗光照得通明，屋子当中一只八仙桌，十来个男人坐着，菜吃到半中间，酒却一直没停，几个士绅轮番站起来敬，主座的东道面色酡红，站起来身子明显有些晃，但他还是笑语盈盈，一杯接着一杯。

因为是秋天，背面沿窗摆着一行黄色蟹爪菊，一个小女孩站在旁边，约莫十一二岁，个子超半人高，梳辫子，身着素色对襟连衫，口里念念有词，揪着菊花瓣数数。她只是觉得有些闷，这酒已经喝了不短时间了，阿爸没得空跟她说一句话，还有新学的诗，李商隐的，她早背熟了，等着阿爸问课。

“阿妈让你不要揪了，客人在，不好。”一个比她高一些的开了脸的少妇，走过来对揪菊瓣的女孩说。小一些的女孩一转头，瞪了她姐姐一眼，扭过头，继续玩自己的，她心想，你管我做什么。

尚大人五十九岁，光绪三年中丁丑科进士，选翰林，散馆之后，历任国史馆协修、玉牒馆纂修、河南学政等职，为人素来清刚，卸任之后，他没有选择“衣锦还乡”——回安徽凤城定居，而是搬迁至小城六安以为栖身之所，颐养天年。

尚大人一生爱书、好书，扩建新宅，他特地建了藏书室“长恩精舍”，来存储他的万卷藏书。没想到宅院一建三年才落成，建成逢秋，又赶上尚大人五十九岁寿诞，民间做寿讲究“过九不过十”，尚家索性把“乔迁”和“做寿”两喜并作一喜，连着做一做，热闹热闹，附近的官绅也都还凑趣，忙不迭地跑来恭贺，一聚聚到暮色深垂还未散场。

又一个人站起来敬酒，尚大人二话没说，一仰脖子喝了，人却差点没站稳，站在旁边的尚夫人连忙扶住。

尚夫人一身雪青棉衫，上面绣着银竹，衫子谈不上掐腰，但还是隐约看得出身材，她朝后梳着发髻，是晚清寻常的类型，但衬着她被灯光暖红的鹅蛋脸，格外利落精神。

尚夫人罗氏，父亲是举人，哥哥有五品功名，她幼承庭训，能诗会文。尚大人的原配夫人去世后，罗氏嫁入尚家，一连气生了四个女儿，分别取名静安、静之、静若、静素。好在原配留了两子，延续香灯，罗氏生子压力略微减小，可没承想几年之间，尚家长子因逃学受师长责怪，一赌气寻了短见，年仅十九；二子则在长子去世后四年，不幸因病夭亡。尚大人膝下只剩四女承欢，尽管个个聪明伶俐，尤其三女儿静若，最是冰雪，聊能慰藉，但连丧两子，对尚大人来说，究竟有些落寞。

按说男人们谈笑，女人家不能露面，但这天特殊，一来喜庆，二来尚夫人也怕佣人照顾不周。“老爷，差不多了。”罗氏两手捧着尚大人的胳膊，眉头微皱。“不打紧……”尚大人脑袋晃了一圈，很有些夫子气。

摘菊瓣的小女孩穿堂跑过去，几个大人喜欢，招招手让她过来，女孩不听，继续跑，跑到当门口，只听到尚大人朗声道：“静若！要懂礼数！”

听了父亲的教训，小女孩低着头磨磨蹭蹭走过来了。罗氏走过去牵着她，弯下身子在她耳朵边说了几句，小女孩立刻喜笑颜开。

一位戴皮帽的士绅笑着对四周道：“都说尚大人的三千金聪慧非常，五岁时，大人随口一说‘春风吹杨柳’，静若姑娘就能对出‘秋雨打梧桐’，七岁能画山水；如今将近金钗之年，想必又有精进，在下斗胆出一联，我看静若姑娘爱菊，就出一个‘菊色风霜相对冷’。”

小女孩仰着脸，一双眼睛对着光，又明又亮。这有什么难的，她在心里暗笑，随即像炫技似的，几乎脱口而出："月光秋水一时清。"众人先是呆了，有的就那么举着筷子，有的端着杯子，石化了似的，小女孩两只手拽住自己的小辫子，往下拉，很有种天真。

突然有个人叫了声好，一桌子宾客都开始恭喜起尚老爷来。"虎父无犬女啊！"一位宾客双手抱拳，尚老爷一脸红光，点头，大笑。小女孩就站在红光里，瞪着眼睛收住一切光景。

"听说尚大人的四位千金里，还有一位会舞剑。"一位宾客道。饭桌上立刻炸了锅，说会舞剑真是不寻常，尚家真要出花木兰了。说着就要尚老爷请出二小姐，尚老爷有些为难，大家又央求尚夫人。

尚夫人道："女子本不应抛头露面，小女拙技，哪敢在众位大人面前班门弄斧。"众人还是不依，一个劲儿央求，尚夫人弄得面瓤，只好对在一旁伺立的大一些的少妇说："静安，看看你妹妹在做什么。"尚静安"哦"了一声，低头走了。

尚静安刚出嫁，她是四姐妹里脾气最和顺的，十六嫁人，已经不算年早，好在她嫁得不远，夫家也是凤城的望族，姓江，结婚后夫家出钱给江公子捐了个小官，尚静安随夫赴任，在省城落脚。这一阵丈夫去京城办事，她闲着无趣，便回娘家凑凑热闹。尚静安是小脚，走起路来，一晃一晃，但好在园子不算大，没过多久，迎门便见一个穿靴了、戴着瓜皮帽的俊俏后生大步走了来，脚还没落稳，便大喊："谁要舞剑！"宾客们又被震了，左右没人接话。尚夫人微微皱眉，嗔道："静之，你又乱蹿，要懂礼数。"

怀静之的时候尚夫人的肚子尖，都说是男孩，尚老爷一高兴，就给取"之"字为名，真等生下来，失望归失望，但名字就那么顺着叫了。结果静之一路长起来，真有男孩样，读书识字，下棋舞剑，尚夫人急得想改都改不过来，只好顺着。

尚夫人愁她的婚事。

静之一踏步上前，抽出墙壁上挂着的那把剑，剑不长，也就比匕首长那么一点，更像一把尺子，但拔出来那一瞬间，还是能够听见剑身与剑鞘摩擦的“嗖”的利声。

“慢点！”尚夫人喊。

一众男客多半是文人骚客，剑光乱飞，个个吓得朝后退了半步。静之舞得浑身是影，白亮亮，似有一条白蛇围着她打转。尚夫人挨着尚老爷，狠劲抿着嘴。静安早躲进厢房去了。静若拽着妹妹静素的手，就杵在两盆黄菊旁。

静之一边舞一边念，声调拉得长长的，“诗酒剑气长，女子亦刚强，谁念钟声远，来年走四方”，剑头翻飞，在灯光映照下，仿若银蛇穿山，吟到最后一个字，蛇头突然掉转，直指桌沿的酒杯，书生文弱，冷不防剑光射来，唬得一片哗然。尚老爷捋着下巴上的几绺胡子，背朝后仰，甚是得意。为什么不呢？虽然无子，但几个女儿却是各有千秋，文的武的，样样来得。

“好！”尚老爷压着嗓子带头叫了一声，再次举杯对灯，众人这才定下神来，跟着一阵狂饮。尚夫人见今晚誓劝不住，有意无意地，她也不想劝，老爷心里的苦，只有她知道。大环境这样，尚老爷在官场混了这么多年，有心无力，这才退居小城，饮酒读诗，偶尔放浪形骸，她权当是帮丈夫排解忧郁。静安回屋了，尚夫人叫上静之、静若，抱着静素，退了下去，酒桌上只留两个小子两个老妈子候着。

月过中天，厅堂的酒还没散，女眷们梳洗完毕，吹灯就寝。静素小，还需尚夫人带着睡；静安出嫁，带着丫头回娘家，自然单住一间；静若跟静之挤一个屋。夜像沉在墨里，静若坐在床头用细细草棍拨灯火，静之摘掉帽子，脱掉靴子，一骨碌爬上床，两只脚凉飕飕，直朝静若身上杵，惊得静若在被子里一阵乱踢，一边笑一边说：“还这样，不信以后你到了婆家也这样。”

静之一脸严肃，灯火在她脸上晃来晃去：“什么婆家娘家，没这打算。”

静若翻身坐起来："不由得你不打算，娘都安排好了，就是我们在凤城的同乡，江家的三少爷，隔了年就要送你过门。"静若也不想姐姐那么快出嫁，但她偏要故意打趣一下，她喜欢姐姐身上这股子"憨劲"。

静之把被子一掀，一个鲤鱼打挺钻进了被里。

静若也倒头躺下，姊妹俩肩并肩，酒宴声穿过回廊传来，薄薄的，是夜戏的背景，尽管天气渐冷，窗外墙根下还是会有那种小虫叫，像是求偶，可惜不是时候，但还是叫得人心痒痒。

"有没有想过离开这里？"静之直挺挺躺着，眼睛睁得亮亮的，"这几年日本侵略山东，袁世凯称帝又死了，张勋复辟年年不太平，我看只有孙文是为民的，我们也应该去做更大的功业。"

"更大的功业？"静若转过身，面朝姐姐，她看见姐姐坚毅的脸部轮廓，满目茫然。离开，她从未想过，她从来都以为日子可以一直这样过下去，有一个父亲，一个母亲，两个姐姐，一个妹妹。可这一切在姐姐出嫁那天就被破坏了，那感觉好像仙境遭到了外敌的侵蚀，一点一点褪去了光彩，她甚至觉得自己也是那么岌岌可危。可阿妈又说，嫁人，是每个女子的必经之路，好不好，全看造化。静若迷惑。

"哪怕去学秋瑾，也是轰轰烈烈一场。"静之激动地坐了起来。静若没回应，静之又躺下了。

不知过了多久，窗外一阵叫喊。静之睡得不沉，猛一睁眼，迅速跳起，推了推静若，自己胡乱披了外衣，趿拉着绣鞋便冲了出去。静若坐起来，揉揉眼睛，她的心缩了一下，本能地觉得不妙，姐姐一溜烟不见了，外面声音愈发大了，是家里的丫环小翠在嘶喊。静若连忙穿好衣服，小跑出去。

厅房里，尚老爷歪坐在菊花盆旁边的地上，闭着眼，嘴巴似乎也有些不似平常，朝右边歪。几个丫环哭着，叫老爷，小厮立在旁边，不发一言。一个老妈子有经验，大嚷着说不能让他倒了，扶起来扶起来。静之连忙架起父亲，放进太师椅，可尚老爷半昏半迷，压根儿坐不住，静之只好两手插在他胳肢窝下扶着。静若跑进来，连声问："阿爸怎么了？阿爸怎么了？"无人应答，她就这么缩缩站着，像风雨中的一只雀儿。

客人也慌了，有连忙撇清关系的："尚兄不知道怎么的，我们饮着饮着酒，他一声大笑，就倒下了。"

老妈子说："许是痰闭。"

尚夫人夺门进来，头发随意挽着，但却不乱，胸口却起伏得厉害："几时犯的？"

一位客人说："将将倒下。"

尚夫人转头对老妈子说："快，把书房下面第三个盒子里的苏合香丸拿来。"老妈子得令连忙下去取。大女儿静安蹲在父亲腿旁边，只是哭。静之在尚大人身后，还是扶着，微微皱眉。静若拉着静素在一边，手脚都不知往哪里摆。

没多久，老妈子来了，拿着一只罗缎面锦盒，尚夫人亲手打开，取出一颗山楂大小的水蜜丸，掰碎了，就着水，往尚大人嘴里送。一送一吐，来回好几次，才终于吞进去。

尚夫人叹了一口气，尚老爷已经不是第一次出现这种状况，多少年前在山西的时候就曾厥过一次，在老家凤城也昏迷过，郎中曾说这种头疼病，事不过三，一定不能大喜大悲纵情纵欲，尚夫人直为自己容许丈夫喝一夜酒后悔。

但她还是面带笑容，转过脸朝客人们道："众位，不远送了。"

出了这档子事，几个客人酒早醒了大半，巴不得赶紧走，免得惹事到自己身上，忙不迭地作揖走了。剩下一家子人在厅堂里。

洋灯还在亮，嗞嗞响，屋子里似乎分外冷寂。

静若想说点什么，却不知道从何开口，倒是站在她身边的静素不懂事，无知无畏，歪着头问："爹爹睡着了吗？"

尚大人当然没睡着，他只是昏迷不醒，三天三夜，尚夫人守在丈夫身边，老夫少妻，他娶她回家，或许早想到了养老送终这一层，但估计他想不到会这么快。

卧房里，一股暖香，四个女儿站在床边，尚夫人一脸愁闷，一勺一勺在给尚老爷喂汤药。尚静安叫了一声爹，忍不住用袖口抹泪。

尚夫人扭脸对静安说："你先回婆家去，看这天，过不了多久就会下雪，你在这里也帮不上什么忙，回头大雪封路，就出不去了。"见静安不动，尚夫人又对静安的随身丫头道："去帮你们少奶奶收拾东西，今天就赶紧回省城去。"

静安叫了一声妈。尚夫人正色道："去。"

静安不敢违抗，低头走了。

尚夫人叹口气道："这一病，也不知道病到什么时候。"

静之站着不动，她刚毅惯了，也没有女儿家姿态。静若凑到跟前，坐在母亲身边，一脸焦灼，生老病死，她是第一次如此迫近了看，故而格外凄怆，她只觉得自己的心涨满了，却又如此干涸。

大夫进门，肩上背着药箱，尚夫人连忙起来让座。大夫点了点头，放下药箱，挨着床沿坐下，把尚大人左手腕放在脉枕上，伸出二指给号了号脉，又掀开尚大人的眼皮看了看瞳孔。

"大人这是痰热阻滞，风痰上扰又加饮酒，导致病发，而且不是第一次发病，恐怕……"大夫摇摇头，有些犯难。

尚夫人探着身子，急问："不妨直说。"

大夫道："先用几服汤药顶顶，以大人的病情，现在用针不甚妥当，只能先行稳住，一切等大人醒了再做打算。"

尚夫人深吸了一口气，起身说："那就拜托朱大夫了。"

朱大夫收拾好东西，开了药方，匆匆走了。

尚夫人有种不祥的预感，立秋开始，她的右眼皮就一直跳。左眼跳财，右眼跳灾，跳急了她撕一小片宣纸，贴在右眼皮上压一压。

还是没压住。多少年相伴，尚氏一家一直是夫唱妇随，琴瑟和鸣，尚夫人依赖丈夫，爱他如己，但变故从天而至，她不得不全盘考虑。

大夫一走，尚夫人便把孩子们都打发回屋，仆从们在门外立着。她一个人在床头，握着尚大人的手，泪眼婆娑，对着一病不起的丈夫道："你若是还能听见，就应一声。"

尚大人纹丝不动，面容舒展，沉静如熟睡婴孩。

"我……你可以不管，但几个女儿，你不能不管。"

尚大人依旧静静的。

尚夫人撑不住，扑到丈夫枕边哭起来。可是，哭有什么用呢，房宅初立，她原本指望能和尚大人举案齐眉，可看老爷子这个劲头，病榻缠绵是一定的了。尚夫人有危机感，她心里有无数个如果，如果老爷一病不起怎么办？如果老爷去世，这个家又该怎么办？三个女儿等着出嫁，静若静素稍微小一些，还可以等两年，静之呢，已经到了婚配之年，当家人一倒下，定好的亲事谁也不能保证会不会出问题。何况静之的性格脾气……能顺顺利利出嫁，都要念阿弥陀佛。

凤城的江家是个大户人家，静安嫁过去，享福不敢说，可终究能保一辈子安稳，他们家看中了老三静若，想继续结亲，是媒人左提又说才把这位二小姐尚静之推出去。静安配给了弘武，静之配弘文，顺利的话，以后静若配给忠礼，亲上加亲。当然，也有最坏的情况——老爷若有不测，尚静之就需要守孝三年，出嫁遥遥无期！

夜长梦多。

尚夫人攥紧拳头，她必须当机立断。

中午吃完饭，尚夫人把尚静之留下。静之知道母亲有事，只是站在一边，不言不语，一身灰袄，高高的领子，刀削斧立，衬得她脸庞坚毅。

尚夫人拉住静之的手坐下，半柔半嗔道："女儿家，不要总是风风火火的，穿着也不要这么素，有红似绿才好看。"

静之直问："娘，为何突然这样？"

尚夫人知道绕圈子没用，二女儿的性子，刚烈如野马，她只能先说："你爹爹的情况你也看到了，静之，我不当你是小孩了，什么话都愿意跟你说，你爹爹醒着的时候，有件心事一直没了。"

静之眼睛直直地："什么心事？"

尚夫人双手抓住静之的手，努力微笑道："嫁人吧。"

静之怔在那儿，一时答不上来，这个问题她一直知道，但没想到会来得这么快。在偷偷读了一些维新读物后，她就认定不嫁人。她把眼神从母亲脸上移开，又调转回来，叫了声妈。

尚夫人见缝便说："你这个年纪，都算大的了，你看这三村八镇，哪还有这么大的姑娘。"

静之缓过神来，偏头，口气强硬："我不嫁。"

尚夫人眉头皱起来："你不嫁，谁能陪你一辈子？你爹爹现在这样，能不能好说不清，我也不可能跟着你，以后你怎么办？"

静之一字一句："我自己的路我自己走。"

尚夫人苦笑道："你能走到哪里去？外面倒是风起云涌，这边打那边闹，就算改朝换代，你一个女儿之身，能走到哪里去？"

静之急道："娘，现在不一样了。"

尚夫人道："自古以来都是龙在上，凤在下，不能颠倒。"

静之梗着脖子："嫁也行，但我有条件？"

尚夫人疑惑："什么条件？"

静之说："我要过洋读书，很多人都去了。"

尚夫人站起来，狠劲地跺脚："你爹爹现在这样，你的婚事也是为你爹爹冲喜，儿女骨肉父母授，你就当报你爹爹的恩吧。"静之探着脖子又要争辩，尚夫人愤然道："这事不容再议！"静之虽然性子烈，但父母之命终究难违。

江家备得出奇地快。

尚老爷生病的事，对外，尚夫人早敷衍好了，只说尚大人高兴，喝醉了酒，躺几天便罢。尚大人官声清白，文名在外，江家巴不得赶紧把尚家的二小姐娶进门，增光门楣。

明媒正娶，彩礼一样不少，一坛子金元宝压阵——是早都送来的，另外什么珐琅钟、喷水兽、西洋镜，还有各种香料、布匹——东洋西洋的新奇玩意儿，哩哩啦啦很有一些。最后那一柄翡翠如意，绿得晃眼，据说是宫里出来的，价值自不必说，关键他们认为沾着福气，属于从“天”而降。

尚夫人深知二女儿难伺候，陪嫁的东西也颇丰厚，提前问静之想要点什么。尚夫人原本想，书香门第，得从书上下功夫，没想到静之这回直接，她问：“娘说，那些个金元宝，是给我们家的，还是给我的私房？”

尚夫人道：“娘不要你的钱，但你爹现在这个情形，不能不以防万一，这些东西都是你的，只有金元宝，家里是三分拿走两分，再还你一分，算你的陪嫁，另外被褥、衣服、妆品、家具，都给你陪过去。还有丫头翠凤，也跟你走，以后只要你愿意，收了做通房大丫头，知根知底。”

静之凛然道：“什么通房不通房的，害人。”尚夫人轻拍了她一下，“嫁过去，总要带个自己人，不然谁帮你。”静之冷笑：“人自助，便无需人帮。”尚夫人用手指戳静之脑袋，咬牙切齿道：“昏头巴脑的死丫头，早就不该让你读书，嫁过去了，以后可不能再舞枪弄棒的。人家不会说你，只会怨我这个当娘的没教出好女儿！”

接亲的日子一天天近了，尚家上下忙得一团乱，尚大人似乎也真受着一寸寸逼近的喜气的熏染，喉管里能发出一些声响，白日里坐在藤椅上，也能像个刚学话的孩子似的，噢噢啊啊几声。廊里铁架子上蹲着的八哥听了几天，也有样学样，见人冷不防地也怪腔怪调啊啊几声，气得尚夫人恨不得打它，又怕不吉利，索性开笼放生。可这八哥也知好歹，有吃有喝，它竟是个不愿意走的——连鸟都知深浅，明白舒服快活，何况人。

一院子人早都传开了，说新姑爷可是年轻有为，以后准是去省城做官的。相貌据说也颇为不凡，报喜的媒婆留下来个小影扣在翠凤手里，尚夫人叮嘱她，收着，不能让其他人看到，尤其不能让静之看——只有等到过了门入了洞房，揭开盖头，彼此才能相见。

尚夫人的话翠凤不能不听，但这不代表她不能和屋里屋外的小姊妹老阿姨分享——她知晓自己的命运，进而庆幸，她家小姐有那么个英武的丈夫，她作为陪房，没准哪天也能有好运，若再不小心生个小子，这辈子便有指靠了。每想到这儿，她便忍不住痴笑。

只有静之冷心冷面。

站在一大堆花样翻新的东西中间，她一点不觉得高兴，倒是两位妹妹，尤其是静若，对当新娘子满是憧憬。两个人又是用红巾子模拟拜堂，又是挨个看彩礼，闹腾一下午。晚上，静之还跟静若挤一张床，合盖一床被子。

静若用手抓住被头，盖一半脸："咦，才说嘴就打了嘴。"静之背过身："哼，走着瞧！"静若扭过脸："不过你那一坛子金元宝，金灿灿的……"静若耸着肩，吐舌头。静之拉起被头朝妹妹脸上一盖，静若躲开，还是嚷嚷着要看。磨得没办法，只好披上衣服，两人蹑手蹑脚来到书房门口，门锁着，静若朝上努了努嘴，当门上头有个小窗，窗边横着有根木梁，若能攀上木梁，以静之和静若的身材，钻进去没问题。

"上？"静之和静若对看了一眼，跟着纵身一跃，脚踩在窗台上，两臂拉住木梁，身体一晃，整个人仿佛钻火圈似的钻进了屋内。静若急了，在外头喊："姐，姐……"静之在屋内拉过两张桌子垫上，爬上去，支好窗户，静若站在外面窗台上，静之伸出手，把她硬拉了上来。

"就那个？"静若小步快走到一只百蝠穿花大瓷瓮前，蹲下，揭开瓷盖，里面的劳什子用大红锦缎包着，一个又一个沉得伏手，在窗户氤进来的天光的包围下，泛着柔和的光。"阿姐你发财了！"静若惊跳。静之忙捂住妹妹的嘴，手指竖起，在唇边比了一下，小声说："想不想拿去咱们屋?”静若瞪大眼睛,“娘会生气的。”静之道:“反正迟早都是我的,我要嫁人了,娘也管不着我。”静若歪头想了想:“怎么拿,窗户那么高。”静之眨眼笑:“你先出去,把橱第三层的印花布拿来,然后……”静之从瓮里掏出一只元宝,朝天空一抛,又轻松稳稳接住。静若也笑了。

出嫁前三天应当开面。婆家的大姑子离得远,尚夫人便请了族里守寡的芹嫂来帮忙,她丈夫原本是跟着老太爷的小厮,义和拳的时候他为老太爷挡过刀枪,因而算是“功臣”遗孀,一直有关照。

开面绞尽汗毛,女孩儿就算成人了,面容清楚,方能得夫家喜欢,立得住脚,做贤妻良母。芹嫂嘴里咬着白色棉线,从桌台上的鸭蛋粉盒里,捏起粉扑子,在静之额头点了一点,细细抹匀了,再依次抹脸蛋、嘴唇周围,直到有汗毛的地方都扑满了,才松开牙,两手横拉着两根绞在一起的白色棉线,朝静之脸上贴,细细滚。

站在一边的静若捂嘴笑道:“阿姐成猢狲了。”静若原本是有些惧怕嫁人的,静安嫁人时她没赶上,一来年纪小,二来那几日刚好抱恙,没法看个全乎,这回二姐嫁人,她总算看了个全套,这仪式性的种种,一路看过来,她反倒不排斥了。

她觉得这里面有“郑重”——再小的事也是大事,比如这开脸,本寻常不过,可偏偏在出嫁前大肆摆弄,便有了另一层意味。

芹嫂说:“小孩子不懂,乱说,这脸开了,才能算女人呢。”说着,猛一发力,刺拉扯下一片茸毛来,静之一声大叫,舞刀弄剑她不怕,偏偏两根细线治了她。她扯掉围在胸口的纱布,嚷道:“我不弄了!不弄了不弄了!这哪是让我嫁人,分明是加害于我!”芹嫂追着劝:“快快快!呸呸!女孩儿家,不作兴这么说话。”静之冷然问:“敢问那位公子要不要开面?”芹嫂不解:“男人开什么面。”静之哼了一声:“男人不开,我为什么要开?”

尚夫人推门进来，厉声道：“静之，坐下！”又道：“芹嫂，继续。”静若躲在一边不作声，在她眼里，母亲从来比父亲威严。

静之不敢当面忤逆母亲，只好慢吞吞坐下，可嘴里还是嘀咕着：“女人凭什么就比男人低一等，凭什么……”尚夫人道：“天生地造，怎能埋怨，女娲造人就是这么造的，万事万物，都分雌雄阴阳，孤阴不生独阳不长，男人有男人的本分，女人一样。”静之道：“女人的本分难道就是供男人驱使挨打受气？男人就可以三妻四妾？”

尚夫人气得脸僵，握着绣花鞋的手也有些颤抖：“你看看这鞋，我都不好意思做，这么大的脚，难为有人肯娶，别人家大家闺秀都是三寸金莲，我们家倒好，除了老大，下面三个都是叛逆，静素还来得及，你们两个，我是弄出去一个是一个！”静之见真把母亲激怒了，反倒口气俏皮：“那倒好，我大脚走四方。”

芹嫂打圆场：“少说两句吧，先坐下，刚弄到一半。”静之乖乖坐下，还不忘打趣：“你说这新郎若看到一个毛脸的新娘，难道还不娶了？”尚夫人打断说：“还有你这名字，我也给你改好了，叫梦然，尚梦然，不要什么之不之的，之乎者也，都是男人的事。”静之道：“取名字的时候是想要个弟弟，没如愿，又来折腾我。”

尚夫人气得浑身乱抖。

芹嫂连忙安慰道：“好了好了，小孩子不懂事，哪能懂为娘的一片苦心。”又转头朝静若：“你以后要学你大姐。”静若朝静之望，静之吐了吐舌头。

接亲头天晚上，尚老爷再度陷入昏迷，尚夫人急得满屋子乱走，但还是不得不稳住心神，好在有芹嫂疏解，尚夫人好歹稳住了，排兵布阵似的安排好一切——跟着送亲的、抬家具的、陪轿的——就连轿子都多备了一顶，就怕到时候出什么问题。

翌日一早，尚夫人就立在客厅门口，院子里都是人，婆家娘家，一群亲戚，几个小厮一回从外头跑进来，一回又跑出去，送信的，一里一里地报。

“夫人,迎亲的队伍到天门寨了。”一个头戴红色瓜皮帽拖着细辫子的小厮来报。

尚夫人左顾右盼,终于找到翠凤,朗声道:“翠凤,快去看看二小姐的衣服穿好没有,穿苏绣的那套,别错了,还有你的,你穿粉红,仔细点儿。”

翠凤一阵风朝后院跑,推开门,屋里静悄悄的,几根红蜡烛燃烧着,火苗被门风一带,歪歪倒倒乱了神。翠凤叫了一声二小姐,没人应,又叫了一声,还是没人回答,翠凤急了:“二小姐你别藏了,我看见你了。”

静悄悄一片。

翠凤踩着乱步,屋子里转了一圈,连个人影都没有,又打开柜子,看看床底下,没有,都没有！她愣在那儿,几秒钟后,夺门跑了出去。

尚夫人正指挥人挪轿子,翠凤跑过来,一脸慌张,趴在夫人耳朵上嘀咕了几句,夫人的脸色也变了。

“没跟别人讲吧?”尚夫人抓住翠凤的胳膊。

“一个都没说。”翠凤说。

“去,去小姐屋里,把门关好,你在里面等着,别乱跑。”

翠凤点点头。

芹嫂上前问怎么了,静若也跟在旁边。尚夫人急得两只手不知怎么摆,直跺脚,她把芹嫂拉到一边,小声说:“静之,跑了。”芹嫂顿时乱了方寸,一点主意也出不了。尚夫人捉住静若问:“你姐姐呢?”静若道:“起早还见着呢。”尚夫人道:“家就这么大,丢不了人,芹嫂、老三,你们俩分头去找,不要声张。”

静若见母亲这样,心里也有点慌,她知道静之拿了金元宝,今晨又起得特别早,只说出去一趟。

静若找了一圈没发现阿姐踪影,这才晓得事情大了,她必须跟娘亲汇报，至少动了金元宝的事得说。

尚夫人和翠凤在静之待嫁的闺房相对无言，一脸急切。

静若倒没慌，径直走过去，站在尚夫人面前，抬头说："姐姐拿了金元宝。"

尚夫人脑子一嗡，响了天雷似的，轰得她差点没站稳。二女儿的脾性她知道，胆子太大。翠凤扶住夫人，嚷嚷着救命，夫人稳住了，叫翠凤别喊，她先坐下，又支使翠凤伙同失魂落魄赶来的芹嫂，去看看金元宝。

两人回来报，只剩三颗了。

传信的小厮高声喊着来报，迎亲的队伍还差两里地。

先头的几个已经开始放炮仗炸路了。

尚夫人闭上眼，深吸一口气。芹嫂快哭了。翠凤嘴巴不停地发出啧啧声。

静若说："要不我顶替姐姐。"

尚夫人猛地睁开眼，活了似的，但瞬间眼神又淡了："不行，你才多大，再说你已有婚配在身。"

芹嫂急中生智，一把拉住翠凤的手臂："要不翠凤先替着，嫁过去，回头找到了二小姐，再让她过去都行。"

几个人你看看我，我看看你。芹嫂为自己的这个大胆提议兴奋，收了泪。

尚夫人朝翠凤："行吗？"

翠凤支支吾吾。

芹嫂道："有什么不愿意的，翠凤反正也要陪过去，只是提前了。"

静若吃吃笑道："这是狸猫换太子。"

尚夫人也不管静若，只朝翠凤道："我们家这个二丫头没福气，孩子你放心，你顶过去，静之要不回来，你就是正房，一样是我们尚家出去的姑娘。"

翠凤羞怯,低头:“夫人我……”

尚夫人用手指挡住翠凤的嘴:“什么也别说了,芹嫂,赶紧给翠凤梳妆,嫁衣穿苏绣的那套。”

翠凤莫名其妙要嫁人了,平日里慌手慌脚看着毛躁,穿上几十斤重的苏绣嫁衣,倒也稳重端庄,装扮完毕,尚静若替她盖上了红盖头。

尚夫人站在门口,帮翠凤折了折袖口:“像样了。”她又抱了翠凤一下。

翠凤在盖头里,如泣如诉:“夫人,我去去就回……”

芹嫂笑道:“尽说傻话,你先坐着,别乱动,等着迎亲的队伍来吧。”

尚夫人叹了一口气,带着芹嫂、静若朝外走,刚走到走廊拐弯头,一个老婆子弯着腰,急匆匆撞过来,差点没撞倒芹嫂。

“怎么回事!”芹嫂没好气。

老婆子抬起头,一见是尚夫人,便喘着粗气,颤抖着说:“老爷,老爷他……”

夫人两眼圆睁,“老爷怎么了?!”

老婆子哭道:“老爷他不行了。”

尚老爷死在两天后。

静之失踪,六安城搜遍了也没她影儿。不回来几乎已是定局。尚夫人守在丈夫旁边,陪他走到生命最后一刻,可连大哭还来不及,尚夫人就必须为这个家的未来仔细筹谋——老大暂时不用担心,老二跑了就跑了吧,她虽然气愤,但似乎并不担心,她操心的是,尚老爷一死,老三老四的婚事估计就难了。

再就是家产,这关系到她以后的生活。再嫁是不可能了。女儿一出嫁,她就变成孤家寡人,回来探亲也是有限的,家里没男丁,她只好守寡,自己给自己“颐养天年”。

幸亏还有点家底,还有这大宅子,尚老爷想得远,可他却没享受上几天，尚夫人每想到这儿就忍不住要哭一场。可也只能夜深人静自己哭。

哭有什么用，她必须坚强，哪怕是做给人看。

尚静安回来了，她是长女，也是尚家最听话的女儿，父亲葬礼上，她哭得最恸，头七过了，依旧在先父灵位前长跪不起。

“少奶奶，不能再哭了。”随行的陪嫁丫头翠喜劝。可尚静安根本听不见，戴着孝，半个身子歪在地上，双眼空洞。翠喜见劝没用，起身就去找尚夫人，她说夫人，少奶奶真的不能再累着了，她好像有了……

尚夫人瞬间警觉：“有了什么？”小丫头半低着头，怯怯道：“好像是，那个……”

“哪个呀！”尚夫人急得跺脚。

“害喜。”翠喜被唬得脱口而出两个字。

尚夫人二话不说，风也似的赶到灵堂，一把搀住静安，着急道：“怎么这么不知道轻重，快起来。”翠喜也跟着搀。

尚静安半张嘴，胸口一起一伏，眼泪在精致的妆容上冲出了两道粉沟。尚夫人弯着腰，把脸探到女儿脸跟前，“你孝顺，娘知道，但你现在自不比平常，你怀了骨肉，这是大事，也要争气，千万别像娘……”翠喜使了个眼色，尚夫人突然意识到自己讲多了，只好岔开话头，“江家知不知道？”

尚静安平静道：“还不知道。”尚夫人恨道：“我就知道，知道的话也不会放你回来。”转而对翠喜：“你怎么不拦住小姐，我们这个家，事还不够多吗？还来添乱，你阿妹她……”尚静安叹了口气：“听弘武说了。”静安的丈夫江弘武和静之原本要嫁的江弘文是同族的堂兄弟。尚夫人坐下来，帮女儿捋了捋贴在脸上的头发，问：“那边反应怎么样？”

“弘文还算平静，”静安望着母亲，欲言又止，“就是公婆气得够呛。”

翠喜捂住嘴哭了，翠凤是她亲妹妹，同病相怜，格外感怀。

“怎么了这是？”尚夫人诧然。

翠喜是个直脾气，撑不住道：“翠凤她……她被剥了衣服打了一顿。”

尚夫人眼瞪圆了，“打？凭什么打！翠凤也是我们尚家出去的女儿，过两天我派人去讨了回来。”

“娘——”静安嘶喊，调子拉得老长，“能不能别闹了，二妹跑了，跑了就跑了，何苦拿翠凤顶包。”

静若进门，见场面尴尬，不敢多说，立在一边。

尚夫人嗤了一声：“真是嫁出去的女儿泼出去的水，当时那情形，尚家的面子不要了？”静安冷冷地说：“面子要，现在怎么办？”尚夫人梗着脖子：“彩礼退回去，翠凤领回来。”静安说：“这样是害了这个家害了翠凤，嫁出去的，怎么再讨回来，嫁鸡随鸡嫁狗随狗。”

尚夫人急道：“那你说现在怎么办？”静安闭上眼，长长地吐了口气：“我回去先跟公婆和弘武禀明怀有身孕，趁他们高兴，我再跟弘武说说，让他劝劝弘文，弘文如果愿意留下翠凤，其他人也就没什么可说的了，得抓紧时间，也就这时候，我说话还有点分量。”翠喜说这个办法好。尚夫人觑了她一眼，翠喜赶紧闭嘴。

静若在一边道：“那二姐姐呢。”

尚夫人怒道：“从今往后这个家不许提她，就当没这个人！”

没几天，尚静安回去了，时间紧迫，不能等。一到家，她便把自己害喜的事公布了，举家欢喜自不必说，江老太太娶了几房儿媳妇都没能出孙子，心里急得长草，静安的肚子，给予了她无限希望。

就寝前，静安又跟弘武说了弘文的事。弘武一边脱衣褂一边说：“你们家那个二妹，也太不像话了。”静安赔笑道：“已然这样了。”弘武自从仕途平步青云之后就越发瘦，脱了衣服，更是精精一条，他钻进被里，径直朝静安身上扑。

静安知道他，刚结婚那会儿，恨不得一晚上不消停，但也怪了，死活怀不上，现在好不容易怀上了，且不能大意。

“不行。”静安推开他。

“什么不行？”弘武诧然。静安佯怒，隔着被子指了指肚子：“孩子。”弘武嬉皮笑脸：“大夫说了，小心点，无妨。”说完又扑。

静安奋力挡着：“作死，也不怕顶到孩子。”弘武平日里正人君子，上了床则完全变了个人，腆着脸，一颗头一劲儿朝静安胸前拱。静安被闹得没办法，只好说：“就一次，不过二妹和翠凤的事，你得跟弘文和家那边说说，翠凤也很不错，我一路看过来的，我看要不就先收了房，等二妹回来，再做打算。”弘武不耐烦，嘴上应承着，手脚早忙开了。

弘武不久便跟老太太建议，老太太一想，也是，白得一房先收了，以后尚家二小姐来，就再娶，不来，再寻思别家闺女做正房。

翠凤得知，双手合十，连声念佛，自觉躲过一劫，便成日里老老实实在江家待着，脏活累活抢着干，日子久了，江家人见有这么干活的丫头也不错，也就不嫌她看着讨厌了。

唯一遗憾的是，翠凤迟迟没有跟弘文圆房——没圆房，名分就不好定。正房奶奶肯定是不可能给她，那算什么？没圆房没子嗣，叫妾似乎也便宜了她；算是通房大丫头，似乎也不合适，正规的主子奶奶都没踪没影，她通哪门子的房？认作一般的丫环？人家好歹是八抬大轿抬进来的，尚夫人又说了，算是五女儿，也是尚家的人。

江家想来想去，觉得在她没生下子嗣之前，平辈的以及丫环小子们，先称翠凤为“翠姑娘”——本来打算叫“凤姑娘”的，可几个妯娌都认为她不配叫个“凤”字，只好取“翠”，平日里就睡在书房。

天黑透了，外头几声狗叫。江弘文书房里的灯还燃着，翠凤站在他身边，歪着头看他写大字，凑近了，小肚子撞到弘文胳膊肘。笔尖一抖，“人”一捺出了头，成了“X”。翠凤窘得连声说对不起。弘文不在意，回头随口道："你去歇着吧，不用理我。"翠凤低着头，不说话，灯火映得她脸红红的。江老太太由一个小丫头扶着，举灯迈进门，痛心疾首道："还写，还看，仔细眼睛，还不快歇息，翠凤，扶少爷休息。"翠凤嗳了一声，不敢动。弘文站起来，抻了抻腰，抬脚要走。翠凤连忙扶住他胳膊。

弘文甩开，诧异地看着翠凤。老太太轻拍了一下儿子，故意小声道："让她伺候你——"弘文直接道："不用。"老太太顾不得许多，急道："该圆房啦！"

弘文一脸茫然："莫名其妙。"说完大步流星地走了。翠凤羞得满脸涨红，然而还得憋住。江老太太狠戳了一下翠凤额头："笨！"说罢，气涌如山地带着丫头走了，谁知那丫头也是个好事的，临迈出门槛，转头补一句："哼，命里没带鸿运，偏充主子奶奶。"翠凤愣在那儿，半晌，蹲下来，无声地哭了。

哭也没有用，这就是命。

翠凤在她的命里住下来了，可江老太太并不认命，她说，买菜还得看价呢，什么样的菜，值什么样的价，翠凤不值这价，那一小瓮金元宝，就该退回来。尚大人过了五七，江老太太就差人上门取钱。尚夫人也不含糊，女中豪杰做惯了，这点钱，没理由不给，只是老二静之卷走一大包袱，家里只留了一点儿底，不足的，尚夫人卖了一点地，一些老古董，咬着牙补上，并让来拿钱的小厮带话："翠凤到什么时候都是尚家的姑娘，以后过得好与不好，尚家都会问。"江老太太听到这话，冷笑道："尚家是好，可惜没儿子，也是白搭。"

转眼就是过年，年初二，照例，嫁出去的女儿要回娘家。尚静安身子不适，早就传信来说今年多半不能回，倒是翠凤翠姑娘，早就说要回来看看。江家先是推说忙不开，新收房的，第一年应该在家里待待。尚夫人得知，又巴巴地托人带话，说翠姑娘是尚大人一手调教起来的，如今大人仙逝，翠姑娘回来上炷香，磕个头，也是应当应分。江家听了这话，也就不强留。结果翠喜不知怎么知道翠凤要回去，耐不住，高低跟少奶奶尚静安告了假，一路往尚家大屋赶。

“你们少奶奶什么病？”尚夫人坐在太师椅里，端着茶杯。翠喜笑着说：“也没什么病，就是说身上乏，怕动了胎气，又是头一胎，老太太也说小心点好。”尚夫人点点头，说：“好久没见到弘武了。”翠喜说：“江大人现在连着高升，过几年，在不在省城也不知道，没准还能往大地方去，少奶奶也跟着享福了。”尚夫人笑说：“什么福，他们江家那一门，我算是看透了，都有点这这那那的毛病。”翠喜道：“不瞒夫人说，小姐也颇有微词，说那个……”尚夫人见翠喜欲言又止，警觉地问：“哪个？”翠喜扭捏道：“我不敢说。”尚夫人急道：“说都说了还有什么敢不敢的。”翠喜蹙眉：“就是江大人老喜欢，那个……”一说那个，尚夫人自然明白：“现在都什么时候了！”翠喜点点头。尚夫人放下杯盏：“造孽，造孽。”翠凤坐在一旁一直没出声，听到翠喜说“那个”，就小声嘀咕了一句：“我倒想呢，可惜没有。”可还是被尚夫人听到了。“你还没有？”尚夫人扳住翠凤的半个肩膀：“怎么回事？”翠凤低头，表情平静：“他不肯。”

尚夫人气得站了起来：“你说说这江家，是不是毛病规矩一大堆！”静若拉着静素，笑嘻嘻问：“娘，‘那个’是什么？”尚夫人骂道：“偷听大人说话，仔细你们的皮！”静若吓得拽住静素跑了。

尚夫人自言自语道：“尚家，怎么走到这一步了……”继而转身，朝供台上的尚老爷牌位，双手合十：“你若有灵，也该庇护庇护，女人当家，撑不撑得起来，就难说了。”

院墙外，几个彪形大汉围着两个毛头小子，一路快走过来，还没到门跟前就抡起拳头，猛一阵砸，门环被砸得跳起来，咣当咣当响。尚夫人全身一紧，这几天右眼皮子又开始跳，她招呼翠喜：“去，让当门的去看看是谁。”翠喜连忙跑去前院，翠凤也要去，却被尚夫人拦下，她说你去看着静若、静素，别让她们乱跑。

翠喜和老朱一路喊着来了，可砸门声还是不停。门刚开了一条小缝，一群壮汉就挤进来了，进来了便一字排开，站好，个个戴着皮帽，穿着黑衣，绑着腿，下巴抬着看人。

壮汉前头，站着两个年轻人，瘦条身子，一高一矮，戴着狐皮帽，两手插在暖手筒里，还没站定就大声喊："当家的呢！谁是这个家当家的?!"尚夫人迎上前来，一步一步迈下台阶，笑还是笑："两位侄子大驾光临，也不提前知会一声。"

"婶婶有礼了，"高一点的作了个揖，"贸然到访，实非情愿，但族里的长辈非让我们过来看看，我们只好不远千里来给婶婶道贺了。"

尚夫人说："道贺？何喜之有？值得刚开春就大张旗鼓地道贺?"

矮个子不耐烦："哥，少跟她啰唆!"

高个子从暖手筒里拔出一只手，朝天举了一下——示意他弟弟闭嘴："婶婶，麻烦请当家的出来。"

尚夫人深吸一口气，挺直腰杆子："我就是。"

高个子骇笑："你？婶婶别说笑了，从古至今，我们尚家没有女人当家的。"

尚夫人一字一句："我嫁到尚家，生是尚家的人，死是尚家的鬼，这里容不得你们放肆。"

矮个子跳起来指着尚夫人鼻子："你姓尚么?! 也配!"

不知从哪里冷不丁蹿出个小女孩，尚夫人一惊，是静若，她立在尚夫人和两位不速之客之间："我姓尚，我可以代表尚家。"不知怎么的，遇到大事，静若尽管也怕，但总是能在怕中迸发出勇气。

高个子一听，伸手摸摸尚静若的头，笑呵呵地说："小妹，你不懂，你要嫁人的，你不是尚家人。"

尚夫人喝道："不许碰我女儿!"

正说着，静若突然跳起来，手臂一挥，小手掌稳稳地落在高个子的脸上。众人一见不妙，几个大汉就要上前。翠喜冲过去拉过静若，嚷道："一群男人欺负一个小女孩，算什么好汉？"

高个子又一举手，壮汉们站定了。

尚夫人咬着牙问："今天这事儿是完不了吗？"

高个子还是笑眯眯地："国有国法，家有家规，伯父既已仙逝，家中又都是女眷，我们理当入嗣。"

尚夫人愣在那儿。

入夜，一灯独照，两个女人坐在罗光里窃窃私语。

"入嗣？"芹嫂见得多，经历得多，尚夫人找她商量。"老辈是有这样的情况，不过你们尚家产业如今置办在六安，恐怕凤城族里的长辈们也不该向这里伸手，主要是家里没男丁，他们便有了理了。"

尚夫人道："就算六安的保下来，凤城的两千顷良田，还有老宅院，难道都要拱手相让？"

芹嫂想了想："要不过继一个男孩过来。"转而又说："不行，现求菩萨现烧香，估计他们也不会答应，要找也得从族里找。"

尚夫人道："找男丁肯定不行。"她蹙着眉，一张鹅蛋脸，在灯光的映照下格外好看，眼角几根调皮的皱纹，是时光的馈赠。"还是当面过一过，开诚布公，是人，都要讲个人情，讲个人性。"

芹嫂问："下帖子请来？打算请在哪儿？"

尚夫人目光坚定："天鹤楼。"

天鹤楼，六安城最大的酒楼，一道穿花百寿鲤，声震四方，尚夫人请大女婿江弘武给尚家族里下了帖子——弘武好歹在省城行走，多少有些面子。正月十二，尚家族里派出大伯、四伯，另有几个侄子辈跟着，朝北，走了两天，到六安住下，等着正月十五见面。

头天晚上，尚夫人清点了给族里老人的贺礼，紫金砚台、玉如意、象牙雕塑。芹嫂嘀咕："用得着这些么？"尚夫人说："礼多人不怪。"

天鹤楼外车水马龙，又是逢集，许多农户来老街摆摊子卖货，捏面人的、做糖画的，小街中心的转盘处，还有耍猴戏的。尚夫人坐在二楼边上朝下看，时辰一到，只见几个穿皮袄戴皮帽的鱼贯而行，直奔天鹤楼而来。

尚夫人起身，捋了捋一身月白的素袄，芹嫂慌忙也跟着站了，右手边，圆桌椅子上，依次坐着静若、静素。脚步声混合着木楼梯的吱扭声传上来，尚夫人下意识地又拉了一下上衣下摆，左手攥紧。

"弟妹一向可好？"人上来了，为首的是个虎背熊腰的男子，眉毛全白，许是年轻时干庄稼活的缘故，面皮紫黑，却不显老，声音洪亮，一上来也不客气，自顾自坐到上座上。"许多年没见，弟妹还是那么青春不老。"后面跟着的几个挨次坐了，上次到访的不速之客一高一矮也在其中。

尚夫人笑说："庆荣大哥愈发老当益壮了。"

尚庆荣哈哈大笑，说："再益壮，也还是嫌我老。"芹嫂一听这话有些老不正经，撇嘴瞪了一眼。尚夫人顾不上那么多，且让两个孩子叫大伯，静若、静素干巴巴叫了。她又说："天鹤楼的穿花百寿鲤最有名，大哥没来，我就点了这一道。"店小二端来竹菜牌，一码排开，竹签子上写着菜名，庆荣努嘴："庆贵，你看看。"

庆贵是族里的老四，不出头惯了的，他推给旁边一对高矮兄弟："先福、先禄，你们看看。"两个小子平日里刁横，在老辈面前，却是毕恭毕敬，接过菜牌，胡乱点了。尚夫人一挥手，芹嫂忙把礼盒奉上："小小礼物，不成敬意。"尚庆荣道："就是聊聊，带什么礼物。"但还是让人收好了。菜上来了，穿花百寿鲤摆在正中，一条鲤鱼，少说有半米长，成精似的，雕了花，用竹签撑着，立起来放，就更大。"来者是客，请大哥下头一筷。"

尚庆荣也不谦让，站起来夹了，吃了一口，放下筷子，拖着腔调："弟妹啊，鱼无头不游，家无主不立，你是深明大义的人，不会跟我们尚家为难吧。"

尚夫人笑呵呵道："大哥说得没错，尚家的东西尚家管，静安、静之、静若、静素，哪一个不是尚家人，我嫁进尚家这么多年，族谱上也要写明是尚罗氏，当头就是一个尚字。”庆荣说：“少安毋躁，你，还有几位没出嫁的姑娘，族里都会养起来，以后出嫁，自然也是族里的事，凤城的尚地，原本就是族里分出去的，六安的宅院，虽然是后建，也是本族产业，没有不交出来的道理。”

尚夫人压住火，笑道：“凡事总有理由。”庆荣两手轻拍在桌面上：“理由，理由就是男女有别，妻不能为夫纲，龙在上凤在下，千古不变，这个难道弟妹还不明白么。”芹嫂掌不住，脱口而出：“你们这是赶尽杀绝，不积阴德！”半桌子男人一下站起来，芹嫂忙把静若、静素弯在怀里。

一直没说话的庆贵冷笑一声：“罗秀芬，不要再装模作样了，你们也不是穷人，据说光是收彩礼就收了一瓮子金元宝，识相的，就把这些都交出来，房契、银票、地契，尚家的东西，一样都不能落在外人手里。”

尚夫人气得瑟瑟发抖，筷子差点握不住，她算看明白了，这些人今个儿不是来谈判的，整个就是抢劫，她要自尊要惯了，低头请客陪吃饭，已经是俯就再三：“四伯若这么说，这事是没法谈了，我本想着，不看僧面看佛面，不看佛面，多少还要看着死去的人的面子，既然大哥四哥铁了心什么面子都不看，我一介女流，不能进，只有守。”说完就走，带着芹嫂，两个孩子，下了楼，挤进街道人群中。

静素见到卖糖画的，喊：“我要大龙我要大龙！”尚夫人猛拍她一下，喝道：“要什么，家都快没了，还要！”静素哇地哭了。静若被芹嫂强拉着，跌跌撞撞朝前走。几个人将将撞出转盘街，静若死活不肯走了，她要看猴戏，尚夫人被磨得没办法，只好让芹嫂抱着静素，她拉着静若，站在外围看。

只见那耍猴人重重地甩了一记响鞭，又丢了一个类似松果的小圆球，猴子麻利地伸手捏着递进嘴里，跟着就翻起跟头来，耍猴人放开嗓子跟观众交流:“唉,这贱皮猴子,不给吃还不动活了,快,来个大闹天宫。”小毛猴像听得懂人话似的,要猴的话音才落,它就一阵乱蹦,前爪乱挠,还带声,叽叽吱吱,静若哈哈笑了。

尚夫人却笑不出来,她现在不真真跟猴戏一样么,有人拿皮鞭在背后抽着,按照要求做,才能有果子吃。人生如戏,所不同的只是,戏一会儿就落幕了,她的人生,却一眼望不到边。猴子坐在地上,停止活动,要猴人嘟囔着,甩了一下鞭子,啪一生脆响,静若捂住了耳朵。

尚夫人猛觉腰上抵了个东西,下意识地回头,还没看清什么,就觉得天地一片黑,她想喊,却怎么也喊不出来。小转盘街中心的人群哄地散开个大口子,几个彪形大汉,肩上扛着四个面布口袋,一路绝尘而去。

是静若最先醒的。她叫了一声娘,没人答应,四周黑洞洞,头顶上一小片亮,毛白的。静若爬起来,她看到她娘歪躺在一边,爬过去使劲晃,一声声地叫,娘,娘。娘不理她。再远一点,芹嫂和静素靠在石头墙边上,她只好爬过去继续晃。

芹嫂醒了,醒了就哭,静素醒了也哭。哭声呜呜咽咽,越来越大,尚夫人终于醒了。

“这是哪儿?”尚夫人揉揉眼,“孩子呢?”

芹嫂忙哭着说:“孩子在孩子在。”又说:“这些王八蛋,欺负我们孤儿寡母,要钱不成,把我们关到地牢里来了。”

身临险境,尚夫人来不及哭,情况很明了,她们被算计了。人被关起来,估计十之八九,外面的宅院被占,房地契被收,家产被抄没。她了解尚家,了解这些人的办事风格,为今之计,她就想怎么赶紧出去。

尚家宅院,庆荣、庆贵坐在堂屋,沿墙站了一圈人,都穿黑衣,抱着两臂,威武雄壮。洋灯烧得火旺,嗞嗞响。庆贵偏过身子干笑两声:“大哥,咱这,会不会太狠了点,这老三刚死,咱们就……”庆荣两手扶住椅子，翘着腿：“无毒不丈夫，我们这是做善事，老三的财产，可不能落到外姓人手里。”庆贵道：“那牢里那几个？”庆荣说：“先饿几天，天高皇帝远，听说马上又有人要登基了，咱们也得喜庆喜庆。”庆贵眯缝着眼：“大哥的意思是……”庆荣拍庆贵的头：“老四你就是一辈子冷热不分。”说完两手张开，对空做了个鹰爪的样子，老四立刻哈哈笑了。

地牢的天光特别短，时间却尤其显得长，尚夫人带着孩子，开始一场鏖战。半天过去，静素开始哭闹，说饿，尚夫人就说，再等等，马上就出去了；一天过去，静若也饿了，尚夫人还说等；到了第二天，两位大人也饿得心慌，更严重的是，静素开始脱水，没有食物尚可，如果再没一口水喝，不堪设想。

芹嫂瘫坐在地上：“要不我们就喊吧，再这样下去，我怕孩子……”尚夫人说：“再等等，他们不会把咱们饿死，再等等。”芹嫂急道：“等，就算我们能等，孩子不能等了。”她晃了晃怀里半睡着的静素。静若睡在一边，问：“娘，我们会不会死？”静若倒还平静，她只是觉得有点累，她为她娘担心，为妹妹和芹嫂担心。

尚夫人忍住泪：“不会的，怎么会，别动，别说话，保存精力。”

地牢似井，圆形，四壁光滑，有三米高，上面有铁栅栏，盖着茅草。尚夫人带头靠在牢壁，闭上眼，芹嫂和两个孩子连忙跟着学，一夜星光，只能漏进来一点白影儿。到了第三天，几个人嘴唇干裂，都不出热气了，生就那么熬着。一直到晚上，才来了两个壮汉，一个放梯子进去，一个下牢，把尚夫人放在胳肢窝，硬给夹上去了。

尚家宅院灯火通明，尚庆荣坐在床边上，举着杯盏，两个打手把尚夫人架进屋，丢在一张太师椅里，庆荣笑呵呵，举杯：“弟妹，受苦了，我也是没办法。”尚夫人有气无力：“你把孩子放了，你要的，都给你。”庆荣呵呵一笑：“都给我？那我要你，你给不给？”尚夫人愣住，跟着一口唾沫飞出。

庆荣也不去擦：“弟妹可要想清楚了，丈夫死了嫁给叔伯也是很正常，事情都是两面光，就看你怎么想。”尚夫人说：“天地可变，今生再无转移。”庆荣挥了挥手，叹气：“机会是要自己抓的，你要知道，现在就算把你们闷死在地牢里，也不会有人知道。”尚夫人冷笑：“闷死我？恐怕你就再也找不到家里的十瓮金条。”

冬天还没过完，夜里十分冷，好在地牢深一些，几个人拥在一起，能够聚些热气。被关第四天，外头开始丢吃的进来，硬馒头、凉井水，静若、静素狼吞虎咽地啃，尚夫人和芹嫂摸都没摸到。下半夜，尚夫人被冻醒了，她抬头看看，丢饭的人似乎没锁那铁栏杆，转脸对芹嫂说：“我们得逃出去。”

“逃，这么高，怎么逃？喊也没人听见。”

“爬出去。”尚夫人没松劲儿，眼神依旧坚定。

“爬？这石头墙壁虎都爬不上去。”芹嫂捂着肚子，有气无力。

“几个人加起来或许可以。”

“你的意思是？”芹嫂似乎明白了，看了看躺在一边的静若，“孩子太小，能行么？”

尚夫人叹口气说：“试试看吧。”

叠罗汉，一个人站在另一个人的肩膀上，依次叠上去，显然可以借人当梯先抽上去一个，但在最下面的肯定得承受最大重量，以此类推，顶在最上面的，一定得是个体重轻的才行。静素太小，无法担此重任，能做的，只有静若了。

两个女人摇醒这个十来岁的小姑娘，急切切交代了一通，静若圆睁两眼。“听明白了吗？能做到吗？”尚夫人蹲下来抬着脸问女儿。

静若点点头：“这个我会，我跟二姐玩过。”

芹嫂自告奋勇在最底下，她说我胖，我当下盘。她一个马步，半蹲着，说妹妹你上吧，赶紧上。尚夫人踩着芹嫂的胯，扶着墙，又朝肩膀踩，好不容易踩稳了，再喊静若。静若哦了一下，跟小猴子似的，顺着两个大人的背，一路拽着衣服朝上，三两下就踩在母亲的肩头，踩上去就伸手，芹嫂快吃不住劲儿，在下面喊，摸到口没有，摸到没有。

静若踮起脚尖，伸长手臂，还差一点，还差一点。

尚夫人说："踩我头上，快。"

静若当机立断，右脚啪的一下飞上她娘亲的天灵盖，一个使力，两手猛拽住没锁上扣的铁栏杆，挺着腰，脚尖从窗缝里窜出去，终于踏在平地上。

冷风吹来，静若全身的皮肤缩紧了，她趴回牢门口，朝下看，她娘和芹嫂都摔在地上，好在都没太大问题。梯子，静若脑海里第一个想到的是梯子。她环顾四周，发现梯子就在看守的小茅草房窗下，可惜看守的油灯还亮着，听声音像在喝酒。她也不急，等吧，四天都熬了，也不在这一时。

借着夜色，她猫在枯草丛里，像只小兽，她在捕猎，而且必须成功。快天亮了，东方灰白，尚静若猫着身子，小步快跑到窗子底下，两手拖着横摆的梯子，身子朝后，拔河似的，一点一点拽到牢洞口："娘，芹大妈，梯子来了，躲开点——"

芹嫂抱着静素先上，然后尚夫人。

上地面了。静若扑上去抱紧了她娘，一瞬间，她又从一名战士恢复成了小女孩，她为自己能为娘亲办成一件事感到兴奋，可还是流下泪。

尚夫人连声说："别哭，好孩子，别哭。"

一路疯跑。

到了城里，天入午，典当了头面，好歹有了车钱，几个人在路边买了点干粮，便踏上了南去的马车。

江家，忙碌了一夜。几个接生婆轮番地跑进跑出，静安躺在床上，脸上都是虚汗，眼睛是红的。江老太太急得来回走，江弘武立在床边上，脸色难看。

“出去吧！杵在这儿也是白搭！”江老太太朝儿子吼。弘武乖乖退出去。

静安强支身子，叫了一声妈。

“你说你们也真是，”江老太太不看静安，“都几个月了，肚子都多大了，行事怎么也没个分寸。”静安半哭着：“是他要的……”老太太怒斥：“他要你就给？男人不懂你还不懂？你就不给，他能怎么样？哪头轻哪头重你理应知晓。”

静安欲申辩，却见一个小丫头匆忙跑来，还没进门就说：“不好了，亲家奶奶来了。”江老太太怒斥：“站好了说话，慌什么，天没塌下来。”小丫头方才站定：“是少奶奶的娘，带着两位亲家姑娘还有一位嫂子来了。”

尚静安心里打鼓。

江老太太一时也摸不清底，只说，先安顿着。小丫头要出去，江老太太跑出去喊住，小声问：“怎么来的？”小丫头说听说是坐马车来的。江老太太方才放行。

两亲家头一天没见面。

江老太太故意端着，可静安耐不住，硬要下床见她娘亲，翠喜知道江老太太的脾气，连忙劝住，自己先跑去客房通气。尚夫人和静若几个，惊魂甫定，重新梳洗了一番，恢复了几分庄重，反倒是翠喜，见了尚夫人就哭。

尚夫人扶住翠喜的手：“我进门就听说家里出事了，是何等大事？”

翠喜强止眼泪，哽咽道：“大小姐的孩子，没了。”

尚夫人强压住惊讶：“怎么没的？”

翠喜欲言又止。

江家老太太进门了，笑盈盈地：“亲家娘子，我来赔罪了。”

尚夫人忙起身，芹嫂也跟着起身：“亲家哪里的话，是我们突然到访，礼数不周，不要见怪。”

江老太太突然换了张脸，几乎落泪："妹妹你说，我是不是没福分的人，好不容易说有个孙子抱，转眼就没了，就怕我闭眼那天，都见不到江家延续香灯。"

芹嫂撇了撇嘴，朝尚夫人看。尚夫人说："姐姐也没犯难，都怪我，没教育好，静安也是，从小就是个乖顺的脾气，也不好。"

江老太太不往下说了，有些事不能拿到台面上说，只好岔开："妹妹是从哪里来的，怎么看上去风尘仆仆？"

尚夫人要面子，只说："出去走亲戚，顺道过来看看，估摸着静安也要生了，没想到这么不争气。现在算小产，我不能长照顾，小产要当月子养，真是抱歉，又要亲家费心了。"

江老太太忙说："我把静安当女儿看。"

两人聊叙了一阵，江老太太又说要一起吃饭，尚夫人说不用摆大桌了，小桌吃就行，又说马上要去看看静安，安慰安慰。晚上掌灯时，静素睡着了，芹嫂照看，尚夫人带着静若，施施然来到卧房，弘武又回省城去了，房里就翠喜和静安。

尚夫人刚踏进地界一步，看到女儿一点影儿，两人就都哭了。尚静安是哭自己命蹇，有苦没处说，尚夫人是哭怎么也想不到是如此相见，只有静若，摇着娘亲的手臂，说别哭别哭，娘不哭。

越走越近，又都笑了。大难不死，必有后福。

尚夫人握着女儿的手，柔声道："什么都别说了，弘武是个闷葫芦，你跟了他，有苦只能自己受，往后多长点心，立点主见，好在还年轻，该来的都会来。"尚静安刚要开口，尚夫人拦话道："长话短说，我们家破落了，你大伯四伯以族里的名义，霸占了家财，又把我们囚禁，要不是你静若妹妹，我们今天还不得相见，我来找你只是落个脚，看这样子，弘武也帮不上什么忙，明天我们就走，你这边，我照看不到了，自己千万保重。"

静安又哭了。本来母女相见，对她来说是天大的好事，没承想她娘亲竟然带来这等消息，家破人亡两不知。她哭喊着叫娘，但也只能如此。

翠喜也跟着哭。尚夫人说："就此打住，回头被亲家婆婆听到。翠喜，以后大小姐就托付给你了，我看这个家，她也只有你一个知心知意的，唉，你们姐妹俩也苦，翠凤我总觉得对她不起。"

翠喜抹泪道："夫人千万别这么说，我那妹妹，阴差阳错，还享福了。你还不知道吧，他们几个叔伯都走了，具体去做什么倒不太清楚，有的去了天津，有的去了塘沽，听说也有去京城的，也有去南方的，江家少爷也去了，说是跟着学做点生意，现在那边开了洋埠，比我们这边好多了，而且最主要是江家少爷身边只有翠凤陪着，小蹄子乐呵着。"

尚夫人对静安："天津？你二舅舅就在天津，看来，我们也只能去那里了。"又说："要不静若留下跟你，她跟江家有婚约的。"

静安叹道："娘，你还不知道，二妹的事过后，估计，我们得存着心，退婚不是没可能……"

静若站在一边，阴着脸，静安话说出嘴才自知多言，静若从小就心高，退婚二字听在耳朵里，内心翻江倒海，她把手一甩，恨道："我不稀罕嫁！"

走了半个月，到了天津，住进租界的花园洋房里，尚夫人就不叫尚夫人了，改称秀芬，罗秀芬。皮之不存，毛将焉附，尚家不管她，罗家来管，她自然就没资格再叫尚夫人。

芹嫂跟着秀芬一起来，但她不能像秀芬她们般吃闲饭，只好在罗家当个老妈子，洗衣服、做饭，跑前跑后，一大家子，难办。更何况罗家媳妇——尚夫人的二嫂又是一等一地挑剔，老太太去世，她又生了儿子，家里自然她最大，住进了租界，她洋派得很。

碗筷摆上了，还是中式大圆桌，秀芬怕人说好吃，每次都来得晚一点。静若、静素小孩子吃性大，菜一上桌，就跟着她们表哥罗茂松坐在桌子旁边，一副箭在弦上不得不发的样子。

罗夫人看不惯，白眼一翻："真是饿死鬼投胎！也不知道谦让，以后怎么做个淑女。"罗夫人近来跟洋太太走得近，学会了一个词，淑女。她有要求，淑女要谦让、矜持，说话不能大声，最好会一点外语，几门乐器，还得会打网球，可静若、静素一样不会，活脱脱野丫头，她不愿意茂松跟两个丫头多接触，怕以后沾亲带故被拖累坏了。

人快到齐了，还差二哥和秀芬，罗夫人着急了，用小铁勺敲瓷碗："吃饭了，吃饭了，怎么罗家人都这样，吃饭都要三请四邀，什么年头了，吃了这一口，下一口都不知道去哪吃，还不赶紧，等什么。"

二哥和秀芬在花园里，当然听得到，二哥抱歉似的笑笑："她就这样，你当听不见。"秀芬道："嫂子没坏心，也都是为我们好。"

"嫂子这身洋服真好看。"秀芬落了座，嘴上还要敷衍着，"这种花边领子的，是最新样式。"

罗夫人一边低头喝汤一边说："这是特瑞莎修女帮我做的，科特夫人介绍的。你说这外国的修女，等于我们这儿的尼姑，居然也懂这些时髦，真是六根不净，还出什么家。"

二哥道："天天叫穷，做这些倒有钱。"

罗夫人眉毛都立起来，"我做这些你以为是为我自己？要不是我从中跟这个太太那个太太交际，你以为你从老家拉来的那些八百年没人喝的茶叶能卖得出去？做梦！这个家，我真搞不清谁是主谁是副了，我成顶门立户的了，一屋子嘴要吃饭，谁来挣？都像你，整天琴棋书画，就有钱赚有饭吃了？大清朝都亡了，你辫子也剪了，官也丢了，还跟那些个遗老遗少混在一起有什么好处？老祖宗，人要朝前看，没见过你这么不开眼不长进的，看看，说了多少遍要穿西装穿西装，最不济也要穿中山装，整天这个破马褂你穿给谁看？去说书啊？就怕也没那么溜的嘴皮子！"

罗二哥脸上一阵红一阵白。三个孩子愣在那儿看，一场好戏。秀芬打圆场,说:“嫂子你不要……”罗夫人把勺子一摔,起身:“我饱了!芹嫂,把我碗筷收了,放在那儿我自个洗,每次都洗不干净,要不要讲讲卫生的!正经请个老妈子绝对不会这样。”

芹嫂快哭了。

秀芬拉住她的手,握紧。

其实秀芬一家在这里住并不是没给钱,隔上个把月,有时是半年,老大尚静安就会寄钱过来帮衬。转眼四五年,两个丫头熬大了。

熬大了也愁。

罗秀芬自己又是病,自打那年逃出来,受了寒,咳嗽哩哩啦啦不尽,吃中药打空气针都不见好,入了冬,有时候还咳出血来,天津的风比北京还要大。

静安那边也有烦心事。

辛亥之后,弘武原本是前朝的官,应该一律革职,可他还算够革命,与革命党人关系打得不错,所以没跌下去,但苦就苦在奔波,一会在省城,一会又去南京,又一阵在上海,静安只好嫁鸡随鸡嫁狗随狗。

江家老太太福没享几年,闭眼去了,永远地留在了属于她的时代,唯一遗憾的是,她临闭眼都没见着孙子。

这当然是静安的错。她始终觉得自己对不起婆婆,母鸡还能下蛋,她怎么就生不了孩子?起初她也有些怨弘武,觉得弘武那次不应该那么“猴急”,可几年下来肚子没一点动静,她又觉得自己愧对他了。

“不行就纳个妾,我帮你选。”静安趴在弘武肚子上。弘武摸着她的头,没说行也没说不行——她头发又密又长,改朝换代,男人剪了辫子,她不用剪,依旧是千年不变的样子,弘武从前就喜欢她一头青丝。静安翻过身,俯在他胸上,两个人脸对脸:“要不就翠喜,知根知底,怎么样?”

弘武还是不说话。

静安急了:“嫌她年纪大?”

弘武说没有。

“没有那就收了，我给她出嫁妆，过个一年半载，生个一男半女，为江家延续香灯。”静安口气平静，这事她想了很久，把自己的丈夫分享给别的女人，任谁也不愿，但她必须顾全大局，而且，弘武也实在有些贪恋床笫之欢，一夜一夜闹，静安想如果有人跟她分担，自己的任务也就轻了。

弘武两手反扣在头下面，一身肉被拉长，显得更加精干，两撇小胡子浮在暗夜里，像两把小锉刀。

“我知道你喜欢，捏人家屁股不是第一次了吧。”静安打趣似的说。

弘武掌不住了，翻身把静安压在下面：“你还查我？”静安去挠弘武的胳肢窝，他最怕痒，一下就弹开了。静安不再闹，口气急促：“说真的，行不行？”

弘武道：“照你说的办。”

消息传来，芹嫂说好，罗秀芬却有些担忧，不为别的，实为自己女儿的地位。静安不生，翠喜扶正，日后有个一儿半女，她在江家的地位，指不定比静安还高。

芹嫂劝道：“不妨事，知根知底，倒好办，有了孩子，领过来养就是了，倒是下面两个，人在屋檐下，只有个尚家小姐的名头，其实连破落户都不如，怎么出嫁。”

秀芬叹气：“世道乱，别说没陪嫁，就是有陪嫁，也不知道嫁去谁家才能安稳，连皇帝都是今天起来明天倒下，让我们这些为娘的甚是犯难，别看这老三老四不像老二那样，飞檐走壁的，可她们从小被她们的爹爹惯的，读了那么多闲书，脑子读活了，个个都是长反骨的，就怕我也拿捏不住。”芹嫂说：“就是快刀斩乱麻，我看老三，也别嫁给什么谢家了，就亲上加亲配给罗家，表哥表妹成一对，说点势利的，我们也好在这个家待下去。”秀芬心缩紧了，打女儿一降世，她就操心出嫁的事，过去盲昏哑嫁，全靠父母，现在世风虽然变了，秀芬觉得女人还是要做女人的事，有个好丈夫，仔细扶助，养儿育女，一辈子安稳。能表哥表妹亲上加亲当然好，但现在这个家境，她怎么好意思开口。心一急，胸腔里那口气涌上来，又是猛咳嗽。芹嫂连忙拿过痰盂，秀芬对着吐了，一口红痰。

“我这也是过一年算一年。”秀芬苦笑。

“千万别这样想，租界里有打空气针的，打打就好了。”芹嫂急道。

“没少打，也不便宜，现在不比以前，我也没什么心思了，我就想，余下这两个丫头能有个好归宿，就阿弥陀佛了。”秀芬双手合十，闭眼。

芹嫂说：“妹妹你放心，罗夫人那里我去说，我老脸皮厚。”秀芬握住芹嫂的手，眼神里满是感激。

第二天，凑着收拾屋子的当儿，芹嫂背着身子，冷不丁冒一句：“这少爷也不小了。”罗夫人放下折扇，对着镜子拉了拉西式衬衫的波浪领：“家里的事，就不劳你操心了。”芹嫂转过脸，笑不嗤嗤地：“我是说，这三小姐和大少爷，”她把两根手指比到一块儿：“青梅竹马两小无猜……”

芹嫂话没说完，罗夫人不耐烦，冷笑道：“是二妹让你来的吧，谢谢，不用，我们家茂松以后可得配一个大家闺秀，再不然也找个听话的不淘气的，你回去跟二妹禀报，好意我们心领，这事儿我就能做主回了，不用再去问我们家那位，他有头疼病。”

芹嫂话还没说两句，就碰了一鼻子灰，晚上凑空跟罗秀芬回话，秀芬对着灯，只说了两个字，算了。静素蹦跳着进来，听到两个大人说话，偷偷跑去跟静若学话。静若气鼓鼓地说：“他娶我我还未必嫁！娘也是，这算什么。”她最恨就是被人看不起，寄人篱下，她的自尊心好似含羞草，碰不得、摸不得。

静素还不解气，硬把茂松从书房里拉出来，三个人站在院子里的花丛边。静素叉着腰，发问：“我姐要嫁给你，你娶不娶?!”

静若不说话。

茂松憋得一脸臊热，半天弄出一句："她敢嫁我就敢娶。"静素拽住茂松的袖口，使劲把他朝下拉："那拜天地！就对着月亮。"

静若压低声音道："老四，别闹！"

静素一跺脚："姐，她妈看不起咱们！"

静若对着茂松，仔仔细细地说："茂松，去年我们一起看那本小册子，里面有个女人，被丈夫当作玩偶，最后她离家而去，你当时也说，我们每个人都是属于我们自己的，封建家庭的黑暗腐败，我们都看不起，结婚不结婚，应该我们自己做主不是吗？"

茂松怯怯地问："咋着？"他在天津租界长大，不知怎的老有些东北口音。

"逃走。"静若直直地看着茂松，"敢不敢？"

茂松整个人好像缩小了。

静素拍手跳道："这个好这个好，就是要逃走。"

自从进租界过日子，罗太太便成了最时髦的一个人，但老祖宗留下的能占巧的宗儿，她依旧样样不放过。拜教，她看不起洋教，总觉得中国人还得认中国的神灵，逢初一、十五，她都要去庙里进香，罗老二当小官做生意之后，她更是次次不落。罗秀芬来了，她就叫上小姑子一起，还有芹嫂——佛祖面前，众生平等。

观音殿，几个人一并排跪着。罗秀芬双手合十，举过头顶，闭上眼，念念有词，然后头磕到地上拜了三拜，再进香。芹嫂也跟着拜了，她心愿小，就没进线香。罗太太还要拜地藏王菩萨，一路朝后去了。

芹嫂扶着秀芬出殿："先迈右脚！"芹嫂拍了秀芬胳膊一下。秀芬忙站住，机械人似的抬起右脚，迈了出去。芹嫂笑道："佛家的门槛，进门迈左脚，出门迈右脚，这是不能错的。"秀芬也笑："真真这世道，还有什么对错，纲常早乱了，你没看北洋女中的那些女学生，招摇过市，跟妓女有什么分别，规矩早没了。"芹嫂念道："阿弥陀佛，我们只能跟好的学了，坏的，只当看不见。”秀芬道：“看不见？看不见就没有了，还不是自己骗自己。”

芹嫂转身，努嘴：“你看菩萨的眼睛，也是半低着，民间说叫低眉，菩萨低眉，也有说是为了不看见世间所有苦厄。个个都救，菩萨就算有千手千眼，也救不过来呀！”秀芬嗔道：“乱说。”

殿门口有个和尚席地而坐，脚跟前摆着张土罗布，上书“缘定三世”四个字。芹嫂来劲，撺掇秀芬：“算算。”又问：“大师傅，算一次多少香火钱？”那和尚只顾着念经，念完了一段，才说：“随缘，随喜。”芹嫂和秀芬蹲下。

秀芬问：“大师傅，我们家有个丫头，我想问问去路。”

和尚抬起眼，问：“生辰八字。”

秀芬忙道：“甲辰年九月初九巳时。”

和尚单手掐算了算，不知从哪儿弄出一支秃头细毛笔，蘸着脚边一碗水，就在一张罗符纸上写：“君才自比天，万莫红尘陷，千山飞渡冷，自立水云间。”写完，交给秀芬，和尚念了句阿弥陀佛，便不再说话。

秀芬拿着字条，呆住不动，芹嫂给了点散钱，两个人便找罗太太去了。

一行人从庙中回来，家里就炸开了——大少爷和三小姐不见了。罗老爷去广东办货不在家，一群仆役围堂前向两位太太禀报。罗太太叉着腰喝问：“好端端的人怎么会没了！给我找！”

秀芬拉过静素，问：“你姐姐呢？”

静素直说不知道。

北京泰和旅馆门房，当班的问：“两位少爷小姐，是要一间房呢还是两间房？”

茂松想了想：“两间房吧。”

静若拦住：“一间房有几张床？”

门房诧然，比着两个手指头，道："小姐说笑呢，一间房当然一张床，一对一。"

静若反问："一个男人怎么能有好几个老婆，怎么没有一对一？"

门房哑然，静若拍了一块银圆在账台上："先住着，不够再说，少不了你的。"说完一手拉着褐皮箱子，一手扯着茂松，朝里面走。

第一天去北海，第二天逛天桥，第三天，两个人走累了，在景山后头歇着，眼见一群学生，个个戴着帽子，穿着深蓝的中山装，举着旗子走过去。静若看里面女的，转脸对茂松："这里的女学生比天津的好看。"茂松站起来瞅了瞅，说没觉得。

静若又说："我们也应该进新式学校。"新的东西，她本能地觉得好。

茂松反指自己："你？和我？不可能吧。"

静若说："有什么不可能的，私塾读了这么久，洋文你也学过，我洋文差些，但读个国文应该可以。"

茂松道："那得家里支持，我娘恐怕……"

"你听我的，坚持，就可以了。"起风了，道旁的槐树叶被吹得沙沙响，静若站起身，目送游行队伍远去。

没几天，静素到底憋不住，把表哥三姐去北平的事给说了，罗太太遇事不慌，知道两个人在旅馆住着，也不会出什么大事，就干等着他们钱粮耗尽，乖乖回来。

倒是秀芬，十二分地不好意思，何况她们家是女儿，跑出去总是更吃亏。芹嫂打抱不平："谁拐的谁还不知道呢，说不定是少爷带走了三小姐。"

秀芬道："等回来再详问吧，已经托了人去照看着。"

春风正好，静若倒轻松，每日吃玩，只等着入学考试的日子到来，可他们究竟是没当过家，钱上面无甚概念，经不住门房那个"师爷"撺掇，只图痛快。静若最喜欢读报看杂志，她专挑那种读起来“带劲”的，批判社会的、激进的，再有就是新文艺作品。

茂松不，茂松不专在读书上，在门房的引荐下，他还逛了趟窑子，见了窑姐，花了两块现大洋——老鸨分一块，门房分一块。

静若知道了，不依不饶，不是为花钱，她怨茂松没带她去。茂松没办法，只好找门房借了一身褂子，让她女扮男装，两个人去转了一圈。

两进的房子，帘子隔着，窑姐坐在里屋炕上，静若站在半米远。那窑姐表情凝重，也就十几岁光景，一身旧袄，牛肉红色，盘着发，脸上搽了点胭脂。

静若指着茂松，脸对窑姐：“你和他……那个了？”

窑姐本来坐着的，听了这话便站了起来，笑呵呵地说：“呦，爷，您这是哪一出？”

静若继续问：“你喜不喜欢他？”这窑姐也是个刚入世的雏儿，不想遇到这么个搅局的，只好硬着头皮，带笑不带笑地自我解嘲：“您这怎么说的……我……”

刚巧老鸨进来，见三个人僵着，便问怎么了，那窑姐向来怕老鸨，忙把原委说了一遍，老鸨抱着两臂，仔仔细细打量了静若一番，歪着嘴道：“依我看，这位爷恐怕是个母的吧。”静若被人猜中身份，臊得满面通红。茂松忙打圆场：“不许乱讲。”

老鸨不惧，哼了一声：“这位爷，别说您不是我们恩客的什么人，就算您是，我们开门做生意光明正大，进了我们这个地界儿，就得依着我们的规矩，那个不那个的，不用问你也知道吧。不怕说句贬低自己的话，戏子无情，婊子无义，想立贞节牌坊，回家立去！”

静若僵了几秒，突然伸手拔掉帽子，露出一头秀发，老鸨和窑姐都惊得朝后退了一步。“姊妹们，你们也是受害者啊，做女人，可不能被男人看不起！现在不是过去了，中华民国的女国民，应该有新的面貌啊！……”

静若这么滔滔不绝讲下去，茂松倒窘得不知所以，不停地咳嗽示意，也没用，最后他只好硬拉她出来。

“你干吗拉我，”黄包车上，静若嚷，茂松硬压着她的胳膊，“你弄疼我了。”静若扭动着。

“你的宏论能不能回去再发，人家那是做生意。带你去开眼界的，你倒好，瞎搅和。”

静若扳过身子，捉住茂松的两条手臂：“一潭死水，你不搅动，它永远是一潭死水，我们要做女国民，首先就不能做男人的玩物。”

茂松皱眉：“没让你做男人的玩物，这不一个人一个命么。”

拉黄包车的小师傅见两人说得有趣，也插话说：“这位小姐别跟少爷生气，男人女人嘛，生来就不一样，怎么能一样呢？女娲娘娘造人的时候，那先造的是男人，然后才从男人身上抠了点泥，捏了个女人，所以这女人呀，原本就是男人的一部分，从男人身上来的，那她还能忘本呀？还能不听男人的呀，这不能够啊！”

静若一听，眉毛恨不得都竖成一支笔，大吼：“你停车，停车！停！”

黄包车夫只好放慢步子，静若一跃而下，茂松在后面喊，她也不听，大街上尘土飞扬，静若披散着头发，穿着一身男装，一路狂奔，立刻成了番奇景，几个小孩觉得有趣，边追边喊：“女疯子，女疯子……”静若停下来，捡起一块小石子作意要丢，小孩轰地散了。

茂松和静若在北平待了不到一个月，钱粮都绝，玩不成吃不成，好在来的时候在账房押了一块银元，住，暂时还不是问题，可到了饭点，茂松急了，说得去弄点吃的啊，静若数数零格子：“买两个烧饼还够，你歇着，我去买。”

茂松泄气，朝后仰倒在床上：“又吃烧饼……”

静若说：“烧饼不错了，以后只能吃白馒头，我们这是在斗争，斗争你明白不？”

茂松斜着眼，没好气："啥斗争，就是瞎胡闹。"

静若从床上跳起来，拉住茂松的袖管："起来，你去给家里写封快信，我看店门口刘麻子裁缝店边上可以代。"

茂松还是躺着，右手扬起，支着头："快信？写什么？"

"拿纸笔来！"静若拍了茂松一下。茂松懒洋洋起身，出门找门房拿了纸笔。"我说你写。"静若两手背在后头，仰着头，慢慢念出来：

> 母亲大人稽首，儿在京苦读求学，期日后光耀门楣，怎奈钱粮不足，生活无以为继，望接信后速汇些许银钱至广渠门内大街刘麻子裁缝店刘麻子转罗茂松收，千万，千万。
>
> 儿，茂松

茂松写完抬头："你这是行骗！"

静若笑说："放心，这点小钱，罗妈妈这么心疼儿子，不会不给的。"

信寄出去了，一天，两天，三天，两个人饿极了，索性就都在床上躺着，要么喝点水，门房的免费大碗茶刮油，还是喝水好一些，幸运的话，他们还能赊点白糖，搅和在水里充饥。第四天，静若问茂松，你是不是你娘亲生的？茂松说，怎么不是？静若站在门口，扭头说："是的话，怎么还没音？"茂松滚在床上嘟囔，说我怎么知道。

两人且说着，门房管茶水的小伙计跑来，小姐少爷，刘麻子那儿有你们的信。静若哈地笑出声来，拍手道："我就说不能够！"

刘麻子裁缝店，一地的布头，红的绿的罗的，春末，人都赶着做点鲜亮衣服迎夏日。茂松签了字，急忙撕开信笺，信纸就一张，展开，愣住了。静若急道："你读啊。"茂松望了静若一眼，还是没出声。静若一把抢过信纸，只见单张纸上只写了两行九个大字：

> 家中钱粮丰盛，望速归。

是罗夫人的笔迹。

静若把信一丢，直直朝门外走："我不回去。"茂松一边追一边劝："若儿，你就别闹了，回去，好好商量，也不是没机会的。"

静若突然站定了，一脸的革命义士的表情："就知道男人指望不上，你，更不行。要走你走。"

茂松没辙了。

旅店客房，箱子大开，茂松一件一件朝里放衣服："静若，走吧，你说你一个女孩儿家，人生地不熟，万一有坏人……"

"你别说了，要走赶紧走，大丈夫当机立断，你这样，怎么成大事。"静若不让他说下去。茂松提起箱子，喃喃道："这是剩下的一点钱，你拿着，那我走了哦。"他把银钱放到桌台子上，慢吞吞挪到门口，又回头："我真走了哦？"静若背对着门，不作声。茂松又说："我可真走了？"静若冷冷道："你要是个男人就别这么多废话！"茂松叹了口气，走了。

茂松一走，偌大个北平城，尚静若孤身一人。她算算房钱，还剩那么点，这么住着，不上算，旅馆毕竟是贵，于是她就近在小胡同里的四合院租了间房，破旧是破旧了点儿，但好歹能住人。隔壁的大妈好心，借了两床被褥给她铺盖，好在天儿渐暖了，也不需要那么多厚被，离考学还有那么几个月，她就想，怎么也要撑到时候，考上了，若有官费，就更好，没有就再想办法。

她给大姐静安写了封信，大姐夫官运颠簸，一路调动，没个定性，发了也没音，静若只好再自己想办法。她也想到联系娘，可娘的情况，她一路看过来，除了万年不变的好强，其他什么也不剩了。老辈的女人没了男人，撑是可以撑，但总是提不起气似的，以前她还有副好身板，如今每况愈下。

静若只能靠自己。

《时代潮》编辑部，三个编辑埋在纸堆里，校稿子的、打包的，还有一个在摆弄油印版。女孩立在门口，敲了敲残破不堪已有些晃动的门板，没人应答，许是没人听见，她又敲了几下。

摆弄油印版的那位抬起头，问说找谁，女孩说我是来做报童的。“哦，报童已满，”那男人戴着圆形金属框眼镜，胡适似的，“而且，看你样子也不像报童。”

女孩朝前一步，神情严肃：“怎么不像，我能跑能跳能叫卖。”正在校稿子那位笑了，抬起头说：“怎么叫卖？”女孩伸出一根手指，说故事似的：“要卖报，首先要理解这份报纸，一般的报童只知道叫卖新闻标题，贩卖奇闻逸事，那是小报的风格，我们《时代潮》不一样，《时代潮》是传播进步思想的，卖的是观点，那就需要去愿意接受这种观点的人群中卖，校园是最好的地方。至于叫卖的口号，就说：‘看《时代潮》，看懂你自己，紧跟时代的大潮。’”

校稿子的编辑站起来，两手插在裤子口袋里，他看起来比戴眼镜那位更年轻，他穿着一身浅灰色毛衣，里面是衬衫，头发朝后梳着，脸隐没在光影中，可轮廓一清二楚，尤其是那嘴角，笑的时候朝上拉像个孩子，不笑的时候横在脸的下部，紧紧牵着，下巴微皱着——她觉得他一定不到二十五岁，但却有着三十岁以上男人才有的成熟与稳重。

那男人站起来，朝女孩走，他穿了皮鞋，踩在二层小楼地板上呱嗒呱嗒响，夕阳透过窗，从他背后射进来，为他的身形剪了一道轮廓。女孩觉得她心脏都要跳出来了。

“我是欧阳夏。”男人伸出手，他的手指，很长，但看上去不孱弱，而是粗壮有力的那种。女孩连忙伸出手，不是握，而是抓，牢牢抓住他四根手指，像抓住一把钢琴的黑键或白键，每个键都能发出音符。

“我叫筱秋，罗筱秋。”女孩狡黠地眨了眨眼，他一笑，她的紧张感瞬间也消失了大半。“你有热情，有口才，做个宣传员，我看可以嘛。”

欧阳夏还是笑，这回笑得微微露齿，她看见他有一口白牙，由两片红唇怀抱着，特别好看。

“当然可以。”罗筱秋也笑了，两只手背在身后，一晃一晃。

好多年后，有人问尚静若，以前有个罗筱秋，是不是你？尚静若听到这个，便说，是我，不过是以前的我。那人又问，怎么取这么个名字，静若说，我也不知道，但是他说他叫欧阳夏，我就随口一说自己叫罗筱秋，秋总是跟在夏后面嘛。这话说得很平静，像秋叶落光了的大街。

罗筱秋出了报馆，却高兴得好像春天突破了冬天的阻挠，一股脑闯出来似的。罗筱秋蹦蹦跳跳，沿着胡同口朝大杂院跑。欧阳主编说了，如果她以后进步了，没准也能在报纸上发文章。大杂院的张大妈撞见她，笑说：“呦，这孩子是怎么了，疯癫癫的。”尚静若脖子一梗：“我也开始做事了，我现在叫罗筱秋。”

张大妈说：“呦，为了做事名字还改了，艺名呐？多少工钱？”静若摸摸脑袋：“报酬的事给忘了，嘿嘿，不过大妈你放心，租子肯定够了，没准还能改善伙食。”张大妈一跺脚：“哦，差点给忘了，你屋里来个人，在等着你呢，快回去看看吧。”来了个人？静若心想这地方也没人知晓半分，怎么会有人来找她？难道是旅店老板，或者是刘麻子裁缝店的人来了？她一路快走，刚到大杂院门口，却见一个身穿藕荷色衫子、脚蹬布鞋的女人翘首望着，静若走近了，却是芹嫂。

“你怎么来了？”静若问，疑惑压过了高兴，她口气平静。

“还不快跟我回去，你娘她……”芹嫂眼泡有点肿，哭过。

“我娘到底怎么了？”静若抓住芹嫂的手，眼睛里要急出火来。芹嫂哽咽，低头，几秒钟才终于倒匀了气说：“你娘她……病得很重……恐怕要……”

罗秀芬的病不是一天两天，缠绵多少年了，以前静若总说她娘是林黛玉，可突然病急，甚至于病危，是静若怎么也想不到的。当初她们从地牢里逃出来，还有跟大伯四伯谈判时那个威武坚强的罗秀芬，始终印刻在静若的脑海。在她的印象中，母亲，她的亲娘，永远是不会倒下的，可现在，她就躺在二舅家的客房里——凄清得差点没像临终前的王熙凤，客居他乡，客居他所，好在现在她离她只有几步远。

泪蒙双眼，静若跟前的母亲变得模糊晃动，一个家庭的支柱崩塌了，可静若还是不顾一切扑过去，抱住她，抱住这个生她养她不顾一切救出她带她远走津门求生存奔未来含辛茹苦的娘亲。

静素也哭了，她似乎懂事了不少，低着头，似乎在懊悔自己为什么不早点跟娘说出姐姐的下落，以至于母亲气吐了血，倒在床上。

芹嫂抹泪。

静安头一天就到了，她倒没哭，整个面容紧缩着，长女如母，她想得到未来的担子。

罗秀芬醒了，双唇干皱，芹嫂忙奉汤，静若接过来，这就要喂，秀芬摇摇头，两肘撑着要起来，静素忙拿了个枕头来垫在后头。秀芬抬了抬眼皮——好像那眼皮有千斤重似的。“见不到静之了。”说完这句，就是大口喘气。

静安上前，侧坐在床头，帮她娘拉了拉被头：“娘，就别说话了，老二性子刚，在外头也不会吃亏，总会回来的。”

秀芬摇了摇头：“我一辈子要强，想不到到头来……”

芹嫂眼泪止不住流，手捂着嘴。

秀芬又说：“我日子不多了……老二在外头，我想管也管不了，剩下两个小的……还有芹嫂，虽然一度出了我们尚家的宅子，但焦三是我们尚家的救命恩人，以前你们老太爷在的时候，焦三在打洋人的海战中救过他一命，跟你父亲，就更不用说了……虽然说现在焦三没了，又无子无女……我们对芹嫂是要负责到底，我在，芹嫂跟我……我没了，静安、静若、静素，你们都听好……不管以后怎样，只要你们还在……就要照顾芹嫂。”说罢一阵咳嗽。

几个孩子痛哭着。

秀芬继续说："老大，你成家早，虽然没有个一儿半女，但江家到底现在还算不错……你手里肯定也有两个，两个妹妹，你要多照顾……从老二嫁人开始，我们尚家的女儿一直就不顺，翠凤弄过去，现在过得好不好，也是个不明不了……我就想，此路不通，走别的路……静若这趟出去，我听说她想进学校，读书，以后能自立自强最好，就算不能，有个一技傍身，总没坏处……老大，你要供她们读，能不能做到？"

静安含泪说能。

静若跪在床头，身体僵硬，她是想进新式学校读书，但她怎么也想不到，是以这样苦惨的方式。

静素性子烈些，她哇的一声扑在秀芬腿部的被子上号啕，谁劝也不听。

秀芬抚摸着小女儿的头，泪直淌："你以后……要多听两个姐姐还有芹嫂的话，什么事，跟着走，不要擅自作主张……还有芹嫂，你跟着老大，她那家大事多，能搭把手也好……老三，好好读书，老二如果回来，你们要告诉她，这个家永远对她开着门……"说到这儿，罗秀芬又是一阵猛烈的咳嗽，一拨接一拨，像是要把肺咳出来，芹嫂拿过帕子，对着嘴，血痰红得吓人。

静安着急："得喝药了，快，躺下躺下，说这么久的话怎么行……"静安从外面端过汤药，喃喃道："这个得打空气针，光吃汤药怎么行。"她放下药，急匆匆去找二婶子罗太太，她用一下家里电话，看能不能接通北平德国医院的彼得医生，没想到刚走到门口，就听到身后惊雷似的哭喊，那声音在房间里打了无数个转，像银针一样穿透每个人的心，跟着又穿过走廊，挤过门缝，跃过屏风，跳进了罗夫人和罗茂松的耳朵里。

罗太太胸口一阵起伏，眼睛里也止不住扑扑簌簌落下几颗泪，茂松坐在她身边，歪着头，关切地问："娘，您怎么了？"光从外面射进来，刚好落在罗太太脚边，把那世界分成两半，一个明，一个暗。罗太太吐了口气，稳住心神，用手帕擦了擦眼角，抽了抽鼻子，说："你姑姑走了。"

静若是踩着风进女师大的。全国几百名考生，她拔得头筹进国文系，其实她更喜欢外文，洋派，但为了保险起见，她还是投身国文。考试题目是让写一篇社论，"论女国民的诞生"，正中她下怀，她用那支芹嫂当了金戒指买来祝她金榜题名的钢笔，低头哗啦啦写，一直写到没墨水了，问监考老师要了墨水继续写。

要在后来，考学是需要高级中学毕业才有资格。静若没读过高中，只在私塾里读过国文洋文，再就是从千百次读报章读出来的一点子新文学的语感。可这一年，时局动荡，女师大为了招生，放宽了口子，高中毕业不是必需，只要能通过考试，即可入学，于是，尚静若大显身手。

教务处门口排着长长的队，女生们叽叽喳喳，轮静若到门口，一个戴眼镜的女老师，看上去像洋博士，慢悠悠抬起头，用一种云雀似的尖嗓子一字一句喊："尚——静——若——"静若连忙进去，小声说了句，到！精气神十足的。"签个字，你没申请住校，可以走了。"可静若没走，探着头，一脸的为难。那女老师诧然："你可以走了。"

静若还是不走，后面排队的女生有些不耐烦了，小声嘀咕说别耽误人家时间好不好。静若回头看了那女生一眼，做了鬼脸，扭头跟教务处的女老师说："老师，我改名了，那个，名字改一下。"

女老师放下笔，抬眼，皱眉："什么，改名？改什么名，你不是尚静若？"

静若忙说："我是，我是尚静若，不过我现在改名了，随母姓，姓罗，叫筱秋。"从脸色瞧，女老师对筱秋的故事感兴趣了——她自己有三十多岁，估计尚未结婚，一看就是很有女性立场的那种人，她没准还没吃过男人的苦，或者吃了太多苦——女老师晃着笔，啧了一下嘴，有些犹豫。

静若连忙说："你知道我父亲他，脾气，太坏，我们从前都怕他，现在好了，我们独立起来……"没等话说完，女老师就刷刷落笔。"好，这样好，女人就应该独立，那你就叫罗筱秋。"

筱秋笑了。

走在校园里，她觉得自己像换了个人，铺在生命底子上的老家庭里沉沉的旧气氛，被校园里那种明亮的、向上的、绿色的氛围一扫而光。她是修行的蛇，褪去了皮，世界对她来说就是新的，她要前进，前进，再前进。她喜欢别人喊她的新名字，尤其在背后喊她她最喜欢，罗，筱，秋，脆亮亮的三个字，她就猛一回头，应了声"嗳"，齐耳短发随之一晃，又俏皮又精神抖擞。头顶上有梧桐树叶，手掌似的交叠，阳光则仿佛从手指缝漏下来，洒在筱秋脸上，一星，半点，都是时光的印记。

筱秋入学前一年，女师大风潮刚过去，学生们因为对校长不满，弄起了什么"驱羊运动"，不承认校长，全校 237 名学生，172 人支持不承认女校长，另外 65 人表示中立，其肇始，就是对杨校长以"婆婆"自居，用"寡妇主义"治校不满——校长是开除了几个学生，但最终却闹得满城风雨，各界名流发声支持，其中就有筱秋喜欢的鲁迅、胡适，据说当局派了军警来镇压接收校园，最后还动了手，但没用，学生赢了，连中华民国北洋政府的教育总长都因此辞了职——风浪过去是平静，筱秋入学就赶上这空当，所以难得有一段宁静的岁月来读读书。

筱秋喜欢去学校那还不算多完备的图书馆，去煤炭渣子铺的小操场，喜欢和同学们一起讨论人生、社会，喜欢一切形而上的东西，喜欢新诗，还喜欢散文、小说，不过她不喜欢冰心的作品，不是她写得多么不好，而是冰心与她年纪相仿，她多少有些不服气，她宁愿喜欢鲁迅，可惜鲁迅太矮了，她又转而喜欢胡适，可惜胡博士似乎没有什么力道，不是她理想中的幻想对象。

她开始憧憬着"恋爱"——这个词是新传过来的，许多女同学挂在嘴上，时髦得很，也神圣得很。筱秋不明白什么叫恋爱，反正她只知道，恋爱就是反对包办婚姻，反对旧家庭，就是自己做主，想喜欢谁就喜欢谁。但筱秋还没来得及恋爱，她很忙，入学刚一月她就成了学生会宣传股的干事，每每校内外有什么活动，都有她罗筱秋的身影。有时候，她甚至忙得忘记回“家”——那个芹嫂、静素和她一起租下的大杂院的小屋。

“姐，你怎么好几天没回来，这儿也怪无聊的，还不如天津。”静若刚进屋，还没来得及喝口凉水，静素就嚷嚷开了。

“你姐忙，要搏功名，”芹嫂端着一盘鱼进来，静若每次回来，她都要给她加加餐，“你好好努力，也能读上。”

静若喝了两口茶，喘着粗气：“那你回去，大闷罐似的，你看二舅母给不给你好脸。”

静素说：“舅母不是亲的，舅舅难道还不是亲的？”

静若抢白：“你还知道什么亲的不亲的，舅舅再亲，在那个家不做主能有什么用，娘出殡的丧葬费，他都没给几个钱，你还能指望什么？大姐现在供我们，大姐是亲的，不过我们也要自强自立，勤工俭学。”

静素问：“什么叫勤工俭学？”

静若笑道：“瞧你这理解能力，考学我看也难。勤工，勤劳做工；俭学，节省着求学。我们要劳动，养活我们自己。”

芹嫂忙道：“正好刘麻子裁缝店缺个搭下手的，我也去帮帮，我还可以做洗衣娘。”静若连忙拉住芹嫂的胳膊：“别别，不是那个意思，芹嫂你就在家看住老四就行了，她今年要是考不上，明年就换她去劳动。”

静素叉着腰道：“劳动就劳动，姐能做的，我一样能做。”

静素还真做到了，劳动谈不上，但最起码，她很快就和她姐姐一样，走在了女师大的校园里，也是官费，只不过，她学的是体育系——本来投考法文系，名额不够，静素身体素质好，就顺势被分配。

静素一百个不满意，但真修起课程来，静素发现体育系远比国文、外文系出风头，学校的运动会上，她跳高、体操连夺两个冠军，风头无两，她觉得自己超过了姐姐，便又心满意足了。得了第一名后，她突然宣布自己改名了，叫罗意浓——也是学姐姐，筱秋，意浓，顺着读，秋意浓，她喜欢这个意境。

芹嫂讲，你这名字不好，浓不浓的，跟上海人讲话似的，“侬早，侬好，侬吃了伐”，边讲边比兰花指。“我们这些受苦人，哪能叫这名字，得皮实，经打经摔，我看，叫冬梅挺好，冬雪寒梅。”筱秋道：“什么寒梅，她啊，叫罗学样最好。”

静素挠头，问是哪两个字。罗筱秋道：“你是有样学样。”静素跳过去，与姐姐打闹：“我就要叫罗意浓，你们以后都得叫我罗意浓啊，不许叫别的。”

校园内外，她还真叫起罗意浓来了，罗意浓跳高夺得了第一，罗意浓在讲台朗诵白话新诗了，罗意浓的蓝布衫总是比别人的要蓝，罗意浓烫了新发型。很快，罗意浓竟成了校园里的一道风向标，很多女生都是她的拥趸，唯独她姐姐罗筱秋不以为意。

罗意浓拿一本胡适的《尝试集》凑到姐姐跟前。“姐，你听我这诗念得好不好，”说了就念，“两个黄蝴蝶，双双飞上天，不知为什么，一个忽飞还……”

罗筱秋眼都不抬，只说：“这都不叫诗，没蕴涵，浅。新文学，你去读读《狂人日记》。”意浓一下瘪了，她本想在姐姐面前证明一下自己，证明自己有文化了，长大了，接触新鲜事物了，甚至不比她差——不是说上了体育科，就真的成了“四肢发达，头脑简单”了，可一张口，就露了馅，意浓只好抢白：“鲁迅写的也不一定都好，写的普通读者都看不明白，就叫好吗？那只是故弄玄虚！你看他都不在女师大待了。”筱秋放下手中的书，语重心长：“意浓，你看不懂《狂人日记》，可见封建家庭、封建社会已经把你毒害成什么样了，要觉悟要革命啊，封建思想最

‘吃人’。”

意浓一下被姐姐说蒙了，什么觉悟，什么革命，她不懂，也不想懂，她只是个爱美的女孩子，她更感兴趣的，是时下流行的恋爱。她听说旁系的几个女生，就常常跟别的学校的男学生一起去陶然亭玩，还有人看到他们接吻！

筱秋见意浓不作声，才觉得自己的话似乎说重了：“你刚入学没多久，还是可以学的，多读书，没坏处，现在世道不太平，但是我们还是能多读就多读，错过了没处补。”意浓唯唯称是。

意浓觉得自己的确是没有姐姐那种深度。没有也行，奋起直追就是了，可一不小心，意浓便走到另一条道路上去了。

刚下课，教学楼一角，筱秋堵住意浓。

“你和男学生那个了？”筱秋瞪着大眼。

“哪个了？”意浓难得抱着一摞书，体育课也有室内课。

“别装糊涂，就那个！”筱秋有些不好意思，比划着两个手指头。

意浓逗趣儿似的，做恍然大悟状：“你说亲嘴儿啊？亲了一下，怎么了？”

筱秋跺脚：“你不知廉耻！”

意浓笑道：“我的亲姐姐，你整天说封建思想毒害我，我看你才是受封建思想毒害的人，现在都中华民国了，难道你还要立贞节牌坊不成？更何况只是情之所至亲了一下，私下里偷偷的，你怎么就知道了？现在这些女学生，真是舌头长。姐，我给你的建议是，去读一读爱伦·凯女士那篇《爱情与结婚》，恋爱自由，结婚自由，这是新道德，跟你们这些旧道德是要划清界限的。”说完扬长而去。

筱秋气得喊：“尚老四！”意浓也不理，留给姐姐一个欢快的背影。

晚上在家，芹嫂开始念叨：“静素你啊……”意浓瞪了她一眼，芹嫂连忙改口：“罗——意浓，你不能这样的。”意浓不理睬，继续摆弄小旗幅，隔天她要去游行。

“你以后还要嫁人哇——”芹嫂恨铁不成钢，声音都有点劈了，“要自己爱惜自己啊，不然我到天上我都没脸见你妈——”再一回头，意浓没影了。

教务处门口，罗意浓举着示威的小旗，上面写着“维护女生权益，改善洗浴待遇”几个大字，她周围站着四五个女生，都是体育科的——体育科训练频繁，容易出汗，但由于校工数量有限，澡堂不可能日日开，这可惹恼了意浓她们。

一些打饭的女学生路过，端着缸子，看了看，便走了。意浓的支持者闻到饭香，肚子里咕咕叫，撑不住，便对举着旗帜的意浓说是不是明天再来，今天负责教务的老师估计没来。意浓说不行，来了我们就要坚持到底，光这小旗我都做了好久。几个人不敢反对她，只好陪着等。

“静素——”不知从哪儿飘来这么一声叫。

罗意浓的火气腾地就上来了，都说了不许叫什么静素，谁记不住。

“静素，是你吗?”那声音近了。

罗意浓一回头，表哥罗茂松站在她跟前，深灰色马甲，衬衫，西裤，头发朝后背，也不知道是打了什么，亮亮的，看上去很有精神。

“这位同学，你认错人了，我不叫什么静素，我叫罗意浓。”

茂松讪笑着，连声说：“静素你别闹了，你这是做什么?”

意浓白了他一眼：“谁跟你闹了，我就是罗意浓。地主家的少爷，彻头彻尾的叛徒，当然认不得我一身硬骨头的罗意浓小姐。”

茂松知道自己倔不过这个小妹妹，只好就范：“好好好，罗意浓同学，请问你姐姐在哪儿?我有急事找她。”

意浓本就对这个表哥没什么期待，但他一说要找她姐，意浓就有点不高兴，她继续举旗，偏过头，就三个字：“不知道。”

茂松说：“四妹你怎么还这么任性，你要有你姐姐一半……”话还没说完，意浓手上那杆小旗子就砸到他脸上去，那还不够，她还要抽，一下，两下，三下，打一下骂一句："叫你有眼无珠，叫你有眼不识泰山，叫你有眼不识金镶玉！"

茂松被打了几下，慌忙跑了。

意浓捉住身边一个女同学就问："你说是我姐好还是我好？"

谁知那女同学也是个中立党，想了想，说："都好，你姐姐文静些。"

意浓着急，死拽住人家："你意思是我不文静？！"

女同学笑嘻嘻，打趣道："放开点，这样就已经不文静了哦。"

意浓跑了一下午步，那口气死活倒不匀。

晚上到家，一推开门，茂松、筱秋、芹嫂坐在屋里，吃饭的小木桌摆当中，桌上有几个菜，烧的、卤的，还有凉菜，一看就是茂松买来的。罗意浓把书包往床上一丢："哦，找到家里来了。"芹嫂给她使眼色，可意浓视而不见，空着手捏起一条猪耳朵肉朝嘴里送，嚼吧嚼吧，说："嗳，这个家只有罗筱秋是香饽饽。"

筱秋突然站起来，"芹嫂、四妹，你们出去走走，我有几句话要跟茂松说。"

芹嫂立刻站起身来朝外走，意浓不走，芹嫂硬拉她，意浓嚷："干吗不是他们走啊，他们要说悄悄话的，应该他们走，不是咱们……"到底被芹嫂给拽走了。

罗筱秋转过脸，正对着罗茂松，一时间不知道该从哪儿开始讲。他是她表哥，和她青梅竹马，他们还曾经一起从天津跑到北京，说儿戏也好，说一时糊涂也罢，好歹有点兴奋、快乐的时光。可这一切根本无法支撑起她对他的感情，至少无法支撑起"喜欢"二字，更别说爱。当初他没有勇气跟她一起留下来，她和他错过了，现在他回来了，靠着父母的支持家庭的支撑，过着无忧无虑的生活，看他这一身就知道，油头、粉面、朱唇，她不喜欢。

"静若，"罗茂松呼唤着表妹的名字，"以前我真的是逼不得已，现在好了，我娘也同意我来找你，我们本来就应该在一起，我们可以结婚。"

筱秋听了这话头大了一圈，腔子里那口气不断膨胀，他娘同意，用得着他娘同意？她想骂，但理智又告诉她要冷静，中华民国的女国民应该是优雅的。罗筱秋突然想到妹妹此前跟她说的那话，心里笑了："茂松，你真应去读读《妇女月刊》。"

茂松诧然，说，什么《妇女月刊》？

罗筱秋笑着说："告诉你哦，《妇女月刊》上曾经有一篇文章，是欧洲一名伟大的女性先驱爱伦·凯女士写的，其中最重要一个观点就是，恋爱自由，婚姻自由。"茂松想辩解，筱秋手臂一挥："你可以回去了，祝你学业成功。"

茂松不走，直问："三妹你不要这样好不好，你怎么能够这么绝情，你知道有多少女学生要跟我恋爱吗？对，就连你们学校也有，但是我只把你放在心上……三妹你听我说，这跟我娘没关系，都是我自己想，自己来的，你那时候多鲁莽，没钱我们只能饿死，三妹……"

罗筱秋两手堵住耳朵，背朝茂松，一直后退，硬把茂松往外推。茂松一个踉跄，顺势朝前一倒，两手稳稳抱住筱秋的腰，嘴里还念念有词。罗筱秋大叫一声，茂松像触电似的，赶紧弹开。

筱秋捋了捋衣服，脸硬得像糊了糨糊："罗茂松！我不喜欢你！够清楚了吧。"

茂松愣在那儿。

"请你出去！"筱秋中气十足。茂松只能讪讪拉门，门板哐当一声撞在门框上。

意浓缩着脖子在门外偷听，听到得意处，捂着嘴笑。茂松出来了，意浓追着问："碰到刺儿头了吧。"茂松阴着脸，不说话，胡同里黢黑，更显恐怖。罗意浓又问："你说，我和我姐谁好？"茂松不耐烦道："别闹了。"

罗意浓僵在原地，随后跺脚，自言自语："我没有我姐好吗?!"

茂松早走远了。

罗筱秋真的决定开始自力更生了。

姐姐静安的钱来之不易，大姐夫弘武，那样一个人，静安对他的讨好，筱秋有时真看不过去。男人，不是女人把你捧上天，你就是天了，男人得自己顶起那片天，然后才有资格覆盖在女人这方土地上。她还知道，芹嫂有时候会偷偷出去给人洗衣服赚点小钱，手都洗肿了，一入冬，就长满小口子，一道一道，血红的，刺得人心疼——还不都是为了这个家么，老四不懂事，忙着出去轧朋友，但她罗筱秋不能不懂。

《时代潮》编辑部门口，罗筱秋徘徊着，她头一天来过一次，没好意思进去，在门口转了两圈，心思绕了不知道多少次，最后懵懵懂懂跑去对面的馄饨店吃了碗香菜馄饨，就又回学校了。这一次，她告诉自己，无论如何要进去，把要说的话，要办的事，都给说了办了。

"你找谁?"迎面一阵风，罗筱秋措手不及，她没想到编辑部有人出来，"怎么不说话?"筱秋抬起头，手脚又开始不知往哪儿摆，说我……我……眼神乱飘。哦，是那个戴眼镜的老师，上次在摆弄蜡板，他梳着分头，有些凌乱，面容憔悴，像是工作了一夜。

"找欧阳主编。"筱秋声音有点小，小得她自己都快听不见。

"哦，主编在里面。我想起来了，你是那个要来应征发售报纸的，上次怎么没出现了，弄得我们很被动嘛。"他开始笑，眼角的皱纹一跳一跳。筱秋忙道："我……那次家里有点事……"她一步一步挪了进去，两手背在后头。

"我叫李忠。"眼镜男伸出手，一身正气。

"你好，李忠。"筱秋尴尬地笑笑。

欧阳主编仍在改稿，趴在桌子上，握着一支钢笔，唰唰唰写着，他的头发跟戴眼镜的男人一样，耷拉下来一绺，这不但没有破坏他的形象，反倒增添了几许倜傥的色彩。她惊奇地发现，欧阳夏的侧脸也那么有韵味，颧骨高得刚好，衬得瘦瘪的脸颊特别硬朗；嘴边的胡子，尽管潦潦草草，但格外有种男人气息；他微微探着头，眉头时不时皱起，像三叶草；还有他的眼睛，睫毛那么长，对着光看，一根是一根，一夜的疲劳也阻挡不住这些小东西挥动翅膀。

这次他穿的毛背心，又是烟灰色，旧的，衬衫领子随意地开着，脖颈吃着劲——改稿子也是要用劲的，他脖颈上两道筋绷着，内里是喉结，圆圆的点，似乎比其他男人大些。罗筱秋这么望着，几乎忘记了她来的初衷。

欧阳夏抬起头，偏过来，问："有事?"他的声音很轻柔，磁性大得筱秋感觉她整个身子都要被吸过去。

"我……我来投稿。"筱秋有些结巴。

"投稿?"欧阳夏皱了一下眉头，但旋即展开，他伸出手，"在哪里?我看看。"

筱秋战战兢兢从怀里掏出一个信封，递了过去——她恨自己没用好的信封。

"我留着看，有消息通知你。有联系地址吗?"

筱秋立即脱口而出自己租的那个大杂院的地址，像小学生背书。

"你说得太快了，写到纸上吧，喏，这里有笔。"

筱秋拿起笔，一笔一画写了。

"那再会!"欧阳夏伸出手，筱秋也连忙伸手握住了，他的手又大又柔软，微微有点汗，但是暖的。

"哦，你叫什么来着?"欧阳夏笑着，摸了摸后脑勺。哦，他还有点孩子气。

"我叫罗筱秋。罗马的罗，竹字头的筱，秋天的秋。"筱秋笑得比北京的秋天还美。

自投稿完成那一刻起，罗筱秋就陷入了焦急的等待状态中。她不能听见外面有声音，即便是走街串巷跑胡同卖羊杂羊肚小贩的吆喝声，也会让她神经紧绷。无论天时早晚，只要一有动静，她就会抓住芹嫂的胳膊问，有我的信没有，有么？芹嫂鼓着嘴，说这孩子，就投个稿，哪至于。

晚上睡在床上，筱秋又想：咦，是不是我的文章没写好，《论女国民的经济独立问题》，是不是太没条理？或者题目太阔大？要不要去报馆问问？算了还是别问了，丢不起那个人，恍恍惚惚睡去……第二天，担心照旧。

“要不我去帮你问问。”意浓见姐姐魂不守舍，自告奋勇，“还劳动呢，这就叫劳动？这能赚几个钱？”

筱秋道：“这叫脑力劳动，能启发民智，功德无量。”

意浓撇撇嘴：“还无量，我看稿费到时候能不能买二斤馒头。”

又等了几天，还是没消息，半个月过去了，《时代潮》出了两期，每期筱秋都第一个冲出去报摊买，根本不用等到报童叫卖，可每次拿到报纸，左翻右看，“论天下”栏目里，总是没有自己写的文章的影子。筱秋有些气馁，但她还是继续写，写了还投，只不过，现在她不亲自去递了，她嫌不好意思。她改寄信，邮费从伙食费里省，但投了一个多月，冬天都来了，筱秋的稿子还是没被印成铅字。筱秋不写了，放弃了，她真的有些灰心。

元旦，学校放假，意浓早早回到家，打算跟芹嫂一起包饺子。

筱秋用功，还在图书馆里看杂志。报纸不行，她想投投杂志，揣摩风格去了。

大杂院，一个男人步入，碰见张大姐，他问罗筱秋家在哪里，张姐指了一下亮着光的小屋。男人走了过去，敲敲门。

“门没锁！”意浓在里面喊。男人出于礼貌，又敲了一下。

“说了门没锁。”意浓不耐烦，两手在围裙上膏了膏，去拉门。

“你是?”看见眼前这个英俊高大的男人,罗意浓蓦地有了几分矜持。

“抱歉,打扰,我是《时代潮》报社的主编欧阳夏,请问罗筱秋小姐是住在这里吗?”来者谦谦有礼,还是没迈进屋子。

“姐姐一会儿就回来,你先进来坐,”意浓一个劲朝里让,又说,“真不好意思,屋子小,没处下脚了。”欧阳夏说没关系,我是来送报纸的,我们的新年特别专号,有你姐姐的文章。

“喏,这是两份。”欧阳夏变魔术似的从怀里变出两份报纸,折得四方四正,递到意浓手里。

意浓接了,也不看,顺手放在包饺子的大方桌上,死劲拉住来客:“不能走,姐姐一会儿就回来,你走了,姐姐该骂我了。”一贯豪爽的意浓竟有了几分小女儿情态。

芹嫂向来和善,来者是客,也跟着说:“留下来吃个饺子,家里也是难得开荤,看来是为了迎稀客。”

意浓扭头瞪了芹嫂一眼,她不想让来客看透自己家的窘境,哦,一顿饺子都吃不起了,就穷成这样?欧阳夏微笑着,像座山似的立着,他这天穿一件黑色的风衣,有点类似雨衣,但特别挺括。

北京的冬天很少有雨,这天破天荒的,竟然开始飘起了雨,雨点子还有些急,打在窗台上、地面上,噗噗噜噜,一打一个小窝窝,空气中弥漫着尘土的气味。

芹嫂笑道:“看,连天都留客了,欧阳先生,留下来吃个便饭吧。”意浓也一个劲儿留客。欧阳夏拗不过,只好宽了外衣,随意坐在炕上,他的腿长,偶尔一晃。

雨下得更大了,噼里啪啦,芹嫂念一句,说“呦,筱秋要被淋了”。意浓忙说我去接,随即从里屋取出一把油伞,低着头,半撑着要出门。

门一下被撞开了,筱秋嚷嚷着说这个天还有雨,真是出了奇了,不停地拍身上的雨点,她头发淋湿了,贴在脸上,有几分柔弱可怜相。

再一抬头，筱秋愣了，颤抖着发出声音："欧阳主编——"

欧阳夏站起来，跟她握手，筱秋连忙捉住，一颗心脏扑通扑通。

意浓愣在一边。

芹嫂说："欧阳主编是来给你送报纸的，你的文章在报纸上有了。"

筱秋听了高兴得跟芹嫂拥抱了起来，又连声问，哪一篇，是哪一篇。芹嫂说："这该问主编了。"欧阳夏笑说："不是一篇，是一组，你对妇女问题很有思考，我编辑了一下，发了一个妇女问题专号，署名就用罗筱秋。"

筱秋想拥抱欧阳夏，但又觉得不礼貌，终于克制住了，嘴角上扬，傻笑。

"我去买酒！"意浓举手提议。

芹嫂忙站起来假装要打，"小孩子喝什么酒！不许去。"意浓却已经抓了一把零钱，撑伞跑出去。芹嫂嘀咕，说这孩子，野得很，说完又不好意思地朝欧阳夏笑笑，说欧阳先生别见怪，也是小孩子看到你来太高兴。欧阳说没关系，又问要不要帮忙。芹嫂连忙用手挡了一下，说都弄好了，这就去下锅了，筱秋，你陪欧阳先生聊会儿。

屋子里只剩筱秋和欧阳夏，一个站着，一个坐着，筱秋瞟了欧阳一眼，又赶紧调开视线，她猛然觉得自己就这么站着有些尴尬，便挪到凳子边，也坐下。

欧阳还是不说话，他似乎也不觉得尴尬，嘴角硬硬的，牵拉着，一副坚定的样子，可筱秋受不了，尽管外面有雨声做配乐，多少让空气不显得那么僵硬，但筱秋还是决定率先打破沉默。

"没想到真的发表了，"筱秋低着头，微笑着，"差点就放弃了。"

"人有的时候就需要坚持，再坚持一下，好多事都能成功。"欧阳夏说。

"欧阳主编说得很对。"

"叫我欧阳夏就可以。"

“没想到你亲自送来。”筱秋一时间只会用“没想到”这个句式说话。

“刚好路过。”

“没想到你还会留下吃饭。”

“哦,真是不好意思。”欧阳夏喉咙哽了一下。

“我不是那个意思……”筱秋忙解释。

“回头稿费开高点,算是饭费。”欧阳夏用笑容解嘲。筱秋怪自己弄巧成拙。

“买到了,上好的绍兴黄!”意浓跑进来,跺了跺脚,收了伞,“老板刚进的货,闻着都香。”意浓打开小酒壶上的布头塞子,凑到欧阳夏鼻子下面。

筱秋喝道:“意浓! 不得胡闹!”

欧阳夏却并不在意,只道:“酒不醉人人自醉。绍兴的黄酒好,小酌无妨,有益身体。”

意浓有人撑腰,立刻来了劲头,握着小酒壶,打趣姐姐道:“听到了没,欧阳先生才是真名士自风流,姐姐如此酸文假醋,最没意思,回头我们一番痛饮,姐姐干瞧着。”芹嫂端上饺子来,热气腾腾,她让着欧阳先生吃。

欧阳夏说:“北京很少能吃到带汤的水饺。”

芹嫂笑问:“这边人吃饺子,水是水,饺子是饺子,天又冷,还没吃完,就冷了,还是我们南方好,哦? 欧阳先生也是南方人。”欧阳刚要开口,意浓等不及了,四个小酒杯都已斟满,抢先道:“不管什么南方北方,今天我们聚到这里,就是一家人,就要开怀畅饮!”

筱秋佯怒道:“就你能。”意浓做了个鬼脸。

四个人举起了杯子。

不知道是不是因为酒劲儿,筱秋一晚上都觉得热,脸热,红得像冬天的小炭盆,透在里面,身上热,热得她不得不进里屋脱掉一件毛衣,就那几只饺子,几个人竟然一直吃到半夜,连雨都止歇了。意浓喝得最多,熬不住倒头便睡去。筱秋送欧阳夏,两个人并排走着,手都插在口袋里,路太黑,两人的胳膊不小心撞到一起,筱秋笑说真是喝多了,欧阳夏说没想到你酒量这么好,筱秋说也许是因为高兴,说出口又觉得失言,忙改口:“用钱买的东西,当然不能浪费。”到了胡同口,欧阳夏伸出手,说再会。筱秋有些怅惘,也伸出手。“再会,”她说,“我还能继续投稿?”欧阳夏说:“当然可以,做我们的兼职编辑都可以。”

筱秋愣了一下,问:“我能行?”

欧阳点点头,下意识地裹紧了大衣,再次向罗筱秋招了招手。

看着欧阳夏的背影,筱秋下意识忍不住跟着走了几步,喊了一声欧阳先生。

欧阳夏回过头,嗯了一声。筱秋看着他那张充满疑惑的脸,尴尬地笑笑,不住喃喃道,再会,再会。

以《时代潮》为起点,罗筱秋在短时间内,在京津地区的不少报刊上发表了文章,社论、散文,还有小说,一时间名气大得走在校园里都有人能认得出,同学们开始叫她“小冰心”,但筱秋却说,不要这么叫,我罗筱秋就是罗筱秋,行不改名坐不改姓,《红楼梦》里袭人是宝钗的“副”,我可不想做谁的“副”。

筱秋心里有股子独立的劲儿。从小被退婚,求学又差点失败,无论是生活上,还是感情上,又或者在其他什么方面,她都强烈地渴求独立,她要做女国民,不要做男人附属品。

清朝是翻过去了,可政局一直没稳过,辛亥过后,今天是孙中山,明天是袁世凯,没多会子又变成北洋,闹得不可开交。筱秋对这政治不是那么感兴趣,但当政治牵涉到女性本身的权益时,她又有劲头了。

比如游行,她就很少参与,五四运动的时候她还是孩子,在天津;女师大风潮与她刚好又是前后脚。等到她成了一支笔杆子,她就更少在公众场合露面，更别说游行了。但这年女师大学生会里的几个骨干，打算为一个叫“李超”的女孩举办纪念大会，借此宣扬男女平等、女子解放、女子教育，批判旧家庭的黑暗，筱秋欣然前往，没准还能写篇文章，发表在《时代潮》上，以作鼓吹。

站在台下，意浓问筱秋：“姐，谁是李超？”

筱秋正听台上的女代表发表“女性独立宣言”，顾不上理她，意浓不甘心，一个劲晃筱秋的胳膊。筱秋不耐烦：“算是一个前辈。”意浓问：“她怎么了？”前面人太多，筱秋踮起脚尖看，讲台上挂着一个巨大的条幅，从右自左写着：女子平权刻不容缓。一个梳着齐耳短发的女学生好容易读完了，振臂一呼，下面人也跟着喊：我们有受教育的权利！女子不能受家庭的压迫！女子和男子一样是民国的国民！意浓也糊里糊涂跟着喊，就当是个大聚会。

喊完了，筱秋才得空跟意浓说：“你真应该去读读书，最起码，也应该了解了解时事。李超，胡适先生都给写传的。”意浓瞪大了眼睛，“她是女英雄？！”筱秋说：“李超学姐，跟我们也差不多。”意浓更感兴趣了。

筱秋继续说：“她父母双亡，但就因为她是女儿之身，没有继承权，财产被嗣兄继承，李超学姐不满家庭的黑暗，从广西逃出来，到女高师旁听，听了一年的课，第二年转为正科生，结果没想到冬天的时候被查出肺病，人生地疏，贫病交加，很快就仙去，好心同学把她的尸体收了，停在一所破庙里……当然，你不知道也可以原谅，算起来也是六七年前的事了。”意浓问：“那后来呢？”筱秋说：“后来胡适先生和北平的教育界，都为李超抱不平，开了公祭大会，写了传记，李超的故事就广为人知了。你我，也不过是晚几年的李超，只不过我们更幸运罢了。”

“尚静若！”远处传来一声喊。筱秋和意浓都吓了一跳，隔着好几个人，意浓看清了，笑不嗤嗤地对筱秋说：“旧家庭的黑暗又来了！”

“你还笑，你负责把他引走。”筱秋吩咐意浓。

意浓道:“我没那个本事。”正说着,茂松已经到跟前了。

“三妹,你怎么老躲着我。”茂松有些委屈,脸皱着,他穿着改良西装,藏青色,戴着西式帽子,一副学生领袖的样子。意浓打趣:“这里没有静若,也没有静素。”

茂松改口,从怀里掏出一张长纸条:“哦,是筱秋。我这里有两张新剧票,鸣月社的,演《玩偶之家》,就两场,机会难得,我们一起去好不好?”

筱秋骇笑,对意浓说:“听听,从‘玩偶之家’走出来还不够,还要请我去看,看自己的原型、本尊,看看自己有多么可笑!”

茂松委屈,恳求:“哦不,不是这个意思,你不是最喜欢那个娜拉么?我找了好几个同学,拐着弯,才弄到票。”

意浓道:“《玩偶之家》?这戏我都能演,她不去,我去!”她一把夺过票,又说,“最好另一张也给我。”茂松不动,看筱秋。

筱秋说:“给她吧。”茂松只好掏出另一张票,递给意浓。意浓接了,笑嘻嘻说:“行了,不打扰你们,谢谢姐,谢谢罗先生。”说罢,嬉皮笑脸转身离开。

茂松上前一步,喊了一声筱秋。

筱秋严肃得好像台上的女代表,脸绷紧了:“你站住,不许动。”茂松立刻站住,像机器人,也像提线木偶。“向后——转!”筱秋继续发号施令,“齐步——走!”茂松真的向后转了,但没走。筱秋立刻跑开了,她才不要跟来自旧家庭的人有任何关联,她要奔向一个新世界。

跑到操场门口,刚好碰到会议散场,一大群人朝外走,筱秋逆着向,行走特别困难,撞着了,只好说不好意思,走了没几步,筱秋觉得自己胳膊被捉住了,有人把她朝后拉,她以为又是罗茂松,不耐烦地回头,闭着眼大吼:“你能不能不要跟着我!天底下那么多人你不找……”睁开眼,一瞬间,筱秋感觉自己全身过了闪电一样,瞬间酥麻,全身都是凉的,又在一秒钟回暖,她几乎哭叫出来:“二姐!”

一身男士的黑色中山装，戴着黑色的大檐礼帽，摘掉了，才看得见她那出奇短的头发，三七分着，油亮油亮。但筱秋还是认得出二姐，那一身英气，无人能比。

进了旅馆的门，筱秋才停止哭泣，她也不知道自己是太高兴还是太悲伤。二姐走了那么多年，杳无音讯，当初她逃婚，带走了一瓮黄金，说是去出国留学，但筱秋无法理解的是，即便是留学，也没必要彻底消失，即便对一般人隐藏行踪，也没必要对她罗筱秋隐藏。

"我就知道罗筱秋是你。"二姐尚静之把随时拎着的小皮箱子塞到床底下，站起来，两手插在口袋里，笑着对筱秋说，"那个文风笔意，是我们家的风格。"

二姐带她来津桥旅馆，筱秋原本还有些紧张，可这么一句话，两个人的距离立刻近了。筱秋也不问二姐这些年去哪儿了，在干什么，她知道，问了也没用，二姐就是二姐，当初她毅然出走，也没跟谁商量过，说走就走，现在她回来，必然有原因。

二姐是干大事的人。

"你的思想有些革命的影子，但是，还是格局太小，只关注女人，太不够了。"静之过来拍了一下筱秋的肩膀，筱秋觉得身体往下一沉，脚下拼命站住，"革命，是需要暴力的。"

"我们毕竟是女人。"筱秋望着二姐。

"那又怎么样，我们可以比男人还强。"静之说，"革命有时候需要流血，需要暴力，需要干出一番惊天动地的事业。"

筱秋没说话，她走到窗边，外面是北平灰暗色调的街道，几个赶车的，扬起鞭子，啪的一甩，一声嘹亮的脆响，牲口跑得更快了。

"可是我们不是花木兰，也不是穆桂英，我们不是当兵的。"筱秋转过脸，抱着两臂，望着姐姐。

"征战不是男人的特权。"静之走过去，握住筱秋的手，"一起去南方吧,革命需要我们。”

筱秋有些莫名地激动,但她又不知道为什么,她只说,“我们自己尚没有发展好。”

静之说:“你说的是小的革命,是女性的发展,可我们现在需要大革命,翻天覆地的,好让这个世界变得更好,打破旧的,才能重建新的。”

筱秋反抓住静之胳膊,激动地晃着:“姐,这个我们以后再说,你不要住在这里好不好,回家去住,我现在和芹嫂住在一起,还有四妹,她也很想你,前几天还问我二姐去做什么了,还有大姐,她现在在南方,我现在就给她打电报,告诉她你回来了。”

“不许去!”静之喝道,“她那个丈夫,不是好东西! 卖主求荣,是个奴才!”

筱秋被吓住了,她原本想说,大姐夫一直在资助我们上学,但话到嘴边,又咽下去,她知道二姐的脾气。

两人都没说话,就那么站着,空气中不知怎么飘来点饭菜香,就那种最平常的家常菜的味道,这味道多少能把人往人间拉一拉。半晌,静之从上马甲的斜口袋里掏出一支烟,点燃了,深深吸了一口,又问:“娘怎么样了?”

筱秋的泪瞬间冲出眼眶,她也不去擦,只说:“娘没能看你最后一眼。”

静之木然,半晌,叹了口气,三下吸光一支,烟头丢在地板上,用脚碾灭了:“大伯四伯,我已经处理了。”

“你?!”筱秋忍不住叫。

“我现在没有家恨,只有国仇。”静之口气坚定。

“可是你还有家!”筱秋呜呜地哭喊。

“天下未平,谈何有家。”静之走过去,从肩头抱住筱秋,长长地喊了一句,“妹妹——”

筱秋感觉得到她的心跳，她想起那年她们一起翻窗，偷看一瓮黄金，她还想起姐姐舞剑，想起那场酒局里她吟过的诗，想起那天晚上的那个地牢，想起母亲临终前的脸……她忍不住流泪，曾经圆满的家庭，支离破碎，现在，一个拥抱，四只手臂围成一个圈，她贪恋这温暖。

“一起去干大事业。”静之扶住筱秋的肩，一脸认真。

“我……”筱秋迟疑了。革命，流血，牺牲，大事业，这些词在筱秋的生命中从未出现过，现在，它们随着姐姐的回归，破门而入，准备占领筱秋的世界，筱秋慌忙躲开，留下一座“空城”。

“什么大事业?”筱秋底气不足。尚静之说:“北洋军阀的统治多腐败你应该是感同身受，辛亥革命的果实被窃取那么多年，从袁世凯开始，辗转了那么多年，是该回来了。”

“如何回来?”筱秋问。

“你知不知道南方有个黄埔?”静之又点燃一支烟。

“黄埔?”

“在广东，孙中山先生创立的两所学校，一文，一武，文的是广东大学，武的就是黄埔军校，专门培养军事人才，可惜孙先生近期去世，国家又变得不安宁，我们为什么不为国家出点力?”

“为国家出力的方式有很多种。”筱秋说，“女师大也有反抗的传统。”

“可这是一个武力的时代。”

“我们一介女流，又能如何?”

静之吸尽了烟，随手把烟头丢在床头柜上的烟灰缸里，突然从皮靴里抽出一把短刀，随手一甩，那刀嗖地一下稳稳钉在梳妆镜的边框上，刀柄被震得乱晃。“不要把自己放在低男人一等的位置上，我们还是能有作为的，一起走吧。”

“我……”筱秋说。

“事不宜迟，明早五更天，天丝胡同口，我等你，你若不想走，就别来。”静之一副不容置喙的口气。

筱秋一晚没睡。

她和姐姐的追求太不一样，姐姐有大志愿，愿意为国，而她，也仅仅想要为家。虽然说，有国才有家，但不是也有话说修身，齐家，治国，平天下？她罗筱秋现在连修身齐家都还没做好，又有什么资格和能力，去谈拯救国家？她想要的，也只不过是遇到一场平等的、给予对方充分发展空间的爱情，然后，携手走入婚姻，相伴一生。但她也知道，这一切在眼下的环境中，是那么难，在这个新旧交替的时代，恋爱中的自由，本身就带有革命性质。

四更天，外面一片漆黑，筱秋从炕上爬下来，小心地穿着衣裤，意浓了翻个身，筱秋立刻停住，等到妹妹呼吸均匀了，她才继续准备。筱秋原本想跟意浓说，但四妹不拘一格的性子，知道多了，反倒坏事，况且二姐交代，她只能一人前往。

天丝胡同离她住的地方不远，筱秋沿着墙根，悄然穿行于夜色。

天丝胡同口，一弯新月挂在枝头，仿佛一把明晃晃的匕首。筱秋稍微早到了点，她杵在拐弯头，两手对揣在袖管里，暖和些。五更天一到，远处传来一阵马蹄声，车子很快便停在了胡同口。

二姐静之探出头，她戴了个便帽，更分不出男女。“上车吧！”显然很兴奋。

筱秋站在那儿不动。

“上车！”静之又喊。

筱秋突然哭了，走上前，抱住二姐的脖颈，胸口不住地起伏。

静之摸了摸妹妹的头，慢慢推开她，捧着她的脸，说：“不要哭，都说好了，不愿意去，就不要来，来了，你只有伤感，乱世儿女，哪能如此情长？”

筱秋松开紧攥的手，递到二姐面前，手掌里托着一只祖母绿戒指。

“娘留给你的。”筱秋说。

静之捏起来，戴在自己左手中指上，比了比，便扭头对车夫说，去火车站。

筱秋哭得更厉害了。

“保重。”静之挥了挥手，还是保持微笑，她探头到筱秋耳边，“记住，以笔为刀。”

两个人从胡同口蹿出来。

“二姐！”是意浓，她身后跟着芹嫂，气喘吁吁。

静之朝她们挥了挥手，没再说什么，缩回马车轿厢，车夫轻打了一下马屁股，那马儿便加足力量，一路向西而去。意浓追着跑了一段路，马蹄声越来越远，她终于停下来，弯着腰，两手撑在腿上，喘着粗气。筱秋呆呆立着，目送那马车聚成一个小点，消失在清晨暗而薄的雾中。

“二小姐！”芹嫂悲戚地喊了一声，掌不住也哭了。

天开始蒙蒙亮，上弦月依旧无声地照着，几只乌鸦许是被哭声惊醒，呱呱叫了几声，扑棱着翅膀，在枝头飞了一圈，又稳稳地落在原地，它们偏着头，看着脚下三个女人，不愿分享理解她们的激动与悲伤。

筱秋开始进入《时代潮》编辑部做兼职编辑了。每周末，从早到晚，她都会在编辑部里待着。校稿子、刻蜡板、回读者来信，见缝插针地，她还能写写稿子。欧阳夏不定期会在，筱秋也不懂，这个欧阳先生最近似乎特别忙，说是去了南方几次，回来了，也不常在报馆待着。虽然不是日报，但连续编起来，也很需要一些气力，少一个人手，效率大大下降，李忠和老王可累得够呛，幸亏后来筱秋加入，添了两只手，虽然不甚熟练，但却解决了大问题。

不过，对于筱秋来说，欧阳夏就像一个探照灯，他写得一手好文章，人就更不用说，最关键的是，在精神层面，他总能给人一种引领，他是那种能带着羊群前进的头羊，消息最灵通，也最有能力，跟着他走，你就能放心。他总是带来最新的神秘的消息。比如有一次，是个礼拜六,筱秋、李忠、老王正在搬新印出来的报纸,欧阳夏回来了,放下帽子,把几个人召集到一起,小声说广州成立了国民政府,国共联合北伐,先生的遗愿可以继续了。筱秋也听不太懂,她只知道,北洋军阀内部你上台我下台,换得厉害,她也不知道意味着什么。

"北洋政府还没倒台,我们要在舆论阵地发力,给他们以打击。"欧阳夏握紧了拳头。

"可是,现在军阀也在抓舆论,风声很紧。"老王蹲在地上,烟雾笼罩了他的脸。

"那也要办,我们要发出我们的声音。"李忠情绪有些激动。

"实在不行就去天津租界办。"欧阳夏说。老王吸了最后一口,烟雾从嘴巴进去,又从鼻子里出来:"《大公报》都受限制,何况我们,真到了那一步,只能报变刊,转为地下的,还有就是,办报的经费,恐怕也需要再找。"

"这个不用发愁,"欧阳夏忙说,"我来联系。"

几个大男人一递一句说着,几乎已经忘记了旁边还有一个罗筱秋埋在稿件堆里。他们说完了,欧阳夏才发现筱秋,他有些吃惊,眉毛上挑,但很快就用理智控制住了情绪:"筱秋,你先回去,这几天先不用过来,下个礼拜再来。"

罗筱秋哦了一声,提着她那只土布书包,低着头匆匆走了。欧阳安排的事,她从来都是执行而不问,她觉得他很神秘,又充满男子气概,她不是不想知道他的事——他的一切她都感兴趣,但她更希望保留这层神秘感。

罗筱秋感觉大事要来了,她有些紧张,又有些恐惧,她为自己能参与到欧阳夏的生活中而感到庆幸。

十月中旬,北平的树,叶子开始变黄,街道上,有牛车、马车、黄包车,时不时还有汽车驶过,风一刮,满街尘土,筱秋几乎睁不开眼睛。

"筱秋——"茂松迎面走到她面前。

罗筱秋眯缝着眼，看清了，连忙躲避，结果她朝左，他也朝左，他手里举着个糖葫芦，好似凶器。

“还没吃，给你。”茂松举着糖葫芦。

筱秋没好气：“我不是小孩。”

茂松追着问：“《玩偶之家》的票还有，去看么？”

筱秋一路小跑，把茂松甩在身后。茂松看着罗筱秋的背影，重重地把糖葫芦摔在地上，一个拾荒者连忙捡起，欢天喜地走了。

“姐，你真不去啊，我这儿可是两张票，你不去可便宜燕大那小子了。”意浓朝身上套棉袍，又转头，“喏，我给你放这儿了，可别说我占你便宜，去不去随你。”意浓把票朝饭桌上一拍。

“你少谈点恋爱。”筱秋敷衍一句。

意浓打趣道：“恋爱自由，来北平，不恋爱，等于没来。哼，让我少谈，你自己还不是大谈特谈。”

筱秋白了她一眼：“我谈什么了？”

意浓把棉袍硬往下扯扯：“行行行，你没谈，你没谈天天往欧阳先生那里跑，你没谈欧阳先生一回来你就高兴一走你就失落，要恋爱就恋爱，为什么不能光明正大，现在不是魍魉世界，现在是恋爱的净土！”

筱秋气得乱摆，操起炕上一把布尺就朝妹妹身上打。

意浓大笑着跑出去。

《玩偶之家》自民国初就开始演，演到现在，场面不一，水平不等，但抨击封建家庭呼吁妇女解放的力度却越来越大。意浓不是文学爱好者，可《玩偶之家》的剧本，她却反复读过许多遍，学校图书馆里那几本“供不应求”，她便自己跑去琉璃厂买了本盗版，翻得封皮和书边子都快烂了——她甚至能背成诵——不是默背默诵，而是大声喊出来。她喜欢娜拉，执拗，有力量，她喜欢嚷出那句“首先我是一个人，跟你一样的人——至少我要学做一个人”。有朝一日，她也想像娜拉那样，砰的一声摔响大门，她喜欢那种破茧成蝶，走入广大天地的姿态。

《玩偶之家》的新剧她看过，有几次在学校的小礼堂，学生们自发演剧，因陋就简，连黄头发都是去杂耍铺子借的，衣服用破布缝缝，但仍然不妨碍学生们的高昂兴致。意浓出身体育系，当然演不上娜拉，但她毫不怀疑，自己若能站上舞台，一定不比那个主角演得差。哼，看一眼那个女主角就知道，胸小屁股窄，声音也不洪亮，一点革命的激情都没有，跟娜拉，相差十万八千里，凭什么演？

鸣月剧院门口，意浓手握着两张票，左顾右盼，她约了燕京大学的男学生张金生，两人轧朋友轧了一阵子，处于暧昧阶段，意浓想考察考察。说好了五点见，结果五点十分还没人影，意浓不耐烦——再等下去，就算人来了，她一个女孩家，也终究没面子，她一赌气，自己先检票进去了。

鸣月剧场分两层。

二层是包间，一小格一小格，顶上是雕细花框架镶着有色玻璃的仿宫灯，隔间的墙包着暗红色的天鹅绒，配有西式皮躺椅、两层带搁脚的坐榻，还有中式高脚茶几，放茶水点心用的，另外配几个小凳子，以便访客。

一楼是半月形大池子，有二十排木头座位，人多的时候，还可以在后面加长凳子，再有想看的，站着也行。剧场墙壁呈弧形，格外笼音，在京津地区数一数二，剧台也完全按照西式演出的舞台建造，有三层帘幕，升降自如，可作分幕用，也可辅助戏剧表演，让舞台多些变化，幕布上方一排西洋的聚光大灯，一开，舞台上照得雪亮。

鸣月社，听名字就知道是鸣月剧场的看家剧团了，据说是一个军阀的姨太太建的，从前是女学生，后来下了海，但对于新文艺的爱好始终不能改，索性大甩手，建了剧场，搭了个班子，北平城的官太太大小姐们知道剧场的来路，少不了来捧捧场，因此剧场钱也没少挣，姨太太娱己娱人，顺带赚点私房钱，功德圆满。

说是来早，意浓进场时，台上台下，已是闹哄哄一片，演员班子在忙着布置舞台，幕布虽然放下，但幕后面一排走来走去的脚，硬是把紧张气氛踩出来了。意浓按图索骥，10 排 9 号，在正当中，视野是极好，她一路跟人说不好意思，终于挤进去。坐定了，再用余光瞄瞄，周围坐的，真是什么人都有，轧朋友的小年轻，相互搀扶着，意浓看到就恶心；还有半老的太太，没准儿是落寞贵族的正房，自己被封建家庭毒害了这么多年，现在倒鼓起勇气跑来看娜拉；前面还坐着个戴瓜皮帽的老爷子——脖子后头拖着根麻花小辫子，细溜溜的，跟猪尾巴似的，是遗老无疑了，没准是来砸场子的，什么心态！

“抱歉，让一让，让一让……”左边进来个人，猫着腰，一路寒暄。

意浓偏头觑了一眼，脸色立刻沉下来：“茂松，你怎么来了？你不是只有两张票么?!”

罗茂松窝窝囊囊在 8 号座位坐下，“来了就是看戏的哦，票，可以再买的哦。”

意浓不耐烦，说：“你走开，这是姐姐的座儿。”

茂松掏出票，对着光举到的意浓脸跟前：“你姐那张应该是 7 号哦，我的是 8 号，你是 9 号，对吧。”

意浓气得眼绿，但也没办法，她就希望 10 号没人来，这样她就能挪一位，跟茂松隔开。茂松倒先发话了：“你以为我想跟你坐一块儿？我是来等筱秋的。”

意浓唾了一口：“你做梦！”

快七点，天光还有一丝未散尽，窗帘没盖住的地方隐约可以看见天边的云头，乌泱泱的，相互重叠着，拥挤着，就好像剧场里的人群——春末的北京，惯有雷雨，就那也挡不住人们娱乐的热情，越是乱世，越要及时行乐苦中作乐，抓住当下，就抓住了所有。

一层快坐满了，大幕开启前，二层也开始上人，当中的包厢看台边，站着个女人，穿着黑旗袍，面料上却镶满珠翠宝石，灯光稍微一扫，刺得人眼热，旗袍外面罩着大披风，红丝绸料子，垂至脚踝——想必这就是老板娘了。女学生的样子是没了，女学生的浪漫主义她却一点没丢。她身后，坐着一位老爷，一身军装也束不住他的大肚子，他的军帽有些歪，两撇小胡子有些滑稽，人多，厅里热气重，几个小丫头在帮他扇扇子。少顷，老板娘看有人来了，许是张太太、李太太、王太太，她赶忙越过丈夫，忙着招呼。

《玩偶之家》，内容虽然“反动”，但是新潮啊。新潮就是好的，人人都来赶新潮。在姨太太们看来，这个女主角娜拉，不过跟她们平日里与丈夫撒撒娇差不多，摔摔打打，目的是邀宠，推门出去，迟早还是要被丈夫请回来。

“怎么还不演？”意浓有些不耐烦了，周围的情侣也开始嘀咕，中年妇女更不耐烦，骂骂咧咧说新戏演员就是没有京剧演员有德行，都不按时，只有意浓前面那个有小猪尾巴辫的老头，纹丝不动，端坐着。

“你姐姐真不来了？”茂松问。

意浓没好气：“你问她去，我哪知道？！”

外面天空打了个炸雷，剧场里嗡的一声，有人吓得捂住耳朵，有人念阿弥陀佛，大幕就在这个时候，徐徐拉开了。

一间套房出现在观众面前，大体是按照易卜生的写法设计的，意浓对本子熟，眼一见到，立刻跟查点物品似的念念有词：“后面右边，一扇门通到门厅，左边一扇门通到海尔茂书房。两扇门中间有一架钢琴，钢琴呢？怎么没钢琴，哦，换成茶几了，这不对，应该是钢琴……左墙中央有一扇门。靠前一点，有一扇窗。靠窗有圆桌，扶手椅和小沙发。右墙里，靠后，又有一扇门。靠墙往前一点，一只瓷火炉，火炉又没有，怎么变成屏风了？应该是火炉！真的。还有墙上有‘许多版画’，怎么就那么一张？没有孔雀羽毛啊，哦，小书橱倒有了，什么，放了一些破杂志破线装书？应该是精美的书籍。地上怎么没地毯？不行不行，这个布景太粗糙了……”

茂松忍不住拍了她一下：“能不能先看戏？”

意浓怒道：“非礼勿动。海尔茂，茂松，名字里带茂的没一个好东西！”

茂松不理她，继续看戏。

门铃响了，娜拉把圣诞树和篮子交给女佣，一边脱外衣，一边快活地笑，意浓立刻又不满意了：“胸呢？屁股呢？完全没有，完全没有，娜拉可不是怨妇！”茂松叹了口气，不敢接话。外面开始下雨，坐在大厅里，也能听得见雨声，刚好做背景音，时不时一个炸雷，看戏也看得心惊肉跳，充满刺激性。时不时有观众站起来起哄鼓掌。

台上那个海尔茂有点怪——脸扁平，十分瘦弱，看上去遗少味十足。他搂着那位娜拉，笑嘻嘻地说：“这是一只可爱的小鸟儿，就是很能花钱。谁也不会相信一个男人养活你这么一只小鸟要花那么多钱。”台下一阵哄笑，二楼包厢，大肚子军阀也来劲了，两腿叉着，指着姨太太大笑。意浓回头朝上看，唾道：“腐朽！”

黑暗中，有人猫着腰，不停地说对不起，一路挤进来。“姐！你怎么来了！”意浓惊叫。茂松连忙接过筱秋手里的两把雨伞，靠在椅子边上，他喊了声筱秋。罗筱秋也不看他，直责怪妹妹：“你不看外面雨都下成什么样了！”

意浓感动，搂住筱秋的脖子：“姐姐！”

四下侧目。

“注意影响。”筱秋低声喝道。

台上还在演，林丹太太和娜拉在说私房话，两个人都化了大浓妆，为了让所有观众听得到台词，只好大声说话，但偏偏那个娜拉的发声方法不是“气自丹田”，显得特别费力，越往下演，那女主角似乎就越费力，灯光照在她脸上，汗珠子直朝外沁。

意浓凑到姐姐脸跟前取笑：“她演不下去了。”

筱秋问:"你怎么知道?"

意浓得意地说:"你看她台词讲得都没气力,面目萎黄,八成是来了月例。"

筱秋笑:"你又成医生了。"

茂松插话:"四妹总是顽皮。"

两姊妹不接茬儿,故意晾着他。

"姐你看,那个娜拉不行了,刚刚她没站稳。"意浓惊叫。

筱秋说:"那只是走过场戏。"

第一幕结束,卖小糖、烟卷和小果子的孩童,端着挂在脖子上的杂货盒来兜售。茂松连忙献殷勤:"想吃什么,我去买。"意浓倒不客气,立刻说:"我想吃意大利糖。"这时节北平学生圈里正流行这东西,扁扁的、五彩的小糖,说是产自意大利,充其量是上海货。筱秋皱眉,嗔道:"不要乱要人家东西。"茂松赔笑着:"自家人,怎么成人家了。"说着就递过银格子,卖货小孩欢天喜地收了钱,给了三份糖果,还附赠三颗冬枣干。

茂松递过来,筱秋礼貌地说谢谢,手却没接,意浓不客气,一阵大嚼,嚼了一会儿,又说口干,便撺掇茂松去买饮料,点名要山海关牌的格瓦斯汽水。茂松乐得效力,没过多会儿就颠颠地跑回来。哪知道一瓶汽水没喝完,意浓又说要上厕所,一排人都得起来让路,筱秋也觉得不好意思,朝茂松嚷了一句:"买什么汽水!"

茂松倒很受用,骂,好歹也算理他了,更何况这种骂很有些温柔在里面。茂松忙说:"四妹就是这个脾气,谁让我们是哥哥姐姐呢。"

意浓从洗手间出来,一抬头看到个背影,风衣、帽子、身型,似曾相识,她喊了一句,那人没理,径直朝剧场里头走。五分钟幕间休息,观众纷纷下座走动,形成一股人流朝外涌,那人东钻西闪,好像并无阻碍,意浓就不行,几个人挡住她,她只好朝里挤,好在那人在倒数第三排就落座了。

“欧阳先生。”意浓拍了一下那人的肩膀。男人回头，意浓笑嘻嘻说：“我就知道是你，我没看错的，欧阳先生……”意浓话没说完，欧阳夏一把拉她坐下，又搂住她，两人脸对脸，一切细节放大到不可思议，他的眼睛、眉毛、嘴巴，肆无忌惮地抵在她的脸颊一侧，罗意浓的呼吸缩紧了，好像拉满了的弓，他的呼吸离她那么近，热气喷在她的皮肤上，痒痒的，还有那种气味，混合烟草与体味。她和燕京男学生谈了三个月“恋爱”，也从未有过这种感觉。

几名军警在走道里巡逻。

意浓身体扭了一下，欧阳夏立刻摁住：“别动。”

他看着她的眼，深情款款，她希望他吻下去，可他的唇却止步不前。

军警过去了。

“对不起，刚才有几个熟人……”欧阳夏恢复正常，声音低沉。意浓明白自己做了道具，不过她也不在乎：“欧阳先生，其实我……”

“对不起。”欧阳说。

“可是我喜欢你。”外面一阵闷雷，击散意浓的话。两个人僵在那儿，欧阳夏感到意外，他没想到，自己为了避险的举动，却引来了少女的情思。

“不要这样。”欧阳夏说。

“你可以不用回答，恋爱也可以在一个人的心里发生，不管你对我怎么样，我对你是一样。”意浓急匆匆地说。

欧阳夏不知道该说什么，他利用了罗意浓，但实在因为情势危急。他在警察厅，是留过底的，虽然他身份从来复杂，也不怕进去，但为了工作顺利完成，他还是尽力保全自我。他起身要走。

意浓拉住他：“戏还没看完呢，姐姐也来了。”

欧阳夏又坐下了。也好，看完走，人多，正好做掩护。他没料到这么一场新剧演出，会惊动那么多警察厅的人，直到听见二层包厢那骇人的大笑。

意浓小跑回中间那排，茂松正朝外挤，意浓嗤了他一声，钻回座位，扶住姐的手，喜上眉梢嚷：“欧阳先生也来了！”

筱秋惊问：“哪个欧阳先生？”

“还有哪个人姓欧阳，还不是你们报馆那位英俊潇洒充满智慧的欧阳主编。”意浓哈哈大笑，“一提欧阳你就坐不住。”

筱秋转过头，在几个人的脸的夹缝里，她看到欧阳坐在后排靠边上，他压着帽子，永远一身大衣，正气四溢，无论什么时候，无论在什么地方、什么场合，他都是那样端挺，雷劈不下，风刮不倒，站如松，坐似钟。

罗筱秋朝他笑了笑。

欧阳夏点了点头。

第三幕时间到了，可幕布迟迟不拉开，观众有些不耐烦，二楼包厢的军阀站起来，拿着望远镜朝台上看，姨太太撑不住了，挥舞着扇子指挥人去看看究竟怎么回事。

又过了五分钟，幕布好容易拉开了，林丹太太和柯洛克斯泰先上。一阵对谈，洋味不够，所以完全成了北方的“唠嗑”，琐碎得很，观众没耐心，喝茶的喝茶，叫烟的叫烟，只等着娜拉上场，与她丈夫翻脸——最好大吵，中国观众最中意此类家庭纷争戏，恨不得大打出手才妙。

娜拉终于上场，还是那个女演员扮戏，她化着浓妆，戴着金毛假发，气力似乎是比前两幕好了些，大踏步的样子，前排有观众站起来喝彩，后面的就骂：“你他妈坐下，谁他妈要看你屁股！”

外面雨太大了，窗沿子开始漏水进来，顺着坡道，一路流下去，地面跟吃了一刀似的。后面只剩娜拉和海尔茂的戏了。海尔茂终于找回了点状态，对着娜拉一字一句说：“嘿！好像做了一场噩梦醒过来！这八年工夫，我最得意、最喜欢的女人——没想到是个伪君子，是个撒谎的人——比这还坏——是个犯罪的人。真是可恶极了！哼！哼！”

观众等着看娜拉怎么反驳，谁知那位娜拉，突然举起胳膊，像是要打人的样子，她脖子朝上引，天鹅般啊了一声，却直挺挺朝后倒下去。

剧场里轰的一声。

“就这么就死啦?!”小情侣不过瘾，大声疾呼。

幕布慢慢拉上，工作人员手忙脚乱朝台上跑，很快，医务人员抬着担架出现，硬把那个虚弱的娜拉抬上去，场景很像在战场救士兵。二楼姨太太大喊：“搞什么东西！B角呢，赶紧顶上！”没人理她，现场太乱了，有些观众嚷着要退票。

筱秋跟意浓讲：“这下好了，娜拉还没出走就倒下了。”

意浓莫名地兴奋，她回头看看，欧阳夏还在那里坐着，她看他的时候，他刚好也在朝她们这边望，这温柔又坚毅的眼神，像射出一道金光，莫名地给了意浓无限勇气。

“我能演！”意浓握紧拳头。

筱秋和茂松几乎异口同声：“别闹！”

来不及了，来不及了，意浓跳到椅子上，踩着椅背，踩着石头过河似的连跃过几位观众的头顶，纵身一跳，稳稳站在走道上，又一阵风般冲向后台。

后台乱成马蜂窝，女一号躺在担架上，几个戴着黄头毛的演员，又是灌水，又是掐人中，是有气了，但虚弱得绝对不能继续演出了。姨太太叉着腰，骂道：“演不了就给我滚蛋！”个个噤若寒蝉。

一干配角都躲在后头，低着头，脸上鬼画符似的，也分不清谁是谁。姨太太继续骂：“B角怎么能没来？老朱，你怎么搞的？要不是看在我姑姑的面子上，你这个乡巴佬能上来这里做事？就那还不好好干，要死不是这个死法。你说怎么办，现在大帅在外头坐着，眼巴巴耗了一晚上，就等着看个高潮，娜拉要跟海尔茂闹了，偏偏这个时候不提气，真是要把我这鸣月的金字招牌给砸得烂烂的了！”所有人大气不敢出。姨太太走到“娜拉”身边，指着“娜拉”的鼻子：“不让你演你非要演!”抓住头发使劲一拽,“娜拉”的黑头发露出来了,气势顿无,整个一个无助的女学生。“你有那个命吗? 成角儿? 你姐姐我都没想着能成角儿! 你照照镜子,顶多也就是个丫头相! 作孽!”

外头观众起哄声越发大了。

海尔茂撑不住,只好硬着头皮挤到姨太太跟前:“花姐,要不您来一次?”姨太太咯噔不说话,她? 她自己倒想演,可惜背不下来台词,人也老了,顶不上那个气去。想到老,她就更生气,狠劲把那一顶黄毛假发掼在地上:“全他妈废物,让老娘丢尽了脸!”

意浓踮着脚尖,轻步走向前,伶俐地弯腰,捡起那一顶卷卷的黄头发:“我能演。”

全部目光集中到她身上。

“我能演。”罗意浓笃定。

姨太太抬眼扫了她一遍。

罗意浓把那顶黄头发戴上,扮相刚好,高高的胸脯,圆而翘的臀部,很有些西方风味,她做了个芭蕾式的身段,开始自顾自演:“我是说,我从父亲手里转移到了你手里。跟你在一块儿,事情都由你安排。你爱什么我也爱什么,或者假装爱什么——我不知道是真还是假——也许有时候真,有时候假。现在我回头想一想,这些年我在这儿简直像个要饭的叫花子,要一日,吃一日。托伐,我靠着给你要把戏过日子……”

姨太太激动大喊:“快,给她换装!”

大幕重新拉开,娜拉和海尔茂上台,娜拉先向观众致了个敬,她死盯着欧阳夏看,可观众不知道,他们只顾沸腾,每个观众都认为娜拉在望向自己。

筱秋静静地坐着,但她内心却说不出来地激动,她为妹妹高兴。

茂松满脸是笑:“想不到四妹还有这一手,真是人才,人才啊!”

筱秋翻了他一眼,怪他不知道尚家向来卧虎藏龙。

观众们眼最尖，反应最敏锐，新娜拉的热情，他们照单全收。为什么不呢？那么细的腰，那么高挺的胸脯，套在西式的连衣裙里，更加凸显；还有她的姿势，是前进的、拼搏的、不顾一切的，她的音调，是高昂的、奋力的、电闪雷鸣的，就连外面哗啦啦的大雨，似乎都是为意浓版的娜拉量身订做的。革命的娜拉，就是要有涤荡一切不平等的力量！

有观众起来喊："女性解放万岁！"

意浓听了，更加来劲，她恶狠狠地推了海尔茂一把，好像他是仇敌，而她现在就要把他放到审判台上审判。"这些话现在我都不信了。现在我只信，首先我是一个人，跟你一样的一个人——至少我要学做一个人！"

全场轰动。

姨太太已经回到二层包厢，喜上眉梢，不住地扇扇子。她旁边那位军阀，趴在看台栏杆上，胡子都笑歪了。

意浓演得更来劲，海尔茂气势越来越低，不由得朝后退，娜拉前驱，不断地逼问，逼得海尔茂无处可逃，演剧气氛层层高涨，大家就等着娜拉摔门了。

娜拉挺直腰板，在客厅的门房里大摇大摆，吊足了戏剧张力，谁知斜刺里女佣人爱伦突然走上场，浓妆艳抹，穿着好几层的西式裙子，开口就讲："太太，外面的马车已经备好了。"意浓诧然，问了一句什么，再定睛一看，这个爱伦似乎有些眼熟。"姐！"她控不住自己小声叫了一下。爱伦也愣了，但立刻回过神："太太，不要太过悲伤，你要保重，别跟先生吵，快快出门散散心吧。"

海尔茂觉得奇怪，剧本演到最后高潮，怎么突然变成这样，他朝前走，但一边还得演着："爱伦！还不下去！"

那女佣爱伦却说："今天难得大帅来看演出，太太和先生还吵什么。"

二楼军阀一听，是啊，他来了，谁也给面子，站起来挥手致意。意浓傻了眼,也不当娜拉了,拉住爱伦,说:“二姐,你这是干什么?”

台下一片哄笑。

筱秋瞪大眼睛,说了一声:“坏了!”

茂松不明就里。

军阀站起来的一霎眼,女佣爱伦突然从套裙里掏出一支黑色短枪,所有人还没反应过来,就听到砰砰砰三响,那军阀好像一颗大肉球,硬邦邦从二楼摔下来,跌在一楼最后几排观众头上。姨太太尖叫着,疯了一样朝下跑,可一楼大厅观众却像受惊的马群,顾不上你踩了我还是我踩了你,一路狂奔拥向门口。

二楼开始放枪。

“姐,你快走!”意浓拔掉头发,推二姐尚静之。

静之躲在布景后头,两手握枪:“你别掺和!”

二楼的参谋大喊:“演员都给杀掉!都是刺客!”乱枪瞬间打下来。筱秋在台下看得心惊,撕心裂肺叫:“二姐!四妹!”欧阳夏冲过来抱住她,硬把她朝外带,罗茂松却反倒往看台冲,筱秋哭道:“你快去救四妹!”

海尔茂中枪了。爱伦还在负隅顽抗,时不时露出头来打枪。

参谋又喊:“太太,关门!来个瓮中捉鳖!”

姨太太俯在军阀的大肚子上,哭还是哭,但还是能够紧急下令,关闭剧院大门,可到底关不上,人潮如涌,观众们不顾一切地冲到了雨地里。

“你快走!”静之对意浓说,“这是命令!”

意浓吓傻了,蹲在那里,不知道怎么办,情急之下,静之猛踩她一脚,女主角娜拉翻滚着跌下台,茂松赶来,抱住了她。

“走!”茂松英勇异常。

意浓靠在茂松怀里,哇地一声哭了。

爱伦中枪,翻倒在舞台,胸前的白裙很快红了一片。

“姐！”意浓喊哑了嗓子。

茂松硬拉着她走。

意浓还是不走。

静之躺在血泊里，艰难地从手上拔下那枚筱秋那天递给她的祖母绿戒指，抛给意浓。

意浓接住了，一声声唤着阿姐，眼泪止不住，哭花了妆，可还是被茂松架走了。

剧院门口，雨下得天与地都连成了一片。欧阳夏搂着罗筱秋，她跌跌撞撞，几乎无法行走。“妹妹呢?！你去救救她。”筱秋央求。

欧阳夏点头答应。

不断有人朝外涌，茂松扶着意浓也出来了。意浓的娜拉裙被淋湿了，格外笨重。四个人一起沿着墙根跑。

军警们一路追，参谋握着枪，吼道：“穿戏服的，都是叛党，格杀勿论！”

意浓练过短跑，但裙子太重，又下雨，跑也跑不快，只好跟着茂松一起跑。

筱秋和欧阳夏殿后。

几个人没跑出几百米，枪声又响了。

“你们先走。”欧阳夏挡在前面。

“不行！”罗筱秋也站住了，雨大如屏风，但还是挡不住两人交汇的目光，“一起！”

又转头，对茂松：“你们先走。你，照顾好四妹！”

意浓不似从前任性，哭着说：“姐，我们一起走。”

“快走！”罗筱秋下命令。

意浓不肯走，茂松拉着她。筱秋两手扶住意浓的脸颊：“二姐已经没了，他们很快会搜查，你演了戏，又是妹妹，没准会成为同党，我不希望你有危险，快走，跟茂松一起，回天津租界！”

枪声大作。子弹穿过雨帘,直射向他们四个人,他们旁边,逃窜的观众不幸中枪,摔在地上,血水和雨水混成一道。

“快点走！走!”筱秋几乎是恳求。

军警迫近,欧阳夏掏出枪,瞄准了,一枪一个,对手纷纷倒下,他和筱秋躲在胡同拐弯处,为先走的人做掩护。

茂松拉着意浓跑远了。

对方究竟是人多,一步一步紧逼,欧阳夏的子弹快打光。“你先走！快!”他回头叮嘱筱秋。

罗筱秋不动,紧紧依偎在他身边。

“你难道要跟我一起死?!”欧阳夏着急。

筱秋还是不动。她早已抱定主意,生和这个男人在一起,死也一样。

一枚子弹袭来,打中了欧阳夏的胳膊,他手一抖,枪掉在地上。

筱秋迅速蹲下,捡起,握紧了,举双手,连开两枪。中了一个。

“小心!”欧阳夏痛得脸部扭曲。

筱秋继续打,也不管准不准,打得中打不中,她只知道,她要保护他到底。

蓦地一声马叫,一辆斗篷车从对面街角狂驶而来。

“上车!”斗篷里伸出一只手。欧阳夏抓紧了,一跃而上,筱秋也跳上去。是老王。

“走!”老王一声大喝。

李忠驾着马车,一扬鞭,烈马踢踏而去。

罗筱秋和欧阳夏对坐在车里,狼狈异常。外面雨声轰然,雨点砸在路上,汇聚成小流,朝马车前进的相反方向冲过去。筱秋蹲过去,麻利地扯下一块布料系紧欧阳夏的伤处。

欧阳轻唤了一声。

“忍住点。”罗筱秋命令。

老王背过脸。

雨到清晨才停，是个晴天。

一片山区，四个人下了车，老王把轿厢推下悬崖，三秒之内，这辆立过功的交通工具就被摔得粉碎。筱秋看得心惊，又不理解其中用意，哦的一声叫，下意识地拉住了欧阳夏的胳膊，又赶忙放开。李忠把马套解开，重重地拍了一下马屁股，那马绕着树林溜达了一圈，又哒哒哒跑了回来，李忠没办法，只好从裤腿里拔出一柄短刀，一扬手，插在马屁股上，拔出来，鲜血瞬间如注，枣红色的烈马嘶嘶长鸣，发了疯似的狂奔。

欧阳夏叹了口气，和老王握了握手，又拍了拍李忠的肩膀。

筱秋站着不动。

老王说："罗姑娘，走吧。"

筱秋惊惶又诧然，一把捉住欧阳夏胳膊："走，走去哪儿?"

欧阳夏说："他们会送你去天津。"

"我不去天津。"筱秋朝后跳了一步，"我跟欧阳主编走。"

"跟我走，生死难测。"欧阳夏说。

"生死有命，能够随着自己的意愿，走自己的路，也不枉人间走一遭。"

"你知道我要去哪儿么?"

"刀山火海，我走定了。"

欧阳夏苦笑，朝老王和李忠挥了挥手，两个人转身离开。

悬崖边的枯枝上蹲着只灰喜鹊，叽叽喳喳叫不停，也不怕生。筱秋说："听见了吧，这叫喜上眉梢。"

欧阳夏摇摇头，抬步便走。筱秋连忙跟上。山路弯弯，看不到边，虽然已经是春末，可这山上的树并非全绿，放眼望去，一派荒烟蔓草，还有那种野酸枣的枯枝丫最愁人，它有刺，时不时刺人一下，轻则破皮，重则流血。

罗筱秋大摇大摆走着，免不了遭到野酸枣刺的袭击，刺破了她就蹲下来看，腿上尽是血点子，蓝布棉袍被刮得好几条大口子，又湿，跟剃头铺的门帘似的。

“要不要紧？尽量捡草少的地方走。”

“我知道。”筱秋嘴硬。

“要不要帮你包扎一下。”

“你的胳膊还是我包扎的呢。”

欧阳夏不说话了，两个人继续一路走，上坡，下坡。奇怪，这山看上去只有一重，但走起来，你会发现它是好几重，像水波浪一样，没尽头。筱秋累得弯下腰，两手扶住膝盖大喘气。欧阳夏在前头听到，停下来，回头：“要不歇会儿？”

筱秋立刻直起腰，大踏步的样子：“快，我们争取马上拿下下个山头。”

欧阳夏看出她的逞能，也不戳破，筱秋冲在前头，他就跟着走，他腿长，步子稳，甩开两手，走起来飒爽，三两下就超过筱秋。筱秋不服气，小跑着赶，没多久，又落后。

“革命是要本钱的，身体就是本钱。”欧阳夏憨笑。

“我本钱多着呢！”筱秋喘着气，一阵小跑，刚好有个小土台阶，她没踏稳，一不小心翻下去，哎呦呦直叫，拉起布裙看，脚踝肿了。

天开始收光了，欧阳夏蹲下，两手捉住筱秋的脚，突然发力，扭了一下，筱秋随之大叫。“忍一忍。”欧阳夏目光如炬，又是一扭，筱秋咬紧牙关，没出声，可汗珠已经从额头沁出来了。

“骨头没问题，得上药，今晚在这里扎营吧。”

“扎营？”筱秋瞪着两眼，“不行不行，我可以走。”刚站起，就疼得倒下去。欧阳夏也不理她，跑去不远处的山坡上，东扒扒，西扒扒，采了一些蒲公英，还有山野菜，筱秋老家叫“大姑娘腿”，拿一块薄片石头把它们捣碎，再从衬衫上撕下一条布，把绿色的糊状物放在里面，敷在筱秋脚踝上，系好。筱秋感到一阵清凉。

“你还会医术。”筱秋忘了疼。

“找个山洞最好。”

“不行!”筱秋恨不得跳起来。

“你那么娇气怎么革命。”

“我这可是肉长的。”

“风餐露宿应该是家常便饭。”

“我……我有点那个，不舒服。”

“哪个?”欧阳夏站着，两手叉腰。

“你不是女人你不懂。”

换成欧阳夏脸红了。

“我背你。”

“我能走!”筱秋挣扎着站起来，但她痛苦的表情出卖了她的坚强，“我跟你是一样的，平等的，你能走我也能走。”可走了没几步，她就痛得几乎无法站立，重心不稳，她一手乱抓，刚好抓到干苍耳，手掌也被刺破了，又是几粒小血珠子。

欧阳夏二话没说，一把拽住筱秋胳膊，也不知怎的轻轻一甩，罗筱秋就趴在了他的背上，他的两只臂膀，好像大鹏展翅似的朝后一笼，她的两条腿便在他控制之下。

多么温暖的脊背。罗筱秋刚开始还挣扎，但几回执拗的反抗均无效后，她慢慢把脸贴在他的肩上，她感觉得到，他身上有股热气在升腾，充满了力量，将她环绕，笼罩，缚紧了。她不说话了。

他也没说话，就那么急促促地走着，有几处小山坡，她要下来，他也不让，两臂像两个铁钳控着筱秋，好像她生来就长在他身上似的。

太阳快落山了，最后的光辉又黄又亮，他们翻过了最后一个山头，山窝里，星罗棋布的房屋，还有炊烟，朝他们招手。

“看，那是什么。”筱秋看得远，脚下山坡上有一片黄，迎着西面的光，尤其鲜艳，“野蒲公英！”罗筱秋大叫着。

还没进门，店掌柜就出来迎接了，做生意，总要主动。

“先生，太太，住店？”

一张笑脸，算是客气的。筱秋一身烂棉袍，实在不像富贵人家，好在欧阳夏的风衣够体面。

欧阳夏摸了摸口袋，几个银钱在口袋里当啷当啷响，交通费还没到位，得到了济南才能兑取。

“两间。”欧阳夏说。

筱秋拦在前面，急道：“一间，只要一间。”

掌柜顿了一下，干干地笑笑，“一间好。”

欧阳夏交了钱，领着筱秋上楼，楼梯是木板，年头长了，踩上去咯吱咯吱，他们定的是朝东一间，开了窗，能看见一条小河，远处是山，山脚下有几亩田，尽荒着。

进了门，筱秋在床上坐了坐，还算结实，她故作豪气地说：“你睡床板，我睡地板。”

欧阳夏去门房要了点热水，泡了茶，转身出去，回来拿了两套土布衣服，一顶毡帽。“这个你换一下。”

筱秋哦了一声。欧阳夏背着脸，出去，掩好门。“换好了叫我。”筱秋换好，叫欧阳夏进来，他换，筱秋又出去。不知怎的，站在门口，筱秋直觉得脸红心热。

门没关紧，细细露一条缝，好像天开了扇窗，向人间透露神旨。欧阳夏背朝门，迅速脱掉衣服，显出一尊赤裸的身影。肩部虬结突起，宽而阔，背部有两道疤，斜斜卧在那儿，像是埋藏着某些残酷的历史，两条腿很长，肌肉的线条纵向延伸，从跟腱一直到臀部下端，提着劲，刚好托起两块结实的肉团。

筱秋瞥了一瞬，又赶忙收回目光，一颗心像要跳出来，脸燥红。平日里她向来是妇女解放喊在嘴里，又宣扬恋爱自由、婚姻自由，可那都是理论，真到了荒郊野岭，蓦地出现这么一家客栈，天不管，地不问，蓦地又在这一间门房里看到如此背影，罗筱秋瞬间被闪电击中了。

大卫？她立刻想到了那尊西方雕塑，美术史课上提过，只不过那是正面，印在纸张上，现在是背面，活生生的，每一寸肌肉都充满表情。

“进来吧。”欧阳夏用最平淡的口气说。

筱秋心里咯噔一下，坏了，被他知道了她在偷看，怎么好意思进去，她好歹也是才女、闺秀，恋爱是自由了，可不能没有廉耻……筱秋胡思乱想，旧道德的皮鞭把她的心打了无数遍。

“怎么不进来？”欧阳夏扒着门框，头从门缝里伸出来，有些先前没有的俏皮，戴上毡帽，更像农人了。

“没有，就来。”筱秋低着头，尽量不让他看到自己的脸。

剩下的钱叫了饭食：两个馒头，一小碟腌脆黄瓜。欧阳吃了半个，其余的都留给筱秋，筱秋不愿意，把半个馒头推回欧阳夏面前：“你吃，一人一个，男女平等，我多吃点腌黄瓜，我喜欢吃这个。”

吃完东西，天黑头了。

“我睡地板。”筱秋奋勇，抱了个枕头，朝地下一坐。

欧阳夏没作声，兀自朝地板上一躺，两只手垫在脑袋下，眼看天花板。

“说了我睡，你起来！”罗筱秋硬拉他，怎么也拉不动，欧阳猛一使反劲，筱秋啪的一下扑在他胸脯上，刹那间，四目相对。筱秋脑子里一片空白，可两片唇却下意识地下降，紧紧贴在欧阳夏的嘴唇上。欧阳夏先是抗拒，慢慢地，他终于放松身体，热情迎接雨露的滋养。他翻过身，把她压在下面，他的舌头伸出来，一阵狂吻。筱秋抱住他火热的肉体，感觉好像抱住上帝赐给她的、从伊甸园跑出来的亚当。可她不要做夏娃，她用力一转，又把他压在身下。

“你嘴巴好咸。”欧阳夏突然停住了。

“什么?”筱秋觉得不可置信,大杀风景,“可能是腌黄瓜。”

“不要这样。”

“怎么样?”

“我不能这样。”欧阳夏说,“我们有我们的纪律。”

“你怕我缠上你?”筱秋翻身坐在一边,大拇脚趾顽皮地翘起。

“不是这个意思,只是现在还不是时候。”

“那我等。”筱秋很笃定,“欧阳夏,我现在很郑重地告诉你,我可以等。”

“我不值得你等。”欧阳夏背对她坐着,因为他不敢看她,她的目光太过锐利,“因为革命工作充满危险,我不知道哪一天就……剧院里的情形你也知道。”

筱秋抢白:“过一天算一天,这个世道就是如此,人生也是如此,想太远没有用,我们只能抓住眼前的东西,我只知道,现在我们在一起。欧阳,见到你第一面我就喜欢上你了,我愿意跟你走。其实有时候,我恨革命这个东西,我姐姐死在舞台上,为了革命;我的妹妹也因为革命受到影响,以后不知道去哪里。你告诉我,南方要打起来了。可我常常在想,这些跟我们又有什么关系呢,我这一辈子,不想像姐姐那样,还没来得及去爱,去释放,就走到尽头。”

“信仰有时候比爱更重要。”欧阳夏说。

“爱也是信仰,普遍的信仰。父母对孩子的爱,男女之间的爱,朋友间的爱,难道不是吗?为什么总是要把信仰凌驾在爱之上?这两个东西并不冲突。”筱秋有些激动。

“可我们要创造一个新世界,需要牺牲。”

“你可以选择为信仰牺牲,我也有自由选择为爱牺牲!”罗筱秋愤然。

欧阳夏长唤了一声筱秋。

罗筱秋从后面抱住他,她柔软的胸脯压在他坚实的脊背上。“哪怕你所谓的革命是无止境的，我对你的爱也要陪着这无止境延续下去。”

他们在地板上躺了一夜，手拉着手，两个人似乎都回到了各自的童年，仿佛过家家，他们一个是金童，一个是玉女。

第二天一大早，启程。

欧阳夏问：“你真的愿意跟我走？”

筱秋拍了下他的毡帽：“少啰唆，落后的恐怕是你！”

欧阳夏摇了摇头，两个人又上路了。罗筱秋嘴硬，可她怎么也想不到，她跟随欧阳夏这么一走，真好像孙悟空翻跟头，一下就走了十万八千里。他们先来到青岛，领了活动经费，再从青岛坐船，去日本神户，再去冲绳，再去台湾，然后来到香港，又北上过广州，经湖南、江西，一路北上。

二姐头七，筱秋在船上，就凑着晚上，一个人去甲板，弄了个瓷盆子，烧了点托水手从岸上捎回来的纸钱，权作祭奠。筱秋只是觉得荒凉，短短数年，父亲、母亲、姐姐，一个家的破败，仿佛只在瞬间。她觉得自己好像一条船，飘飘荡荡，却没有目的地。

不声不响，欧阳夏站在筱秋身后。

筱秋觉察到了，转头望了他一眼，问：“你说，姐姐为什么要革命？”

“为了理想。”

“理想就是拿枪杀人？”

“有时候难免用极端手段。”

“你的理想是什么？”

“天下太平。”

“为了理想，你也会不顾自己的安危？”

“不用想这么多，”欧阳夏故作轻松，口气变得有些俏皮，“我发现你总是爱杞人忧天。”

“我们还要走多久?”筱秋问。

“三天,十天,一百天,快了,一切都快了。”欧阳夏突然又变得深沉起来。

欧阳夏没有撒谎,北伐很快胜利了,国民党和共产党的合作却走向破裂。武汉杀了一批,上海杀了一批,南京杀了一批。共产党倒了霉,蒋介石在后孙中山时代迅速崛起,一时间气魄大得有些忘乎所以,四处封官荫爵。欧阳夏这个曾经派去北洋统治区做情报工作的功臣,在经历一番广泛考察后,回到蒋介石的南京国民政府任职。

欧阳夏的日常工作到底是做什么,罗筱秋始终有些摸不清,最开始他是做进步报刊的,鼓吹运动,关心各种社会问题,女性问题也在其中;再后来,他好像成了一名革命者,从身手来看,他受过训练,很有些技能,时不时地,他会出去一趟,罗筱秋也不问。她虽然是进步青年,要求男女平等,但她也自觉这种平等里包括,你的事情我不干预,我的事情你也别干预,各有各的自由。

欧阳夏在军部参谋处挂职,平日里在八十八军十九师走动,职位不高,但也不妨碍有人对他点头哈腰,罗筱秋就不喜欢这种阶层分布明显的小环境。

天宁路宅院门口,欧阳夏让黄包车夫停下车子,挥了挥手:“可以搬了,樟木箱子放在卧室,是我的,不能磕碰了。”

黄包车夫一头汗,扭着脸问:“那太太的东西呢。”都是刚做的衣服,大部分是旗袍,长袖的、半袖的、短袖的,也有西装衣裤,那时西装配旗袍,是市面的流行。罗筱秋站在旁边,脸上说不出地窘,到南京之后,大部分人见到了欧阳和筱秋,都会叫先生、太太。谁说不是呢?年纪相当,郎才女貌,往那儿一站,说是误会,也是美丽的误会,而且外头很快就传开了,欧阳先生和欧阳太太,是从北洋军阀那里打过来的,是大功臣,欧阳太太尤其英勇,据说还刺杀了好几个敌对势力的大官……

“先放在大卧室，我的放在小卧室。”欧阳夏也有些冒汗。

罗筱秋心里有些犯嘀咕，这一路走来，她与欧阳夏的感情进展到了相当的程度，她喜欢他，他对她也有好感，但似乎到了关键性的一步时，欧阳夏总是停住脚步，徘徊不前，采用模糊处理的方法，比如有人叫筱秋欧阳太太，欧阳夏几乎都是不承认也不否认，顶多尴尬地笑笑。也许这是工作需要，罗筱秋想。

筱秋也当面问过欧阳夏的恋爱史，他惯用一句“革命者四海为家，朝不保夕，谈何恋爱”搪塞，可筱秋却本能地觉得，他的故事不简单。

筱秋拎着箱子进了庭院，这是一幢中西合璧式的宅院，类似于上海石库门房子，但又显开阔些，晚清建成。到了民国十多年，已经有了些古味，那攀缘在墙壁上的爬山虎和院子里的梧桐、蔷薇花都烘托出幽深的、寂静的氛围。罗筱秋喜欢这个住处，安稳，她现在就想要安稳，她走累了，腿脚累，心也累。

东西放好，摆好，筱秋又忙着布置房间。长大之后，她还是第一次拥有自己的房间，窗帘、床单，她都要秋叶黄，她还要摆上盆花，她喜欢阳光透过窗户照在花盆上的感觉。可一天、两天不觉得，一个月过去，罗筱秋开始感到无聊了。

一个半月后，老王和李忠来南京了，李忠在党部干，老王做一点茶叶生意，每天都很忙。三个人时不时在家里聊天，通常在书房里，很神秘，刻意躲开筱秋似的。

筱秋觉得自己被孤立了。

晚饭时间，欧阳夏没回来，筱秋坐在饭桌旁边，越想越觉得气，她气欧阳夏，也气自己，眼巴巴等一个男人回来，又没有名分，成什么了？姨太太？还是姘头？或者跟秦淮河的妓女有什么分别？

筱秋失去耐心，跟老妈子交代了一句，叫了辆黄包车，直奔秦淮河去了。

画舫上，一群遗少在喝酒打牌，几个秦淮河的歌伎，坐在小凳子上，悠悠扬扬地唱着。“秦淮八艳”的古老传说已经慢慢淡去，罗筱秋站在岸边，整个人隐在黑暗里，遥遥地望着这一切，忽然感到一阵悲戚。

她和欧阳夏，到底算什么呢？她受过新式教育，她对于爱情和婚姻都有自己的要求，虽然现在和晚明一样是乱世，可她不想自己像“秦淮八艳”一样，成为一个英雄身边的点缀。她不是柳如是、李香君，撞破了头，成就了一柄桃花扇，她要成为她自己，与他站在一起。可走了那么远，她始终觉得欧阳夏有些异样。

歌伎的声调隔着河水传过来，清而凄，与河上的繁华夜色形成对比，筱秋突然哭了。

“怎么在这儿?”

罗筱秋一回头，欧阳夏出现在她面前。她脸上还有泪，一时不知该怎么解释，欧阳夏看到了，且问:“想不想上船去看看?”

筱秋摇头。

“来都来了，我晚饭还没吃。”欧阳夏微笑，“随便吃一点，不过看看夜色。”

“我为什么要陪你看，在你眼里，我和这秦淮河的女子，估计也没区别。”筱秋一阵抢白。

欧阳夏没答话，只是牵着筱秋的手。罗筱秋也不知怎么了，迷迷瞪瞪跟他走，上了船，坐下，两人叫了桂花干贝、芙蓉鸡排、扒乳鸽和什锦荷叶包饭。

两个人闷头吃着。

筱秋率先打破沉默:“我就想问你一句话。”

欧阳夏放下筷子，抬起头，“请问。”

“我们之间，是什么关系?”她定定地望着他。

欧阳夏没说话，他抽出一支烟，点上，吸了两口，终于说:“我知道现在这样对你不公平，可是现在，我无法给你一个承诺，也许还不到时候。”

“无法给承诺？”罗筱秋不屑地笑笑，“你肯定觉得我是一个庸俗的女人，你以为我是在着急嫁给你？”

“不是这样。”

“你知道现在别人都怎么叫我，叫我欧阳太太。你让我怎么答？”

“这只是工作需要，也是为了你的安全着想。”

“工作需要？什么工作？”

“也许我们很快就会到内地去，现在他们叫你欧阳太太，会给你尊重，一个婚约在身的女人在社会上总比一个单身女人好过得多。”

“你的意思是，你用一个虚假的婚姻的名头，来保护我的安全？”筱秋咬住嘴唇，“告诉你，不需要！”

“可是我并没有冒犯你。”欧阳夏不看筱秋。

“没有冒犯？”罗筱秋胸口起伏得厉害，“这算是名声上的冒犯，还有，对，那天在小旅馆……那，那不叫冒犯？！”

“是你先偷看我的。”欧阳夏嘀咕。

罗筱秋脑子里一炸，脸上跟着烧起来，她一直以为那天的小动作没人知道，现在说破了，她先是觉得羞愧，转而又觉得愤怒。

“欧阳夏！”她站起来吼。旁边的客人都扭过头看。

欧阳夏咳嗽了两声，忍住笑。“注意形象。”

罗筱秋站起来就走，可走到船边，静静的河水拦住了她，她恨自己不会游泳，但凡会一点，她都要立刻跳下去。她急得直跺脚，船板被鞋跟敲得当当响。

欧阳夏从后面冲过去，稳稳捉住她的手臂，用力一拉，筱秋不由自主转了半个圈，刚好倒在他怀里，欧阳夏的脸靠近了，差点吻到她。

“我爱你。”他冷不丁跳出这么一句。

她刚想回嘴，他便用嘴巴将她的双唇死死堵住。这是他第一次这么说，罗筱秋突然觉得，也没什么好计较的，最起码，暂时是如此。

罗筱秋和欧阳夏开始“和平相处”，他们的卧室，一个在左，一个在右，他们的书房也各有一个，他们一个是梁山伯，一个是祝英台，关系纯洁得罗筱秋都有点不相信。

住处落定了，朋友就开始上门了。

最先来的是张太太。女仆还没来得及传达，她就笑着进了门。织锦缎面祖母绿旗袍，外面罩着米色钩针衫，头发末梢烫着小卷，前端倒是直的，脸上涂了粉，一张红唇。她穿着深色丝袜，酒杯跟浅棕色皮鞋。筱秋措手不及，她的蓝布旗袍、平底黑布鞋和齐耳短发一下变得特别寒碜，好像一个宫女遇到了皇太后。

“想不到欧阳太太这样年轻。”张太太上来就握住筱秋的手，“读过大学吧？”

“北平女师大毕业。”筱秋态度不高涨。

“主修的什么？”

“国文。”

“啧啧，女才子，不过现在还是家政系最吃香，男人们在外面打拼，女人就应该料理好后院，你说是不是。”张太太说完捂着嘴笑，东张西望打量屋子，罗筱秋连忙关上自己的房门。“哎哟，这瓶子，是晚明的吧，”张太太端起一只花瓶，看了又看，“欧阳先生真是行家，我们家老张就不行，行伍出身，就是没有欧阳先生这种品味，欧阳太太好福气。”

筱秋浑身不自在，叫仆人奉茶。

“真不用客气，”张太太一边说，屁股已经沾到沙发上，冷不丁问，“打不打麻将？”

筱秋连忙说不会。

“哪有不会的，不会也要学。”张太太拉住筱秋的胳膊，好像女同学间嬉笑。

这才是她来的真正目的。太太有太太的社交圈,这也是南京政治的一种常态。

第二天,麻将就打上了。张太太、朱太太、钱太太外加筱秋,四方桌,铺着猩红毡子,大罩灯悬着,麻将牌被照得雪亮。几位太太都是腻子脸,S头,红唇,只有筱秋不施粉黛,清汤挂面。

"我不太会。"垒好了,筱秋尴尬地笑笑。朱太太说:"就是打发时间,小孩子都会,我们也不大赌,输也输不了多少。"张太太抢着说:"输也不怕,筱秋家欧阳先生,哎呦!"她手指头搓了搓。"我们家老张比不了,那油水,再输也就是九牛一毛,就当欧阳太太扶老怜贫了。"筱秋微笑:"怕打不好,坏了几位太太雅兴。"钱太太脾气直,嚷道:"来吧,谁先投骰子?"张太太摇了一下投出去,数了数,轮到筱秋起牌,筱秋捏起来随手一洒,是九。"九自守。"张太太老练,一嘴的麻将心经,三两下就断好了牌,跟着抓,十三张起完,筱秋打了一张东风。朱太太笑道:"东家打东赢得凶,我们都小心。"几个人说说笑笑,轮着出,三圈过后,筱秋突然看住了,不出牌。钱太太敲桌子:"出牌啊。"筱秋支支吾吾,不好意思笑,回头找旁边的张太太的女仆余妈:"你帮我看看,这算什么?"余妈两手在围裙上胡乱擦了擦,因为有些老花,脸恨不得贴在牌上才能看到,半晌,她拍手叫道:"欧阳太太和了!"张太太还是稳住:"再来,再来,还说不会打。"筱秋有些不好意思:"真是不会。"朱太太说:"最怕跟这种新人打,手气好得不得了。"钱太太不说话,她最怕输钱,点了一支烟抽,她递给筱秋一支,筱秋拒绝了,朱太太不客气,接过去就抽,夹烟的食指和中指上红色的丹蔻很耀眼。

打了两圈,天黑了,筱秋自摸好几把,推了一把,还有一把杠后翻花,算下来,很是赢了一些。"欧阳太太藏得真深。"张太太开始算钱,一张一张拿给筱秋,还有些银格子,"不会打不会打,还赢那么多,那要会打还得了哇!"

朱太太也笑,说:"我看欧阳太太是数学系的。"张太太、钱太太不解，刚才筱秋明明说是国文系，疑惑地看朱太太。朱太太关子卖足了，才又说："会精算，牌都被算净了，杠后翻花，要说只是运气，那真是天大的好运气了。"

筱秋忙道："就是玩玩，要不钱我不收。"张太太忙扶住她手："那不行，一是一二是二，这是规矩。"筱秋说："那就当存在我这儿了，算个活头，以后再来取。"

众太太哈哈笑了。

罗筱秋虽然不喜欢这些太太的作风气质，她觉得自己到底是要清幽些，她们都太江湖味了，可钱，终究是个好东西，第一次打麻将，以前也只是在牌桌上看看，看母亲打，看舅妈打，规矩是早看懂了，但毕竟没有实战经验。

筱秋只当是鸿运当头。有了点钱，她倒没像其他女人，立刻买口红，做衣服，她首先想到的是欧阳夏。

晚饭过后，欧阳夏在看报纸，罗筱秋走到他对面沙发坐好，掏出几块银钱，放到沙发边上的小桌上："给你，这个月的房租和伙食。"

欧阳夏愣在那里，抬起头，又低下，嘀咕："乱开玩笑。"

"搁这儿了。"

"什么时候要你的钱，哪来的钱？"

"不偷不抢，放一百个心。"

欧阳夏不理她，继续看报纸。罗筱秋绕过桌子，抓起钱，硬朝欧阳夏怀里塞。

"你到底要干什么？"欧阳夏急了。

"我们是什么关系？"筱秋说。

"同路人。"

"那就是说不是夫妻关系，也不是兄妹，没有血亲，从法律上讲，你没有义务赡养我。哦，你所谓的同路人，往高尚点说，可以理解为朋友，对吧，朋友之间，欠了钱，那是要还的，不是吗？"罗筱秋一口气说下来。

“到底哪来的?”欧阳夏没再开玩笑。

筱秋一张一张捏起票子,吹着气,拎到欧阳眼跟前晃:“喏,这一张,是张太太的,这张是朱太太的,还有这个,是钱太太的。”

欧阳夏盯着筱秋看,三秒钟后,说:“你跟她们为伍?”

“万物众生皆平等,没什么为伍不为伍的,不要看不起人。”

“你受过教育,是有理想有追求的。”欧阳夏放下报纸,一脸正经。

“我当然有追求,”罗筱秋有些愤然,“但我绝对不会像你那么道貌岸然!张太太、朱太太、钱太太,也都受过教育,张太太还留过洋!比你高级!”

“你要还钱可以,你自己劳动挣的,我就收。”他重新抬起报纸,不看筱秋。

“这可是你说的,一言为定。”罗筱秋握了握拳头,扭头回屋。

张太太再来邀牌局,筱秋便不去了,结果弄得几位太太都有些生气,直说,这个欧阳太太,赚了钱就不来玩了,就那么点胆子哦,啧啧啧,比日本人都黑。话传到罗筱秋耳朵里,她立马让仆人挨家送了去,弄得几位太太有些诧然,收也不是,不收也不是。

《金陵新报》门口,罗筱秋一身蓝布旗袍,外面套毛线背心,脚上是中筒棉袜、黑布鞋,头发依旧清汤挂面,唯一的装饰是个淡黄色箍卡。她拎着布包,挺着胸脯走进去。

主编是个半老头,顶上有点秃,他看了看筱秋的手写简历,摇摇头:“对不起,我们现在需要能够深入战区采访的记者,以招募男性为主。”筱秋急道:“我可以写社论,还可以做版,我做过印刷,技术还不错。”主编微笑,态度坚决:“对不起,小姐。”罗筱秋说:“我会一点速记,我记忆力不错,笔头子也快。”主编转头对旁边的人说话,不置一词。筱秋知道再说也是徒劳,铩羽而归。

下午还有时间,罗筱秋又跑一家,叫《福尔摩斯报》,上海的,南京分理处说要招人。筱秋把简历呈上去，负责人看上去比筱秋还年轻，他抬抬眼睛看筱秋：“大姐，我们是招记者，要能跑的。”筱秋不解：“我身体不错。”负责人说：“要能拉得下脸的。”筱秋说：“我能拉着呢。”负责人又说：“本地名媛少妇潘乃歆红杏出墙的事知道吗？”筱秋道：“跟我有什么关系？”负责人用笔点了点报纸：“您要是能采访到潘小姐，或者弄到她奸夫的具体消息，就能做我们的特派记者了。”罗筱秋一把拽回她的简历，恶狠狠瞪了负责人一眼：“你混蛋！”

晚饭，厨子做了秦淮鲫鱼豆腐汤，大大一盆，欧阳夏和罗筱秋对坐着，筱秋不停地摆弄勺子，就是不往嘴里送汤。欧阳夏咳了一声，自言自语：“秦淮河的鲫鱼就是鲜。”

罗筱秋不说话，低头弄勺子，瓷碰瓷叮叮响。

“再不喝就没了。”欧阳夏继续谈鱼。

罗筱秋抬起头：“这难不倒我，我能从地牢里救出三个人，能考上那么难考的女师大，我能背下整篇《离骚》，这难不倒我……”

欧阳夏突然卡住似的：“什么地牢？”

罗筱秋也不理他，起身回屋。

“我能给你介绍去金陵第三小学当教员！”欧阳夏在她身后喊，“教你热爱的国文，你可以的。”

罗筱秋的房门哐当一声。

躺在床上，床脚有月光，风凉凉的，一片一片吹过来，筱秋的皮肤缩紧了，脑袋渐渐冷静下来。是不是对欧阳夏太凶了点？筱秋翻了个身。如果真能去当小学教员，也算各就各位。她喜欢孩子，也愿意教育孩子。可是，那就意味着向欧阳夏“投降”，承认自己不行，所以必须向他求救？承认一个女人就算受了高等教育，也没办法在社会上找到自己的位置，只能躲在男人的羽翼下苟延残喘？承认她从头到尾都在逞强？承认自己是个弱者？她不！她坚决不！当初在大剧院门口，还是她罗筱秋捡起枪，打中了追杀者，是她保护了他。

筱秋的思绪乱得好像悬铃木的小球炸开了，毛絮絮到处是。她怎么也睡不着，一阵风吹来，一股说不上来的香味飘到鼻子边，筱秋好奇，起身披上衣服，趿拉着鞋，走到院子里，就着月光看，又闻着去找，才晓得是院墙下的月季开了。

有人咳嗽了一声。

罗筱秋吓得惊叫："谁！"门廊底下站着个人，她稳住心神，才看清，那头发，长长的花尖，那轮廓，动人心魄的弧线，是欧阳夏没错，他在抽烟。筱秋突然有点发窘，他一定以为她是因为他，才半夜跑出来的。她爱他爱得神魂颠倒，吃不下睡不着。别得意了他，臭小子，看不起女人。

欧阳夏猛吸了一口，黑暗中那个橙红的小点，鼓足了劲亮了会儿，又灭下去，被抛在地上，捻散了。

筱秋扭头朝屋里走，一只猫头鹰突然厉叫，在院子上空飞过。

欧阳夏跟着她上了台阶，小声说："我可以养你的。"

刹那间，筱秋浑身似过了电一般，一双脚再也走不动，眼眶竟有些发热，她连忙忍住了，转而好强起来：养，凭什么养？一没名分，二，她可是新女性，受过相当的教育，不说理想，但自立，她总还愿意为之努力。她不喜欢"养"这样的字眼。

"你侮辱我。"筱秋转过身，脸朝着月光，格外严肃清冷。

"不，是心疼你。"

"谢谢。"

"妹妹来信了。"

"意浓？"筱秋问，"怎么不早点告诉我。"

"寄到党部的，我刚到家。"

筱秋一脸焦急，刚准备开口。"书桌上。"欧阳会意。

二姐死了，大姐跟着大姐夫四处为官，运动，不联系已许久，经济上的帮助时不时会有，但心与心的交流却荒疏了，只有一个四妹意浓与她亲,可大剧院一散场,也是杳无音讯。她跟着欧阳夏辗转,意浓随着罗茂松去了天津租界,一别之后,她对于四妹的记忆仅仅停留在那场雨中。她也曾写信,往天津罗家写,怎奈去了十好几封,泥牛入海。现在好了,筱秋兴奋得差点跑掉了拖鞋,她慌忙扭开台灯,一把抓起薄薄的信,淡粉红色的信封,是意浓,是意浓的喜好,信纸也是粉红色,云锦轩的,在租界的时候她经常和妹妹一起去这家文玩店看一些新奇玩意儿。罗筱秋也来不及坐下,就杵在那里,像一个饥饿的人找到了粮食,恨不得一个字一个字都吞进眼睛里。四妹静素,也就是后来的罗意浓的潇洒笔迹徐徐展开:

三姐:

见字如面,别来无恙?芹嫂与我一处,亦好。需要告诉你的消息是,我和茂松结婚了。不日我们或许南下,一切待见面详聊。

意浓上

筱秋忍不住喊:“意浓结婚了。”欧阳站在她房门口,她又跑上前去捉住他的身子,诏告天下般嚷:“意浓结婚了!她结婚了!你知道吗,她结婚了。”

欧阳夏面无表情。也就过了几秒,罗筱秋又有些落寞:“和茂松。她和茂松结婚了。”欧阳说:“她可以照顾好自己。”

罗筱秋拿着信,走到窗台前。“但愿。”

欧阳夏走到她身后,用他那中气十足的声音说:“往前走,不会错。”

罗筱秋也是这么想的,她就是要往前走,而且,当务之急,她就是要找一份能够自力更生的工作。

翠华宫影剧院门口,筱秋朝下拉了拉旗袍,大大方方迈入。办公室里，一个穿着西装、打着领带的中年男人坐在长条办公桌前，四五个剪着短发、学生样的女孩子溜墙边站着。罗筱秋挤在中间。“谈谈你们对电影的理解。”老板发话了。

“电影就是做戏。”虎头虎脑的女学生笑着说。

“电影是西洋来的。”

“电影就是逼真的戏，好处是可以反复放。”

“电影就是赚钱的。”

轮到筱秋了。她挤到前面，站定了，老板眼睛一亮，立刻坐正。她那身段，凹凸有致，虽然一身旗袍是最朴素的布面款式——淡棕色仿土布的，只不过料子细点儿，剪裁合体点儿——可就那么一点儿，一下就把筱秋给捧出来了，极素，却是极艳。

“在你眼中，电影是什么？”老板忍不住又问了一遍。

罗筱秋笑了笑，说：“电影在我看来首先是一门艺术，它没有用，但人们又要去看它，因为它在演人的故事。电影跟小说，跟戏曲，跟古往今来一切的艺术本质上没有区别，区别只是，它更逼真，更丰富；再有就是，电影还是一门生意，这门生意在世界上也才刚刚兴起，但我看好它的前景，从这个层面讲，我佩服老板您的眼光。不出几年，电影会很不一样。”

筱秋还在说着，老板已经从椅子上站了起来，他走上前，伸出手，笑吟吟地说：“这位女士怎么称呼？”

“筱秋，罗筱秋。”她和他握手。

“吴展翼。”他保持微笑，又有几分狡黠，“愿不愿意来电影院做一点和电影有关的工作？”

罗筱秋回报以微笑：“非常愿意。”

晚上罗筱秋没回去吃，一个人跑去秦淮河，点了一桌子菜，几乎花光了所有“积蓄”，晚上到家，欧阳夏坐在沙发上看报纸，老王、李忠也在。

“筱秋回来了。”老王笑呵呵的，李忠也跟着打招呼。欧阳夏放下报纸，看了筱秋一眼，又端坐好，不言语。李忠说：“要不，让筱秋去我的那个店铺帮帮忙。”

罗筱秋听了，心里咯噔一下，两道眉即刻便立起来，她走到欧阳夏面前，抓过他手中的报纸说：“欧阳先生，真不用您操心，我找到工作了。”

欧阳皱眉：“什么工作？”

老王笑呵呵：“成职业女性了。”

罗筱秋笑了笑，转身走开。

第二天，罗筱秋一大早便起身，梳妆打扮了一番，兴致勃勃地跑去翠华宫上班，却被门房的大爷告知，还没开门营业。老板吴展翼不见踪影，筱秋百无聊赖，又不可能走太远，只好在门房里坐着，一直坐到上午十点，门是开了，外面海报贴出来放的是卓别林的片子，可人到底不多，电影是个夜晚的艺术，赶晚场的人总多过早场。中午到了，筱秋肚子咕咕叫，也没带钱，找门房大爷借两个？他看上去也不像能借出钱来的。回去吃吧？搞不好又被欧阳夏笑话，那就忍吧，罗筱秋用两只手压住肚子，减轻饥饿感。

下午三点，吴展翼来了，罗筱秋在门口迎着。吴展翼一抬头，诧异道：“来这么早！”

筱秋保持微笑，稳住了，两手交叠在一起，胳膊端着，淑女状：“也是才来。”

“去后台把衣服换一下。”

衣服？什么衣服？筱秋问：“吴老板……”吴展翼打断：“叫我展翼就可以。”筱秋只好改口：“展翼老板，请问我的工作内容是什么？为客人讲解影片内容吗？”

吴展翼眼睛看向天花板，又说：“差不多吧，先换衣服，工作服。”

不一会儿，罗筱秋穿着她的第一份工作的“工作服”出来了。她还有些羞怯，脸红红的，她从来没穿过这种东西，黑色的绒面旗袍，腿岔开得高高的，正面绣了一条金凤，触目惊心的那种，而且这身旗袍还特别紧，勒得人胸是胸，腰是腰，屁股是屁股。罗筱秋几乎不能呼吸，再加上外面披着个西装短外套，巨大的垫肩，跟盔甲似的，死沉，脚下踩着细跟鞋，着实考验着筱秋的腰劲。“吴老板，我这是要去干吗?”

“实话告诉你，我这是要培养电影演员，而做电影演员的第一步，就是要敢于展示自己，很好，你现在迈出了第一步。”

“请告诉我工作的内容。”

“现在是试用期，先做导客员。”

导客员？说得好听，不就是女招待吗？跟秦淮河上陪男人饮酒作乐的女人有什么区别？罗筱秋真想立刻不干了，可她转念又想，存款不多了，就这么回去，肯定要被欧阳夏笑话，这么一想，她就又充满了勇气。

“怎么导?”筱秋挺起胸。

“简单简单，一天只需要晚上上几个小时的班，站在门口，招揽顾客，顾客来了买了票，你就把他们引进去。我们这是正派的职业，你就是我们翠华宫的形象招牌，千万不要觉得不好意思，大大方方就行了，不过有一点，你得化妆。”

“不，化妆我不同意。”罗筱秋最讨厌化妆。

“化妆完全是工作需要。”

“工作需要不是讨好男人，也有女顾客的。”

“那行，不化妆，但是一定要保持微笑。”

“微笑会有，待遇是?”

“一个月 12 块银圆，孙小头。”

“我要袁大头。”

“14 块孙小头，行了吧！”吴展翼故作豪气。

“我今天就上班。”

“热烈欢迎!”

翠华宫门口,南京城已经向上海靠近,电影院门口已经有那种霓虹似的灯火,一闪一闪,透露出一种现代化娱乐的气息。

一个穿着金凤旗袍,披着短西装外套,梳着S头的女人站在门口,胸前斜斜地套着个条幅,上面用涂料刷着几个字:欢迎观赏。几个流浪的小孩围在她身边,叽叽喳喳,门房的大爷看不过,举着苍蝇拍来赶,孩子们哄的一下散开了。

罗筱秋端着两臂,微笑着,有人走来,她立刻优雅地半弯腰,胳膊微展,在空中划出一道弧线,清亮柔缓的声调同时传出:“欢迎光临。”

观众打了票,进了门,如若找不到座位,筱秋则会热心帮忙,跑前跑后。

没过多久,翠华宫有个漂亮的女招待的消息,甚至超过了电影本身的影响力,很多人慕名前来,尤其是一些年轻人,女的来学学样子,男的则来饱饱眼福。有人问吴展翼:“吴老板真是慧眼识才啊,请了这么一位美艳动人的女招待,还愁没有票房么?她叫什么呀?”吴展翼眼睛一转,脱口而出:“白玉兰!她是我们翠华宫的白玉兰!”

筱秋破坏了自己当初不化妆的坚持,她还是有顾虑的,她宁愿化化妆,让自己看起来不那么像罗筱秋,她始终告诉自己,她出来工作,是为了生活,站在翠华宫门口的那个人是白玉兰——她在工作中用的名字,有个艺名也好,免得工作和生活夹缠不清。

刚好那一阵欧阳夏忙得很,尤其是晚上,回来得很晚,常常清晨才到家,一个月下来,筱秋天天晚班,欧阳夏居然没有发现筱秋新的工作作息。发工资这天,筱秋把银圆对半分,一半自己留着,一半拍在欧阳夏的书桌上。当的一声响。

“你这是干什么?”欧阳夏在查字典,听到声响抬起头。

“我能独立工作,我有收入,下个月开始,我打算搬出去。”筱秋有些嬉皮笑脸。

“罗筱秋!”欧阳夏腾地站起来。

“每个人都有自己的生活,我这个欧阳太太,也扮演得够久了,我不是演员,我没那个水平、能力。”

“请你理解,现在是特殊时期,日本人对中国虎视眈眈,听说东北已经……”

“南京武汉长沙北平上海,中国日本美利坚德意志西班牙意大利,你要说的是不是永远是这些?”筱秋气涌如山,“我说的是家事!”

“国将不国,何以为家?”欧阳夏声调低沉。

“理解,但也请你不要妨碍我。”筱秋哽咽。她不知道自己和欧阳夏这种不明不白的关系要维持多久。

她的眼光朦胧中,欧阳夏突然上前抱紧她,筱秋也被吓住了,本能地反抗,拼命扭动身体,可他的臂弯像一道铁箍,将她箍得无法动弹,她终于放弃,泣不成声。

“再给我一点时间。”欧阳夏的胸口起伏,呼吸急促,他很少动情,但这次的表现,却让罗筱秋十分满意。

“一点是多少?”筱秋破涕为笑。

“一年。”

“我给你一年零一天,免费赠送你一天。”筱秋始终保持着幽默感。

一转眼,罗筱秋成为“白玉兰”已经两个月了,欧阳夏终于结束了晚归,开始怀疑筱秋的工作性质,筱秋只答:“做打字员,很多稿子需要打。”她知道欧阳夏善于跟踪,所以每次下工,洗掉妆容,摘掉假发,才从偏门出,戴着遮脸的大帽子,坐黄包车回住处。

天阴了一整天,到了傍晚,总算滴下来几点雨,罗筱秋化好妆,穿好衣服,在翠华宫门口准备迎客。恰逢例假,筱秋浑身不舒服,也就懒得把妆画得太浓,衣服也没穿那套金凤装,只是穿了一套居家的花旗袍,披着个披肩,只是头发末梢烫了烫,朝外翻着。

“白玉兰”已经打出名气，无需夸饰。

“罗筱秋！”远远有个女人，搀着个中年男子，头顶有些秃了，筱秋听得隐隐绰绰，那女人又拼命招手，中间隔了两辆黄包车，那人还是挤了过来：“罗筱秋！”

她还是喊。

筱秋木住了，北平与南京隔那么远，还是能遇见同学。

“不认识我了么，我是朱丽丽呀，筱秋，你是国文系的筱秋。”朱姓女同学一脸天真，但又充满世故，她死命挽住秃头男人的胳膊。

“哦，哦。”筱秋挤出点笑容，突然不知道怎么接话，她跟她不算故交，她大概记得这个朱好像是外文系的，没毕业就离了校。

“怎么？做这个了？”朱丽丽咧嘴笑，藏不住的一口龅牙，“这是我先生，我们刚结婚。你呢？还一个人？”

“恭喜。”筱秋斩断话题。

朱丽丽夫妇买了票，进去了。

筱秋突然觉得一阵悲怆，按理说，她追求独立没有错，可见到朱丽丽的“显摆”，她还是有些莫名的失落，她反复口对心心对口，“我不靠男人，我不靠男人”，但心中对爱的渴望，还是不知不觉膨胀着，化作一阵悲伤，将她淹没。

“咦，欧阳太太，你怎么在这儿？”熟悉的声音打断她的悲伤。筱秋抬起头，是钱太太，她们一起打过麻将。怎么解释？她干这工作的时候没想到会有牌搭子来看电影——她在南京的熟人不多，就那么几个牌搭子，偏偏遇上了。

“我……”

“欧阳先生呢，怎么搞的，把太太一个人丢在这儿。”钱太太年纪不小了，可还是有种女学生式的活泛，人老心不老，“那我先进去了哦，我们家老钱估计早进去了，他就这点讨厌，不顾人，亏得他也喜欢这新鲜玩意儿。瞧这破雨，把我鞋子都弄湿了。”

筱秋忙说好，挥手打发她去，这才全身松懈下来。累，真是累。她已经弄不清自己是谁，罗筱秋？白玉兰？还是欧阳太太？

她转身走进剧场，灯已经黑了，银幕上在放着进口的片子，这部片子已经在翠华宫放了半个月，没有声音，但这并不妨碍男女主人公谈情说爱。终于，她倒在他怀中。罗筱秋在走道里站着，心沉得厉害。突然，她感觉屁股上一紧，她回过头看，又一紧。走道边的座位上，一个年纪不大，流里流气的男青年咬着嘴唇憋着笑。筱秋自知吃亏，但又没抓到现行，只好忍气吞声，往旁边站了站，拉开距离。

谁知那男子伸手又是一下。

“请自重。”筱秋压低声音，转身走出去。

吴展翼迎面朝里走，看见筱秋脸色不好，忙叫住问怎么了。筱秋也不藏着：“老板，这工作我不能继续干下去了。”

“为什么？”

“有客人不自重。”

“那是客人的事，你可以一笑置之，我们开门做生意，卖的就是服务。”

“妓女也是卖服务！”筱秋大吼。

“我要培养你当演员的。”

“哼，展翼老板，演员也不是什么干净职业，据我所知，很多所谓的演员，也都是娼妓从良才做的。”

“你不是口口声声要独立自主么？女子独立，首先在财力，在经济，不靠男人才能独立。”

“可你让我做的，不过是取悦男人。”

“这都只是手段，你也不损失什么，在这个社会，我们都要机智一点。”吴展翼叹了口气，“生到这个世上，就是受苦的，不管男人女人。”

“展翼先生，谢谢您的好意。”筱秋铁了心。

“我多给你半个月工钱，随时可以回来找我，不过再过几个月，我可能就要去上海。”

“去做什么？”

“那里更适合做电影业。”

“祝你好运。”

罗筱秋回到后台，忍不住要流泪，她狠狠地拔掉假发，一边哭，一边脱衣服，她要穿回自己那身朴素的蓝布旗袍。她知道，女人到社会上做事，总是很难，但她没想到会有今天，一只黑手伸到她身上，肆无忌惮地捏了三下。

筱秋看着镜子里自己的身体，玲珑有致，正是大好年华，只可惜她不知道把这年华交付给谁，投注到哪里。她迅速地穿好衣服，拎着包，去账房领了钱，借了把伞，从后门出去招黄包车。

雨点渐密，黄包车成了紧俏货，筱秋苦等快二十分钟都没如愿，她不停地跺脚，鞋子是布的，踩出去肯定湿透，唉，也顾不了这么多，再等下去，不知道又要遇到谁，筱秋只想快点离开这里，离开翠华宫。

筱秋撑着伞在雨中走着，地上水流汇聚，低洼的地方成小水坑，她不得不跳着走，没多久，鞋竟湿透了，索性破罐子破摔，平淌过去，不时有黄包车、汽车从她身边开过去，哗啦一下，水花溅老高，筱秋用伞挡，头顶则被淋了。巨大的雨幕中，路边竟然还有小摊贩扯起防水的油布做天棚，继续悠然地卖汤馄饨。筱秋实在寸步难行，收了伞，走了进去。

是一对老夫妻在做生意。棚子底下三两个食客低头吃着，都背对着入口处。“来一碗馄饨，不要香菜。”筱秋说。老婆子哦了一声，匆忙把馄饨朝锅里下，三五分钟，一碗热腾腾的汤馄饨就端上来了。老婆子说：“这位姑娘，雨大，你朝里面坐吧。”筱秋说行，弓着身子，坐在大棚当中的一个座位，正对着一位男客。

筱秋刚吃了一口，对面那位男客突然笑吟吟地叫了声白玉兰小姐。筱秋不理他，心里却咕咚咕咚，她瞥了他一眼，没看真切，男客继续说:“怎么,白玉兰小姐,这么快就不认识了。”是那个在剧场捏她屁股的流氓!

筱秋站起身,挎着包,撑起伞朝外走,流氓追上了,一把抓住她的手臂,筱秋大叫你放开我,流氓越发来劲,狠朝里扯,筱秋的包跌在地上,两个人则扭打在一处,棚里的客人一下散开去,老婆子老头子傻在那里,想拉,没处拉,不拉,很可能殃及天棚,老婆子对老头子说,你快打啊,姑娘受欺负了。老头子说,你怎么不打,汤勺子在你手上。老婆子说,我打?我一介女流。老头子不耐烦,说你别拽词了,还一介女流,我看你是戏文听多了。两个人你一言我一语吵得欢腾,罗筱秋的旗袍却呲啦被小流氓撕破了一块,罗筱秋一声锐叫,倒在地上,不管不顾地猛踢起小流氓的肚子。

一辆车刹在馄饨铺门口,上面跳下来一个男人,车门另一边,稍缓些下来一位老太太。那男人几个箭步,蹿到馄饨铺当中,一个扫堂腿,一记直拳,外加一记勾拳,便将那小流氓打翻在地。两拳打在脸上,小流氓嗷嗷直叫。小老太太竟也那么灵活,她疯跑到筱秋身边,一把搂住倒在地上、一脸雨水、露出半条大腿的罗筱秋,哭天抢地喊:“我的小姐啊,你这是何苦啊!”筱秋抬头,搂住小老太太,百感交集,眼泪忍不住朝外奔涌,滑过脸颊,同那雨水混在一道,她哭了几秒,终于喊出声来:“芹嫂,我的芹嫂啊!”

芹嫂来了,从天津租界来,来了第一件事就是找罗筱秋,让欧阳夏陪着找,等找回来,第一件事,就是审问欧阳夏。半夜,欧阳家客厅,芹嫂坐在沙发上,筱秋陪在她身边,欧阳夏站在她们对面。

“你说你,你不知道筱秋去做什么?”芹嫂已经不自觉地开始扮演母亲的角色。

“知道,可是……”

“知道就没有可是!”

筱秋擦着头发,停下来拦话:“不关他的事,是我自己要出去做事的。女人,应该独立。”

“独立独立,命都没了还独什么立。”

筱秋撒娇,说这不是有惊无险么,以后不再去就是了。芹嫂说:“咱们虽然破败了,你到底也是个大家闺秀,抛头露面,去赚什么钱,真是……”芹嫂又要哭。筱秋忙摇她胳膊:“好了好了,我听你的,以后安分守己,即便去做事,也去找体面的,这刚来,应该高兴,怎么老是哭。”芹嫂收住泪,对欧阳夏:“对对,好事多磨,我来到这儿,看到你们过那么好,我也高兴。自从欧阳先生第一次去我们那个大杂院,我就看着欧阳先生行,可靠、忠实。现在家里遭了那么多事,筱秋也多亏欧阳先生照顾,按理说不该我说这话,可筱秋的父母都不在了,老太太临终前又是把她们姊妹儿个托给我的,现在就剩筱秋漂泊人世,欧阳先生,既然你们这么一路都过来了,我想问一句,你和筱秋的事,什么时候办一办?”

欧阳僵住了。罗筱秋也没想到芹嫂刚来,就说这个话。外面雨声连连,屋子里一盏灯越烧越亮,近黎明,天色反倒更加晦暗,家具都躲在阴影里,畏畏缩缩。

“欧阳先生?”芹嫂见欧阳不说话,又问。

欧阳夏抿住嘴,从口袋里掏出一支烟,叼在嘴上,点着了,吐出来,烟雾被雨气冲散了:“我听筱秋的。”

罗筱秋也慌了神,听她的,怎么突然之间变成听她的了。“我不知道,别问我。”筱秋置气。芹嫂笑说:“天大的好事,到了你们这儿,怎么又搪搪塞塞。你们不肯,那我就倚老卖老一次,做个主,过几天,意浓小姐也来,也不怕简朴,索性给你们办一办,欧阳先生意下如何?”

欧阳把烟抽尽了,只说:“感谢芹嫂,我就怕辜负了筱秋。”

芹嫂还是笑:“只要欧阳先生有心,筱秋也算终身有靠了。”

“我是独立的!”筱秋半笑半怒。

芹嫂道:“虽然现在是中华民国了,但还是有妇道,你们整天说女权我就不喜欢，再怎么，你还是需要有个丈夫需要有个家不是？我的理都是老理，不会害你。”

筱秋又要说话，被芹嫂拦住，拉着回屋。

床边上，芹嫂坐着，筱秋歪靠着她。

“够险的。”芹嫂冷不丁说。筱秋问什么够险的。芹嫂说：“现在是乱世，你就这么跟着欧阳先生跑出来，他能做到这样，你一间，他一间，已经算个正人君子。”筱秋不言语。芹嫂又问：“按理这话不该我说，你们有没有……？”筱秋臊得脸红，说芹嫂扯远了，我和欧阳，清清白白。芹嫂说：“现在都讲新潮，我是接受不了，意浓就突破了。”筱秋问突破什么。

芹嫂坐正了，细细道来：“那天我在家，四小姐和茂松少爷突然急匆匆跑进来，身上都是雨，拉着我就说要走，我问去哪里，他们说回天津，回租界，说二小姐被打死了，三小姐跟着欧阳先生跑了。我匆匆收拾了几件衣服，一点钱，都没来得及跟朱姐说，就跟着他们走了。到了车站，天没亮，没车，我们三个雇了一辆车，走到半路，还没出京城呢，碰上一些拿棍棒的，说是兵，我们就下来跑，在靠近天津的乡下一个农户家住了一夜。结果那天晚上，四小姐和罗茂松就有事了，我也劝不住，你说我这么大年纪，说也没用，只能干着急。到了天津，进了租界，躲在家里，就那里也有人来搜，说是北京的一个大官被打死了，姨太太要帮他报仇，非得搜到叛党，是罗夫人出去挡的。来搜之后，罗夫人就要把我们赶出去，赶出去那还不被抓？罗老爷也没回来，有人说在广东遭到土匪了，也有人说被官军给劫了，我想找人做主，也找不到，我想找三小姐你，可音讯全无啊，这时候茂松少爷跟他妈说，非四小姐不娶，硬给保下来。”筱秋问：“就这么就结婚了？舅母也答应了？”芹嫂说：“可不就答应了，拍了电报给大小姐，大小姐说是好事，亲上加亲，说嫁妆她出，风风光光办，别亏待了四小姐。结果小两口还不愿意，说南下来民国政府做事，你舅母也是下了血本。”筱秋问：“来做官？”芹嫂说："不该问的少问。"

罗意浓三天后到，下了车，进院子，筱秋迎上去，先是拥抱。

意浓从右手中指取下那只二姐临终前交给她的祖母绿戒指，递给筱秋，眼泪跟着滴下来。"二姐留下的。"

睹物思人。筱秋接过去，鼻子一酸，也哭了。"我也就在船上烧了点纸。"

"放心吧，我这边都办了，后来尸体也要回来了，烧了，灰就洒在天津海里，干净。舅母这事倒肯帮忙，托了好几个洋人出面。"意浓说。

"舅母这样，倒想不到。"筱秋低头寻思，却瞥见四妹身后站着的茂松，忽觉自己话说得不妥。

意浓打趣："你怎么瘦成这样？好吃好用，何苦出去工作，都传到我这儿了，姐，不知道的都说你干革命去了，谁知道，怎么成职业女性了。"

筱秋呵呵笑。茂松也跟着笑。

意浓拉过茂松，像拉木偶似的。"现在倒哑巴了，你以前是表哥，现在你得叫筱秋姐姐。"

茂松唤了一声，脸皱皱着，挑着眉。

意浓拍手："还真叫啊！"

筱秋斥道："罗意浓，注意形象，你已经不是调皮的女学生了。"

意浓问："那我是什么？"

筱秋："你是一位妇人。"意浓哼了一声，手搭着罗筱秋的肩膀，在门廊下打闹似的："妇人首先也是一个人，没有爱情的婚姻是不道德的，婚姻对于女人有约束，但身为一个人，我们也有一个人的自由。"

筱秋指戳意浓额头："成家立业了，老实点。"

意浓突然抱住筱秋，头埋在她肩膀，撒娇似的："姐，我倒比你早了。"

筱秋抚摸着妹妹的头发："往前走吧。"

芹嫂跑出来，说怎么还在门口站着，进门再说。姊妹俩相视一笑，不再多说，并排进屋，罗茂松跟在后面，毕恭毕敬。

“这么大的房子，够一家人住了，”罗意浓左探探头，右探探头，“这是姐姐的房间？”她指了指里屋：“欧阳先生的在哪儿？”仆人指了指，罗意浓走过去，推开门，欧阳夏的卧房像一幅画一样向她展开——床还是罗汉床，明清式样的，没有榻，沿着墙摆着衣柜、陈列柜，暗绛色的刷漆，古朴得很；朝南的窗下有两把椅子，一座沙发，样式不算新，一看就是从广州那边传过来的，只不过面子都走的是软面，一反明清家具接触面过硬的弊病，也是学西洋，尤其是沙发，淡天青色的三面包厢，看着都舒服，窗帘垂着。

意浓在沙发上坐了坐，身子被弹起来：“欧阳先生就是有品味。”尾随她进来的女佣说：“欧阳先生不许别人碰他的东西。”罗意浓不屑：“我可不是别人。”又问：“罗小姐和欧阳先生怎么没住一块儿？”女佣垂着手，低着头，不言语。

院子外传来汽车刹车的声音，罗意浓轻拨窗帘，斜斜地望见了，转身，对着穿衣镜，捋了捋头发——尽管穿着明黄旗袍，白色裘皮披肩，她的发式却保持最简单的直短发，干练得很，倒是她的菱形银色耳环，滴溜溜地垂在耳朵坠下，一走一动，微微晃着，与脖颈上的浅色串珠相得益彰。罗意浓比了个手风，微笑着，像换了个人。

欧阳夏一阵风似的走进来，他穿着棉布长袍，淡灰色，不显寒碜，反倒有几分名人雅士的清刚气。

“欧阳先生回来了！”外面佣人叫。

芹嫂迎上去，筱秋坐着没动，茂松站在窗户底下，面目严肃。

“来了。”欧阳夏进门，对茂松点了点头，“用饭了没有，张妈摆饭，还等到现在。”

罗茂松干笑两声：“想不到欧阳兄的职位晋升那么快，是不是在外面也有生意？”

欧阳笑说："哪里哪里。招待不周，这个世道，谈什么晋升，都是朝不保夕。罗兄也过来为党国效力，可喜可贺。"

罗筱秋不耐烦："别相互恭维了。"

芹嫂忙道："这马上成为一家人，有话想多说说也难免。"

茂松眉头微皱。罗意浓从屋里走出来，挺直腰，踩着高跟鞋，每一步都很扎实，咚咚咚，全屋子人的目光都投向她，她停在离欧阳夏半米处，伸出手："欧阳先生，别来无恙？"

欧阳夏愣了一下，看了一眼筱秋，握住："欢迎贵客。"

罗茂松表情冷淡。

饭菜很快就上来了，自家厨子粗做了几个，其余的都是从秦淮楼叫的，开车送来，温在保温笼里，到这儿端上来还冒白气。瓢儿鸽蛋、酒凝金腿、百花春满园、葫芦美人肝这是别致的；老几样盐水鸭、桂花藕、水晶肘子也有，时令菜荷塘双鲜、清炒茼蒿则吃一个季节感受，自然还有酒，是欧阳最喜欢的绍兴黄，温在水盅里。

"欧阳先生真是用心。"意浓两手一握，举在胸前，像祈祷的少女，"这些是我们特地来才有，还是家里常有的？"

芹嫂笑道："一定是常有的，不过三小姐倒一直瘦。"

罗筱秋说："男人有是男人的，我们女人还是要自立。"

罗意浓说："姐姐这话说得有理，只不过，女人自立是体现自我价值，男人给我们的，是表达他们对女人的爱，有时候，接受这份表达，比拒绝，是更礼貌的，也是符合自然规则的。"

茂松坐在意浓旁边，解嘲似的说："大道理一套一套。"

意浓白了他一眼。

芹嫂说："新婚的劲儿还没过去呢。"意浓有些生气，撒娇似的拍了芹嫂一下。

欧阳夏咳了一声，大家都静了，他摆正筷子，庄重凝然，半低着头酝酿了会儿，才抬起头，端起酒杯："北平一别，今又得见，就是缘分，就是造化，来，干一杯。”

短短几句，竟把一桌子的人的豪气都调动起来。罗意浓最好酒，一仰脖子干了，又倒一杯。其他人尽看着。意浓说：“当日欧阳先生雨夜探访，我们喝得痛快；今天我们大难不死，国事家事，种种情愫，尽在一杯之中，一醉方休。”罗茂松有些不自在，嘟囔着：“少喝点。”意浓喝道：“你不许说话。”

筱秋看不过去，说：“意浓，最后一杯，都嫁了人，怎么还这样。”罗意浓来劲：“嫁人怎么了，嫁了人，情感就要压抑住装什么淑女？茂松也不介意，对吧，今天我们就是开心，欧阳先生、芹嫂、姐姐、茂松，还有我，居然真的坐到一张桌子上来了。”欧阳夏和罗茂松都看着，气氛有些尴尬。芹嫂解围：“都是要成家的，四小姐和茂松少爷结婚未能好好操办，等回头欧阳先生和三小姐办的时候，一起弄一弄，女人一辈子就这一回，可不能马虎。”

意浓酒杯差点没端稳。“欧阳先生和三姐？！”她把目光对准罗筱秋，“什么时候的事？”筱秋不答。

意浓讪笑：“我就知道。”

茂松傻乎乎地问：“知道什么？”

罗意浓又闭嘴了，喝了一口酒，笑说：“都是要成婚的人了，还两个房间，真是梁祝。”

罗筱秋的脸从颧骨红到耳后根。

欧阳夏则端坐着，不说好，也不说不好。

意浓自斟了一杯酒，扭过身子，脸对着她身边的新婚丈夫，酒杯举高了：“茂松，我敬你一杯，谢谢你救了我，又用婚姻保护了我。”一饮而尽。

罗茂松手足无措，连忙从女佣手里接过酒壶，微抖着倒，酒柱都歪了，差点没溢出，举高了，说：“为四妹付出，我心甘情愿！”

筱秋说：“表哥有这个心，我这个做姐姐的，也就放心了。”

芹嫂说："真是一家人，又是表哥，又是姐姐，越发难解难分了。"

意浓死盯着欧阳夏，笑着说："茂松对我情深意重，我想欧阳先生对姐姐一定也是。"

罗筱秋有些窘。

欧阳夏反倒自然夹菜，吃完一口桂花藕，他才放下筷子，说："我和筱秋是革命感情。"

四下无声。

芹嫂又打圆场："甭管什么感情，有就行！"

罗茂松在国民政府内政部下属的秘书处安了个职务，负责档案管理。尽管清闲无权，据说也是个肥差，因为逢着乱世，档案管理本来就是件困难事儿，可对于政府，却又是头等重要的事，一个人的来路总要摸清楚吧，否则何以厘清敌我？也就在这个缝隙里，油水出来了，为了前途，有人花点钞票来粉饰粉饰自己的过去，也就成了理所当然的事。

来南京的头一个礼拜，尽管筱秋和欧阳夏都挽留，意浓也说住家里好，可自打接风宴之后，罗茂松就不愿意再踏进欧阳夏的住所了，硬是在党部宿舍凑合了几天。第二个礼拜，房子找好了，是租的，战乱频仍，朝不保夕，聪明人都租房子。

罗茂松租的也是个中西合璧的小院子，进门一簇蔷薇，形成一条走道，当季，正在开花，很有些氛围。房子一共两层，砖红的墙，有点仿欧，但从房顶高度看，又有些苏联建筑的味道。进门客厅里有盏大吊灯，朝西并排一间客房，一间储物室，楼上是主人的卧房和书房。

意浓提着坤包，走进客厅，抬头四处望望，茂松跟在她身后介绍："楼下是客厅、用餐处，还有个小客房。"话没讲完，意浓道："别是想把您母亲也接来？"茂松尴尬笑笑，说你说哪儿去了，我们是来做事情，回家有的是时候。意浓抢白，要回你回。茂松没办法，只好闭口不言，两个人楼上楼下转了一圈后，茂松才说："这里比欧阳家怎么样？"

罗意浓不屑："比这些有何意趣，男人要比内涵，比才干，比风度，比风采，居所钱财，不过身外之物。"

茂松道："可配你，总得好东西才行。"

意浓皱着眉说："这句倒不假，不过你说姐姐和欧阳也真奇怪，突然就要结婚了，可我看他们，貌合神离。"

罗茂松把身子压到意浓身上，两人挤在窗户边上："别人怎么样与我无干，我知道，你是我的太太，我是你丈夫。"茂松嘴开始朝她脖子上凑。意浓拼命要推开他，可茂松的两只手臂，却死死地控制住她的腕子，她的身体也被挤压得厉害。

"罗茂松！"意浓到底是练过体育，情急之下她一个扫腿，茂松站不稳，重重地摔在地板上。他委屈："不要就不要，也用不着如此。"

罗意浓得意道："非礼勿视，非礼勿听，非礼勿言，非礼勿动，是为君子。"

茂松挣扎翻身："我不要做君子，我只要做一个正常的男人！"

罗意浓骇笑："把自己妻子压在窗帘上，肆无忌惮地侵犯女性权利和人身自由就是正常的男人了？"

茂松坐在地板上，皮鞋也掉了一只，两手抱腿，拧着脖子："你是不是喜欢欧阳？"

罗意浓心头一震，可还是稳住心神，笑吟吟地说："他是我们的大哥，救命恩人，一个成功的商人，一名合格的党国卫士，这样一位男人，我想没有人会说不喜欢不接受。"

罗茂松吼道："你知道我说的不是那种喜欢！"

罗意浓抬脚朝屋子外走，淡淡留下一句："无理取闹。"

茂松的工作很快入手，他和罗意浓的小别墅，很快成了一帮子朋友的聚会场所。1929年的南京城充满了隐秘的浮华气息，旧的战争刚过去，新的战争还没来，欧洲、美国都是一派享乐主义，这种气息传到上海，又传到南京，多少有些变味，却是一样安乐。意浓成了一位好太太，全职太太，主要工作，就是帮茂松打外围，处关系。有贤内助帮忙，半年之内，茂松就晋升了好几格，而欧阳夏却越来越低调，在陆军三部挂了职，平时和老王、李忠联手，做点生意，日子过得风平浪静。

大姐尚静安，随丈夫定居在上海，姐夫弘武还是在政府里做事，很有些权势，怎奈美中不足，静安一直没能怀孕，翠喜过去陪房，怀了一个，又掉了——弘武在房事上太过用力，反倒弄巧成拙。

罗筱秋和欧阳夏还是一人一间住着，芹嫂刚开始跟着筱秋住，后来嫌冷清，便搬去跟意浓生活，每日四处应酬，不亦乐乎。奇怪的是，接风宴之后，欧阳夏再没提结婚的事，筱秋狐疑，但也不好问，芹嫂已经说过一遍了，再去说，也不好。她心想也许欧阳夏是在等个好时机，毕竟他办事一向稳妥，既然他没有动作，就一定有他的理由。可筱秋有些耐不住。九月的时候，还是茂松帮忙，罗筱秋在一所中学里安了个教国文的职位，筱秋便打算搬去学校女教员宿舍住。

卧室里，麂皮箱子开着口，一些衣服丢在床上，筱秋正朝里收。欧阳夏从外面回来，穿过院子，直走到筱秋门前，无限深情地望着她的背影，不说话。

筱秋忙碌着，不经意一转身，瞥见有人在门外，吃了一惊，想说什么，又忍住了，继续忙着收拾东西。

“真要走?”欧阳夏的声音那么低沉，好像隔着时光，从另一个维度传过来似的。

筱秋定了一下，两只手旋即又忙碌起来，终于收完，她合上箱子，捋了捋头发，垂着双眼，不看门口那个男人。

“能不能不走?”欧阳夏说。

罗筱秋拎起箱子，低着头朝外冲，却被欧阳夏单手拦住，罗筱秋奋力反抗，像在冲刺撞线，可全没用。筱秋嘶喊：“你闪开！闪开!”欧阳夏的手臂仿佛大坝，拦住了水流，但水流一波一波涌起，终于冲破了。

欧阳夏胸口起伏着，情绪潜在心里，百转千回。“我不想你受伤害！”他喊出雄浑的调子。

筱秋含泪，回头：“这样我就不受伤害了？”

欧阳夏：“你留下来，会给你个说法。”

罗筱秋跑出去：“太晚了！”

欧阳夏没追过去，女佣走过来，问：“罗小姐真走了？”欧阳夏叹气，点头，手有些抖，女佣又说：“老太太来信了。”

欧阳夏嗯了一声。

罗筱秋又开始了校园生活，这一出一进，她已经从学生成长为了教员，她本想好好教书，可没曾想人还没住进去，学校里就议论开了，说什么欧阳太太被扫地出门了，欧阳太太估计是小妾吧，欧阳太太生不出孩子……罗筱秋也做惯了焦点人物，就平常从校园里走过，也无妨。教室门口，罗筱秋站住脚，鞋跟敲打地面的声音止歇了，一屋子学生也乍然收声，罗筱秋抱着一叠教案，一脸犹疑地走进教室，鞋跟又开始响，咚，咚，咚，门上没水桶掉下来，脚下也没有绊脚细线，罗筱秋走到讲台上，放下教案，说：“大家好，我姓罗，以后你们可以叫我罗老师。”她随即捏起一根石笔，转身面对黑板，却见斑驳的板面上两个小小的字，正好居中：破鞋。

筱秋愣住了，讲台下一阵嗡嗡的骚动。她压住火，拿起板擦，轻轻地把这两个字抹掉，本就不属于她，她无须领受，也不想解释。她转过身，抱以笑容：“读万卷书，行万里路。如果有一天，你们走路走得连鞋都破了，才算真正读懂了人生这部书。”

台下又静了。

罗筱秋按部就班不急不躁，罗意浓却忙乱了起来。罗家书房，意浓跟几位太太搓麻将，竟还是从前跟筱秋打牌的那几位，张、朱、钱三位太太。意浓学会了抽烟，专抽古巴进口女士雪茄，格调烈，够劲儿。

牌桌设在圆罩灯下面，几只戴钻石翡翠的手呼拉着，牌哗啦哗啦响。张太太感叹："真是了不得，这一对姐妹，都说自己不会打，可一上桌，都跟猛虎似的，完全是来南京城抢劫的哦。"朱太太听出音，脸朝意浓，笑道："她比她姐还能出场面，哎呦，我们这些老胳膊老腿的，该退出江湖了。"钱太太跟着奉承："现在南京城的太太窝里，谁不知道意浓哦，我看意浓就是帮夫相，这才来几个时辰，偏她家先生兴成这样。"

意浓很受用，微笑，不言语，摸起一张牌，是个北风，随手打了。张太太起张子，打六筒："不过我说意浓啊，我们家老张可是有件事要求罗先生呢，你可得帮吹吹风啊。"意浓问什么事。张太太说："唉，也怪我们家老张不小心，北伐那时候，被人诬赖，非说跟共产党有联系，黑档案不知记没记，整个冤情没处诉去，罗先生可得做回包公。"

意浓也爽快，说行，能帮一定帮，都是好姊妹。朱太太打了一张九条，说意浓就是够义气，哎呦，我这九条，不会放铳吧。意浓刚好看到，抢和道，独独缺你的九条。三位太太拍手大嚷，说哎呀钱都被她赢去了。

意浓半笑着说："情场失意，赌场得意，你们啊就行行好吧。"

张太太不解："你要还情场失意，我们这些老太婆真是都别活了。"意浓随口道："这跟年龄没关系。"钱太太说："听说你姐姐现在从欧阳家搬出来了，怎么，也赶新潮，要离婚？"罗意浓连忙掩饰，到底是自家姊姊，在外面她还是维护："这倒没有，她就是想找点事做。"

朱太太讽刺："哎呦，真是命好不知福，这不是找事，真是找事儿了。"朱太太来自北方，儿化音明显。钱太太接话："闹点脾气也是有的，过一阵就回去了。"

罗意浓不说话，闷头打牌。

张太太说："不回去，别等不久，有人替补，再想回去就难了。"罗意浓问，替补？张太太继续说："像欧阳先生这样的条件，不愁没人往上扑。哼，别说像筱秋这样执拗的，就是她不闹，谁也不敢保证她就是欧阳先生的结发夫妻。新文化讲自由恋爱,可从家乡走出来的这些男人公子,谁在家没有包办的黄脸婆的,所以说,这个年代,就要看淡点。”

罗意浓摸牌的手停住了。

包办的黄脸婆?这几乎成了这个时代的特色了。鲁迅跟许广平,中间还有个朱安;罗茂松呢,他是没有,她和他在一起,完全是机缘巧合,一场猎杀,让他爱上了她,他保护了她,她嫁给他,多半是因为报恩。尽管罗老夫人反对,可越反对,就越引发意浓的“革命”信念,恋爱如革命,恋爱和结婚,她都要“自由”。

就这么就嫁给了罗茂松,她的表哥,青梅竹马的一个人。

“照这么说,爱情也要分先来后到?”意浓说。

“爱情没有,”朱太太抽了口烟,“可结婚有,说点粗话,结婚做家庭那真是一个萝卜一个坑,先来的是大的,后来的,只能做姨太太。”朱太太说着一抬眼,甩手出牌:“哦,六万。”

“和了。”罗意浓淡淡地说,那只涂满红丹蔻的右手,就势将牌推倒。她真是越来越对欧阳的历史感兴趣了。

晚上,罗茂松到家,一边脱衣服,一边抱怨党部人事关系复杂。

“个个底子都不干净,作奸犯科,还都他妈装好人!”

意浓笑道:“哎呦,就这,就把你逼得嘴巴都不干净了?”

茂松这才反应过来有些失态,也笑:“我这工作,人都说权力大,我看就是个体力活。”

罗意浓恨道:“瞧这点出息,不就整理个档案,你嫌累,我去干。”

茂松:“不就整理个档案?你都不知道多少党部的上层打招呼来改东西,坏事全改成好的,就差男的没改成女的了,还有的,三妻四妾,屁股且是不干净,可一改,全都成孙先生孙夫人了,和睦家庭。”茂松接过仆人递过来的热毛巾,擦了把脸,丢在茶几上。意浓贴过来给他揉肩:“哪天我去看看?”

“算了,您就别来掺和了,还是打你的麻将吧。”

“我要去——”意浓撒娇。

茂松立刻投降:“得,您去,去。”

罗筱秋在学校里终于立住脚了,可这只是对学生,教职员工可没这么老实。女教员宿舍门口有片空地,搭了几个支架,晒衣服被褥用的。周末,一大早,筱秋刚把被子搭上去,负责宿舍管理的女监长拿着小本子过来了:“罗老师,不好意思,来的人都要登记的。”

筱秋站定了:“你问。”

女监工拿着支铅笔:“年龄?”

“二十出头。”

“到底多少?”

“记不清了,娘没告诉我。”

“呵,老实点,籍贯?”

“安徽凤城。”

“有无入党派、社会组织。”

“没有。”

“婚否?”

女监工一脸期待。

“未婚。”筱秋隐忍淡定。

女监工收起小本,满意地走了。

第二天,全校女教工便全部知晓筱秋的婚姻状态是,未婚。难听话随之四起,什么原来根本没结婚,还叫欧阳太太,就是个姘头,比妓女还不如,什么现在新女性真是什么都做得出来。

筱秋尽管心宽,这条路是自己选的,可终究有些过不去。她崇尚恋爱是自由的,她也确实这么做,父母去世,她已不像许多女人那样困在家庭的桎梏里,她有权利走,选择自己的路,可走到如今,她还是希望有一个名分,过一种正常的生活,欧阳夏却总说要革命——革命尚未成功，同志仍需努力，他有好多事业要做，可她的要求也并不过分，她只需要一个承诺，哪怕没有外人见证的，她要听他亲口说出来。如果有这些，她背负骂名，也算值得。可现在，算什么呢？

晚自习铃敲过了，罗筱秋放了学生的课，自己却不想回，一个人在学校小竹林弯弯曲曲的小道上溜达，竹林外侧则种着泡桐树，长得又高又直，摆在夜色里，甚至营造出几分热带雨林的感觉。天上的月亮躲在云里，风吹过来，也不晓得怎么会有点桂花香。校园里并没有桂树。

"罗老师。"一个人影从竹林深处跑过来，"怎么一个人走？"筱秋回头看，等那人近了才看清，是带体育课的小郑老师。"哦，随便走走。"罗筱秋不起劲，她跟他不过点头之交，小郑一脸痘印，看上去有些狰狞。"以后可以叫我一起。"小郑歪着头。

罗筱秋抱歉地笑笑，她掉转路向，朝竹林外走。小郑跑跳着蹿到筱秋前面，挡住去路："罗老师，我有几句话要跟你说。"筱秋闪躲，想找缝隙挤过去，还是被拦住了。"明天说。"筱秋还是尽力微笑。小郑两臂展开，护着筱秋似的："罗老师根本没结婚，罗老师还是单身的。"筱秋正色："你让开！"小郑嬉皮笑脸："罗老师既然是单身，要不考虑考虑我。"筱秋感觉到危险，知道硬来不行，便曲意应付："我们回头再聊，我累了，先回去休息。"小郑说："时间尚早，何须休息，不如我们……"筱秋大叫一声，可小郑熊抱住她，乱亲乱摸，罗筱秋像个溺水的人，小郑力气又大，她逃不脱，嘴巴又被捂住，几近绝望。

"住手！"斜刺里跑出个人，话音刚到，女来客飞身一脚，小郑整个身子崩了出去，重重地跌在竹林地上，冒尖的竹笋扎了他屁股，小郑嗷嗷直叫。

罗意浓来了。

"姐——"意浓扶起倒在地上的筱秋，"你等会儿，我把他捆起来。"意浓身手一向矫捷，从身上撕了一条布。筱秋忙说算了，回去再说。姊妹俩回到宿舍,意浓端了热水,帮筱秋擦洗了一番,破皮的地方则用消毒水涂了涂。意浓这才得空数落起姐姐来。“女人家出来做事,本就危险,何况现在风言风语那么多,姐姐何苦这样,搬我那儿去,一样住。”

筱秋惊魂甫定,呷了口热茶:“哪里不一样,都是要自力更生。”

“男女分工有别,有好日子你不过。”

“那不是我想要的日子。”

“做人有时候真是得委曲求全,”意浓扶住筱秋的肩,“何况是女人,你,我,或者别的什么人,都一样,孙夫人尚且有许多苦处,你我平凡人,得让步时且让步。”

“让步?”筱秋苦笑,“不清不楚不明不白,我这个委屈,会不会太大了点?”

“你和欧阳先生,到底算怎么处?”

“我觉得他并不爱我。”筱秋反倒平静,“不然他不会这样。面对一个你爱他他却不爱你的人,再怎么努力,也是徒劳。”

“再等等。”意浓说,“这个欧阳,真是。”

筱秋:“他可能有他的难处。”

意浓:“欧阳先生今年贵庚?”

罗筱秋说:“而立了。”

“真不小了。”意浓感叹,又说,“其实有时候有感情,何必在乎那么多名分,真夫妻假夫妻,只要能在一起,也就罢了。”

罗筱秋低头不语。

月光穿过窗子照进来,屋子里显得很静。姊妹俩各怀心事,也都不好多吐露,意浓要走,筱秋挽留,意浓以为姐姐怕恶人再来骚扰,也就就此住下。茂松去上海,她回家也是一人在,意浓倒是特别嘱咐茂松,如果在上海能见到大姐,就见一面,他们结婚,大姐没去,礼倒送了不少。茂松走的时候带了几件刚从南京搜罗的古玩砚台,大姐夫虽是政客，但特别儒雅多才，最好写毛笔字。

隔日一早，两个人去学校管理部举报了小郑，当天，小郑就被学校除名，但这样一来，罗筱秋的名声更大了——被强暴未遂的女教员。越来越多人来听筱秋的课，不为别的，就是一睹她的芳容。筱秋还是我行我素，每日教书、生活，一丝不苟，闲着的时候，就去玄武湖、秦淮河逛逛。

五月，南京城举办社交舞会，欧阳夏托芹嫂送来一张请柬，罗筱秋收到了，放在桌子上，摆了许久，终于拆开。去，还是不去，她拿不定主意。芹嫂耐不住，抽空来了，筱秋还在上课，她就在外面等，好容易下课了，芹嫂把筱秋拉到一边。

"三小姐，你不要傻，条子收到了吧，你得去。"

筱秋捋了捋头发，似有扭捏："知道。"芹嫂说："都是没爹没娘的孩子了，越发需要自立。大小姐、四小姐现在都终身有靠；二小姐就是太过刚强，才终于殒命；三小姐还是要小心从事，早日找到终身依托为上。"筱秋说："我虽有心，就怕欧阳先生没有属意于我，所以我还是先自立。"芹嫂说："但凡有点本事的男人，都刚强。欧阳先生我看对你也是有意的，不然干吗一路带着你，逃难似的，天南海北。到了南京，又相敬如宾，他若对你只是玩弄，完全可以姘居，甚至有个一男半女，在这乱世，也不在少数，可他偏偏与你礼尚往来，可见也是对你负责，或者他在思考。"筱秋苦笑，说那就让他思考去吧。

芹嫂说："不能大意，这次你必须去，四小姐也去。退一万步讲，现在你虽然素衣独居，可名声早都出去了，又是做翠华宫的女招待，又是做女教员。虽然我们家道中落，可也是按照大家闺秀培养的，南京城的社交舞会，听说很多达官贵人都会去，新晋的青年才俊也不少，小姐就算对欧阳先生死了心，如果能遇到更好的，也不妨是个机遇。"

筱秋嗔道："照芹嫂的话，两情相悦结为连理倒成做买卖了。"

芹嫂急急说："从古到今，多少大户人家的女子不是待价而沽奇货可居？就是一般的人家，也有个门当户对的道理。什么叫门当户对？那就是各方面要差不离才行。小姐一味要自立，反倒弄乱了名声，不过这样也好，名气是传出去了，风气日渐开放，就只等姜太公钓鱼了，所以我说，小姐一定要去这舞会，听说还是西式的。”

罗筱秋说：“不是西式的，难不成还是中式的？长袖善舞？”

芹嫂笑说：“我真是老糊涂了，记得小姐以前在学校读书，在西洋的社交舞会上可是出过风头的。”筱秋被鼓舞起了兴趣，说：“出风头倒谈不上，只不过会跳罢了。”

“那衣服得买买，”芹嫂打量筱秋的装束，又是蓝布旗袍，“我陪你去扯些布，正正经经做一身。”筱秋说：“何必这样取悦男人？”芹嫂道：“你们这些读了书的，就是脑筋有点死，什么取悦不取悦的，也是尊重自己。”筱秋被劝得没法，只好答应了。

逢周末，芹嫂便陪着筱秋去天宁寺旁边的缀锦布庄买了几尺上等的料子，又拿去云霞服装店做衣服。老板娘亲自接待，说最近几天是怎么了，尽是要做大衣服的，都去赶场子。芹嫂说：“麻烦加加工，我们也是赶场。”筱秋进去制衣间给老师傅量身材尺寸，老板娘就和芹嫂站在模特假人旁边说话。芹嫂说：“我听说南京城，这几年，年年有这舞会，学西洋的，举办的目的也是不言而喻了。”老板娘四十上下，涂着个红艳艳的嘴，一看也是在风月场里摸爬滚打过的，实际她也是上海的幺二从良，转道南京，立刻成了服装业数一数二的人物。老板娘笑得腰微微弯了，连声说：“晓得晓得，过去大户人家的小姐是大门不出二门不入，现在都出来读书了。见了光，遇了风，可要被那种一般浮荡子弟勾了去，可是个万劫不复，所以有这种交谊的酒会举办，参加的都是青年才俊达官贵人，哪怕是个二婚，做个外室，在许多人眼里，也比嫁给穷小子强。我看陪女儿来做衣服的妈妈们，都很起劲呢，女儿做，妈妈也做。”

说着，老板娘狠狠打量芹嫂的一身装束，弄得芹嫂有些不好意思，自己先开口了："要不我也做一套？"老板娘开怀笑道："我们这刚进的成衣，天青色缎面的，简直就是照着您的模子做的。"

罗筱秋在制衣间听了，一个老先生拿着牛皮软尺，在她身上迅速量着，筱秋举着两手，朝厅外喊："给我阿妈也来一套。"老板娘耳朵尖，筱秋话音还没落，她就嗳的一声。

芹嫂愣住，眼窝一热，一团泪差点没涌出来。一个帮忙的老妈妈，突然被小姐称作阿妈，尽管她对几位小姐一向忠心，可她从未求过回报，而如今筱秋对外的一声吆喝，硬是让芹嫂有种修成正果的感觉。她自己没孩子，丈夫死得早，一直在尚家帮忙，老太太临终托孤，她更是当仁不让地要照顾好几个姊妹，尤其底下两个小的。尚家姐妹纷纷到了出嫁的年纪，芹嫂也急，也喜，急的是怕她们嫁不到好人家，过得不好，喜的是，她们终于长大成人，甚至可以独当一面。

老板娘拎着天青色的旗袍走来，芹嫂斜看着镜子，擦掉了眼角的泪。

南京城党部礼堂的新年社交舞会，也才举办到第三届，可鉴于前两届的成功——许多待嫁的名门望族女子都在这里钓到了金龟婿，社交场地今年硬是大了一倍，接到邀请函的人也从一百变成了两百。意浓一贯爱社交，这次盛会更是不能错过，她甚至和张太太、朱太太、钱太太一起，成为了大会的理事会成员——女人办会，比男人办得细致，办得热闹。

罗意浓卧房。她套着一身白色纱裙，西方淑女式，一层一层，人是套进去了，但显然有些紧。"茂松——"意浓呼唤，罗茂松赶忙露面，从客厅里小跑着来。"把背后带子系一下。"意浓转过身，背对着茂松，一连串交叠的带子耷拉在背后，必须一根一根穿对了系紧了，才像样。茂松抱怨："何苦淌这浑水。"意浓冷笑道："许你们男人在外面整日价花天酒地，我们妇女阶层一年只这一回便被嚼舌根了，是何道理？更何况我们这也是为你们党部的人操心犯累，多少青年才俊想要配大家闺秀，多少名门女子希望遇见青年才俊，这是善事，善莫大焉。”

茂松嘀咕：“那就是拉皮条……”手不敢停。

意浓怒而转身：“话说那么难听做什么，你要是不想去就在家待着。社交需要，这是社交需要，要不是我替你打点关系粉饰场面，你以为你的官运能这么亨通，天大的本事你自己使去。西服呢？还穿着这黄袍马褂，你唱戏呢，可惜秦淮河没你的位置，唱到顶天也做不了头牌。”

茂松被念得头痛，只好求饶，说夫人，夫人，听你的还不成。他原本喜欢筱秋那种温柔端丽的女子，可遇到意浓后，尽管她经常骂他，不留情面，可茂松反倒从中找到了一种乐趣。在他看来，意浓骂人的时候，也是可爱的，只要她不背叛他，只要在千人万人中他能指出她罗意浓是他的妻子，而他是她的丈夫，他就心甘情愿一直这样下去。他低头沉静在自己的世界里。

罗意浓吼：“车呢，车叫好了么?！再怎么打扮你都不像太子!”

“早都停在门口了。”罗茂松温柔地说。

“芹嫂呢?”

“一天没见到她了。”茂松想起来什么似的，“哦，她说让我们先去，她自己过去。”

“这个芹嫂。”意浓总嫌身边的人办事不够利索。

天色还早，南京城党部礼堂的门口已经停了不少辆车，几个穿着黑色马褂的高个子男子，站在入口处，一一检视来客的请柬。一辆道奇牌汽车缓缓开到广场上，停稳了，服务人员连忙去开车门。一只穿着五厘米高跟鞋的腿伸出来，大大的裙摆，需要两手提着才能出轿门，罗意浓意气风发，稳稳地站在地面上，光芒万丈，她才来南京城一年，就迅速跻身为社交场上的重要人物。罗茂松也下了车，意浓很自然地挽住丈夫，在这个时刻，一个有头有脸的丈夫是必备品，一个未出嫁的姑娘，总不如一名有了合法丈夫的少妇行走方便。

几个礼堂工作人员凑上来，都是男的，年纪都不大。

“灯都调好了？”

“调好了，夫人。”

“地毯全清理了？”

“正等您去视察。”

“音乐呢，乐队就位了没有？”

“全部就位。”

“酒水茶点呢？”

“酒水以白兰地为主，茶点用的秦淮楼的师傅，不过都是按照西式方法做的。”

“保卫工作怎么样？”

“从军部调了一个排来，在外围，内场有工作人员把守。”

“钱太太、张太太、朱太太来了么？怎么没见着？”

“都到了，就等您了。”

“行了，退下吧。”罗意浓摆了摆手。茂松笑道：“真成花场将军了。”意浓说：“有多大才使多大本事，你和我，都是用自己办法为党国效力。”

一进门，几个熟人就围上来，罗意浓立刻投身到社交中去，如鱼得水，茂松自然被撇在一边，他也乐得悠闲。意浓抽空见他傻坐着，便支他去休息室打打牌。茂松理当遵命，打扑克，他是一把好手。

意浓站在礼堂当中。整个大厅灯火辉煌，这里原是西方人建教堂用的，建了一半，被国民党接收过来，做了宴会厅和社交场所。礼堂就一层，但两头有一些隔间，有更衣室、盥洗室、茶水间和医务室，中间是一大块空地，铺着暗红花格子毛绒毯，那就是主舞场了。舞场四周有一些小桌子，这时候已经摆上了茶点和水果，大厅两侧的窗棂是小格子正方形，每个方块有一米见方，五颜六色，自然光从外面照进来，很有些梦幻色彩。窗子顶上垂下来十几米的天鹅绒帘布，极尽奢华，人工灯光则从顶上朝下打，为晚间的活动供足了光明与氛围。

暮色四合，礼堂里的灯光愈发显亮，人渐渐多了，礼堂里热闹起来，钱太太和罗意浓凑在一起，感叹道："真是少说一句，就成祸患了。先生们还好，都是西服，小姐们，真成中西合璧了。"钱太太朝不远处一位小姐努努嘴，那位小姐头发披散着，涂着口红，指甲也修得齐整，上了色，可一身黄缎锦的袍袄，竟是出奇地宽大，衬得她格外瘦小，甚至有些滑稽。朱太太、钱太太端着杯酒凑过来。

意浓笑说："把前清的衣服都穿来了。"朱太太忙说："人家是格格。"张太太捂嘴，一口酒差点没含住，喝下去，才说："哪门子的格格，民主时代，怎么还有格格。"意浓说："张姐真是孤陋寡闻，虽然现在是民国了，这一路前清货色，还是有人稀罕。几百年的基业虽然没了，这些格格阿哥们，在婚姻市场上还是有分量的，只不过，这么招摇着穿出来，过了。"

张太太又指着礼堂另一端一个穿着西服马靴戴着鸭舌帽的女人说："怎么她也来了？"钱太太说："开始都不想给她发请柬的，可人家跟上头有关系，呼风唤雨的，挡也挡不住。"意浓说："这位郑六小姐真是投错了胎了。"张太太说："谁说不是呢，前一阵子说是跟一位军官太太如漆似胶，这会子又来这儿打猎来了。"朱太太说："也是愿者上钩的事，咱们就别管了，姐几个且乐一乐，我不陪了啊，那边还有几个熟人。"说着，端着酒杯走了。钱太太、张太太也都各去敷衍各的熟人。

一个新晋的军官姨太太，姓胡，早就想巴结罗张朱钱几个人，但一直没机会，她看到意浓一个人站着，就凑上去搭话。"罗太太怎么一个人？"意浓偏头看到她，说："我们家茂松就是不行，喜欢在男人堆里扎着，打牌喝酒，我这心烦的事，想说都没人说。"胡太太说："罗太太也不必发愁，有什么事，以后找我办就行，能给罗太太搭把手，也是我的荣幸。"

意浓淡淡一笑，说那真是谢谢了。刚好有一男士来邀胡太太跳舞，胡太太行了个礼，算是告退。

罗意浓端着杯酒，最烈的那种，她在等一个人来。她知道，他一定会来，有些感情，真的需要一些衬托才能表达出来，才够分量。华丽的晚宴，如果摆在寒酸的房子里，也就失了品格，只有在这种灯火辉煌的所在，才够滋味。

舞会即将开始。罗意浓伸着脖子，朝入口处看，人陆陆续续朝里进，唯独不见她等的那个人，一转眼，她的目光跳过好几个人的身子，终于看到了那个人。他站在门口，穿着一身笔挺的黑色西装，里面是白衬衫，他戴着黑礼帽，还破天荒地戴了一只暗红色领结。欧阳夏总是那么得体，甚至出彩。

罗意浓控制不住自己的步子，她要走向他，同他说话。可礼堂中间的话筒突然响了，是张太太，意浓不管她，真讨厌，她在做开场白，全是废话。人叠着人，都是人，她觉得自己走向欧阳夏的短短一段路，竟好像西天取经那么远。

“有请罗太太罗意浓小姐讲话，宣布舞会进程和曲目。”罗意浓这才回过神来，哦，她还有任务，该死，这个张太太，完全可以自己应付。全场都在找罗意浓，目光射过来，她全身的皮肤都紧起来，她告诫自己，必须优雅，必须光芒万丈，她微微提着白色纱裙，踮着脚走到落地话筒旁，微笑，然后朗朗说：“欢迎大家参加一年一度的盛会，首先祝大家玩得开心，我们今天的曲目是大家熟悉的《蓝色多瑙河》。”话音一落，旁边的弦乐队奏起悠扬的调子，场子里的男男女女，立刻结对，你搭着我的肩，我勾着你的腰，圈圈圆圆地跳起来。

罗意浓再去寻欧阳夏，已是水珠入海，很是困难。百十对男女旋转着，犹如蝴蝶阵，看得人头晕，男士们又大都穿着款式相近的礼服，想要找寻一人，难上加难。有人来邀意浓跳舞，是个青年才俊，梳着油头，属于寻常抢手那种，他半弯腰，伸出右手，罗意浓看也不看，提着裙子沿着大堂边沿一路疯跑。青年愕然,骂道:“呸! 野鸡,不识抬举!”意浓跑到入口处,朝左,有一处暗门,不特地找看不到,打开后,有一段楼梯,当初是修了用来挂壁钟用的,站上去,可以俯瞰整个舞场。

欧阳夏这天尤其精神,他曾去学校找过罗筱秋,被她请人挡了出去。她想见他,但理智又告诉她自己,不能见。她需要一份爱,也需要一份尊严。欧阳夏何尝不想给她那份她想要的尊严,也正因为他想要保持她那份骄傲与尊严,才迟迟没有与她结婚。筱秋走后的日日夜夜,他痛苦着。白天,他有重要的工作要去完成,神经绷得紧紧的;到了晚上,一切松懈下来,连院子里的蔷薇花都卸下心防,拼命释放幽香的时候,欧阳夏忍不住想念起罗筱秋。他对她原本是抗拒的,从北平时期就抗拒,他怕自己担不起这个责任,伤了她的心,可现在,她竭力逃避,最终还是弄得两败俱伤。

这么多年,欧阳夏觉得自己已经担负够多了,真的够了,过去的路,他曾经身不由己,未来的路,他也看不清,他能抓住的,只有当下的感觉,他想要遵循的,只有自己的心。能够忠于自我,也是一种担当。

“这位小姐,能跳个舞么?”欧阳夏像所有绅士一样,半弯着腰,一手背在身后,另一只手伸得长长的,做出邀请的姿势。

那女人抬起头,双眸似星,一身金色改良旗袍,衬得皮肤白透皙亮,身形玲珑有致。狐皮的披肩,随意地搭在肩膀上,使得身型呈 T 字,腰特别纤细,胸前一串浅色串珠,是祖传的东西,原本是老货,可偏偏这样一配,弄出了新时髦。她的头发斜斜地挽着,几分慵懒,几分妩媚,她穿了一双藕色皮鞋,高跟弥补了她个头的不足,深色丝袜沿着小腿朝上盘旋,给人无限遐想。

罗筱秋真是个成熟的女人了。

她身边芹嫂见欧阳夏来邀舞,连忙代她答可以可以。筱秋也不说话,慢慢伸出手,他忙接了,两个人就旋转着进了舞池。第一曲《蓝色多瑙河》已经快到了尽头,她和他拉着手,转了个大圈,又开始跳第二曲《匈牙利五号》，是种激昂的调子，他们都不由自主地带足了劲。

“还在生我气？”欧阳夏一个抖手，筱秋倒在他怀里，又弹起来。

“这算道歉？”筱秋气有些喘。

“真的是不得已。”欧阳夏跺脚，舞姿有些木讷。

“活着就是不得已。”筱秋不想听解释。

“如果有一个人，对你撒了谎，你会怎么办？”

筱秋心头一震，本能地觉得不好，但还是强颜：“那要看是多大的谎。”

“如果革命成功了，我是说如果有那一天，我和你，或许可以放下一切，去一个没有人认识我们、知道我们的地方，也许是海边，也许是沙漠里，就过一种简单的日子。”欧阳夏从未如此抒情，筱秋又觉得蹊跷，但又十分感动，她说：“没有什么地方是世外桃源，只要两个人心里有彼此，在什么地方，在什么时候，无所谓。”

舞曲变成了探戈，筱秋和欧阳彼此试探着，你前进，我后退，男女之间，这种进退行止，充满了纠结与诱惑，罗筱秋总觉得欧阳夏的话留了半截，那是一个深切的秘密。舞曲进行着，两个人双掌合并，面对面，脚下晃荡着，四只手打着圈摩挲着。

“欧阳，好多事情我没跟你亲口说过，是因为我觉得你懂，不必说破，但经历了那么多，我们之间总感觉隔了些什么，今天算是我第一次也是最后一次跟你说下面这些话。我觉得男女之间其实不必永远男士主动，我们是平等的，但一份爱，总是要两个人去经营才能完整。欧阳，从我第一次见到你开始，我就喜欢你了，你的理想，我尽力去配合，你的事业，我愿意去成全，我不知道你是不是一样喜欢我，是不是真的打心眼里愿意跟我一起走下去，无论世界怎么变，我希望这份爱都是单纯的唯一的，我等你明确的答复。”

欧阳夏的脚步突然乱了，他踩了筱秋的皮鞋一下，这种慌乱，在他过去的三十多年生命中是不曾有过的。“我……”他突然有些结巴，

“筱秋,你在我心中永远有一个最特别的位置,可是……”欧阳夏迟疑了。

罗筱秋打断他:“我明白了,你不用再说。”舞曲结束,筱秋丢下欧阳,一人独去,眼角泛泪。芹嫂在旁边看着发急,连忙追着筱秋,问询安慰。门口罗意浓终于找到了欧阳夏,可看到姐姐也来,她立刻魇住,远远地看着姐姐筱秋和欧阳的一出戏,胡太太又得空,挤到意浓周围,打趣似的拍了她一下。意浓这才回过神来,看见胡太太,心沉沉的,她趴在她耳朵上说了几句,胡太太点点头,朝人群里走。

“罗筱秋!”欧阳夏在后面追着喊。筱秋没打算停住脚步,只是人多,她几乎是在挤,在多少个女士的旗袍、裙摆中间,筱秋像是跑过一道又一道花帘做的屏障。“罗筱秋!”欧阳变成吼了,那声调盖过了舞池里的音乐,因为他那种激昂的情绪,舞池乐队的师傅们、跳舞的宾客们,也被他吸引,弓弦停止,脚步消歇,所有人都朝着这两个主人公看,宾客们自觉围了个圈,把筱秋和欧阳晾在中间,芹嫂站在圈外,急着朝里探头,她需要知道三小姐的安危。意浓也赶来了,靠近了,隐在人群里,定定地看着,胡太太立在她旁边,微笑着。筱秋觉得尴尬,欧阳这么一喊,她和他完全像斗兽被围在当中。

“罗筱秋,其实一直以来我都希望你留在我身边,”欧阳夏喘着气,“罗筱秋,能,嫁给我吗?”

筱秋定住了,这一刻她等了太久,可真来临了,她又不知所措。舞池周围沸腾了,有些人祝福,有些人在起哄,等着看罗筱秋怎么回答。

罗筱秋转过身,那一袭金裙格外动人,她哭了,胸口一起一伏,可到了嘴角的那句话,却不知如何说出口,周围静了,顶上的灯光笼下来,罗筱秋是当仁不让的女主角。

“欧阳先生,老家的夫人最近怎么样了,这就第二春啦?”冷不丁这么一句,是胡太太。她抱着胳膊,岔着脚,一副知根知底的嘴脸。

筱秋顿时觉得五雷轰顶。

芹嫂听出了大概，上前糊弄，又驱散人群，说不要看了不要看了，继续跳舞吧，跳舞吧！乐队重新奏出了声调，芹嫂搀着筱秋，欧阳夏面对她们站着。

筱秋面沉如水，只问："是不是真的？"

欧阳夏停了停，终于说："有，但是我们没有感情，是包办的。"

罗筱秋后面半句听都没听，只捕捉到一个"有"字，便转头就跑，芹嫂拉也拉不住。她恨自己太天真，这种事情，太多了，早就应该想到。从家里走出来，哪个男人没有一个包办的媳妇，她还分析过鲁迅的婚姻，说许广平伟大，可真轮到自己，她受不了。一点都受不了，她不知道欧阳夏在老家的那个人是谁，她也不想知道，她更受不了的，是欧阳夏对她的欺骗。即便在一起，她算什么？姘头，还是姨太太？还是做时代女性，什么都不管，什么都不顾？她好端端一个人，为什么要跟别人分享？

罗筱秋像子弹一样射出礼堂大门，不管不顾朝黑地里奔去，芹嫂跟着追。

欧阳夏朝外挤，却被罗意浓一把拉住胳膊："姐姐一会儿就会好的，真是没想到，欧阳先生是如此地狡兔三窟。"

欧阳命令："你放开！"

意浓笑道："姐姐的脾气我知道，也就是一时急了，况且你现在追出去，她存心要躲，也找不到，不如冷静冷静。欧阳先生，真的没关系的，放眼党部，家里家外，有三个两个的也是正常，我们跳舞吧。"欧阳不肯，还是要走，意浓缠住他，他用力一甩，罗意浓作势倒在地上，叫唤着，说脚崴了，摔着腰了，欧阳只好去扶。

两个人一个搀，一个倒，到了医务室，工作人员端着盘子，准备给意浓脚踝上点药，罗意浓把药棒递给欧阳，说："你来擦。"欧阳夏拗不过，若是寻常女子，他早推开了，可意浓偏是筱秋的妹妹，他不能不顾几分情面，于是只能接过了药水和卫生棒，点了黄，意浓及时地从层层叠叠的裙子里伸出脚，任他涂抹着。

差不多了，欧阳急着起身，被意浓摁住，欧阳推了她一把，手重了，意浓半跌在沙发上，挽好的头发不小心掉了半边。意浓不服，竟嚷道："我到底哪里不如姐姐！"

门半开着，欧阳夏站在门口，背对着罗意浓，站住了。他以前总当罗意浓是妹妹，一个顽皮的不那么讲道理有点豪放的妹妹，再加上心思一直在筱秋身上，意浓的属意与钟情就好像夏天的风从他脸庞吹过，他竟一点没察觉到。

欧阳望了她一眼，还是走了，他告诉自己，罗意浓只是意气用事，过了，就过了，他甚至不用给她正面的回答，因为他总是用自己的行动说话。

"照顾好罗太太。"他跟傻杵在门口的护理员说。

护理员忙点头。

"怎么回事?!"罗茂松一掌推开门，看见意浓坐在那儿，伸着脚，满面惆怅，他见欧阳站在门外，便冲上去，一把抓住他的领口，欧阳一个反抓，一使劲，把他推得失了重心，撞在门板上。

"你他妈找死!"茂松不服，一跃而起，挥拳又要打。意浓吼："茂松！让他走!"罗茂松定住了，拳头举在半空，终于放下。

"你走!"意浓拧着头。

欧阳并未多想，只当是个误会，他和罗意浓，简单得好像一曲独舞，他一心挂念筱秋去向，也没空理会，匆忙离去。

茂松憋了脸，生闷气。他对欧阳一向敌视。

意浓站起来，捋了捋裙子，又恢复成一名彬彬有礼的淑女，她回头，打量了一下茂松："走啊，舞会还没结束呢。"

茂松抓起茶杯，猛摔在地上，茶叶跌乱了，意浓下意识跳起脚，躲开溅起的水花。

"行了!"意浓嚷，"这还吃上醋了，我脚崴了，他来帮忙上些药，寻常姐夫，哪这么多故事。行了啊，你就是没自信。”

“脚崴了应该找我。”

“找你，你去打牌喝酒吹牛皮，舞不愿意跳歌不愿意唱，我去哪找你？盛世是什么，盛世要有歌舞升平，这些你都不会，怎么行，时代向前滚动，我们要参与。”

“谁说我不会？”茂松嘴硬。

“你会？”罗意浓走到外面，踏上了地毯，“那你来跳一曲。”

“我跳不好，”罗茂松还是硬着脖子，又说，“反正你跟他接触，我就不舒服。”

意浓脸色一沉：“你这是大男子主义，女人社交，也属正常，何必如此坚壁清野，退一万步讲，我社交，也是为了你的仕途。”茂松道：“用不着，我只要一个正常的家庭。”意浓把狐皮披肩朝他脸上一甩：“你胡闹！惯会无中生有！我可不许你这么污蔑我！”说罢，踩着高跟鞋蹬蹬蹬杀进舞场，又是一轮探戈。

她觉得自己失败极了，这种失败，倒不是说她在南京城没有地位。她有地位，有名声，而且一切看好，她还在自己的前身“尚静素”阶段，就总能得到想要的。可现在，她成了罗意浓，她的能量更大了，可还是输给姐姐，她姐姐就是有种魔力，轻而易举就能得到男人的心。她也能得到，放眼舞场，没有几个她罗意浓拿不下来的男人，可她就是想要“那一个”，那个永远拒绝她，推开她，不理睬她的欧阳夏。但他却痴恋着罗筱秋。

欧阳夏找了一夜，学校宿舍，秦淮河沿岸的歌肆、电影院、书店铺子、大小餐馆，全是筱秋爱去的地方，找遍了，寻光了，也没她的身影。欧阳夏开始有些恨自己，恨自己没有勇气早说出自己已有家室的事实，可他就是不甘心，一切安排，并非出于他自愿。早在未成年时，他母亲就给他娶了一房媳妇，摆在家里，他当然不爱，后来出来读书，闹革命，就更是少回家，那房太太长什么样他印象都觉模糊，知道鲁迅的事之后，他更加确定有这种情况的不是自己一个人，但他无法向母亲开口。离婚，似乎是不可能，模糊处理，又对不起新的恋人，那个女人不言不语，就这么远远地存在着，好像一个怪影，笼罩着欧阳夏的生活。

"是我的错。"欧阳夏坐在筱秋宿舍里，芹嫂在他对面。

"没有什么对不对错不错，欧阳先生，照我说，只要先生还有这个心，我们家小姐也会想通的。虽然现在是新时代了，可到底男人还是男人，女人还是女人。我们家小姐也真是顶顶真的人，老家有个女人，也不是说她就是正房你就是偏房，两处住着，也不见面，各求各的福分，各养各的儿子，都是命，您说是不是？"

"我不知道，总觉得对筱秋不起。"

"千万不要这么想，等小姐回来，我来说说，我的话，她还听。"芹嫂随手倒了杯茶，递给欧阳。欧阳接过去，又随手放在桌子上，从西装口袋里掏出一包烟，芹嫂到处找火柴找不着，欧阳只好把烟又放回去。

下半夜了，芹嫂撑不住，欧阳催她先休息，他独自一人端着个凳子，坐在门口抽烟。

快天亮，有人踩着高跟鞋回来了。

欧阳夏站起身，他从未如此失措过："筱秋！"人影近了，是意浓，欧阳夏脱口而出："你怎么来了。"

罗意浓笑，身子飘飘的，似有醉意："我怎么就不能来，姐姐来得，我就不行？"

"回去吧。"

"回去？回哪儿去？我现在也是四海为家，你怎么就不可怜可怜我？"

"我去打电话给罗先生！"

"不用了。"罗意浓冷冷地说，"你怕了？"

“现在筱秋还不知道在哪儿!”

“和姐姐有什么关系,姐姐要名分,我可以不要。”

“请自重。”欧阳丢掉了烟头。

罗意浓哼了一声:“这南京城现在都知道欧阳先生有妻室了,欧阳先生想再找也难。”

“意浓,我一向尊重你,可你现在这样,真让我很为难。我没打算再找,我和你姐姐的事,也与旁人无关,我犯下的错,哪怕是命运的安排,哪怕再怎么残酷无情,我都愿意承担,人活着就是这样,十之八九不如意,但是我会努力,努力去追求。”

意浓恨道:“难道只许你努力就不许我努力!”

“有些事,努力也没有用,”欧阳夏说,“你对我来说,就是妹妹,筱秋的妹妹。”

“我不信命,我有名有姓!”罗意浓咆哮着,她从未像现在这样如此迫切地想要为自己正名。可她的咆哮,换来的却是欧阳夏的沉默。

天空中传来一阵蒸汽火车的鸣笛声,急促,刺破了黑夜。东面天空开始有些微抹白,下露水了。欧阳夏一身疲惫,西装还没脱,整个人被裹挟着,为革命他从未怕过,可现在遭逢恋爱,欧阳却觉得找不到路。

芹嫂醒了,在窗台下洗脸,她见欧阳还在门口坐着,便烫了条毛巾,拧干了,递过来。“欧阳先生,我看你还是先回去,筱秋一回来,我第一时间告诉你,我也急,可她若是存心躲,我们报警也没办法。罗少爷倒是政府的人,要么托他找找,呵,欧阳先生也在政府做事,想找个人,想必也不难吧。”按理说筱秋失踪,芹嫂应该失了方寸才是,可她有她的道理——筱秋的短暂失踪,对于欧阳和筱秋的恋爱是有好处的,越是找不到,欧阳就越心焦,越心焦,感情上就越陷越深。她自己恋爱经验很少,可戏文听多了,风月见多了,自然比一般人要老道,只可惜她没能读懂新女性罗筱秋。

欧阳说："筱秋是个有责任心的人，还有学生等着她教，她会回来的，芹嫂，谢谢你，你去忙你的吧，筱秋妹妹那边，还请你多安慰帮扶。"芹嫂以为他让她安慰意浓，是怕意浓因为筱秋的事伤心，也就答应了。

翠华宫门口，三辆马车、一辆小汽车停着，几十个大樟木箱子有的放在车上，有的就堆在地下：演新戏用的中式西式戏服，夸张的蓬蓬袖裙子，各种马甲、西裤，还有斗大的灯具，胡乱堆着的落地窗帘。罗筱秋找个空落脚，探着身子，问正在搬家的小伙计："这里不做了？"小伙计摸摸头，憨里憨气："停业有一阵了。"筱秋又问："吴老板呢？"小伙计东看看西望望："刚才还在，这会子可能去浦口了。"筱秋笑着又问："吴老板不做生意了？"小伙子嗨了一声："做大了，南京的庙小，转战上海滩去了。"

筱秋从坤包里掏出两块钱，递给小伙计，"这个钱给你。"小伙计不要，筱秋坚持让他收下，又说，等吴老板回来，请他带话给吴老板，就说白玉兰来过了，问他当初的邀约还有没有效，如果有效，请他明天傍晚六点，在秦淮楼见。"记住了么？"筱秋问。小伙计点了点头。罗筱秋四处望望，抬手招了招，一辆黄包车迅速靠过来，筱秋往包里一摸，只剩一块钱，她舍不得用，只好打发车夫离去，车夫白费了力气，恨道："没钱就别想着坐车！"筱秋也没法回嘴，唯有低着头走开。天快黑了，秦淮河的灯火又亮了，她在外头转了一夜又一天，这第二晚，她怎么也不能在外面晃荡了，不为别的，她本能地觉得饿，况且一身金黄旗袍在外头走，也太过招摇。一怕被劫，二也怕别人当她站街。

她借旅馆的电话，给了点小钱，打给大姐尚静安，翠喜接的，急促促的欢喜口气："嗳，三小姐啊，大小姐去医院了……嗳，是嗳，有了。检查，对，大小姐终于又怀上了！"筱秋话到嘴边又咽下去，大姐最大的愿望就是生个孩子，好容易怀上了，她怎么好意思用自己这档子破事叨扰。"都好都好，我就是问问。"

挂了电话，筱秋又给意浓打，茂松接了。"哦，是茂松，四妹在吗？"

茂松小声咕哝了一句，说她出去了，突然情绪一转，一种悠长的调子从电话那头传过来："三妹——"筱秋唔了一下，像是没听清。"三妹——"他又喊了一声："你这是何苦——"罗筱秋头皮一麻，连忙撂了电话，她怕这种怜悯，更何况这怜悯出自她的表哥——一个追求过她的人，现在又是她的妹婿。筱秋想来想去，还是回教工宿舍，她也想通了，哪怕遇到同事取笑，她也就熬一夜，隔日想到办法就走。

筱秋主意定了，心也就定了，一步一步地朝学校方向走。弄道边，有老太婆在生炉子，劈柴混着草纸点着了直朝炉子里插，插急了，底下有个小女孩举着扇子一阵猛扇，烟冒得又急又快，筱秋刚好路过，陷在烟里，一阵猛咳，地上劈柴乱似阵，筱秋一时失路。"白玉兰！"小女孩突然抬头嚷。老婆子嘟囔道："什么白玉兰黑玉兰，扇个炉子都扇不好。"小女孩忙解释："阿奶，早跟你说过的啊，就是翠华宫的那个白玉兰。你看她，还穿着旗袍，比上次我和阿爸看到的还漂亮。"人言可畏，筱秋恨不得长一对翅膀飞过去，可她又转念一想，自己以后没准就要吃这个饭，既然做得光明正大，就不应该觉得难为情，想到这儿，筱秋又重新抬起头，挺起胸，踩着高跟鞋，咚咚咚跳过去。老太婆嫌她踢了她家劈柴，望着筱秋背影嘀咕："妖精，我看就是妖精，跟秦淮河妓女没分别，呸！"

筱秋权装没听见，稳住心神往前迈，可再怎么走，都有些像逃窜。筱秋也觉得自己怪，从前硬着头皮在翠华宫站着迎客，都没怎么觉得不好意思，可如今被这老婆子一说，千里之堤，竟然瞬间溃败，就好像自己真做错了什么事，爱错了什么人。罗筱秋就这么一路俯首走着，她只顾看着自己高跟皮鞋的鞋面，像两只旱船，起起伏伏。

教工宿舍门口有棵大梧桐，欧阳夏就站在那里，抽着烟。夕阳低垂，毛黄的光从树叶的罅隙穿过来，斑斑点点，打在欧阳夏身上。罗筱秋拎着包，进了教员宿舍大院的月门，一抬头，还是看见了他。

她下意识转身要走，欧阳夏到底是军人出身，三两步就追到月门口。“筱秋！”他喊了一声，她没理，还是快走，“罗筱秋！”筱秋不管，还是走，但她已经哭了。

“罗筱秋，我命令你，站住！”他一声鲸吼。

她站住了，回头，眼里要飞出刀子：“这个世界不是你说什么就是什么，我也有自主权选择权！”

欧阳夏从后面抱住她，有教员进来，啧啧围着看。

筱秋拼命挣脱：“你放开！”

欧阳夏埋下头：“我喜欢你，但是有些事情不是我的错，你就算要审判，也要听犯人的辩词！”

罗筱秋用手抠开了欧阳锁紧的臂膀，她现在觉得他是一方牢笼，一个伪善的魔鬼，把她对爱的渴望击得粉碎。她要做唯一，可现在她成了全南京城的笑柄，如果这样，她为什么还要对他温柔，一次又一次地给他机会？是她犯贱，是她自己犯贱！筱秋在心里把自己骂了千万遍，委屈、不甘，全都爆发出来，她也不晓得哪来的一股子牛劲，胳膊肘猛磕到欧阳的肋骨，只听到一声闷响，欧阳撒开了，筱秋像一条漏网之鱼，弹出去好几米远。

筱秋跌在地上，旗袍开了个叉，小腿擦破了点皮，血渗出来，红殷殷一片。围着看的几个人见情势不好，赶忙都走了。

“三妹！”月门洞里闪出个人影，又呵斥欧阳，“你退后！”筱秋抬头，见茂松蹲在她面前，表情紧张。筱秋有些愕然，可突然又觉得自己很丢脸，她说，不用你管。又问，你来这儿做什么？

茂松说：“意浓急匆匆出门，我怕她有事，所以来这边看看。”说着瞅了欧阳一眼：“他推的？他妈的！”

筱秋说：“你回去吧，这事真不用你管，我没事。”筱秋站起身，踉跄地走了几步，又回头，叮嘱茂松：“意浓和芹嫂，以后你要多照顾点。”她已经打定主意远走。

茂松悲戚，说：“三妹，当初若不是你不愿与我……”

筱秋压低声音:“不要说了。”

欧阳站在一边,眼见这一切,筱秋走,他也朝外跟,可却被茂松一把抱住。

“你放开。”欧阳夏喘着粗气。

“要死容易,我陪你!”茂松是挑衅的口吻,他身材比欧阳瘦削,可他似乎什么都不怕。

欧阳夏鼓起两臂,奋力一弹,茂松被震到一边。欧阳夏跑,茂松追着扑上去,两个人滚在地上,你一拳,我一拳,茂松当然不是欧阳的对手,但他不服输,手脚并用,即便四脚朝天,嘴里还骂着:“你这王八孙子!早他妈看你不顺眼!”

欧阳则不说话,脾气上来了只是打,晒衣服的架子被撞倒,七八个竹竿子打下来,乱打在欧阳的脊背,他跟无知无觉似的。各色衣服散在地上,蓝的、绿的、红的。筱秋走了一段又不忍心,终于折回来,看见两个男人——一个是喜欢过她的,一个是她喜欢的,滚在一处,打得鼻子不是鼻子眼不是眼,心里不好受,她上去拉,可打疯了,哪能拉得住。

欧阳夏又是一拳。

茂松鼻子开始冒血,筱秋看不下去,又没办法,周围看热闹的几个教员早躲走了,筱秋锐叫一声,歇斯底里,握着拳头、闭着眼,弓着身子。欧阳的拳头举在半空,他和茂松一起偏过头,望着筱秋。

筱秋放松了身子,静静的,如此混乱的局面骤然停止,她反倒空了脑袋,什么先来后到,什么家里的外头的,她只是那么站着,风吹来,院子拐角的一小片竹林发出沙沙响,开始有人嚷,这谁把衣服都弄地上了。

筱秋面沉似水:“没有恩仇,都散了吧。”

“怎么了这是?”意浓突然站在门洞的牙子上,手里拿着把折扇,嚷嚷着,“打什么?”筱秋看见妹妹,突然有些不好意思,她叫了一声妹妹。

罗意浓朝姐姐摆了一下手,径直走到两个男人跟前,说你们起来。

欧阳和茂松拆开身子，各站一边，茂松还要挥拳，却被意浓喝止。

“罗茂松我问你，如果你家里已经有一房老婆，可现在你又爱上我了，你怎么办？”意浓抱着两臂，看看姐姐筱秋，又看看欧阳夏。茂松冷不丁被这么一问，愣了一下，随即又急切切答：“我离婚，我可以离婚，离了婚我再娶你。”意浓朝姐姐筱秋笑了一下，又对欧阳：“这位先生，不知道您听清楚了没有，我姐姐心里只有你，你想必也喜欢我姐姐，只是这婚姻的障碍，不知道您有没有意愿去跨越。有些话，姐姐不好说得那么白，我这个已婚妇女不嫌丑，今天倒想替姐姐问欧阳先生一句，欧阳先生口口声声说喜欢姐姐爱姐姐，请问先生，接下来是怎么打算，离婚？还是另立门头单独过日子？婚礼也说了好些日子了，至今没见影动，我只是替姐姐叫屈。这 ·路，姐姐对欧阳先生的帮助也不算少，尽管你们分房而住，一个是梁山伯，一个是祝英台，可外头人不知道啊，别人都以为，姐姐是欧阳太太，这种担名不担利的事，也只有姐姐这样的痴心人愿意做。不知道欧阳先生接下来，是打算学徐志摩呢，还是打算学鲁迅？”

欧阳夏硬着脖子：“我不能保证，我不能不仁不义，我得跟家母商量，这事可以解决的，给我点时间，给我点时间。”

意浓大嚷：“你这样对姐姐就有仁有义了？!”

罗筱秋站在一边，心刷地一下凉了，都到这个时候了，他欧阳夏连一个大话都不敢说。恋爱是自由的，婚姻是自由的，这种自由源自于个人人身的自由，这一点，罗筱秋坚信不疑，也坚决地去践行。曾经有那么一瞬，她问自己，她全部的举动，是不是真的太过于不近人情咎由自取，但这想法一瞬间就被打破了，她觉得此时此刻，哪怕欧阳夏只说一句话，一句承诺，哪怕只是一个空头支票，她也会留下来，可现在，她和眼前这个男人之间，已经没有情义可言。

筱秋弯下腰，捡起一根插衣服用的短竹竿，两手抓住两端，横握着，也不顾自己穿着旗袍，一抬腿，扬起胳膊把竹竿朝腿面上一磕，啪一声脆响，竹竿断成两截，一甩，丢在地上，冷冷地对欧阳说："你和我，犹如此物！"筱秋腹部的旗袍打着褶，一道一道，好像每一条都是痛苦的皱纹。

背后三个人一起喊，一起追。筱秋走了几丈远，站住，背对着他们，影子拉得老长，声音硬得像刀片："谁也不许跟着我！"又起步，三人还是跟。欧阳夏喊筱秋，意浓叫姐姐，茂松叫三妹。

罗筱秋咆哮："都给我滚！"三个人终于不跟了。

罗意浓站在月门边，目送着姐姐因痛苦而扭曲的背影——走道的转角，一拐弯，消失不见。她偏过身子，朝后，端着两臂，两手交叠，死盯着愣在那儿不动的欧阳："满意了？"欧阳刚想开口，罗意浓玉手一扬，啪！欧阳夏的右脸偏到了左边。

茂松喝彩："打得好！"

意浓皱眉，对丈夫："你闭嘴！"

欧阳夏埋着头，急匆匆走了出去。

傍晚时分，秦淮楼亮了灯，里面传出小曲声，悠悠扬扬，软得好似没有骨头。可罗筱秋却依旧挺直腰板，大大方方迈了进去。掌柜的出来迎客，说您是罗小姐？筱秋报以微笑，掌柜的没再问，只说里面请，一个年轻小伙计慌忙引路。上了二楼，尽头，醉芙蓉包房，筱秋推门走进去，硕大的圆桌，一端坐着吴展翼，他还是那副宽肥身材，脸圆嘟嘟的，眯缝着的眼，都是笑。罗筱秋又惊又喜又惧，惊的是，吴展翼会来；喜的是，他给她这么高规格；惧的是，既然是商人，无利不起早，不知他又想从她身上淘换些什么。

"罗小姐，别来无恙。"吴展翼站起身迎接。

"吴老板真是客气。"筱秋习惯性地端起手臂，婷婷袅袅站着。

"快入座，不必拘礼。"

筱秋大大方方坐了，菜陆陆续续端上来，鸡鸭鱼肉一应俱全，还是秦淮楼的老风味，独独一道菜最后上，不大一盘，摆在正中，是鱼。

吴展翼吸着烟斗，笑呵呵的，点点头："尝尝这道。"

筱秋也不客气，举箸夹了一块，放入口中，轻嚼了两下，软嫩无比，最妙的是有股奇鲜，她一时吃不出来是什么品类。

吴老板问："知道这是什么吗？"

筱秋放下筷子："水族类。"

吴老板哦了一声："那是肯定的，姓甚名谁可否知晓？"筱秋摇摇头。吴老板把烟斗在桌子上磕得老响，哈哈大笑，朗声说："这就是著名的长江三鲜之首，河豚。只不过河豚虽美，却有剧毒，它的卵巢、肝脏、肾脏、血液、眼、腮、皮肤都是吃不得触不得，别说吃，就是碰上一点，都会让人麻痹，若不小心吃了，0.48 克就能要一个人的命。这盘烧河豚，是从江阴运来的，厨师，也是从江阴请来的，极致的鲜美，总要有过人的胆量。"说完这段，吴展翼盯着筱秋看，不再言语。

筱秋说："那是自然。"

吴老板说："此去上海，十里洋场，风急浪高，但我吴某人有信心闯出一番事业来。罗小姐的事情我也听说了，南京太闭塞，这种事情哪里值得大惊小怪，我想只要罗小姐有心，就好像这吃河豚，放手一搏，没准就能品尝到极致的美味。"

筱秋说："只要吴老板敢吃这块河豚，我就敢吃。"

吴展翼一拍桌子，站起来："好！痛快！"

罗筱秋依旧端然，她笑了，但笑中的那一丝丝苦，只有她自己知道。罗筱秋当场和吴展翼达成口头协议，她作为他新成立的上海展翼电影有限公司的基本演员，每个月三百块银圆薪水，一律预付，并约定，隔天一早，从南京下关火车站出发，前往上海。

吃完饭，筱秋叫了黄包车，一路拉到宿舍，她要收拾一下。证件、衣服，最要带的是她那一箱子书，虽然以后可能没工夫看，但她依旧执拗地要留在身边。夜深了，教工宿舍静悄悄的，时不时有几声虫鸣，一只野猫见有人来，迅速爬墙，跃上房顶。

门没锁，筱秋进了门，也没有灯，只能是借着月光，凭借记忆，找着，收拾着。“是三小姐吗?”里屋传来熟悉的声音，慢慢踱出来一个人影，是芹嫂。“三小姐……”黑暗中，芹嫂显得又瘦又小，筱秋不忍心，她不知道自己走后，芹嫂该怎么办。四妹那种脾气，茂松也不是照顾人的人，把芹嫂托给欧阳？哼，更不可能，带她一起走，去上海，去大姐那里？大姐夫家里人也太多，一时恐容不下，筱秋只能克制住自己的感情，嗳了一声，可眼泪却已经掉下，落在地面上，没音没影。

“你要去哪里？我等了一夜。”

筱秋的手不停，折衣服，摆物件，全都整齐地码在箱子里，却不答话。

“真要走?”

“一早的车。”

“跟欧阳先生真的不能再谈谈了?”

“没必要再谈了。”罗筱秋苦笑：“不怪谁，都有苦衷。芹嫂，妈不在了，我一直当你是我们的妈妈，我走后，好好照顾自己，安顿好了，你再去找我。”

芹嫂掌不住哭了。

筱秋伸手抹掉她脸颊上的泪：“别哭，千万别哭，我们女人生来就是苦，不过好在现在我还有选择，你应该祝福我，阿爸阿妈在天上也会保佑我的。”

芹嫂拼命止住泪，但还是抽泣，气接不上来，一顿一顿，忙着去接筱秋手里的行李：“我送你。”筱秋拉住她的手：“不用，我自己能行，以后一个人在外面，都要独立。”又苦笑：“我也独立惯了。”芹嫂还要送，筱秋执意不愿，芹嫂终于不坚持，站在巷子口，挥手，脸上都是泪。筱秋回了一下头，她也哭了。可她不敢再回头，她怕自己心一软，又留下不走，埋葬了自己的自尊。

这么多年，她执着地走着，从老家去津门，从津门去北平，从北平逃亡，而后来到南京，如今，她又要去上海。只是，这一次，她是一个人。筱秋匆匆走着，提着那只她走多远，都要随身带着的皮箱子，到大道边，挥手叫了黄包车，一路风景不停地朝后，她左思右想，就想着还有什么事情没安排好，没照顾到。她觉得自己有些愧对妹妹，大姐对她们照顾，可毕竟年岁差着些，出嫁又早，小时候没在一起长，情感上总是隔着距离。可她与罗意浓不同，她们有着太多共同的岁月。她觉得理应跟妹妹再见一面。

“师傅，麻烦前面路口转个弯，去天明巷一下，我加点钱。”罗筱秋微微伸着头说。

跑黄包的小哥立刻调转步伐，朝另一个方向跑去。

天明巷宅院，天色微明，罗意浓穿着睡衣，坐在门廊下的藤椅里抽烟，抽 口，转头就吐在院墙内的蔷薇花架上。黄包车停在院子门口，罗筱秋交代了一下车夫，提着箱子走了进去。

“姐，”罗意浓站了起来，“你这是？”她丢掉烟蒂。

罗筱秋走近了，放下行李，站在走廊上，淡淡地笑：“别问，什么都别问。”

“姐——”意浓又喊，这一声喊得很长。

罗筱秋探过身子，伸出双臂，紧紧环抱住妹妹。意浓呆住。筱秋叹了口气，说：“真羡慕你，什么都有了。”

意浓僵僵的：“该羡慕的人是我。”又说：“你到底爱不爱欧阳？”

罗筱秋的脸埋在妹妹肩头，她不知道如何作答，说爱，是不是太傻，说不爱，等于自欺欺人。意浓说：“如果我是你，我会毫不犹豫同他结婚，何必要走，你能走去哪？”

筱秋松开手臂，与意浓对面，意浓想要开口，她赶忙抢在头里：“别问，什么都别问，你知道，我最舍不得的就是你。”

意浓泫然。

筱秋说：“别哭，好好过，我会写信。”说完，她又拎起皮箱，转头，踩着高跟鞋，敲在青石板院地上，咚咚咚。

意浓追了两步:“我叫车送你!”

筱秋也不回头,迅速地上了车,支应了一声,车夫赶忙跑开。

坐在车上,罗筱秋又哭了,她开始怀疑,自己转回头跟意浓道别,也只是给自己徒然增添伤悲而已。

下关火车站,罗筱秋拖着行李,穿梭在人群中。蒸汽机车喷出白热的气体,跟着一声长鸣,好似利剑,刺破黑夜,迎来黎明。可以上车了。站台上,满布着离别的人,筱秋只是觉得木然,纷纷扰扰,人世间的情感,此刻都与她无关。四周弥漫着汗味,还有月台下卖煮玉米和茶叶蛋的小锅里升腾出来的清甜和鲜咸味。筱秋咽了一下口水,离别的苦闷竟被冲淡了些。“白小姐!”吴展翼从列车中间段的车窗伸出头,猛烈挥手,“白小姐!”

筱秋听到了,但一时没反应过来,以为是别人在送行或接客,依旧站在那儿,背对着火车,她不想上去太早,车厢里空气不好。吴老板继续喊,他身体有点胖,半个人卡在车窗上,显得很是吃力。站台的旅客见了,忍不住点了筱秋一下:“小姐,是不是叫你的?”

筱秋狐疑,转头望望,皱着眉,终于看清确是吴老板,这才走过去。两人一个车上,一个车下,筱秋笑问:“怎么老叫白小姐,我还说是叫谁的,声音倒是熟悉的声音。”吴老板缩回身子,挤眉弄眼:“嗳,这你就不懂了,以后啊对外一律称你白玉兰,可不就是白小姐。”对这个艺名,筱秋本能地反抗,白玉兰,又不是旧上海长三堂子里,何必弄得如此香俗。筱秋说:“这个名字不好。”吴展翼一愣,说当初做招待,不就是用这个名字,我看认识的人很多,又说,先上来再说。

筱秋拎着箱子挤上车,吴老板帮她把箱子塞在座位底下,筱秋说坐火车怕晕车,他就把临窗的位置让给她。待坐定了,吴展翼继续问:“白玉兰这个名字哪里不妥?”筱秋左胳膊支在窗户上,手托着腮:“俗了,叫得太多,而且一听就是艺名,反倒假模假样了。”吴老板吧嗒吧嗒嘴,道:“那依你之见……”筱秋说:“取艺名,我不反对,做抛头露面的事情，有个艺名好。姓白我也赞成，只是不要叫白玉兰，我倒觉得叫白梅卿好，梅花的梅，是从《北史》里出的典故，‘眉目清兮’，以这个名字做戏，正合适。”吴展翼听罢哈哈大笑，连声说：“白小姐，到底是读过书的，不同凡响，不同凡响呐！”

两个人正说着，只听得咔哧一声，一股子白气猛放出来——车要开了。筱秋随口问，这车到上海多长时间，吴老板说，看中间停的次数和时间，这一路且停呢。罗筱秋有一搭没一搭地四处望着，卖烟糖的小孩在车窗下，挨着个儿地兜售货品，赤着脚，脸上倒都是笑。人人都在挣扎求生，筱秋叹了口气。

就在眉眼抬动的刹那，罗筱秋看见人群里有个身影，戴着帽子，穿着长衫，他身后跟着两个人，是老王和李忠。筱秋瞬间明白了，连忙用手遮住半张脸，可眼睛却控制不住似的朝外瞟着，她的心又开始跳了，扑通扑通，好像战鼓。只见欧阳夏拨开眼前拥挤的肉墙，不断地在缝隙中突进，一点一点近了。罗筱秋终于看清了那帽子下的瘦削的脸。

“罗筱秋！”欧阳夏嘶喊着，招手，跑着找寻。车开了，车轮由慢转快，一条黑龙出了洞，马上就要开向广袤的天地。“罗筱秋！”欧阳夏还是追，他和罗筱秋的眼对望了一下，就好像蜻蜓点了水，筱秋连忙偏过头，但眼泪却直流下来。

两侧的风呼啦啦朝车厢里灌，罗筱秋在抽泣，欧阳夏的声音越来越小、稀薄。吴展翼半起身，安慰说：“哎呀男情女爱就是那么回事儿，不想听就不要听嘛。”一伸手，身子朝下一压，推拉窗垂下来。

霎时安静。

欧阳夏的声音，缥缥缈缈的那一点，咔的一下，被刀斩了似的隔在外头，但在心里头，还余音袅袅，嗡嗡嗡，好像脑袋被撞时会有耳鸣，只是那一个调，一种音，循环，循环。罗筱秋哭得更凶了。

南京，巴掌大的梧桐树叶，夏天又细又长的蝉鸣，甚至是车站的甜玉米、茶叶蛋，罗筱秋竟都有些留恋。战争隔不断她和欧阳，可一场猝不及防的过去，却将两人越拉越远。欧阳夏追着追着，终于停了下来，大口喘着气，黑黝黝的火车，那一点小尾巴，好像入了洞的长龙，呼啸着，消失不见。

他原路折返回去，站台上已经没几个人。送站的走了，只剩下卖货的孩子，赤着脚，杵靠在月台底下的墙边；卖茶叶蛋的老大娘，还是万古不变地推着小推车，一炉子小火，咕嘟咕嘟煮着。老王和李忠围上来，欧阳说你们先回去吧，我一个人走走。两人对看了一下，走了。

欧阳夏深吸了一口气，吐出来，靠着墙，卖烟的小孩凑过来，说先生，买包烟吧。欧阳夏笑笑，掏出钱，拣了包哈德门，又拣了盒火柴。小孩拿了钱，欢天喜地地走了。欧阳夏将烟叼在嘴里，帽子压低了，又掏出火柴，擦燃了，用手拢住火，灭了，再一根，还是灭。

旁边伸出一只玉手，握着银色打火机，啪的一下，火苗立稳了，嘴边的香烟点着了。红茵茵的，欧阳夏吸了一口，火星越发旺，他吐出烟雾。

“姐姐走了?”罗意浓这才摘下宽檐帽。

欧阳夏没说话。

意浓问:“她去哪儿？做什么?”

欧阳夏像雕塑一般立着，只抽烟。

“哑巴了？还是受的打击太大?”意浓半笑。

“你如愿了?”欧阳夏说。意浓朝后退了一步，厉声质问:“你什么意思?!”欧阳不看她，继续抽烟，说:“要把话说这么明么?”

“我就那么不如姐姐?”罗意浓逼着问，“她到底哪里好?！软弱、固执，找不清自己的方向，我到底哪里比不过她?!”

欧阳夏把吸尽的烟丢在地上，头也不回地走了。

罗意浓扬手狠劲朝下掼，打火机砸在地上，蹦得老远。

第二部　空有人心半遮面

上海对于罗筱秋来说是陌生的。

“十里洋场”，外滩的一路繁华，奢靡的，铺张又浓重的，还有租界、码头、商场、银行，五光十色，外人乍进来直觉得晃眼，就是那一条条马路，也与北平、南京不同。上海的马路，是一道道斜，一路路弯的，上海的地名也怪，什么霞飞路，什么查理路，什么基斯菲尔路，就好像巴黎的街道空降到了远东，而白俄贵族又纷纷跑来经营，说不清是何时何地哪朝哪代。

筱秋和欧阳落难时，路过上海，可那时，也只不过是在上海落一下脚，匆匆离开。如今真到了上海，深入进去，罗筱秋就突然觉得有点窘，上海街头走着的女人，跟别处也不一样，她们更热情、时尚、大方、得体。筱秋再看看自己，一身素旗袍，肩上裹着一块暗青的旧呢料，跟美不沾边，纯粹为了挡风，尽管腰还是那细腰，胸脯也高高的，可她就是觉得自己有点寒碜。

罗筱秋和吴展翼下了火车，坐上事先约好的小汽车里，一路七七八八看过去，罗筱秋越看人越小，她不敢相信自己能在这样一个五光十色的上海滩闯出名头。倒是吴展翼老江湖，他坐在筱秋旁边，看出了大概。

车停在外滩黄浦江边上，筱秋和吴老板下了车，吴老板拿着把折扇——也不是夏天，拿折扇纯粹为要派头。江边风大，罗筱秋的齐颈短发被吹得很高，她赶忙捂住。

吴老板扇子一挥，笑盈盈地问：“怎么样，白梅卿小姐，有没有信心，在上海滩上，闯出个子丑寅卯来？”

筱秋愣了一下，白梅卿？名字虽然是自己取的，但第一次从别人嘴里叫出来，她还是觉得别扭。白梅卿，她在心里默念了一声，这就是她以后在上海的名字了，脱胎换骨，从头再来。

“恐怕要让吴老板失望了。”罗筱秋低头，还有种羞涩。

“嗳，怎么会，我这个人，别的能力没有，看人还是准的，白小姐是我挑中的人才，必将有所作为。”吴展翼玩着扇子。

筱秋说：“我不过是一个乡下姑娘，放到大上海，小如芥子，想靠做电影出名，恐怕一没那个档次二没那个运气。”

展翼说：“此言差矣。上海开埠不到百年，谁不是外头来的，乡下出身？白小姐，实不相瞒，早些年，哪有女人愿意出来演电影，白小姐毕竟是读过书的，有见识，有胆识，定然与一般寻常女子不同，这也是我一力请白小姐出山的原因。”

筱秋笑说：“既然吴老板如此看重，我也只有舍命陪君子了。”

展翼说：“白小姐言重了，言重了。饭店包好了，白小姐先住下，短期内尚无影片开拍，这段时间白小姐大可以充实自己，读读英文。在上海，会点英文，只有好处没坏处，再学学骑马，学学自行车，学学开汽车，等该学的都学会了，穿衣服方面也学学，这个就要白小姐自己体会了。先施、永安都可以逛，合适的，账单我付。”

筱秋说：“那多不好意思。”

展翼说：“白小姐又言重了，你是我的员工，你负责的是美丽的事业，我们一定会成功。”

当晚，罗筱秋就住进了红瓦酒店，包了718房间一个月，吴老板的意思是先住着，等找到合适的房子，再搬。一周过去了，吴展翼只露面一次，他忙着去谈生意，他打算买下法国人的一个摄影棚，并入自己的公司。这些事筱秋也没心情过问，每日只是努力去熟悉沪上环境，她原本不愿跟寻常女人一样去百货商店，她觉得她们都被物质化毒害了，可真轮到自己在橱窗外走一圈时，那种女人天性里的购买欲和爱美之心，瞬间还魂，挡都挡不住。

筱秋突然明白了，上海这个地方就是如此，它总用一点点小变化，来告诉你什么是走在前端的，什么是被甩在屁股后头的。一样的旗袍，长袖的、短袖的不同，叉开多高也不同，更别提各种配饰，更是千变万化，一点做不到就成了“瘪三”“十三点小姑娘”。

搭头也有许多，天凉了总要护护膀子，短的叫披肩，长的叫披风。多长又是艺术，到膝盖的，到脚踝的，前面也有花样，有的系带，有的则是扣合；面料呢，则是丝绸、裘皮、呢料三分天下；旗袍也有配西装外套的，北平冷，很少有人这么穿，筱秋在南京看意浓穿过，自己做招待员时也披过一个，但总觉得累赘，可到了上海，在先施、新新那么一转，筱秋突然觉得这西装也不那么面目可憎了。

女士西装借用了男西装的元素——垫肩，使得肩部骤然变大，与线条柔美的旗袍形成鲜明对比，穿出去沉稳、大方；还有毛衣，针织的、编织的、钩针的，对襟的、敞开的、扣合的；背心有 V 领的、翻领的，到腰的、到臀的，各种不一，风姿迥异；还有鞋子，跟有酒杯型的，有细跟的，鞋面有绒面的、光面的、漆皮的，若有带，那带子也分好多种，丁字型、一字型、穿孔的，还有无带一脚蹬的，鞋头则有尖的有圆的。第二周，筱秋光顾了美容店，美容化妆自然是门大学问，可就连简单的短直发，也有许多变头，留刘海的，有一字型、锅盖型、圆弧形可以选；若想露额头的话，可以将头路中分或偏分，分了之后，一侧还可以别发卡，系丝带，戴发箍。第三周，学跳最新潮的交谊舞。到了第四周，罗筱秋歇了歇，来上海一个月，她真觉得自己像是修炼了一番似的，功力增长不敢说，最起码，她是把自己武装起来了，她觉得完全可以放手去拼一拼。

礼拜五晚上，筱秋电话到姐姐静安家，说要登门拜访。静安当然欢迎，还嗔怪她怎么不早打电报来，家里可以去接的。筱秋只说，也是刚来。本来到上海，罗筱秋打算隐居——谁都不想通知。可一个月下来，她那种浓烈的思乡情绪再度泛滥，在上海，算来算去，她只有姐姐尚静安一个亲人。打小，尚静安在物质上帮衬她们多，筱秋也感念，也愧疚。她恨自己不能给姐姐带来什么。

礼拜六下午，红瓦酒店门口，罗筱秋一身蓝布旗袍，还是原来上学时的样子，只不过比从前的短了些，仅及膝，她肩头披了一块银白色的丝绸披肩，蓝衬着白，白映着蓝，竟格外传递出一种风味，素还是素的，但却有种丰富。

筱秋还是学生头，但刘海斜斜地梳着，夹了个淡黄色发夹；两颗耳钉是极小的，但却一闪一闪，时不时夺人眼球一下；袜子则穿的短袜，棉质，不到脚踝；黑色的学生布鞋，带襻的，有女学生的活力，但又比女学生时髦。

筱秋一低头，钻进了 Nash 汽车里。静安知道妹妹要来，早安排好了人来接。静安的丈夫弘武还是在民国政府走动，在上海做特派员。具体职务，筱秋从未明察，只知道这个姐夫很忙，人也阴郁，不大爱说话。司机是半老头子，戴着上海阿飞爱戴的扁帽，筱秋刚来上海，路不熟，但车从敏体尼荫路拐进霞飞路时，筱秋还是有了点数——姐夫成了达人显要。

从东朝西开，一路看过去，起头是石库门里弄住宅，中段一路过眼，时装店、洋货店、食品店、珠宝店鳞次栉比，过去之后，便是一片高档的洋房花园住宅。

“姐姐住这里?”罗筱秋忍不住问。司机没答话，继续开，拐了几个弯，在一幢白俄风格的独栋花园停了下来。罗筱秋下了车，白俄女佣早在门口等着她了。

“怎么才来?”静安端着杯咖啡，笑不嗤嗤地站在门口，巨大的落地窗，金色的碎花窗帘拖在地面上，阳光从缝隙里照进来，拉得长长的。客厅尤其大，铺着大圆花地毯，茶几是玻璃的，茶色，沙发是黄色皮质，筱秋也看不出什么皮来，只觉得两端的木弯头上的西番莲花雕得别致。客厅一边是储物柜，玻璃门的，里面放着各色瓷器，也有玉器。靠窗的几把椅子，椅背、椅面都极尽简单，可四条椅子腿却是所罗门柱式。

筱秋从包里掏出一块上好的料子，算是随礼，交给女佣。女佣朝静安看了一眼，静安点头，她忙收了。筱秋在姐姐面前，又变成了当年那个尚静若，守规矩，温雅，没有棱角。

“这不才来就来了。”筱秋笑着。

静安让筱秋坐，筱秋也不客气，端端正正坐了。静安说，来这里也算到家了，不用拘礼，又问她要喝红茶还是咖啡。筱秋要了红茶，没多久，女佣就端了上来，附带还送上来一小碟曲奇饼干，还有一圈筱秋说不上名目的糕点。静安说：“先随便吃点，翠喜我支她出去办点事，一会回来，你姐夫也忙，晚上估计能见到。”筱秋忙说没事，倒是姐姐胖了些。静安哈哈笑道，不是胖，是老，身上的肉，经不住地心引力了。筱秋说姐姐才多大，这样说。旁边的女佣也跟着笑。静安又问四妹如何，说她结婚也没去，芹嫂如何，说早该把她也接到上海来。筱秋答说她们都还好，又说：“就是老四居然跟表哥结婚了，也奇得很，她一向看不起茂松。”

“也不见得。”静安呷了口咖啡，还是笑，“人都是会变的，何况还出了那个事，小丫头，吓都吓死了，还不赶快结婚。”筱秋本能地觉得不舒服，那一场战斗，到了姐姐嘴里，成了“吓都吓死”，她却觉得英勇无比。

“随她，她开心就好。”

“老二也是，胡闹，真是胡闹，一介女流，去忙这些做什么。刺杀，真是开玩笑，你以为当初那么容易就能饶过你们几个，要不是你姐夫帮忙，还不知道怎么了局呢，所以我就写信给老四，说千万要小心，站在干地方，别整天往水里跳。”静安苦口婆心。

筱秋心里不舒服，但不说话，只是赔着笑，她用手接住嘴下面的碎屑子，小心翼翼地咬了口曲奇。

“还有你，也真是的，招惹谁不好，非招惹有妇之夫。我们家虽然破落了，但现在好歹有你姐夫撑着门面，不说攀龙附凤，嫁个不错的人家，还是有把握的，所以我说你来上海来得好，你姐夫前两天还说，立法院王委员的儿子不错，回头介绍你们认识认识。”静安喋喋不休，长姐若母，她多操点心也是理所当然，可筱秋就是觉得不耐烦，心不在焉地听着，时不时左顾右盼。

静安见妹妹如此，也就不再继续朝下说，又问：“来上海打算做什么？你啊，就是好强，女人出去做点事，你以为容易的？”

筱秋长了个心眼，她担心姐姐对她即将要从事的工作看不起，便只说：“看看再说。”说完低头，继续吃自己的东西。

静安说：“老三，我比你大几岁，不说别的，好歹经得多些。阿妈阿爸现在也都不在了，我不敢说非要你们听我的，但姐姐真的不骗你，这上海，虽然是远东第一的大都市，可你放眼望望，哪里有女人出去做事立足的位置，都是没有办法的破落户才会出去做事，有地位有身份的女人，谁是辛苦外出刨食的？”

筱秋笑说：“姐姐何必那么激动，我也只是说看看，没准过一阵还回北平，我也在学校里待过，再不济，当个教员还是可以的。”

门开了。“自来水公司也真是的，排队排到时候，下班了，幸亏糖桂花铺子没关门，不然又白跑，大小姐交代的事，一点没办成。”筱秋背对着门，听到声音，就转头看，一个女人梳着独根麻花辫，一身玄色布旗袍、布鞋，斜背着个布包，身上全无配饰。筱秋正想这是谁，静安便说：“翠喜，过来看看这是谁。”翠喜放下包，换了鞋，走到近前，啊一声叫出来：“三小姐，你怎么来了！哎呀我的三小姐啊！都长成大姑娘了！”静安笑说：“瞧瞧这口气，好像自己多大似的。”筱秋说：“翠喜姐没变。”翠喜忙道：“三小姐又说笑了，我算个什么姐。”筱秋说：“你年长，叫声姐也是尊重。”静安说：“好了好了，也别姐姐妹妹的乱叫了，有什么要紧。翠喜，你去跟厨房说一下，说今晚多备几个菜，再给老爷打个电话，问今天几时回来，不要太晚，说三妹妹来了。”

翠喜扭捏着，不肯动。筱秋觉得诧异，翠喜对大姐，以前是言听计从，怎么现在吩咐个事，倒这样。半天，静安招手道：“行了行了，你去交代厨房吧，老爷的电话不用你管了。”翠喜欢天喜地地走了。静安这才说：“这个翠喜也怪，不敢跟老爷多说话，也是个没福气的，怀了两胎，跟我一样，都掉了。”

筱秋刚进来时就发现这屋子太冷清，且小孩子的痕迹一概皆无，但嘴上又不好问。大姐一直以来都想要孩子，可努力了这么多年，都无效果，翠喜收了房，现在看也是子嗣不成。筱秋知道这是静安心中最痛，没想到静安却几乎达观，谈笑中说出此事。“可去看了医生？”筱秋追问一句。

静安小声说：“不知看了多少，没效果。”筱秋一个没结婚的女人，当然不好再细问，只说，再等等，再试试，总会有的。静安也没再多说。天擦黑了，筱秋起身要告辞，她一直以来都不太喜欢姐夫弘武，存着心避开。可静安坚决不许，说这才来多久，怎么就走，你能走哪去，小丫头片子。筱秋向来固执，决定的事无可更改，便起身朝门外走。姊妹俩在门廊外推让，静安情绪尤其激动。

花园洋房外，一辆小汽车驶来，停住了。一位穿西装的中年男子下了车，黑礼帽，两撇小胡子，显得有些滑稽。他瘦，故而西装显得有些不合体，加之他走路十分快，那西装裤腿也就一甩一甩。走到门廊，停住，他望着眼前的两个女人。

静安拍他一下肩，说：“怎么，不认识啦？”那男人表情严肃，不言语。筱秋看这人瘦得这样子，颧骨高凸，黑黄面皮，知道这大概就是姐夫弘武了，她不知道是打招呼好，还是不打好，浑身有些不自在，半低着头，似笑非笑。

弘武说：“哦，三妹妹。”

静安说：“你快留留她，不吃饭就要走。”花园里一只黑狗突然汪汪叫起来，打断了静安的话。弘武转过头，恶狠狠地瞪了那狗一眼，随口发出“哇！”的一声，恶狗竟然不叫。他这才转过说：“吃完饭再走嘛，怎么不住家里？”静安又要嚷。筱秋抢着说：“今天也是有点急事，顺路过来看看，回头再来看姐姐姐夫。”静安见挽留不住，便不再说什么。弘武也没说话。两人站着目送筱秋的背影走过花园的鹅卵石子道，出了铁门，上了汽车。

弘武瞄了一眼静安，又朝外望望远去的汽车屁股，突然嘀咕一句：“三妹妹现在这么漂亮。”

筱秋回酒店住下，过了两周，突然接到吴展翼的电话，说盘下来一个电影公司，有摄影棚，准备接手拍一部戏，让筱秋准备准备。筱秋心神突然紧张起来，想准备，又无从入手，只好描画描画眉眼，打点打点衣服。一个礼拜一下午，吴展翼派了辆车来，把罗筱秋——也就是他口中的白梅卿接了去。

车开了半个小时，筱秋觉得奇怪，照这个速度都快出上海了，但她也不问，只是端坐着，结果又开了一会儿，终于到了。

也没门牌，只用铁栏杆围了围，四下几近荒野，围起来的一小片地中间，是一座高高大大的房子，筱秋举目望望，觉得这里多少有些像以前乡下的粮仓。筱秋问，这是哪。司机师傅也不抬眼，吐露两个字：“片场。”又冷冷说：“吴老板在里面等你。”

哦，是片场。

筱秋鼓起勇气，一步一步地走进去。吴老板正站在门口，她走到他身边，他看见了，没说话，挡在她前面——他又胖，筱秋整个人像被一座小山遮蔽了。从法国人手里买来的“爱拿门牌”卡麦拉摆在正中——像要收魂般对着影棚，棚顶是巨大的德国进口白光灯，赤裸裸照下来，干热干热。一干男女演员，化着妆，穿着戏服——正在拍神话片《田螺姑娘》。两个转行过来做演员的妓女，为了几场戏几分工钱，大打出手。

吴展翼右手拿着扇子，朝左手心里，一拍一打，抿着嘴，皱着眉头，一步一踱进去，他突然从脖子上拉出一只口哨，猛吹，哔——哄闹的现场顿时安静了。罗筱秋这天头一次出场，只穿着一身月白色旗袍，针织深绿线衫,带襻黑布鞋,脸上只扑了点粉,口红都没搽。她跟在他后面,亦步亦趋。片场按说不大,但各种新鲜玩意儿簇在一块,多少营造出一种令筱秋望而生畏的阵仗,筱秋缩着脖子,整个人显得小之又小,像一只在屋山头躲雨的鸟。

吴展翼气沉丹田,两道眉目下,是金睛火眼,盯住谁,谁都会低头。“这不是妓院! 这么点破事儿,打呀吵呀!”打架的两位头垂得更低,四条手臂绞啊绞,少不了妓家的扭捏。

吴老板用扇子敲了敲其中一位的胳膊,道:“你们应该感谢这洋玩意儿,舞台上,原来哪有你们的份儿,自打徽班进京开始,京戏两百年的历史,基本是男旦一统天下,女角儿,都得男人做,现在轮到你们了,你们还不好好干?! 你们他妈指望什么吃饭! 不干,滚蛋!”

为首的妓女是个烈性子,又是演女一号,被吴老板这么一说,抬头要嚷,吴展翼二话不说,一甩手,啪,一巴掌,那女的被打得差点没站住,踉跄着朝后倒——宽大的仙女服,是田螺姑娘的前身服装,两臂忽扇忽扇,好像一只醉酒的蝴蝶。

“账房,给钱! 让她滚蛋! 烂粉头!”吴展翼的凶相,筱秋第一次看到,她心里有些发毛,两只手下意识握得紧紧的。

女演员很快被连拉带拽弄走了。

吴展翼转过身,瞬间换了一张脸,笑呵呵地拉过筱秋的胳膊,喜笑颜开地跟全剧组的工作人员介绍:“这是白梅卿白小姐,我们的女主角,女一号,田螺姑娘。服装、道具,快给白小姐扮上,瞧瞧这身板,这脸蛋,这气质,这派头,这才是真正的田螺姑娘嘛!”

筱秋的脸刷地红了,七八个人上来围住她,从这一刻起,她意识到,自己要正式开始成为白梅卿了。

有意思的是,白梅卿闯入影坛的第一步还不是拍电影。吴展翼给她安排的工作是,拍照。

要拍照,自然需要高级服装。吴展翼路子广,认识些海员,他弄来的服装都是从欧洲、美国买的高价货，比上海的四大百货中的货品还要早那么几个月。他让梅卿穿上，请最好的摄影师帮她拍，半身的、全身的、笑的、不笑的，还有那种和洋车一起拍的，校园气质的，都有。

拍完了就多印一些，往各大报章杂志寄，尤其是几个重要的，堪称电影业风向标的：《影艺》《上海影讯》《光影世界》，当然还有女性杂志《芙蓉》《名媛》《金屋》等等，没出几个月，上海滩的一二线杂志居然都有了白梅卿小姐的身影。

白梅卿还没正式露面，就已经凭借时髦的装束，成为许多女学生效仿的对象，吴展翼趁热打铁，请文人在报章杂志上追捧，说白梅卿的美貌是上海开埠百年以来难得一见的，又说她兼具东西方美人的长处，轮廓是西方的，气韵又是东方的；又请人捉刀编了一段白梅卿的身世故事，说白梅卿本是天津人士，北洋名媛，进过洋学堂，又在北平读过大学，因为家道中落，自己又热爱电影艺术，才投身银海；还说，白梅卿本来是有一段婚约的，只因为未婚夫在老家有妻子，才导致她孤单一人，闯荡上海。

消息一刊出来，沪上饭后又多了些谈资，梅卿看到，戳中了心事，直接拿着报纸找吴老板。“这怎么说，哪来的消息？”

吴展翼摆正脸孔：“不实？”

梅卿道：“这是我的私事！”

吴展翼嬉皮笑脸：“我的梅卿小姐，现在你多走俏，上海滩的人都知道你了，马上我们抓一部片子出来，必然影响巨大。”

白梅卿：“那也不能拿我个人的情感隐私开玩笑。”

吴展翼又正色：“白小姐，还有什么放不下？南京城早都沸沸扬扬了，现在只不过让上海人知道一点，怕什么，也不是什么丑闻。痴心女子负心汉，祖祖辈辈的老故事了，普罗大众就爱这个，你好好的，出门，上街，一律要严阵以待，记得穿最时兴的衣服，现在有人开始认识你了。”

白梅卿表示不可置信。

等到第二天上午下楼，门房点头：“梅卿小姐早。”梅卿愣了一下，登名字的时候登的是罗筱秋。

“早。”她夹着小包，匆匆走出，饭店的几个女服务员在她背后指指点点。

白梅卿有点不自在。

先施公司门口。白梅卿手里拿着刚买的化妆品，车水马龙，她压低帽子，在路边等电车，几名学生样的女孩子躲在电线杆子后头朝梅卿这边觑，梅卿回头，她们就连忙躲开。梅卿也没在意。电车来了，叮叮当当响，梅卿上了车，找个座位坐下，刚买的一份小报《福尔摩斯》，斜插在皮包里，现在有空拿出来看。

梅卿突然觉得耳朵后面毛毛的，一扭头，那两个女学生正坐在她后头，伸着脖子，鬼鬼祟祟的样子。梅卿警觉，皱紧眉头，低声喝道：“你们做什么?!”

两个女学生缩着肩，其中一个长头发的可能胆大些，她问：“请问你是白梅卿小姐吗?”

梅卿支支吾吾，一时不知怎么答，说不是，可她就是，说是，在大街上被人这样跟着认出，她还没能适应。另一个短头发的从斜挎书包里掏出一本书，翻开，取出一张照片，梅卿一看，是她在照相馆拍的那套校园风格组照中的一张。

“从哪来的?”梅卿态度缓和了些。长头发的说，是买的，学校旁边的书报亭有售。

长头发的说：“白小姐，可不可以请你签个名?”白梅卿当然不知道，吴展翼把她拍的明星照洗印许多份，分发去学校附近的店铺兜售，一来可以扩大名气，二来也是一笔收益。

“可以。”梅卿落落大方，她接过照片和钢笔，翻到反面，垫在报纸上，她落笔一竖，本还想写罗筱秋，她自己也觉得自己好笑。白梅卿，她现在是白梅卿了，她迅捷地写好三个字，又写一张，两名女学生欢天喜地。

梅卿不敢停留，匆忙下车，她宁愿坐黄包。白梅卿的虚荣心得到了小小的满足，她回到酒店，给吴展翼打了个电话，不是责怪，而是有点兴奋的口气。展翼说就得听他的，才能慢慢在上海滩打开局面，梅卿没说什么。等于默许。

第二天，开始有记者来采访，显然又是吴展翼约的。首次发声，展翼不敢怠慢，亲自陪着。梅卿原来入住的客房有点小，吴老板一直说打算换大的，现在有杂志专访，只能先安排在霞飞路上 87 号咖啡厅小包房里会面。

梅卿没梳 S 头，清清爽爽的直发，梳在耳后，月白的旗袍，胸前佩红色宝石胸针。因为事先打好了招呼，访问自然顺利，临结束前，记者又拍了一组照片，准备回去刊登。展翼给了车马费，送记者到门口。

梅卿累了，低着头，从包房里走出，可迎面还是撞见个人。“三妹！”是尚静安，自打刚来上海时拜访后，白梅卿再没去过姐姐家。多半是不好意思，再一个，她怕见姐夫，她总觉得他阴沉沉的，冷气逼人。

“大姐。”梅卿微笑着。

静安说：“怎么，我培养出来的妹妹，到上海滩一改名一换姓，就不想认我这个姐姐了？”梅卿说：“怎么会，只是最近有点忙。”尚静安说：“若不是翠喜平日里还翻翻杂志小报，告诉我一个惊天大发现，我恐怕到现在还不知道，我的妹妹，已经是大人物了。”

梅卿说：“姐姐又笑话我。”

静安说：“唉，我们尚家的女儿，竟然要如此抛头露面才能混口饭吃，现在爹爹阿妈不在了，只能说我这个做大姐的，做得不正！你这样，让我几十年之后，有什么面目去见爹妈？”

梅卿满脸燥热，三从四德那一套，她早都是反对的了，可姐姐这么一说，用家族的荣誉来做筹码，她颇有些担不起。吴展翼把记者送走，转身回来，见梅卿和一位贵妇人攀谈，也凑过去。“这位是？”静安好面子，只说是白小姐的熟人，梅卿也就跟着应和一下。吴老板去会账。静安拉住梅卿说："答应我，你出来做这种事情，成败与否，都不要说是我们尚家的女儿。"

梅卿苦笑："姐姐的养育帮扶之恩我尚不能报，怎么可能再去连累尚家清誉，在老家时，我是父亲母亲膝下小女，我是尚静若；家破人亡，寄人篱下，我北上塘沽、北平，南下南京，我成了罗筱秋；如今我东归上海，立志自己做一番事业，我便是白梅卿了。"

静安说："女人，永远的事业就是家庭。二妹舍身，青春断送，四妹毅然下嫁，才有如今的平淡幸福。三妹，我们女人，终究是要一个归宿的。"

梅卿笑道："我又何尝不想有个归宿，只是人海茫茫，你让我去哪里找呢？"

静安道："姐姐帮你留意。"

梅卿忙说："谢谢姐姐，不过不必劳烦，我现在四大皆空，一心只想做出一点成绩来。"静安见无可再劝，便说："我还是那句话，无论到什么时候，姐姐的家门向你敞开。"梅卿抱住静安，两人就那么停了几秒，终于松开了。静安提着包，走出咖啡厅的门，上了汽车。

白梅卿第一部戏是《田螺姑娘》，拍到一半，吴展翼觉得剧情太老旧，太没有时代感，他不想接替上一个公司的烂摊子，索性放弃，另起炉灶，再来。可令吴老板没想到的是，拍电影，还跟放电影不一样，拍电影，到处都要钱，一部戏没拍完就散伙，那钱也是白花，等于跟着黄浦江的水流走了。

吴展翼想仿照此前大热的《孤儿救祖记》，编一出现代苦情戏《田上来的人》。片名里都有个田字，可用吴展翼的话说就是，老田新田不是一个田，这是观念问题。

胶片还有，可就是要去乡下取景，几乎快走到杭州，好在有汽车。可到了乡下地界，汽车也不好走，改成轿子，吴老板身宽体胖，轿子怕盛不住，走不远，他就自己个儿在地上走，梅卿坐轿子，一颠一颠，是那种竹子的，有节奏的痛苦的吱吱声。梅卿探出头问："快到了吧？"夏初，太阳也够受的，吴展翼满头大汗，拿条毛巾，窝着，不停地擦。"到了，就快到了。"他倒没说假话，十来分钟后，轿子落了，白梅卿走出来，摇着折扇，面前一座茅草屋，快倒了似的。吴展翼朝手下的嚷："快，来给白小姐上妆。"她这次要化妆成一个名叫春风的农村媳妇，因为饥荒，所以要去城市里帮佣，第一场戏是被阿婆刁难。吴展翼在旁边说戏，就说白小姐你要演出一种委屈，一定要委屈，眼神感觉要出来。白小姐被打扮得灰头土脸，头发抓乱了，旁边一些人在乱跑，白小姐有点头晕，吴老板问，台词背熟了么，白梅卿说，背熟了。吴展翼嚷嚷，说到位，各方面到位。

一个硬化妆化出来的老妪走进来，眼见媳妇春风正在剥毛豆，莫名来气，一掌打翻，毛豆骨碌碌滚在地上，春风吓得从板凳上跌坐在地下。老妪扬着手，要打春风，梅卿看那掌风来得凌厉，本能地抬起一只胳膊要挡，吴老板在旁边喊开了："别挡！"梅卿偏头看看导演，心想，哦，不让挡，估计是假打，做假招子。哪知道吴展翼开始朝扮演老妪的女演员嚷："你倒是打呀！"又朝梅卿："你把脸对着摄影机，脸还是要漂亮的脸！观众要漂亮的脸！"

老妪的手还是举着，好像五指山。

梅卿侧着脸，眼睛睁大，惊恐，但还是美的。

"打呀！"

也只那一瞬，闪电一般，那并拢的五根手指击中了梅卿的脸蛋，稳、狠、准，白梅卿忍不住啊的一声翻倒在地。

老妪愣在原处。

吴展翼大叫："好！"

白梅卿突然哭了，她不理解，这就是演戏？把别人的苦在自己身上重复一遍，脸被打得红肿，还要放给全上海的人看？她做不到。

她从地上站起来，披头散发，突然说："吴老板，我不拍了。"

"哎呦，我的白小姐。"吴展翼突然没了那种大男人气概——梅卿还记得，当初她和他一起站在黄浦江边上，他那种意气风发的样子，可现在呢，梅卿甚至觉得他倒像个婆婆，时而谄媚，时而色厉。“都是情节需要，都是艺术需要，忍一忍，忍一忍，你都不知道你自己在摄影机里有多美。”他又转头向演老妪的：“你，休得无礼，下手那么重，白小姐是何等样的人，容得你这么打？下次注意！”老妪唯唯。

红红的五指印还在脸上，烧烧的，可看着老妪可怜的样子，梅卿心又软了：“继续拍吧。”

吴老板喜上眉梢，就那么招呼着。

天上滚过一阵闷雷。

不过两三分钟，就是雨，噼里啪啦落，小河涨水，漫过田间的矮堤坝。

没多久，水淹到茅草屋跟前了。拿灯的说：“老板，收吧。”吴展翼一脸不高兴，在门口徘徊了许久，终于说：“收！”来的时候带了伞，但不够，轿夫们见雨大，披雨衣，加钱，也都不愿意抬，白梅卿倒不娇气，撑起伞，一脚迈出去，吴老板愣了，没跟上，梅卿回头，叫道：“走啊。”

一行人哩哩啦啦地走，都淋透了，衣服烤干，住了一夜，第二天回城，梅卿还是在旅馆住着，可一到地方就病了。

白梅卿的新客房在五层，是个小套间，客厅不大，可卧室在上海来说却是着实不小的配备，主卧旁边有个小客房，给下人住。新雇来的女佣站在床边，当红的女明星怎么可能没有女佣伺候——她端着一碗汤，送到梅卿面前。

白梅卿半坐在床上，接过来，用瓷勺子慢慢划着，碰到碗边，发出叮叮叮响。对于佣人伺候这种事，罗筱秋从前是抗拒的，她认为，是人，干吗需要别人伺候，自己能做的当然自己做，可自从成了白梅卿，拿着电影公司的俸禄，外出工作，她也就释然了。理由很简单，女佣，也是职业女性之一，女佣也是有收入的，只要收入合理，为什么不能用？

这女佣是个小大姐，梳着粗粗的独辫，搭在前胸。“吴老板刚来过了，问您是不是大好了，他说他下午带车来接您，就不另打电话了。”梅卿问:“说做什么了没有?”女佣回说没有。白梅卿比了个手势,女佣下去了。她喝完了药汤,皱了皱眉,苦,她披上衣服,站起来,踩在软软的地毯上,她推开窗,望向楼下,电车驶过来,发出当当当的声响,一群人挤在一处,轰地上去了,不知谁踩了一个上海阿妈的脚,那阿妈也不客气,尖锐的叫骂声传得老远。天边一朵黑云,太阳已经偏西。

白梅卿有点怅惘,她不知道自己来上海是对还是错。她不惧怕抛头露面,她甚至不怕苦,在北平、南京,她都做过不少艰苦的工作,但她最受不了的,是对女性的侮辱,她总是自觉地要把自己放到与男人平等的地位上去,她需要交流、互动、尊重,但她不确定这份工作能否给她带来这些。

可她又需要生存,更准确地说,她需要钱,自己挣的钱,她不得不豁出去,做点什么。她从前无大志,总觉得一个女人要自立,但家里的主要收入还是得靠丈夫来支撑,这是男人的义务,可情感失落之后,她只能指望自己了。

下午三点,吴展翼准时来了,彬彬有礼地站在门口。白梅卿换好衣服出来,两人乘电梯朝下降。“今天不去郊外拍了吧。”梅卿一身简单的旗袍,也没化妆。“哪能呢,天天去郊外肯定超支,今天舒舒服服的,都是室内戏,去摄影棚就行。”梅卿问:“本子呢?”展翼糊弄了一下,说到地方就知道了,都准备好了。

梅卿觉得奇怪,虽说有的文明戏是没本子就能直接演,可他们是拍电影,怎能胡来,退一步讲,即便没底本,导演也该真讲讲戏。一路无话,到地方了,摄影棚门半关着,片场人不多,一个摄影师,几个工作人员,灯白花花的,场边摆着个沙发,中间一圈圆形场地,用塑料帘子遮着。

“今天拍哪一场?”梅卿问。吴展翼不回答,只是四处招呼着,说各方面到位!速战速决!白梅卿一个人站在那儿,过了会儿,一个老妈子过来,臊眉耷眼,笑嘻嘻说,姑娘,该更衣了。更衣?梅卿脑子一炸,就好像一颗炸弹撂在地上,瞬间轰平了原有的念想,半天,她才想起来,美国电影那边似乎早就开始流行这些,然而她还是抗拒。

圆形的塑料帘子慢慢提了上去,一个浴缸摆在那儿,好像是一圈被拉长了的古罗马斗兽场。“这是要做什么?”梅卿问。

吴展翼:“就一场戏,乡下姑娘来到了城里,享受到最新的生活。”

白梅卿:“你们这是侮辱女性。”

吴展翼:“这是展现女性优美的一部分,也是剧情需要。”

白梅卿扭头便走。

吴展翼抢先几步,拦在头里:“白梅卿小姐!”梅卿直直地瞪着他。吴展翼不停地敲打着扇子:“这是艺术,艺术呀!”

梅卿冷笑:“艺术就是拍女人脱衣服洗澡?吴老板真会说笑话。”

吴展翼恳求:“背影,只拍一个背影,没有实质,而是欲擒故纵欲盖弥彰欲说还休。嗨,反正只是一个背影,这在美国欧洲都不算什么,我们上海的观众,也有权利欣赏到这种美,白小姐是受过新式教育的,这不是问题。”

白梅卿道:“目前我接受不了,我相信女人不会愿意看这些,拍出来,不过是取悦男人而已,吴老板,你背叛了你的艺术理想。”

吴展翼道:“这是要打开你的知名度!”

白梅卿说:“用这种方法出名,跟堂子里演淫戏有什么分别?”

展翼痛心疾首:“这么多人都等着呢,我的大小姐,你就屈尊配合配合。”

梅卿起身要走。吴展翼投降了:“着实难办,着实难办,要不这样,我给你找个替身,这个镜头你别演,但正面的大腿戏,你演个一小段,成不成?”配合,梅卿想,她已经够配合,如果不是在南京遭遇了那么大的打击,再加上自己想要独立谋生,她至于如此吗?女人出来做一点事情,抛头露面到如此地步,她始料未及,即便是唱戏,也没有说要脱掉衣服的,可是事已至此,她若还不让步,所有人的努力前功尽弃不说:以后她想要再谋事,恐怕也难了,想到这儿,梅卿说:“露腿行,不过我有一个要求。”

吴展翼:“还有要求呐小姑奶奶。”

白梅卿:“我要穿长袜子,遮住一点。”

吴展翼颤声,摇扇子:“遮,遮。”

欲盖弥彰。

《田上来的人》的故事大概是这样的:乡下遇大荒之年,乡下小媳妇春风为了帮衬婆婆和丈夫,毅然来到上海做女佣,可在浮荡少年的引逗下,她去舞厅做了舞女,遇到一位富贵的老爷,老爷收她做外室,养在深闺,春风便源源不断地把钱寄回乡下给婆婆、丈夫作为用度。婆婆好赌,一夜输光了春风寄回来的钱,春风丈夫无奈之下也进上海做工,怎料他做工之处,竟是春风委身的家庭。两人碰面,一个是主,一个仆,当着富贵老爷的面,相见而不能相认,一个雨夜,春风在浴缸里割腕自杀。

这原本是一个苦情戏,可因为金屋藏娇的戏份,故而有了前面梅卿沐浴的戏码。如此一来,沪上诸多女子,是奔着女主角悲苦的身世来的,而广大男子,又都争着一睹名媛白梅卿小姐的芳容、胴体,导致此片始一开映,票房就呈爆炸式增长,吴展翼乐得合不拢嘴,连忙又请小报记者、评论家捉刀,一阵乱捧狂夸,《田上来的人》竟创了个上海滩电影事业启航以来的纪录,连放六十五日,日日爆满。

吴老板深谙观众之癖好,每次放映完毕,他都会带领剧中演员上台谢幕,白梅卿的大幅挂画摆在影院前台上。观众们像疯了一样,丢鲜花的,丢钱的,群情激奋,梅卿立在台上,耳朵边一片山呼海啸,她也觉得有些惊吓,过去演《玩偶之家》,也是众人激动,却不像如此失去理智。

轮到她谢幕了,还是穿旗袍,一身素黄,只是这旗袍尤其短,所以冶艳得不同寻常,梅卿低头,轻轻地鞠了个躬,观众鼓掌,再鞠一躬,又鞠一躬。观众差点涌到台上来。梅卿微微地摆手,享受着拥戴与荣耀。这部片子连映一百天,票房惊人,再加上外埠、南洋的放映出口,吴展翼的电影公司赚得盆满钵满,成为上海影坛最大的黑马。

“火了!”吴展翼大踏步走进梅卿的房间,“彻底火了,片子在新加坡、马来亚居然也大受好评,梅卿小姐,你现在真是大明星了。”

梅卿说:“什么大明星,不过就是吴老板的赚钱工具。”

成功以后吴展翼反倒没了在南京和刚来上海时的气魄与风骨,他又胖,一旦小跑起来,总有些滑稽,他颠颠地跑到梅卿身边:“换,你这房子要换,住别墅,再多配几个仆人,万象更新。怎么样,白小姐,当初我没有看走眼吧?”

梅卿说:“吴老板,做事要讲究公平,既然片子赚了钱,我不能继续领月薪了。”

吴展翼眼珠子一转:“不能不能,当然不能,白小姐是大明星,月薪要涨,到一千,每拍完一部片子,再额外给两千的片酬,如何?”

梅卿不语,继续化自己的妆。

吴展翼恳求:“白小姐,我们公司刚起步,不是我小气……”

梅卿打断他:“别说了,月薪两千,每拍完一部,如果票房火爆,再给三千。吴老板,我不是忘恩负义的人,可你我合作关系,既然有钱赚,大家分一分,也是正常,我一个独身女子,在这茫茫上海滩,可靠的,也只有口袋里这点钞票铜板,望吴老板理解。”

吴展翼说:“理解理解,十分之理解,在商言商,我与白小姐,细水长流。”

他们也确实细水长流,接下来的三年之中,展翼电影公司一口气推出了四部电影,均由白梅卿担纲女主角,清一色苦情片,梅卿锻炼了演技,培养了精神,已经能够在上海滩应对自如了。

她恢复了与四妹罗意浓的通信,她知道,意浓依旧在为党国效命,在南京、重庆、武汉等地工作,但她从未问过欧阳夏的近况,意浓也不提。

茂松倒是一路高升,仕途畅朗。

梅卿很少去静安家,仅有的几次见面,都约在咖啡馆,她依旧对江弘武避而不见。静安还是没生出孩子来,陪嫁的翠喜的肚子,也不见起色,而白梅卿的情感归宿，同样依旧水平波静。她谁也看不上。看不上就索性把心扑在事业上，梅卿是国文系毕业，这个时候的中国电影，也早已经从无声到有声，台词、歌曲，都需要用到文字。白梅卿趁机大显身手。

《红梅一枝春》上映第一日，圣诞节，电影院后台，吴展翼步履匆匆，满头汗珠，白梅卿背对着他，镜子里梅卿的脸，有红似白，如芙蓉般粉嫩，吴展翼气急："我的白小姐，场子都爆满了，个个翘首以待，你怎么还有心思喝桂花茶。"

白梅卿递过桂花茶，小大姐忙接了。梅卿又刷了刷眉毛，这才站起来，转过身，一挥手："琴师到位了吧，上场。"

大幕徐徐拉开。梅卿从三楼外场进入，踩着一块板，来到大幕的横梁处，早已候在此处的场务掸了掸绑好安全轮轴的莲台似的座椅，梅卿坐上去，场务摇动安全轮轴，莲台开始朝下放，聚光灯打在梅卿身上，梅卿仿佛仙子，缓缓歌唱。词是她自己填的：

八月十五月儿圆
你我苦分别
乱世儿女多歧路
怎奈情不减
浊酒痛饮罢
爱恨都泯灭
痴心不改无帮助
谁忆旧缠绵

正月十五月儿圆
天涯永不见
酒肉不过穿肠过
无君滋味浅
百花落尽后

红梅一枝鲜
矢志不渝待郎君
终有彩云天

一曲唱罢，全场沸腾，鼓掌的，叫好的，梅卿步下莲台，鞠躬，挥手致意，场务搬上立式话筒，梅卿走到话筒前，全场顿时静了。“我们需要一点梅花的精神，对人，对事，对感情，对自由，对国家，《红梅一枝春》，希望大家喜欢。”掌声再次雷动。梅卿站在台上，停了几秒，耳边轰轰然的水落深潭，唯有震响，也就在这一瞬，她才能真切地感受并确认，自己的付出是值得的，有意义的。

后台休息间，兵荒马乱，梅卿躲在单独的小包房里卸妆，小大姐推门进来，抱着三捧红玫瑰。“这是周公馆的三公子送的，这是张先生的，这是李先生的，都在门外等着呢，说想见小姐。”

梅卿摘下耳环，语气平静：“让他们不用等了，半年前不都说清楚了么，我工作繁忙心如止水，没有做好交朋友的打算，如果是戏迷，欢迎谈谈对电影的看法，如果是想交朋友，就先不高攀了，告诉他们，以后这花千万别送了。”

小大姐放下花，准备退出去，梅卿忙说：“等一下，这些抱走。”小大姐悻悻然抱花出门。

吴展翼满头大汗进门，折扇不停地摇，他簇到梅卿眼跟前，急道：“我的小祖奶奶，这急赤白脸的，妆先别着急卸。”

梅卿拿着卸妆布，扭头：“还要做什么？”展翼支吾了一下，说不是一场结束还要上台谢幕么。梅卿一听就知不对，平日里只有开场露面没有收尾还要谢幕的，一准姓吴的弄了什么鬼，她笑答：“没提前知会与我的，我都不参加。”吴展翼慌了：“都是上海滩有头有脸的人物，这个场子你要去，对我们以后有帮助。”

梅卿冷笑：“是对吴老板你有帮助吧，对我倒没什么，大不了我还教我的书去，实在不行去诊所帮人打空气针，也饿不死。”

展翼说：“我的梅卿小姐，气话就不用说了，就当给我个面子，行不行？行走上海滩，不是说我们自己好就行，没有后台，没有朋友帮衬扶持，长不了，在家靠父母，出门靠朋友，千古不变的定律。”说着他用手抹了一下额头：“你看看我这急得，也是朝五十上数的人了，白小姐就当尊老怜贫，也就露个脸，几分钟的事……”

梅卿笑了笑，说：“霞飞路的糖桂花羹怎么还没到？”

吴展翼的脸皮抖了一下，扭脸朝外大喊：“糖桂花羹，谁去买的？都他妈精神点！”梅卿看着镜子里自己的脸，轻轻一笑，粉黛依旧，美还是美的，她重新夹上耳环。

圣约翰公馆在文极司脱路，法式建筑，虽不能跟哈同花园比，但一看也便知道不是寻常之处。一辆小汽车停在门口，吴展翼扶着白梅卿出了车门，款款朝里走。

今天请客的是个帮会，但不同于从前小刀会，小刀会太粗糙，也不同于青帮红帮，那些人江湖气也太重了，这个帮会有点像同盟会，只不过他们没有具体的革命目标，相对比较松散。帮会中人多半接受过良好教育，有着体面的职业，有医生、律师、党国政要，也有商贾巨富、职业革命者。他们之间有着千丝万缕的联系，多半是同窗、同乡、同僚，组织严密，且以地下运行为主，所以外界很少有人知晓。这晚约见白梅卿也是因为几个为首的会员认识吴展翼，非要充这个面子，与沪上当红的明星会面，是新鲜事。而且今儿个见，又特别有由头，《红梅一枝春》首映结束，是为庆功。

梅卿脱掉薄狐皮大衣，搭在胳膊上，随着吴展翼朝里走，进去是大厅，朝右转，是一条走廊，两壁每隔一米挂着油画，走廊尽头是一面墙，镶着镜子，到头再朝左拐，左右都有房门，在凡尔赛间门前停下，一名服务人员半躬着身子，说：“Welcome。”

展翼点头，领着梅卿进去，屋子里一张方桌，两支立灯，空无一人。

东墙是书架，上面随意摆着些书，第三格放着尊断臂维纳斯像，一尺高，白玉雕成。白梅卿站在门边，满腹狐疑，吴展翼却稳稳地抓住维纳斯的身子，一扭，机括发动，书架瞬间作九十度旋转，酒乐声，还有黄亮的灯光，一下从里面透出来。

吴展翼半弯腰，一手背后，一手在空中划了半弧，好像所有的绅士那样，“请——”白梅卿端着胳膊走进去，走进这书架背后的“别有洞天”，十几个男人刷地站了起来，音乐停。此时的白梅卿已是大明星，场子走过，世面见过，今天这番场面，她还是头一次见。吴展翼从后面迎上去。氛围一下活开，有人握手，称兄道弟。

梅卿冷眼望着，侧耳听着，心想，这便是江湖。她烦这种应酬，可今日既入虎穴，再没道理走开，她低着头，迈着不徐不疾的步子，走过去，落座，面似芙蓉。吴展翼开始介绍，从左至右，依次念过去，张先生，朱先生，钱先生，李先生……

梅卿一一点头，淡淡一笑。

“这一位是大名鼎鼎的江湾警备处的江处长。”梅卿一抬头，电光火石，怎么是他！那人也定定地望着白梅卿，眼神仿佛要吞了她。

梅卿没有笑。

江某人朝她点了点头。一晃经年，上海对梅卿来说，已不算陌生，但静安那里，她去了倒没几次，见姐夫江弘武，自然更少。今天在此等场合狭路相逢，他怎么想她？他回去跟姐姐又怎么说她？算了吧，都已经是上海滩的红人了，谁人不知，谁人不晓，还计较这么多做什么，又不是为娼做妓，梅卿为自己的羞耻心感到好笑。

江弘武倒是稳扎，坐下去，端着脸，一张长条方脸，黑黄面皮，只是盯着她看。

梅卿心里有些发毛。

没多久，开始上西餐，刀刀叉叉，吃不了多少，也就摆摆样子。有人问：“白小姐如此人才，听说现在还单身，真是非常可惜。”有人附和：

“的确可惜，如此才貌若还辛苦若此，真叫我们这些男人无地自容了。”

梅卿不理睬，吴展翼一力应对，问急了，梅卿终于忍不住，笑了一声道：“阁下如此论断，我白梅卿恐怕不敢苟同，女人有女人的事业，男人有男人的功名，并无什么不同。从人类的发展来看，经历过母系社会，也经历过父系社会，后来又封疆建土，进入冷兵器时代，男人抢了先可以理解，不过在这大上海，男人女人并没有什么不同，不过都是混一口饭吃，谁又比谁高贵，谁又比谁能耐，我出来拍电影，不为名，不为利，只不过跟众人一样，找一点事情做，不使人生荒废罢了。今天众位先生要见，我自然高兴，结识朋友，实是乐事，但若要在一餐饭的时间发表什么男人女人的宏论，我想也是不必。”展翼忙附和。

梅卿割了一块牛排，小口吃着，低头不看众人。大通银行的周经理是个掮客，专会来事的，他见话头到此，便说：“白小姐此言痛快，原本我们都以为传说中的白梅卿小姐是个娇弱的女子，没曾想今日一睹芳容谈吐，竟如此英气逼人，可敬可佩！”吴展翼插话道：“周经理真是明白人，俗话说，人生如戏，我看未必，就好像我们梅卿小姐，做戏是做戏，做人是做人，泾渭分明。”周经理接着说：“一向听闻梅卿小姐舞艺超绝，在电影里看过，今日不知有没有这个荣幸一观。”展翼怕梅卿生气，忙说：“在这儿，不方便吧，何况也没有舞搭子。”周经理拱火，说：“有啊，我们的江大处长，可是跳狐步舞的好手，上海滩上也是数得着的。”江弘武的下眼睑震了一下。吴展翼还是说不行不行，梅卿小姐今日太累了，身体恐吃不消。

音乐骤然响起。江弘武竟然站了起来，全场瞩目着，他慢慢走到白梅卿面前，也不说话，伸出右手，做了个有请的姿势。

白梅卿抬头看他，三秒钟，毅然挺立，两人竟边走边舞起来。这是白梅卿第一次和姐夫江弘武距离那么近，他腰板笔直，更显瘦硬，他身上有种冷酷的气质，这让白梅卿浑身不自在。欧阳夏也沉默寡言，可他身上的温暖，她感受得到。江弘武就不同了，他给人压迫感，跳舞也是，他的每一步，每一个动作，都是前进式的、进攻式的，他逼着你防守，守无可守，只能进攻，所以跟他跳舞，是比与旁人跳舞要累三倍，他压人又压得特别紧，皮贴皮肉贴肉，曲子走到中间，梅卿险些支撑不住。

曲子终于停了。众人鼓掌，江弘武半鞠躬，又回到座位上。梅卿脸色煞白，两人还是没一句话。展翼带头叫好，梅卿白了他一眼，他连忙封口。

用餐结束，吴展翼首先提散场，大家也没异议。蓦地，江弘武硬邦邦一句："白小姐我来送吧。"吴展翼嬉笑着帮忙拒绝。江弘武面无表情，又是一句："我来送。"吴展翼又要开口。梅卿从服务人员手中接过狐皮大衣，拦话道："恭敬不如从命。"吴展翼舒了口气，用一根手指抹掉额头的汗。

白梅卿坐进副驾驶位，大宽檐呢子帽没摘，大衣披在肩上，白色的坤包放腿上。江弘武遣散了司机和几个跟班，坐进了驾驶舱。

"地址。"他口气很硬，不看她，眼睛盯着前方。

"美琪大戏院后头。"梅卿同样简短地说。车开动了，打着大灯，稳稳行进着，气氛冷凝，白梅卿想找些话说，可一时又不知从哪里说起，说姐姐，还是说翠喜？她与他的连接，似乎也只有如此。车拐过卜罗德路，骤然加速，梅卿身子不由得后靠，她紧紧扶住车窗——车窗半开着，风漩涡般倒灌进来，呼呼直响，车后座的一沓纸被吹乱了，满车厢乱飘。

"摇下车窗！"弘武说，是命令式。梅卿也不知道发生了什么，惊惶着，她摇下了一侧窗户。

"把这些纸贴在车窗上，快！"汽车一个急转弯，梅卿坐不稳，半个身子倒在弘武身上，弘武岿然不动。

梅卿抓着纸，乱风碎发："贴不上！"

"用唾沫！"江弘武够冷静，可音量大了不少。

又是一个急转弯，梅卿这才明白后面有车追，也只有十几米的距离，又过了一个路口，那车贴近了，梅卿隐约看得见里面有两个人，一个开车，一个坐在副驾驶，两个人都戴着口罩，阿飞帽。

“趴下！”江弘武一声虎吼，白梅卿还没反应过来，她的头便被压在了他的腿上，几乎同时，车窗玻璃一声闷响，快速的、有力量的，一颗子弹穿透过来，打中了江弘武的右肩。

车体瞬间失控，一路斜驶，眼看就要撞向路边的橱窗，弘武左手一扳方向盘，车又回来了。

遇到暗杀了！白梅卿毕竟干过革命，她扭动着想要起身，哪怕帮姐夫一下，躲过袭击再说。谁知弘武却按住她：“别乱动！”尽管他肩膀受伤，但力量仍旧足以压制住梅卿。

两辆车并排开着，开过了灯火辉煌处，路越走越黑，白梅卿知道，这已经不是朝美琪大戏院方向开，两辆车不时地发生碰撞，有好几次，他们的车都被对方的挤得差点翻进沟里。更糟糕的是，天上居然开始飘雪，这雪也奇怪，都说雪落无声，可梅卿却分明听到车顶上、车前窗上噼里啪啦的细响。哦，是下盐粒子了，就是那种小冰雹。

“砰！”对方又开枪了。“砰！”又是一下。

“趴下！”江弘武一边开车，一边再次摁倒刚直起身子没多久的梅卿，她就这么趴着，他身上的烟味直熏她的鼻子。

车窗摇开了，梅卿用唾沫作为黏合剂、好容易才贴在车窗上的纸呼啦啦随风而去，江弘武从腰间拔出枪，一扬手，“砰”，子弹直朝对方的车窗飞过去。没反应。两车继续并行，对方撞过来，江弘武连开两枪，没能阻止。

白梅卿直起身子，这次轮到她吼了：“你开车，我来！”她夺过弘武的枪，双手紧握，一阵乱发，刚巧打中了那车的轮胎，那车失了重心，一侧歪斜着，撞向路边的一小块山石，跟着便是刺激夜空的巨响。

车头扁了，车上的两个人被挤在驾驶舱内，不得脱身。

梅卿惊魂未定，不遑多想，只说，快走吧。

可江弘武不，他鼻孔喘着粗气，仿佛一只被激怒的豺，一脚踢开车门，提着枪跳下去。雪越下越密，还是那种盐粒子，是小冰雹了，炸弹般敲击着黑暗中的世界。

梅卿踉跄着跟在弘武后头，这不是她第一次经历枪战，在北平大剧院门口，她曾经与欧阳夏并肩作战，那时她初出茅庐，很有几分惊险的浪漫，可这一次，她唯有恐惧。

"姐夫!"她终于叫了他一次。可他全然听不见似的，直冲到山体旁边的废车旁。车体内，司机头被撞瘪了，歪在一旁，副驾驶上的那个还在挣扎着。

"谁派你来的?"江弘武扯掉了他的口罩，用枪指着他的头。

"汉奸！我操你大爷——"那人的话音还没落，砰！江弘武扣动了扳机。

血溅在雪上，夜黑，看不见红，地上只有一道印子。

汉奸?！白梅卿还是听到了这两个字，她气喘吁吁地跑到弘武身后，到底还是赶着看到了这狰狞的一幕。李忠?！是那个一直跟着欧阳夏的李忠！他头骨破裂，满脸是血，歪躺在瘪了头的汽车里，没了气息。

"啊!"白梅卿捂住了嘴巴。

静安又流产了，这一次胎儿在她腹中待了三个月。

仁济医院，高级病房，尚静安躺在那儿，面无血色，梅卿走进来，坐到床边，弘武站在窗户边上，背对着门，抽烟。过了元旦，上海天气一律放晴，傍晚，竟然难得有了点稀薄的晚霞。

那晚的事，梅卿守口如瓶；李忠的死，她藏在心里，她也想过写一封信去南京，给欧阳夏，或者给老王，但一转念，又作罢，李忠之死，想必他们也早应该得到了消息。至于江弘武为什么会被追杀，还有李忠临死前说弘武是汉奸，所有的一切，白梅卿都先摆在一边，此时此刻，她的目的很单纯，就是来看望姐姐。

静安支起身子，梅卿连忙说别动，江弘武抽完烟，走出病房，剩静安和梅卿两人说话。“看我这……”一场失血，减了静安多少烈性子。

梅卿伸出手，轻轻用手指按住她的嘴唇：“先好好养着。”静安也是经过大世面，她没哭，反倒苦笑：“没机会了，医生下通牒了，再怀，有危险。”梅卿不知从何安慰起，她喜欢小孩子，但自己生一个，她总觉遥远。

“或者过继一个。”梅卿不知道这话怎么说出来的。

静安吸了一口气，叹道：“你真还是小孩子，过继，能亲么？退一步讲，再怎么过继，也是从江家，与我也没有血缘关系。”

梅卿道：“一定要有？”

静安说：“对一个女人来说，如果你爱一个男人，最好的方式还能有什么？”

梅卿说：“但是你应该先爱惜你自己。”

静安轻抚梅卿的头发：“真羡慕你，还有如此年华，如此美貌，哪个男人不喜欢。”梅卿没再说什么，翠喜来了，她就打趣，说你也不争点气，老让姐姐这么为难。翠喜的脸通红。静安说，你也别怪她了，她也吃了不少苦，我们家那位，有时候也是不讲理的。

一提到弘武，梅卿又满面愁云。

《红梅一枝春》过后，吴展翼特许白梅卿休息一段时间，一来余韵尚存，上海票房丰收后，往全国，乃至南洋发行也是个大工程。上海的氛围已经很有些紧张，各方势力盘踞在租界，尤其日本军界，间谍、武士来的不少，共产党也有人在活动，暗杀、爆炸的小道消息不绝于耳。乱世烽烟起，更敦促人纵情声色，圣约翰那次聚会之后，请白梅卿客的人络绎不绝，有让唱堂会的，有出资让其演片的——当然是情色片，吴展翼一力挡开，他总是赔着笑说，不不不，我们不唱堂会，我们是演员，不是戏子，又说，不不，我们是严肃的艺术家，不是脱衣舞娘，可有权有势的，谁要听？所以，在这个当口上，暂时息影倒是个好法子。

梅卿也乐得静养，来上海不少年，一直忙碌、颠簸，风头是出尽了，苦头也没少吃，身体上的苦头倒在其次，精神上也苦闷着，求爱的人日渐增长，可她能看上谁？年轻的，富商、小开，她嫌轻浮了；年纪大的，多半已经有婚配，去了，要么做外室，要么跟某些失足女演员一个结局，好在事业还算顺利，能够自给自足，立在这上海滩上。梅卿是感谢吴展翼的，是他发现了她，带她出来，这虽是步险棋，但事实证明，险中求胜——这倒是其次，她还要感谢他的是，他与自己的关系相对简单。白梅卿刚来上海的时候不知道，等红了之后，接触面宽了，她才蓦地发现在女演员这个行业，想出头也不是那么容易，关系网少不了的，其中女演员和老板的关系，就是重要一环。老板看中，推演员上戏，露面多了，自然就红开了，只不过，有不少女演员最终便和老板成了情人、夫妻。

白梅卿和吴展翼倒没这样。吴展翼没碰过她，她真要感恩。她知道他在老家有个太太，原配，包办，现在成黄脸婆了；他还有个儿子，也没带出来，就放在田上做少爷。吴展翼在男女问题上一向坚壁清野，像他这样一个呼风唤雨的大老板，不是没有三教九流的女人朝上贴，可他全不要，梅卿一直狐疑，后来有天在后台包房里，她终于明白了。吴老板钟情男旦呢。白梅卿转而觉得好笑，不是笑吴老板，而是笑她自己——世间情爱如过眼烟云，快乐就好，时代那么动荡，他们也只能在罅隙里匆匆爱过，何苦那么多顾虑？这些年她经历了那么多，看过了那么多，当初，欧阳夏在老家有包办的夫人一事，果真就那么重要？她不敢确定。只不过，她也谈不上后悔，她为自己的主义牺牲，心甘情愿。只是，如果现在再让她重新选择，她说不好在这盘棋上，棋子会落在哪儿。

静安小产要坐月子，不是第一次，但这回身体似乎格外吃不住，故而芹嫂从南京来，帮着照料。梅卿与芹嫂亲，是患难之交，尽管她不喜欢去江府，怕遇到弘武尴尬，但为今之计，也只能是硬着头皮上。

江家书房，大白天，几盏灯还点着，窗台上吊着几株兰花，清幽的香，房子虽大，但也只有这里最安全僻静，静安在卧房睡着了。芹嫂和梅卿站在兰花底下说话。芹嫂说，真是一百个想不到，三小姐竟然成大明星了，我在南京时就听过，还曾想着，三小姐怎么会这么做，后来才知道，这明星也分好坏，三小姐是好的明星。梅卿道，什么小明星大明星，不过是弄口饭吃，做点自己的事业。

梅卿跟着说："这些年，你们倒真把我忘了。"

芹嫂忙说："怎么会忘。头几年，是不知怎么联系，后来，意浓又生产，忙了一气，她跟茂松又那样，我夹在中间，每天调解也不知从何说起。"

梅卿浑身的皮紧缩了一下，她没想到，自己东来数载，南京那边变化如此大，连意浓都生了孩子，她从前不是最先锋最女权，不向任何人妥协么？不，也难讲，她当初突然结婚，就令所有人愕然，茂松也没什么不好，可说到底，也没有太好。梅卿控制住情绪，淡淡地说了一句，连四妹都有孩子了。芹嫂突然小声，一言难尽，他们……

梅卿追问。芹嫂只能瘪着嘴说："他们离婚了。"又说："在南京城这事闹得可不小，都知道他们离婚，但其中原因，好在外人不知道。"

白梅卿忙问，因为欧阳？问完又后悔，隔了一大段光阴，她还对他如此关照。芹嫂毕竟是过来人，也不在乎这些，只说，都是命，前世的孽缘带到这辈子来了，把一碗水端平了说，这事不怪茂松少爷，是四小姐，死活硬要和欧阳先生结为连理，你让茂松少爷怎么想。

"感情的事，不能勉强。"梅卿说。

"谁说不是，就是都在勉强。照我看，欧阳先生是不接受四小姐的，四小姐呢，都有了婚配了，再这么做，的确不应该，可是茂松少爷也不应该啊，千不该，万不该，他不该强迫四小姐生孩子。"芹嫂抱不平。

梅卿诧然，说生孩子也强迫？怎么强迫？芹嫂说，日日行房，唉，我都这把年纪了，也就没羞没臊地告诉你吧，那一阵一到晚上四小姐那个反抗，撕心裂肺，我都听不下去。

“她怎么不走？”

“走，那是她家，她走去哪儿？她也是政府的人，还有工作要做，而且我想，欧阳在南京一天，四小姐就不会走。天天造人，后来还就真怀上了，茂松少爷和四小姐之间有个约定，孩子生下来，茂松少爷就同意离婚。十月怀胎啊！还真给生下来了，是个女孩，生完就离婚。”

“四妹也是太好强……”此时此刻，白梅卿为芹嫂轻描淡写的叙述震撼着，她料不到，妹妹罗意浓竟有如此深切的灵魂。意浓也爱着欧阳，如此执着，为什么？难道就为了和自己争？似乎也用不着，她早都放下一切，离开南京，过着新的日子；可意浓，却仍旧在过去的一方天地里，挣扎着，她好像要把女人能经历的苦都要经历一遍似的。

结婚、生子、离婚，背负名誉上的巨大压力……梅卿想着，也是意浓这样才是彻底的革命。可是，又得到什么了呢？不对，或许人生原本不为得到，是为经历。可是，如此的经历，也只是痛苦而已。

芹嫂见梅卿出神，知道自己一番话恐触及其心事，便转移话题，说：“大小姐这，也真是作孽，你娘在的时候，大小姐就为孩子的事烦恼，一晃只剩半辈子了，还在为这个事受苦受罪。”

梅卿苦笑，随手端起摆在窗台上的茉莉花茶：“这就是女人。”

芹嫂哑然。两人对看，终又忍不住，笑出声来。

出了正月，静安恢复得差不多，芹嫂在江家住着，并无不适，便就此落户，无回南京的打算。梅卿拍了一出新戏，吴展翼带着她四处宣传，名气更大了。因芹嫂在，梅卿去静安那里也频繁些，但多半还是半下午去，四五点钟便走，尽量不吃晚饭。

这天，静安生日，起早天就阴着，梅卿上午接受杂志采访，中午蜻蜓点水，让小大姐去老大昌买了几个面包回来胡乱吃了，在片场休息室眯了会，下午便去静安那儿道贺。进花园，江弘武刚巧也从外面回来，两人撞了个面对面。梅卿停了一下，点了点头，两人便并排向前，穿过那条鹅卵石甬道。甬道边有个小喷水池，中心是个爱神丘比特的雕塑，粉白的，可惜没再喷水。梅卿无话找话，这雕塑倒好玩。弘武还是一副严肃面孔，只说自己的："最近三妹妹来得少了。"

梅卿有些窘，心想跟他交流从来没畅通过，他鸡同鸭讲，她不能。"也来。"她照实答，但不想说太多，说白了，来不来，关他何事。

"怎么，上次受到惊吓？"江弘武的面皮突然一提，眼角都是皱纹，似笑非笑。

"那倒没有，姐夫你自己要当心才是。"

弘武道："革命本无情，习惯了。"到了门廊，弘武开门，梅卿先进，翠喜、芹嫂已在门口迎着。几个人去餐厅落座，恍惚之间，梅卿回想到当年，在天津，寄宿于茂松家，也是这么端端正正地吃饭。

江弘武坐在她正对面，他旁边的座空着，留给静安。弘武盯着梅卿看，她有些难受，芹嫂说，我去看看大小姐。没多会，静安出来了，穿着旗袍，跟平素没什么不同，甚至更简朴，只是脖颈、手腕，耳坠上的几处翠绿，绿得晃眼。

芹嫂赞道："大小姐真是大好了。"

静安笑说："亏得芹嫂手艺，从小吃芹嫂的饭，现在好容易又吃上，整天又是补，死人也吃活了。"梅卿站起来，说："恭祝姐姐芳辰。"静安打趣说："妹妹现在是上海滩的红人，我受不起。"翠喜在一旁笑。弘武声音低沉："都坐吧。"静安听了丈夫的话，也就不多说笑，几个人坐下来，上菜，一律是西餐，意大利风味。

梅卿混上海滩，西餐吃得多了，倒是芹嫂不习惯刀叉，坚持了一会儿，最后还是让翠喜拿筷子来。"两条腿的筷子用惯了，一只脚的刀叉就不习惯。"芹嫂有些不好意思，又说："我看这西洋人跟我们就不一样，我们用筷子，就好比一男一女，必须两个人一起，才能行，西洋人是单打独斗都行。”

静安说：“哪里都是两个人才行。”说着，她看梅卿。梅卿知道姐姐又要谈她的情感问题，便抢先说：“有两只脚的，也有一只脚的，独木舟就一只脚。”静安打趣说：“独木舟，稳吗？大浪一来就冲翻了。”梅卿不说话，吃她的牛排。翠喜在一旁，插话说：“小报上讲，给三小姐送花的人很多，还天天送到门口。”静安说：“哦？真的，送花到门口，有这等事。”梅卿说：“哪顾得上那么多，都是些浮花浪蕊，哪值得信。”静安说：“也不是没好的，不过也得注意，现在世道乱，怎么会送到你门上去？”梅卿说：“我在租界，还好些。”

“现在租界里还不是各方势力都有，鸡鸣狗盗，三教九流。你姐夫有时候回来，身上不是这破了，就是那青了，我问他怎么回事，他就说磕的碰的，也就唬我，”静安笑着望江弘武，“现在为政府做点事，也是提着头干。”

“那要看为哪个政府做事了。”梅卿冷冷一句。

所有人不说话，自鸣钟摇晃着。

芹嫂说：“嗨，好不容易过个生日，说这些做什么。翠喜，蛋糕呢，不是说有蛋糕么？”翠喜说就来。正说着，大家一偏头，见一个仆人推着蛋糕车过来，一只大大的奶油蛋糕摆在上头。几个人都站起来。“这么大年纪还过生日，本来就是笑话了，再弄这么个蛋糕，真是……”静安轻轻叹气。梅卿说点蜡烛吧。静安说点一支就好。芹嫂从车台上捏起一支蜡烛，红的，半尺长，小心翼翼地插在蛋糕中心。弘武掏出打火机，点燃，小火苗乱跳。静安双手合十，大家都说许个愿许个愿，静安闭上眼，嘴巴咕哝着，再睁眼，说好了，一口气吹灭了蜡烛。

翠喜笑嘻嘻问：“夫人许的什么愿望？”她一问，芹嫂也跟着问。梅卿说愿望说出来就不灵了。静安笑说：“也没什么灵不灵的，我年年愿望都相似。”说着，她眼眶微红，大家一下都明白，她还是想要孩子，也就不多问。江弘武叼着烟斗，一口一口闷抽，也不安慰，也不表态。白梅卿见了，心想这个姐夫还真是冷酷，对于这桩婚姻，她至今为姐姐不值。尚静安也就哽咽了几下，便又说："不过今年，我倒有个新愿望。"芹嫂、翠喜忙问是什么。尚静安看了一眼弘武，又看了一眼梅卿，说我希望三妹早日找到如意郎君，如果还找不到，我倒希望她搬来家里住，陪陪我这个姐姐。

这算是温柔的邀请了。

芹嫂、翠喜又看梅卿。梅卿有些尴尬，她低头，又微微抬头，余光之中，她捕捉到江弘武冷峻的表情，他盯着她，如此锐利，那感觉好像一把尖刀插进木头里，拔不出来似的。

梅卿只好嚷了一句："姐——"

白梅卿这一两个月烦得不得了，送花求爱的人越来越多。她坐在化妆间里，对着镜子，卸妆。吴展翼悄没声息地进来，把头探到梅卿耳边："梅卿小姐，今天谢谢你，那些老板也都是凡夫俗子，不要跟他们一般见识。"

白梅卿停手，腰九十度转，她努了努嘴，展翼朝化妆间一角瞅，四五捧花丢在筐子里："赶明我干脆开个花店得了，就让小大姐卖，也能补贴补贴家用，小大姐天天说乡下穷得都要吃草。"

展翼说："白小姐就不要在意啦，送花说明受欢迎，不用理睬就好。"梅卿没答话，把梳妆台下面的小抽屉一拉，一堆小纸片乱放在里头。吴展翼不解，随手拿起一张，眉头紧蹙，又拿一张，再拿一张。"这，这……"

梅卿说："这事怎么处？"

吴展翼还是笑："估计是恶作剧，爱之深，恨之切。爱之深，有时候也会有点扭曲嘛，正常人性。"

梅卿一把抓起几张，对着灯光，大声读："白梅卿小姐，我对你的爱滔滔不绝，限你三天后在霞飞路第四个路口等我，否则，性命堪忧——

梅卿小姐，晚上一定要等我，记得开窗——白小姐，还记得我吗？回头你就能看到——这算什么！"白梅卿把卡片摔在地上。吴展翼说："恶作剧，恶作剧，不用理睬，不用理睬。"白梅卿说："要么去警局报个案，这不是第一次了，而且，看口气，弄这些的是一个人。"吴展翼没办法，只能叫人去警局报案，谁知警察说，白小姐是名人，有几个疯狂的追求者，也正常，况且，光凭几个字条，也不能坐实不是？等等再说。展翼回话给梅卿，她也就听着。

第二天，小大姐起床，开门，准备打扫院子，却一屁股跌坐在走道阶梯上，惊叫起来。梅卿闻声而至，衣服都没穿好，说怎么了怎么了，这一大清早，慌什么。小大姐捂着脸，眼睛只躲在指缝中朝外看，浑身发抖，直朝树丛中指，白梅卿没在意，心想，光天化日，能有什么神鬼，垫几步再看，却见家里养来护院的黄犬，身首异处，弃置草丛，眼还睁着，犬牙外露，尤为狰狞。白梅卿吓得捂住了胸口，是谁干的？梅卿细细想，近来似乎也没得罪人，该去的场子，她去，该给的面子，她给，而这杀狗，显然是警示，恐怕是第一步，难道真是写卡片的人？

"把它埋了。"梅卿狠吸了几口气。

"我怕。"小大姐还在发抖。

"找园丁老张来弄。"

小大姐颤颤巍巍起身，扭头朝屋里跑。花园门口铁栅栏外，一个小男孩伸着头，两只眼睛又大又无辜，应该是流浪儿。他一声声喊，白梅卿小姐在吗？梅卿驻足，她指着自己，说你找我，小男孩还是喊，我找白梅卿小姐，白梅卿拉紧披肩，走到栅栏边，弯下腰，说，小朋友，你找我？小男孩说，是的，有东西要给白小姐。白梅卿说那你给我吧。小男孩伸出右手臂，他攥着拳头，似乎有东西握在手心。梅卿摊开手掌，伸过去，说你给我啊。小男孩手掌一张，一粒东西落入梅卿掌心，男孩扭头就跑了。梅卿满腹狐疑，低头一看，躺在手心的，不是寻常物件，而是一粒铜身尖头的子弹！

梅卿心一沉，攥紧子弹，环顾四周，快走返屋。

小大姐找园丁老张，把黄犬处理掉了。梅卿觉得奇怪，狗若被杀，岂会一声都不叫？整个夜里，竟没一点动静。也可能是先下药，再动手。如果仅仅是要杀狗，何须那么残忍？小孩送来的子弹，明显是个恐吓信号了。白梅卿尽管也是个经过枪林弹雨的人，可是现在，敌在暗，我在明，她多少有些悚然。她请小大姐给吴老板挂电话，说白天的剪彩，不想去了。可吴展翼哪里会答应，绯月楼开张，老板是他老乡，况且请梅卿剪彩，也都是付了定金的，怎么好突然反悔。小大姐按照梅卿的指示，说白小姐实在是身体抱恙，不能前往。吴展翼不信，说那等等，我亲自来接。白梅卿坐在一旁，早听出吴老板的怒气，也想，罢了，罢了，拿人钱财，替人消灾，她手一挥，小大姐立刻嬉笑着说："不用烦吴老板来，白小姐这就准备出门。"电话一挂，小大姐当即收了笑，跟着演员，她多少也学会了点演戏。她问，白小姐，要不——白梅卿端着茶杯站起来，大大羊毛披肩在身后拖着，从背后看，整个人气势十足。

白梅卿说："去准备我的衣服吧，玫瑰红旗袍，海狸鼠灰色披肩，别拿错了。"

小大姐匆忙朝里屋跑，急不择路，又是低头，额角撞到摆花的细脚木台上，哐当一下。梅卿压低声音："不要慌！"

没多会儿，从租车公司叫的车来了，停在花园门口。白梅卿从屋里出来，东张西望，一阵小跑，上了车，小大姐跟在她后面，也上了车。

梅卿对司机："开车！"

汽车瞬间打火，冲了出去。

梅卿说："金城路，绯月楼，不要从虹口那条路走，绕一下，从天一路插过去。"

司机刚说，那样远。

梅卿肯定地说："照我的话去做，工钱一分不会少。"

小大姐扶着梅卿的胳膊，她有些发抖，她还算个小孩子，十几岁出来帮工,打打杀杀,她哪里见过。梅卿反倒安慰她,说你不要慌,做完今年,我看你还是回乡下,我给你一笔钱,以后你做点小生意也好,嫁人也好,都不会错的。

小大姐咬着嘴唇,猛点头。

绯月楼门口,一大群人拥着,挂着绸带红球的门匾,靠在墙边,两个一米八几的大个子看守着。吴展翼踮着脚,探着脑袋,额头上都是汗,不停发出啧啧声。一个穿着暗福字湘绸马褂的中年汉子,凑上前,问:"吴老板,不会食言吧。"吴展翼忙说:"不会不会,绝对不会,白小姐答应了的,我们又是老乡,怎么可能食言。"

又等了十分钟,还不见白梅卿身影。

绯月楼门前的人越聚越多,大多是听闻白梅卿出席剪彩,特地跑来准备一睹芳容的。十二点了,正值饭馆上人之际,老板本打算白小姐来了,一剪刀下去,牌匾一挂,正式营业。可左等右等,就是不见白梅卿的身影。有人耐不住,散了。

人一散,东家可着急了,说吴展翼,你搞什么东西,当初你拍电影,要不是我们哥儿们慷慨解囊,入股帮忙,能有你今天吗?一个白梅卿,就这么难请。

吴展翼面露难色,说就来,就来,别急,别急。

正说着,一辆黑色小汽车嗖地停在了绯月楼门前,司机下车拉开车门,白梅卿走了下来。

瞬间轰动,人声鼎沸。伙计们手牵手,筑起一座人墙,把涌动的围观者挡住,白梅卿顺着道,径直走过去。她跟老板握手,说,胡老板,真不好意思,路上出了点小状况,可以开始了么?

胡老板见人来了,自然喜眉善目,说:"万事俱备,只缺白小姐这阵东风了。"

鞭炮点着了。劈里啪啦一阵乱炸。人们纷纷捂住耳朵,躲远点看,也不挤了。两名壮汉,抬来匾额,小大姐从包里拿出一把银剪刀——也是从王麻子那儿定做的。剪彩,梅卿早已轻车熟路,故而剪刀也不能是寻常剪刀,得用银剪刀,才显得特殊——白梅卿纤手一握,把那剪刀抓牢了,她贴着早已立在那儿的话筒,说:“今个儿是黄道吉日,我来,没别的,就是祝贺胡老板的绯月楼开张,绯月楼,江南第一楼,希望大家都来捧场。”人群中发出欢呼声,多半是梅卿的影迷。梅卿开始动剪子,绸子厚,一刀还剪不断,她就细心朝下剪,一点一点。

蓦地,啪一声,人群里炸了一下。梅卿以为是枪响,愣了一下,心想那枚子弹威胁,果然不是儿戏。人群里发出哄笑,哦,原来是炮仗没炸尽,一枚哑炮,性子慢,到现在才点燃自我。吴展翼在一旁笑喊:“没事没事,好彩头好彩头。”白梅卿心放到肚子里,又开始剪,快剪到头,只听到啪,又是一声响,梅卿不耐烦,以为又是哪支哑炮乱炸,再一偏头,只见原本立在她身边的小大姐,慢慢倒下去——她穿的白布衣,胸口处红了一片。

“双喜!”梅卿叫她的名字,剪刀脱手,掉在地上。

现场一片混乱。

“白小姐……”双喜气若游丝,“我恐怕没法……没法回乡下……做新娘……”

双喜闭眼了。

白梅卿泪流不止。主仆一场,她一直当她半个妹妹。吴展翼努力钻过人墙,拉着梅卿就要走,梅卿还在哭。展翼急道:“一会有人来收尸!”

两个人匆忙上了车,放下车内窗帘,扬尘而去。

小大姐双喜死了。白梅卿觉得,跟卡片恐吓,家狗被杀,子弹递送,脱不了关系,这是一系列动作,指向很明确,就是她白梅卿。

上海小报向来消息灵通,不到一天,消息就刊出来:影星白梅卿剪彩遇刺,贴身小丫环舍身遭险。

下午,静安来了,带着两个保镖,杵在门口。她关好门,扭头对梅卿:“抛头露面的事,少做,现在什么世道,这里还是租界,你要出去,试试?”梅卿不说话,端着咖啡,脸对窗,窗帘拉着,露条缝,马路上人来人往,电车摇摇晃晃过去,发出当当响。

静安继续说:“要不搬家里去。”家里指她家。

白梅卿想了想,说:“如果真朝我的,躲也不是事,明枪易躲,暗箭难防。”

“你不能大意。”静安痛心疾首。

白梅卿减少露面,行动也都一律保密,吴展翼和小报记者讲好,不要跟踪报道,过几个月再说。只是工作减少,没有收入进账,新片子,也因为资金链原因,始终没拍出来。吴展翼也有些发愁。梅卿知道展翼心事,所以,重要的场子,她能接就接。

一连五天无事。

有次在霞飞路上走,梅卿感觉后头似乎有几个阿飞跟着,扭头看,原来不是,是百货公司促销的小丑。小大姐双喜一死,白梅卿给了她家人一笔钱,她妹妹四喜要来继续帮佣,梅卿拒绝,局面不稳,她不愿意再累及无辜,家里只留一个老妈子,维护卫生,一个园丁,看守庭院。成为明星后,白梅卿养成了个习惯,早晨起来,沐浴。

天还没亮,白梅卿醒来已有段时间。她碾灭烟,抖落浴巾,站在莲蓬头下,打开阀门,热水喷泄而出,顺着额头,一路流,冲刷掉一切疲劳、羞怯、耻辱。毛面的德国进口玻璃,小小的四方形,高居墙壁上端,日光经过它过滤,显得尤为柔和,它仿佛油画中的天然光源。

白梅卿站在水幕里,过去几天的事,仿佛电影,一格一格在她脑海回放。出来几年,她想不到自己开罪过哪路神仙,对人对事,她平和、有礼,保持距离。有女演员不洁身自好的,三陪五搭,私生活不容深论,她没有,她简单似一件素旗袍,永远是可远观,不可亵玩。可为何接二连三遭遇怪事?梅卿朝身上涂香皂。

头顶当啷一声响。碎玻璃落了一地,有些砸在白梅卿背上,皮肤割破，血混着水，顺时针，打着旋，朝下水道淌。梅卿叫了一声，她心想，完了，又是大冷枪。她连忙按下莲蓬头把手，水停了，热水汀管子却还在响，梅卿低头看脚下，水流尽了，残留血红一片，一把匕首躺在浴池墙边，闪着银光。

白梅卿迅速取下浴巾，裹好，猫着身子，朝卧室快走。客厅门吱地扭动了一下，梅卿心一紧，她停下脚，喊，吴妈，声音不是很大。没人应，她直觉得头皮发麻，心脏跳似鼓点。吴妈！她又喊了一声，还是没人应。她继续朝卧室跑，门没关，门缝里透出光，她一把推开，关好，上锁，扭转身子，却看见吴妈被五花大绑，嘴里塞着块布，歪倒在墙边。梅卿要去给她解扣，子弹却冲过玻璃，直飞到门板上，仿佛急雨打荷叶，门板瞬间一排小孔。梅卿惊叫着，抱着头，蹲下。浴巾掉了，枪林弹雨，亏得她还知廉耻——她匍匐着，去衣柜胡乱扒拉来几件内外衣和为数不多的几件裤装、女士衬衫，迅速套上。她爬到床边去，从枕头下摸出枪，银灰色，吴展翼给她定做的，防身，以前她笑说不至于，现在，用到了。

子弹又来，这回射中吊灯，水晶灯身，倒金字塔型，轰然坠地，整间屋陷入晦暗。梅卿知道，再不拼，恐怕再无机会，跟过去一样，她双手握枪，对着窗外黑影，连发三响，外头没动静了。梅卿以为击中目标，最起码，暂时击退，她在地板上打个滚，去解救吴妈，她只觉得腿一软，跟着才是疼，钻心的疼——她小腿被打中了。她扶住腿，奋力起身，一把枪抵在她脑后。

“白小姐，”一个男人的声音，粗厚低沉，十分有特色，“配合，比反抗更有利。”

白梅卿回头，男人着黑衣，戴软皮面具，是京剧花脸。他身后冲上来几个副手，也一律黑色，他们用头套把白梅卿罩住，绑了出去。

此后的事，白梅卿只能凭听觉判断，她庆幸，他们没打昏她。看样子是绑票，乱世，铤而走险的人多，她风头大，被盯上，情理之中。汽车一直开着，梅卿侧着耳朵，除了视觉，她全部神经都紧张起来。早晨，人本来就少，偶尔有电车过去，有自动敲铃声，但辨不清具体地段，倒是闻到豆腐脑的香味，冷不丁飘到鼻子下一点儿，可能经过小弄堂。越开声音越小，玻璃窗没关严，风透进来，她嘴被捂着，喊也没用，估计出浦西了。

车停了，梅卿被扛出来，她不反抗，她知道，对方若蓄谋已久，反抗也无用，只能等下一步。她听到脚踩木楼梯的咯吱声，子弹上膛的声音，隐隐约约，好像还有汽笛声。有几个绑匪在聊天，似乎在聊女人，但具体她听不懂，是江浙方言。没多久，那个粗厚的声音再度出现："打电话给姓吴的没有？"是北方口音。

一个女人的声音："打了，他在备金条，约好涨潮前交易。"

"让弟兄们机灵点。"

"都准备好了。"女人说，"怎么，电影明星的豆腐，你不吃点？"

"唉，只劫财，不劫色。"

"财色兼收也未尝不可。"

"盗亦有道，闯上海，没规矩可不行。"

"你是不敢，还是不能？"女人开始挑逗。

"回头上了你身，你就知道能不能！"

"随时恭候！"女人放声大笑。

天逐渐收了光，白梅卿的眼睛蒙了布，但她还是能够感觉到光影的变化，她奋力坐起，直起身子，那女人却骂骂咧咧，说你他妈动，我让你动，我倒要看看你这小狐狸精有什么好，男人都迷。梅卿觉得身上一会儿这儿疼，一会那儿疼，女人在拧她的肉，还用双手抓她的乳房，一边抓一边说，没什么特别嘛，梅卿开始反抗了，可绳索绑在身上，好像茧缚飞蛾，她是无爪之蟹。"我在这脸蛋上划一刀，怎么样。"是跟同伴商量的口吻，白梅卿一听，大觉不妙，不当电影明星不要紧，可脸上带疤，算什么，嘴虽然被堵住，她还是呜呜叫着，扭动着身躯。"不要闹了！"是粗厚声音的男人，"人来了。"周围立刻嘁哩喀喳一通响，绑匪们都戴上面罩，白梅卿由一个壮汉，半提着，拽出屋子。一辆汽车驶来，停在沙土地上，绑匪把梅卿的面罩摘掉，她看见不远处，吴展翼拎着手提箱，朝她这边走。沙土地旁边是小树林，再外面，便是海，这片海滩尽是滩涂，只有一个小的出海口。白梅卿拍戏，曾经路过这里。

展翼走到一个白石灰画好的圆圈里，站定，打开皮箱，金条在泛着冷光，两排。

声音粗厚的男人喊："把箱子放地上，朝后退五十步。"

"一手交人一手交钱！"吴展翼喊，大风吹乱了他的头发，在半黑的影调里，显得尤其颓唐。"你他妈把钱放下，再他妈废话，老子钱也要，人也要！"为首的并不客气。吴展翼放下箱子，两手微举，不转身，退着走。为首的一歪头，女绑匪飞身跃起，奔向皮箱，手刚触到，枪声大作。女绑匪肩膀中了一枪，为首的腿中枪，负责钳住梅卿的壮汉，翻倒在地，打中头了。四五个小喽啰，也都纷纷中枪，好几个，子弹正中眉心。梅卿拼命朝对面跑。女绑匪倒顽强，还是抓起箱子，一边扭头开枪，一边架住为首的男人，朝树林方向跑。白梅卿跑到车身后，跌在地上，吴展翼拔掉她嘴里塞的布，解开绳索，她没哭，她只是觉得感慨万千，他们后头冲上去两个人，都是黑西装，圆礼帽。"不用追了。"是个熟悉的声音。

白梅卿抬起头，一个穿玄色棉袍马褂、戴圆礼帽的男人站在他们面前，他举着手枪，目光坚定，她不知道自己要不要喊他的名字，是江弘武，她的姐夫。他怎么来了？梅卿朝吴展翼看，展翼哭丧着脸，说幸亏有江先生，不然，我们全完了，不过，那金条……江弘武说，破财免灾，后续，我会继续追查。

白梅卿挣扎着起身，起海风了，她头发被吹得乱散，海水的腥味，混合着凉气，包裹着她。梅卿突然觉得无比苍茫。

静安亲自端汤，一小盅，花旗参白凤汤，撇得清清的，到床头。梅卿接了，没喝。静安说，早就说来家住，不听，现在好了，自古就是，人怕出名，风头大，嫉妒的人就多，觊觎的人就多，吴老板打电话来，我还不信，绑票的，听过绑达官贵人的，绑你个演员做什么，你姐夫跟着就出去了，他这个人，平时不言语，对家里人，实在。白梅卿不言语。静安接着说，先住下吧，有你姐夫在，家里，好歹清静些。梅卿点点头，就住下了。吴展翼的一箱子金条，被绑匪裹了去，梅卿倒仗义，补偿了一半，几年的积蓄，这就耗尽了，剩下的，她说以后拍戏，再补。所幸，新闻界没得到消息，否则，电影名花被劫，这一等一的大新闻放出去，真比女演员自杀还轰动，再编排些绑匪强暴，侮辱名花的谣言，白梅卿的电影生涯，便彻底结束了。

吴展翼一介书生，商业上有些手腕，可遭遇黑道，他也怕，于是也同意梅卿歇息。白梅卿在姐姐家一住半月，并无别事，每日按时起睡，早时看书，下午喝茶，倒也自在。日子过得静似流水，外头时不时传来些耸人听闻的消息，时局变动，光怪陆离，好像与这小世界也不相干。梅卿不出门，静安也不出，有什么些小的物件要买办，就让翠喜出门打理，老大昌的咖喱牛肉饺，静安爱吃，梅卿不讲究，一般的咖啡、红茶就能满足，夏天破壁而来，偶尔吃吃冰糕，就成了她最大的爱好。

这天下午，姊妹俩坐在圆形客厅里吃茶、聊天，原本在说过去，又说到四妹静素，静安笑呵呵的，突然话锋一转，说以后你打算怎么办？梅卿说，看看这世道，过一天，算一天。静安道，男人可以这样，我们女人可不能这样。梅卿说，凡事不能强求，过去我总想逆流而上，现在，不说随波逐流，但顺流而下，也是大势所趋。静安笑道，妹妹算是悟了。梅卿道，不悟，又能怎么样？我奋斗半生，得到什么，还不是了无牵挂。

静安突然说："你觉得你姐夫怎么样？"白梅卿红茶喝到一半，差点没咽下去，江弘武怎么样，这从何说起。尽管她住进小洋楼有段时间，早起晚睡，她都尽量避嫌，与江弘武保持距离，他现在算她的“救命恩人”，她感谢，可对于这个冷酷的姐夫，她唯有尊重，如今静安这么问，她暗自心惊，不知如何作答，刚巧翠喜小步快走而来，笑嘻嘻说我就说快点走呢，天真热，包在小被套里，冰糕还是有些化了。说着递上冰糕。

梅卿乐得岔开话题，说姐，你也赶紧吃一根。静安说，小蹄子，你不看看你姐姐都多大了，哪还能吃凉。梅卿眼神突然有些迷离，说，你记不记得那年我们在六安老家，都小，第一次吃冰糕，还不叫冰糕，就叫吃冰，我们姊妹四个，站在家里院子的月门洞边，二姐吃得最多……梅卿提到静之，静安神色也有些落寞。

梅卿捕捉到这一点，忙说，吃吧，翠喜，你吃。翠喜让，不肯拿，静安命令她拿了吃。翠喜这才伸手拿了。梅卿看翠喜伸出胳膊，感到奇怪，说大热天，翠喜你怎么穿这些个衣裳，捂痱子？翠喜脸羞红了。梅卿觉得诧异，还要问，静安拦话道，不用管她，她现在心思多了，也固执。

老家有亲戚要迁坟，静安是长女，接到消息，她不好外出走动，就派了芹嫂去打理。芹嫂在南京、上海待了不少年，尽管老家已没什么至亲，但消息一来，也动了“凡心”，主动请缨，要去安徽走一趟。静安多给了芹嫂些盘缠，又请了个稳重的小子，一路陪着。芹嫂走后，家里成日里只剩静安、梅卿并翠喜，光是说话，就说得无可再说，幸亏屋子大，有“各自为阵”的基础，所以她们渐渐也就成了各忙各事，互不叨扰，通常下午才会聚到客厅，吃点饼干，喝点茶。

进了六月，上海突然好大雨水，梅卿住的一楼偏间墙缝发潮，静安让她挪到二楼客房住。二楼卧房有三间，一间书房，一间佣人室，一间储藏室，梅卿选最靠西一间，中间一套空着，最东面是江弘武和静安的住处。

半上午，梅卿才起，头天晚上夜猫子老叫，害她失眠。梅卿摇铃，二楼卧房与隔壁有连接杆，一摇，佣人在一楼和二楼房间听到铃响，就会上来。这次，梅卿摇了两次没人应，她穿上衣服，去隔壁看，静安屋空着，床铺整理得齐齐整整，她下楼，翠喜不在，老妈子也不在，老张头在院子里干粗活，梅卿问，他说太太带了一个老妈子一早去拜佛，说中午就回来。梅卿不理会，回屋吃了点小糕点，算早饭。

她坐在沙发上，拿了张小报，胡乱看着，突然隐约听到翠喜的叫声。她喊翠喜，没人应，她侧耳又听，好像有，又好像没有，她觉得是一楼，又好像在二楼，她去后厨，一楼活动室，又去二楼，翠喜的叫声时不时飘在空气里，像没散的魂魄。

梅卿扶着楼梯，仰头，循声而去，楼梯是旋转木质的，她每踩一脚，都发出似痛呻吟。梅卿到二楼，静安屋没人，她敲中间卧室的门，没人应，敲书房门，也没动静，她扭把手，门锁着。她挪步，准备下楼，又有声音了。

"翠喜，你在就应一声。"梅卿喊。

书房有动静了，呜呜响，梅卿敲门，越来越急促，她说翠喜，是你在里面吗？翠喜！书房里的动静更大，又有叫声，是翠喜，那尖嗓子，她听得出来。梅卿去静安卧室，翻钥匙，没有，她没办法，只好奋力一脚，踹在锁眼上，门咣当一声，开了，屋里灯亮着，并无一人。

梅卿觉得奇怪，又四处看了看，她确认，书房里除了一只书柜，一张书桌，上面摆着一叠文件，旁边是砚台，笔架上搁着毛笔，没人的痕迹。又有声音传来，好像是地下，梅卿左迈几步，右迈几步，书桌边一块地毯歪着，梅卿踢开，看见地毯下面的地板，四方四正一块，边沿有缝，是个暗格。

她拉开地板，一条石头阶梯，蜿蜒而下，有灯，黄光，影影绰绰，像是通向另一个世界。女人的叫声真切了，像翠喜，又好像不是，因为太过惨烈，旋即又消失。白梅卿急忙缩着身子，朝下走，拐了两道弯，终于到了地面，四面是墙壁，暗黑的，一只电灯昏惨惨亮着，维持着人的一点视觉辨别力，这是个地下室，没错，是地下室，白梅卿略知一二，也可能是囚室，她在小报上读过，她转过墙角，眼前却是一片惨烈。

翠喜躺在一张破旧的木桌上，两腿高居，岔开，赤身裸体，披头散发，江弘武上半身光着，下半身穿着军裤，皮靴，他一手拿着鞭子，一手按住翠喜瘦弱的身躯，下体猛攻。翠喜已经不动了，她满身是红印，鞭打留下的。灯光斜照在江弘武后背，都是汗珠。

白梅卿吓得浑身乱抖，可心中的那股作为女人的正义，却让她不得不呐喊。

“你住手！”

江弘武果真停止了。他把皮鞭一丢，大剌剌系好裤子，面无表情。他朝梅卿问，有烟没有。白梅卿气炸了头，胡乱抓起身边一根铁棍，跑几步，呀一声，抡起，砸在江弘武后背上，一条血印子立现。他没作声，没动，半靠在木桌沿子上。梅卿又抡，再一棍，这一棒打得更深，血直接朝外冒，江弘武还是没动。白梅卿跟着又要打，铁棍挥到半空，却被弘武一把抓住，梅卿朝外扯，她力不及他，自然没用。弘武一个反扭，铁棍轻夺而下，被丢在地上。他一把双臂环抱，扑向梅卿。

梅卿来不及躲闪，被他捉个正着，她刚要大喊，他已经吻下去了，堵住了她的嘴。梅卿奋力反抗，两手抓爬着，好久，终于抓到木桌上的螺丝刀，她恨极了，也不知道哪来的牛力，奋力朝他背后扎进去。江弘武放手了，他的眼睛直勾勾看着她，好像他是豹子，她是瞪羚。白梅卿躲在一边，摇动着翠喜的身子，翠喜不应。她再回头，却看到弘武狰狞的背影——那只螺丝刀执拗地插在他肩部肌肉里，军靴踩在楼梯上，震荡着，发出声响。白梅卿没哭，她瘫倒在地上。

翠喜昏迷不醒。梅卿落泪，忿恨。

白梅卿已经开始收拾箱子，她准备离开，一刻也待不下去。她跟静安说，我要带翠喜走，娘知道了，怎么想，翠喜也是跟我们一起长大的，姊妹一样。静安说这里面有误会，你姐夫，不是那样的人，也都是被逼的。

梅卿顿觉心寒，地下室的一幕幕，她亲眼所见，还有什么误会。白梅卿也不看姐姐，她说，我劝你早点离开他，他……白梅卿欲言又止，那场景镌刻在她脑海中，要她再复述一遍，就是让她再受一遍罪，而且，怎么描述呢，她演出浴图，也比这个文雅些。

静安拉住梅卿胳膊，说你不能走，你不知道你姐夫承受了多大的压力。梅卿觉得好笑，压力？谁没有压力？压力大，就可以强暴妇女？鞭打？还有下作手段？梅卿说不要再说，我都知道，我亲眼所见亲耳所听，江弘武呢，他敢出来对质？静安说，你要怪就怪我，是我没做好，我不是一个合格的太太、妻子。梅卿把箱子合上，落地灯的光打在她脸上，半明半昧，鼻梁上像映着蛾翅的影。

"跟你有什么关系？"白梅卿蹙眉。

静安拉着她在床头坐下，口气怅惘，她说这么多年，我都没给弘武生出孩子，怀一个，掉一个，这你都知道；翠喜，又是拧头，她是老太太给过来的人，先是算通房丫头，打算生个一儿半女之后，跟我平起平坐也没关系，可她偏是个拧头，这么多年，别说生孩子了，同房都不愿意，你姐夫一个活生生的大男人，哪有不能近身的？

梅卿说："女人有权管理自己的身体。"

静安说："嫁鸡随鸡，嫁狗随狗。"

梅卿说："道不同不相为谋。"

静安吼："我不许你走，你忘了姐姐过去是怎么帮助你们的吗？你忘了娘去世之后我是怎么含辛茹苦撑起这个家的吗？你忘了谁在你穷途末路的时候给你一个安全的退路的吗？你就当帮帮姐姐，行吗？"

白梅卿望着灯光下姐姐那张半扭曲的脸，万语千言，不知从何说起。恩，她要报，但女人，不能受如此侮辱，何况，江弘武做了恶事，请她帮什么忙？

梅卿说:“你让我怎么报恩?”她心中已经想好一千种报恩的方法。她看着墙壁上那幅观世音菩萨的挂画,半隐没着,但依旧凝重安详,眉眼低垂,她手中的玉净瓶中,杨枝轻摆。她普度众生,只是,恐怕还没来得及看到这地界。

静安半低着头,说:“三妹,你别走,你生个孩子。”余音袅袅,尚静安吐露的每一个字,都好像小炸弹,爆炸,冲击波在屋子里盘旋,弄得白梅卿有些耳鸣。

梅卿低吼:“你疯了吗?”

窗户没关,飞机从夜空掠过,一片轰响。

“也只有你,这个世界上,也只有你是值得我信任的,”静安泪眼婆娑,“他出去找野女人生野种,不是什么难事,但我需要一个自己的孩子,你生,就等于我生。”

白梅卿想不到姐姐之执,深陷至此,可悲又可怜。姐妹共侍一夫?赵飞燕、赵合德?这可是新时代!白梅卿可是新女性!一夫一妻,是她追求的爱情结果,怎能如此污秽不堪?!

“恕难从命。”白梅卿冷若冰霜。窗外云层忽散,月光洒落,仿佛流银,这世界好像也亮了些。

静安收起眼泪:“由不得你。”

白梅卿提着箱子,一把拉开门,急匆匆朝外,可刚走到门口,脖子后一沉,眼前一黑,便失去知觉。

醒来不知钟点,无日,无夜,还是那个地下室,只不过多了一张床,白梅卿躺在床上,孤零零一盏灯,高悬头顶,她终于切身体会到阶下囚的含义。她挣扎着起来,朝入口走,她奋力敲顶上的板,被锁上了。她不甘心,返回地下,挑了一柄长斧。

她要去劈开地狱的入口。

她忽然想起那一年,她娘、芹嫂,还有静素,被关在地牢里,她也是凭一己之力逃出，可现在，娘不在，芹嫂也不在，静素更是远在南京，她没想到大姐静安会维护她丈夫维护成这样，为了传宗接代，延续香灯，不惜把自己的妹妹搭进去。

梅卿一脚在前，一脚在后，站稳，猛劈过去，入口处的正方形木板，抵抗不住锐利斧锋，破开个口子，光线灌了进来。这对梅卿来说等于生机。她一次次抡着，也不知哪来那么大劲，挡板烂成一条条，她朝上顶，开了。她沿着楼梯，小心地朝外走，她得忍住自己的呼吸，尽量放轻一点，不打扰任何人，她要逃出去。

她站到书房的地板上了，一抬头，却看见江弘武站在她面前。西装革履，头发一丝不乱，面皮还是黑黄的，凝重得像一块铁板。

“吓到你了？”江弘武转过脸，从书架上抽了一本书，翻开，手指在上面细寻。梅卿说，你让我走。江弘武转过脸，说：“《圣经·创世记》，第二章，神使他沉睡，他就睡了。于是取下他的一条肋骨，又把肉合起来。神就用那人身上所取的肋骨，造成一个女人，领她到那人跟前。那人说，这是我骨中的骨，肉中的肉，可以称她为女人，因为她是从男人身上取出来的。因此，人要离开父母与妻子连合，二人成为一体。当时夫妻二人赤身露体，并不羞耻。”

梅卿不动。

“谈谈你的感受。”他说。

“一夫一妻，天经地义。”梅卿并不慌张。

“静安希望你和我能有个孩子，但我不这样想，我觉得总有一天，你会爱上我。”

梅卿冷笑，她说我佩服你无知的自信，但现在，请让我出去。弘武说，你下手够狠的，用螺丝刀。

梅卿说：“下次就是刀了。”

弘武说：“我知道你是什么样的人，我们是最合适的，你只是不了解你自己，你会喜欢的。”

梅卿没再说话，径直走出房门，他没追她，楼道空无一人，她迅速走下楼梯，客厅也没人，一炉香点在瓮里，空气中有茉莉味。她从沙发上拿了顶帽子，迅速走出了静安的小洋楼。

白梅卿不明白，静安他们，对她一捉一放什么意思。进去得太容易，出来得也太容易，以弘武之心狠手辣，不应如此。可她也想不了那么多。外面的空气，是自由的，多好。原本吴展翼帮忙租的房子，早已盘出去，她只好去片场找吴展翼。

一九三七年七月，上海街头依旧热闹非凡，电车、商场、冰激凌店、时髦的女郎，一切都在前驱，进步。三十年代，上海最繁华的时代，但另一面，中国正遭受着前所未有的劫难，这劫难硬是从几个卖报的孩童嗓子里喊出来：号外！号外！华北告急！华北告急！日本人卢沟桥事变，炮轰宛平城！

梅卿快速走着，半低着头，穿过人群。

“吴老板！”梅卿摘掉帽子。

吴展翼大惊，说你这是干吗？他对梅卿凌乱的装束很吃惊：撕裂的旗袍，凌乱的头发，一脸憔悴。“我家里还存着金条，不多，要还你的。”梅卿说。

“现在还说这些，到底怎么了？”展翼急切地问。

梅卿泫然：“还拍电影吧？”吴展翼说当然拍，只不过，最近的风声，华北告急，虽然上海还行，但我看，也不是久留之地。

白梅卿说能拍就行。吴展翼叹气，走一步看一步。一场戏结束，演员们陆续退场，片场变得空旷，两只大大的灯，熄灭，像两只盲了的眼睛，对着白梅卿。

吴展翼朝门口走，梅卿跟在后头，他突然转身，说：“你确定要继续拍电影？会不会有危险？”他对上次绑架事件记忆犹新。“绑匪至今都没抓到，”他又说，“江先生那边，一直也没给消息。”

白梅卿突然嘶喊：“不要提他。”

吴展翼诧然:“你怎么了?”

老旧的石库门房子,展翼住所,满地戏服,有古装的,也有现代装,梅卿跟着他朝里走,边走边跳,她怕踩到衣服。吴展翼说,踩,尽管踩。两个人在天窗下小藤椅上坐下。白梅卿问,说你怎么搬到这来了,外头是租给别人的?吴展翼呵呵笑说你不知道,最近,钱赔了不少,省着点花,总没错。梅卿说我欠你的,我存的那点,加上你的,够拍一部片子了吧,拍点激进的,也算爱国。吴展翼道,以现在的财力,片子估计都拍不完。白梅卿问那钱呢,之前赚了那么多。吴展翼说神怪片禁了,不久前我投资交易所,赔了,再就是,赎你,花了一些。白梅卿默然。那场绑架,她始终不明就里。

“我来想办法吧。”白梅卿突然大无畏起来,她欠吴展翼的,她必须还,何况,还压着她的未来。她给四妹罗意浓发电报,尽管她知道这徒劳无功,但她还是要试试。老家还有田宅,可乱世,谁会买?白梅卿想来想去,还是打算找姐姐静安帮忙。可他们夫妻,不是魔鬼么?她要她跟自己的丈夫生孩子,而他,如此冷酷、暴虐。但也要试一试,她们毕竟是亲姊妹,或许她是一时糊涂,她想要孩子想疯了,但最终他们还是放了她,她那么轻松就跑出来,说明不是没有商量的余地,他们也许,未必想要加害于她。

下午四点,咖啡厅,她早到了,点好了西饼,要了两杯牛奶。静安姗姗来迟,她坐下,一脸不耐烦,好像做错事的是白梅卿。

“你闹够了没有?”这是静安的第一句话。闹?梅卿觉得奇怪,从头到尾,是谁在闹?她微笑,先不说话。静安说:“才知道,我妹妹下手那么狠,弘武背后的口子,深得跟峡谷似的。”梅卿有些生气,她说当天的事我不想再复述了,你比我清楚。静安手拿着包,气得微微站起,又坐下。“什么事,说吧。”

她欠梅卿的,更欠弘武的,至少她这么认为。

“借点钱。”梅卿把话尽量简短,借钱这种事,搁在过去,她想都不会想，即便是最困难的时候，她也自力更生。

“要多少?”

“二十根金条。”

刚好跟绑匪拿走的一样，梅卿并不贪心，她只想电影顺利开拍，好重回事业巅峰。

“找你姐夫说去，钱都在他那儿。”静安的回答也很简短。梅卿有些毛了，她真怀疑尚静安是否还是原本那个有主见、有担当的大姐，而现在她没有原则，一切向着弘武。

“算了，当我没说，”梅卿起身，“阿姐，我不知道你怎么能忍受这样一个——”

“一个什么?”静安的眼睛瞪得滚圆。

“禽兽!”梅卿脱口而出。

啪！一个巴掌打在梅卿脸上。静安喘着粗气，像头母狮，压低嗓子：“我不许你这么说。”

对视。梅卿任凭脸上的手掌印燃烧，火辣辣的。咖啡厅一角，唱片跳针压着黑胶唱片，萨克斯音乐缓缓流出。

白梅卿站起身，她没打算付这顿的钱。

“还是先去香港，或南洋，避避风头，天一的人都转战那边，”吴展翼叹气，“也许现在真不是好时候。”

“再怎么乱，乱不到上海租界，电影还是有人看的，我再想想办法。”白梅卿就是这样，越乱，她反倒越能生出一点两点豪情，很有些义薄云天的意思。

她让吴展翼先准备本子、胶片，普通演员随时可以到位，搭场子的钱，剧组运作的钱，她四处想办法。她找过去相熟的商人、政客，都是见过面、吃过饭的，按说有几分情面，可电话打过去，十之八九，闭门羹。梅卿不跌身份，笑吟吟说没关系，对方说，勿要客气。就完了。梅卿无力，半下午，展翼出去了，她一个人坐在石库门房子的天井下，白日从头顶灌下，很有些神光离合，说不出的鬼魅，还有香烟氤氲，一丝丝都是愁闷，她无聊地翻着本杂志，叫《影艺》，专门报道电影界的状况。一瞬间，她提起劲，八开的单页上印着最新消息，女明星丁茉莉下嫁商人朱富海，光礼金就收了不下三千大洋。

结婚？这两个字在白梅卿脑袋里浮出来，又隐没下去，好像电影结束时，银幕上那个跳脱的“完”，转而，梅卿忍不住笑了。她笑她自己，结婚，她不是没想过，在南京，她甚至企盼结婚，为情结婚，为爱结婚，是她的宗旨，她从未想过，自己会为了筹资而结婚，生活就是那么讽刺。

她转而大笑，笑得眼泪都出来，旁边的租户，亭子间，那个专门给人洗衣的婆子，被惊得伸出头来看，嘴里嘀咕：“疯得喽，又疯一个，这年头，没得好日子哦。”

“结婚？”白梅卿说出她的想法，吴展翼嘴里的水差点没吐出来，“你和我？”他指了一下梅卿，又指自己。白梅卿淡然，她说对，为今之计，结婚是最简便的集资方法，你跟新闻界的人熟，打打招呼，先把消息放出去，我们再下请柬，挑个日子，请客，随礼自然就来了，钱筹足，就开拍，快刀斩乱麻。

吴展翼支吾不言。梅卿道，我都不怕，你怕什么，都是为了出路，我可是拿自己的名誉在赌。吴展翼说，倒不是……只是……梅卿呵呵笑道，速战速决，影响控制在上海，你乡下老婆那边，应该不会知道，就算知道，解释一下，也能理解，都是为了生活。我不是这个意思，吴展翼还是有点语无伦次。梅卿说：“你的事情，我大概知道，我不会影响你们的感情，他那边，我会去说明。”吴展翼胖乎乎的脸，一片酡红，如云似霞。

梅卿见状，明白吴老板心思已动了几分，其实，既然她都放得下身段，他还有什么好执着？在上海，男盗女娼没人管，成王败寇才是真，何况，人生如戏，他们如今也是演戏，演一出叫作“结婚”的戏。

“就怕太委屈你。”吴展翼说。

“活着，谁也少不了受委屈，天地良心，你知我知，便没有什么委屈了。”白梅卿说着，从堆积如山的戏服里，挑出一朵艳红的绸布大花，随手插在耳朵上，对着镜子，顾盼生姿。展翼站在她身后。好看么？梅卿问。吴展翼又恢复了往日爽朗的笑，他说，好看，好看，你戴什么都好看。

隔天小报便放出消息，一代名伶白梅卿，下嫁电影公司老板吴展翼，不日成婚，酒席设在吴老板同乡开的绯月楼。梅卿原本不愿意在绯月楼办，当初去剪彩，小大姐死在那里，她觉不吉利，可吴展翼说在熟人的店办，能省就省了，又是刚开不久，簇新气派，脸面上过得去。白梅卿只好答应。

接下来是送请柬，能想到的，都写好，请小厮跑腿，送到家，重要的，展翼亲自去送。芹嫂还没从乡下回来，按说这种大事，女方应该有老人到场，但不过逢场作戏，梅卿也就不强求。

至于意浓，上次拍电报，她没回，梅卿知道妹妹的脾气，不知又在哪水深火热，也就没再拍电报给她。

大姐静安，刚闹了不愉快，姐夫江弘武又是头一号的危险人物，听几个女演员说，他是在给日本人做事，虽然捕风捉影，但在上海这地方，既然传出来，总是有几分道理。梅卿没给他们下帖子。不过报纸一登，静安和弘武，多半也早知道了。租界就那么大。

梅卿字不错，只是多年不写，生疏了，这回，她亲自上阵，握着毛笔，一笔一画，写婚书请柬，认真得好像是她真的找到了幸福似的。天光淡了，梅卿写了一整个下午，她扭开台灯，继续写她的蝇头小楷。外面的洗衣娘喊，白小姐，有人找。

梅卿慢吞吞起身，还没出房门，却看见翠喜拎着个小包，站在她面前。

“三小姐……”翠喜刚开口就哭了。

白梅卿连忙上前抱住她，抚摸着她的头，这一瞬间，她是母亲，翠喜成了孩子，一切都静默着。翠喜经历的屈辱，她感同身受。

“三小姐，”翠喜抽抽搭搭，“这是大小姐和大先生给你的新婚贺礼。”她递上布包，梅卿接了，拿出个木盒，内镶黄绸，压着五块金条。

“这我不能收。”梅卿想都没想便说。翠喜说三小姐你收下吧，大小姐和大先生说，这是他们的一点心意。梅卿抱着盒子，凝望着翠喜的脸，她变得木然了，一双眼充满惊恐。

梅卿说：“你留下，跟我过。”翠喜淡然说：“谢谢三小姐的好意，我还是回去。”梅卿说：“你回去？你还要回去受那罪？”翠喜含泪：“我不回去，大先生会杀了我，三小姐你就别管了。”梅卿晃动翠喜肩膀：“杀了你？你说他会杀了你？！我去找大姐说。”

翠喜突然下跪，哀求：“三小姐，您就别管了，我只有一事相求，如果日后，您能见到我姐姐翠凤，对她好一点，我的好日子是没有了，我们姊妹，不知还有没有相见之日。”

梅卿心里像拴了块石头，一坠不起，她不知道在如此一个世代，女人的命运，为什么如此坎坷，要么如翠喜，被虐待却不敢逃跑，要么如静安，一味妥协纵容男人，没了自己。梅卿想起翠凤，也是一出悲剧，当年顶替她二姐尚静之去江家成婚，当初是她娘一手铸就的，也是没办法，后来尚夫人一死，也没人管她境遇如何，这些年尚家风云流散，四个姐妹生死各天涯，更没有人知道翠凤了，翠喜这会说起，梅卿更觉尚家对不起翠喜翠凤姐妹。

梅卿扶起翠喜，说：“你先回去，等我办了婚礼，再找个借口，把你要过来帮忙。”

翠喜收了泪，说：“生死有命，富贵在天，上回我去城隍庙，偷偷找师傅求了一卦。”梅卿忙问卦象如何。

翠喜从衣襟里掏出张纸条，对折得好好的，梅卿展开，只见上书两道小字：

中下　中下　中下，事难成，且耐守。

命蹇时乖运不如，还同涸辙困穷鱼，死灰尚有燃机在，降气平心待展舒。

翠喜问是好是坏。梅卿尽吐胸中闷气，说："再等等，有云开雾散那天。"

一九三七年，农历七月初七，乞巧节，绯月楼一片张灯结彩，门口贴着大幅海报，自然白梅卿玉照，电影名伶新婚大喜，也是酒楼的活广告。中午十一时，该入场的都已经入场，门口的小厮，收足了随礼的钱，都一并交给梅卿——现在给钱的都是小份子，那些大份子，早提前送到府上，展翼、梅卿粗略算算，很是不少，拍一部片子，足够。

绯月楼一二楼两层，摆了四十桌，坐得满满当当，桌上满摆安徽名菜，天上飞的，地上走的，应有尽有——尽管精打细算，但面子，还是要做足。

十二点一到，新娘挽着新郎款款走出，全场欢呼。新娘穿一身艳红的旗袍，上面绣凤，白色高跟鞋，额前贴发片，收在后脑，端庄淑丽。新郎穿一身亮面褐色马褂——他身子胖，穿马褂遮一遮短处。新娘微笑着，新郎两手拱在一起，作揖。有人起哄，说新郎讲讲恋爱经历，展翼看了梅卿一眼，梅卿点头，他清了清嗓子，大堂静了。

"都说美女爱英雄，我不是英雄，但却跟白梅卿小姐有缘结为连理，三生有幸，诚惶诚恐，我们在南京时就认识，那时都落魄，但自打我见到白小姐第一天起，我就认定，她是个做演员的好材料。"下面起哄，说做着做着就做成老婆了。吴展翼嘿嘿笑，接着说："我始终尊重白小姐，她在电影表演上的努力，她的慈悲心，都可作为后进的典范，刚到上海，在外滩，我就跟白小姐说，终有一天你会名满大上海，这一点，她早做到了，现在，她又收获了另一份礼物，我为她高兴，也为自己庆幸。”

白梅卿眼眶红了。她没想到，吴展翼竟突然讲这些，做戏，她早已习惯，全在意料之中，怎奈戏假情真，出乎意料。她下意识地挽紧吴展翼，傧相递上两只杯子，盛满上好女儿红，该喝交杯酒了。她和吴展翼各持一杯，对看，瞬间，也生出几分实感真情。白梅卿举杯，对吴展翼，小声说：“敬你，吴老板。”展翼端稳酒杯，男女二人，两臂交缠，全场沸腾，司仪嚷嚷着白头偕老百年好合永结同心永葆青春之类的祝福语，两人一仰头，酒，喝尽了。

恍惚中，梅卿在人群中好像瞥见个人，冷酷的脸庞，戴着圆顶宽边帽子，江弘武？他来了？静安都没来，他来做什么？白梅卿想看真切，混乱的人群，瞬间将其掩盖，待人群中露出缝隙，再去寻找，那人已消失不见。

筵席从中午办到晚上，吴展翼不胜酒力，酩酊大醉，被几个手下人先抬回家里去了，白梅卿独揽大局，在绯月楼陪到最后，收拾局面，等一切弄清爽，已近十点。白梅卿面如桃花，但脚下却有些不稳，她拎着包，走到门口，挥手叫车——跟汽车公司定好了的。一辆雪铁龙开到饭店门口，戴帽子的司机，迅速下车，帮梅卿拉开车门，白梅卿踉跄着坐进后座，车，慢慢开动。“去天德路。”梅卿头朝后仰，今天她喝得真不少。司机没应。梅卿又说了一遍。还是没人应。梅卿有些不耐烦，直起身子，说小瘪三，我说话你听到没有……汽车开过百乐门，耀眼的灯光擦过车身，驾驶室里后视镜也随之一亮，反光，闪到梅卿的眼。小镜子中的那张脸，严肃，冷峻，一双眼睛如鹰似隼，正与梅卿对看。白梅卿瞬间酒醒了大半。

“你干什么?!”梅卿厉声。

司机还是不说话。

“停车!”

车稳稳行进，根本没有要听取白小姐话的意思，路边的梧桐树，又高又大，黑黢黢的，树上有蝉声。

“江弘武！”白梅卿拍打车后座，“你的事，我既往不咎，你为何还苦苦纠缠？！”

弘武摘掉帽子，放在副驾驶座位上，他从后视镜里看梅卿，不急不缓说：“我的事，你既往不咎，可你的事，我可没说不说出去。”

白梅卿不闹了，她知道，姓江的敢说这话，就一定有他的把握，背后的阴谋诡计、埋伏，不好说。她问：“我有什么事？我大婚之日，你不道贺，反在半路将我劫持，是何道理？”弘武又戴上帽子，遮得低低的，梅卿看不清他的眼睛，只看到一张脸，一半明，一半暗，一个低沉的声音在车厢回荡。江弘武说：“你和吴展翼的交易，如果我说出去，可对你们的计划不利。”梅卿有些慌，那感觉，好像是一个犯人被审讯者说中心事，她强作镇定，说：“我和展翼现在是夫妻，请你说话要负责任。”江弘武说：“吴展翼和傅子明的事，不是秘密，你和吴展翼，也是为了筹电影款才结的婚。”白梅卿呆住了，这事，她与吴展翼，说好了是天知地知你知我知，可才多久，江弘武就摸得一清二楚，她觉得有一丝恐惧。这姓江的，深不可测。可白梅卿到底也见过世面，她笑说：“姐夫，你的无稽之谈，谁又会相信呢。”弘武说：“无稽之谈？我有傅子明的录音。”梅卿直觉得头蒙蒙响，原来这家伙早做了准备，或许不是真的，她说：“录音，你当妹妹我是吃素的，你说有就有，那我还有你的行凶照片呢。”江弘武没说话，从上衣内口袋掏出一只钢笔，按下，小喇叭便出来一个男声，有点颤：我和吴老板不是一般的朋友关系，我们是伴儿……弘武又按了一下，录音暂停，他问：“还要继续听么？后面的话，可就不那么好听了。”

梅卿咽了一下唾沫，她知道，既然江弘武把她劫持，肯定不是想把这些东西放给小报，而是想与她做交易。再往下想，梅卿感到害怕了，交易什么呢？她白梅卿，除了这一身骨头，也没有别的可供人觊觎，难道真像静安说的，要她跟弘武生个孩子，为江家延续香灯？可以江弘武的权势，他找个女人生孩子恐怕不是难事，难道，他真的爱上了她，不然他为什么把她从绑匪那救出来，又囚禁她，最后又放了她？真是比捉放曹还复杂，他心似海，可惜她不想做那尾鱼。

梅卿说："姐夫，你想要什么，不妨直说。"

江弘武突然大笑，这是她第一次听到他笑。他说我江弘武想要的东西，谁敢挡住？谁能挡住？白梅卿正色："不用绕弯子了！有话请说。"

"我不打算把你和姓吴的之间的交易说出去，但你也得和我做一场交易。"弘武说。

"我不做违背道德良心和女人尊严的事！"

"当然，我从不喜欢强人所难，不过，你是第一个敢反抗我、给我惩罚的女人。"

车速慢慢放缓，穿过一片冬青树墙围成的夹道，两人来到了一座隐蔽的小院，院子不大，周围用铁栏杆围着，唯一的一幢二层小楼，四方四正，矗立在院子的最北端，楼后面是一座小山，在暗夜中，被几盏地灯映得影影绰绰。

江弘武走下车，亲自为梅卿开门，梅卿低头出了车门，跟着弘武进房间。她有些害怕，怕江弘武做出出格的事，翠喜遭强暴的那一幕，至今仍如刀凿斧刻一般，镌在她脑海里。

"你到底要干什么？"白梅卿站在门廊里，不肯继续向前。门廊朝前，是一道不算长的走廊，左右两边，似乎是处理公务之处。

"进去便知。"弘武说。

梅卿一咬牙，既来之，则安之，上次都能插他一把螺丝刀，这一次，他若胆敢不轨，她不打算对他手下留情。两个人朝走廊深处走，到了尽头，朝左，是条楼梯，再朝上，便是二楼。弘武掏出钥匙，开了一道门，进去，迎面又是一道门，再打开，他拉开灯，是个办公室。跟弘武家的书房并没有太大区别，只不过，这里是屋中屋，房中房，所以格外隐蔽，梅卿四下看看，书架、椅子、壁画，她发现这房子是没窗户的，属于密室，换气，全靠头顶一只几尺见方的排风扇，弘武按钮，风扇便呼呼转。

“坐。”江弘武很客气，他摘掉手套，从茶叶罐里撮了点茶叶，给梅卿泡茶。梅卿也就坐了，静观其变，不经意间，她摸到手边有条鞭子，蛇皮做的，大小顶多也只有两尺长，卷曲着，放在深褐色的木椅上，不认真看，不易发现。鞭子的把手很讲究，雕了蟠龙细花。

弘武一边倒水，一边说：“上次我给你读了一段《圣经》，时间紧，没讲完，但后面还有一段，我看一次就觉得道理非凡，所以不厌其烦地好为人师，再说给妹妹听。”梅卿听到弘武说妹妹二字，莫名地有些恶心，从身体，到精神，但她依旧无法阻止江弘武的嘴巴。他缓缓说：“女人听信了蛇的话，去吃了善恶树上的果子，也让她丈夫吃了，他们的眼睛就亮了，知道了善恶、羞耻，但这是违反了耶和华的规定的，耶和华便惩罚男人，终身劳苦，才能从地里获得吃的，惩罚女人，增加怀胎的苦楚，并慕恋他的丈夫，受丈夫的管辖。”梅卿冷笑，说：“你的观点我已经领教过，用不着旁征博引打压女人，直接说交易吧。”弘武在小屋子里踱着步子：“我以为这段话里，最值得看重的，是女人引导了男人，去吃善恶之果。”梅卿站起来：“我该回去了，今天可是我的新婚之夜。”

江弘武这才有些急了，拦在门口，说三妹，我需要你引导我。

梅卿不解，说引导？怎么引导？

江弘武突然开始解他上衣的扣子，迅速地，很快露出胸膛，中心地带，一片葱茏，他转过身，肩部一块大口子，是拜梅卿所赐。事情到了这步田地，不知为什么，白梅卿竟然不再害怕，她反倒觉得有些好笑，她说：“还嫌不够深？再来一下？”江弘武一跃而起，梅卿还没看清楚，他便将整个身子压迫到她面前，两只手，铁钳一般捉住她的臂膀，把她朝墙上撞，他要吻她，寻寻觅觅，她反抗，两条腿乱扑腾，像溺了水，他开始搂她的腰，她这才想起来叫，可全没用，在这密闭的空间里，无论什么声音，似乎都会被厚厚的墙壁吸收。梅卿不叫了，她知道跟姓江的，没有道理可讲，既入虎穴，焉有不拿虎子之理，她挣脱两臂，奋力朝外推，姓江的力道减少，乌云褪去，难得露出点天光。梅卿摸到旁边板凳上的蛇皮鞭子，抓稳了，正手一鞭，打在他脊背上，啪一声脆响，江弘武竟发出呻吟，从喉管里，低沉的，似乎有些享受，但他还是压住梅卿。梅卿反手又是一鞭，同样打在脊背上，江弘武干脆闭上了眼，像一只中了邪魔的兽，享受着轻度鞭笞的快感。他双臂围成圆圈，慢慢朝下滑，拦腰圈住她。白梅卿解放了双手，索性放开臂膀，左右开弓，越打越有兴致，蛇皮并不烈，打在身上，微微疼痛，留下红色长条印记。

梅卿喘着气，停手："这就是你要的交易？早说，早成全你。"弘武说："这只是个开头。"梅卿挣脱他的手臂："奉陪到底！"弘武说："我喜欢你身上的狠劲，我们才是一对。"梅卿挥起鞭子，这次打在他脸上，她恶狠狠地盯着他，像要置他于死地。弘武说："你以为你就是纯良的？你鞭笞我的时候，并没有手下留情，谁都有迫害欲望，谁也都可能被迫害，受苦，不一定是最无望的，也可能是享受。什么是对，什么是错，在这个生杀予夺都说不清楚的大上海，什么是道德的，什么又是不道德的，在我看来，活下去，或许就是道德的。"梅卿说："世上总有善恶，正义自在人心。对不起，我没有时间陪你玩下去，你好自为之。"梅卿朝外走，决绝的，坚定的，她要求自己，始终朝着人间正道进发。"你以为你们还能拍什么电影？"弘武在后头喊。梅卿回头："能不能，不是你说了算。"弘武说："江河日下，大浪淘沙，你我，又算得了什么。"梅卿没再理他，走了。

吴展翼和白梅卿联手，电影开拍了，这次拍《理想儿女》，有左翼气息。白梅卿演一个革命女性，从日本回来，被情人抛弃，流产，但终于又奋发图强，在时代的潮流中找到了自己的位置。

晌午，拍流产的戏，梅卿没生过孩子，展翼找了个接生婆和一个刚生完孩子的妇女来给她讲解，梅卿笑说，这个热天，演都不用演，就一头汗，可不跟生孩子一样？接生婆说，那哪能一样，生孩子，疼，对女人来说，是脱胎换骨，孩子，是上天给女人的赏赐。白梅卿笑说，确定是赏赐，不是惩罚？接生婆说，越痛，越爱。梅卿不语，低首，若有所思。

太阳当中，吴展翼出去拉冰，降暑，迟迟不归，上海天热，连冰都涨价。梅卿衣服里装着棉花，假扮孕妇用的，等不回展翼，她干脆扯了去，躺在片场一角的躺椅上，闭目养神。重重的步子，白梅卿不用睁眼看，就知道是吴展翼。他胖，步子重。

"不好了不好了。"是吴展翼的声音，梅卿两眼睁开，看见满头大汗的吴老板——她还叫他吴老板，尽管名义上，他们是夫妻了，但她还是那个她，他也还是他——她从没见过他这么慌张过，什么不好了，她半坐起，跷着二郎腿，说什么不好了，哪里就不好了。

"打起来了！虹口，就在虹口，淞沪铁路天通庵站到横滨路，日本又开始打了。"旁边的接生婆倒镇定，她是经历好几朝、好几代的，她笑说："头五年地里，我听说吴淞口也打过，后来也停了，这年头，就是打打停停。"梅卿说继续拍吧。吴展翼说这次不一样，打得厉害，他不停地吸牙——牙上有个大洞。

"不一样又如何，我们总要完成我们的任务。"白梅卿就想赶紧把电影拍完，东山再起。

"一打起来，谁还看电影！"吴展翼急得跺脚。

白梅卿从没见过吴展翼这样。"那也得拍完。"为了筹拍电影，她付出太多，不能不进行到底。"拍完再说，不行到别处放，中国那么大，总有块安静的地方，电影还是有人看的。"梅卿慌了，她显然有些自说自话，也不需要人答，她就那么念下去，屋外，蝉躲在树上，拼命鸣叫，活不过几天，所以它们要捉住最后生机。

梅卿念着念着，戛然而止，空间也好像刀凿斧刻般，被分成两半，一半是热闹世界，一半是凉薄人间。

“拍到什么时候，是什么时候吧。”白梅卿有些气馁。

隔天还是拍，不断有战事消息传来，外景取消，一律在摄影棚里拍摄，几个小子拿着灯，卡麦拉慢慢走着，梅卿这回演惆怅，哦，不用演，都有几分惆怅了。一个场务，提着份报进来，嚷嚷着，蒋总司令下令了，全国动员，主力在华东。梅卿没理睬，继续演，演到革命处，她在读理论刊物，这让她想到自己的北平岁月，她读鲁迅，读爱伦·凯，也读胡适，读易卜生，那是她生命的一点底子。鲁迅去世，她虽没去祭拜，但在报纸上看到消息，心里也觉空落落的。继续演，她仔细地，一步一步，一笑一哭，都力求准确，已经是有声片时代了，梅卿也讲台词，她一口纯正北方话，在上海拍片，又比那些上海本地、广东籍的女演员占优，人们都说她是玲珑夜莺嗓。她前半生的努力，全都汇聚在电影里了，现在，难道要放弃一切？人生又有多少机会，可以让你重新开始。

一段拍完，一辆汽车停在片场门口，吴展翼下了，踉踉跄跄的，梅卿说：“慌什么？”展翼说：“走吧，枪不长眼。”梅卿还是那句话，那也得拍完，最后几场了。正说着，头顶一阵呼啸，是飞机，三架，像雨前燕子般，掠过低空，空气震动，轰轰然。

白梅卿抬头看，赤白的阳光，照得人睁不开眼，蝉叫得更欢，一股股的热浪直朝身上扑，梅卿汗出透了，戏服都湿出潮迹子。“其他的镜头，南下之后再补拍，关键还有器械要运……”吴展翼不停地说着，他的声音和鸣蝉声混在一处，传到梅卿耳朵里，吱——吱——吱——“最后一场哭戏拍完。”白梅卿抱着两臂，前所未有地镇定。

三架飞机又飞回来了，在浦西这一小片上空，盘旋，梅卿将将看到飞机尾巴上的一个红色圆圈，为首的飞机突然抛下一颗黑黑的小点，下坠，越来越大，直冲向地面。“趴下！”吴展翼奋力一跃，扑在梅卿身上，两个人顺势倒地，跟着一声巨响，五十米外，一处民居，被炸得黑烟四起，轰然倒塌，惨叫声、哭声，似乎都有，但听不真切。白梅卿被展翼压在身下,厚厚的人头铺盖,挡得紧紧的,她当然没事,她担心吴老板,拼命摇,说展翼,展翼,吴展翼抬起脸,痛心疾首地说:"走吧。"

迁徙开始了。白梅卿舍不下的太多,她给四妹和芹嫂各写了一封信,寄不寄得到,听天由命,静安那边,她没通知——她不担心姐姐,他们夫妇,总是有办法,她担心的是一车子摄影器材,还有几个死跟的演员,男的、女的、老的、少的,都是无家可归的人,跪下来求她和吴展翼,她心软,说跟着走吧。可怎么走又成问题。开始说包车,可去哪包,小车不够放,也未必走得远,大车,军用卡车进出城方便,但也实在紧俏,没点背景的,想弄到谈何容易。只好乘火车。

战事越来越紧,在石库门里困着,偶尔也能听见枪声,梅卿夜里睡不实,吴展翼就抱了床席子,到梅卿屋打地铺。梅卿和他,一个在床上,一个在床下,真有点梁祝的意思,窗户开着,没月光,也没风进来,白梅卿摇着扇子,吴展翼翻了个身,小山包似的。梅卿想不到,人生起落到此,竟是这么个人陪她,尽管是个无月的日子,可她还是想起一句诗来:"吟罢低眉无写处,月光如水照缁衣。"

"小傅怎么办?跟着一起走?"梅卿问。小傅是吴展翼的相好。黑暗里,竟然有一只萤火虫飘进窗户,一起一伏,跌跌撞撞朝下,又竭力振翅,它那一点光,忽明忽暗,奇异之美,不似人间。

"他昨天就启程去桂林了,提前走,一个人走,比两个人走好。"吴展翼坐起来。梅卿问缘由。吴展翼说:"炸弹不长眼,两个人,要炸都炸死了,一人一路,炸死了还只是一个。"白梅卿想不到吴老板还能说出这种话,笑道:"比翼才能双飞,一个人死了,一个人活着,还有什么意思。"吴说:"好死不如赖活着,生来就是受苦的,哪个能逃掉。"梅卿说苦是苦,可还是要向上,保一个尊严。吴展翼说上海都快炸成马蜂窝了,遑论尊严。梅卿笑说只要守,还是有的。

第二天下午,吴展翼、白梅卿并五六个随从,有挑担的,有搬行李的,朝火车站去。一路仓皇,街道原有的秩序全无,电车、自行车、汽车，似乎都比平日里跑得快些，只有卖报的孩童，为了点滴工钱，不问生死，奔走相告：日本侵华！打起来了！可谁还买，战争已经到鼻子跟前，国民党军放枪，有时简直是巷战，租界里也不能保证安全。

“展翼！箱子！”因为颠簸，绑在车厢顶的大皮箱滚落车下，梅卿眼尖，看到了，大声喊吴展翼。箱子不能丢，都是她过去写的信。吴展翼叫停车，胖胖的身子，迅速跃下车门，三两步跑过去，箱子不大，他抱起就走。一列穿警服的，腰里插着枪，朝火车站方向，小跑过去。

“挑担的几个不会出事吧？”梅卿问展翼。

“应该没事。”吴说。汽车能装的人少，挑担的，搬行李的几个，找黄包车，没跟上来。火车站越来越近了，它像一个巨大黑洞，吸引着无数人前往，天桥上下，入站口，人头攒动，一个一个黑的小点，你挤我，我挤你，白梅卿站在外围，等后面几人，票，早买好了，可一行人想要挤上车，也非易事。吴展翼说，我去前头看看。已经是半下午了，太阳却没有一点收光减热的意思，白梅卿一身汗，她站在站前一处小卖部屋檐底下，对折一份报纸，扇风。一会，人到齐了，展翼小跑回来，说站台处他认识人，可以通融一下，先上车，一行人连忙提了行李，绕过人群，朝车站旁边的小月门走。梅卿跟展翼说以前在北平逃枪子儿，都没这么狼狈过，现在感觉，窝囊。吴展翼说保命可不就这样，留得青山在，不怕没柴烧。

梅卿伸手抹了一下额头的汗，说你看看，跟大水洗的似的。吴展翼说要不要停下来喝口水。白梅卿说上车再说吧，这样也不方便。两人一搭一句，刚低头过了月门，站台在望了。天空轰然作响，梅卿抬头看，几架战机呼啸而过，跟那日在摄影棚外看到的一样，机尾处，有一处红色的圆圈。展翼身子胖，但经验丰富，反应快，他拉着梅卿，赶紧朝月门外跑。

已经来不及了。一颗黑点，越来越大，落地，顷刻爆炸。广场上浓烟滚滚，一片嘈杂。慌乱中，哭声、叫喊声、呼救声混成一团，人潮涌动，秩序大乱，有人被踩、被踢，广场上血流成河。惊恐的人浪排山倒海，冲散了吴展翼和白梅卿。梅卿喊，展翼，展翼，没用，眼见着，越拉越远。飞机飞回来了，在上空盘旋，人群跑得更疯了，可越乱，就越疏散不出去。白梅卿被挤跌在地上，有脚踩在她身上，她连忙用皮箱护住头，不能倒，倒下就可能被踩死。又一颗炸弹飞下，几乎看不清，一条细黑线，犹如闪电，瞬间击中了天桥，轰一声，天桥被劈断似的，裂成两半，左边的一块，急速下坠，火车头被砸中，大火燃起，浓烟盖住了整个站台上空。

白梅卿跑到墙边，捂着头，她知道，到了这时候，躲、跑，已经来不及了，能不能幸存，只是运气。第三颗炸弹落在站台，梅卿用胳膊挡住眼、头，可蹦起的石子还是直朝她身上飞。被炸飞的胳膊，腿，甚至还有头，散在地上，哭喊声震天。吴展翼！梅卿喊，哪里能找得到。一个半大孩子，匍匐着，过来拉住她的一只裤腿，他两条腿都被炸掉，脸部因痛苦而扭曲着，下半身都是血。梅卿哭，又忙止泪，这个时候，哭有什么用，她抱住那孩子的头，抚摸着，给他最后的安慰。

白梅卿举目四望，一片狼藉，哀号遍地，一幕幕惨状，逼到她眼前，她放下孩子，走到人群里，她要找吴展翼，找他们随身带着的行李，她踏过废墟，经过死尸，一切都被炸毁，也炸碎了她最后一点希望。人群更乱了，救援队来了，抬着担架，还有救的，抬走；没希望的，直接丢在一旁。天桥下，救援人员扒着废墟，把死人刨出来了，白梅卿站在旁边看，内心扑通扑通。

救援的人蓦地喊："这里有人！"碎石搬开，一个熟悉的背影，裸露在梅卿面前，蓝布衫子，已经被撕破，背部流着血，一条腿反折着，黑布鞋留了一只在脚上，两条胳膊向前，扑倒状。梅卿捂住嘴，面部抽搐着。等身子被翻过来，白梅卿突然流泪，泪水冲出眼眶，流经脸颊，在她的下巴汇聚，又终于掉落在尘土满布的地面上。白梅卿突然意识到，自己的电影生涯，可能要随着吴展翼的离开，终结了。

飞机又飞回来了，轰轰作响，人群瞬间失控，如马群乱奔，梅卿却一动不动，半分钟不到，站台废墟里，就只剩她一人伫立。炸吧，梅卿想，生死有命，躲，又哪能躲得及。云遮了太阳，晚近，废墟之间，竟然有一丝凉风。顶上的三架飞机，在火车站上空盘旋了一会，又飞走了。白梅卿双手盖脸，仰天长叹，任泪水纵横。

“罗小姐，此地不宜久留。”

白梅卿回过头，看见欧阳夏的朋友、生意伙伴，曾在北平戏院枪击事件中救过她一命的老王，站在她面前。

拉斐德路，圣公会诸圣堂，梅卿和老王混在祈祷的人当中，低首，小声说话。台上讲经的是个白头老者，披着圣袍，胸前佩戴十字架，手持一本《圣经》，他念一句，下面的人就跟着念一句，教堂的一角，站着十来个十多岁的孩子，有男孩，也有女孩，他们都穿着白色布服，手背在后面，唱着圣歌，声音很辽远。

“你一个人来的?”白梅卿问。梅卿心中感慨，在车站，他还称她罗小姐，罗筱秋，一个辽远的名字，仿佛前世魂魄。

“不是。”老王的口气有种坚硬的唐突。

“李忠的事，我知道，你们怎么?——”梅卿语塞，当初李忠和老王驱车追杀江弘武，她正在车里，李忠雪天毙命，老王逃了出去。

“李忠的事不怪你。江弘武和你关系特殊。”

白梅卿脸红了，她厌恶江弘武，可在故人眼里，却成了“关系特殊”，她苦笑，怎么不特殊呢，他是她姐夫，又是一个变态者，他喜欢她鞭打他，虐待他，从中博取快乐，他当然也喜欢虐待女性，把翠喜凌辱得死去活来。

“你准备南下?”老王又问。

“本来有这个打算，但是现在恐怕没那么容易。”

“日本人打过来了，江弘武是帮凶。”

“他？”

“他是日本军部在上海的线人和联络员，跟汪、蒋都有联系。他身份很特殊。”

“你打算再刺杀他一次？”

“现在杀他没有用，当务之急，是抗日。”

“对，抗日。”梅卿吸了口气，又吐出来。

“欧阳也来了，南京方面派他上前线。”

白梅卿哦了一声，脑子像断了电，过了好久，才又听到教堂里那清亮悠远的唱诗声，那舒而平的调子，好像一只只和平鸽，在上海的天空掠过，驱散了轰炸机带来的戾气，也仿佛河滩的水，一层层涨上来，浸透了白梅卿的回忆。

几乎在一瞬间，她又变回那个罗筱秋了，那个曾经简单、自在、为爱奋不顾身的女孩。

“他在什么地方？”梅卿问。

“战场。”

“他在战场？”梅卿有些激动，声音大了些，做礼拜的人扭头看她，她连忙抱歉地笑笑，在胸前划了个十字，“哪里的战场？”

“南京方面派他来支援对日作战，是罗茂松安排的，姓罗的现在是南京方面十九军的参谋长，自从和你妹妹静素小姐离婚后，他一直伺机调欧阳上前线。”

“借刀杀人？”

老王没回答，抿着嘴，他额角的伤疤特别触目。半晌，他说不过抛开私人恩怨，欧阳哪怕有什么意外，也算为国捐躯，值了。

梅卿急问：“在哪个部队？”

“等打完了，他自会来寻你，现在的上海，恐怕也只有法租界和苏州河以南半个公共租界暂时安全，苏州河以北以及越界筑路地区，都是日军的防区，他们打算以此为基地，吞掉上海，再杀入内地，吞并中原。”

“到底在哪个部队?”

“我也不是很清楚,听说在朱绍良下属中路第九集团军。”老王说,“不过欧阳是空军出身,也有可能在前线。”

“最前线是哪儿?”

“宝山,罗店。”

白梅卿抬起头,太阳偏西,光线从教堂西墙的花窗玻璃透进来,五光十色,静穆安然,竟能让人瞬间忘了外面残酷的战火,充满苦痛的人间,也仿佛被涤荡得没了哀愁。白梅卿双眼紧闭,两手伸展,交叉,抱在胸前,圣洁得仿佛一个苦行多年的修女。教堂钟声骤然响起,没有任何旋律粉饰,一声尚未歇止,一声旋即响起,在空中震荡、回旋,弥漫在城市上空,如神的召唤。

“姓名?”

“罗筱秋。”

“你自愿参加中国红十字总会第八临时救护队,为抗战效力吗?”

“自愿。”

“学过包扎没有?”

“学过……哦,不,懂一点点,但我可以学。”

“来不及了。”负责招人的老嬷嬷转身要走。罗筱秋拉住她,说我真的可以学,现在就可以学。老嬷嬷说,你愿意学,可也没人愿意教,也没人有时间教,国难当头,去前线给战士们包扎,可不是儿戏。

罗筱秋有点失望。她从白梅卿变回罗筱秋,拉平了头发,齐耳,穿上卫生布衣,洗掉所有妆容,变成最最朴素的一个人。来到红十字总队,她的想法很简单:一、直接为国效力;二、她内心不想承认却不得不承认的——她想可能有机会与欧阳夏并肩作战。曾经为了儿女情仇,分离,远走上海,在电影世界遨游了一圈,如今,战争的爆发,一方面让她觉得残酷,另一方面,似乎也给她的生活注入了前所未有的活力。

“我来教她。”一个女人双手插在口袋里,一身白色多袋工作服,浅跟褐色皮鞋,走到她们面前。嬷嬷忙问候:“哦,罗处长。”那女人说:“秦护士长,我亲自来教她,就收下吧。”

秦护士长笑,说:“罗处长保举的人,当然可用。”

罗筱秋呆立原地,她怎么也想不到,会在这里相遇。

“三姐。”罗意浓脸上带着淡淡的笑,她的口红,在无情战场,当真是一抹亮色。

“你怎么在这儿?”罗筱秋问。

“我们的大明星白梅卿小姐都甘愿下海做女护士,我为国家做点事,不也是应该的么?”

是意浓,没错,还是她那惯有的打趣的口吻。阔别数年,筱秋觉得,意浓成熟了,举手投足,老练大气,她甚至有些老,眼角眉脚,沧桑味写在细纹里,但她还是那样充满活力,一身劲儿,天不怕地不怕。

“你的事我听说了。”筱秋说。

“你的事,也瞒不过我,结婚了?姐夫呢?”意浓问。

一时间,筱秋不知从何讲起。

战地临时诊所,罗意浓站在病床前,开始教筱秋应急救护知识。她手托着一条被子,又把枕头垫在被子顶端。“首先是保护头部,如果头部受伤,先用救护包垫在下面,保护头部,这是为了避震。”她的动作行云流水,罗筱秋又是惊异又是敬佩,过去那个只知道跳舞、打麻将的妹妹,居然暗地里学了那么多。意浓拉一个路过的护士,说:“正常人的心跳是每分钟六十到一百下,如果伤员呼吸异常,就需要立刻进行心肺复苏的救助,黄金时间只有四分钟。”她一挥手,让作为“模特”的护士躺下,又对筱秋,“尽量躺在硬地上,当然,战场一般如此,一般三个步骤,”她把手按在护士的左胸,用力按,“这是第一步,叫胸外心脏按压,接着你要注意,伤员的气管是否通畅,如果还有问题,就要进行人工呼吸。”筱秋哦了一声，说人工呼吸。

罗意浓有点不屑地笑。“这个人工呼吸可不是你们演电影式的接吻，”她的头突然下沉，用力吻到护士的嘴唇上，吹气，又说，“看到没有，这是救人，吹气的频率不能超过每分钟十二次，这是救护，我们再来学包扎。”意浓挪步另一张床，上面躺着一名真正的伤员，全身几乎都用绷带包扎着，只露出两只眼，一张嘴。筱秋紧随，站在旁边。意浓突然对伤员说：“这位是大明星白梅卿小姐，来慰问你的。”那伤员看看筱秋，认出她来，激动地直点头。罗筱秋嗔道：“又乱讲。”

罗意浓忍住笑，随手从旁边拽过一根假肢，下半身的，类似于大型塑胶玩偶，说：“包扎最重要的是固定，一定要包得紧，目的是防止失血，人的失血量达一千毫升以上就会休克，再救护就很难了。在战地，小动脉小静脉的出血，一般就是用加压包扎止血，像这条腿，受伤了，就螺旋着包，反折，这样包得紧。”

“如果是肚子呢？肚子受伤。”筱秋问。

“肚子，也就是腹部，如果出血，也有肠子掉出来的情况，一般先用纱布覆盖，再打圈绑住，稳定好，下了战场再说。”罗意浓拢了拢头发——她也是短发，但比筱秋更短，几乎是男士发型，但格外有一种男人身上没有的飒爽。

“你为什么来这里？”筱秋突然问。

“和你的原因一样。”

罗意浓两手插在上衣口袋里，转身，大踏步朝外走，喊道：“第八临时救护队，准备开路！去罗店。”

筱秋背着医药箱，蹲在军用卡车后斗上，周围是跟她一起去的女救护队员。罗意浓是长官，在车厢副驾驶上坐。

罗店是前沿阵地，越往前开，战争这个庞然大物，越发显露出其狰狞面孔，废墟，触目惊心；硝烟刺鼻，枪响、炮响，抓破了天空的宁静，留下血痕。罗筱秋突然有点动摇，她来这里，真的能见到欧阳夏么？当初不顾一切地逃离，现在又不顾一切地去相见，也许是因为死亡，赤裸裸地来到她面前，直接、粗暴，逼着她不得不去完成未尽心愿。

也许，她还是爱他的，从来都爱，因为爱，所以怕。在潜意识里，她离开的那一刻，似乎并没有宣告他们故事的终结，而是休止、等待，等待另一个故事的开始。

到了检查站，汽车停下，罗意浓跳下车，上后斗，配合士兵清点了一下人数，一共十九名，她见筱秋蹲在一角出神，便走过去，蹲在她旁边。

“怎么，后悔了？枪炮可不长眼。”

筱秋说：“你记不记得二姐那次。”

罗意浓瞬间收起调侃的口气，她捋了捋衣服，凛然道：“二姐比我们看得都远。‘人生自古谁无死，留取丹心照汗青。’”

“可我们毕竟是女人。”车又开了，筱秋很平静，“我们未必真的适合这个战场。”

“那你何必来！”意浓的口气有些重。

“我来是为一个人。”

“你不用说了。”

“意浓，你已经有了孩子，为什么离婚？罗婶知道会怎么想？”

罗意浓正色，喝道：“孩子，是我自己要生的，我可不愿像大姐那样，一辈子为生育的事不眠不休，我完成我自己的任务，至于罗家，我不欠他们。”

妹妹一番话，令罗筱秋再次惊愕，其洒脱态度、奋勇精神，已然是她心目中独立女性的代表。她不得不再次仔细打量着罗意浓，从上，到下。她的暗绿色的新式军用衬衫，衣脚打了个结，一条粗布短裤，大腿上缠着纱布，血渍干了，有些发乌，可这些非但没有折损她的美丽，反倒显得她英姿绰然。

“如果不愿意，当初就不应该结婚。”筱秋无力地说。她知道，自己永远没有妹妹勇敢。

“此一时彼一时,就算当初是错,不一错到底,也是福分了。人世茫茫,又有多少机会可以重来,如今我做着自己想做的,爱着所爱,已然知足,姐姐不也来了么,既然逃避解决不了任何问题,不如勇敢迎上去。”

汽车开进罗店镇,村口池塘边,简易救治所设在一处民房,泥土墙,木板门,堂屋很大,遍躺伤员,救护队一抵达,便忙翻天。筱秋是生手,负责中轻度皮外伤的简单包扎,意浓和几个经过事的女护士,则拣重伤员优先救治。一名伤员叫唤着,他丢了一条腿,腹部、胸部,均被鲜血浸透,罗筱秋包完一个,才顾得上转头过去照看他,他侧着身子,一张脸被战火熏得黢黑,筱秋心咯噔一下,他的侧脸,轮廓清晰,竟有些像欧阳夏!欧阳!她脱口而出,他没理她,但叫唤声却越来越小了。欧阳!她定在那儿,又喊一声,他吃力地转过脸,她这才看清他不是欧阳,心放了下来。她大声喊意浓,这种重伤员,只有罗意浓能够救治——她会简单的手术。谁知意浓走过来,两臂都是血,蹲下来看了伤员一眼,说,不用救了,又招呼几个伤势不重的士兵,说把他抬到一边去。

“怎么可以见死不救!”筱秋几乎在呐喊,她眼眶红了。罗意浓却很冷静:“不是不救,是救无可救,不如把时间省下给其他战士。这里是战场,收起你的眼泪。”说完,她扭身继续忙碌。

罗筱秋止住哭声,她反复告诫自己:好,这是战争,这里是战场,不能哭,不能哭,这里只有战斗,生,或者死。这场战争可不像当初在北平戏院,还有点罗曼蒂克的成分,这里的战争更残酷,更迅猛,迅猛到让人来不及体会生离死别。

“快!快!”又一批伤员下来,罗意浓叉着腰,指挥着。

罗筱秋用胳膊肘揩了揩脸上的汗,也许是残留的泪,继续救治伤员,没过多久,她就已经算半个熟手了。

战地的夜，没有星光，也没有月亮，探照灯在营房的上空来回扫，白白的一条光束，摧枯拉朽般，刺透黑夜。救护所在营房边缘，光束刚好也能扫到些，因为热，夜里门板也不装，每过一阵，白光就透过树的枝桠叶子，照进堂屋，罗筱秋坐靠在西墙上，总能借着光，捕捉到伤兵痛苦的表情、扭曲的姿势。白日里，她对痛苦已经可以做到冷血冷心，甚至麻木不仁，可一到夜晚，她的愁绪，就又仿佛偷袭者，悄悄潜回，刺痛她的灵魂。

她没想到战时的夜会那么静。

只有某些伤兵发出淡淡呻吟，配合着外面池塘里的蛙叫虫鸣——越叫越静，心静，静得恐怖——这是战争怪兽的喘息，因为谁都知晓，天一亮，便又是一场场惨烈战斗。

意浓在她旁边，席地而睡。她翻了个身，手搭在筱秋腿上。筱秋抚摸着妹妹罗意浓的短发。意浓突然用一种悠长的语调说："阿姐，你知道吗？我现在好高兴。"筱秋诧异，问，高兴什么？罗意浓仰面，两只手扶着筱秋的胳膊，因为白天救治太多伤员，她胳臂上还残留着血腥味，她说我高兴，是因为我们姊妹又重逢了，而且这一次，我终于赢了姐姐。

"赢？"筱秋并不是开玩笑的口气，她很严肃，"这是打仗，不是儿戏。"

"我并没有儿戏。"罗意浓翻身坐起，"过去，什么都是姐姐走在我前面，就连你出走上海，都能转而变成大明星。我呢，默默无闻，姐姐能得到的男人，我也得不到，可是现在你看，我赢过姐姐了，姐姐都只能当我的学生，而且阿姐你为什么来前线，我也知道。"

"你知道什么！"罗筱秋有些慌乱，她怕被说中心事。

"你是为欧阳夏来的。"罗意浓从裤子口袋里掏出一把断了齿的梳子，她抚过筱秋的肩，轻轻地给筱秋梳头，"茂松做局，让欧阳夏来当空军，到前沿阵地。茂松以为这是报复，其实，这种想法，真是他不堪的地方,在南京的时候,欧阳不止一次说过要为国效力,现在不是好机会么。你来这里,是为找他,我也是,很高兴这一次我又可以和姐姐公平竞争了。"

"你——"罗筱秋欲言又止,她实在想不到如何反驳妹妹,爱不爱,如何爱一个人是她的自由,欧阳夏是有夫之妇,妹妹去爱他,是犯罪,可自己用如此深沉的爱去爱他,难道就是合乎伦常的吗?罗筱秋有自己的枷锁,她一直强调自由、独立,可千百年来的思想传统,依旧在她脑海里根深蒂固,相比之下,罗意浓就轻松得多了。结婚、生女、离婚、上战场,她像一个撑竹筏的人,只要一竿子,就能在水面上行得老远,可筱秋不行,筱秋是拉纤的纤夫,每走一步,都必须付出极大努力。

"来涂点口红?"意浓从裤管里掏出一支小东西,"丹琪"正红色唇膏。

"还有心思涂这个?"

"为什么不,这是女人的权利。"

筱秋扭过脸,与意浓面对面,罗意浓扭开唇膏管,大刀阔斧地给筱秋涂了两笔:"白小姐是大明星,我们涂的,肯定不能让白小姐满意。"

筱秋抿了抿嘴唇,做女演员那么久,她早已从青涩的女学生,转而成为风姿绰约的女人。画好了,意浓两手捧着筱秋的脸,啧啧道:"真是绝代佳人,哪个男人不喜欢?"

筱秋要打她,意浓躲开。她身上那股伶俐劲,又让筱秋想到小时候,姊妹俩在老家的河边玩水,意浓总爱一个猛子扎下去,好久,才从另一片水面露头。

"这马上又要打了,你就在包扎所。"

"你要去哪儿?"

罗意浓口气理所当然:"我去前线,有伤就包。"

"我也去。"

"你不行,你不是熟手。"

“我可以。”

“这是战争,不是闹着玩,你才从军几天,怎么可能让你过去。”

“我现在是临时救援队的队员,你能去,我也有资格去。”筱秋一板一眼。

“你是想去见欧阳夏吧,你去了也见不着,他是空军,如果能见着,就说明坠机,不是粉身碎骨,离死也不远了。”

“那你去干吗?”

“说了我去救护,我是分队的处长,我身先士卒。”罗意浓带着点笑说。

“你去你的,我去我的,我们各走各的。”

“罗筱秋!我绝不允许你把军法当儿戏!”罗意浓厉声,“我们姊妹四个,只剩三个,这一次上战场两个,算怎么回事。你放心,欧阳夏如果掉下来,是死是活我都把他带回来见你!都乱成这样了,哪来那么多儿女私情。”

说完,意浓出去查看物资供给情况。

罗筱秋静静的,膝盖弓着,两条胳臂环抱着腿,下巴搁在膝盖上。周围的一个士兵,呻吟声越来越大,他全身受伤,胸腔里,还有块弹片没拔出来。他靠在草垛子上,头歪在一边,两眼刚好望向筱秋,他用一种颤巍巍的声调喊着,姑娘……姑娘……姑娘啊。

筱秋走过去,问他有什么需要。那士兵脸上有种稀薄的微笑,又像是痛苦,他说姑娘啊,给我一枪,给我一枪可好。听上去是安徽口音。罗筱秋定住不动,任凭士兵呼喊着,她怎么可能给他一枪,亲手杀死自己的同胞?可他注定治不好,这样活着,多一分钟,便是多一分钟痛苦。罗筱秋哭了,她发现自己还是不适合战场,革命两个字对她来说,曾经是罗曼蒂克的,可现实却一点点地把幻梦击得粉碎。她拿出一条湿毛巾,折叠好,去帮他擦额头上的汗。士兵知道她不能处决自己,苦笑,又说,姑娘,能不能唱个歌子哦,我知道你会唱。

罗筱秋迟疑了一下，终于点点头，她屏住气，小声唱起来："山里红子开白花，郎爱我来我爱他；郎爱我手巧会劳动，我爱郎会种好庄稼……"东面天空开始泛白，堂屋里躺着的伤员，都朝筱秋看，听她唱着，士兵们不言不语，连痛苦的呻吟声都暂时隐匿，筱秋的歌声，那么细，又沉着，好像一条小蛇，在屋子里游走，安慰了每一个人。

那重伤的士兵，闭眼了。

罗筱秋止住歌声，一只小麻雀，落在屋前的泥土地上，啄几粒草籽胚子。

突然，一声巨响，村口的池塘里的水被炸得天高，飞机从头顶飞过去，一个小个子士兵跑进来，嚷嚷着："又打起来了！"

罗意浓快速地走进堂屋，对所有人说："大家别慌，接到上头指示，立即向后方撤退。"

营地一阵忙乱。行李包袱都打好了。筱秋的口红，花了，她背着医药箱，搀着一名轻伤员。"你快走！"罗意浓说。

"你怎么不走?!"筱秋着急。

"你先走！这是命令！"

"你不走，我不能走，我是你姐姐！"罗筱秋坚定地说。

"不走就是死！"意浓跺脚。

"只要死得其法！"筱秋毫不退缩。

"日军六万人已经登陆吴淞口至小川沙沿江，松井石根、谷川清都到了，战争之惨烈，前所未有，你只是一名临时救护人员，谈何战场。"

"打枪，谁不会。"筱秋倔强。

罗店前线，地面被炸得冒黑烟，死尸遍地，两军还在对垒。我军战士猫着腰，卧在战壕，连队长挥手，打头阵的小分队端着枪朝前小步前进，后面掩护的趴在草丛，随时准备放枪。罗筱秋和另外两名特派救护员，躲在战壕里，她们身边，放着急救箱——罗意浓回后方对接，她不但是救护员，还是联络员，她从南京过来，好些指挥官，她熟。

战斗打响，枪声大作，没几分钟，伤员就像流水一样送下来。筱秋是个半熟手，她跟着两名老队员张姐、小马干，递纱布，做心脏复苏，更多的，是取弹片。一阵迫击炮，指导员大喊，卧倒！筱秋没经验，还没卧，张姐一把按下她的头，炮弹在她们前方爆炸，还算好，这里是个小土坡，有个遮挡，若在平地，必死无疑。“包！”张姐见筱秋起身，大喊，罗筱秋这才反应过来，继续为伤员手术，小马的额角破了，她也不问，手又稳又快。

后方开来一辆卡车，意浓跳下来，跑到战壕边，说，快，防毒面具来了，都戴上，戴上干。三五个战士把卡车后斗好几大箱防毒面具抬下来，没来得及往前冲的纷纷戴好，两只大眼上有玻璃镜，下面是个过滤壶，有些像放大了的墨水瓶，坠在下巴下，脖子周围，则是军布护颈。意浓见筱秋和老张、小马还在忙活，就快走过去，用命令口气说道：“你们也得戴。”筱秋反驳，说我们不往前去。意浓说那也不行，军部的命令，日军使用了毒气弹，随着空气流动，会往这边飘。老张说戴面具影响手术。罗意浓发火：“这是军令，再讨价还价，军法处置。”三个人连忙戴了，手中还是不停，血染红了胳膊，她们也不顾，有的战士可以救；有的，伤势太重，则直接被抬到一边——优先救治有希望的人，就是慈悲。

半下午，罗意浓也加入救治，四个人，八只手，不停做，一直做到傍晚，我军抢夺回部分阵地，伤员下来才没那么快。意浓站起身，用纱布擦着两条臂膀上的血：“重伤员要转移到后方医院，小马、罗筱秋，你们撤退。”两个人异口同声：“我不退！”罗意浓吼道：“我现在以第九军第三师第七团特派员的身份命令你们，立刻撤退！”小马怕了，开始收拾东西，准备走。罗筱秋还是不动。

意浓道：“欧阳夏不在这儿，不要等了。”

罗筱秋说：“我留下，跟欧阳没关系，这里还有那么多弟兄们，我不能走。”罗意浓没再强驱，只说，戴好防毒面具。

傍晚，残阳如血，两军对垒并没有减弱，反倒进入最猛烈的阵地战、炮击战阶段，附近居民没撤走的，也在附近帮着打野炮，日军抓住白天最后的机会，派出空军轰炸。飞机掠地飞过，见人就扔炸弹，国民党部队，一方面对空炮击，另一方面，也早派出战斗机群，从杭州笕桥机场出发，直飞罗店迎战。

天空轰隆隆，不是战机，是闷雷响。都说狂风怕落日，可到了晚近，四野却起风了，西边、东边、北边，乌云一会就起来，一层一层，急急地涌。意浓摘掉面罩，说，雨来得好，雨一来，毒气弹就失灵了。张姐说毒气弹不好使，可雨中作战，难度大，我们救护，也更难。意浓说一鼓作气打下来，什么都好说。又是轰隆隆一阵响，这次不是闷雷，筱秋手指天空，说看，我们的飞机。云头很低，七架飞机，呈人字型，自西向东，急急飞过。

“从南面绕过来的，估计要去吴淞口，炸他们的军舰。”意浓手握拳头。

“阵地战没动静了。”筱秋说。

话音刚落，日军迫击炮又是一阵狂轰，三人埋首，趴下，还是炸了一身的土。张姐乐观，还知道笑，她打趣筱秋：“才说没动静，就来动静。”

枪炮渐远，几个人就又忙碌着救治伤员。

黑云越压越低，风止了，雷声停歇，又过了一会，雨点子开始朝下砸，泥土地上，一砸一个坑，空气中蒸腾着大地将将释放出来的热气，混着泥土味。

“撤吧！”张姐被雨水打得睁不开眼。三个人都披着军用雨披，雨越下越大，继续待在前线，救伤员也有困难。

“你们先撤！”罗意浓朝两位同伴喊。

张姐转身朝后撤，可罗筱秋还是不肯走。意浓喊，罗筱秋，快撤！筱秋不顾脸上的雨水，说，战斗还没结束，我没关系！你在，我就在！

又是几个伤员被抬下来，姊妹俩一齐冲上前去。

天黑得不像人间，空战打响，日军和我军战斗机时而钻进云层，时而掠过低空，对射，一阵密集枪响，有飞机屁股开始冒烟，黑黑的一条，坠入黑云底下，竟很融入。

“敌机落了!”意浓叫。筱秋倒冷静，雨中作战，她不是第一回。两云相撞，闪电迸发，我军战斗机追着敌军打，一连串子弹，敌机急转，在空中翻了个跟头，四机联合，反追着我军战斗机不放。好在有支援，我军散了的战斗机又飞回来，机翼两侧的机枪不停扫，敌机落了一架又一架，剩余两架还对我军主力机群穷追不舍，大有玉石俱焚的意思。尽管意浓在党部已久，但上战场，直面如此惨烈的战斗还是头一回，她揪住心口，屏住呼吸。筱秋镇定，伤员下来，她依旧迅速救治。我军领头的飞机，机翼中枪，在空中打了个踉跄，又拉稳，继续飞，射击，后头跟随的另一架却不幸被击中，机身起火，急速下降，机头朝下，重重跌落在地面。还好，是在我军阵地，可也保不齐，敌军随时放炮。

筱秋对意浓:“走，过去看看。”

“你疯了？都是平地。”

“趁着没天光，弄回来救。”

“不行，太危险。”

筱秋没理她，披着军绿雨披，斜挎着医药箱，猫着身子，跳出去。

罗意浓在后面喊:“罗筱秋！给我站住！罗筱秋!”筱秋不理她，沿着路，折线向前。罗意浓没办法，一咬牙，跟着上了。意浓赶上她，两人对视，笑，雨水打在脸上，她们也顾不上擦，并身而行。

“你怎么来了?”筱秋偏头问。

“我们一起来的，我不想一个人回去。”

“那就一起!”筱秋沉稳得让意浓刮目相看。

雨大，机身起了点火，很快就被浇灭，黑烟、白烟，混在一道，有气无力地冒着，机头被撞得瘪扁，飞行员半个身子卡在座位里，半个身子露在机舱外,玻璃罩早已没了踪影。

筱秋和意浓扒开飞机残骸,两人合力将飞行员抽出,将他平放在地上,他的肋骨全部被撞断,内脏出血,稍一动,哇的就是一口鲜红。筱秋不知从何入手,急道:“快救一救。”意浓摇头,她帮他摘掉头盔,抚摸着他的头。她问,这次行动,有没有一个姓欧阳的参加? 飞行员指了指天上。

筱秋大惊:“他真来了? 飞行队里有他?!”可飞行员已经没了气息。

天空中,几架飞机还在酣斗,因为天色暗,筱秋和意浓也分不清哪一架是敌机,哪一架是我方飞机,两方地面部队已停火,两军之间的阵地,被雨冲刷得好似荒原,罗筱秋想,世界末日也不过如此吧。她举头看天,不知道欧阳夏在哪一架飞机里,奇怪的是,此时此刻,她似乎不再像过去那么担心欧阳,不再那么担心生死。一场战争,千千万万的人死去,为了国家,为了民族,她个人的情爱,跟这些大而广的东西相比,有什么重要? 今天,无论是谁死了,她都觉得值得,不后悔。

“姐!”一枚炸弹落下,意浓锐叫着朝前,扑倒筱秋,两个人在泥水里滚了好几圈,摔在一处洼地。一架飞机俯冲下来,双枪上膛,一阵扫射,筱秋的胳膊被打中,她翻在地上,这回,意浓也救不了她。

飞机飞过去了,在天上转了个圈,又调头,准备继续扫,谁知半路里,另一架飞机迎面直撞,也就在距离罗筱秋头顶上方几十米处,两架飞机撞得火花四溢,终化成一团大火,斜着朝下坠,难分雨里火里,终于坠落在靠近我军阵地一边。

罗筱秋找了一条布,绑好膀子,意浓赶到她身旁。

“去看看。”筱秋说。

罗意浓喘着粗气说:“我看,希望不大了。”

“有一点希望也不能放弃。”

两个人跑到坠机残骸边,日本飞机损毁更严重,飞行员卡在座位里，奄奄一息，罗意浓拔出绑在腿上的匕首，朝飞行员脖子，迅速一攮，飞行员当即断气。

筱秋诧异："他还没死！你干什么！"

"这是敌人，本就该死。"

"敌人也可以做俘虏，不一定要死！"

"妇人之仁！"意浓白了她一眼。

中国飞机损毁较轻，筱秋和意浓跑到机头看，机舱没人，再四处找找，发现受伤的飞行员已经爬出机舱，可能因为伤势严重，他瘫在泥水里，从姿势看，他此前正在奋力求生。

"翻过来急救！"罗意浓迅速打开医药箱。两人翻过伤兵身子，他一脸泥浆，眼睛闭着，只是他五官高耸，轮廓特别清晰。

"是休克！"罗意浓翻了翻他眼睛，命令筱秋，"你扶住身子，准备心脏复苏。"

雨越下越大，雨点冲刷着他的脸，慢慢显出真容。

"一、二、三——"罗意浓双手压住伤兵的胸脯，短促，奋力按着。罗筱秋却呆在那里，她不相信，老天爷会如此残忍，她无数次幻想过自己和欧阳夏重逢的场景，可她怎么也想不到，会在这里，战场，雨天，泥泞的阵地，坠落飞机的机舱外，面对面，她看见他，他却看不见她。

"欧阳——"筱秋突然扑上去。听到姐姐的哭喊，罗意浓的脑子也瞬间乱了，她用两手呼啦一下伤兵的脸，是他，是欧阳，欧阳真参加了战斗，并且真的驾驶飞机，惨烈战斗。

罗筱秋趴在欧阳身边，她伸出双手，可突然又觉得不知如何处置，她恨不得把自己学过的所有三脚猫救护知识全用到欧阳身上，她脑子里只有一个信念：救活他，救活他！她去压他的胸脯，掐他的人中，摇他，晃他，呼喊他，可全没用。

"你靠后！"意浓无法忍受惊慌失措的筱秋，咆哮着，"你不想他死就别动他，我来！"筱秋不乱动了，她知道，此时此刻，她能信任的，也只有妹妹了。罗意浓稳住心神，重复刚才的心脏复苏动作，一下，两下，三下，她像一名女巫，要把他从鬼门关召唤回来。她掀开他的眼皮，看眼睑，又探下脖子，嘴对嘴，人工呼吸——她吹气，又深又长，又吸气，帮他吸出卡在喉咙里的淤血——那一霎，意浓竟觉得有些异样，因为只有在这个时刻，她才能如此理直气壮、光明正大地吻他……

终于，欧阳夏歪着头，吐出一口血，终于恢复了呼吸。

罗意浓累得瘫坐在一旁。

罗筱秋抱住了他，他伸出他那只尚未报废的胳膊，也抱住了她。

筱秋哭了。

意浓不屑道，人又没死，哭个屁！

这年秋天，国民党军决定撤退，可撤退之前，却未安排好撤退顺序，三十四万人，挤在几条公路上朝南京方向行进，党国空军力量不足，日军趁机轰炸，大撤退一夕之间变成了大溃逃。11 月 11 日，日军占领上海，上海市市长俞鸿钧致书告别上海市民，宣告上海沦陷。11 月 12 日，南京国民政府宣布迁都重庆。日军长驱直入，沪江沿线，哀鸿遍野，民众畏惧日军，有反抗的，更多的，是流离失所，他们管这叫"跑日本鬼子反"。

意浓、筱秋陪欧阳夏在上海养伤，从激战到撤退，"孤岛"法租界成为他们暂时安全的栖身之所。芹嫂从乡下回沪，躲在法租界静安处，筱秋怕芹嫂见了欧阳，再向静安弘武说，就迟迟没让她来租屋，两人见面，通常约在霞飞路咖啡厅。意浓和上峰取得联系，被安排在孤岛观察，暂不用随行去陪都重庆，幸运的是，她还得了一笔活动经费，这成了几人生活的重要来源。他们租住在一处石库门房子里，二楼，靠西，两间房，筱秋、意浓住一间，欧阳夏住一间。

欧阳伤重，刚开始一个月，不能动，不能说话，连续发烧，入冬，上海潮冷，日子就很难挨。战时物资紧张，筱秋托老关系，搞了点中药，又托关系弄了点盘尼西林，日日筱秋负责煎药，意浓打针，筱秋眼观心记，打针也不在话下了。这日，意浓出门买东西，转了一圈，没什么可买，进门却见筱秋在给欧阳夏针头注射。

“消毒没有？”意浓脸色有些难看。

“用了白酒。”筱秋说。

“不行，那不卫生，会感染，我来。”意浓上前，夺过筱秋手上的针筒，又去卫生箱里找出仅剩下一点底子的酒精瓶，扭开，用棉球蘸了，反复擦拭针头。她掀开被子一角，轻轻拉住欧阳的手臂，稳稳地将针头扎进静脉，再慢慢推。“疏忽一点都不行，盘尼西林，按理说应该先做实验，每一天的体质都不同，但现在是非常时期，不过，还是有危险的。”

筱秋似乎不介意，笑笑：“我看时间到了，你又没回来，才贸然打一次试试，你回来了，当然是你弄。”

意浓说：“三姐，不是我说你，你办事，有时候就是鲁莽，不让你上前线，非要上，也怪我，早就不该让你进救护队。你当明星，都是别人伺候你，哪有你伺候别人，做不到的地方，可以理解，但你干了这么多年，总不能没一点积蓄吧，我这点活动经费，只够我们几个吃的，可欧阳现在需要营养啊，外头那么乱，这法租界，也不知道能撑到什么时候，留在这儿，也是权宜之计，这个芹嫂也是，人家都是往大后方跑，她倒好，却赶着来上海。”

筱秋把毛巾投进脸盆，倒了点热水进去，毛巾烫透了，她再把毛巾拎起来，散散热，迅速绞干，走上前，把被子掀得更开，认真地擦欧阳夏的腿。意浓急道，哪能这样擦。筱秋说没事，活活血，小时候娘经常给你弄，你忘了。意浓不说话。

筱秋又说：“这法租界，三两年之内，还是安全的，至于未来，谁说得准。你又抱怨芹嫂，娘临终前，你还小，可能你忘了，生养死葬，这是我们尚家对她的责任。”

意浓笑:“亏得你还记得自己姓尚。”

“树高千丈,落叶归根,娘胎里面带出来的,改也改不掉。”

“别说得酸文假醋的了,大姐那边,也没见你去过一次。”

筱秋把毛巾投进水里再烫,弄完了,才说:“大姐也是鬼迷心窍。”

意浓干情报工作,耳目最伶俐清楚,她笑道:“再怎么也是阿姐,战争年代,可以各为其主,但私下里,还是姊妹嘛。”

“但也不能卖国!”筱秋大声,“还有你那个姐夫——”她欲言又止。意浓来兴趣,忙问姐夫怎么,说见得倒少,不过听说确实是号人物,好些人刺杀他,都没成功。

“你听谁说的?”

“嘿嘿,这点小事,对我来说,不是难事吧。”意浓嬉皮笑脸,又有点小女孩相,“他是摇摆派,一会蒋,一会汪,跟共产党也有联系。上海滩的黑帮,听说他也轧了一脚,这些年,多少人倒了,他都不倒,听说还信教,有信仰的。”

“哼!”筱秋不屑,“我看他是走火入魔,你不知道他把翠喜……”

“把翠喜怎么啦?快说啊。”

“没怎么。”罗筱秋不打算说太多。

“这个翠喜,也是好久没见了,以前还跟我抢过面糖瓜。”

“谁能抢过你,这点事记得那么清楚。”

“那倒是。”意浓得意地仰着脸,叉着腰,在小屋子里走来走去,“谁跟我抢,终究还是抢不过我,还不如拱手相让来得方便,我这人最爽利直接,我得不到的,别人得到了,我也要想方设法把它毁掉。”

“退一步海阔天空。”

“退一步?姐,我倒想问你,这些年,你退了多少步了?海阔天空了吗?人活着,跟上战场一样,退,是退不出去的,唯有进,才有可能赢。”

筱秋苦笑:“傻孩子,当你觉得自己只能赢不能输的时候,痛苦的只有你自己。”

罗意浓朝床边一坐，两手扶在床沿上，欧阳夏的一只手伸出被褥，突然紧紧抓住了意浓手腕。罗意浓随即大叫：“他醒了！”

筱秋连忙探过身子。欧阳两眼微启，朦朦胧胧。筱秋、意浓异口同声：“欧阳！”

欧阳夏嘴唇张着，脸上似有笑意——他眼角几条任性的皱纹挤在一起，他没说话，但喉管里传出沙哑的哦哦声，好像一口枯井里的回音。

“水！”筱秋急道。意浓连忙去桌上取了一杯水来，两姊妹扶着他的头，轻灌了几口。

两人盯着他的脸，是他，头被纱布包得像木乃伊，但还是那个有棱有角的欧阳夏，只是毛发浓密得多，仿佛野草，从层层拦阻中破土而出，人又瘦，就更显长。

“是我。”筱秋轻唤。

意浓醋意大发：“什么是你是我，他长着眼呢。”

欧阳夏抓住意浓的胳膊。

罗意浓得意：“你看，我才是欧阳的救命恩人。”她拍拍欧阳的脸说：“算你有良心。”

欧阳夏又喝了两口水，硬撑着，坐起来。

“你说说，在租界躲着，也不来见我，外道成什么了。”一个声音从门外飘进，筱秋、意浓一转脸，那人已经站在眼跟前，一身厚旗袍，天青色，头发朝后一盘，绑得紧紧的，额头显得格外高。筱秋脸一沉，意浓则是惊诧，两人同时叫：“阿姐。”

静安来了。翠喜跟在后头。

筱秋想躲，来不及了，倒不是她自己躲，她是不想静安知道欧阳夏，静安那边关系纷繁，若知道了，不知日后会惹出什么来，可事到如今，躲已然不是办法。

静安摇摇晃晃，走到板凳上坐下，轻跷起腿，还是贵妇的做派，兵荒马乱，似乎丝毫没有影响到她。翠喜帮她拎着包，暗暗朝筱秋、意浓这边撇了一下嘴。意浓聪明，忙说："我刚才还说哪天要去看阿姐呢，你看这仗打的，都不敢出门。"

静安转过身子，正对着筱秋、意浓、欧阳夏："说来看我，哼，若不是我今天亲自来，还不知道等到猴年马月呢。我这个做大姐的，就算有一千一万个做得不到的地方，你们也不至于这样对我。"说着，她掏出手帕，揩了揩眼角。

筱秋道："我们刚下战场。"

意浓举起一只手："千真万确。"

静安打量着两个妹妹，严肃地，突然又笑，说："看不出来，我们家这些丫头，个顶个穆桂英转世，老二是去搞暗杀死的，你们两个，要命不要？打仗，交给男人，瞎掺和什么？"说着，静安起身，绕过筱秋、意浓，朝床上看，半讽道："呦，这怎么还藏了一个。"静安对筱秋："我的大明星，你这是弄的哪一出，原来介绍正儿八经的世家子弟你不要，现在倒好，弄了个瘫汉子，还伤成这样。"意浓拦话，笑着说："不是，阿姐，这话说重了，什么汉子不汉子的，好像这世上，除了那点事，就没别的事了。"静安道："我不跟你们吵，娘去世的时候，让我管你们，那我就得管，你看看你们两个，一个没出嫁，一个离了婚，像个什么样子。"筱秋觉得姐姐这话可笑，第一，她没结婚，关别人什么事；第二，当初还不是姐姐求着她，让她跟江弘武生个孩子，这就符合道德人伦了？一定是芹嫂告诉静安的，不然她也不会特地摸到这儿来，可这地方，芹嫂也从未来过。难道有人跟踪？筱秋乱想着。

意浓和静安一人一句，半闹半吵，蓦地，床上那位说话了，声音粗厚，因为受伤，失去了磁性，可还是很有穿透力。"这是哪儿，你们都是谁？"小房间里的谈话声戛然而止。筱秋、意浓、静安并翠喜，都停下来，看着半坐在床上的欧阳夏。"这到底是哪儿，你们是谁？"他又问一遍,一张脸只看得到那双眼睛,无辜、清澈,完全不像从战场下来的。

几个人愣着。

"听不见我说话?"欧阳夏挣扎着要起身,一只脚刚挪下床,人就差点没摔下来,意浓、筱秋连忙去扶。静安说:"行,你们愿意在这里受苦,我也不拦着,反正江家花园随时欢迎。"说完,她带着翠喜走了,临走前,翠喜朝屋里望,筱秋朝她点点头,翠喜咬着嘴唇,像是要哭的样子,但还是走了。

"你们到底要干什么?"尚静安走后,欧阳夏突然这么问。

"欧阳!"罗意浓不耐烦,她一拍桌子,桌台上盛糖桂花的一只小瓷碗,用搪瓷小碟盖着的,跳起来,滚到地上,碎了,瞬间,满屋子都是桂花和梅子香。

"神经病。"欧阳夏开始说上海话,他掀开被子,用手扳着两腿,朝下迈,当然站不稳,轰然倒地,跌得特别笨拙,额头撞到地板,咚一声。他的两腿,比年糕还软。筱秋心想,这人是怎么了,被炸弹炸坏了脑子?可她还是下意识地去扶。

他倒劲大,胳膊抡开,差点把筱秋给抡翻。

"动手动脚的做什么。"还是上海话。筱秋看看意浓,意浓叉着腰,欧阳夏坐在地上,愣头愣脑,好像真的不认识她们姊妹俩似的。

罗筱秋蹲下来,用抹布去擦地上的桂花水。罗意浓一伸手,硬把欧阳夏拽起,拖上床:"甭管你是真不记得还是假不记得,都得好好养病。"

自此,欧阳夏好像真不认识筱秋姊妹俩似的,他不能下床时,依旧是筱秋和意浓伺候,但他抗拒,能自己来的,尽量自己来,客客气气,完全是对陌生人的态度。

晚间,一盏灯悬在头顶上,灯泡旧了,不算亮,还有点作响。外面寒意很重,内外温差,令玻璃上铺满了朦朦胧胧的水汽。转眼已是一九三八年。上海的冬天可没在跟任何人开玩笑，租界人满为患，十平方英里，巴掌大的地方，人口从一百五十万猛增至四百万，冷锋过境，每天都有人冻死街头。杨树浦、闸北、沪西、南市，是不能去了，筱秋在那边还有点钱、金子，不过也不想了，有也被日本人抄了去，再就是被人带着逃难。

筱秋披着披肩，这还是她做白梅卿时别人送的，当时不觉意，现在成了稀缺品。罗意浓不怕冷，一身简单的棉布衫。筱秋问意浓，他这是怎么了，飞机摔毁，脑子也不清楚。意浓说，病理学上说，因为脑部受震荡，短期或者长期失忆，也不是没有可能，不过有什么关系，失忆了反而更好。

筱秋急了："还说好。"

罗意浓叹气："人，有的时候就是记性太好，导致烦恼倍增，难得糊涂四个字，谁又能真正领略，现在他什么都忘了，重新开始，等于重新活过。"

"记忆是财富。"

"那也要看是什么记忆，如果都是痛苦的记忆，何必保留？"

罗筱秋不知怎么作答，是啊，过去的痛苦，身不由己，如果一切都忘记，美好的、灰暗的，千丝万缕盘根错节剪不断理还乱，都被快刀斩乱麻地抹去，重新开始涂画，谁说不是幸运？

罗筱秋坐在床边，静静的，乱世、孤岛，面对一个已经不记得你的故人，她突然感觉悲哀。意浓倒身向壁，又转脸："你到底还睡不睡？"

筱秋说了句，你先睡，我再坐会，抽支烟。意浓自己合被睡了。

欧阳夏伤势重，有夜里疼得睡不着的时候，意浓带了安眠药，时不时给他一点，不告诉他，直接加在米汤里——米汤也成了金贵东西。

这晚欧阳也喝了米汤，是筱秋端过去的，她朝里面加安眠药，毕竟不是医生出身，演戏时她也吃过，她失眠严重，量大，可相同的量，欧阳一喝，很快就昏睡过去。罗筱秋自己倒睡不着，意浓已有轻微鼾声，筱秋起床，去外面站了一会，她想起在南京，她和欧阳一起住，也跟现在似的，她一间房，他也有一间，互不打扰，相互尊重，黑暗中，她笑了，也许这就是历史的循环。世界历史在循环，个人的历史，也未必是一条直线，她更相信是一个圆，她笃信前世——愿意用前世解释今生。租界的天空还是亮的，暗红色的亮，像一颗醒了的春心；苏州河，一河之隔，这边笙箫达旦，那边静寂如海，闸北的火光消歇下去，好像一个不小心掉入河里的人，惊叫着，终于沉落。

夜空的星光被灯光衬得暗了，只有一颗，镶在黑色幕布里，好像钻石般，拼命射出光芒。罗筱秋抱着胳膊，抽了一支烟，回屋，她突然想去欧阳夏屋子看看，她迈着轻软的步子，几年的艺海生涯，已经把她打磨得不似当初那般天真鲁莽，她更有女人味了，光从这走路就能看出来，过去她的追求是成为一个“人”，现在，她逐渐明白，光成人还不够，她还必须得学会做好一个“女人”。

欧阳夏平躺在那儿，呼吸匀停，他头脸的纱布被拆掉不少，面容露出来，难得那么舒展，像个孩子。罗筱秋走上前，蹲在他床头，她的心跳得厉害，她好久没离他这么近过。

“欧阳。”筱秋喊了一声，她自己都被自己吓了一跳，如果他被叫醒，四目相对，会是怎样地尴尬。还好他没动静，吃了安眠药的人，睡得恬静。筱秋又喊了一下他名字，他还是没动。罗筱秋镇定了，款款地说：“我离开南京，是因为不甘心，因为你骗我，不相信我，背叛了我，现在你九死一生，你知不知道，当听说你要上战场、开飞机的时候，我怕极了。过去你在南京，我在上海，虽然不见面，但我总觉得，有你这么个人存在着，便是个安慰，可一打起来我才明白，不管是谁，都有可能随时消失，彻彻底底地消失。四妹跟我说，是茂松捣鬼，把你弄来的，但我不相信，你一直胸怀天下，此时此刻，一定是你自己心甘情愿走上战场。过去我总不甘心自己是个女人，所以我一直追求独立，追求一种自给自足的生活，可现在一切不都是虚妄么，国家、民族到了生死存亡的关头，个人的安稳，非但不能实现，反而是幼稚可笑的。你走得比我们都远、都进步。你现在谁也不认识，也许是暂时的，也许是永久，但是你要知道，我会在远处看着你。”

罗筱秋两手握着，像修女。

欧阳蓦地翻身，原本是平躺，换成侧卧，刚好脸对着她。她身体本就前倾，两人几乎鼻尖相对，她听得到他的呼吸，还有那热气，有点腥。

胳膊伸出来了，手打在她微擎的手边。她握紧了。

“别走，别走。”他唤了两声。她大惊，差点把手拔出来，定了定，才发现是梦话。

孤岛就是一场梦。美梦？噩梦？谁知道呢。

一日，筱秋外出。意浓把换洗衣服拾掇拾掇，送给楼下洗衣娘，上楼梯时，刚巧碰见欧阳夏拄着拐棍，站在二楼栏杆处朝下看。头上的纱布拆掉了，脸上的梅花型疤痕裸露，似乎更有些男人味。罗意浓一手提着木盆，迅速爬上楼梯，楼板被她踩得咚咚响。“怎么，欧阳先生，身体刚好一点，就想走？”

欧阳夏没理她。她又逗他，说：“欧阳先生，我可是你的救命恩人，你就这么感谢我？”欧阳说：“你说是你救的就是你救的吗？要我看，是你把我囚禁在这里，倒有可能，你是国民党叛徒。”意浓觉得他说得有趣，笑道：“我是国民党叛徒，那你是什么？我看欧阳先生的背景也很复杂呢。”欧阳喝道：“我不是什么欧阳先生，你认错人了。”

盆抡起，刚好砸在欧阳夏胳膊上，他痛得叫出声。

“不认识也好，你就记住，我是你的救命恩人，你的命，是我从战场上捡回来的。”意浓探着头到欧阳嘴边，伸出手指，点了一下他的嘴唇，又点一下自己的，笑嘻嘻，神神秘秘般，“还记不记得？”

“记得什么？”欧阳似乎并没有要配合她的意思。

“王八蛋！”罗意浓愤怒。

筱秋提着半篮子菜上楼，意浓见姐姐来了，朝屋里一闪。欧阳夏还在那儿站着，罗筱秋半低着头，她还戴着帽子，尽管战火纷飞，可租界里，还是有人能认出她来，她买菜，也要小心注意，以免被人认出，自己也觉得似乎落魄得很。她见他，还是低头，过去便是如此，如今他失去记忆，她更觉不知从何说起。

欧阳夏却对她笑，说回来了。

她抬头看他，梅花疤痕醒目，她能说什么呢，她千辛万苦上战场救他回来，刚好赶上，已是万幸，如今错失，也似乎是命中注定的。她只能微笑，说，好些了吧。

“感谢关心。”欧阳的眉头动了一下，他攥紧拳头。

筱秋就那么走过去了。

欧阳扭过头，对着头上一小块窗，天光从那里透进来，一点点，给乱世中的人以希望。外面还有鸽子飞，站在屋里，窗户关着，鸽哨声恍恍惚惚传进来，倒是群鸽掠过，倏忽一下，在窗户上形成一道影，也只有零点零几秒的时间，遮蔽了光，他脸上跟着一晃。恍如隔世。

筱秋刚进门，放下菜篮，意浓抢身闪出，关上门，嘀咕：“世风不古，这男人，都不像男人了。”筱秋不含糊，低着头，坐在小板凳上择菜，径直说：“有对你好的，你不要。”意浓哼了一声，说：“三姐，你说这话就没意思了，女人也有女人的自由，爱什么人，以什么样的方式去爱，这个不应该有约束。”筱秋说：“茂松人不差，何况你们还有孩子了，你就不想孩子？”意浓说：“欠他的，我还清了，孩子，不是我不要，是他霸着不给。”筱秋说：“还是年轻，经得起折腾。”意浓蹲下来，也帮着择，现在这市面，能买点大包菜，都已经是万幸了。“你还不是折腾，人都有一迷，活着，自己满意就好，现在的问题是，他什么都不记得了。”

罗筱秋不言语，其实有句话到嘴边又被她咽下去了——不记得了，那就等。她看看意浓，说：“欧阳马上快好了，我也得出去工作，不能总靠你养活，你这活动经费，也用得差不多了。”罗意浓说：“还有，还有不少。”筱秋道：“你去赌，你以为我不知道，这什么年头，还敢赌博，都被抽头的赚去。”意浓冷不丁被道破心事，面子上有些过不去，把烂包菜叶一丢，道：“赌也不是为了我自己。”她又捡起一根烂叶子，抖着：“整天就吃这个，你慢慢享用吧，恕不奉陪。”

罗筱秋还是继续择她的菜。

欧阳一天好似一天，不到年底，就搬了出去，临走只留下一句：后会有期，保重。罗意浓气得跺脚，直呼忘恩负义，又说八成是个共产党。筱秋就站在二楼上，目送着他的背影，她有些伤感，她发现原来自己从南京出走，到上海拍电影，再到现在，一直以来，一直，她都在等他，在坚持，可是，他那么来了，离奇地，从天上掉下来，又那么走出，风行水上似的。

罗筱秋突然掉了一滴眼泪，又连忙擦去，她决定先自立，以后的事，以后再说。欧阳夏走到门口，突然转身，朝上看了她一眼。

罗筱秋没发现。

孤岛似船，危机如东海，小船震荡，船上的人，索性放开——生活无味，绝望如此真实，不放浪形骸，更待何时。此时的上海，反倒迸发出畸形的繁荣，愈繁荣愈颓靡，怪、乱、奇，充满末世感。

虽然她叫回本名，称自己筱秋，可白梅卿下海伴舞的消息，很快在租界传开了，日军围城，小报还在办，当初的女明星，如今的伴舞舞女，又是一出好戏，小报纷纷刊载消息：“昔日红星今朝沉落，为生计下海做舞女。”其实上海沦陷之后，女演员做舞女的不在少数，有在本地做的，也有的去香港，可偏“白梅卿”三个字名气大——名气大也好，名气便是收益，也是牵头的刻意放出去的消息，还没开始伴舞，就已经轰动了。

灯光旋转，五彩的斑点在场子里扫，舞池前端是个长方形表演台，往下是个半圆弧，算是大众舞池，舞池一周，摆着西式矮圆座椅，大部分人却站着，男客居多，少有几个穿旗袍披裘皮的太太，窝在一角，只喝东西，说话，没有跳舞的意思。东边一角是乐队席，西洋乐师居多，钢琴、单簧管、萨克斯、低音提琴、号、鼓、沙槌、打击鼓，一应俱全。

开场，音乐是跳脱的，鼓点紧敲，单簧管、萨克斯、钢琴音混在一道，白俄舞女鱼贯而出，白色紧身上衣，镶着蕾丝，从腿套上去的，类似于芭蕾舞衣，大腿露至根部，尽管穿着玻璃丝袜，可灯光一打，红黄蓝绿，基本感觉不出穿了东西。前台子上，只见一排十人，二十根长腿，挥舞来，挥舞去，难得自如，抬得尤其高，可惜底下并没露出什么。是大腿舞，也叫康康舞。一些西装领结，绅士模样的人，歪着头看——下流，在上流社会并不鲜见，每个人都愿意在这里解放自己，纵情欢乐，忘了年岁。

一个戴礼帽、穿着黑西装的人站在人群后头，他的脸隐没着，帽檐沉沉的，没有人发现他。他个子不算高，腰显得尤其细，他就那么站着，很有静气。

第二支依旧是群舞，是本地舞女的表演，类似中国古典舞蹈，却只用钢琴伴奏，一扫第一支舞的膨胀气，舞客静了，都在看，都在听。第二支跳完，出来个女人，头上插着野雉毛，高、细，胸前贴着一线孔雀毛，镶在衣服上，呈弧形。她艺名小阳春，过去唱戏，后来演了几部电影，反响平平，为生计，下海做舞女多时，上海沦陷成全了她，尽管名字前还有个“小”字，但早已是半老徐娘——她想不到会有如此“盛世”。

小阳春款款走到话筒跟前，微笑，像所有的拍卖员那样：“欢迎各位的到来。”不知从哪掏出一张纸，又掏出一个放大镜似的东西，对着看。“下面，梅仙、兰仙、竹仙、菊仙，四大仙子，底价，三块银元，法币不收，黄金不拒。”小阳春的声音不大，嗓子又细，自矜自持，奇货可居。

不愁没人出价，孤岛，不缺钱，买进卖出，倒买倒卖，发国难财的一大批，再加上英、法、德、意、白俄的侨民，百货商店日日爆满，更别说娱乐场所。这四位是小阳春手里的“四大护法”，《蜀山剑侠传》看多了，取名字也充满神怪感。叫价声此起彼伏，一会定了价，音乐响起，华尔兹上，出了价的，得美人伴舞，香氛围绕，旋转，忘了时间。

一曲结束，退场，轮到筱秋了。小阳春不忘打趣：

“下面是我的好姐妹，想来大家都知道了，我是春天生的，所以名字里含个春字，这一位，想来是秋天生的了，筱秋小姐，底价，大家想必都知道，筱秋小姐的狐步舞，那可是一绝。”

今儿个是筱秋头一夜。

人群里那个细腰“男客”用不屑的口气嘀咕：“不让我赌，自己倒卖得欢。”

后面迎上来个人，俯首到她耳边：“四妹英姿飒爽，少见。”

转头看，来者一身西装，打着暗红色领结，头发朝后梳得整齐，手上夹支雪茄，声音是笑的，但脸上却没有一点笑意。别出心裁的是两撇小胡子，粘上去的，混淆视听，可意浓还是一眼就认出他——江弘武。

“姐夫倒是有空来这里消遣。”

“四妹到沪，为国效力，只是忘了亲情，也不曾到敝舍赏光。”

意浓知道他复杂，只说：“我倒想去，怕只怕，进去容易，出来难。”

弘武道：“乱世，过一天是一天，不用那么较真。”

“我倒不想较真，可到底还知道自己姓甚名谁，是哪族哪宗。”

意浓一身的不痛快，她跟筱秋一样，都不喜欢这个姐夫，但她更直接，更烈，她朝前站了站，与弘武保持距离。她也看不惯大姐，太没自我。她做情报工作，多少也知道一点，1937 年底，日本人扶持苏锡文在浦东成立“上海大道市政府”，江弘武就掺和过——他还有别的职能，拉人入伙，工商业、黑道，只要愿意为日本人做事的，他都参与“劝解”，虽然在暗中进行——江弘武本身就是帮会头目，他对外的身份是商人，囤积是他的拿手好戏——但黑帮、国民党、共产党都知道这个人。

大是大非上，罗意浓不含糊。先晾着他。

叫价开始，此起彼伏，男人，本就好斗，“筱秋小姐”值这个价。今晚多半客人是为筱秋来的，即便无法近身共舞，看一看，也能满足好奇心。

意浓发出啧啧声，她见识到姐姐的魅力，大为叹服，钱虽不能代表一切，但值钱，总要比不值钱好些。她佩服阿姐上战场，佩服她对欧阳的痴情，但她不服的，是她自己总是输给姐姐。

“二两黄金!”冷不丁一声穿透舞场。

是江弘武，众人闪开一条道，他沿着人肉挤成的小道，走到小阳春跟前。

小阳春喜不自禁，还不忘抬价，点头向四周：“这位客人出二两黄金，还有更高的没有？筱秋小姐伴舞，千载难逢。”

一片嘈杂，没人叫价。

罗意浓急了，筱秋陪他?！天方夜谭!

“二两五!”她也没概念，反正比他高就行。

江弘武气定神闲，一招手，一个马仔上前，拿出一只锦缎盒子，打开，两条黄金躺在那里。“三两。”人家是现的。

小阳春两眼放光，搓手，班头样子出来了，转头问：“这位先生，你呢？怎么说?”

意浓抓耳挠腮，道：“银行存着。”

小阳春会意，眼神四周一扫，算是说给大家听：“金锭子托银行存着？什么世道！真是头一回听说，不瞒您，我也有几千斤黄金白银存在南京的中央银行，就是取不出来。”

四方大笑。笑意浓的幼稚。

罗意浓急道：“不，在家里，家里有。”

小阳春喝道：“这位先生，这里可是租界，饭可以乱吃，话可不好乱说，就不怕风大闪了舌头?!”意浓还要申辩，张牙舞爪，几个保镖上前架住她，叉在一边。

江弘武看着她，微笑。他是胜利者。小阳春两手一拍，音乐响起，灯光追着入口处，筱秋走了出来。

月白缎面旗袍，肩膀上一条红狐皮，好似彩云追月，灯光打在脸上，有红似白，一个字，美。连意浓都为阿姐的美貌惊倒。

音乐一变，适合跳探戈。

筱秋站定，她早看到对面的江弘武，可她不退让，不躲闪，有什么好怕，既然出来伴舞，便只认一个钱字，无关皮肉，她这碗饭吃得淡定，更何况大庭广众，即便是凶恶诡谲如江弘武，也不能把她怎样，彬彬有礼四个字，还是要做给外人看的。

可她一看见江弘武那张脸，隐没在暗地里，越来越近，脸部便越来越清晰，好像一只浮上水面的水鬼。

他爱她，就因为她烈？她不打算对他柔和。可她越是这样，他就越动心，越觉刺激，驯服野马才过瘾。

“三妹。”江弘武近前，贴着她的脸，小声说。

“不要说话！”筱秋命令，她虽伴舞，但这次她自觉扮演女王。他吃这一套。

刚好是冲突性的音乐，琴、鼓、铙、钹，也分不清什么东方西方，反正一下是一下，筱秋摆头、跨步、扭臀、伸手，一招一式，都是女王风范，她领着他走，把他包裹在漩涡里，他竟如痴如醉，心甘情愿随波逐流，一身骨头散了也好。

末了，他突然说：“跟我在一起，我保你荣华富贵。”

筱秋淡淡一笑，一个旋转，低头，伸手，好似天鹅哀歌。她的眼神里充满不屑。什么荣华富贵？不过卖主求荣！

“阿姐！”意浓喊，她深觉阿姐之不易了，当真是与狼共舞。

破空一声枪响。

江弘武应声倒地，他捂着腿。筱秋大惊，旋即释然，人间祸患，打着也活该。

人群大乱，蜂拥着朝出口去。

小阳春被挤得站不稳,嚷嚷着:“这怎么话儿说的,哎呀,舞还没跳完呢,怎么就要死人了,什么世道!”

筱秋隔着好几个人头,瞅住角落里那个偷袭者,带着荷叶帽,隐约面熟,她抢步,人缝里钻,她要去追。

“姐!”罗意浓帽子被挤掉了,“别追了。”

罗筱秋哪里肯听,照追不误,意浓只好跟着。

夜晚,巷弄黑而弯,如鬼似魅,那人脚步又轻又快,筱秋又穿旗袍,自然追不上,只能大概跟着走,还得躲开点,免得被发现,没多会,意浓跟上来,问是谁,筱秋伸手指在嘴前一竖,让她噤声。

人不见了。她们走得太慢。

四下沉寂,快到黎明,又黑又冷,风呼呼从耳边过,像打在脸上。

筱秋嗔意浓:“谁让你跟来的?”

“你来我就能来!”

“孺子不可教!”

“你可教?陪姐夫跳舞。”意浓抢白。

“我不跟你说。”筱秋自觉苦心没人知,她快走两步,踽踽独行。

意浓这才觉得自己话说重了,连忙上前,两手从后面抓住筱秋的肩,安慰:“好了,我的好姐姐,我懂我懂,你自食其力、独立自主,你是最坚强最值得人尊敬的。”

筱秋掌不住笑。妹妹到什么时候都是妹妹,只能当她一时顽皮。

“是谁?”意浓正经问。

“没看清楚,谁会突然打枪?”筱秋反问她。

“现在乱世,租界里又没秩序可言,各人报各人的仇,谁还管那么多。党国要杀汉奸,帮派的人也可能来做,租界之外,赌博和鸦片的生意,都被投敌的给占了,也不排除是同行干的。”

“再找找。”筱秋寻寻觅觅,她不服气就这么跟丢了。

“好办。”意浓口气轻松,还带点笑意,“这人肯定不是一人行动,朝弄堂里钻，必然有落脚的地方，搞不好还有同党。”

筱秋停下来，要听意浓细说。

“刺杀者十之八九在这一片落脚，我们先看看，哪一家有灯火，过去看看便知。”意浓信心十足。筱秋笑笑，说别人不知道关门闭户？意浓说，锁，小问题，我来，先看哪儿亮。

果然好找，三条弄堂，只有一处有灯火，隐隐一点薄黄，从临街二层的窗户里透出来，不是烛火便是煤油灯。

意浓取下西装袖口上的别针，在暗锁眼里透了透，机括一弹，门开了，姊妹俩蹑手蹑脚上楼，木质楼板发出轻微呻吟，已经算是警报了。意浓身手好，先上了二楼，别在墙边，对筱秋招手。

里间两人对话。

“上峰没让行动，你不该乱来。”

“我是给忠子报仇，教训教训他。”

“他还不到死时。”

是开枪者无疑了。筱秋跟上，一落脚，木板重重一响，这次不是呻吟，近乎叫喊。

意浓皱眉，恨姐姐身手不利，她扭头看姐，伸手去腰上摸枪，却被一支枪抵在后背，冷冰冰、硬邦邦。

“不许动。”声音低沉。

意浓有经验，不回头，回头就是死。筱秋赶上来，喊：“老王别开枪！”一个人从黑暗里走出来，老王收掉枪，杵在一旁。

这人脸上有个梅花疤，是欧阳夏。

筱秋发愣，上楼也不是，下楼也不是，五内似沸。他不是什么都不记得了么？怎么偏记得老王、李忠，怎么还知道什么报仇不报仇，偏偏不记得她罗筱秋？选择性失忆？肯定不是。那就是有意为之，有意不与她相认，有意搬出去，有意演戏，可她为了这个男人，上了战场，做了护士，还和妹妹一起，救他回来，他于心何忍？即便对她坚壁清野，不爱她,不喜欢她,这辈子不想跟她有任何关联,可以明说,从此四大皆空,她不纠缠,他把她罗筱秋想成什么了,当日她能出走南京,跻身上海滩星海,以后她也能凭一己之力,在社会上找到一个位置,他躲什么?!

"老四,我们走。"罗筱秋口气坚决,心在滴血。

意浓站在屋角,黑地里,没动,不远处烛火摇摆,好似屋中几人的心、几人的情,悔恨交织。

欧阳夏早该想到这一天,可他也不过是乱世中人,又有婚配,再相交下去,只能让彼此痛苦,而且,他一心革命,危险重重,怎么能再拉所爱之人下水?只是今日老王说,江弘武花几两黄金请筱秋伴舞,他顿时也急了,他原本以为自己能不"英雄气短",不"儿女情长",可到底抵不过一个情字。

欧阳垫步:"筱秋,其实……"

话还没全吐出口,一个巴掌打在脸上,清脆一响,他岿然不动,如山似岳。

意浓恨道:"早做什么去了,这一巴掌,我替姐姐赏你。"

筱秋泫然,捂住嘴巴。

欧阳夏款款道:"敌未灭,何以为家,你我相遇一场,我连累你许多,你应该过一种安稳的日子,我是希望你好。"

筱秋惨然:"我要过何种日子,又岂能由别人做决定?谁又告诉你,安稳的日子,我就觉得好,动荡的日子,我就觉得不好?日子过得如何,取决于舒心不舒心,这些年,我又过过几天舒心日子?"

欧阳夏将欲开口辩解,意浓扬手又是一巴掌,这回打在右脸,左右开弓。

"这一巴掌是为我自己打的,我要你记住,在战场上,把你救活的是我。"

欧阳夏凛然:"我欠你的,一定会还。"

筱秋快速朝下走，罗意浓回头瞪了他一眼，跟上。

外面空气又冷又脆，罗筱秋一边跑，一边哭，高跟鞋跑得断了跟，脱下来，打赤脚，继续跑，阳关道没有，荆棘遍布也要往前走，弄堂一侧飘出来炊烟味，又有稀饭烧煳的味道，不晓得哪里来的一声鸡叫——租界还有人养鸡？筱秋觉得怪异。

也好，雄鸡一声天下白，魍魉世界，也就在这一声鸡叫中，渐渐隐去。

幕布升起。

筱秋还是伴舞，只是越穿越素，头发是齐耳式，像女学生。

小阳春花枝乱颤，满场招呼，打了一枪，换了个地方，生意更好，筱秋小姐的伴舞场子从每周一次，增添到两次，就那样排队也排到年外头去了。

意浓还是女扮男装，此次到场，看筱秋跳舞。

该到筱秋了。她轻轻倩倩走出，胳膊搭在舞客肩膀上，一跳舞，她就变了个人，原本是极素，身体一扭动，便成极艳，她的一双眼勾魂，整个身体，更是让人欲罢不能，但又不得近身。

一曲结束，意浓鼓掌。

一个熟悉的声音在耳边："我们尚家，想不到会沦落到这一步，成舞女的成舞女，扮男人的扮男人，老二的例子还不够让人警醒！"

意浓回头，大姐静安抱着猫，一身老绿旗袍，后面跟着翠喜，半低头，毕恭毕敬。但她在这舞场里并不显眼，因个子不高，身材臃肿，略显老态。

"大姐。"意浓口气平静，不卑不亢。政治立场不同，向来不多言。

"外面人可以伴，伴你姐夫一下，你姐夫至今受伤在家。"静安是来兴师问罪的。但并非气急败坏，多少年风里雨里，辛酸血泪，一点枪伤不算什么。

意浓说："姐夫最近还是少外出点好，风声紧，租界里也不好待，要不就过了苏州河，那边风景也不错。”

静安怒道：“翅膀硬了，就不管姐姐了。”转而落泪。

意浓想不到静安突然如此，只好安慰：“姐，人生苦短，何必呢，姐姐的心事，我也大体知道。老话讲，‘天涯何处无芳草，何必单恋一枝花’，姐想要个亲生骨肉，干吗非得在三姐身上下工夫。”

静安疑惑：“那在你身上下工夫？”

意浓摆手，觉得大姐有些好笑：“我的亲姐姐，本是同根生，相煎何太急。这乱世，你不能生，翠喜不生，不能在这舞场找个女的，生个孩子，给她点银子，打发她去？孩子你自己养着，日后，有些个小来小去的，他还能不认你这个娘亲吗？”

静安虎着脸：“那人得可靠。”

意浓道：“姐姐要是信得过我，我来办，只要姐夫愿意，生个孩子，没那么难，特别是年轻时候，很快就过去了，我也是从那儿过来的。”

静安啐道：“你都不像个妈。”

意浓笑道：“我倒想安安分分当个妈，这世道给我机会么，姓罗的又给我机会么？这孩子也是命苦，借着我的肚子来到人间，也没享过什么福。”转而她又说：“芹嫂怎么样了，这一阵子没见着。”

静安道：“没让她出来，在家看着江先生呢，外面打枪打得厉害，她老说要回老家。”

意浓说：“老人，念旧，让她常来我这儿玩。”

筱秋在舞场中央旋转，好似花蝴蝶，静安瞥了一眼，啐道：“你看看，这以后怎么嫁人，谁还敢要？”

意浓呵呵一笑，不言语，大姐是个传统女性，传统得近乎愚忠，姐夫江弘武在外面找女人，她非但不吃醋，甚至刻意促成，子嗣二字，是她心头大事。

静安带着翠喜走了。

罗意浓眯缝着眼，望着眼前繁华，似有万千心事，灯光扫在她脸上，红的、白的，空气中有种咖啡香，算是这萎靡小世界里的一点提神剂。

两曲结束，筱秋躬身，一个还礼，准备退场。

小阳春四处招呼着，点头、拥抱，皆大欢喜。斜刺里蹿出个戴黑色礼帽、穿长布衫的，上前，捉住筱秋两条胳膊，旋转。意浓眼尖，看身形就知道是欧阳，心有醋意。散场的人，驻足观望，看这好戏。

筱秋仰脸，四目相对，诉尽前世今生，她也不说话，就那么无声地，跳将起来。拥抱、虚击、扫步、方步、甩腿、勾腿、并拢、啄地、小跳、磕鞋、旋转，每个动作，她竟都做到十足，他迎合。到最后，他也有了攻击性，如鹳，似兽，仿佛在争斗，也像并肩战斗，音乐也被这种情绪感染，自觉配合，萨克斯、小鼓、小号、钢琴，都活了似的，乱扭腰肢。一场狂欢。

小阳春认钱不认人，这哪行，她嚷嚷："怎么好白相的，这位先生，懂不懂规矩，来人，把他拉开，不好吃白食的！我的天！乐队，给我停止！"

可两个人越跳越快，众人如看一场高质量的舞蹈表演，意浓望着，又羡，又嫉，内心翻江倒海，她看不下去，转身离开。

筱秋原地转了两圈，旋转，像冰上芭蕾般洒脱，欧阳一个托臂，她躺在他臂弯，他的脸如太阳，她笑靥如花，淡淡的，享受阳光滋养，几段别离，误会，伤感，不忍，在这一刻，似乎也不用计较太多。

他说："我们在一起，好不好？"他知道，他若不勇敢一下，她或许就成为别人的囊中之物，他的勇敢，是为自己，也是为成全她。

她说："我不后悔，也希望你没有后悔的一天。"

小阳春上前，生拉硬扯，把两人拆开，气急败坏："先生你今天不给钱，我可要叫巡捕房，光天化日，吃豆腐，你做梦！"

筱秋淡然微笑。欧阳也笑，相对无言，又尽在不言中。小阳春诧然，拍打欧阳："怎么，是个傻子啊，哎呦喂，吃了哑巴亏了，你是谁派来的,你说,你说。”

筱秋莞尔,半嗔半恼地唤了一声阳春姐,又说:“我要有家了。”

小阳春愣在原地。

罗筱秋“有家”的事,没几个人知道,事实上,他们没公开请客,没通知亲戚朋友,没登报,意浓好几天没沾家,筱秋只好请芹嫂这个“硕果仅存”的长辈,来证婚。

照相馆,法租界“明月心”,葛老板是筱秋的熟人,她做演员时的杂志照,常点名请他拍摄。弯着腰,头从立式相机后面的幕布伸出来,两手比划着:“靠近一点,自然一点,笑一笑,唉,对对对,笑一笑,十年少,笑一笑,白头又到老。”

筱秋和欧阳靠近了,她笑得很自然。

一,二,三——葛老板喊着,一道白光忽闪,影像定格,乱世,两个人相依相守,心便有了定海神针。

“我刚才表情怪不怪?”筱秋转头问欧阳,她做演员,拍惯了照片的,这时候倒突然变得不自信。

“怎么会。”欧阳夏温柔地望着她,“我倒觉得如芒在背。”

“男人严肃点好。”

很快,照片洗出来了,果不其然,筱秋笑得甜美,欧阳夏绷着脸,好在他不笑比笑要好看。

婚书早买好了。筱秋怕被记者和认识她的观众发现,在路边叫了拾荒的小孩,给他点钱,盯着他去百货店买来,她反复说:“就买最大的那个。”买回来是个龙凤呈祥,大红的,四周印着玫瑰花,一路蜿蜒上去,卷出一颗心。

笔墨备好了,头拔出来,笔套子套在屁股上,正摆,端然,像小学生写作文,写的人当然不敢大意。

筱秋笑问:“怎么写?”

她心里有答案，但她还是想听听他的意思，这一刻等得太久，两情相悦，首先需要两人的默契，她需要过他这关，也需要过自己这关，现在，将将好，珠联璧合。

“那还不简单?”芹嫂挤到中间，捉住二人手，“就写欧阳、筱秋结为秦晋之好，永不分离，再摁个手印，来来来。”芹嫂去拿来一盒红泥。

欧阳没说话，提起笔，在婚书上写下四个大字：不离不弃。

筱秋会意，接过笔，认认真真写：莫失莫忘。

芹嫂不知所以，大声念出来，说这是哪里的唱词来着，看看我这记性，真是越来越不中用了。

门推开，意浓瞪着两眼，带笑不笑道：“学起《红楼梦》来了，就没点新鲜的。”

筱秋嗔道：“四妹，找你好久，怎么才回来。”

罗意浓知道自己无法拦阻这段感情，绝望化成酸讽，还是笑：“人是我救的，怎么偏偏被姐姐占了便宜。”

欧阳不看意浓，她对他有情，他对她无意，不论在哪，北平、南京、上海，还是未来什么地方，都不会变。对面巷弄的人家炒菜，下锅炸，刺啦一声，跟着是韭菜香，不小心飘进窗户——别人家的饭菜总比自家的香。

芹嫂打圆场：“四小姐，今个是三小姐大喜的日子，你也消消气，看正在写婚书呢。”

意浓撇嘴，眼睛还是忍不住朝桌子上看了看：“写婚书，倒是时髦，就怕还是做填房，姐姐最讲独立自主、女人权利，现在偏偏最放松，什么都不讲了。”

筱秋喝道：“罗意浓!”

意浓也不理她，兀自收拾东西，提着小箱子，走人。她不服气，但她也不打算继续看他们的恩爱戏码，筱秋付出了，有回报，她呢，她不也是寻寻觅觅凄凄惨惨戚戚，一路追随，结了婚又离婚——她不是因为欧阳才离婚，但他的存在，多少也让她对罗茂松产生了不满——人比人，气死人。

静安的花园洋房，意浓难得上门一次。下午，江弘武不在家，静安和意浓坐在门廊底下，吃着茶点，蔷薇花开得满墙都是，不说出来，谁相信这小小的一方孤岛，曾被战火包围。

静安有些愤愤，茶杯磕在小圆桌上："这个老三，结婚这么大的事，偷偷摸摸，也不告诉我，她不说，芹嫂能不说？我能不知道？一点规矩道理都没有。"

"你让她怎么说，姐夫腿还没好透，她也有点理亏。"意浓心肠硬起来不得了，"毕竟我们长这么大，阿姐对我们如何，一本清账。"

静安意味深长地说："行啦，别给我灌迷魂汤，你要真为你姐姐我着想，早点给我弄个可靠的人来。"

意浓会意，直起身子，道："人多啊，不就生个孩子么，明天我就给你找来，舞小姐，一抓一把。"静安着急说谁要你随便找一个，随便找我不会找啊，最好知根知底的，老家的最好，外八道的孩子，我也懒得养。罗意浓说老家现在哪还有人，跑的跑，逃的逃。静安淡淡地，说听说为了避难，有一些人开始想方设法朝租界里挤，包括当年那几位占了娘的房子娘的地的叔伯们的子子孙孙，还有一些乡里人，按说，没几天，就要到了。

意浓觉得有趣，笑道："这个好，当年他们抢我们的家产田地，如今借他们几个肚子，为大姐生个孩子，也是理所当然，不过，就怕姐夫不愿意。"嘴上这么说，意浓才不会轻易冒这个险，退一步讲，像他姐夫这样的，出去找个女人生个孩子，正常，没准现如今，生米都已煮成熟饭，只是姐姐不知道。她才不去讨这个嫌，或许，静安这辈子命中注定无子。

静安轻轻咬下一口，曲奇断了半块："有什么不愿意的，他是说为革命四大皆空，不留财产不留后，我跟他讲了，你不留是你的事，我跟了你受了这么多年的苦，我不能什么都不留。之前把翠喜给他，死活生不出来，后来你猜怎么着，是翠喜自己吞鸦片烟，差点没死过去，孩子自然也就不能生了，这个翠喜，也是革命小说看多了，还追求爱情呢，我跟她说，人的命，天注定，再反抗，没用，不如安之若素，还能少受点苦，后来我也算了，跟了我这么多年，就当收个妹妹。”

这些话，静安是第一次讲，意浓听了颇为震惊。当然，静安的话，几分真，几分假，难说，不过，可以肯定，翠喜这些年，过得并不如意，每次见着她，总是低眉顺眼，仿佛一只受惊的兔。姐姐的脾气，她知道，又想要孩子，又善妒，翠喜在家中的尴尬位置，真好比是大观园里的平儿，招人喜欢不好，不招人喜欢，也不好。所以，静安的话，意浓只当故事听。

“翠喜那个妹妹，如今怎么样了？当初代替二姐出嫁，结果二姐革命殒身，如今，她估计也成太太了。”意浓另辟话题。

静安半闭着眼，一段阳光刚好铺满她半张脸，有了夕阳，调子顺理成章地悠长：“也好多年没联系了，还是头好几年里，听一个来上海的老乡提过，说是过得也一般，还是没正房的名分，因为这么多年，也没见有个一儿半女。说是那家的少爷，跟你姐夫，还带点亲，算是一个族里的堂兄弟，可他对翠凤，没兴趣，先是读书，漂洋过海的，回来之后，又四处跑，也有说是闹革命的，也有说是做生意的，反正，不是看家的主。这翠凤倒是咱们家的好姑娘，从一而终，一直守着婆婆过，作孽啊，还不是娘和芹嫂想出的主意，不过且说呢昨个，来租界避难的，没准也有这娘俩。”

“也来租界？”

“嗨，重庆太远，不来租界还能去哪儿？”静安起身，晃晃悠悠，踱进了屋。

翠喜忙不迭过来收拾桌子，芹嫂不在，老妈子一听打仗吓得早不干了——真是不明就里，刚跑出法租界，就被炸弹炸中，死在回乡路上——她本想落叶归根。

“四小姐,有个事我刚才听着,想求你办办。”

“哦?”

翠喜扭捏。

意浓平易,并不拿主子架子,翠喜自小乖顺,与她玩在一处。“但说无妨。”

翠喜道:“听说翠凤也要来这里躲躲,多少年没音讯了,四小姐能不能帮我找找,这世上,也就我们姊妹俩……”

翠喜泛泪。

意浓爽快:“包在我身上。”

她现在有两件事要办。

法租界入口,一列长队排着,几个日本兵扛着刺刀,挨个检查,时不时发出一声大喝,讲日语,旁边一个汉奸翻译,狐假虎威,对着受查的人嚷:“你是反对太君的人?反对太君只有死。”那人被抓走了,其实只是个青年人,看上去很老实,后面排队的老头见状,吓得乱抖,连声说我是良民,我是良民。小日本兵笑了,嘀嘀咕咕,翻译拍老头的肩膀,说:“良民,良民还要去法租界,在大日本帝国的地界待着好。”老头噤声,缩着脖子,他身后,好几个婆子、年轻后生、媳妇,也都缩着脖子,灰突突的。日本兵大笑,龇牙咧嘴,面目狰狞,咕噜咕噜说了几句,翻译不耐烦地挥挥手:“走吧走吧,去了也是死,饿死、冻死,八格牙路。”

老头千恩万谢,小步快跑着,摔了一跤,也不怕疼,没事般,站起来,继续跑。后面一群人,也都跟着,大大小小,老老少少,显然以他为头目。

老头站在梧桐树下,四目看看,极尽繁华。一切,是他在乡下没见识过的,几天之前,他不会想到,自己率众逃难的尽头,会是如此奢靡的所在。

法国梧桐下，一大票人拥簇着，惊慌、疲惫，一颗颗眼里都是恐惧。

“烟。”老头又恢复了镇定。身后老婆子把烟袋递上，又擦洋火，两手捧着给他点上。老头狠抽一口，对众人：“都散了吧，从今往后，谁有本事谁使，各安天命吧。”跟随他的一群，呜呜哭，哭一阵，不少人散开，各谋活路去。

老头身边只剩个老婆子，怀里抱着个男孩，身后跟着两个丫头，这俩丫头年纪都不算大，可也不小了，都发育得甚是饱满，胸部突挺。

老婆子对老头说：“现在去哪落脚？说什么上海租界安全，没日本兵，不用跑鬼子反，现在到了不用跑了，我们几个吃什么喝什么住在哪？早知道这样，还不如死在老家堂屋干脆，可惜了我那刷了几十年的铁木棺材！怎么就没福分睡哦。”

老头冷静，吸烟，无声无息，电车从他们身边过，当啷当啷，一个小尾巴，渐渐走远，突然，他咆哮：“那你去死！都去死！”

老婆子和丫头们吓呆。小男孩哭叫：“我饿，奶奶我饿。”

一身男装的罗意浓，摘掉帽子——她剪短了头发，梳着油头，身体晃晃的，有点痞气，她凑近了，笑道：“怎么，四叔，别来无恙啊？”

老头盯着罗意浓看了半天，不知所以。

意浓正色：“我姓尚，记起来了？还记不住？我可是记得四叔和大伯当年设下的天牢地井呢。”

老头愕然。

“十年河东，十年河西，您老，怎么落魄成这样了？”意浓打趣。

老头微微颤抖。

他便是罗意浓的四叔尚庆贵，当年参与绑架了尚氏母女、抢夺家产，如今日军西进，老家人跑日本鬼子反，他三个儿子均被拉去参军，生死不明，媳妇死在丹阳，他带着老婆、孙子并两个侄女，和一些村里人一起，逃到上海。他大哥庆荣早死了，他现在是当家人，他一贯说一不二、为尊为荣，可遇着时代动荡，也只能是沧海一粟，无法力挽狂澜。

石库门房子，亭子间，意浓推木头门，嘎吱一响，浓霉味扑面而来。

“就住这儿吧，先凑合着。”意浓说。

庆贵和他老婆忙不迭道谢，老婆子说：“谢谢亲侄女，真是你说说，积了哪门子的德了，已经很好了，你说这，亲人还是亲人，血浓于水，到什么时候都不会变，还是亲。”

庆贵面有愧意，支吾难言。

意浓故作大度，呵呵笑道：“四叔也别为难，过去的事，就让它过去吧，老一辈子的恩恩怨怨，我们小一辈子，都忘了，现在国难当头，四叔四婶千里迢迢来上海躲避，若是没见着，倒罢了，偏碰着了，一眼又识出来了，我能见死不救吗？”

老婆子附和说，不能不能。

庆贵这才释然，两手抱拳，很有江湖气：“四侄女，以前是四叔对不起你娘几个，现在我也落难了，过去的家产，毁于一旦，国难当头，你能如此顾大局，家和万事兴，让我感动，四叔给你作揖道歉了！”他声音洪亮，还是一副老英雄做派。

意浓老滋老味，说四叔能这么想就对了，都是混口饭吃，逼不得已，不容易，你们先立住脚，这两个妹妹，我看有机会，我带她们去找找事做做，也好贴补贴补家用，咱不比大门大户了，坐吃山空，也没那个老底不是。

老婆子听罢欢欣鼓舞，连声说好。

意浓跟着道：“对了，四叔是个领头，这七里八乡的乡亲，一路走来，有没有听说过一个叫翠凤的，她身边应该有个老婆子，是她婆婆。”

庆贵说没注意，又打包票说，如果真逃来上海，可以帮着四处问问，一定能找到的。

意浓道：“不着急，找着了，知会我一声。呵，烽火连三月，家书抵万金，都在愁着找亲人呐。”

隔了几日，意浓再来亭子间，庆贵果然说，托人打听到了，说也来上海了,在贝勒路的一间地下室住着。意浓道谢,还说要介绍庆贵的两个侄女去工作。庆贵两口子当然答应,当天,她就带他们出去吃饭,吃西餐馆子。几个人都说四侄女大气。又过了两三日,罗意浓半下午来了,天半黑,她领着两个丫头上了黄包车,一路走,一路好奇。两个丫头第一次来上海,本就新鲜,意浓——她们叫她静素姐姐——又专门带她们去繁华所在,她们佩服得不得了,说什么时候,能学到静素姐姐半点,也心甘。

舞厅门口,黄包车停下,意浓付了钱,门口站着的小厮迎上来,意浓点头,说你们老板呢。小厮做了个请的姿势,意浓便带着两个妹妹进去。

小阳春早等着了。

两个丫头有些害怕。小阳春的眼,毒得厉害。

“太瘦了点吧。旗袍都撑不起来。”小阳春抽烟,“学过跳舞吗?”

意浓道:“哪那么多现成的,这个给你,算包衣,调教出来,都是你的。”

小阳春蹙眉,破罐子破摔:“行了,就这样吧,按手印。”

红纸送上,两个丫头被胁迫着按了手印。

这就算卖身了,当舞女。

当天晚上,二房东就开始赶人,庆贵和他老婆,抱着被褥,拖着行李,站在石库门口骂,可有什么用,再骂,就请巡捕房,强龙压不过地头蛇,何况他们初来乍到。

罗意浓没打算饶过他们。

她要替娘亲、姐姐,还有她自己,报仇!她不怕冤冤相报。

贝勒路收容难民的地下室,统共就那几个——对于难民来说,不露宿街头,就是胜利。南京死了那么多人,安徽,紧贴着江苏,自然也是重灾区,能逃过来,已经是万幸。

一群妇女拥簇在弄堂边，穿着布衣，头发凌乱，面目潦草，都是脏兮兮的，这些是逃难来的妇女，接一点洗衣的活，贴补家用。

亏得她们一身劲儿！一边洗，一边操着家乡话，叽叽喳喳，忘却烦恼。

罗意浓不经意走过去，没人抬头看她，她听得懂她们的话，略略生硬的，不似吴语柔软聒噪。她居高临下，只能四十五度看她们的脸，先是额头，再是鼻子，当然，头发也是看得到，看来看去，她找不到翠凤的踪影——最关键是，翠凤出嫁时，她年纪尚小，尽管对其面容有些记忆，但这些年一晃，人世沧桑，谁知道她成什么样？

罗意浓站定，气沉丹田，用土话，喊："翠凤！"

哗啦，洗衣娘们静了，抬头，手里的活计暂停。东首，一个年岁不算太大的年轻媳妇站了起来，她的脸还算干净，但一双手，却粗糙似男人——她不知把手朝哪里摆，只好拙笨地拱在衣前，她瞪大眼睛，惶惑、惊喜，充满内容，还有泪，她试探着问："四小姐，是四小姐吗？"

罗意浓本以为自己什么都不在乎，可这一刻，她百感交集。

霞飞路咖啡馆，二楼，窗边，翠凤收拾干净了，她穿不惯旗袍，所以穿着两截布衫，一个独辫子搭在背后，有些土气。意浓领着个人从楼梯口上来，翠凤站起，意浓道："看我把谁带来了。"

翠凤欲语泪先流。

翠喜也哭了，她上前，紧紧抱住妹妹，万语千言待后叙，这一抱，多少思念尽在其中。意浓倒没那么多愁绪，她笑道："慢慢来，慢慢来。"

两个人战战兢兢坐下，都是苦惯了的人，尤其四只手摆在天鹅绒的桌台上，彼此望着，都有些不好意思，粗粗糙糙，像是恶意的展览。不容易是可想而知的，所以一时间，她们彼此也不问这些年的苦处，只挑开心的问。

翠凤强笑，对意浓："还是姐姐过得比我好，已经是一副上海滩的样子了。"她还没掌握上海滩的语汇，不知"摩登"二字。

意浓微笑。翠喜道:“好什么,还是妹妹你好些,阴差阳错,正儿八经成了太太。”翠凤半低头,面色沉重,半晌,淡淡说一句:“正儿八经有什么用,现在的先生,都是不沾家的。”翠喜劝,都这样,你也别要求太多,有名分就行,别像我。越说越悲伤。苦命人就是这样,偏偏这天又是喝咖啡。

翠凤第一次尝这东西,刚喝一口,便瞪大眼睛,说这是什么东西,那么苦,黄连水吧。

逗得意浓、翠喜都笑。

意浓坐了会儿,说出去一下——她去点心店包点东西给翠凤带着。翠喜、翠凤两个人在咖啡店坐着,这才说点体己话。翠凤问,大小姐现在怎么样,还是没孩子?翠喜说,一直怀不上。

“过去让你生不是?”翠凤小声。

“我不给他生,他对我又不好。”翠喜喝咖啡,眼望窗外。

“你生了他就对你另眼相看了。”

翠喜撸开袖管,三道鞭痕若隐若现,她努努嘴,自嘲似的:“看到了吧。”

“他打的?”翠凤两眼圆睁。

“一会喜欢打人,一会喜欢被人打,我头两胎流产,痛苦得快要死掉,就吃了鸦片膏。”

“你不要啊!”翠凤抓住姐姐的前臂,“还是活着好。”又说,“真想不到大先生会是这样,大小姐也不管管。”

“管?”翠喜嗤之以鼻,“她是百依百顺,只要是为他做的,什么伤天害理的也能做得出来。”

翠凤说:“什么时候你出来,过自己的生活就好了,你没孩子,也没理由就留你。”

翠喜叹气:“出来,去哪呢?我这么样一个人,无钱无权无依无靠,去哪里呢,走到哪算哪吧,不像你,还有个家。”

翠凤叹气："也不像个家。"

翠喜道："好歹二小姐死后，你算明媒正娶独一份了，再怎么变，这个不会变，婆婆对你还好吧。"

翠凤淡淡道："还好，这次一起跑出来的，一家也跑散了，该死的小日本。"

两姊妹说着，罗意浓从马路对面跑过来，上楼，意气风发，朝她们一人怀里塞一包点心，说带回去。翠喜看看墙上的挂钟，惊说时间差不多了，得先回去。于是，翠喜先走，翠凤和意浓一起会了账，两个人并排沿着霞飞路各式样的店铺橱窗朝回走。

"谢谢你四小姐。"

"不要客气，都是家里人。"

"还有一件事不知可不可以请四小姐帮帮忙？"翠凤的声音很敦厚，让人无法拒绝。橱窗里的洋娃娃，百十个，猛烈地朝她们笑。

两个人就站在橱窗前。

"什么事情？说吧。"意浓向来豪爽。

翠凤从怀里掏出一张发黄的照片，一只手掌托着，自顾自地说："这是先生，这是婆婆，这是我。"三个人，山字型，意浓倒着看，头朝天脚朝地，看不真切。翠凤接着说："先生离家好些年了，有时写信。现在日本兵来了，我们才跑来上海，就是听说先生也在法租界，可是你看，这地方，花花绿绿的，我们也不熟悉，四小姐是个有神通的，拜托帮我们找找，找到了，我婆婆和我，还有先生，都一定感谢四小姐。"

罗意浓是个爱听恭维话的人，翠凤这么一说，她这边已经同意了七八分，嘴上答应着，好说好说，上海滩，还没有我找不到的东西，别说是人，就是一只老鼠，我也能挖地三尺，给它找出来。

她捏过照片，只捏一角，这回摆正了，三个人的鼻子眼，都对着她。

无声的对峙。

瞬间，罗意浓全身像过了电一般。橱窗的娃娃龇牙咧嘴，恐怖之极，好像对人间做鬼脸，嘲弄。

当中坐着的那位，那眉眼，那脸庞，那唇线，刀凿斧刻，她当然认得。

“这是你先生？”不可置信的口吻。

翠凤偏过脖子，伸出手指：“这是我先生，这是我婆婆，这是我。”又说一遍，如数家珍。

罗意浓尽量控制自己的身体，不要激动，不要激动，放松，放松，她吐气，吸气，调整好，再问：“你先生叫什么名字？”

“叫江弘文。”

“江弘文，江弘武，江弘文……”罗意浓喃喃自语。

花园洋楼，静安家，尚静安还在午睡。意浓没敲门，芹嫂在客厅坐着，刚想寒暄，意浓单刀直入：“芹嫂，娘死后，你就是我们家唯一的长辈，我现在问你的话，你都要据实回答。”

突如其来，芹嫂有些不知所措，连声问怎么了怎么了。意浓却已经开问了。

“芹嫂，我问你，当初翠凤为二姐顶包，嫁去了一户人家，姓什么？”

“好像姓江。”

“你确定，是姓江？”

“听你娘说，二小姐嫁去的人家，跟大小姐的夫家带点亲，一个族里的，应该是姓江。”

“叫江什么？”

“这个我不知道。”

“当初来接亲，这个新郎你见过没有？”

“我没见过，只有你娘见过。”

“翠凤这些年过得怎么样？你知不知道？”

“这我不知道，你娘说过，无论到什么时候，翠凤都是我们尚家的女儿。后来她回来过几次，只说这个少爷，经常不在家，没多久，我们家家破人亡,也没给她什么依靠,怎么,你有翠凤的消息?”

“没有。”

“那说这些,真是乱世。”芹嫂叹气。

翠喜推门进来,欢天喜地,嚷嚷着:“芹嫂芹嫂,大好消息,翠凤来上海了,翠凤她……”

意浓站在窗帘边,凝重似雕塑。

翠喜噎住。

芹嫂一脸疑惑,对意浓:“翠凤到底来没来?”

人世间,往往没有全然的对错,只有因果。

罗意浓一夜无眠。命运面前,连她这种耍惯了手段的人,都觉得有些害怕——怕自己的欲望,怕命运的捉弄和惩罚。可她有什么错?她不过是想要成为自己想要成为的那种人,得到自己应该得到的,她和筱秋自幼作伴,闯过了种种,凭什么一个男人就抢走了她,而筱秋,又凭何做起什么来,都比她轻松。

罗意浓不甘心。

深夜,一群舞女下班,弄堂里一阵喧嚣,皮鞋敲击石板路的声音,轻轻的歌唱,唱的是流行的小调,“毛毛雨,毛毛雨”,罗意浓站在窗台边,吞云吐雾。上级给她的任务——监视共产党——早抛到九霄云外去了。她想,什么共产党,国民党里都一团乱麻,这一派那一派,现在又是东洋人、西洋人。租界里,什么人没有,都是浑水的锦鲤,谁比谁干净?

她嫉妒罗筱秋的幸福,举案齐眉,白头偕老。呸!说白了不过是一个舞女做了姘头,还搞那么神圣纯洁,不离不弃、莫失莫忘,想得美。

黎明破晓前,煞人的黑,罗意浓的心肠渐渐硬了。

像一块生铁,要沉,就沉到底。

“姐!”意浓进门就喊,很欢快的样子。

罗筱秋新婚，舞当然不伴了，手里有两个钱，还够支撑一阵，欧阳倒不富裕，但每日出去忙碌，说是和老王搭伴，做点生意。筱秋在家——一小套石库门房子，家具也没打，老朋友家的产业，旧家具凑合先用着，谁也不知道住到哪天——筱秋就做做家务，闲时，提笔写字，记录心情。

这日意浓来，筱秋正在写小说，《青春恋史》，刚开头，写在北平那会的事。意浓数日前愤然离开，如今欣然前来，筱秋只顾好好招待，也没多想，她闻声，便离开桌台，迎着出去。

客厅里，两张脸孔，一张熟悉，一张陌生。

罗意浓指着来客："姐，你看看谁来了？"

罗筱秋盯着这个人看，简单的湖色衫子，布有些粗，肥腿裤子，佣人常穿的，做事方便；一条大辫子，粗粗黑黑的，搭在胸前；面容铺满风霜，两个脸颊，可能因为冻疮的后遗症，有些黑乎乎的红——痂皮脱落后的样子。

"我不请佣人。"筱秋很客气。

意浓又轻推了一下来客，嚷道："什么眼神，再瞅瞅。"

筱秋看了看，哦？的确似曾相识，尤其那眼神，伶俐又温顺，人情世故尽在其中。她想起来什么，伸出一根手指，对意浓："不会是？"吸了一口气，见到故人，她太惊诧，多少年没见了。

意浓道："猜对了，她是翠凤。"

"啊——翠凤！"筱秋喊出来，一颗心喜悦得加速运动，"嫁出去多少年了，怎么才回来。"

翠凤赧颜："太远，家里又有婆婆要照顾，没空来看几位小姐，这次若不是逃难，也不得来这儿。"

意浓打趣："这么说，倒该谢谢日本人了。"

筱秋打她："还乱说，日本侵略军，该杀！"又转向翠凤："这些年，怎么样，老二也不在了。见过大姐没有？"

意浓插嘴，说还没得空见呢。筱秋说那有机会再见。又问："日本人打到哪了？"翠凤说："南京屠杀之后，我们那里就开始不安定了，大家都去逃难，婆婆开始还不愿走，后来听说日本人杀到滁州了，也有说不杀良民的，可那哪有个准头，家里也没其他人，年景不好，又没收成，索性逃出来了，音信也不通，但婆婆说，我们家先生在上海，所以我们就来上海找找看。"

筱秋问："现在靠什么生活？"

翠凤答："带的盘缠不多，四小姐上回给了我点，平日里，我靠给别人洗点衣服贴补。婆婆生病，不能劳动，只能靠我一个，不过婆婆说，等找到先生就好了。"她的一双手露在外头，和筱秋一双玉手相比显得特别粗大，她自己也有些不好意思，朝后背了背，藏藏好。

筱秋说："不容易，我这里还算宽裕点，回头给你点家用，先凑合着用。"

翠凤忙推辞："三小姐千万别，婆婆先生知道了，要该说我了。"

筱秋坚持："你算我们尚家出去的姑娘，我给你点家用，就当是娘家给的，有什么可说的。"

意浓拉住翠凤的胳膊，打趣道："瞧瞧瞧瞧，一口一个先生，一口一个婆婆，真不愧是嫁了人的姑娘。"

翠凤脸红。

筱秋对意浓说："翠凤来，芹嫂、翠喜知道么？大姐呢？要不今天都请了来，我请个厨子过来，烧一顿，大家热闹热闹。"

意浓说："今个刚好初一，翠喜陪大姐上香去了，芹嫂倒是在家，我可以去请，就是不知道我那三姐夫今天回不回来？一桌子女客，也无趣。"

翠凤惶恐，说："我就是来看看三小姐，哪用这么大排场，再说，我婆婆一个人在地下室，晚饭还没着落，我得回去。"

筱秋说："那好办，把你婆婆一并接来，不过多一双筷子，我们也算亲家，见一见，乐呵乐呵，无妨。”

意浓拍手：“这个主意好。”她又变成小女孩了。

话说到这个分上，翠凤不好拒绝，也就答应下来。筱秋立刻打电话去醉仙楼，请他们外派一名大厨，并两个小工，来家里帮厨。

饭桌摆好了，满当当卡在客厅，十来个凳子围着圆桌，待命。一桌子菜，烧的、炒的、煮的、炸的，食材虽然不丰，倒也琳琅满目。芹嫂来了，抓住翠凤的手就不放。说着说着，她流泪了。筱秋说：“看你，上年纪了，还这么爱哭。”芹嫂泫然：“我只是……想起你娘。”

筱秋默然。

翠凤还乐观些：“能聚在一起，就是老天爷给的福分。”

芹嫂拍手，叹气。世道那么乱，能活着，还能聚一聚，已经是万幸。芹嫂又问：“亲家太太什么时候来？”

筱秋说：“去请了，意浓叫了汽车。”正说着，罗意浓搀着个老太太从当门口进来。花白头发，腰背佝偻着，但两眼却炯炯有神，刚进门，她就作揖，跟各位打招呼，笑吟吟的。

翠凤下座迎接：“妈。”

老太太颤巍巍坐上座，坐定了，才对四周，说：“落难至此，感谢亲家帮衬。唉，也是我儿没福分，这么好一个媳妇，他倒常不沾家，这些年，也没挣到多少银钱，可怜翠凤替人家洗衣服养活我，我这个做婆婆的，于心有愧呐。”翠凤似有羞怯，连忙说妈，不要这样讲。芹嫂年纪大，又是长辈，自然得说两句，她接过亲家母的话，说：“唉，头十几年地里，谁能想到，我们这些人，老了老了，还会跑到这个江边海边来。世道乱，家道中落，当年的事，我就不细说了，但是今个，我还是要替我们去世的老太太，给亲家太太道个歉，当年狸猫换太子，也是逼不得已，也怪我们二小姐没福分，现在好，去做了死鬼了，还是翠凤这丫头，熬出来了。”

亲家太太道：“要我说，阴差阳错就是命，翠凤这丫头跟我这些年，不是亲闺女，也磨成亲闺女了，只是苦了她到现在也没养个一儿半女，以后老了没个依靠，也怪我儿不听话，怪我，怪我。”越说越悲伤。

芹嫂年纪大了，此话触及她心事，故也跟着半垂泪。筱秋见气氛不好，岔开话题，对翠凤说：“你家先生现在上海做什么事？”

翠凤带笑道：“应该是做生意。”并不多说，可能也是亏了，才躲起来不见人？筱秋也不多问。

意浓不耐烦，急道：“哎呀，齐了！”又对筱秋：“姐夫呢，什么时候回来？”

筱秋说我们先吃，他出去办点事，能赶得上。于是，亲家太太上座，芹嫂陪坐，朝下依次是，筱秋、意浓、翠凤，五个人围着圆桌吃饭。这一顿说是中餐，其实倒有些洋味，多以罐头食品做材料，罐头肉、罐头蔬菜，现杀的，只有一条黄浦江鲤鱼，头朝着亲家太太摆，筱秋张罗，说：“快尝尝，亲家太太下第一筷子，鱼头朝哪，哪就是主。”亲家太太一通推搡，还是下筷子了。她来上海这些天，很少开荤，吃鱼，难得的。

席开到一半，有上楼的脚步声。意浓坐得靠外，耳朵尖，她嚷：“姐夫回来了，我去开门。”

门一打开，果然是欧阳夏。长布衫，腰略有些弯，头发是新婚时理的，朝后，一丝不乱，很是抖擞。脸上梅花型的伤疤，老远就看得见。

意浓嘴角一丝微笑。

筱秋站起来，招呼：“来，欧阳，见见，这都是亲戚。”

欧阳夏的脸僵如门板，定在那儿。厨师还在上菜，是热炒，空气中弥漫着鲜咸味道。“欧阳。”筱秋又喊了一句。

他还是没理她。

翠凤泪流了一脸。

亲家太太嘴角下拉，脸沉如阴天，死死地盯住欧阳夏。

芹嫂诧然，站起来，笑呵呵地说：“怎么都不吃了，吃啊，趁热。”

凭她的人世经验，隐约知道有大事要发生，所以赶紧仔细敷衍。

但也迟了。

亲家太太颤抖着，站是站不起来了，她伸出一根手指，指着欧阳夏问："这位尚家的三姑娘，是你什么人？"

欧阳夏面无表情，不作声。

亲家太太又问："那我是你什么人？"

欧阳夏当即答："你是我娘。"

亲家太太骇笑，道："亏你还知道我是你娘！"又指着翠凤，问欧阳："你告诉我，她是谁？"

欧阳夏不敢看筱秋，也不看翠凤，他背过身，给众人一个凄怆的背影。

亲家太太冷笑道："你不知道，我告诉你，这是你明媒正娶的夫人尚翠凤！这么多年，她勤俭持家，替你孝顺娘亲，并无错处，你不喜欢她，不认她，是你的事情，我老太婆认她，什么革命，什么维新，我看都是狗屁，到什么时候，人情道理不能变，做人的良心不能黑了。"说罢，老太太愤然起立，依旧是颤巍巍的，但那蓬勃而起的怒气，冲得四下无人敢近身，她扯住翠凤的胳膊："我们走！"

翠凤一脸泪，跟个木偶似的，乖乖被牵着走。

天旋地转。

欧阳夏是化名？他为什么从未说过？筱秋呆若木鸡，脑子里有七八个线头，穿穿绕绕。她苦笑。她能有三四个别名，他就不能有么？这年头，又有几个人是本本真真的，写婚书之前，她就知道他曾有过包办的婚姻，可她怎么也想不到，那个人竟然是翠凤。更想不到，她会以这种方式，出现在她面前。

"你到底叫什么？你到底是谁？"筱秋问。

芹嫂怔怔的，种什么因，得什么果，可她料不到，当年"顶包"出嫁的翠凤，会在这天"还阳"，以原配夫人的身份，与三小姐争一个男人。

意浓说："这样的男人，怎么靠得住，要么离婚，干干净净的，学徐志摩。”

筱秋低吼:“你闭嘴。”又朝欧阳:“你知道翠凤是谁么?”

欧阳夏没作声。筱秋道:“她是和我一起长大的姐姐,当年她代替二姐出嫁,没想到嫁的人,竟然是你。”

欧阳夏一脸惊恐,但他依旧强作镇定:“事情是可以解决的。”

筱秋说:“经历了那么多,我以为自己可以放下一切,什么都不顾地和你在一起,可现在我发现,晚了,迟了,我们的命运一开始就注定了,如果是一个陌生的女人,如果远远的,永远不出现,我可以不听不看不想,就这么浑浑噩噩下去,可她是翠凤啊,我怎么能不仁不义。”

欧阳夏上前,抱住筱秋的头,喃喃说:“给我点时间,给我点时间,都会解决的。”

天快亮了,一只小麻雀落在窗台上,大摇大摆地蹦到这儿,又蹦到那儿。罗筱秋一夜没睡,芹嫂陪着她——斜靠在沙发上眯着眼,老人家念叨了一夜,解决办法,没有,只在怨念命数。

筱秋穿着睡袍,走到窗前,小麻雀惊飞。芹嫂也醒了。开头一句:“打算怎么办?”筱秋婉转:“乱世儿女,过一日算一日,我退出,成全翠凤。”

芹嫂叹道:“感情这个东西,让也让不出去,你甘愿退出,就解决全部问题了吗?三个人同时痛苦。翠凤先入一步,但若只谈感情,你与欧阳,则走在头里。”

“还叫他欧阳。”

“那叫什么。”

“江弘文,是大姐夫的近亲,说是个堂弟,一个弘武,一个弘文。”

“怎么都弄一块去了,跟江家,真是冤孽。”

对外,欧阳夏还叫欧阳夏,可在筱秋心里,他则已经是另外一个人,江弘文,或者别的什么,她不知道,她心如死灰,但偶尔的,在内心深处，在她自己都不想触及的地方，似乎又有那么点火苗。

那是希望。

地下室，欧阳站在门口，他的娘亲，江容氏背对着门，坐着，喝茶，翠凤站在她身边。江老太太知道儿子在，故意悠悠地拖长声调："翠凤，去把门关上，今天不见客。"

"娘——"欧阳苦叫。

茶杯盖砸在桌子上，江容氏半转过头，用余光扫视，冷笑："你心里还有我这个娘？多少年不见音讯，要不是翠凤，我早都死了！"

欧阳夏帮着收拾东西，说："娘、翠凤，这里条件太差，对身体不好，先去找间楼上的旅馆。"

江老太太愤然："你不许动，就住这里，好得很。那个女人，你以为我不知道她是谁？尚家的三姑娘，庆贵伯早告诉我了，他们尚家，最会见死不救，隔壁的小囡也说了，这人是当过舞女的，我从小供你读书，就是让你找舞女的吗？"

欧阳夏无力："娘，都是误会。"

江老太太："我不管什么误会不误会，当年的事，现在你也知道了，你娶的本来应该是尚家的老二，可她没这个福气，轮到了翠凤，那么就将错就错，你的夫人，就是翠凤了，她以后也不姓尚，跟我娘家姓，姓容，她就是你的正牌夫人，至于尚家，我不管是存心也好，无意也罢，我不许你们在一起，必须分开。"

翠凤小声，忍住泪："娘，你不要逼弘文，这些年，我也习惯了，三小姐知书达理，跟先生正相配，我只求一辈子伺候您就行。"

江老太太恨铁不成钢，戳翠凤的头："这么多年你受苦还没受够？该给你个说法了！"

屋子里的钨丝灯突然炸了两下，灭了，黑洞洞的，老太太鼓足中气，朝外喊："没电了！老板娘，没电了！"

电闸掉了。没多会,屋子里又恢复了光明。

欧阳夏知道,要说服他娘,几乎不可能。

“究竟让我怎么办?!”欧阳夏颓丧,革命多年,他从未如此无力。

江老太太斩钉截铁:“这个洋人的地方也没什么好待的,离开这儿,去重庆,你不是国民党么,重庆才是国民党待的地方。”

欧阳夏脑袋一懵。

老太太竟然懂那么多。

可欧阳夏有自己的主意。

静安家,罗意浓稳稳坐着,她是来“通气”的。

弘武站着抽烟,静安来回乱走。

翠喜上来奉茶。弘武冲静安:“你能不能不要走来走去?各安天命。”

一张愤怒的脸。

尚静安毫不客气:“各安天命,你知道老三是要嫁给谁吗?你堂弟!就是当年那个娶老二没娶到的,跟你半辈子不和的堂弟!江弘文。听说这个人在南京时就跟老三搞到一块了,老四,你是不是也喜欢他,你为他离婚?”战火烧到意浓这里。罗意浓始料未及,她忙说:“怎么可能,我和茂松离婚,完全是理想志趣不投机。”

弘武吐烟圈。

他欣赏筱秋,大明星出身,身上有种让男人欲罢不能的纯真与娇媚混合的气质,但他从未打算“霸王硬上弓”,可现在,他显然觉得,自己的仁慈,反倒给了竞争对手机会。而且,弘文,化名欧阳夏,背景复杂,革命学生出身,一会革命,一会从商,在国民党内部,他过于“清廉”,既不够左,也不够右。“八一三”前后,日本人扶植起来的“头面”屡屡遭到暗杀,连他自己,都好几次身陷险境,其中有帮会,有蒋介石派,也不排除共产党在行动。据调查,死了的李忠,跟一名王姓商人过从甚密，而王姓商人，又和欧阳经常走动。杀几个寻常人，对他来说，跟捏死个蚂蚁没分别，可这次，他要面对的，是自己的弟弟。

“静安，哪天过去看看妹妹。”弘武说。他顾大局，也为了探听探听情况。“我陪你一起。”

静安有些意外，出双入对，一直是她梦寐以求的，可他不给她机会，现在，妹妹出闺，又闹出两个太太的笑话，反倒成全了她似的。

静安微笑着，她满意了。

自饭局事出后，芹嫂一直在筱秋那里住着。她怕她出事。可那一夜后，筱秋却似乎恢复了平静，她不想坐吃山空，打算出去工作。

芹嫂反对：“这什么世道，没必要划那么清楚，女人工作，谈何容易，就算不打算过了，婚书不是假的吧，欧阳养家是应该的。”

筱秋心痛不已，但仍旧说：“什么养家不养家，这个租界，不知道能过到什么时候，国都没了，还家，实在不行，我学老四，也去参军，战场也上过了，要死也打打日本人。”

芹嫂吸气：“我的小祖奶奶，你可别昏了头，你嫁人，容易，何苦把自己逼成那样。”

两人正说着，敲门声响起。

翠凤站在门口。亭亭的一个人，还是两条辫子，一双大脚。

“三小姐，芹阿妈。”她喊，充满温柔，没有敌意。

芹嫂一见她，悲从中来，又想起当年一瞬间，老太太和她一起做的决定。成就了一时，毁了好几个人的一生。赖谁？还是那句话，都是命！她走过去，给她拥抱，像抱着一个孩子。

“受苦了，都受苦了。”芹嫂老泪纵横。

翠凤却出奇地镇定。她竟微笑着，拍拍芹嫂的背：“不苦，真的不苦，只要自己心甘情愿，苦也是甜，我今个来，就是想跟三小姐说几句话。”

都是大气的女人，此时此刻，筱秋对翠凤，倒生出几分敬佩。

她请她坐。两个人紧挨着。

翠凤望着筱秋的脸，那么淡然，那么笃定。筱秋心里却有几分慌了，但她还是强撑住。

翠凤吸了口气，娓娓道："我知道，先生的心，在三小姐这边，我不怪三小姐。这么多年，国难家仇，没有联系，我听说三小姐也是九死一生，才有今天的荣耀，是个男人，都会钦慕三小姐的才貌品德，先生如此选择，正说明了先生的眼光，何况当初，先生媒定的，是与二小姐成婚，机缘巧合，我成了顶包之人，实为无奈，如今三小姐替上来，都是尚家女儿，谁也说不出什么。只不过，这些年，我在老太太身边照顾，多少有了一些感情，虽然没有一儿半女，可先生在外拼搏，我与老太太相依为命，老太太也当我半个女儿，此前见面，老太太帮我说话，三小姐千万别放在心上，也是一时的气话。如此局面，我接受，不过老太太这边我还离不开，所以我想，等局势稳定了，我还是带老太太回乡，先生这边，就多靠三小姐照顾。至于名分，这些年我也没争过，如果三小姐在意，就按小姐为大，我做个侍妾便好。"

一席话，听得筱秋百感交集。

她爱他，可这份爱，放到翠凤面前，算什么？她要一夫一妻，一心一意，可翠凤却为了这份爱，舍弃自己的幸福，成全她和他。面对翠凤，筱秋觉得无力极了，同情和怜悯，混杂着疑惑，一次又一次向筱秋的心发起冲击。她的新女性理想，她的恋爱理想，她的婚姻道德观，在新旧交替的时刻，变得如此模糊，充满阵痛。

她的爱有罪吗？没有。翠凤的呢？也没有。

可这两份爱并置在一起，变成了罪。

跟她比，翠凤更加弱势，没有了这个丈夫，她靠什么活？筱秋不允许自己那么残忍。她捉住翠凤的手，坚定，决然："不可以，你不可以放弃，他应该回到你身边，这是他的责任，也是我的宿命，这是我们尚家欠你的，必须要还。”

一提到尚家，翠凤泣不成声——“我也是尚家的女儿，我也是啊……”

芹嫂走过来，抱紧两个孩子，三个人哭成一团。

皮鞋声。一下，一下，木地板被敲响了。

翠凤不哭了，这声音太熟悉。

几人抬头，那张带着梅花疤痕的脸，悄然出现在门口。天光在他身后，射进来，剪出他魁梧的身形。

“你怎么来了？”他问。显然是朝翠凤的。

翠凤半低头，急忙抹干泪。

欧阳的口气令筱秋反感。她拦在头里，反问：“你能来，她为什么不能来。”

芹嫂打圆场，和稀泥，说都能来都能来。

欧阳不解释。冷冷酷酷。

他走过来，坐在板凳上，两腿岔开，两手扶膝盖，不说话，若有所思。

芹嫂亲自奉茶，盖碗，镶着金边，是她送筱秋的嫁妆。老太太留下来的。

“喝茶，喝茶。”

欧阳抬头，用手朝后插了插头发，英姿飒爽。

“筱秋，过去是我不够勇敢，北平、南京、上海，一直错过着，为了家庭，为了名誉，我压抑自己，我甚至害怕到，在你和意浓救了我之后，还装作不认识你，可现在不了，我不打算这样，我要终止这种怯懦。”

筱秋颤抖着，但她却压低声音说：“请你不要再说下去，请你尊重个人的历史，尊重在场的每一个人。”

欧阳大吼：“就算是错，这么多年，也偿还了！为什么不能再来。”

翠凤泣不成声。

筱秋背过脸,痛苦地说:"你出去,出去。"

芹嫂给欧阳使眼色,毫无效力。茶水间的炊子响,芹嫂赶忙去冲热水瓶。欧阳站起身,走到翠凤跟前,两手下垂,鞠躬,又鞠躬。翠凤惊得朝后退了两步,两手摊着,想扶又不敢扶。她爱丈夫,也怕丈夫。

"你放过我们好不好,这些年,谢谢你一直照顾娘,我谢谢你。我们相敬如宾,我并没有对不起你,鲁迅有朱安,我也不想你像那样,你还年轻,还有机会追求属于自己的感情,翠凤,你放手好不好,我们离婚好不好,我们离婚……"欧阳夏铁骨铮铮,他的声调从未如此柔软过。

"啪!"欧阳夏的脸偏到一边。"啪!"又偏到另一边。是筱秋,她左右开弓,打得爽快。欧阳的脸上一道血痕。筱秋的长指甲没有客气,赏他鲜血淋漓。她曾经爱他的勇敢,现在,她偏偏恨这次不合时宜的勇敢,枪林弹雨没低过头,可为了儿女私情,他却如此,丢失人格。

气顶在胸口,筱秋不解恨,又是一巴掌,再一巴掌,连续打,指甲时不时造就出血痕,欧阳夏一张坚毅的脸,被鲜血染得红殷殷。

"不要打了,三小姐,我求求你……"翠凤跪地,抱住筱秋的腿,痛哭。

筱秋哭花了妆,怒对欧阳:"带着你太太,离开这里,就当我们没开始,你不应该背叛家庭,你不能够背叛对我们家有恩的翠凤,可怜可敬的翠凤。你走,以后不要再来。"

欧阳决绝:"我要离婚,不是因为你,是为我自己,我救过你,你也救过我,我们扯平了,但未来的路怎么走,是我自己的事,你不愿意接受我,可以,但我还是要离婚!"

筱秋歇斯底里:"我们尚家到底欠你什么!"

芹嫂从外屋赶来,嚷嚷着说欧阳先生你就少说两句,不是不能解决,不是不能解决。翠凤大叫:"三小姐,三小姐。"

筱秋昏迷,倒在地上。

广慈医院，窗帘洁白，闭合着，阳光照不进来。床头一束迎春花，黄得稀薄。芹嫂、意浓、静安只能在病床前。筱秋脸色苍白，因为虚汗，头发贴在额头，尚在昏迷。医生走进来，是个法国嬷嬷，广慈的元老，算权威了，她没有笑容，一脸的理性。

“这位小姐，怀孕了。”她讲中文，不是非常标准。但已然是重磅炸弹。意浓的喉咙咕隆一下。芹嫂圆瞪双眼。静安不可置信的口吻：“什么？再说一遍。”

嬷嬷笃定，换了种说法，依旧不流利：“这位小姐，她，有宝宝了。”

“天！谁的?!”静安叫出来。

她对孩子的事最敏感。

江家花园，静安、意浓、芹嫂，对坐。就算是家庭会议。静安的意见很明确，这种“有辱家风”的事情，绝不允许发生。

“孩子是乱生的？谁养？那个什么欧阳夏，能养吗？这算什么，妾，还是姘头？给翠凤当小老婆，成什么了。”静安拍桌子，“我不赞成不同意不批准。我们这个家，也该管管了，老二，去革命，革了自己的命，老四，想结婚就结婚，想离婚就离婚，现在轮到老三了，不明不白怀了个孩子。”

静安是有些恨，当初她让筱秋与江弘武生个孩子，她养，筱秋不肯，现在，却跟弘文偷偷结婚，怀了孩子。算什么?! 弘武就那么不如弘文？

意浓抱怨：“大姐又扯我，我离婚，也离得光明正大。”

翠喜来上点心，又迅速退下，静安的脾气，她知道。

芹嫂劝解：“都这么大了，管不了，既然有了，就生，年纪也不小了，安安分分的。”

静安皱眉，老大不高兴。

筱秋的态度倒很坚决，不要。

病房的花早蔫了，就芹嫂一个人陪筱秋。芹嫂语重心长："能生还是生，女人养孩子未来有个依靠，好在这地界是外国人说了算，还安定。"

筱秋脸色好多了，她想了想，说："名不正，言不顺，怀上这个孩子已经是错误，如果生他下来，对翠凤，是种伤害。"

芹嫂忙道："你不生对她才是伤害呢，嫁到江家都多久了，还没人影呢，你看着吧，她比你急。"

筱秋执拗："急不急的，反正，我意已决。"

没几天就出院，筱秋还在原处住着，芹嫂怜爱，搬过来和她一起暂住，炖汤熬药，不多日，筱秋气色恢复了些。芹嫂坚持要熬中药，就在屋里，弄个药罐子，好在天不算热，筱秋嫌气味不好，芹嫂说，闻闻药味好，都是保胎的，头三个月，特别要小心。筱秋没办法，说还说保胎，医生都约好了，爱丽莎诊所，礼拜四。

芹嫂拿着蒲扇，停住，劝："再想想，不着急，还有日子。"

筱秋下床，夺过芹嫂的扇子，道："我想了想，以后都是靠自己，这年头，孩子生下来，也是对孩子的失责，若是个太平盛世，生也就生了，可如今……"筱秋叹息。

芹嫂不言语。

她自己生过儿子，也生过女儿，儿子是落地就没了，女儿，三岁生热病死了，芹嫂算是无爱一身轻，可她对孩子，也有感情。只不过，她对孩子的执着，与静安的执着又不同。

她是佛心，静安为要孩子入了魔道。

总有办法的。

芹嫂抬头看天，天空有鸽子飞过，和平鸽，营造着虚假的和平，上海租界里的天，挨着黄梅季，阴沉沉，朝下看，巷弄里有人打伞，黄的圆形面，缓缓移动。一个小孩子斜刺里冲出来，可能是爱玩水，也可能只是顽皮，没多久，一个妇女冲出来，拽着孩子，打屁股，嘴里念叨，作死，作死，阿有炸弹啊，头上落的都不晓得。

楼下的电话响，芹嫂忙下去接，是翠凤。筱秋听到电话响，问是谁。芹嫂捂住电话，说哦，是大小姐。筱秋不耐烦，没再理会。

翠凤是来告别。

黄浦江的江风有些大，小轮船停在岸边，船身随着江涛起起伏伏，更显零落飘摇。江容氏、翠凤一人挎着一只包袱，欧阳夏提着皮箱子，还有行李，老王帮忙提着，一手一只，朝船舱走。江容氏不愿在租界久留，灯红酒绿，她看不惯，感官刺激不是老人家吃得消的，所以，当机立断，她要去重庆，也不怕路远。欧阳夏这边有事，不能陪着去，找了个同乡，是个小官，战争爆发，没赶上大部队，这才拐着弯，打算从香港，取道桂林，奔赴重庆。老太太和翠凤，就跟着走，相互照应。

艰险如取经。

欧阳夏——母亲面前他是江弘文，站在风地里，他头发长些，这日没涂发油，飘飘逸逸。他知道拗不过他娘，但还要说："这一路，可不比以往，要不再等几个月，看看战事再说。"

江容氏腿脚不算利索，但气性却大："你别管了，这么多年也没管过我老太婆多少，你要真有心，就跟翠凤养个孩子，跑到天涯海角都不管你。"

翠凤羞愧，低头。

欧阳还是老话："等过一阵子——"

江容氏拦话："等等等，你娘我等了一辈子，也没等到个孙子，你却在这个脏地方跟些个脏女人胡混！我不需要你对得起，你别对不起你死去的爹！"

翠凤拉住老太太，劝解。老太太还是指着儿子鼻子骂，欧阳是孝子，就听着，当然不回嘴。

老王看不过，收拾完行李，回来，催促："老太太，船快开了。"江容氏这才收住骂声，长叹一口气，转身，由翠凤扶着，迈步上船。

汽笛鸣响。

远处却跑来个人。踉踉跄跄，跑得很是辛苦，个子矮，人群中伸手呼喊，更显艰难。

“亲家母——”近了才听清，芹嫂，是芹嫂？欧阳觉得奇怪，翠凤忙过去接，江老太太跺脚：“不许过去！”

翠凤止步，垂手而立。

芹嫂连走带跑到跟前，气喘吁吁。

欧阳关切，扶住她。

江老太太厉声：“你来做什么？无需你送！”

芹嫂看看翠凤，又看看老太太，再看看欧阳夏，终于小声又平静地说：“三小姐，她，有了。”

江老太太当即问：“什么?!”双目似船灯，割云破雾。

翠凤面无表情。欧阳夏则有些发窘，这事，有他一半——写婚书那天，一夜缠绵。

江上的风吹来，越刮越大，汽笛再度鸣响，轮船上冲出的白汽，迅速飘散。

老王从船上下来，行至码头，说：“该上船了。”

所有人不动。

老太太蓦地连声道：“回去，回去回去。”微微皱着眉，又是笑，说不清是喜还是忧。

几个人都愣了一下，只好随着走。

地下室肯定不住了，欧阳找了个旅馆，刚好有两间房，路太远，老太太懒得跑，几个人就先住下，江老太太独住一房，翠凤和欧阳住一间。

老太太翻来覆去，一夜没睡。

翠凤、欧阳，长久没共房过，突然住一间，欧阳本想分开，但终究不好驳母亲大人面子。这是他们多少年后，又一次在晚间同处一室。

床垫子扯下来一块，朝地上一铺。“我就睡这里了，你甭管了，你睡床。”欧阳爽快，过去他与筱秋，也曾如此。只不过，那时有悸动，而今面对翠凤，是有点愧疚和怕。

翠凤尴尬，唯唯诺诺，不太抬头。“还是你睡床……”声音是细小的。她有些怨念，同为女人，她和欧阳那么多年，没一点孩子的影，筱秋才几日，便生米煮成熟饭。但这怨念也只是一瞬，筱秋可是三小姐啊，而且，冰冻三尺非一日之寒，欧阳对她，向来“相敬如宾”。

她抱住枕头，坚持睡地上。

欧阳发急，皱眉：“让你睡你就睡！”声音大了点，说完他就后悔了。他的恻隐之心，像一只小蛇，偷偷袭击他。他猝不及防。他明白，她有什么错?！若说有错，也只是因为他不爱她！

“对不起。”欧阳声音嘶哑。他懊悔，又委屈，他反复思量，自己又有什么错，不过是时代更替，造就出了畸形的婚姻状况。

翠凤哭了，无声地，她抽了一下鼻子，欧阳看她，她连忙擦眼泪，她不想接受他的怜悯。

“床你睡，我地下。”欧阳平息情绪。

翠凤固执，抱住枕头，不动弹。欧阳拉她，她脚下跟生了根似的。

“那都睡床。”欧阳近乎执拗地，把褥子抱上床，两只大手，几下摊匀了床面，向翠凤做了个请的手势。

她没习惯他如此，战战兢兢：“我……你……”欧阳说，你睡里面，靠墙，安全些，翠凤还是不敢动，更多的，她是不敢相信，这么多年冷遇，突然“同床共寝”，她反倒不知如何处理。

欧阳见她如此，自己先跳上床，拍拍床板：“我靠墙，你睡外边，夜里起来方便点。”说罢，他躺下，面朝里，留给翠凤一个坚实的背影。翠凤坐在床边，小心翼翼抬脚，两脚并拢，跟个新嫁娘般，慢慢伸直了，身体再慢慢躺下。

百年修得共枕眠。

翠凤睡不着,老天既然安排这个缘分,为何不给足,让她和他,如此近在咫尺,却又远在天边。

夜,极静,不远处歌舞厅尚未歇业,歌声传来不费劲,薄薄的,一阵一阵,忽大忽小,铺成租界的底色。

翠凤小心翼翼,翻了个身,近乎慢动作。

欧阳习惯了行伍,自然特别敏感,他没转身,只小声问:"睡不着?"

翠凤立刻不好意思,结结巴巴,起身:"我去地上。"

欧阳拽住她手腕,有力地,她不动了。

欧阳转过身。两个人就那么平躺着,天花板上一只灯泡,黑色的圆点,钉住过去。都没说话。

终于是他打破沉默。

"你恨我吧?"

许久没应声。

他又说:"恨是应该的,你该有自己的日子。"

翠凤忙道:"我不想,离婚。"黑暗中,五个字,声音越来越小。这么多年,她早已放弃幻想,唯一想保留的,不过名分。

欧阳静默,他知道,离婚不可能,有他娘挡着,而且,离婚,对翠凤也不公平,可既然不能离婚,翠凤也不愿意走,他愿意养她一辈子。

可筱秋那儿,现在又算什么?

"我可以养你。"半天,欧阳快速说。

翠凤忍住泪,她留在江家,从来不是因为要别人养活,多少年前,她代替尚静之嫁进来,是为个"义"字。可迈进那门槛,第一眼见到他的时候,她就已经断定,自己生是江家的人,死是江家的鬼,不管他对她冷漠也好,疏远也好。现在,他却把她想成一个浅薄的女人,这让她难受,不能接受。

翠凤的眼泪，从眼角流出，沿着颧骨，迅速下落，滴在枕头上，她不动，不出声，就那么哭了一阵，说："我自己能行，我还有力气，能做事，能养活自己，也能养活阿妈。"

欧阳叹气，道："那我该怎么补偿你？"

翠凤婉转："我……想跟三小姐一样……有个孩子。"

瞬间，欧阳全身像过电般，簌簌颤抖。

他坐起来，俯看她。

她平躺着，静默如冬之大地，亟待春暖。她面容舒展，双眼微闭，胸脯微微起伏，风霜雨露，都可以承受。黑暗中，欧阳听到外面水管子漏水的声音，滴答滴答，歌舞厅的淫声浪语，如海浪，一阵阵侵袭。

她将两臂朝头上伸，直直的，如投降的双枪，他的两只大手，紧紧捉住她的手臂，身子就势压上去。

山雨欲来风满楼。

欧阳喘着粗气，翠凤期待着。

"对不起。"

等来这么一句。晴天霹雳！欧阳夏倒在一边，他硬不了，做不到。面对她，他有种挥之不去的羞耻感、陌生感、困顿感。

这对她也不公平。这不又成了封建家庭那一套吗？他不要这样的"宠幸"。

翠凤听到那三个字，迅速坐起，裹好衣服，惊惶之鹿般，跳下床，开门，出去了。

哪管眼泪肆意流。

欧阳低头，没出力，倒发了一身汗，热汗？冷汗？谁知道。他看见她的一双鞋，旧式单鞋，还放在床头，头朝里，八字形，无声的，委屈的，仿佛一对眉毛，抖一抖，就能落泪。

相遇的时机很重要。

在他眼里，她注定属于旧时代，是封建家庭颠扑不破的一部分。

芹嫂去买菜,有敲门声,筱秋去开门。她肚子没大显。

门一开,筱秋嘴巴微张,不知道怎么称呼好。江容氏带着翠凤进屋,笑盈盈的,手里拎着两包糕点,冠生园的,红绳子系着,玲珑可爱。

“伯母,这……”

终于叫出口了,筱秋急中生智,叫伯母。

“快坐下,快坐下,好孩子。”江老太太慈眉善目,快走过来扶着筱秋的胳膊。

筱秋受宠若惊,不知所以。

江老太太朝翠凤:“快,端个椅子过来,就那只藤椅,放只垫子,硬。”

翠凤连忙照做。

“伯母……这……不用……我……”筱秋语无伦次了。第一次见,如仇敌,第二次见,似亲人,天翻地覆。

江老太太坐定了,笑道:“别你你你我我我的了,外里外道的,好不容易有了身孕,哪还能这么乱动,都别做,我来,翠凤来,以后我就住这儿了,伺候你,争气的好孩子。”

筱秋百口莫辩:“不是,伯母,翠凤,我……”

翠凤微笑:“就按照娘说的意思办吧,我不争气,这么多年都没孩子,现在三小姐有了身孕,是天大的好事。”

芹嫂进门,嚷嚷着:“什么好事也让我听听。”江老太太转身,嬉笑着,两人迅速客套成一团。

芹嫂道:“老太太,恭喜啦,要抱孙子啦。”又改口:“哦,不,也有可能是孙女,这个媳妇,你认不认呐。”

筱秋眼晕,芹嫂这是哪一出!

江老太太道:“我们江家,要在以前,媳妇生产,没有三四个人伺候是不行的,现在尽管破落了,我这个老婆子还能干,我来伺候,至于孙子孙女，我是这么想的，有孙子，当然好，传宗接代，但现在乱世，有孙女，我也知足了，有个孙女在身边，也算对我老太婆的安慰。”

匪夷所思！

是她生孩子吗？占有欲那么强！再说，生不生，还未定。

江老太太比个手风，一枚绿宝石戒指，箍在她左手无名指，笑呵呵道：“这只祖母绿戒指，是从康熙年间传下来的，一直传到我这里，我一直不曾给人，料子是好料子，镶金也是特别好的老金，我就想，要不就给……”

话没说完。罗筱秋站起来，她的大披肩，垂在地上，特别有气势。

几个人望向她。

“我还没打算生，约了医生，要拿掉的。”

屋子里一下炸开了锅。

筱秋的态度很坚决。老太太回旅馆就朝儿子哭诉，翠凤劝，也劝不住。欧阳对着他娘，一筹莫展。

“你说这个女人，是不是女人，有了孩子不生，要打掉！”江老太太一把鼻涕一把泪，“你去说，让她生，必须生。”

欧阳犯难，不言语，他知道筱秋的脾气。

江老太太道：“她要名分，给她名分呀。”又对翠凤：“凤儿，咱不在乎这些虚的。”翠凤垂手而立，不置可否。

欧阳道：“肚子是人家的肚子。”

老太太愤怒：“可那是江家的血脉！”

欧阳又怎么去劝筱秋呢，生，还是不生，他觉得自己都没有资格做决定。这本就是一场意外，什么结果，他都接受，因为他爱她。

翠喜进门，她刚去见翠凤回来。

静安坐在沙发上，直起身子，问：“怎么样？”

翠喜说：“听说不打算要。”

“本来就不应该要!”静安有些激动。她自己怀不上,每见人怀,都会有种莫名的恨意。

弘武进门,挂衣服、帽子,脱鞋,翠喜忙去伺候。

“什么不打算要?”他问。

“老三,不打算要孩子。”

“不要?”

“要他做什么,孽种。”

“不要也好。”

“你那个弟弟,神出鬼没,搞不好,是个特务,来杀人的。”

“也不见得,都在变化,不是不能为我所用。”

静安走过来,看见弘武衬衫下的脖颈有点红,问:“怎么,又玩上了?”

“出任务,不小心被抓的。”

“抓女人?”

“蒋那边的特务。”

静安呵呵一笑,是男人,都改不了吃腥,她知道丈夫好哪口,这些年,翠喜代替她伺候弘武,可孩子,却始终没怀上。是她给翠喜吃的药。可现在,她非常迫切地想要个孩子,而她自己,年岁渐长,希望渺茫,她快放弃了,更糟糕的是,弘武现在很少与她行房。

她扶住弘武的肩膀,笑眯眯地说:“再帮你找个丫头,如何?”她眼神勾魂摄魄。“总出去,会生病。”

弘武盯着她看了几秒,一边解衬衫袖扣一边道:“莫名其妙!”

他的背赤裸着,繁复的龙刺青,龙头处,一块疤痕,拜筱秋所赐。刻骨铭心。他喜欢她狂野的样子。他讨厌臣服,可在那一刻,他愿意。

尚静安站在那里,呆立。

他敢拒绝?他为什么拒绝?

弘武穿上卫生衣,进屋去了。静安对着客厅一角的穿衣镜,比了个身形，问翠喜："我老了么？"

翠喜冷冷说没有。

"那他为什么对我那么冷淡？"静安转过脸，对翠喜，冷不丁，扬手，迅雷不及掩耳，"是不是你勾引他？！"

翠喜捂着脸，哭道："我没有……大小姐……我真的没有。"

静安怒出一口气，也进屋去了。

静安给意浓打电话。

"安排你做的事怎么样了？"

意浓不解，有点嬉皮笑脸："大姐，最近有点忙。"

静安不耐烦："找个可靠的人，生个孩子。"

"那还不容易，不过，以姐姐的能力，也用不着我帮忙吧。"

"废话，我身边都是什么人，妖魔鬼怪，知道了，缠不了，得找那种逃难来的，没什么牵扯，最好是南方人。"又改口，"算了算了，也不南方北方了，干净点的，平头正脸点就行。"

意浓眼珠一转，笑道："容易，等着。"

静安铁定要孩子。可她知道，这事，得她丈夫江弘武同意。晚间，十点，她来到弘武房间，他坐在床上抽烟，上身赤裸。台灯微黄，斜斜照着，光影层叠，更显精瘦。

他们早就分房间睡了。

"有事？"

静安掩上门，单刀直入。

"我想要孩子。"

弘武抽最后一口，碾灭烟头。"这个问题不是早谈过了么？"十足冷酷。

"你欠我的。"

"这年头，谁也不欠谁的。"

"当初我那两个孩子，是你……"静安情绪有些激动。

弘武拦话:“都是年少无知,过去的事无须再提,你冷静点。”

静安平息了一下心绪,接着说:“是不是你外面有人了?有人给你生了孩子?是不是?!”

弘武道:“你总是爱多想,过去日子不好的时候,你多想,现在,荣华富贵什么都有了,你还多想,不是自找苦吃吗?”

静安苦口婆心:“不是我多想,我只是想后路,谁也不知道以后会怎么样,总得有个人给我们烧纸吧。”

弘武低头沉思:“那你说怎么办?以你的年纪,身体哪里受得了。”

静安见有几分可能,便转泪为笑道:“我受不了,可以请别人代劳,只要能生出孩子,不就行了,我养大孩子,孩子也会认我这个娘。”

弘武不语。静安知道,这就是默认。

第二天,意浓推门,走进江家花园,她身后,跟着一个十八九岁的女孩,已经开始浓妆艳抹了。眉眼还算清秀,但走路,看人,都还有点畏畏缩缩的样子。

静安亲自出来迎接。有几分面熟。

意浓上前,小声说了几句。静安蹙眉。意浓拍她手臂,解释说,没问题,她老子和娘来上海的时候,已经被我打发了,君子报仇,十年不晚,她能来给生个孩子,也算赎罪。

静安知道这是四伯庆贵家的后人,本还有几分不忍,但意浓这么一解释,她的心,也就硬起来。

她款款走下台阶,牵起女孩子的手,问,叫什么。那女孩答,珍妮。

花荫下,光影撒了一脸。

静安笑声朗朗:“傻妹妹,谁问你艺名,真是跳舞跳傻了,也好,就叫珍妮吧。”

法租界的梧桐树,长得好高了。

筱秋一个人,不快不慢地走着,她要去爱丽莎诊所,她约了下午三点。她低头走，前面冷不丁来了个人影，靠近了，撞到她胳膊——筱秋踉跄，差点没摔倒。她下意识护住肚子，大吼，没长眼！

是个年轻姑娘，战战兢兢，赔不是。

筱秋恢复了理智，为自己的大声，感到不好意思。感觉没事，就继续朝前走。她被自己的激动吓着了。一种本能地护犊？这才多久，胎儿还没成形。

筱秋不敢多想，就走。

爱丽莎诊所设在一处小教堂后面，给人看病的，多半身兼神职与医护二职。筱秋吸了口气，让自己平静下来，绕过教堂，上楼，左拐，爱丽莎修女正坐在诊室里等她。

"一定不要这个孩子吗？"爱丽莎说中文，摘掉听诊器，"目前看来，一切正常。"

筱秋坚决："是，想好了，决定了。"

"胎儿已经着床，以你的身体状况，以后想要再生育，可能是有困难的。"

"有困难？"

爱丽莎点头。

一个身影出现在门口。高大、俊朗，双目充满柔情。爱丽莎抬头看，筱秋也跟着转头。是欧阳夏。她看了一秒，没说话，又对修女道："约个时间做吧。"

"我不同意！"欧阳夏突然说，"我是孩子的父亲。"

筱秋不理他，依旧对修女，冷静地说："我们约个时间。"

欧阳上前，半蹲，趴在筱秋膝盖上："把孩子生下来好不好，我们的孩子。"

筱秋心如刀割。她不容许自己如此无名无分，不清不楚。她望着他。突然觉得他陌生了，他从未如此低下自己的头，即便曾经从天空坠落，机身尽毁，他都伟岸不屈。现在呢？封建伦理，轻轻松松就将他击垮。筱秋盯着他的眼睛，一瞬间动摇，但立刻，又坚定起来。

"我不能要这个孩子。"她一字一句。

欧阳从怀里掏出一封信函，拆开，是婚书，红艳艳的。他打开读，不离不弃、莫失莫忘，不离不弃、莫失莫忘。

筱秋这才哭了，不可遏制地，如泉涌。她颤抖着接过婚书，喃喃地念："不离……不弃……莫失……莫忘……"她突然笑起来，苦笑："你信么。"

一刹那，她迅速地，撕，一下，两下，三下，就那么对折，反复撕，婚书变得碎碎小小。朝欧阳脸上砸，一地碎红。

他半蹲着，呆住不动。筱秋擦脸，跟爱丽莎修女说抱歉，两人决定电话联系。

筱秋在街上晃，霞飞路，她打算眼睛风干了再去，免得芹嫂多问。百货商店都是人，租界，汪洋中的船，船上的人，也都跟疯了似的，难得这战争中的上海，还能跟得上巴黎的时髦。做女明星的时候，她是这里的常客，现在，繁华落尽，连店员都认不出她。真老成这样？筱秋看穿衣镜中的自己。憔悴，老不算老，只是憔悴，没化妆，更像换了个人。她走到香水柜台，香奈儿的味道，她很清楚。

有人拍她肩膀。她回头。是意浓。看上去是满载而归。

"怎么买这些个？"筱秋问。

意浓敏感，捕捉到姐姐的泪痕，但她不问，只说自己的事："党部请我回重庆一趟，保不齐是姓罗的又搞鬼。"

"茂松？他怎么样？"

意浓恨道："小人，只会背后放冷箭，上回欧阳上战场，他出了不少力。"

筱秋道："都过去了。"

意浓说："就回去一趟，看他能怎么样。"

筱秋无限惆怅："也许是小孩子想你。"

意浓怔了一下，刚生下来不觉得，如今数年过去，尤其是几次茂松寄女儿莉莉的照片给她，她也生出了几许母爱。“想什么，早习惯了，我要带过来，他又不许。”

她忙调转话题，拉住姐姐的手：“我不在上海，你多保重，有事跟芹嫂多商量。”

筱秋点头。

意浓叹：“你和大姐，一个非要孩子不可，一个非不要孩子。”

筱秋拿起一支香水样，放在鼻子下，又在手腕处点了点，很豪气地说：“这或许就是女人的命，可我不想认命。祝你一路顺风。”

意浓抱住姐姐。

前途未卜，人生不易，争斗到最后，不过两败俱伤。

江老太太当真住进筱秋家。房子本就小，她就跟芹嫂凑合，为了子嗣，她愿意吃苦。“老妹妹，你可要帮着说说，一条人命，说不要就不要，作孽啊。”

芹嫂安慰：“哪个女人不生孩子，早生迟生，不都是生，我们家这个三小姐，真是死脑筋。”

江老太太说：“我也不是什么难缠的人，生了孩子，我只有对她更好。”

芹嫂微笑：“是这话了。”

筱秋回来，见到老太太在，先是尴尬，不得不打招呼，但打了招呼就进去。她心想，要住她住，她反正坚壁清野。

芹嫂敲门，筱秋说请进，芹嫂碎步走到她跟前：“三小姐，这可不是待客之道，我们尚家，可不能如此没有礼数。”

筱秋哼道：“她贸然闯进我家，对我指手画脚，我不把她请出去，已经是莫大礼数。”

芹嫂泫然：“好，你不为你自己想，你为你娘想想！你娘如果活着，会希望你怎么做?! 该说的话我都说了,你若一意孤行,以后就是孤家寡人。”

摔门声传来。筱秋的心,也跟着砰的一下。跟着,是江老太太的哭声,起起伏伏,特别有戏剧性,还有念白,近似乡下土戏。“我可怜的孙儿可怜的儿,没见到天日就西去,你奶奶我也是无能为力,挽不回你娘亲的狠心儿……”是招魂。

筱秋的脑子乱了,不听使唤,理性告诉她,不能生,不能生,不能没有自己的尊严,可心,最深处,感性蛰伏在那里,冷不丁,一跃而起,又跟她讲,小声地,像在耳边吹气那种,孩子和娘亲,怎么能不生。

筱秋倒在床上,扯来被单,蒙住头。她想停止脑中那些杂乱的声音。但却不能。

白赤天地,她无所遁形。

一张白被单,上面印着法国字,红红的,宣判死刑般,覆盖在筱秋下半身。

爱丽莎修女开始祷告,以她的教义,帮人做流产,是罪恶的,但为了赚点教会运营的钱,把福音带给更多人,她不惜铤而走险。

人生难免铤而走险。筱秋现在就是。她叉着腿,仰面朝天,像一只瘦蛤蟆。爱丽莎修女祷告完毕,拿起亮闪闪的钳子,不算大,但看上去足够凶恶。

“要开始了。”她对筱秋宣判。筱秋点头。爱丽莎钻进筱秋两腿支起的帐篷里,面对着地心旅行的入口,举着图谋不轨的钳子。

筱秋大口呼吸。冰冷的金属触碰到她下体。筱秋惊叫着,手舞足蹈,修女的头被踢到,侧向一边,痛苦地发出声响。

“我不做了!”

本能的痛苦和恐惧淹没了筱秋,她感觉肚子里的东西在动,越来越快,他在求生、呼救、挣扎,却那么无助。

她狠不下心——她从来都不是一个狠心的人。此前的坚持,不过是自尊心作祟，演给自己看。

做演员，她足够合格，可再怎么演，她骗不了自己。

她决定安心做个孕妇，把孩子生下来。

心静如莲。

七个月后。

广慈医院，筱秋躺在病床上，一头的汗，预产期到了一周了，但孩子似乎没打算着急出来。芹嫂、江老太太、翠凤、欧阳、翠喜都站着，坐着，围在筱秋身旁。意浓在重庆，没办法赶过来。静安不想见欧阳，打发翠喜来看。

芹嫂慈祥地说："再忍一忍，快了。"

江老太太一脸笑，自嘲似的："都怪我，老做鸡汤，吃那么胖，孩子估计也重。"翠凤握着筱秋的手，不言不语。翠喜站在翠凤旁边，她想起自己几次流产，多冤枉，大小姐静安，多矛盾的心态，她自从陪嫁到江家，怀了掉掉了怀不止一次，不都是静安作祟。又想要孩子，又怕不是亲生的，不亲。她跟着当陪葬品。现在轮到珍妮了。

筱秋气若游丝："都不用在这里陪我了，各忙各的吧。"

众人不走。筱秋坚持。众人只好应允。唯独欧阳不走。翠凤瞥了欧阳一眼，江老太太拉翠凤，瞪了她一眼，两人走了。筱秋说："你也别站在这儿了，大老爷们，帮不上什么忙，芹嫂在这里陪我就行。"芹嫂笑对欧阳："去忙你的吧。"

欧阳道："现在忙什么都不安心。"

芹嫂推欧阳："出去转转。外面等着。"欧阳拗不过，出了门，就在医院门口小花园长椅上坐着，抽烟。傍晚，天空开始飘雨，毛毛雨，但氛围却十分阴森。欧阳裹着长风衣，戴着帽子，坐在雨里。

床头柜边，芹嫂坐着，抓着筱秋的手，给她打气。

"女人都要经过这一遭，忍一忍，就过去了。"

天越来越黑了，广慈医院附近，店家见天气不好，也都早早收了店，街道上一点光都没有。往日，来去的汽车不少，这日却十分稀疏，偶尔一辆过去，哗一声，好像刀在布匹上划了一下，卖烟卖报的孩童，也不见。这一路的路灯，刚好坏了四五个没修，一直到百米开外，才有淡淡的亮、毛毛的光。整个广慈医院，放眼望去，只十来盏灯亮着。因为黑，各种树木倒成了主角，灯光射出来，剪出树木的影，一个个，手握兵器的将士般。

欧阳还坐在那儿，仿佛石化。

筱秋开始阵痛了，一波又一波，就好比海浪，一次又一次冲击石堤，她没叫，一句都没有，只是抓紧芹嫂的手。芹嫂被抓痛了，却不放开。

十二点左右，羊水破了。接生医生、护士到位，把筱秋推进产房。无影灯，照得人无所遁形。筱秋咬着毛巾，一头汗，痛苦不堪。

四个小时过去，雨不下了。东面天，开始泛白，一夜鏖战，大地刚得空喘息。

筱秋累得头歪在一边，只剩呼吸的力量。

芹嫂双手合十，连念阿弥陀佛。

“产妇出血过量。”女医生很冷静，“准备输血，钳子。”

护士迅速拿来血袋，挂好、扎针。

另一名护士递上金属钳。医生拿住了，伸进筱秋产道，夹住孩子的头，朝外扯。“用力，再使一把力！”

筱秋哭嚎着，像一头绝望的母豹。

走到鬼门关，不过如此。此时此刻，筱秋突然明白，母亲对孩子的爱，竟源自于最初的痛！

脆亮的哭声刺破黑夜。

一个小生命诞生了。

拨开腿看看，是个女婴。医生恭喜：“是个千金，祝贺你，做妈妈了。”

筱秋微笑，无力的，欣慰。

芹嫂喜极而泣，拍掌，连声道：“千金好千金好，不淘神，省心。”又无限温柔地对筱秋：“三小姐，你做妈妈了。”

称重，五斤，太小了。马上转保育室。

筱秋依依不舍。

产房外，江老太太和翠凤、翠喜，早已站起，探着头，迎接新一代人。

欧阳似乎也听到哭声，转头，六十度角朝窗口看，丢掉烟头，踩灭了，如释重负。一夜，一地烟头。

翠喜回去跟静安汇报情况。

保育室，刚来人世报到的小女孩躺在保温箱里，不哭不闹了，江老太太探着头，止不住脸上的笑，对翠凤：“看看，多像弘文。”翠凤附和，说像，是像。两个人对着笑，多少年，盼不来第三代，现在终于拨云见日——管她是谁生的呢。江老太太伸出一根手指，自言自语：“叫文茵，随弘文一个字。”翠凤道：“文茵取得好，不像我，土气。”老太太不闲聊，只说：“包被。”翠凤忙将小包被递上，老太太伸手去保温箱抱孩子。本地小护士，正坐在长椅上打盹，医生和接生的护士，都去洗漱休息。江老太太和翠凤，竟就这么把孩子抱了出去，孩子居然也没哭。

两个人鬼鬼祟祟来到医院门口。

黄包车早等着了。

一个人影挡在她们面前。

“娘！”

是欧阳，他当然明白母亲的手段。老太太抬头，也不示弱，只说：“来，来看一眼你女儿，叫文茵，晚了，就看不上了。”

“把孩子给我。”欧阳的底气不足，又劝，“娘——你不能这样，这是筱秋的孩子，我的孩子。”

江老太太厉声:“你闭嘴! 不孝有三,你已经是千不孝万不孝,还敢挡我! 我们江家的骨肉,绝不能落到那个不守妇道的人手里!”

欧阳满身雨没干透,矗立不动,像一座山,挡在江容氏面前。

“你让开!”老太太用雨伞打他。他还不动。

翠凤劝:“弘文,你就听娘一句。”

欧阳愤怒,对翠凤:“是不是你的主意?!”

江老太拦在头里:

“是我要把孩子带走,你别怪其他人! 你若不让开,我当场死在这儿!”

欧阳妥协了,侧过身子,在大铁门处露出一条缝:“娘你去哪?”

老太太:“也许老家,也许四海为家,有翠凤照顾我,你就别管了,没钱时,我们会找你。”

两个人上了黄包车。小文茵在包被里,露个头,没睁眼。

车子开动了。

欧阳这才后悔,追上去几步,可哪里还能追上。

第二天一早,筱秋要看孩子,找遍医院找不到。

筱秋疯了,叫嚷着,孩子,孩子,我的孩子。芹嫂疑惑:“昨天晚上还好好的,谁会偷孩子。”她突然想起什么似的:“亲家母昨晚还在,她人呢?”

筱秋警觉,从床上坐起来,要下床。

欧阳来到门口,行尸走肉般,喃喃道:“孩子没事,孩子叫文茵。”

芹嫂拽住他,焦急地问:“孩子呢?”

筱秋嘶吼:“孩子呢?!”欧阳木然。筱秋突然明白了几分,她要下床,可脚刚触到地,人就倒下。她还是抓爬着,向欧阳索命似的:“是不是你娘,是不是你娘!”

有情如何不丈夫。欧阳眼眶红了。

筱秋明白了一切。

瘫在地上。

静安家,自鸣钟响了九响。

静安横眉:“生了,男孩女孩?”

翠喜说:“女孩。”

静安拍腿道:“我们家这几个,就没有生儿子的命。真是见鬼了。”

翠喜没说话,回偏房休息。刚坐下,却听到墙壁有咚咚咚的声音。她以为自己幻听,再听,还是有。“翠喜姐,救救我,翠喜姐……”不绝于耳。是隔壁?翠喜出门看看,隔壁门开着,没人在,再隔壁?她抑制不住好奇心,再隔壁是弘武的书房,一个魔鬼似的屋子。

咚咚咚,敲门板的声音越来越大。

翠喜站在门口。门缝里终于传出声音。里面的人知道她。“翠喜姐,翠喜姐你放我出去……求你,求求你。”是珍妮。来了半年了,没一点有孩子的样子,行房次数,按说不少了,如今关在这儿,那些事,翠喜都经历过,心知肚明,她现在偶尔还做噩梦。珍妮,其实不过是她的替身。

她知道钥匙在哪儿,但她也知道,这个门,不能开。静安的暴躁、弘武的冷酷,让她害怕,珍妮还在叫着,开始声音不算小,可后来,渐渐歇止,绝望淹没了声调,翠喜在门前徘徊许久,走了。

人各有命,谁能管得了谁?

翠喜不得不狠下心,咬牙,扭头,一步一步下楼,咚咚咚,鞋跟敲击楼梯板,心脏缩得小之又小。静安喊,翠喜,我那对玉镯放哪了?

翠喜连忙下楼,不敢怠慢。

“老板,糖桂花来半斤,盛在这个瓶子。”霞飞路百货店,翠喜混在轰轰嚷嚷的人群里。“翠喜姐!”有人从后面拍她。翠喜回头,一个打扮素朴的女孩子站在她面前。蓝布旗袍,黑色带绊单鞋。她把翠喜拉到一边。

翠喜不耐烦:“小姑娘,十三点犯了哦。”墙角,人少点,女孩子压低声调："翠喜姐，我是珍妮的妹妹安妮，求求你，把我姐姐放出来。"翠喜转头要走，被安妮拉住。声泪俱下。翠喜竭力关闭自己的同情心，安妮款款讲述："我们逃难来上海，被卖到舞场，后来有人帮珍妮赎身，去做小老婆，我现在也赎了身，没有别的想法，只想帮姐姐逃出来，一起逃出去。"翠喜竭力压制自己的同情心，扭头要走，安妮几乎下跪。"翠喜姐，我都打听清楚了，只有你能帮我们，不用你费心，只要明天夜里十二点以后，把门打开就行。"翠喜不置可否，触电般，快速走开。

一下午都是心事。茶杯差点跌碎。

静安问："翠喜你怎么回事，毛手毛脚的，吃了耗子药了？"

翠喜嗫嚅。手又抖一下。

静安不耐烦，抢过来自己倒："这小丫头片子，别是干坏事了吧。"

翠喜摇头。

天黑得很快，翠喜坐在床边上，也不睡，看张恨水的小说，看了一会，没意思，又翻翻小报，她识字，尽管不多，但却出奇地爱阅读。弘武这天没回来，静安出去应酬几位太太，也没回，可能打上麻将了。

十点一过，书房里又有呼救。翠喜两手堵住耳朵，静心，又去楼下坐，可那声音还能听到。外头霓虹灯亮着，透过窗户能看见，鬼影似的。自鸣钟滴答滴答，摇摇晃晃，外头花匠的小房子，还亮着灯，看门打扫花园的老朱，通常很晚才睡，偶尔约人来打牌，就更是通宵达旦。

翠喜坐立不安，时间跟长了脚似的，一路狂奔，十一点到了，当当当敲十一下，翠喜上楼，耳朵贴在门上，听，里面还在嘤嘤呜呜地哭，孟姜女似的。开吗？翠喜有点动摇了，钥匙就在手里，早拿好了。开弓没有回头箭。门一打开，珍妮就不知飞哪去了，静安定要问责。不开，让珍妮像她一样么，一胎一胎流产，于心何忍，她才十九岁。再不开，静安就要回来了。

翠喜立在靠东的窗台边，外面的灯光，把她照得拉出好长影子，像个分身，直逼她的心，问，再问，拷问出心底的一点良知。翠喜握紧钥匙。

十二点了，自鸣钟敲响，余音阵阵，沿着楼梯，蹿到二楼，回荡。

翠喜大义凛然地，捏着钥匙，插锁孔，好像探索另一世界。

门开了。

珍妮坐在地上，披头散发，怔怔的，见门开，竟弹了起来，紧紧抱住翠喜，不住说谢谢。

翠喜背过脸，不看她。她浑身是伤。

“你快走吧。”翠喜小声。

“大恩后补！”珍妮竟很爽利，一点不像被关押许久的人，她小跑着，跌跌撞撞，下楼，听声音，一点点走远了。

翠喜一脸泪，狂奔到门口。珍妮还没走远。她回头，诧然望着这个放她出来的女人，问：“翠喜姐，你……”

翠喜捂住嘴，眼泪止不住，顽皮地越过手缝，外渗。

“你去吧……走吧……”泣不成声。

珍妮眨巴着眼，天真地问：“要不一起走！”

翠喜摇头：“我走不了的……”

珍妮转身，抬步。翠喜又不甘心，问：“你们要去哪？”

珍妮：“去延安。”

翠喜喃喃道：“延安，延安，好远，延安……”

珍妮的身影淡入黑暗中。

翠喜睡不着，她想自己这前半生，亏，她还不如妹妹，翠凤，也苦，但好歹自在些。可又一想，翠凤也没自己的孩子，到底无趣……就这么胡思乱想着，灯开着，她竟然也睡着了。

是静安把她打醒的。一张扭曲的脸，静安早都抽上大烟了，在几位太太那儿，搓完麻将，一起抽，一抽一夜。

“睡觉也不关灯，钱你赚啊。”

翠喜跳起来，忙赔不是。

静安出去绕了一圈,又探头进来,问:“珍妮呢?”

翠喜结巴:“不知道,昨晚,昨晚我睡得死。”

静安披风一甩,出去了,满屋满园地找。没人。院子里,花架石凳子下,静安扯着嗓子:“翠喜!给我出来!”

翠喜的心咯噔一下,还是出去了。老朱也垂手站在那里。

静安像判官,抱着两臂,挨个问。

“翠喜,你先说,昨晚你干什么了,珍妮呢?”

翠喜瘪咕着嘴:“就是,睡觉呢,困了。”

静安哼了一声:“困了,行,老朱,你说。”女主人目光如炬。老朱哪敢扯谎。他背书一样,照实讲,他是前清过来的人,说话有点浙江口音:“昨晚子时,我和几位朋友打小牌,出来撒尿时,看见两个人从屋里走出来,听声音,一个是翠喜姑娘,一个就是珍妮姑娘无疑了,是翠喜姑娘送珍妮姑娘走出去的,翠喜姑娘好像哭了,珍妮姑娘没有,我耳朵还算好,私自听着,珍妮姑娘好像要去什么延安。”

“延安”二字一脱口,静安杏目圆睁,怒气恨不得从鼻孔喷出来,她也不论什么章法,劈头盖脸,手脚并用,就朝翠喜打去。“叫你私自放人!你放人!你个小丫头片子,早就看你不对,养出妖孽来了,我叫你放人!操不死的贱货!吃里扒外!你还私通共产党!”

翠喜刚开始还躲,后来索性任她捶打撕扯。静安抓住她头发,膝盖磕头,咚一下,翠喜仿佛陀螺,在她手下转圈,终于,她好像丢草垛一样,接力用力,朝前一掼,翠喜的前额,准准撞上石凳一角,鸡蛋碰石头,翠喜叫都没叫,就瘫倒在地。静安蒙蒙的,叫翠喜,不应,又轻踢她一下,还不应。静安慌了,叫老朱把翠喜扳过来,仰面朝天,这才看到,花池子里,都是血。老朱掐了一下翠喜的人中,又听听心脏,搭搭脉搏。老朱这才缓缓说:“禀报太太,翠喜姑娘,没了。”

静安顿了一秒,跟着,啊一声,疯叫起来。

明黄的阳光透过云层,从东面射下来,天,被唤醒了。

第三部　三生烟火乱云妆

一九四〇年起始江弘武就很忙，一月三十号，去南京，是为“还都”，听汪精卫的《国民政府政纲》和《还都宣言》；三月，又是一阵忙，准备建立“新政府”，弘武在上海树大根深，肯定是要在上海特别做活动的，做什么，未定，他自己倒巴望着得个闲职，不用负责任，捞好处就成。翠喜死后，静安脾气更暴躁，弘武也很少回家，筱秋孩子被婆婆带走后，她日日消沉，弘武只照看着，并不去打扰。他对筱秋，总有些“旧情难了”，她是他生命中带刺、激烈、纯真的一部分，尽管弘文对她也心有所属，可弘武不在乎，有人抢，才证明真正值得追。

五六月，上头下指令，尽量拉拢可靠的人，弘武想到了弘文。他与这个堂弟，半辈子意见不合，可他知道，弘文有能力，若能引诱软化，到底是家里人。

弘武是没有主义的人，《圣经》、三民主义、马克思、佛理，他都接触过，他终究只相信自己，相信权力与金钱。

霞飞路支路的弄堂里，一间咖啡厅十分隐蔽。外面下小雨。不起眼的小角落，弘武和欧阳对坐着。和堂弟，弘武收起了严肃的面孔，竟有点吊儿郎当。

“第几次改名了？”弘武抽烟，“祖宗不认了？姓江有什么不好？”

欧阳没应声，帽檐压得低低的，弘武甚至看不到他的眼睛。

“找我就说这事？三哥真是有雅兴。”他叫他三哥，叙长幼，他们上头还有两个哥哥，一个得痢疾死了，一个是革命党，死在日本。

“四弟——”声调拖得长长的，语重，心长。

欧阳觉得刺挠，弘武很少这么叫他，他不是这种人，硬要追溯，小时候，逢年过节一起玩，倒叫得很亲切。他不答，喝他的咖啡。

“这么多年，你东奔西走，奔到什么了？国民党、共产党、各路帮派，打打杀杀为了什么，不就为了奔个前途。”

欧阳笑不嗤嗤：“你有你的前途，我有我的前途。”

弘武警觉：“你的前途是什么，都他妈完蛋，四弟，我叫你一声四弟，就不会害你，跟着哥哥干，没错。”

欧阳道：“愿闻其详。”

弘武抿了一口咖啡，两肘支在桌面上，小声说：“汪先生在南京，眼看就任，正是用人之时，大展宏图指日可待，上海这边，你我都熟悉，陈先生倘若信任，文武均可有职位保留，四弟，一起干吧，可进可退。”

欧阳哈哈大笑。弘武不解，眉头微皱。欧阳跟着道：“三哥有此宏愿，可喜可贺啊，只是四弟我，有心杀敌，无力回天——”欧阳拂袖，“就不跟着搅浑水了。”

弘武怪笑，从怀里掏出一只鼻烟壶，扭开，小指甲挖一点，朝鼻孔里捅捅，头一偏，打了个大喷嚏。

“再考虑考虑，人生嘛，不转几个弯，哪能知道自己要什么。”

欧阳冷冷地问：“尚静之是怎么死的？”

弘武瞳孔突然放大。

“当初在北平，剧场里，我可是看到三哥全副武装，枪是不是你开的？”欧阳咬得紧紧的。

弘武额头冒汗：“绝对不是。”又解释：“各为其主，身不由己。”

欧阳呵呵一笑：“幸亏我腿脚好，不然，也成三哥枪下鬼了。”

弘武面目严肃如铁板，突然又道：“四弟请人打我黑枪的时候，也没留情吧，我那旧车，还有你的未婚妻筱秋小姐。”手掌在脖颈上比划了一下。

欧阳不语，帽檐下，面色凝重如墨。

弘武咳嗽了两声，又恢复笑脸，轻柔地拍拍欧阳肩膀：“好好想想，不着急。”说完，一侧身，走了。

钱压在杯子下。欧阳坐着，一动不动。

汪精卫建立国民政府，上海很快要有动静，静安自然不走，弘武到哪儿，她到哪儿；筱秋，貌似也没有走的意思，孩子被夺，她找了三个月，不知所踪，她知道，欧阳是帮凶，去问也没用，索性不问，避居、疗伤。

意浓接到上峰指令，继续在上海“工作”，她身份特殊，方便活动。茂松在重庆，仗没机会打，官却越做越大，文化口说得上话，他还是恨欧阳，知道他在沪战大难不死，就又想办法调他回重庆，下手，解气。

临行前，欧阳找筱秋，拿着包糕点，他一向洒脱，如今也不得不讨好，算替母亲还债。

傍晚，外面街道吵吵嚷嚷，他站在门口。

“你出去！”筱秋毫不客气。分娩之前，她从未感觉孩子对她如此重要，如今，心如刀绞。欧阳英雄气短，往前凑。“你出去！出去！”筱秋更加严厉。

芹嫂从里屋探头，嚷道：“江大少爷，你就少来点吧，像你这么处理事情的，少见，我们惹不起，躲得起，快走吧。”欧阳把东西放下，没多说什么。

筱秋急火攻心，心口一阵阵地疼，她现在恨这个人，恨他的软弱无能，连自己的孩子，都不能做主。她盯着他的脸，目光灼热，像法官。他不由得眼神闪烁。

筱秋吸了一口气，稳定住情绪：“以后不要再来，除非……”

欧阳似乎听到了希望，急迫地：“除非什么？”

芹嫂咬牙切齿：“除非你把你姑娘带回来！你娘也是，怎么就这么狠的心！最毒不过妇人心，真是一点没错！”

筱秋偏过头，只留给他背影。

欧阳无奈，被迫离开。

早春风大，吹到脸上还有些痛，欧阳在街上快速走着，裹着风衣，压低帽子。有人从后面轻拍他肩膀。一回头，是意浓，也戴着帽子，贝雷帽，一身男装打扮。

欧阳表情淡漠，没理睬，继续往前走。

意浓紧追不舍，她比他矮不少，好像他是匹马，她则是匹蹦蹦跳跳的小鹿。

“你不想知道上级调你回去是什么目的？”意浓打趣的口吻。

从南京开始，这个女人就一直纠缠，欧阳有些厌了，烦了。他停住脚，道：“你的一切情报我都不感兴趣，听明白了吗？”他的眼瞪得大大的，有些吓人。

他留给她一个快速远去的背影。

罗意浓站在原地，愣住，转而，大声咆哮：“姓江的，你别不知好歹！终究有一天我会让你跪着来求我！”

风肆意刮着。

行人都用异样的眼光看她。意浓气鼓鼓的，朝筱秋住所走去。

罗筱秋不在家。芹嫂在门口择菜，都是些菜帮子，周围几家人，也都忙着做饭，可锅里，也都是清汤寡水。

意浓诧异：“你们就吃这个？”

芹嫂道：“可不就是，现在什么世道什么时候，能凑合就凑合。”意浓从西装里掏出一把钱，塞给芹嫂。芹嫂不要，意浓坚持，说你是三姐的芹嫂，也是我的芹嫂，为什么不去找大姐要生活费呢？她有的是钱。芹嫂叹气道：“翠喜一死，你大姐的脾气更加古怪，我现在也能不上门，就不上门。”

“三姐去哪儿了？”

“说是出去转转。”

“出去转转？”意浓摸着下巴，若有所思，又问芹嫂，“要不要到重庆去？”

“哪儿都不去，就在这儿。”筱秋突然在门口，拎着包，昂贵的皮包，里面竟插着几根葱，露出点尖锐的小头。

来势汹汹，意浓软下来，嬉皮笑脸地说：“不去就不去嘛，那么凶，我是想着，这租界再好，也是人家的地方，而且谁知道能撑到哪年哪月，欧洲打成那样，东亚也是一片狼藉，重庆，好歹是我们的大后方啊。”

筱秋从皮包里掏出那几根狼狈的葱，递给芹嫂，又对妹妹说：“现在，我谁也信不过，大前方大后方，我一个平头百姓，就是过普通日子。”

意浓笑道：“你自认为普通，别人可不认为你普通，你可是大名鼎鼎的白梅卿小姐。”

筱秋说：“那是以前，现在，我繁华落尽，只想过一份安稳日子，而且，我也老了，没人会认出我，芸芸众生，谁又比谁高贵，不过柴米油盐。四妹，你的好意我心领，我们有过很多美好的日子，但现在，都各自保重吧。”

意浓本是嬉皮笑脸来的，可筱秋一番话后，她竟突然有些伤感，一路颠簸，动荡的时代，竟不知不觉改变了这一群从一个原点出发的人。

“有困难，打电报给我。”

筱秋没说话，去不去重庆，在她目前的生活中，根本不能算作一个命题，她的当务之急，是如何活下去，电影明星是不能当了——不是不想当，可现在当，就成了汉奸、卖国贼，要拉去日本转悠，又拍片，罗筱秋现在觉得“政治”“革命”都是危险的东西，想离远点。

那做舞女？场子都关了，而且，她老胳膊老腿，已不适合，她也不想再去抛头露面。

她想起在北平，她去报馆找工作，无知无畏，遇见欧阳夏，那真是最好的日子，简单、向上、明朗。现在，再让她重演那一切，已是万万不能。

曾经沧海，人已不是那个人，如何重来？

筱秋突然有些忧伤，她真正觉得，自己的青春竟那么就过去了。

意浓已经走了。

筱秋扶着门框，鼻子发酸，抽了一下，眼眶也红了。

芹嫂问："三小姐，没事吧。"

筱秋连忙将自己逼回正常状态，半笑着说："没事，没事。"

乱世，伤感都只能一时。

法租界公董局秘密电话室，罗意浓走了进去，关好门，拨通了电话。

"是我。"罗意浓压低声音。

"你在那边怎么样?!"对方有点激动，"妞儿也想你。"

"废话少说。"意浓是公事公办的口吻，"告诉你一个情报，欧阳夏有问题。"

对方附和："我早都看出他有问题!"

意浓："上峰调他回重庆，好好审一审。"

对方坚定地说："你不说，我也会好好审。"又疑惑："你不会是……"

意浓连忙否认："我与他，早已恩断义绝，我是为党国的未来考虑，党国的组织里，怎能容得下杂质。"

对方笑呵呵地说："本来就是我中有你，你中有我，我等你回来。"

意浓不屑道："你不用再等了，组织另有安排。"

对方口气坚决："不管你怎么做，这里，永远有你一个家。"

意浓阻止："不用再说了。"

对方落寞："我娘，十八天前去世了。"

意浓尽管无情，但还是震惊，听筒里只能听到电波的一些杂音。对方说："临走前，她嘱咐我，一定要对你好，找你回来。"意浓喝道："不要再说了!"

她匆匆挂了电话。

拉门出去，一个服务人员从门廊走来，意浓朝他点了一下头，稳定住情绪，走了。

雾不算淡。

朝下看,两条大江,围着一片地,便是重庆。

重庆的雾一发起来,没完没了,且历久不散,这给飞机下降带来不小困难,欧阳坐的那架,在广阳坝机场上空盘旋好久,终于笨拙落地,哐当一声,欧阳尽管系了安全带,可还是磕破了头。

军统大员柳传雄已率众在机场门口等着了。迎上去,握手:“欢迎凯旋。”欧阳夏带伤,敬了个军礼,握手:“硬着陆啊!”

柳传雄身后,罗茂松一身军装,戴着眼镜,似笑非笑,也伸出手。

“好久不见。”

“好久不见。”

几个人走出机场。

小范围内的欢迎宴会是少不了的。柳部长家,半山腰,青葱翠绿间,一栋不大的别墅,据说是前清时重庆一户大员留下来的。妙处在于,看上去不显眼,进去之后,别有洞天——它的地下室,比地上的房子还大。天然的防空洞。

宴会当然在地上举行。

柳传雄带头举杯。他是戴老大的人。搞特工多年,眼下,主抓锄奸。

“我代表军统,欢迎欧阳归来,我们的锄奸行动,小有成效,全仗欧阳,少有的全才。”

全部举杯。罗茂松离得最远,半个身子陷在阴影里,举杯。

一饮而尽。

欧阳并不兴奋:“为党部、为国家做一点事情,是应该的,汉奸,人人得而诛之。”

柳传雄大声地说:“说得好!国破山河在,只要是党国的军人,就永远不能放弃!”四下叫好,轮番喝彩。没多会,觥筹交错,醉成一片。

夜深了,窗户外,都是山,层层叠叠,在重庆,没有哪个地方是可以一览无余的,一如人心。酒将近,醉的醉,倒的倒,柳传雄和罗茂松,事先吃了解酒药，所以没事，欧阳有些晕乎乎，头包扎好了，斜斜的一条白色绷带，像海盗。

人都走光了，只剩柳罗二人与欧阳对饮。

柳传雄冷不丁问："兄弟，咱们酒后吐真言，你说，你对上海的汉奸，是不是有姑息？呵呵，做男人，心慈手软可不行。"

欧阳歪歪倒倒，是醉话："绝对没有。"

罗茂松狞笑着问："果真没有？"

欧阳言语不联缀："果真……没有……"

柳传雄掏出一份档案，一张照片。照片上，欧阳与江弘武俱是少年，两人勾肩搭背，戴着军帽。他开始念："江弘文，祖籍安徽寿县……"

欧阳一摆手，打断他："别念了，这我哥，我堂哥！"

柳传雄一招手："来人啊，请江先生去会客室。"

四五个打手上前，把欧阳架了下去。所谓会客室，就是地下密室。

欧阳夏醒来，四周漆黑，他叫人，没人应，他怎么也想不到，回到重庆，一场酒过后，等着他的是如此遭遇。他没喊，因为知道没用，党国的手段，他心知肚明，只能自救。捆手脚的绳子不是问题。皮鞋里有刀片，轻松割开。

欧阳夏仔细地摸了一圈，活动是能活动了，可这里显然是个地窖，四周都是岩石，门被铁索紧锁。等，只能等了，他们怀疑他私通汪伪，定然是有人陷害，至于是谁……不难猜。

"姐夫——"声音先传来。跟着，灯亮了，欧阳眼刺得睁不开。

铁门开了。罗茂松走进来，笑呵呵的。

"叫你一声姐夫，算是给你面子。"茂松声音突然提高，整个愤然，变了个人似的。"不过你这种人本来也他妈就不要什么面子，和三姐的事，我听说了，你他妈王八蛋！"茂松开始朝欧阳下半身踢，"一脚踩两船是吧，我他妈今天就踩断你的腿，我看你怎么踩！"

欧阳反抗，敏捷地。

茂松掏枪，随从后面围上，均举枪对欧阳。

欧阳不妄动。茂松用枪指着欧阳，咬牙切齿地说："我他妈不满你不是一天两天！"说罢，转身，扭头走，丢下一句话："给我打！"

群狼扑食。欧阳很快不支，倒在地上，双手护头。

七天不眠不休地审。老虎凳、辣椒水、皮鞭、竹签，所有能用的都用。

欧阳嘴里只有两句话："没有通敌。""我不知道。"柳传雄迟疑，问："到底是不是？"茂松用手捂住嘴，小声说："柳座，宁可错杀一千，不能放过一个，听说，他跟共产党，也不干净。"

柳传雄瞪大眼："有证据没有。"

罗茂松道："上海有几个商人，很不干净，是他的哥们儿，在南京我就见过。"

柳传雄一拍桌子，威震四座："到底招还是不招。"

欧阳夏遍体鳞伤，下身一条裤子残破不堪，赤裸上身，尽是鞭痕，渗着血迹。"我不知道……"

柳传雄起身，摇着扇子："嗯，汉奸都说自己不知道。"

罗茂松微笑。

罗意浓回重庆了，较原定日，提前三天，神不知鬼不觉。

下了飞机就直奔柳府。半下午，柳传雄正在家与二太太散步——雾到了下午才淡。意浓拿着上海买的法国化妆品，还有古玩店里淘来的老玉，说是汉朝的。

会客厅，古色古香，明清各式家具，色调以红棕为主。

姨太太把玩化妆品、香水，客气地说："意浓你真是的，次次来都带东西。"

柳传雄看了她一眼，撇了一下头。

姨太太知趣，俯首退下。

意浓道："知道柳座喜欢家具，可我这身单体弱的，又刚从战场回来，确实拉不动，一块老玉，真是不成敬意。"

柳传雄与意浓是老相识，在南京时，他还没升上去，如今尽管身份不同，但情分还在。

"下次不许再带。"下旨意的口吻。

罗意浓言归正传："柳座，听说上头把欧阳夏给抓了？"

柳传雄不避让："我抓的。"

罗意浓哎呀一声，屁股险些脱离了凳子："国难当头，正值用人之际，捕杀功臣，是为何意呀？"柳传雄道："他功不抵过，连通汉奸，就是该抓。"

"可有证据？"

"还在查。"

"没有证据乱抓人可会灰了党国战士的心。"

"罗太太，哦不，罗小姐……为何如此关心此事，莫非……"柳传雄是老狐狸，咳嗽，怪笑。

意浓稳住阵脚，义正词严："'八一三'，抗战最激烈的时候，我在前线，欧阳先生也在，那个时候，你们在哪？欧阳先生与敌军作战，飞机坠落，机毁人伤，我就在旁边，全力救护！这是大大有功，哪个汉奸拿自己的性命与日军拼到底！"

柳传雄哑口无言，半晌说："这件事尚需调查。罗小姐勿要太过伤身，党国不会错杀一个人。不过，欧阳夏的身份确实复杂，被怀疑，也是应该的。"

一个穿黑西装的卫兵上前，在柳传雄耳边耳语。

柳传雄点头，又对意浓说："罗小姐，此事改日再议，鄙人尚有急事，不能奉陪了。"意浓也不恋战，你有事，我还有事呢。她赔笑，转身便走。

罗家小院不大，但满布绿植，进门一棵巨大的柳叶榕，往里，黄葛树、红千层、巨尾桉、木芙蓉，一幢正方形的小屋，赭红色墙面，玲玲珑珑，天光尽管越来越暗，但恰恰这个时候最有味道。

一个小女孩从屋子里跑出来，半人高，她在追一只皮球。

球滚到罗意浓脚下。意浓一怔，站住没动，她的暗红色皮鞋、豆沙色旗袍，和这球格外相配。意浓停下，踩住。别忘了，她是体育科班生。小女孩来到球前，一个飞脚，踢到意浓小腿迎面骨，意浓痛得大叫，女孩抱起球，往回跑，边跑边喊："阿爸阿爸，一个坏阿姨踩我的球。"

"什么坏阿姨。"一个中年男人站在门廊，抽烟，但顿时呆住了。

"四妹——"茂松觉得不可置信，从上海到重庆，万水千山，前几日还只是通电话，如今人在眼前，莫非她想通了？千百个念头在茂松脑袋里乱蹿。孽缘，他当初跟筱秋一起出走，却偏偏爱上顽劣的四妹。尘世沧桑，半辈子过去，他还叫她四妹。

小女孩站在他身边，诧异地问："谁是四妹？"茂松低头，下命令："罗子静，叫妈妈。"小女孩很强烈地反抗："我没有妈妈！只有爸爸！"

意浓的脸颤抖了一下，没人发现。哦，女儿叫罗子静，性子那么顽劣，那么倔强，像她。这点她很满意。可不认她这个妈，她有点不舒服，本能地。但一转念，她又理解了——她对女儿没付出过多少，女儿凭什么要认她。只是她没想到会以这种方式见面。

耳边传来罗茂松的呵斥声："这是你妈妈，快，叫妈妈，这孩子，不打不成器。"

"够了！"意浓喝止，又招手，"罗子静你过来，给你个礼物。"

罗子静天不怕地不怕，早已是陪都小朋友界的一霸，过去就过去，大摇大摆。意浓从包里掏出一条项链挂坠，银色的包圈，中间镶着红宝石，豌豆大，套在子静脖子上。

弯腰，母女脸对脸，意浓捏了一下女儿脸蛋，教导："记住，做人一定要轰轰烈烈。”

罗子静一扬手，打在意浓脸上。

“你对我爸不好！”

意浓脸上火辣辣的。

晚餐，罗子静躲在自己的小房间吃，茂松准备了烛光，想与意浓单独相处。意浓不耐烦：“有电灯干吗用蜡烛。”

“日军轰炸，开电灯等于制造目标。”茂松点亮了蜡烛。

意浓不说话。

“生活困难，没请厨子，重庆都是辣菜，外面叫的，凑合着吃。”茂松不敢看意浓，她眼神灼灼，能伤人。

真是烛光晚餐。黄黄毛毛的两条光，一支映着她的脸，一支映着他的，竟有种说不出的浪漫情调。茂松给她夹菜。

意浓不领情，正色道：“欧阳夏那事怎么搞的？”

茂松装傻，放下筷子，无辜状：“不是你的安排么？”

意浓急道：“我让你教训教训他，你把他弄死，你让我怎么跟三姐交代？”

“关三妹什么事？”

“要不怎么说你外八道不懂事，老三给他生了孩子，你想让孩子没爸？”

茂松继续装傻：“呦，那我可不知道，我是公事公办。”

意浓一拍桌子：“你就是公报私仇！”

“能不能吃完饭再说？”罗茂松还是不激动、不着急，保持优雅。折磨折磨这个欧阳，是他的夙愿。

又审了两周，欧阳夏死活不开口，不了了之。

罗茂松先是不理解罗意浓，明明是她的指示，材料、照片，都是她提供的，可半路里，她又突然出现，蛮横拦阻。也许是筱秋哀求？还是她半路改变主意？在茂松看来，意浓始终深不可测。

柳传雄家，茂松、意浓再度一同拜访，姨太太作陪，一个劲夸意浓漂亮，又说，这么漂亮的太太离婚，真是作孽。茂松不好意思，耳根子红。

柳传雄接过话说："对嘛，郎才女貌，豺狼配虎豹，离什么婚嘛？我看茂松好得很，找小老婆没有，养小公馆没有，根本没有嘛，别的地方我不知道，在重庆，老实得很，又有孩子，对不对？尽早复婚，也好对党国多做点贡献。"

意浓求人办事，身架自然低了些，笑呵呵道："柳座所言极是，我们会慎重考虑的。"话锋一转："欧阳一事，柳座打算如何处理？"

柳传雄乐得卖人情，问茂松："罗参谋，你说该怎么处理？"

罗茂松故意拉长调子，说："虽然暂无证据，但其身份还是很值得怀疑的。"一双小眼看四周：柳传雄惬意茗茶，姨太太一脸茫然，意浓皱着眉。

茂松继续说："柳座，你看这样处理行不行？既然欧阳夏关系复杂，我们不如就在这个复杂的关系上下工夫，汪派不是有意招他入伙么，不如，将计就计，把他派过去，两面沟通，一来可以窃取情报，二来，也算个考验。"

柳传雄摇头晃脑："这个法子不错，可是，怎么保证他是忠心于我们呢？"

茂松道："这个好办。"他用手拢住嘴，小声在柳传雄耳边嘀咕了几句，柳传雄随即哈哈大笑。意浓不满意，问，神神秘秘做什么。

柳传雄拍板："就这么办，释放欧阳夏，让他打入汪派内部，为我所用。"

罗意浓舒了口气。

重庆难得晴天，欧阳从地下室走出，阳光刺得眼睛疼，他用手挡了一下。眼前的一切渐渐清楚。绿树、蓝天、红花，还有，柳传雄，罗意浓？

欧阳夏面无表情，等待发落。

柳传雄上前，拍拍他肩膀说："欧阳特派员，你受苦了。"

欧阳维持风度，一身破衣，一头油发，竟一点没显憔悴，反倒有几分英气。他还能笑得出来："党国如此错判，囚虐功臣，怎能不叫人寒心！"

柳传雄笑道："不能错判，不能错判。欧阳特派员是党国的光荣，这不，我亲自来迎你，你的功勋，不日还将上报委员长，这个放心。"

意浓上前，一脸愁容，关切地问："姐夫，没事吧？"

欧阳并不领情，朝旁边站了站。

柳传雄突然正色道："党国大业全赖党国忠臣，欧阳夏听令。"

欧阳敬了军礼，不像刚出地牢的囚犯，倒像个刚打了胜仗的将军。

"这个命令，只有你知，我知，罗小姐知。你将打入汪集团内部，利用你的特殊身份，随时做好情报等工作。"

欧阳迟疑："我的身份，恐怕汪那边有不少人会怀疑。"

"这个不用担心，上头会安排，至于江弘武方面，相信你不成问题。我们会提供假情报，供你投诚之用。"

"是！"欧阳夏再次敬礼。

柳传雄传令："带欧阳特派员去沐浴、更衣。"

罗意浓想上前说话，欧阳夏看都没看她，径直走了。

欧阳夏住半山，砖砌房，离江不远，属于平民区，那一片近"棚户区"——棚户密密地，一层一层朝山上建，好像古代女人头上插着的层次分明的发饰，俨然"半屏山"。平民区躲在"半屏山"后头，也密，只不过，层次不显，歪歪扭扭，到处都是蜿蜒而上的石阶小路，走道的、挑担的、抬轿的，甚至骡马，都从这些小路挤着，擦身而过——柳传雄原本请他住在私人官邸，欧阳夏婉拒，理由是，囚虐的伤尚未痊愈，被太多同仁看到,引起不必要的流言,不好。柳传雄依他,批了一笔经费,让其等待时机。罗茂松知道了欧阳住处,哼了一声:“他只配住那里,什么人,什么住所。人不高级,住所,自然也高级不到哪里去。”

欧阳夏的一间屋,靠路边,一扇小窗,高高的,正门在巷道里开,朝北。罗意浓好容易摸到地方,欧阳夏正在堂屋——也不算堂屋了,统共就那么一间房,有一道后门,通向公共厨房——他洗衣服,灰白色,都是贴身衣物。

意浓一捋袖子——她穿男装,剪了短发,飒爽,更像男青年。

“我来!”

欧阳端起盆,朝厨房走。硬是没理。已经算逐客令了。

“江弘文!”罗意浓果然被激怒了,“你别敬酒不吃吃罚酒!要不是我,你现在还在地牢呢!”幸亏没胡子,不然就是,吹胡子瞪眼。

她追到欧阳身后。

欧阳还是不理她,继续在锅台子上洗自己的衣服。锅台子上有米,薄薄一层,还有几个烙饼,干巴巴的,石头样。南来北往,吃什么的都有,吃重庆辣子的反倒少了,可意浓要吃辣子。她吼:“江弘文,别不知好歹,要不是我,你现在还在地牢里你知不知道?!”

没人应。

意浓气急败坏,随手抓起桌台子上一匾扁豆花,朝欧阳泼去。

满身挂彩,白花坠在蓝布上。头上也有,滑稽。欧阳也不躲。意浓愈发生气,冲上去就打,用竹匾,一下,两下,打裂了,打残了。她向来是下死手的人。

欧阳还是那么站着。

她突然从后面抱住他,拦腰,两只手臂裹得那么紧。欧阳一个反抓,再一扭,还算客气的,意浓也受过训,哪能轻易降服,她就势一个翻身,好像鲤鱼打挺,身子又正了,她踢他,脚伸得老长,脚面瞬间绷直,扫他的脸,欧阳轻轻一拍,她的腿便只能下落,他手肘再一击,她只能缴械投降了。

他整个身子快压倒她,迫近的,听得见呼吸。

“你闹够了没有?”欧阳夏的声音还是那么低沉有力。

“你怎么就不能爱我?!”

怎么爱?从一开始就注定了一切。他爱的是筱秋,筱秋!

欧阳夏一把拉起她,两人对看着,没有躲避。

“你以为罗茂松为何屡屡加害于我?”

意浓语塞。

“抓住你应该抓住的。你年纪不小了,不能总这么任性。”

是大哥的口吻。罗意浓最讨厌这样。她要爱,男女之爱,而不是什么兄妹!“用不着你教训我!”她总是不懂示弱。

“不是教训,只是建议。”

“不如我们一起走,去美国,去欧洲,去哪里都行,别去上海。”

欧阳夏点烟,墙壁上一串干辣椒,被偷偷射入的阳光照得通红。

“人,不能逃避。”

罗意浓知道,再说什么,也没用了。

租界里,筱秋和芹嫂的生活成了大问题。芹嫂几次找静安借钱,被筱秋发现,都是一通呵斥,筱秋还是向芹嫂灌输她的那套思想:女人,要自立、自尊、自强。

芹嫂一边熬粥一边嘀咕:“肚皮子都是瘪瘪的,还有什么自立自强,自古都知道,吃饱穿暖是第一位的。”

静安倒乐得看笑话,她跟芹嫂说:“她不愿意让你来,肯定有她的道理和办法,你就别来,老三从小牙口就硬,我倒要看看,她这回还有多大的能耐,今时不同往日了,还当自己电影明星呢?哼,真是不识时务。”

芹嫂连连叹气。

筱秋坚持找工作，可像洗衣娘、保姆、小大姐这样的工作，她不好去做，另外一些正式的工作，比如洋行、商店，经理一认出她来，就不敢雇用，怕做不长久。一来二去，筱秋也有些气馁。

入秋，家里快揭不开锅了，她只好跟芹嫂说，芹嫂可以去大姐静安那里住住。芹嫂早有此意，但碍于面子，一直没提，现在她主动提出来，更好。简单收拾收拾，隔天就搬了出去。

筱秋真变成四大皆空，去当铺当了点老衣服、旧首饰，也不再在石库门里住，搬到一套一室一厅的公寓房，聊作安身之所。又找了一阵工作，还没起色，她把剩下的钱全部从银行提了出来，屯了点米和煤球，以备过冬之需。

舞厅倒闭，电影凋零，曾经沧海，筱秋觉得自己再去做服务员之类的工作，似乎也不合适。她想到了写作，上海已经有女作家冒头了，沦陷过后，文人西迁，沪上文坛凋零，反倒有了些机会，报纸、刊物不少。

小房间内，筱秋独坐饭桌前，四周哑黑，一盏台灯点得又黄又亮，照出一片净土。她手执钢笔，迅速写着，标题“论职业女性”，写了没一行，不满意，抓起来，揉成团，丢在地板上，重写，还是不满意，再揉。

地上很快就丢满了纸团。

筱秋放下笔，四周静静的，只有楼下洗衣娘的小房间内，还亮着灯，衣物摩擦搓板的声音，被放大，哔嗤哔嗤。

筱秋点烟，抽了两口，一只手架着另一只手，她还是穿旗袍，所以从背面看，那线条完完全全，却没有棱角，女演员的经历，赋予了她一种情调。

她抬头，天空上小熊星座清晰可见。

她忽然想起什么，迅速走到饭桌前，坐下，提笔写了个题目：“我的恋爱”。

她爱，她恨，她怨，她天翻地覆，又归于平静，平静得好似这晚，黑夜之下，暗潮涌动，一切都没过去，一切刚刚开始。

一九四〇年冬天到来之前，江弘武收到了弟弟江弘文从香港寄来的信，内容不长，大致意思是，认同了他过去的看法，国难当头，家庭亲情尤为重要，同气连枝，一荣俱荣，一损俱损，他愿意跟三哥同进退。

弘武得信，窃喜，他当然知道欧阳——哦不，该叫弘文了——弘文的背景复杂，可这种复杂性，恰恰是弘武需要的。古语有云，退一步，海阔天空——世道乱成这样，谁也不知道哪一方能笑到最后，他吸纳弘文，就是为了给自己留一点退路。凡事，模糊一点好。

弘武拿着信，不自觉地笑。

静安走过来，诧异地问："傻啦？"她很少看到丈夫这样，她眼里，丈夫冷酷、坚挺、精力旺盛、好色，不似如此宽暖。

"弘文要回来了。"

"弘文？哪个弘文？"静安皱眉，"就是处处反对你的那个弘文？"

"正是。"

"你疯了吧。"

"你啊，"弘武一手捏着信，一手轻点静安，"妇人之见。"飘然而去。

芹嫂上前，问："姑爷怎么了？"

静安没好气："他神经病，该做的不做，正经孩子都没有个，整天瞎得意个屁。"

芹嫂忙安慰："别急，该有的都会有的，中药都给你熬好了，快喝吧。"

静安积极调理身体，她不服气，时刻准备再怀。

她现在偶尔会给弘武的饭菜里，添点"料"，亲自下厨。芹嫂站在一边"督菜"，问："这么干能成？"静安说："男人，有时候跟马一样，要加点草料。"芹嫂忧虑："大小姐也要注意身体。"

静安说："现在也收敛了，翠喜这孩子不知福，投奔共产党，不然我这家，也不会这么冷清。”

芹嫂狐疑：“翠喜真投奔共产党了？”她还不知道翠喜死了。

“不但她自己跑，还把珍妮，就四妹介绍来那个，也带走了，你说这么多年，我们家对她，哪里差了？”

芹嫂叹息：“这年头，人心不稳，这个山头那个山头，哪像过去，在一家做，就在一家做，做一辈子。”

静安两手一拍：“就喜欢你这一辈子！爱一辈子，恨一辈子，干什么都要一辈子。”三角细腿桌上，小珐琅钟敲响，整点报时，一只小鸟跳出来，咕叽咕叽叫，静安摇着扇子，突然问：“老四最近来信没有？”

芹嫂说没见着。

“电话也没打？”

“没接到过。”

“不会复婚了吧。”静安用扇子挡住嘴，笑。

汪精卫就任南京伪国民政府主席。没多久，皖南事变。重庆方面、南京方面、延安方面斗得难分难解，拉锯、制衡，这是一个艰难时期，不过，抗日依旧是当务之急，日军飞行部队炸重庆炸得紧，可进了十月，一直到次年五月，山城大雾弥漫，轰炸不再便利，重庆的文艺家纷纷活跃，兴起“雾季公演”，专演话剧，鼓舞士气。

重庆，国泰大戏院，民营职业剧团中华剧艺社的演员，来来回回跑着——紧张、凌乱，五幕话剧《大地回春》要公演了。

罗茂松和罗意浓并排坐在观众席上，周围闹哄哄的，有小孩兜售零食，时代在变，卖东西的人倒一直在。间或，有人会跟茂松打招呼，笑吟吟的，点头者、哈腰者均有，这提醒了意浓，罗茂松已经是官场显达了。可是，那又如何，罗意浓不管这些。她直直坐着，一丝不苟，一副看戏就是看戏的样子。茂松有些紧张了。

戏迟迟没开演。

剧场有些热,茂松抹了一下额头,没话找话:“上一次看话剧,还是在北平。”他想勾起意浓的回忆。谁知,弄巧成拙。

意浓瞪了他一眼。

茂松缩脖子,噤声,舞台上还是乱哄哄的,茂松打官腔:“《大地回春》这个名字好。”

意浓说:“可惜演的不是时候,现在是秋天了。”

话剧开始演了,可罗茂松哪有心思看,冥思苦想,还是不得其法,终于,心底那句话蹦出来,他捉住意浓的手:“四妹,不要走好不好,回到我身边好不好,我们复婚,重新办婚礼,就在这山城,把所有认识的人都请来。”

她扭过头,直面他那张脸,他微微皱眉,眉心一道竖杠,她却淡然,好像一个信徒面对着一尊神佛,无论他怎么苦楚愁闷,她只是低眉。他的恳求在她看来,如此可笑。不爱,如何留,再过几个星期,她就要回到上海,她有她的工作,更重要的是,她所牵挂的人,也在那边。

人越上越满,舞台上,男女演员,卖力演出,好似木偶,吹了口气,成真的了,那是个小世界,舞台下,密密的都是人,意浓、茂松挤在中间,小之又小。

茂松一张脸愁苦不堪,眉心的竖杠更明显:“子静需要母亲。”

意浓笑笑:“我可以带她走,我养,就怕你不肯,你这么把孩子关住,怎么能养好。”茂松急了:“你这是逃避责任!”

意浓小声:“无理取闹!”捏着包,挤过一排人腿,走了。

《大地回春》才刚演到第二幕。

全场沸腾。

罗茂松坐着不动。

罗意浓回家,罗子静正在拿针扎一个布娃娃,她见意浓来,背过脸,继续扎。意浓大惊,耐住性子,循循善诱:“罗子静,你在做什么?”她一向叫女儿全名,像在称呼一名同龄人。她没把女儿当小孩子。或许,她自己也还有孩童心性。

"扎妈妈。"童言无忌。意浓五雷轰顶,她一把抓过布娃娃,却被钢针刺破手指,她锐叫了一声,开始骂人。

子静也不哭,瞪着一双大眼。她的眼睛最像意浓。

女佣上来拉走孩子。

意浓把布娃娃摔在地上,惘然。

她本就不打算继续留在这里,女儿的举动,更加坚定了她的决心。

茂松还是看完了话剧,他做什么都有始有终,回到家,意浓已经睡了。他推门进去,已经是十月,山城居然还有虫叫。

他走进去,地上有一个蒲团,孩子爱玩,他小心捡起它,摆在床边,他坐下去,盘着两腿,像在修行。罗意浓睡得不实,听见动静,醒了。她本能地警觉:"你干吗?"茂松满是疲惫,苦笑,淡然说:"只是坐坐。"

坐坐?这个回答让意浓意外,她不知所措了。是继续睡,闭上眼,装作眼前没这个人,还是起身离开,似乎都不太好,她一向爽利,现在,却感觉被什么东西束缚住了。

这夜的月光诡异,云多,但却不是那种整块的,是一小片一小片,月亮藏在后头,时不时露一下脸。

"子静恨我,你知不知道?是你教的?"

"孩子小不懂事,你回来就好了。"

"你为什么不告诉她,她的妈妈是多么勇敢的一名女性,当初为了一点恩、一点情,一时心软,舍弃自己嫁给了她的爸爸,跟他生了孩子,成全了他的幸福,这些你为什么不说?为什么不?"

"我说了,我都说了,可孩子有孩子的判断,她需要一个完整的家庭。"

"当初是你求我,我才嫁给你的。"意浓坐了起来,盘着腿,她的短发在黑暗中更显利落。

"那我现在还求你,求你留下,求你可怜可怜我,可怜可怜孩子,赐我们一个完整的家庭,一个简单平静的生活,好不好?”茂松越说越快。

意浓说:“是错误,就该及时结束,而不是将痛苦延长。”

“可你这样让我们都很痛苦!”

“这我管不着!”意浓嚷,“人总要为自己想想,这乱世,谁知道活到什么时候, 怎么就不能活得够味,活得尽兴?”

她起身,一转头,门口站着一个人,小小的,黑黝黝,一座小山。她抱着娃娃,新的一只。

屋中静默。

“子静……”茂松喊,痛苦地。

孩子扭头跑了。她是夜晚的精灵,一不小心听到看到人间残忍的秘密。

“我明天走。”罗意浓痛下决心,她一直认为自己不在乎孩子,可现在看来,未必。到底是自己身上掉下来的肉。

晚间,静安和弘武都没睡,床头灯开着,例行的“事”办完,两人聊天。

弘武叹气:“老了。”

静安打他一下:“老当益壮。”

弘武抽烟,绅士地问:“抽一支?”

静安遂了愿,只说:“抽吧,快赶上芙蓉癖了。”弘武说:“烦——”静安:“烦什么。”

弘武说:“汪先生在南京成立了中央储备银行,周先生兼任总裁,上海这边,大有可为了。”

静安笑道:“那你还不趁势而上?”

弘武说:“大局是天定的,谁也不敢说能掌握,但小利却是能够自己把握的,我的心不算大,只想有一天,你我还能过一分富足简单的日子就够了。”

静安感动，道："有你这话够了，不枉我这么多年……"说到哽咽。

一日夫妻百日恩。

"三妹最近怎么样？"江弘武冷不丁问。

静安警觉，没好气："谁知道，芹嫂跟她都跟不下去，这丫头，拧、犟，不近人情，小时候我对她什么样，现在她对我什么样？人是感情动物，将心比心……"一路念下去，弘武不耐烦了。"有机会去看看，她靠什么生活，市面这样，回头饿死了，别人笑话咱们。"

"她一个电影明星能饿到哪去？再不济，找个男人，也够吃了，不用管！"静安明显感觉丈夫关心得过度了。

弘武抽烟，气压低。

静安妥协，抱住丈夫："回头让芹嫂过去看看，给送点东西。"

弘武道："自己妹妹，不要这样。"

静安嗔道："色迷心窍。"

芹嫂有一阵没去看筱秋了，关键是没话说，她觉得三小姐这孩子太拧，不识时务，一辈子也就吃这个亏。她有点寒心。但如今老大派她过来看看，她也只好过来看看，提着肉罐头，进了弄堂，遇见个"老邻居"，也是逃难来的，大老远就打招呼，谈起话来，才知道，筱秋搬走了。

"搬走了？搬哪儿去了？"

"呦，芹嫂你这话新鲜，你是她干妈，你都不知道，我哪里知道？听说，是搬到小房子去了吧，罗小姐最近过得不容易。"

芹嫂回去禀报，静安听了，多少有些于心不忍，但还嘴硬，说："由她去吧，她本事大，饿不死。"芹嫂道："会不会出事，要不请老爷问问？"

静安一摆手："不用。"

芹嫂看她脸色，连忙闭嘴，私下里，自己留心打听，问了好些个人，过去的熟人、周围的邻居，终于打听到筱秋搬去了爱莎公寓，609 号房,就一小间,厨房在外头,以前是德国银行职员的宿舍。就这一间,还是托关系弄来的——筱秋最近和过去认识的几个太太往来,跑单帮。

推开门,家里到处都是袜子、衣服,还有香水的味道,美国食品——都是往重庆寄的。筱秋坐在一堆东西里,她周围,散落着各色纸张,有正儿八经的稿纸,也有用过的信封,百货公司传单,还有的上面有油渍,显然是食品公司贡献的了,但无一例外,上面都写着字。还有报纸、杂志、书,都是点缀。

"三小姐,这……"芹嫂不知怎么说。筱秋回头,她戴了副眼镜,女学生样,又瘦,所以特别"清癯",但她并不觉得尴尬,只说:"坐。"芹嫂:"我来看看你。"

"稍等片刻。"她又写了几个字,在一张冠生园包装纸上。

芹嫂讪笑:"成女先生了。"又说:"好,好,尚家本就是诗书传家,老爷太太在天之灵,知道你这样,会高兴的。"

筱秋放下笔,她写完一段:"谈不上,我十几岁出来闯,什么没做过,如今在这租界,我写点东西,投出去,不过为了自食其力。芹嫂,等我好了,再把你接来住。"

芹嫂突然有些不好意思,是她先抛弃她的,可人家现在"以德报怨",她眼眶红了,说:"快别这么说,三小姐,我也帮不上忙,帮不上忙……"

筱秋问:"大姐好么,四妹好么?"

芹嫂泫然:"都好,都好,三小姐,你受苦了……"

日军轰炸珍珠港,太平洋战事越来越紧。上海、香港、南洋,日军攻城掠地,速度加快,汪政府及时表态,与日军共进退——弘武有事干了,不过这日,他吃了午饭就开车来到码头,亲自迎接一个故人,一名贵客。

码头上人来人往，上下穿梭的乘客，还有码头工——年轻人居多，但童工、老头也都有，大多是江北来的，为了混口饭吃，在码头耗着，做搬运。其实挣钱不少。尽管有帮会统治着，但一个码头工一天只要揽上一两个钟头的活，一家吃喝不愁，若干上一整天，那收入就很可观了。但就是累、脏，看那破衣烂衫就知道，弘武刻意低调，一身旧蓝棉袍，还是出挑了。车停得远，他就站在江边上，周围人来人往，他却有种定力，两手背在后头，一动不动。到底是军人。

下午两点左右，一只小汽轮沿着江开过来，声音越来越近，江面有风，波涛起伏，天阴沉沉的，有点冷。汽轮靠岸了，马达停了，抛下锚，搭上走板，陆续有人下船。

弘武没动，盯着看。

轮船小，一个男人弯腰出来，竟然也是蓝棉袍。还在走板上就打招呼："三哥！"弘武迎上去，要拥抱，又猛然觉得奇怪，改伸手，握住了，意味深长："不容易啊！欢迎归队。"

欧阳也笑："归队？"

弘武道："归入江家的队伍。"

欧阳哈哈大笑。两人上车，朝虹口开。弘武又问："老太太什么时候接来？"欧阳答："贱内和老太太，闲云野鹤，我都不知道她们去了哪。"弘武道："在的时候多孝顺孝顺。"欧阳道："现在干革命做大事业，何拘小节，荣华富贵，有享的时候。"弘武拍他肩膀："要的就是你这句话！"

欧阳道："我是没什么本事，来了也只是投靠兄长，混口饭吃。"

弘武笑道："此言差矣，我看你抵得上半个师。"

欧阳抱拳："愧不敢当。"

弘武诡异一笑："根据上峰指示，我们可是给贤弟准备了见面礼。"欧阳夏蹙眉，摸不透弘武的底，只好掩饰般哦了一声，便不再言语。

晚上摆接风宴，在弘武的私人组织部举行，来的，都是各行业的

“精英”,加弘武,十三人,过去筱秋见识过,现在轮到欧阳夏“开眼”了。山珍海味早都摆好了,放在金碧辉煌的小包间里,根本感觉不到这是在上海,感觉不到周围的战事, 更不会去想上海街头的饿殍。这像十年前的巴黎、如今的纽约,最不济也是伦敦。紫色天鹅绒厚窗帘,挡住了双层防弹玻璃,没更多人知道这里,没更多人知道这世界。

弘武带头举杯,满面春风。“今天,我们研究会迎来了新会员,欧阳夏先生。”众人给面子,老的少的,都举杯,优雅地说欢迎。欧阳回敬,喝了三杯,说多关照。弘武继续说:“以前是十三位兄弟,组起来难听,按西方说法,十三是不吉利的,现在好了,来了欧阳,变十四了,十四好。”众人都说好。弘武又说:“按照惯例,入会,要交会费,欧阳那份,我出,两根金条。以后大家都是兄弟,有难同当,有福同享,无论谁有事,包括婚丧嫁娶,兄弟们都要到场,当然,国内外的大事,我们都要关心,一起去研究,争取我们的研究会,弄出点名堂来。”

满屋子都是香味,各色菜香,一个小个子、脸上带十字疤的男人忍不住,提醒:“大哥,动筷子吧,你不动,大家不敢动啊……都饿了。”他是帮会里比较吃得开的,疤瘌李,搞运输,水路为主。弘武笑,举起筷子,夹了一片鸭舌,装作不经意:“提醒大家一句,保守秘密,是入会第一位的,否则,像这根鸭舌,也说不定。”无人应答。

半晌,一个老者打破僵局:“老三,欧阳兄弟来上海,准备做点什么?”老者辈分比弘武高,在小刀会、青帮都混过,玩古董是一把好手,叫胡大。欧阳看着弘武,等他说话,弘武说,先看看,欧阳是个人才,路子广,办法多,人尽其才才好。

挨个敬酒,欧阳都喝了,他酒量大,但也快到临界点。他坐在弘武身边,凑空小声说:“三哥,差不多了,快不行了。”弘武诧异:“这才哪到哪,你不会没精神了吧,待会还有大事。”欧阳问什么大事,弘武也不说。

酒喝得差不多,十四个人走了十个,疤瘌李和胡大留下,显然是弘武的意思。月过中天，外面有点冷，疤瘌李开车，胡大坐在副驾驶上，弘武和欧阳坐后排。疤瘌李头脑清醒，他晚上没喝多少，光顾吃了。“老大？”他回头，请示弘武。

“码头。”弘武冷静得仿佛滴酒未沾，可这明明是个豪饮之夜。汽车开动，外面的风灌进来，冲散酒味。欧阳身子一紧，整个人缩小了一些，他不问，也不多说，他知道，接风宴只是小菜，马上端上来的，才是大餐。他了解弘武的脾性，从小便知。弘武比欧阳狠。

这码头快到金山了，海是黑的，潮水拍岸，声音很有规律，可反倒显得这里静，欧阳觉得这里有点眼熟，要么是做梦，要么就是谁跟他描述过，海岸边一个小木屋，有光。汽车停在屋前，几个人下来，欧阳没走在最后，他走中间；疤瘌李腿脚最快，尽管个子矮；胡大殿后。

还没到跟前，屋子里一个赤着脚的年轻人迎在门口，疤瘌李问，船在不在。赤脚道：“就在湾里，几个人看着。”疤瘌李回身，跟弘武汇报。弘武点头，几个人朝湾里走。所谓湾里，其实就是个小避风港，U字型，四周是天然岩壁，遮挡风雨，两艘船停在湾里，灯光一晃一晃的。欧阳问弘武：“三哥，这是何用意？”弘武笑道：“上去便知。”

几个人上了船，甲板上点着火把，船上十来个人，都是疤瘌李手下。疤瘌李一挥手，几个人钻进船舱，押个人出来。五花大绑，低头，看不清面目。欧阳取过火把，朝这人脸上一照。

刀子脸，小眼睛，瘦长身子，嘴巴上有颗痣。欧阳认识，是罗茂松手下的人，姓廖，不是说在重庆么，怎么突然落到弘武手里？弘武笑对欧阳：“四弟，这人是个探子，跟着你下船的，你认不认识。”

欧阳笑笑：“哦，这是小廖。”弘武收起笑：“他是重庆来的，怎么，你来与哥哥我合作，看来重庆方面不放心啊。”

疤瘌李性子急，嘴冲，用他那尖嗓子嚷：“就他妈的该杀！”

弘武回头看胡大：“该杀？”胡大老滋老味，点头。弘武掏枪，递给欧阳，说：“好！四弟亲手解决。”八双眼睛盯着他，当然，小廖的眼神与其他三人不同，他充满愤怒，又绝望，是被捕的野兽。

“欧阳夏，你敢背叛蒋委员长？！”小廖扭动着身体，却被按住。

欧阳接过枪，所有人都还没反应过来，他看都没看，随即一声枪响，正中心脏，小廖歪在地上，又被两人架起，朝海里一丢，自由落体，噗通一响，贡献水族去了。

“好！”弘武拍手，他自信没看错人。疤瘌李跟着叫。

群魔乱舞。

这算投名状，欧阳只能舍小节取大义。胡大笑呵呵的，坐在椅子上，一拍手，船舱里又推出个人。

照旧五花大绑。

老王！

欧阳强作镇定，还好天黑，掩护了面部表情。枪口还是热的，他一时也想不出好法子，只能先搅混水，他对弘武说：“三哥——”

弘武没答话，而是从疤瘌李屁股后头拔出一支枪，对准，啪，声响震动海湾，老王嗷一声，一条腿跪在地上。

欧阳头皮都麻了。他要救老王，这可是亲密战友，多少年的老伙计，李忠死后，就剩老王算“知根知底”，怎么能不保。

太不小心，怎么会落到他们手里。

欧阳突然仰天狂笑，几个人都看他。弘武问：“四弟，这是何意？”欧阳说：“没事。”弘武坚持问：“都是自家人，有什么想法，说！”欧阳这才道：“我笑三哥太糊涂。”弘武嗯了一声，是上升的调子，算质疑。

“这个半老头，能掀起什么风浪？”

半天不出声的胡大从黑地里走出来。“此人非同小可，搞暗杀是一把好手，我们有不少人死在他手里，江会长也没少遭到此人骚扰。”

“三哥，果真如此？”欧阳问弘武。弘武道：“要杀我的人不少，何惧一个，怕就怕，此人与四弟是老相识，四弟不舍得动手吧？”

老王挣扎，奋力嘶喊：“你他妈要杀就杀，老子没那么脆弱！”

欧阳二话不说，迅速转身，一扬手，啪，弹无虚发，又打在胸部。老王应声倒地。

“丢下去喂鱼！”此时欧阳有几分痞气。

“慢！”胡大凑过来，在身体上摸了摸，又探探呼吸，才一招手。

沉入大海，惊涛拍岸，风，越来越大。

欧阳夏吐了一口气，他面对着自己的三哥，一时无语。

疤瘌李笑嘻嘻问：“头儿，今个儿怎么，就在船上住了？”弘武想了想，说：“凑合住到天亮再说吧。”胡大说：“我回岸上，人老了，怕颠。”

疤瘌李道：“胡大真是娇气，怕什么，也颠不出个屁来。”胡大啐他一口：“你看看这风、这浪，要什么横！”又对弘武、欧阳：“会长，欧阳兄，恕不能奉陪。”几个小子搀他下船。

到下半夜，风小了些，海浪声依旧，辽远、阔大。两只船停在船坞，船舱内，只有两盏灯亮着，一盏是岗哨，一盏在客房。欧阳想不到这条不起眼的小船内部，装修竟然如此豪华：欧式的柱子、水洗柳木墙、吸顶灯，还挂着西洋古典画——一个丰肥的裸体女人。两张床，欧阳夏睡靠东这张，弘武睡靠西的。

都没睡着。反复翻身，巧了，刚好撞到面对面，又都睁着眼，像醒了的两尊卧佛。

欧阳夏不记得上一次如此简单地与三哥相对是什么时候，十年前？还是十二年前？欧阳坚定，并不躲闪，对望半分钟，弘武开口了。

“你知不知道你的来处？”

“来处？什么来处？”

“爹和娘把你送出去的时候，我在。”

欧阳睡不住了。爹？娘？哪来的爹娘。他连忙捋顺思路，才略微肯定，弘武口中的爹娘是叔和婶。“别胡说。”

弘武不紧不慢，讲故事般：“这件事，知道的人不多，我也不敢确定，爹去世，没说，后来娘病重，闭眼前跟我交代，说我们家本来兄弟四个，大哥二哥没了，我是老三，老四，则是弘文你。”

欧阳笑：“我本就是老四。”

弘武抢白：“是，你是。但你也是我的亲弟弟，叔和容婶一直没孩子，你是被过继过去的。”

过继？！闻所未闻！欧阳脑中一片空白，海浪声侵袭，一遍一遍洗刷记忆，关于身世，他从未有过怀疑，他娘也从未说过，怎么忽然之间，他和弘武就成了亲兄弟。难道是计？弘武为了笼络他，才这么说？很有可能。

“我叫弘武，你是弘文，一武一文，光大门楣……”弘武的口气很舒缓，反倒显得笃定，像说一件已经写入历史的事，板上钉钉，他只是读出来。

欧阳就那么躺着，两个人对望。

弘武伸手，拉灭灯，黑天黑地，只有海浪依旧，波涛汹涌，一次次晃动着船体，人在其中，如入摇篮。

罗意浓与欧阳夏同日抵沪。不过，她走的是直线，从重庆，到武汉，又回了趟老家六安，再从六安坐车，一路颠簸到上海。她先找筱秋。

地址变了。

这对意浓不是难事，上海还有她的关系网，半天，轻松拿下。她又穿着旗袍，厚头发帘盖在脑门，是个阔太太样，拎着小包，上门了。

进门就是惊吓，跟芹嫂一样。邋遢。这是罗意浓对罗筱秋“新家”的第一印象，物品是没有了，筱秋的“单帮”生意没维持多久，但她还写作，在客厅写，所以小客厅里到处都是散的纸，报纸、稿纸，还有成本的纸——就是书，老舍的、张恨水的、鲁迅的、巴金的，还有大部头的《红楼梦》。

这段时间，筱秋闭关，逼自己沉浸在文字的海洋中。奢华、饥荒、乱世、安稳，都暂时与她无关，生意不做了，她关起门，读、写，用文字表达自己的爱恨，所以意浓站在门口，筱秋来开门，当面就是惊诧。

筱秋太瘦了。脸颊陷落，像是对生活投了降，双眼更显大，又凸，像金鱼了，好在眼中有光，整个人还算麻利。

"干吗，当苦行的尼姑?"意浓坐在纸堆里。她向来把姐姐当竞争对手，可看到筱秋这样，她又有些心疼。

筱秋不是待客的样子，说："你再等会，我写完这段。"

十分钟，二十分钟，罗意浓只能看着姐姐的背影，她不耐烦了。走过去，探头看，四个字映在眼里，"我的恋爱"，是第一稿，涂涂抹抹，删改笔记很多，写在冠生园的包装纸上，纸角有些油斑。第一句就敲中了意浓的心：

> "五四"我没赶上，但也享受到了"五四"的好处，不过，"五四"的后遗症在我身上也从未痊愈过，因为我走出家庭时，一不小心爱上了一个人。

她一把抓过那张纸，如饥似渴，恨不得每个字都吃进肚子里，读，狠狠地读，筱秋这才从她的写作状态中超脱出来，要夺回那张稿纸。

两个人打闹。又像姐妹俩了。又回到少女时代了。

"你这是要以文传世?"

"靠写作养活自己。"

"写得很像郁达夫嘛!"意浓曾经是郁达夫《沉沦》的拥趸。

"最开始写评论文，发在报纸上。"

"笔名用什么?"

"罗筱秋。"

"准备开始暴露私生活了? 女作家的私生活，可是读者所爱。"

"难道换个名字?"

“我帮你取好了，春灵。尚春灵，哎，姐姐多才多艺，寻常人真是比不了，电影演得，小说写得，革命闹得。”

筱秋叹气，又笑：“写出来，不过是想自己的心里，不那么闷。”她递烟给意浓，身体有点佝偻着。

意浓突然有点心疼姐姐，男人、地位、风光的日子，所有一切都烟消云散，她们还是姐妹，嫡嫡亲的姐妹，哪怕只是一瞬间。

报刊亭，春灵女士新作《我的恋爱》赫然上市，这是一部长篇小说，写一个女孩家庭破碎后，出走，做了职业女性，但因为战事不得不停止，在这一过程中，她与一个已婚男人的爱恋却从未消歇，双方都陷入痛苦中。这小说没写完，但这丝毫不妨碍读者对它的兴趣。好在，尚无人知道这位春灵，就是过去鼎鼎大名的白梅卿。

几个女学生样的小姑娘，走到报刊铺子，雀跃着，问：“老板，《我的恋爱》到没到货？”老板犯难，变着法儿拉生意：“就来了就来了，已经在厂子里赶印了，《结婚十年》有，要看不啦？”有个小姑娘俏皮，一句话堵住老板嘴：“我们还没结婚，看什么《结婚十年》，我们要恋爱，恋爱是乐园，婚姻是坟墓，你不给我们乐园，却偏推坟墓给我们，什么居心？是何道理。”

老板讪笑：“这一张油嘴，十三点哦。”

小姑娘回击：“老不正经！”

沙发上坐着意浓、静安。来上海后，意浓第一次拜访姐姐。

“我当你在重庆不回来了呢。”静安不经意说。

意浓笑笑：“那个破地方，我住不惯，整日除了雾，还是雾。”

静安悠悠地：“听说茂松位置不低了，不打算复婚？多少女人排着队呢。”

意浓不屑：“要复婚，当初就不会离婚，有些人，离开就是离开了。”

静安叫好：“我就说你这爽快劲，与姐姐我最像，不比老三，一会装个可怜，一会学个独立，其实，数她心眼最多。”

芹嫂拿着一本书进屋，满头汗，她一边擦一边说：“就这么本书，多少人抢，我就说是什么天书，能普度众生？也值得这样。”意浓笑嘻嘻：“天书倒不是，不过是一个熟人写的。”

“熟人？”芹嫂茫然，一大早大小姐就派她出去，指定买《我的恋爱》，春灵著，原来是熟人。静安夺过书，胡乱翻开，跳着看：“娘一死，你们就脱了缰，左右乱闯，到现在，也不过头破血流罢了，都说这《我的恋爱》好看，好看就好看在性描写，我倒要来看看，真成《金瓶梅》了么？”

意浓本不是读书的人，见静安兴趣盎然，也要看，可翻了几页，就撂下，她对姐姐才能的佩服心，瞬间被嫉妒挤占——通篇写的都是欧阳夏——他在里面叫沈梦真——庸俗不堪的名字！

静安继续翻，不经意：“听说这书卖得纸都不够。”

意浓诧异：“纸不够？”

静安笑眯眯，像一只老猫：“现在什么世道，新闻纸，那也是紧俏货，归你姐夫管。”

意浓道：“姐夫这么能耐，给我弄个职位。”

静安直起身子：“你还差这点？”

意浓道：“谁也不嫌钱烫手。”

北四川路，文亚书店，印《我的恋爱》的机构，老板戴个眼镜，一身灰罩袍，店铺里都是书，新文学一边，古书一边，通俗文艺量大，摆在地上了。

筱秋问：“刁老板，什么时候印出来？告罄两周了。”

刁实话实说，叹气：“纸不好调哇，赚钱的生意谁不想做，我也是没办法。”

筱秋看地下，又问：“张恨水的怎么有？”

刁某人委屈：“这是以前印的，你看看，喏，都发霉了。”筱秋执着：

“你们若不印，我去别家出了。”

老板恳求道：“不是我们不印啊，是纸供应不上，去别家，别家也一样，新闻纸现在是紧俏货，你若是有门路，去公董局问问。”筱秋做明星时，公董局往来不少，如今为书去求人，不是她的性格，她不大好意思。

想了一夜，还是决定去。

第二天，筱秋略微收拾了一下，便去公董局问情况，谁知到了地方，才知租界当局也已被日军控制，正在对租界人口实施户口登记，日本兵看着，欧美人也瘪了气。谁顾得上什么书刊印制，春灵的书能有人叫好，已是奇迹，谁还管什么新闻纸。不过，一个美国人倒是给筱秋指了条路，让她去虹口找山口，看能不能调剂配给。筱秋一向躲在租界，尽量少与日本人接触，可如今公董局都成了日军的傀儡，日子一天比一天坏，她只好硬着头皮去斡旋。好在，这个山口，她似乎有几面之缘，她下海跳舞，山口也曾一掷千金。

虹口一幢小楼，红外墙，尖顶，门口有日本兵站岗，筱秋低着头朝里进，当兵拦她，问是做什么的，筱秋说找山口先生，日本兵觑了觑她，蓝布棉旗袍，浅跟鞋，外面有披风，不像乱七八糟的女人，筱秋忙说，认识。日本兵放她进去了。小楼三层，分为两边，东面，改成了办公区，西面，住着人，筱秋小声问一个出来的人，山口先生在哪里？那人一指，东面最后一间。筱秋理了理头发，下意识地，直走过去，门没关，四五个人在里头，有站着的、坐着的。

山口戴着军帽，黑皮靴，腰间别着枪。“梅卿小姐。”山口认出她，咧嘴笑。一介武夫，笑都很直接。梅卿不畏缩，简单说明来意。山口操着不甚标准的中文，犯难：“梅卿小姐……”口气有点猥琐了。罗筱秋浑身不舒服，下海做舞女，被别人揩油过，也没这么难过。门口喧嚷着，士兵拦阻着一个女人，看上去三十多岁，她要找山口。

山口大吼：“怎么回事？！”

士兵没来得及说话，女人开口了：“山口大佐，这房子不能都给你们用啊，这是我父亲留下来的，不能全给你们啊——”

山口并不客气：“闭嘴！这是我们大日本帝国的军人用生命换来的。”女人还要申辩。山口和几个军官开始油腔滑调，摸她的脸，笑得猥琐：“真漂亮啊……漂亮啊姑娘……”

女人顿时面色萎白，转身走了。

筱秋目睹这一切，知道自己来斡旋得很无稽，本来是你的，他们都要白占，更何况不是你的呢。她跟山口道谢，离开。山口追她：“梅卿小姐——”他抠住她肩膀。一只大手拦住了。

筱秋抬头，是弘武。说不上什么感觉，只是木然。大风大浪，小船独行，她一向不粘不连。她不喜欢他，但好歹眼下，他救了她。

“山口先生，家妹。”弘武淡定，脸上还有点说不清道不明的笑。山口迟疑了一下，还是给面子，走开了。

“有事？”弘武摘掉帽子，姿态绅士。

筱秋欲言又止，低头朝外走。江弘武追上去，他步子大，没几步就挡到她前面。筱秋不客气：“你让开！”弘武笑眯眯：“书卖得不错吧，这年头，还有人关心恋爱，不容易。”筱秋被人说中心事，脸红，更不愿意多交流，夹着包，朝外面走。只留背影给他。弘武梗着脖子，还是笑，坏笑：“没纸，找我嘛。”筱秋头蒙蒙的。偏他都知道！

筱秋再想办法，怎么都没用。她听说公董局都快没了，法租界和公共租界，马上要被日本控制，又是汪派。她早年激进，反对军阀统治，可她现在觉得，军阀时代，似乎也没有那么差。无奈之下，筱秋只好写小文章，投杂志、报纸，凑合过。美国人都被拉去游街，何况她。

端午节，本应团圆。静安家，筱秋不想去，意浓、芹嫂提前没来说上门，她权当省钱，但熬到中午，嘴里淡，还是跑去买鲜肉粽子，队排得老长，战事如火如荼，挡不住人吃的热情。

排到她，刚好卖完了。小伙计耸肩，吐吐舌头，摊手，意思是抱歉。

特殊供应，过期不候，是彻底没了。

只好拐到面包房，胡乱取了两只面包，硬挺的，拿了就回家。这日子吃面包，也是怪，筱秋自己被自己逗乐了。笑也是苦笑。许多日子里，她都靠吃美军遗留下来的听装西柚汁过日子，人也瘦得脱了形。沿街的落地玻璃窗，里面陈列着时装，一个一个假人，空有华丽，筱秋突然望见自己的影子，瘦瘦一条，不像人，像鬼，没有烟火气。是鬼就应该飘回家。可她又觉得自己无家可归。

她怕过节。她有时候想，自己那个女儿怎么样了？她甚至没看清她的长相。她本想去寻找，把她夺回来。可，这乱世，她自身难保，多一个宝贝，只是多一份危险。

筱秋公寓门口，欧阳夏坐在楼梯上抽烟，旁边，满满一袋食品，圆的方的，有压缩饼干、肉罐头、瓶装牛奶。

她在拐弯处看见他，本能地朝后躲，下楼。她全身微微颤抖，走了两步，又站住，她恨，恨自己的软弱，这是她家，她逃什么？从头到尾，她问心无愧。

欧阳早听到脚步声。

她扭身朝上，他已经站在她面前。他高她一头，她看他总有点仰视，如今接着楼梯，他看上去更是雷霆万钧。

“筱秋！”他痛苦地喊。

“你让开！”她用肩撞他，撞出一条路，每一步都斩钉截铁。她反复告诫自己，这是她的家。

他紧跟上去。“筱秋——”翻来覆去只好叫她名字，在他这里，已是所能表现的最大深情。筱秋站在门口了，居高临下望着他，眼神像在审判。一脚踢下去，瓶瓶罐罐飞跃下去，跌在地上，肉罐头骨碌碌滚到楼梯一角，牛奶瓶摔碎，一地惨白。筱秋掏钥匙，快速开门，又要快速闭合，欧阳跨步，几乎蹦跳着，卡在门缝。

“你出去。”筱秋声音不大，但严厉。

欧阳不动。

筱秋手一带，门板撞击门框，遭遇欧阳的左脚，被挡回来。他两手还扒着门框，紧闭双唇，特别坚毅。

“筱秋——”他再次呼唤。

筱秋越发生气，看到他，就想起女儿。她知道他是铜锤铁打，但依旧不肯放他进来，只说：“你把女儿带来，我们新仇旧恨一笔勾销，带不来，你也不用来。”

欧阳默然。他母亲和翠凤带着孩子避居乡下，具体位置连他都不知道，他们只是偶尔来信，说过得还好，他问过带信人，可能住在镇江。再往深了，就不知道了，他想要孝顺，可母亲不给他机会。

“我只是担心你，供给有问题，应该早点找我。”

筱秋冷笑：“找你？我问你，你来上海做什么？”欧阳偏过头，掏烟。筱秋道：“我虽然没参加过这个党那个党，但我是个中国人，还有点是非善恶的观念，损害民族国家的事，不要做不能做。”

欧阳大声：“我没做！”

筱秋道：“但愿你真的没做。”门砰的一声关上了。

四下俱寂。

筱秋在门里，这才哭了，捂住嘴，她不要发出声音，她知道，他还在门外，没走。她全身软弱无力，终于倒在地上，一脸泪。欧阳站在门口，久久不动。他侧耳听着门内声音，举起手，要敲门，终于还是放下。

楼梯口，一位老阿妈出现，看到一地的罐头，碎了的牛奶，嚷：“哎呀，作孽，都是宝贝啊，这位先生，这都是不要的啊，我要我要我要。”

欧阳快速下楼。

老阿妈觑了一眼他的背影，哼道：“有福不享就是罪。”

门内，筱秋竭力控制哽咽。

一九四四年，原来的租界，已经变成四不像，日本人和汪伪，实际上控制了上海。弘武受重用,在金融、文化方面都有“建树”,欧阳被弘武安排维护以他为首的团体,同气连枝,有什么异动好共进退。咖啡馆,服务员端咖啡上来,摆好。欧阳不客气,先喝一口。

弘武拍脑门:“瞧我这记性,你嫂子提醒我不要喝咖啡,影响睡眠,我这里又点。”欧阳朝服务员打了个响指:“小姐,换热牛奶。”

服务员连忙换好。

弘武笑:“成娘们儿了,喝牛奶。”欧阳道:“偶尔一次,无妨。”弘武突然小声,探脖子:“汪先生和陈先生去日本了。”欧阳夏继续喝他的咖啡。弘武继续说:“蒋那边估计撑不了多久。”欧阳知道弘武在试他,便道:“早点倒台也好,中国,不能总这么四分五裂。”弘武笑呵呵:“四弟还真是爱国啊,照我看,就这么裂着未尝不是好事。”

欧阳哦了一声,两眼微睁,那意思是,愿闻其详。江弘武把牛奶杯推到一边:“中国那么大,你觉得汪先生能吃得下么?”欧阳道:“这恐怕也不是三哥关心的。”弘武大声笑,又说:“四弟现在是大上海的名人了?”

“我?”欧阳诧异。

怀里掏出一本书,撂在桌上,弘武努一下嘴:“看过么?”

封面尽是红、绿,当中一男一女交缠着,胳膊套着脖颈,艺术处理了,但还是看得出在接吻,抬头四个大字,“我的恋爱”。

欧阳拿起书,匆忙读着。

弘武指着他,语气带点嘲讽:“你啊你,三哥我这辈子在女人这件事上,永远比不过你。”欧阳看了没几段便明白了,这是筱秋的手笔,他有点恨自己,居然连这等大事也不知道。

“三妹没告诉你?”

欧阳夏不动。

“四妹呢?”

欧阳夏如饥似渴地读着。

“都是一家人，最后弄得谁都不理谁，谁都不帮谁，这算什么，姊妹俩嫁给兄弟俩，本来是大好事，怪就怪你在女人身上太花心，三妹你不要，我要，全天下的男人都抢着要……”

话越说越粗。欧阳听不下去，劝阻：“三哥——”他声音低沉粗厚，透着威严。

这是弘武第一次和他谈筱秋的问题。欧阳知道，弘武一直觊觎筱秋，但他也知道，她不会变心。

“她的书卖得好，没了货，跑去虹口找日本人，你知不知道？”

欧阳夏紧张。找日本人？不可能，她不是那样人！

“被我拦下来了。”弘武点烟，叼在嘴上，“没纸，我批啊，这不，印出来了。你们那点不痛不痒的罗曼史，居然也能卖钱。”他向来喜欢深刻的，不惜鞭打。

欧阳夏的心往下沉。此时此刻，他来不及责怪弘武，最让他纠结的，是筱秋对他究竟还有没有感情，两个人还能不能继续？过去，他是革命者，是孝顺的儿子，是顶天立地的汉子，可他发现，他的一切隐忍包容让步，到头来却总是把事情弄得糟糕透顶。不行，他要稳住心神，还有很多重要的事办。

“你喜欢她？”欧阳的面容舒展。

换弘武不自在了。心底事被人戳中，尽管他天不怕地不怕，在男女问题上一直“厚颜无耻”地奉行着他的游戏规则，可对筱秋，他总有些顾忌。她不一样。正因为这种不一样，他常常需要玩世不恭地来掩饰自己对她的真实情感。可现在她成了弟弟的女人。他竟莫名有些羞愤。

“她这样一个人，值得所有人喜欢。”弘武这样说。他把自己囊括在“所有人”里。

“三哥，这话大嫂听过没有？”

江弘武说话有些不利索：“她，哼，她……”

"一个男人,还是应当忠于自己的家庭。"欧阳字句铿锵。

弘武哑口无言。这个四弟,道德训诫训诫到哥哥这儿了。

他只好反击:"一个女人,也理应生儿育女!"

欧阳起身,只留给弘武背影。

天主教医院,妇产病房,四壁一色素白,墙壁上隔一段挂着一张西洋古典油画,画中女人多裸露,个个丰乳肥臀。静安一个人来看病。她化了个名叫朱红,护士叫号,她连忙走进去。是个中国医生,男的,留学回来,口碑很不错。静安向来排斥男大夫,但上海的医院都看遍了,也没见效果,听闻这位不错,她也就硬着头皮来。但头巾还是要裹,好莱坞女星似的。

X 光已经照过了。现在是问诊治病。

静安坐在那里,小心翼翼。她也就在这时候才唯唯诺诺。医生不管,径直说:"你没什么问题,就是年纪不小了,要孩子得注意保胎。"静安客气,笑说:"多少年一直没要成。"医生说:"有胚胎形成,说明男方应该也没问题,怀孕期间一定不要行房,要保胎,提高存活率。"静安不好意思了,微微红脸,对行房事宜予以否认。医生说:"你宫颈有些问题,行房还是要节制。"静安的脸更红了,但心安。能生,她就多少心安些。

出了医院,她又去静安寺拜了拜菩萨,静安去静安寺,她心想一定会保佑。为了子嗣,中西方神佛,她都拜遍了。哪个好用拜哪个。

书店门口,书报摊子恨不得摆至街上。筱秋和刁老板站在账台前。刁老板满面春风,数钞票,边数边说:"真是老天有眼,到处都没新闻纸,偏突然印厂通知有纸印你这本《我的恋爱》,嘿嘿,喏,你发财啦。"筱秋不解其意:"只有我这本书有?"刁笃定:"只有你这本有。"筱秋低头沉思。刁笑道:"真是贵人多忘事,你要说你跟政府关系如此特殊,还要我们费那么大劲做什么。"

筱秋否定。

刁老板递钱过来："喏喏喏，这是版税。"筱秋接了，一数，不对，起码少一半。"刁老板，全部都在这里了？"刁某人立刻换了张脸："现在什么世道，能有加印版税的，也只有张恨水，周作人都没这待遇，罗小姐，知足吧。"筱秋要申辩，刁老板转身，忙着招呼客人去了。

筱秋一个人杵着，四壁都是书。

几个人日本兵进来，要买书，指明要《我的恋爱》。

刁老板来招呼。

"《我的恋爱》有，有，请进请进。"刁老板瞬间没气节了。他本来也不是文人。筱秋恨恨的，躲在书架后头。

书拿来了。

一个日本兵胡乱翻着，问刁："在哪里？"

刁不解，笑不嗤嗤："什么在哪里？"

日本兵嬉皮笑脸："性描写，性描写在哪里？"

刁怪笑，暗嘀咕："看得懂么这。"日本兵大吼，他又连忙伺候。

筱秋目睹这一幕，顿觉五雷轰顶，浑身冰冷。她可歌可泣的恋爱史，成敌人的玩物了。民族感情，绝不允许她这样。

江弘武办公室。筱秋上门。弘武连忙起身，打发走站岗的小厮，笑盈盈迎上去："今儿个什么风，三妹大驾光临。"

筱秋把《我的恋爱》摔在桌子上。

弘武道："呦，真是抱歉，没经允许，帮了三妹一点小忙。三妹也真是，成文人了，也不知会一声，要不是静安是你的忠实读者，我都还不知道。"

一席话，筱秋又不知怎么应对了。

"没让你帮忙。"筱秋胡乱说。

弘武道："三妹真是见外，肯去找日本人，我自发地为自家人做点事，倒成罪过了。"筱秋说："对你的帮忙十分感谢，但从现在开始，请停止。"

"停止？为什么？"

筱秋不语。她能怎么说，去日本宪兵队找人帮忙的是她，要出书谋生的也是她，现在弘武帮了她的忙，她却来兴师问罪，没有道理。其实她内心深处有是非善恶的判断。弘武是汪那边的人，不清不楚不干不净，和他扯上关系，筱秋怕越陷越深。

"我不希望我的书继续销售。"

"不销售？三妹，不要因为我，就断了自己的后路。"

筱秋连忙道："不是因为你。"她难以启齿，难道说，是因为几个日本人要看她书中的性描写，所以受不了，进而不出书？尽管事实情况的确如此，可筱秋不愿意跟弘武袒露心事。

"三妹，你也要生活。"

"那是我的事。"

"三妹，要么来政府，这秘书处还有个位子，我打个招呼，没问题的，也不用天天来，就当个顾问，意下如何？"弘武恳切地问。

"谢谢好意。"筱秋转身离开。迈出政府文宣部的大门，罗筱秋已经下定决心过更艰苦的日子了。

几天后，罗意浓就任伪上海市政府文化顾问。

意浓提了些西洋货来谢静安。提到筱秋，意浓恨，静安也恨，只不过，她们的恨不一样，静安道："这个老三，轴，不识抬举，以后啊，好事也不用想着她了。她要死要活，是她自己的事，她本事大，我就看她能在上海滩翻出天来。"

意浓道："顺流而下，才是生存之道。"

静安说："姐妹之间，就你跟我最像，老四，好好干，多帮帮你姐夫。"意浓忙道："都是应该的。"静安说："这个年头，我们都要为自己留条后路。"意浓笑说："什么叫后路，哪里又是后路？人生，有的时候只有前路，没有后路，后面是悬崖，怎么退？"静安说："如果前路也是悬崖呢?”

意浓故意俏皮,打破浓重氛围。“那就跳过去。”

“跳过去?跳得过去别有洞天,跳不过粉身碎骨,可是,又有几个人跳得过去呢。”

楼梯口,筱秋停住脚步。一袋东西,满当当塞着,牛奶露出头,还有肉罐头。对门老阿妈看人来,探出头,一脸笑:“刚有位先生送来的,让我帮着照看着点。务必让你收到。那先生真是客气,非要给一盒牛奶,一听罐头,你说这,我都说不收的……”

又是欧阳夏,他一向会疏通关系,除了对他妈。

这回筱秋没把东西踢下去,他不在,她演戏也没人看,暴殄天物,在如此困难时期,“有福不享”就是犯罪,多少人“嗷嗷待哺”。

“谢谢。”筱秋礼貌地笑笑,全身冷意,提起东西,进屋了。

老实讲,欧阳夏送来的东西帮了筱秋大忙。生火做饭,不是筱秋的特长,方便食品,对她一名“职业女性”来说,实是大利。上海的杂志还能发表文章,有收入,但沪上浮靡的风气,她并不喜欢,尽管她是从电影圈子过来的,但如今,她更素朴。筱秋也想到给大后方投稿,重庆的、桂林的、香港的,可革命题材的故事,除了在救护队的一段传奇经历——已经写到《我的恋爱》里——并无其他内容可写,婆婆孩子日常生活的散文,沪上已经不缺少女作家书写了。筱秋烦恼着。意浓来看过她两次,丢了点钱,说了些话。她知道,意浓还是爱着欧阳,现在,她罗筱秋是放手了,谁爱他他爱谁,都与她无关。只是,爱这件事,从来都不能勉强。

她偶尔去楼下咖啡厅坐坐。她还是想写上海。

写一个可歌可泣的故事。可一时又想不起来如何入手。

咖啡店门口,三五个小乞丐追着人要钱。一个男人路过,随手丢了一枚硬币,乞丐们哄抢。

他走到咖啡店对面,弄堂口,歪站着,抽烟。一个黄包车夫经过,挡了他一下,烟抽完,他从地上捡起一个瓶子,玻璃的,也就两厘米长,里面放着一枚黑色丸子,他打开瓶口,把药丸倒在手心,朝嘴里一撂。

他抬头看对面,发现咖啡厅窗下,坐着个女人。他迅速走过去。

“一个人坐着?”背后传来声音,混杂在咖啡厅软腻的背景音乐里。

筱秋转头,欧阳夏站在她面前。一身风衣——他永远一身风衣,一顶帽子也是必需的。过去,这一身装扮是筱秋所赞赏的,飒爽英姿,可现在,怎么看怎么觉得诡谲,甚至猥琐——缩头缩脑,就那么见不得人!

筱秋没理他。

“文茵和妈去了桂林。”欧阳冷不丁地说,“过得很好。”

筱秋心一缩,又冷笑。很好,能有多好?世上只有亲娘好。

“你瘦了,注意身体。”

筱秋不耐烦:“请你离开。”

欧阳夏深情地说:“我回上海,多少是为了你。”

筱秋哈哈大笑。欧阳一怔。筱秋蹙着眉,狠狠地说:“你现在跟着姐夫做事,有好处可捞吧,你的信仰呢,你的主义呢!都被狗吃了?!日本人侵占我中华土地,你还为他们做事?!别跟我说什么为了我,为了我,就不会任由你娘把一个刚出生的孩子抱走!为了我,就不会三番五次犹豫不决,不仁不义不忠不孝!为了我,你就应该立刻去重庆,去桂林,去香港,甚至去延安!做一个男子汉该做的事。你知道江弘武是个什么人吗?他是野兽,是杀人不眨眼的魔头!是日本人的走狗!”

音乐流动,服务生端咖啡上来,放在欧阳面前,一股香气升腾。

欧阳夏无力地说:“江弘武,是我亲哥哥。”

筱秋目瞪口呆。

终于她说了一句:“我们尚家,上辈子到底欠你们江家什么?!”

四姐妹与两兄弟，半辈子纠缠不清，阴差阳错，铸成孽债。

血浓于水，江弘武有这个自信拉拢住弟弟。深夜，黄浦江边，江弘武背着手站着，疤瘌李和胡大从船上下来。工人们在码头装卸，都是大木头箱子。

弘武丢下烟头，对胡大说：“这些人可不可靠？”

胡大接话：“都是水上的兄弟，基本上是老人家，可以放心。”

疤瘌李也说：“老大尽管放心，路线都是隐蔽的，日本人恐怕都不知道，押船的都是老水手。”

弘武声音低沉厚实：“钱给足了，枪多带几条，以防反水。”

疤瘌李唯唯称是。

“叫他们慢点，有的可是瓷器，木器也经不起磕碰。”弘武还是不放心。

胡大说：“那是自然，请会长放心，我们走海，也不是第一次了。”

弘武道：“现在局势非常不好，汪陈二人去日本求助，谁知道能撑到什么时候。”

疤瘌李凭空一声：“管他妈什么时候，我们做我们的，弄到钱才是正道！”

胡大和弘武都笑了。胡大道：“小兔崽子，你不记得你爸是怎么死的了，做事要低调，你黑道再黑，也黑不过当官的，江中有龙蛇相争，我们也不求在这上海滩呼风唤雨，我们充其量就是几尾鱼，见缝插针，捞点好处就完了。”

疤瘌李聆听教诲，嘿嘿道：“我他妈知道，清楚着呢。”

弘武不说话，望着那片黑黝黝的海。

江家花园，卧室的灯亮着，芹嫂推门，静安坐在床上，翻书。还是看那本《我的恋爱》，看得入神。

“还没睡?”芹嫂坐在床边。静安合上书:“等会先生。”她现在改叫他先生,翠喜意外死亡之后,她和弘武的关系趋于和缓,她着力生子,他尽力配合,年纪渐长,弘武在床上的火气小了些,一力图财,用他的话说,是为后半生打算。静安也在为后半生打算,她就想要个孩子。现在,她无限接近愿望。

“先生回来得晚。”芹嫂无限慈祥。静安虽然脾气阴晴不定,但对她,始终不错。静安微笑,说不怕晚,再等会。芹嫂是聪明人,早前在盥洗室看到静安作呕,她心里便知一二。她握住静安的手,问:“大小姐可有喜事?”静安笑而不语。芹嫂会意:“这回可要好好的,不能乱跑了。”静安说:“这世道,我这个年纪,还乱跑什么,就怕战乱。”芹嫂道:“先生有本事,自然会保你平安。”静安道:“但愿如此。”两人正说着,弘武进了屋,他一向脚步轻,到跟前她们才发现。芹嫂退出去。

静安起床,帮弘武脱了衣服。弘武叹气。静安问他何事烦恼。弘武说,现在海面上不平静,运出去的东西,未必安全。

“人安全就行了。”静安俏皮,她忽然恢复成少女,“你猜发生什么了?”弘武不解,脱了衣服,上床:“什么?”静安抱住他,贴在耳边,小声吹气:“终于有了。”弘武恍然大悟。静安道:“这次我不准你乱来,希望是个儿子。”

台灯映着两人的脸。无限温柔。

尚静安和江弘武并排坐在床头,手牵着手,老夫老妻,此时此刻,却仿佛少年人。弘武说:“革命半生,我终究是为了这个家,从前我做错好多,你会原谅我吧?”静安说:“人生在世,没有什么对对错错,我只知道,为自己爱的人付出,哪怕是错,我也宁愿一错到底。”

他将她抱紧了。

一九四四年十一月十日,汪精卫在日本名古屋帝国医院去世。弘武三天后知道消息,大为震动。江家花园,落地窗边,窗帘大开,午后,静安挺着肚子，叉着脚，半躺着。她已六个月身孕。

秘密会议室，十四人围着圆桌，个个面色凝重，疤瘌李脾气冲，拍桌子嚷："上海还是我们的！他妈的不行就拼，谁敢来抢？"胡大摁住他："别着急，听会长的。"疤瘌李闭嘴。气氛肃穆，所有人看江弘武。弘武吸一口气："汪先生没了，还有陈先生，陈先生若再没了，还有周先生，国民政府不会这么快垮台，大家做好准备，随机应变。"疤瘌李气大："怎么个变法？"胡大从桌下踢了他一脚。欧阳咳嗽一声。弘武望了他一眼。

人走尽了。只剩欧阳夏陪着弘武。弘武面朝窗，两手背在后头，军人出身，他站得很挺。"你有什么想法？"

欧阳知道这才是正题。他跺了几步，脚步声里都是忧心忡忡。"三哥不是已经在撤退了么？"弘武被道破"机密"，背部扭曲了一下，他转过身，解释道："那个正常，都是兄弟们的一点家产，小意思，都是为了我们江家的未来。"

欧阳不接话，另起："汪先生没了，陈先生挺着，谁知道能挺到什么时候，日本方面我们也不能全信。"弘武口气狐疑："你的意思是？"

欧阳答："有没有想过跟共产党联系？"

弘武色变："你是共产党？！"

欧阳沉稳："三哥。"弘武回过神，吐气："你是我亲弟弟。"欧阳走过去，拍他的肩膀："是的，这永远不会变，三哥，我们得有个退路，难道你想逃出去，永不回这大陆？"

弘武语重心长："四弟，国民党方面，共产党方面，都摸摸底，我们有筹码交换，安全第一，就怕我们跟了日本人，很难走回头路。"

欧阳敬礼："遵命！"

夜间，上海金山码头，疤瘌李大声呵斥搬运工，叫他们快点，他手里有皮鞭，时不时挥一下，啪啪响。一个小工佝偻着腰，扛着箱子，走得很慢，他瘦，戴着顶破帽子，人还没箱子大。疤瘌李不耐烦了，上前就是一脚，踢在屁股上，那小工叫了一声。“都他妈伶俐点！这要是打仗，你他妈早死了！”小工一脸黑灰，又是晚上，自然看不清面目，被踢之后，又迅速混进队伍里，鱼贯上船。

上了甲板，又跟着下船舱。是条货船，船舱被分成一小格一小格，木板挡着，里面码着木箱，箱子里茅草从缝隙里扎出来。

小工放下箱子，一猫腰，别在箱子后头，其他工人放下箱子都走，他看人走尽了，挨着箱子翻。瓷器、木器、漆器，他拿出来，对着甲板上漏出的光，看不太清，但约摸也知是老货。小工继续翻，船舱深处，光弱，几乎到全黑，他只能伸手朝里摸，嚯，冰凉，方块的，码得整整齐齐。黄金！

甲板上漏声下来，是疤瘌李和胡大。“还有多少？”胡大的声音。“听老大的，说还有些在路上呢，南京过来的，也有北平的，现在东西，不好弄。”

“那也得弄，这不都在弄么，你看那边，船都快撑爆了。”

“都他妈抢着发国难财。”

“局势危险了——”胡大叹气。

“管他妈危险不危险，咱们兄弟发财！到哪都一样。”疤瘌李啐一口唾沫。

声音小了，小工提着脚，朝外蹿，冷不丁后头有个影子，忽闪，又暗下去，他知道有人，可能碰到同道了？他心里狐疑，但不恋战，早走早平安。刚走到一半，后面有人扯他腿。他噗通一声垫在舱底板上。

奋力起身，帽子被摘了。齐颈的头发露出来。是罗意浓。

老王？！意浓在心底惊呼。他和欧阳夏认识。莫非？她说不准、摸不透，难道，欧阳也得到上级指示，派人来摸底？还是老王的单独行动？

她跟着老王的背影朝外，哪里跟得上。瞬间人就没影了。她捡起帽子，戴好，猫着腰，跟着搬运工人，朝船下混。

一堵胸膛拦在出口，意浓撞上，她低着头，见缝朝前钻，那人拦住，笑呵呵的："四妹，大晚上的，还出来散心？"

意浓抬头，江弘武带笑的脸，在灯光的斜照中，以鼻子为界限，一半明，一半暗。

江家客厅，静安肚子已经很明显，芹嫂扶着她，不断地安慰，还依旧止不住她浑身怒气。静安对芹嫂，由怒变泫然："芹嫂你说说，这像话吗？从小到大，我千方百计地帮衬她们，可她们呢，狼心狗肺、吃里扒外、忘恩负义，老三这样，老四现在也这样，老三顶多是不理，老四呢，成探子了，不知道是哪派来的，反正没一个好东西。"芹嫂忙劝："再怎么说，也是自己亲妹妹，算了，再说你现在身怀六甲，生不得气。"静安道："我处处为她们想好，处理好，马上到海外，也都打算带她们一起，现在我看没必要！"

芹嫂大惊："大小姐要去哪儿？"

静安这才自觉失言，但话已出口，索性打开天窗："这上海也不知能待到几时，欧洲那边的情况很不好，日本人这方面，美国苏联都在里面用力，战场上的事都难说，我们先走一步安顿好，才是上算。"

芹嫂本能地说："我不走。"

静安收了泪，笑道："我的好芹嫂，到什么时候你都要陪在我身边啊，我给你养老，放心吧，一切妥当。"静安变脸一向快。芹嫂还缓不过神，喃喃道："我都这把老骨头了，还乱跑什么，实在不行就回老家去，不论什么党什么国，都不会拿我这个老太婆开刀。"静安捉住她双手，两人面对面："芹嫂，娘临终时的话还记不记得？"芹嫂若有所思。静安道："娘说，我们姊妹三人，谁有能力，谁就要把芹嫂的生活负责到底，这是我们的责任。你在我们尚家这么多年，比亲人还亲，亲人还有可能背叛我，背后做小动作，我知道芹嫂不会。"

芹嫂木木的，点点头。

电话铃响了。静安警觉。芹嫂忙去接电话。是弘武，找静安的。

静安一面嘀咕,说明知道我不方便还老打电话来。客厅大,电话在那头,静安慢吞吞踱过去,拿起电话,刚听一句,脸色就沉下来。说了声,我知道了。

江家地下室——等于半个囚室、地牢,从前放工具,翠喜、筱秋都见识过,现在只剩一张旧床,两只木凳子,墙壁上挂着弓箭——只有弓没有箭,纯属摆设,再就是墙角一堆破衣服,都是静安淘汰下来的,像蛇褪下的皮。顶上一盏黄灯照着,昼夜不灭。

入夜,早春,地面上冷得很,囚室里,温度却高些。罗意浓额头微微出汗,她焦躁得来回打圈走。被抓到这儿两天一夜了,她要发疯,喊、叫、摔打东西,全无效。这是个荒无人烟的所在,好像地狱。她想起多年前,族里的伯伯们把她们母女囚禁在深井里,那时她小,除了饥饿感在记忆里清晰,并没有多少痛苦记忆,可现在,难忍。呼天天不应,叫地地不灵。她知道姐姐姐夫的手段。她知道得太多了。

脚步声传来。囚室门口慢慢显出个人影。

"大姐!"罗意浓冲到铁栏边喊。她知道是静安,一定是。

静安没下太深。离铁门有十来个台阶的距离。两个人就那么隔空传话,有回声,天上地下似的,显得诡异。

"你还知道我是你姐!"静安躲在暗地里发声。

"误会,完全是误会。"

"误会?我和你姐夫待你不薄。你在为谁工作?"

"姐,真的是误会,我只是好奇,去逛逛。"

"逛逛?为什么不名正言顺,偏要穿着个小工的破衣裳,一脸黑灰,老四,你当我三岁小孩吗?你现在不要跟我狡辩,实话告诉你,不管你是为谁工作,现在都必须停止,我只知道,我要对娘负责,我到哪里,你就必须跟到哪里,你逃不出我的掌心。"

意浓气顶脑门,咆哮:"你们做日本人的走狗就叫对娘负责吗?!尚静安,你这叫一错再错!"

静安已经转身朝上迈，留下一句，冷冷道："这世道，什么是对，什么是错，我只知道，人间有情，人间有爱，这永远不会错，错的人是你。我没有错！"

"大姐，回头是岸啊……"铁门一关，意浓的声音戛然而止，彻底被关在黑暗世界。

诊所，筱秋在给病人打空气针。写作这条路行不通，她靠跟意浓学的那点护理知识维生。上海街头，每天都有人饿死，来看病的不多，所以她也只是维持生活，从前的主义、理想，都渐渐尘埃落定，她心里有的，只有一点民族自尊、女性自尊，以及对大是大非的判断。汉奸不能做，皮肉生意不能做，人家的小老婆不能做，她谨记四字箴言：自食其力。

下午，外面小护士叫号，是打维生素的，补针现在也有人打。筱秋穿上简易医疗服，淡蓝色，戴上手套，开始备药，针头、针管有冷光，进口的维生素和补剂，一小瓶一小瓶，摆放在医疗处理台上。

筱秋戴着口罩，不看人脸，她只看人的局部，手、胳膊、屁股，一缩小到局部，人也就不像人了，不那么难相处。

引导护士引着病人进来了。六只脚在长椅边。

"打胳膊？捋起来。"筱秋下命令。做护士，她很冷酷。对方不应。筱秋两手拿针，推杆朝前挤，水迅速喷出，如小喷泉。

一抬眼。静安和芹嫂站在她面前。静安肚子隆起，芹嫂扶着她，但她丝毫没有一般孕妇的娇弱，眼睛里全是盛气凌人。

筱秋心惊，但瞬间平静，自食其力，不怕被人看见："打不打？"

"三小姐——"芹嫂叫，是惆怅的调子。静安手一拦："打！"

针插进去，慢慢推，筱秋手抖了一下，静安皱眉。但还是打完了。

"跟我走吧，在这里做，像什么样子，你就不想想你的以后吗？"

"打完了。"

芹嫂劝:“三小姐,人都要奔个未来呀!”

筱秋坚拒:“对不起,我还要工作,有话以后再说。”

静安瞪目:“不可救药!”又对芹嫂:“你看看,你还让我劝,小时候就不该让娘要这些小丫头,我们尚家,尽出叛逆!”

芹嫂对筱秋,苦劝:“三小姐,你就听芹嫂一句劝,芹嫂这把年纪,也是多少个朝代走过来的。什么都没个准头,一家人在一起,开开心心的才是真的,犟什么啊!我这样的老太婆不愿意走也就罢了,你可千万要跟大小姐走啊!”

筱秋警觉:“走?走去哪?”

芹嫂又支吾起来。静安道:“老三,人不要把自己的路堵死,你不仁,我不能不义,我们还是姐妹。”筱秋快速地回复:“是姐妹就不要为日本人卖命!”

一时哑然。静安瞪了筱秋一眼,走了。

一九四五年,战场季候大变,汪精卫一死,汪派党羽加快搜刮民脂,群魔乱舞。法租界教堂,礼拜日,依旧有人祷告,只不过牧师变成上海本地人,读《圣经》,也有点苏杭味道。一个人影闪过,坐在最后一排,旁边已经有人,一身灰西装,头发乱乱的,很不显眼。

“都准备撤了,运了不少黄金。”

“都在码头?”

“走水运,码头武装得厉害,还有一批最大,从陆路来,都是国宝,另外,关押的人,他们走之前,必定杀一批。”

“关在哪儿?”

“还不清楚,处决了好几批了,在龙华。”

“继续调查。”

来客点头,起身离开。灰西装又坐了一会,才站起来,坚毅的面容不变,是欧阳夏。重庆方面指示,重点营救被俘人员,抢救物资。

意浓一直被关押在江家半地下囚室，送饭的工作，静安安排看门的老朱做，不让芹嫂沾手。

铁门外，老朱把饭朝地上一搁。意浓笑着说："老朱，你陪我说说话呗。"

老朱木讷，看了一眼意浓："说什么？"

意浓道："说什么都行。"

老朱说："太太不允许我多说话。"

意浓说："那你把芹嫂找来，让她陪我聊。"

老朱警觉："不，你想跑，我不能给叫。"

意浓知道老朱爱钱，从脖子上取下一条金链子："拿去，看这铜墙铁锁的，能跑哪去，你去叫芹嫂，没人知道。"

老朱站了三秒，伸手接了项链。

是夜，一辆军用卡车朝上海开，半途有个路障，车停，带枪的几名士兵上前，司机从车窗伸出头："江老板的货。"为首的士兵道："什么货？"司机："真货！"士兵掏枪，一枪崩头，消了音，他自己倒说话："蠢货。"一招手，后面几名士兵猫着腰，伏在车后，冷不丁袭击车后斗的押送人员。

为首的拉开车门，将死了的士兵朝下一拉，轻松跳上驾驶座，车发动了。

江弘武正在办公室读书，他有静气。越是大事越要办得轻松。电话铃响了，弘武故作轻松，接起，脸瞬间狰狞，他咆哮："都他妈干什么吃的！调动有关人员，去给我追！东西一样不能丢！"

汽车朝海边开，轮船等在那里。到了地方，为首的嚷嚷："卸货！卸货！"码头工人纷纷围过来。疤瘌李在船上，叉着腰，喊："多少箱？"为首的："一百多箱吧，快点，回去还有任务。"疤瘌李不多问，工人们开始搬。五六个工人，加上几名士兵，一百箱东西，需要搬一段时间。为首的掏根烟,撂给疤瘌李,打哈哈:“头儿,发财了啊——”疤瘌李倨傲,得意,歪着脸,哈哈笑道:“大家发财!”

搬得差不多了。有风,海浪不小,一遍遍拍岸,像战鼓。大海黑黝黝的,如鬼似魅。火柴擦了几次都没擦着。

疤瘌李掏出打火机,自鸣得意:“还是他妈的洋玩意儿好使。”

远处传来汽车马达声。

跟着两声枪响。

车急刹,江弘武坐在车里,举着枪。

疤瘌李这才明白过来,可晚了。旁边那位,伶俐一枪,正中太阳穴。疤瘌李直挺挺倒下,工人们吓得四蹿,压货的五六个士兵一阵点射,船上的守卫,中弹的中弹,跳海的跳海。

江弘武指挥援兵与船上对垒。

枪声大作,像一把把刺刀,汇入海浪声,构成交响。

船离岸了。越开越远。

胡大坐在后座,拍弘武的肩,急道:“别管这些啦,小心龙华那儿……”话音没落,弘武便怪叫一声,大声朝司机喊:“快回去!快快快!回龙华!”

龙华会务办公室,灯亮着,表面上看,一派静谧。岗哨,两名卫兵站在那儿,聊天。都讲的是河南话。看来是老乡。

“站他妈什么哨,俺们倒霉,屁毛好处没有。”

“当初参军就他妈想混饱肚子,现在肚子是饱了,可跟有头有脸的比,算个屁!”

“那就别他妈比!”个高点的脾气显然暴躁些,“兵腿子就是兵腿子,甭管帮谁打!”

矮个子刚准备回嘴,高个子突然人似软面,瘫倒在地。矮个子不知所以,大惊,他叫,先是小声,喂!兄弟——喂!声音越来越大,高个子毫无反应。“他妈的,饿晕了?”矮个子下了岗哨,四处望望,无人无影，他用枪托敲了战友一下，没动静。

他还不相信战友已死。

他弯下腰，伸出手指，摸人中，也就在弯腰的一刹，颈项被重重一击。矮个子也倒地。

两个黑影闪出，走向房内。

一身西装，戴礼帽，是欧阳夏。老王跟在他身后，一身黑，软哨马褂，扎脚裤。迎面，守卫头子毕恭毕敬，笑呵呵地说：“十四哥好——”入了会，欧阳夏就成了十四哥，他不喜欢这个称呼，但江湖儿女，工作需要，他也不拒绝。

“怎么样，没问题吧？”欧阳流里流气，双手插在口袋，努了努嘴，朝里。守卫头子人到中年，头有些秃，精瘦，一双眼睛贼亮。“没问题——”他声调拉得老长，嬉皮笑脸，他是江弘武的好打手。“那不行——”他拦在头里。欧阳夏手背在后面，拉下脸：“我要审问犯人，你敢违抗？”

守卫头子又软下来，觍着脸继续：“这个，没有老大的允许，谁也不能进入……这规矩，二当家不应该不懂吧。”他笑，露一口坏牙。笑还没稳定住，欧阳扬手要打，老王拉住，欧阳大喝：“审重犯，就是老大给我的指示！”

守卫头子镇定，掏出枪，对准欧阳，脸上笑没收，手抹了一下嘴：“都他妈给我站住！不能看就是不能看，就是天王老子来了也不行！”老王站在欧阳身后，模枪，欧阳用胳膊肘顶了他一下。老王按兵不动。

欧阳夏知道，牢房的锁，是德国进口的最新产品，钥匙，只有一把，守卫头子管着，且他平时不放在身上，如果硬来，打死了他，营救被俘人员的希望，也就成了泡影。

笑容，欧阳告诉自己，必须恢复笑容，且是那种江湖气的笑容。

他拍守卫头子的肩膀。“老兄，这是老大的意思，”他凑到他耳边，“有几个人要秘密处决，不能等。”

有作用了。守卫头子瞪着两眼:“怎么,上头有风声?”欧阳:“都开始跑了,也就老兄你,还在这儿死守活守,你没捞点?赶紧捞。”守卫头子怨:“我他妈去哪捞呀!”欧阳:“你找疤瘌李,他有路子,可别说是我说的。”守卫头子坏笑。欧阳看表:“时间不早了,回头再跟你细说,开门,让我进去。”守卫头子不动。欧阳急不可耐:“快啊!我一个人进去你还不放心?要不你押着我,咱俩一起做,反正都是杀,你杀我杀没分别。”守卫头子皱眉头。

老王打圆场:“十四哥,别催了,等老大来吧,没准一起处决。”

守卫头子耐不住了。“我去打个电话。”

他进屋,拨通电话,没人接。欧阳站在门口,催:“老大在路上,到了他就要见尸。”守卫头子动摇了,他掏出钥匙,打开保险柜,密钥暴露。欧阳一把上前,抓取,守卫阻拦,欧阳嬉笑:“我来开。”

这牢房有三道门,每一道,钥匙都不同。开了一道,还有一道,欧阳为自己的疏忽懊悔。守卫头子得意:“十四兄,你倒是开啊。”欧阳道:“不行不行,您是大总管,还是您来。”守卫摇头晃脑,从自己身上掏出一串钥匙,开了一道,又开一道:“这叫螳螂捕蝉,黄雀在后。”

一声枪响。

守卫头子应声倒地,都是血。

老王开的枪。守卫们围上来,用枪对着两人。欧阳大喊:“兄弟们!保卫处长李子峰叛敌,刚已被处决!剩下的人,跟我一起押送犯人去金山!”

群龙无首。乌合之众难分方向,也只能听欧阳的。再怎么错,他是老大的弟弟错不了。

二十个犯人被带出。大门外,一辆军用卡车停在门口。

“上车!”老王喊。

小路尽头两辆车,急驶。

“快!”老王、欧阳着急,犯人们被关久了,行动迟缓。

车开近了，弘武跳下车，胡大腿脚慢，在车内伸头，后面一辆下来四五个人，都带枪。“他们想跑！”胡大老奸巨猾，伸手指。

一时枪声大作。“犯人”倒了好几个，死在后车斗边，其余的慌忙钻进车棚。老王胸口中枪，血汩汩地朝外冒。弘武那边，人已经追上来，对着打，老王、欧阳以车门为掩护，零散开枪。

对方逼近了。看守所的众喽啰，见老大弘武来，迅速倒戈，朝欧阳和老王猛攻。门口只有一盏灯，基本等于全黑，不利于攻打。弘武大吼：“打亮灯！”胡大连忙从后座爬到驾驶室，一按，灯亮了。

一束强光射去，无处躲藏。

老王嘶吼：“我掩护，你带人先走！”

欧阳一面开枪一面说：“要走一起走！”

老王捂住胸口，敦促：“快，再晚就来不及了，带人去码头，有人会回来接应，快！”

枪声急促，欧阳他们顶不住了。

弘武打着打着，眼神一闪，脑子里嗡嗡直响，怎么可能，是欧阳？是他吗？他原本想争取他，为自己留一条后路，他反水？他是哪边来的？他是他的亲弟弟啊！江弘武仿佛野兽，咆哮：“江弘文！你给我出来！”

弘武一挥手，众人停枪。

空气中火药味浓重。

草丛里，蟋蟀发出细小声响，它们似乎并不害怕。

“老四，你出来，我不怪你。”弘武喊话，“我相信你只是一时糊涂，当初我允许你进来，就是因为你是我亲弟弟，这个到什么时候都不会变，我们江家人，无论怎样都应该共同进退。”

静默。欧阳不答，与老王对看。老王小声：“快，上车，我掩护。”

“老四，你以为你为重庆卖命，他们就会放过你吗？我都调查过了，四妹的男人跟你是死对头，他给你下了毒，你这么逃出去，即便逃到海上也是死，解毒的药丸在我这儿，我手下的人早都抓了送药人，东西我压着，本来这几天就拿给你的，你留下来，就能活命，我们兄弟共同奋斗，打出一个家业，长长久久做快活神仙，有什么不好!"

老王盯着欧阳的脸，他疼得皱眉。欧阳夏面容坚毅如铁。老王抓住欧阳的手:"快走——再不走，真的就来不及了。"

欧阳抱了老王一下，点点头。

枪声又响了。

老王率先发枪。一打一中，弘武这边，损失不少人。欧阳夏钻到车底，匍匐前进，到车门处，拉开，跳上去，迅速发动。

胡大嚷:"他们想跑!"

老王一阵乱枪，弘武这边打得不剩几人。

军用卡车开动了。胡大打火，一名司机跳上车，要追，却不曾想欧阳开着卡车，轰轰然撞过来，几乎是碾，胡大所在的小汽车被撞飞，起火，胡大和司机当场毙命。

江弘武依旧率人与老王激战。

寡不敌众，一枪，两枪，老王半跪在地上。没子弹了。弘武走近，抓住他头发，枪抵在脑袋上:"老四去哪了？说!"

老王咬紧牙关。

"解药在我这儿，你不说，老四就是个死，我可不想我亲弟弟就这么没了!"

老王啐了他一脸血水。

一声枪响。弘武崩了他。

"通知防务，派人给我堵住!"弘武咆哮如野兽。

夜晚，一辆卡车从市区穿过，朝金山方向开去。欧阳夏知道弘武肯定会派人追，这一次，未必逃得掉。

快到金山，他停下车，到后棚，对一干"犯人"命令道:"快！把衣服换掉，穿防务服。"军车里有防务服。欧阳他们早都想好了计策。

一干人连忙穿好。

欧阳对一个年纪大的说:“老佟,你负责照顾大家,不要走散,走去金山海边,不远了,见到有亮着三盏灯的船就上去。”他探到他耳边,小声:“暗号是:‘你养的鸽子飞了。’”

“犯人们”慌忙走了。

欧阳调转车头,走大路,朝回开。第一,他想“调虎离山”,确保这次行动成功;第二,他得找到解药,如果弘武说的属实,他必须跟重庆方面联系上。

战斗后的寂静,夜是他一个人的,车窗开着,风在耳边呼啸。

也只有在这个时候,他才会想一想来路,再想想去途。老王的死,让他无比悲伤,李忠牺牲后,老王是他跟上级联系的唯一通道,也是他唯一可以信赖的战友。现在,他必须一个人战斗。

灯火越来越近,是上海了。所有的繁华,在他这里,都变得特别危险。

欧阳停好车,徒步穿过好几个弄堂。叫了辆黄包车,准备找个安全的地方,再试图与重庆方面联络。也许是故意的?罗茂松一直对他不满,因为意浓。

爱让人疯狂。可他不管。

去哪儿呢?黄包车夫问了两次先生去哪。

“先跑着,钱不会少你。”

“好嘞——”黄包车夫欢快地说。能有这种乐观精神,也很难得。

江家花园,已近凌晨,客厅里有一个身影,朝二楼去。它移动得很慢,小心翼翼,走一会儿,停一会儿。

二楼,静安的卧室门开着,有灯,她半躺在躺椅,睡着了。肚子越来越大,她已不宜翻身,每天在躺椅上休息。

灯光从屋里朝外射。照在来客脸上,是芹嫂,她走进去,给静安盖好毯子,才出去,合上门。

她在走廊里站住,两手端握,终于朝书房走去。

拉开地板,楼梯向下,芹嫂摸着墙壁,蹒跚而行。

听见有动静,意浓立刻翻身,囚禁有日子了,她瘦,但还精神,两眼灼灼发光。"芹嫂?"她直觉如此,小声喊。

"嘘,"芹嫂跌跌撞撞,差点没站稳:"小声点,小声点,真是作孽,都是一个门里出来的,这是干吗呢。作孽。"

"芹嫂……"意浓泫然,她不是爱哭的人,但现在是软化芹嫂之必要时刻。芹嫂着急:"行了行了,别哭,大小姐在上面睡觉,你一哭,你就走不了了。"

意浓立刻收声。芹嫂掏出钥匙,开门。

意浓抱住她。这回真掉泪了。"芹嫂,我的好芹嫂,你救了我,你是我救命恩人呀。"罗意浓又像个孩子似的,一刹间,北平那段岁月仿佛又回到眼前。芹嫂在家做饭,筱秋和意浓在外求学,简简单单一家人。

"我不救谁救,手心手背都是肉。"芹嫂笑,每一条皱纹都是活的,"快走吧,趁天没亮,你出去了,我就不管了。"

意浓又抱了一下芹嫂,紧紧的。

芹嫂也哭了。

破晓,意浓的背影消失在门口,芹嫂目送,无限惆怅。

卧房里,静安睁开眼。

她并没有睡着。

做了多少年江太太,她早已像狐狸般灵敏,哪怕身怀六甲。

"谁?"筱秋警觉,天还没大亮,就有人敲门。"是谁?"她走到门边。又敲,问声没人应。筱秋开门,用保险链闪一条缝,立刻又关上。重重的。

欧阳夏！他化成灰她也认识。

不对。他脸上是血？罗筱秋连忙打开门。

“还以为你永远不会开门。”欧阳夏还没丢失幽默感。他耸耸肩，故作轻松。罗筱秋可没时间开玩笑——一身褴褛，满头灰土，脸上还挂了彩，她知道出大事了。

“又打起来了？”两人进屋了。筱秋给他倒了杯水。欧阳满眼深情，上前抱住筱秋。筱秋诧异，理智上，她应该反感，眼前这个男人，欠她太多，负她太多，可本能地，她又似乎无法抗拒，就在他抱住她的一刹那，她的两只手悬在半空，许久，终于环在他背上。

“一起走好不好？”他问。

又是这句话，筱秋苦笑，百感交集，多少次，他们一起进退，结果呢，她像苦行僧一样，躲在这里过一个人的日子。这个男人还值不值得相信？刚才发生了多大的事，筱秋不想去问，再大，无非枪林弹雨，她不是没经历过。

“你不要这样。”筱秋终于推开他，“我哪也不能去。”

“这次是真的。”

筱秋笑，觉得他幼稚：“哪一次不是真的，真的怎么样，假的又怎么样，这这个世道，你，我，还是任何一个人，谁能够给别人一个确定。行了，欧阳，你来我这里，如果仅仅是为了说这些话，请不必了，我让你进来，只是可怜你，可怜你太狼狈，至于你的革命、你的奋斗、你的艰苦、你的挫折，我现在不想知道，客厅留给你，你让我回屋睡个好觉，行吗？”

“筱秋——”欧阳极度深情，他总是不善言语，“那我走。”

“恕不能奉陪了。”

急促的敲门声。

筱秋和欧阳对看一眼。空气紧张，儿女情长瞬间消散。筱秋对欧阳：“你先躲一下。”她又变成女革命党人了。

躲？往哪里躲？这是顶层，从阳台朝上爬，或许能通天台。欧阳脱掉外套，在阳台上的消防铁架上攀爬。

敲门声更大。筱秋应："来了！"她故意拖延时间，好给欧阳机会。又敲。筱秋故意不耐烦："来了来了，才几点，作什么死！让不让人睡觉。"

门打开。江弘武站在她面前。筱秋一愣，跟着忙笑："姐夫怎么来了？"弘武到底是老江湖，筱秋从来不对他笑，开门见笑，已经不对。他不客气："我为什么不能来，执行防务，必须处处搜查。"

筱秋问："姐夫打算查什么？不会又要把我抓去书房地牢吧？"

弘武哼了一声，满屋子乱转，柜子，床下，有缝的地方他都要看，筱秋跟在后头，看见他腰间别着枪。

"不好意思，我这里可没有乱党，你若再这样，我要报告给姐姐，听说姐姐身怀六甲。"

"没有乱党？抓出来给你好看。"弘武接到线报，欧阳正是朝这个地方来。

筱秋两手一抱："悉听尊便。"不愧做过演员，一点看不出来慌张。弘武伸头去阳台，张望，欧阳也就在他上空一米远，消防铁架间隔太远，每一步都无比艰难，他紧贴墙壁，好像一只吃力的壁虎，随时都有掉下来的危险。弘武扫了一圈，没发现什么，进屋。

欧阳迅速朝上爬。

一阵铁屑下落，撒在阳台水泥栏杆上。

弘武本已转身，但余光所及，还是能发现，他一脚踹开阳台的门，朝上看，没人，他立刻掏枪，跳出房门，像一颗子弹般朝天台冲去。

筱秋脸煞白。

天开始亮了。天台被露水打得微湿，有风，略冷。四周是铁栏杆，半人高，东南角一只大水箱，西边，一个废旧沙发，沙发边上摆着几盆花，枯萎了，长满杂草。正当中，晒衣架子上，不知谁家忘收的衣服和被单，衣服是黄色，被单是蓝格子的，在晨曦中，轻轻摇摆。

弘武两手举枪，放慢脚步，现在，他是猎人。

木条插进门把手，他要瓮中捉鳖。

前方有动静。他砰的一枪，被单打出个窟窿。

欧阳也开射，连续两枪，一枪打在墙上，一枪打在地上。他没子弹了。欧阳猫着腰，快速移动，他朝沙发后面躲。弘武不再给他机会，绕过被单，一点一点逼近那只破沙发。

“你出来，我们好好谈谈。”

没人应。这是一场猫捉耗子的游戏。

“四弟，你这样做，我不怪你，你抢的那些人，我也可以不追究，但是东西，你要给我运回来，四弟，你不为我们江家想想？我当初让你过来我这边，就是有信心你能转变，四弟，你到什么时候都是江家的人！我不会放弃你的。我知道你明白，你对这个家是有感情的。”

一边说，一边靠近。他踮起脚，举起枪，从上往下，枪口黑洞洞的。

一只花盆自下朝上飞，刚好砸在弘武头上。啪！碎了半边，一地泥土，一道血水从头顶滑落，像吃了一刀。弘武纹丝不动。欧阳飞身起脚，踢他手腕，枪飞出老远，撞在墙上。再一脚，踏他胸部，一发力，弘武身子斜飞了出去，重重摔在地上，脸朝下，趴着。欧阳捂住肩，他中弹了，还在流血。他走过去，俯瞰着哥哥。

弘武却一翻身，啪一枪，打在欧阳腿上。

欧阳倒地了。

弘武一跃而起，放声大笑。“老四，我是你哥，这个到什么时候都不会变，道高一尺，魔高一丈！你跟我斗，你斗得过吗？”

他用枪指着欧阳的头。

“快说，东西运哪去了？”

“日本人没戏了，你还挣扎什么？”欧阳冷嘲。

弘武厉声道：“老四，你到现在还执迷不悟，什么日本人，国民党，共产党，都不能信，只有钱是真的，自己的家是真的。”

欧阳喝道："荒谬！三哥，我没想到你变成如此行尸走肉。没有国，哪有家，你再怎么争，再怎么逃，也不过是一只丧家之犬！"

"闭嘴！"弘武激动，全身发抖，"今天我就问你一句话，东西运到哪了，你说，还是不说？"

欧阳扭头，冷笑："今天我死在三哥枪下，也算不枉。"

入口门被踩开。

筱秋举着银色小枪——她的防身之物。

几米外，指着弘武。"姐夫，看在姐姐的分上，你就放过他，好不好——"筱秋并不是一个硬心肠的人，"他现在需要包扎。"

欧阳的血越流越多，地上一摊红。

弘武发狂："他需要包扎，我就不需要吗？！他就永远比我好？！他哪里好？饭桶！废物！一个被人洗脑的奴隶！你为什么从头到尾都执迷不悟，他根本就不爱你，不爱你，罗筱秋！你现在用枪指着我？我对你不薄！你怎么就不能爱我！"

筱秋哭："你放了他，一切都可以谈。"

欧阳痛苦地说："筱秋——开枪吧，别相信他。"

弘武呵斥："你闭嘴！"跟着又是一枪。打在肩膀，欧阳被震得倒在地上。筱秋惊慌，乱中扣动扳机，砰，打在弘武肩胛。弘武摇晃了几下，没倒，他回头，笑："行啊三妹！来，再来一枪。"

筱秋满脸泪，但不哭，两手举枪，微微发抖。

"老三！你干什么！"入口处一声暴喝。芹嫂搀着静安上来了。她发现芹嫂放走了意浓，自知不好，骂了一通之后，便让芹嫂叫车，送她到筱秋处来。她以为，意浓除了这里，也没别处好去。

却没想到，在天台遇到这一幕。

"你放下枪！"静安命令式。

弘武举着枪，单手，筱秋举着枪，双手。筱秋一边哭一边摇头，喃喃道："我不能放……不能放……"崩溃边缘，她死守。

芹嫂帮腔:“三小姐,你把枪放下,一家人不能这样,三小姐你听我一句话。弘武你也放下枪,都放下,枪可不是玩的……”

一路念下去。

静安扶着肚子,对筱秋说:“老三你看看,我这肚子都多大了,你知道这个孩子对我多重要吗?我等了多少年,盼了多少年,才终于有了他,你难道狠心让孩子一出生就没有父亲?!老三,你睁开眼看看,我是你的亲姐姐!我们一家人这是干吗呢?有什么话不能摊开了谈,非要兵戎相见你死我活!”静安哭着继续说:“老三,你就当帮帮姐姐,你放姐姐一条生路好不好,好不好,姐姐给你下跪,给你下跪……”静安扶着肚子,要跪下,芹嫂忙扶住。

静安坐在地上。泣不成声。

弘武暴怒:“不行!尚静安我不许你这么低三下四。”又是一枪,打在欧阳肩膀。欧阳几近瘫软。仰面朝天。

“不要逼我!”筱秋哭叫,开枪。

弘武的手一抖,枪掉了。子弹打中右臂。筱秋上前,指着他的头。

“你投不投降,投不投降……”

静安抓爬着,哭嚷,说不要,不要。弘武不说话,大口喘气。

筱秋嘶吼:“都停止吧!”她痛哭着,垂下双臂。

静安松了口气。

谁知弘武突然下蹲,左手抓枪,对准筱秋。

随即一声巨响。

倒地的却是江弘武。

入口处,罗意浓双手抓枪,两脚稳站如雕塑,一股青烟外冒。筱秋愣在那儿,欧阳仰面朝天,一动不动,只剩呼吸。静安看看筱秋,看看意浓,再看看倒在血泊中,脑袋上有个小窟窿的丈夫,撕心裂肺地哭出来。

芹嫂哭嚷:“作孽呀!”

太阳越过云层，金光四射，所有的罪孽，都暴露在天台之上，无处躲藏。

悄悄地，静安腿肚子上滑出一道红舌。

芹嫂慌乱着：“大小姐，大小姐。”

静安羊水破了。一个新生命即将来到人间。

十二个小时后，静安死在产房，难产。而这个男婴，却躺在意浓的怀里。罗意浓看着他，木木的，痛痛的，她杀死了他的父亲，间接害死了他母亲。

可这一切都是不得已。她知道，是不得已。

筱秋走进来。扶住妹妹的肩。意浓在流泪，见筱秋来，连忙止住。

筱秋叹气。

意浓问：“他怎么样？”

筱秋知道这个他，是欧阳。她也知道，妹妹一直深爱着他。可现在，能怎么说呢。一场家变，杀光了，死光了，就剩他们几个，过去的一切，她觉得都不必计较。

“没伤到要害，但看脸色，还是有问题，抽了血，看化验结果。”筱秋道。

意浓说：“这是我的罪。”襁褓中的孩子恬恬静静。

筱秋问：“这孩子？”

意浓说：“我养吧，不过，今天的一切，对他来说，都应该是秘密。”

芹嫂冲进来：“你们都不用养，我养。”

意浓痛苦地说：“芹嫂——不要这样。”

芹嫂恨恨地：“你良心早被狗吃了！”

筱秋申辩：“要怪就怪我。”

意浓理直气壮：“杀一个汉奸，不值得大惊小怪。”

芹嫂愤怒：“你混蛋！”

欧阳夏躺在病床上，奄奄一息。

罗意浓悄悄进来，她走到欧阳床边，掏出一只小瓶。一小粒黑色药丸，乖乖地躺在里面。

倒出来，罗意浓扳开欧阳夏干枯的双唇——尽管干枯，对意浓来说，还是那么诱人。她把药塞进他嘴里。他还没醒。她趁机吻了他一下。

晚上再来，筱秋回去做饭，芹嫂看孩子，病房里只剩欧阳一个人。罗意浓换了一身素旗袍。

“你该怎么谢我？”

欧阳不说话，扭过头，脸上有泪。为了信仰，他说什么也不能站在弘武一边，但他没想到他会死，以这种方式死。可在当时，似乎也没别的选择。

“你是共产党。”罗意浓移动到床前，她穿布鞋，走路无声，像女鬼。

欧阳夏扭过头，看着她。

“谢谢你。”

两人对望。无限深意。她不再问，他不再说。这是她第一次收获谢谢，从他嘴里。

悬崖鸿沟，有什么要紧。

起风了，病床的窗户被肆虐得咣当咣当响。

哗啦一声，玻璃碎了。散落一地。

没人管他。

当晚，芹嫂站在江宅门口，里面竟然亮着灯火，哦，老朱可能还没走。芹嫂一脸泪，鞠了三个躬。她总觉得，大小姐的死，与自己有关，若不是她心软放了四小姐，也不会是这个局面。可说什么都晚了。只能怨命，都是命！

她给孩子取名：念安。

念安哭了，哇哇大哭。芹嫂把他搂在怀中，贴在脸旁，身体有节奏地摇晃着，她又唱那首地方小调，有滋有味的摇篮曲，她给尚家几位小姐都曾唱过：“天黑了赶快回家家，大猫猴要来抓娃娃，娃娃千万不要怕，你有一个好妈妈……”

弄堂深黑。一曲凄凉，越拉越长。

没几日，两颗原子弹在日本广岛、长崎爆炸，天皇耗了耗，迅速投降。一九四五年的八月十五日，抗战结束了。

一九四五年八月，抗战胜利，国民政府制定《行政院各部会署局派遣收复区接收人员办法》，根据这一办法，国民党向各大城市派出特派员或接收委员。上海方面，自然是“接收”重地。海关、税收、金融以及各个产业等部门，都需要有人来接管，都是“肥差”。“东方巴黎”，一夜之间，似乎又恢复了往日的繁荣，接收大员们丝毫不吝惜敌伪留下的战利品，每到夜幕降临，轻歌曼舞，酒吧舞厅门前一字长蛇，好不气派！

筱秋依旧做护士工作。欧阳夏和罗意浓都算党国功臣，欧阳被挪送沪江医院高级病房，继续养病，意浓则被安排在军政部特派员办事处，负责接待特派员和接收大员。陪着出入欢场，自然少不了。

茂松是作为接收大员来上海的，带着女儿子静。子静已经到上小学的年纪，一到上海，便安排进徐汇小学。

茂松去办事处找意浓，得到的消息是，不在。意浓故意避而不见。他只好先去找筱秋。

“三妹。”接收大员出现在诊所门口，护士们都很惊慌。罗筱秋却和平常一样，她见到表哥茂松，就好像见到一个普通病人一样。“来了，哪里不舒服。”筱秋戴着口罩，声音闷闷的。

“我知道你这些年过得不容易——”

还是那样，婆婆妈妈，罗筱秋打心眼里不喜欢这种男人，当初意浓跟他结婚，筱秋是觉得莫名其妙，可能因为感动？毕竟两人一起死里逃生过，再后来离婚，她也不诧异。不过现在，看上去他过得不错，油滴滴的背头，西装革履，抗战八年，他似乎毫发无损。算什么男子汉。

筱秋不耐烦，打断他："能不能不要说这些。"

罗茂松向来有些憷筱秋，连忙说："我来是想问问，你见到意浓没有。"

筱秋冷冷地："有日子没见了。"

茂松再无话，呆站在那儿。筱秋又起了恻隐之心。堂堂一个大员，窘成这样。"她不是在办事处么？"

"我去了，没人。"

"那估计她不想见你。"

"为什么？我是她的丈夫。"

筱秋一阵忙碌，给病人扎针，扎好了，才转身说："你是她的丈夫没错，可惜是前任丈夫，茂松，我是希望你们好好过，你们结婚，离婚，还有个孩子，多少年风风雨雨过来了，老四是什么脾性你应该比我明白，她认定的事，谁也无法阻挡。老实说，抗战八年，我们尽管多数时候没在前线，但也是一路感同身受过来的，你在大后方，自然不理解其中甘苦，我想我们都变了，家破人亡两不知，无论是你，是我，是意浓，还是芹嫂，我们注定回不到从前。"

茂松傻立着。筱秋的一席坦白，让他不知所措，意浓也坦白，但意浓的坦白里还有些小脾气，好像重庆的雾，你会期待有散的一天。筱秋呢？筱秋的坦白，就好像寒江飞雪，冷酷，绝情，不给人一点机会。

注定回不到从前。

从家庭出走那一刻，都已注定。每个人都有自己的生命图画。

"三妹保重。"他还叫她三妹。

筱秋没再转身。下了班，她还要去看欧阳夏。茂松知道欧阳没死，但他做了大员之后，他们就不再有从属关系。他对他也不关心。

好在罗茂松很快就融入到上海的生活当中。女儿子静已经变得能说会道，因为在重庆长大，多少受当地人影响，有重庆口音，尽管到上海已"遭到"老师的纠正，但一时半会还改不了。茂松很疼这个女儿，请了个保姆照顾，上学，放学，做饭，洗衣，又请了家庭教师补习功课。

但罗子静已经对他有要求。比如大员们去舞厅，玩到半夜，子静便不睡觉，非要等爸爸回来。几次三番，茂松倒不好意思，他叮嘱，说"你先睡，乖宝贝。"罗子静根本不听。

茂松只好就范，能回来早，尽量早回。

有一天，罗子静冷不丁地说："你可别学我妈。"

茂松脑子里轰然。这孩子才七岁，小小年纪，说得出这个话，什么意思，不学她妈，她妈怎么了？尽管意浓有诸多不是，可在茂松心里，她依旧是他心之所属，钟之爱之。

茂松盯着女儿看。

罗子静不含糊："她不顾家不理你也不理我，生了我却不养我，也不爱你，她不是一个好女人。"

罗茂松石化。女儿的早熟让他觉得恐怖。

可女儿到底提醒了他，他真应该恨一恨意浓。因为她的狠心。可他似乎总恨不起来。恨不起来就麻醉自己吧。放浪形骸，正是好时候。

柳传雄到了上海就有了新姨太太。

他劝茂松："以你今时今日的地位，还缺女人吗？不要傻，走，今晚就去百乐门。"

百乐门舞厅门口，小汽车一辆接一辆。舞厅的门头，红光绿闪，进出的人络绎不绝。舞厅里还在放李香兰的歌，尽管战争打了八年，但音乐似乎无国界。

柳传雄一进舞厅就被几个舞女团团围住，拥簇走了。他左拥右抱，十分熟练。茂松窘，尽管他已是党国大员，见惯大场面，但在私人生活和情感上，他却如当年一样单纯。

“党老爷，来这边呀，跟我跳跟我跳……”莺歌燕舞，三个舞女将其围住，柳传雄百忙之中不忘回头交代：“伺候好这位罗老爷，有重赏。”

茂松坐在沙发上，头晕眼花，他见桌子上有酒，一小杯一小杯，捏起一杯便喝。众舞女来劲，一阵猛灌。

场面瞬间靡乱不堪，好似唐僧入了盘丝洞。

一个身影挡在眼前。黑黝黝的，挡住了五彩转灯的光点。“让开！”为首的舞女娇嗔。茂松没在意，继续饮酒作乐。

“闹够了没有。”黑影说话了，“子静你不养，送给我养。”

舞女们知趣，落荒而逃。

一阵光扫过来，罗意浓的面目清晰了，仿佛庙堂里的金刚，怒目相向。

意浓扭身便走。她本是陪要人来应酬，却不想遇到茂松。她早就听说茂松来了上海之后荒唐，钱、色，样样来得，就是不顾女儿。子静尽管与她不亲，可她们到底是母女。她是她身上掉下来的肉。

“四妹，你听我说——”茂松捉住她的手。意浓甩开。他追上去，又捉。意浓一反掌，给了他一下。茂松就受着，甘之如饴。“四妹，我们找个安静的地方说话。”意浓爽快，瞪眼：“好，今天就说清楚。”

舞厅天台，没有人，热闹被压在底下了，从这里望，黄浦江静流向东，黢黑的一条，沿岸的灯火，照亮了天空，好不热闹。

“四妹，现在抗战胜利了，你我都是功臣，前途大好，回家吧。”

“你都不回家，凭什么让我回家。”意浓将他一军。茂松忙道：“我不回家是因为你……你不在……那个家还有什么意思。”他声调越说越低。意浓冷笑：“这么说，倒是我的不是，罗茂松，我们早都离婚了，你若再婚，我没意见，可你别整天跟这些不三不四的女人混在一起，这算什么，我们好歹是书香门第。”

茂松嗫嚅:"你还知道自己是书香门第……"

意浓抢白:"轮不到你说我！罗茂松,我请你尊重你自己,也尊重尊重别人!"

茂松惶惑:"我怎么不尊重你了……"

看够了天幕,意浓迤逦而下。茂松紧跟。蓦地,意浓转头,冷笑道:"话非要说得那么直白?"茂松没说什么,舞池音乐响起,他伸出手,要拉意浓入舞池。罗意浓本不愿意,但音乐摆在面前,她只好先跳,何况她还有话问他。意浓不情不愿地伸出手,好像一条藤萝,缓慢地蔓延至树干,也像蛇,吐着信子,美丽又危险。

灯光晃眼,多少年,茂松再一次有机会和意浓跳舞。他先是胆怯,动作小,好几个节拍,还差点错失,险些手忙脚乱,可他到底稳住了,一丝不苟,手部和脚下终于协调,跳出点味道来。意浓则自如地操控着,不像对着人,像对着机器。

音乐在耳边响,他们却无暇欣赏。

"下药是怎么回事?"意浓怒目相向。

茂松面带微笑,不答,似乎是没听见。两个人转圈,插过好几人。意浓又说了一遍。他这回听到了。"专心跳一支舞好不好?"他转移话题轻描淡写。

"是不是你的意思?"意浓贴着他耳朵。男舞者主领,他一伸手,把她拎着转了好几圈。"先跳舞,回头什么都告诉你。"

"无耻之尤!"罗意浓恶狠狠。她受不了他这样,假仁假义,专放冷箭。欧阳夏,尽管不爱她,这条该杀,可他到底也算条汉子,驾机上天,大义灭亲,都是壮举。可罗茂松呢,抗战艰苦时他躲在后方,现在抗战结束了,他成了接收大员,威风凛凛。抖给谁看！她真后悔当初一心软,嫁给他,可就算是恩,她也早报完了。她没必要愧疚,没必要再给他留面子。

她要走,他拉住她胳膊,她奋力一甩,还是挣脱了。好在舞池并没有因为他们的离开而混乱。

“那个欧阳到底哪里好？又蠢又笨。”

“怎么都比你强！”意浓驻足，猛回头。

茂松也有些生气，他少有地对她咆哮：“罗意浓，我现在就破例，原原本本地告诉你，欧阳的身份复杂，派他去汪那边，上头不放心，给他用药，不是我一个人的决定，是柳座，甚至陈先生都首肯的，你如果不信，可以问柳座！罗特派员，为什么你总是怀疑上头的意思是我的意思，我跟欧阳夏，充其量是公平竞争，我还用不着用这种手段害他，我若有这个心，他死一百次都有了！”

一番坦白，貌似清可见底了。反倒让罗意浓无措。

“那也不应该不及时送药。他完成了任务，还很出色。”

“完成了任务？那批国宝至今下落不明，这叫完成任务？少包庇他，我们都是为党国做事的人，掺杂太多儿女私情可不好。”

“日本倒台，汪倒台，很多方面都想捞一把，我在上海，我知道情况，即便特派员被汪部劫持，解药，我想也不应该只有一颗。”

茂松不耐烦，但又不得不苦口婆心：“我的意浓，现在争论这些还有什么意思，我们的工作是有失误，这我承认，可现在欧阳夏不是没死么，他不是在医院待得好好的么，而且，据我所知，让他受重伤的，并不是毒药，不是吗？意浓，放下过去好不好，我对你有感情。”

罗意浓抢白，哼然：“有感情到要四五个舞女伺候？”

“那是柳座的安排，”罗茂松忽然反应过来，“你在吃醋？”

意浓道：“吃你的醋？这话好生可笑。”

茂松说：“女儿都上小学了，回去看看吧，她很想你。”

罗意浓微微锁起了眉头。过去，她对孩子似乎无可无不可，因为年轻，现在年纪渐长，尤其大姐的孩子念安出世之后，她的心明显柔软了许多。

茂松抓紧说：“我不要求复婚，只要你回去就行。”

可意浓到底是新女性，革命那么多年，这点意志力还有，多少年没上他的圈套，现在怎么能前功尽弃。

罗意浓说："子静，有空我会去看。"

说完，转身，朝楼梯口走去。夜上海，无限美丽，战争没有把它摧毁，在这确定又确定的年月，它拼命散发着独属于自己的光彩，诱惑的，迷乱的，有什么关系。痛快就好。

罗茂松恼羞成怒，堂堂一个接收大员，多少女人赶着追，可她呢？只留一个无情的背影。

茂松撕心裂肺："罗意浓！你会后悔的！"

医院病房，小护士刚出去。筱秋进门。欧阳夏躺在床上，脸色已经比先前好多了，只是医生说，枪伤太重，尚不宜自由活动。

欧阳见筱秋来，挣扎要起，筱秋忙让他躺好。欧阳直问："孩子怎么样了？"筱秋说芹嫂带着，挺好的，就是需要母乳，意浓找人请了个奶妈，每天来喂。欧阳不语，满眼惆怅。大哥弘武，因他而死，大嫂静安，也因为生产没了性命，丢下一个孩子，可怜，可叹，为了各自的主义，兵戎相见，你死我活，值得吗？欧阳夏有过一瞬间的动摇，可旋即又坚定。胜利还没到来，他只能继续努力。

"你恨我吗？"欧阳夏问。

"我不知道。"筱秋口气平平淡淡，经历了那么多，她多少有些麻木，或者说，她逼迫着自己麻木，生离死别，轮番上演，这个年代的戏剧，她这个做过演员的人都有些无法胜任。"你到底是什么人？共产党？国民党？"筱秋问。还没等欧阳回答——当然欧阳也不会回答——她就自问自答："算了，有什么重要，'国破山河在，城春草木深'。毁掉了，破灭了，也许才可以重新开始。"

芹嫂抱着孩子，急匆匆走进来，一头细汗。筱秋见状，知道有事，忙问是否孩子病了。芹嫂掏出一封信，一脸为难。筱秋接过来，扫了一眼，大惊，直对欧阳："你娘病重……"欧阳一把夺过信纸，像要吃了它一般，每个字都读得真真的，他要下床，立刻走。

筱秋没失去理性，拦阻道："你先别急，你这个样子，怎么去。"

"这点小伤算什么，爬我也要爬回去！"欧阳声量很大。那不是他的亲娘，从弘武那里他已经得知，但胜似亲娘。他最孝顺。

筱秋道："你先别急。你回去也不是不可以，但得有人陪着，要不我陪你回去吧。"欧阳感动，她娘亲对她如此，她却愿意陪着回去。

"我也去，我带孩子去。"芹嫂忙道。

"别添乱。"筱秋着急。

芹嫂坚持："三小姐，你不在上海，我也不待，我怕四小姐。"

"怕她什么？"

芹嫂快哭了："反正我要去。"

筱秋执拗不过："好好好，现在我们分头准备一下，还是先坐火车走，信上留了地址，恐怕路上还有一番颠簸，我去把药领好，半个月的量，应该差不多。"

欧阳夏满眼感激。他从未如此狼狈，如此慌乱过。即便战场上从飞机上掉下来，他也不惧。可现在，才没了哥哥，又要没母亲么。他是男子汉，但依旧无法承受。

火车在夜间行驶，冒着白气，轰轰隆隆，出了上海，越开越黑。隔天，终于到了南京，再雇车，进入安徽，过了正阳关，终于到了寿县古城。

三个人，带着孩子，紧赶慢赶，顾不上看古城风景——厚实古朴的城墙，战国时代遗留下来的城建风貌，城内的商业街……日本鬼子来过，城里人曾跑空，现在抗战胜利，他们又回到家园。

驴车土路，颠簸异常，欧阳的伤口颠开了，筱秋就给他包一包。

孩子哭了，芹嫂便哄一哄。

城东头，娘娘庙旁边，几处低矮的房子，倒像个破落的大户，两进院子。欧阳一下车就跌跌撞撞往里闯，凄凄惨惨，叫娘，娘，娘。一声，一声。

没人应。

堂屋，一个女人跪在地上，她旁边站着个孩子，两人均背朝门槛，披麻戴孝，堂屋正中挂着张照片，黑白二色，照片中的人，面容舒展，分外慈祥，是老太太无疑。

欧阳跌跌撞撞进了堂屋。

“娘——”哭天抢地的腔调，他知道，自己来晚了。女人回头，是翠凤，一脸泪，她见到欧阳，更是放声大哭，胸口气涌如山，止不住。

筱秋跟在后头，那小女孩依偎在翠凤身边，乖巧可爱，两只眼睛，和筱秋特别像。“文茵——”筱秋轻唤。过去老太太和翠凤隐姓埋名，她寻不见，如今老太太过世，反倒给了她见文茵的机会。她想走近，可又有些胆怯，她站在那里，跟钉了桩一样。芹嫂抱着孩子，凑到她身边：“三小姐，知道为人父母的难处了吧。”筱秋扭头，怔怔地看着芹嫂，不言、不语。

欧阳枪伤未愈，动辄又伤，芹嫂要看孩子。老太太的后事，等于是筱秋和翠凤办的。棺材是早都备好的，好木头，老太太生前漆了多遍，下葬地点，请风水先生看了，选在八公山。下葬当天，欧阳磕头，殓葬，泣不成声。筱秋和翠凤站在不远处。风吹过，纸钱、金银元宝的灰烬漫山遍野。

想这两个人，从小在一起长大，只不过一个是丫环，一个是小姐，如今呢，因为一个男人，纠纠缠缠地连接到一起。筱秋的孩子江文茵，又偏偏是翠凤养着，她唤翠凤娘。满山的黄色野菊花。文茵体会不到奶奶去世的影响，只顾着玩，这儿采一朵，那儿摘一只，又吹蒲公英，活泼泼，怎一个天真烂漫。

筱秋突然开口，小声地说：“这些年，难为你了。”旁边只有翠凤，明显是对她说的。

“习惯了，嫁进江家这么多年，伺候婆婆，维持家计，等待丈夫，多少年没有个头，好容易有了文茵，我这心头，多少松快了些。”翠凤早料到今日，应对自如。她尊重三小姐，尊重尚家，可这么多年，她觉得自己还也还够了。她知道筱秋想要回孩子，可现实情况是，她和文茵已经有了感情，母女之情。都说养比生大。翠凤有信心赢这一仗。

“翠凤，有件事我想跟你谈谈。”

“三小姐，我知道你要说什么事。”翠凤端着手，这么多年老太太调教，她早已经成长为一个成熟的女人，“弘文不听我的，不留在我身边，这个家没有人照看，没有人打理，我都认了，我与娘这么多年相依为命，不是母女，胜似母女，她爱护我，我尊敬她，也证明了血缘未必就是真的，人活在这个世上，一个情字最说不清，现在娘去了，没了，剩我一个人，还好，我有文茵，她就是我的命根子，我不会让她走，不会把她让给任何人。”

筱秋没料到当初那个讷言的翠凤，会突然之间说出这么一番大道理，她立刻调整好自己，娓娓道：“凤儿，我们从小一起长大，情同姐妹，我自认为我们可以无话不谈，文茵的问题上，我认为我才是受害者。孩子出生不到几个钟头，就被你和老太太强行掳走，你们这是犯罪你知不知道？现在我要把孩子带走，不是出于我的私心，我要带她去上海，让她接受更好的教育，让她开阔眼界，自由成长，让她避免过去中国千千万万女人的悲剧！这才是爱。凤儿，你如果爱她，就应该放手，不属于你的，怎么留也留不住。无论怎么说，我才是她的亲娘。”

翠凤哭着，她几乎是嚷：“你们考虑过我的感受我的痛苦吗？文茵来到我身边，谁说不是老天爷派她来，补偿你们尚家当初对我种下的孽债！当初要嫁给江弘文的人是二小姐，不是我！到底是谁偷走了我的人生！抢弘文的时候，我把他让给你，你不要，说不忍心看我一个旧式妇女成了弃妇，可现在呢，你要更狠心地抢走文茵，我什么都没有，你什么都有了。三小姐，你的菩萨心肠呢，你的慈悲呢！”

筱秋不打算让步，她知道，一时的心软，换来的只会是终身悔恨。“对不起，文茵终究是我的女儿，就算是租，也该到期了。”

翠凤哽咽，说不出话。天阴下来，山坡上还有点雾气，掺杂着烟，盖住了草的绿花的黄，不远处枝头有只怪鸟，黑色，红尾，有凤头，呱一下，呱一下，半似悲鸣，半似嘲讽。文茵仍旧在草地上跑着，一派烂漫。

纸烧尽，欧阳起身，慢慢走过来。他一手扶着肩——肩部受伤最重。他走到两个女人中间去。他是桥梁，她们是东西两岸，一个面色凝重，一个泪眼婆娑。相同地，她们都望向文茵。欧阳夏全明白了。

谁作的孽呢？三个人，就那么站了半分钟，你看看我，我看看你，心照不宣，可又都不知如何打破僵局，形成一个都能接受的局面。

还是筱秋勇敢。一贯的单刀直入。

“我打算带文茵去上海。”

空气凝结。连那只怪鸟都知趣地扇动翅膀，另谋安全地栖息。

“我不同意。”翠凤开始反抗了。

筱秋对欧阳，下命令道：“欧阳夏，你是孩子的父亲，你说句公道话。”欧阳迟疑，半天说不出一个完整的句子，他能怎么说呢，母亲尸骨未寒，筱秋就要把老太太和翠凤养了多年的文茵带走，这未免太残忍。江家，欠翠凤的，怎么都还不清。可是，筱秋的要求，也不是没有道理。哪个女人不爱自己的骨血，筱秋承受失女之痛，已经太久太久。他欧阳夏是孩子的父亲，这没错，可现如今，他的确也没有发言权。

筱秋见欧阳不语，愤然：“你们是一伙的！”

欧阳叫：“筱秋——”依旧是充满柔情的调子。翠凤只是哭。

文茵似闻哭声、吵声，握着一把野菊儿多蒲公英跑了过来。跑急了，蒲公英纷纷飘落，变成一个一个小降落伞。文茵嘟着小嘴，怅然若失。

筱秋离得近，她蹲下来，抱住文茵，脸不自觉地凑上去。文茵哪里愿意,她挣扎着,用野菊花束击打筱秋的头,花瓣落一地。翠凤大惊,叫道:“文茵!”这完全是一个母亲式的呼唤。筱秋觉得别扭。文茵像一条小泥鳅,终于挣脱了她的怀抱,逃到翠凤那里去了。

欧阳夏叹气,他蹙着眉毛,坚毅的面容有了波澜:“要不,还是让孩子自己选吧。”筱秋立刻反驳:“那不行,这对我不公平。”

翠凤耷拉着头,抱起文茵。她们脸贴脸。

“让孩子自己选择自己未来的人生。为今之计,这最公平,至于两种选择的结果,我们可以告诉文茵。”

筱秋无话了。这听起来是最合理不过的结果,让一个孩子,自己选择自己的人生,可是,问题在于,她年纪那么小,又能懂得了多少?筱秋一颗心乱跳,像在等待审判的犯人。她有罪,她生了孩子,又离弃了她,让她在这秃山秃地,野生野长,可这不能怨她呀。筱秋泛泪,但不得不忍住。孩子可能不愿意看到一个哭泣的妈妈。

欧阳走到翠凤面前,接过文茵,圈在怀里,直接问:“茵茵,现在你有两个妈妈,一个妈妈是这一个,”他指翠凤,“你如果跟着这位妈妈过日子,生活可能会艰苦一点,你会在这里长大,在这里生活。另一位是这位妈妈,”他改指筱秋,“你跟着她,就会去上海,那是一个好玩的地方,以后你在那里读书,买好衣服,上好学校,还可以出国……”

明显不公平。翠凤喊出来,几乎是哀求:“不能这么跟孩子说,不能这样……”可已经晚了,说完了。文茵似懂非懂,瞪着一双灼灼天真的眼睛,手中的野菊花束,残残落落,一如当事人的心情。

“你要跟哪位妈妈一起生活?”欧阳夏做最后的发问。老实说,内心深处,他偏向筱秋,这是她生的孩子,这是改变不了的生物事实。他想好了,翠凤,他接到上海去,他管起来,一辈子。

这是一场审判。审判长是文茵。翠凤、筱秋,都前倾着身子,文茵两手交握,翠凤两脚一前一后站着,像大义凛然的女革命者。

文茵没说话。她再一次扭动着,挣脱欧阳的双臂,一阵风似的,扑向翠凤的怀抱。

翠凤先是抽泣,后转号哭。

文茵又是她的了。

她胜利了,这是多年付出的一点回报。自私也好,贪心也好,她的人生,总不能处处是输家。

云彻底遮住了太阳。八公山上,居然有人唱山歌,是个浑厚的老者的声音。他唱:"八公山上草木多,红丹炼出白豆腐,人间奇事从来有,莫叫痴心遮双眼。"

筱秋和欧阳怔怔地。

山谷的风,轻轻地从他们之间掠过。

老太太丧事办完,欧阳他们该回上海了。他们把带来的钱,都留给翠凤和孩子。翠凤抱着文茵,站在门边,送客。筱秋问:"能不能让我抱一下。"翠凤迟疑。欧阳点头,翠凤只能应允,临别,再不舍,也应该把面子做足。筱秋抱着文茵腻了一会,又从脖子上取下她戴了多年的一块好玉,弥勒佛像,郑重替文茵戴上。翠凤抹泪,并不阻止。

筱秋对文茵:"叫我一声妈妈,好吗?"

文茵嘴巴闭得紧紧的。

筱秋绝望,只能放她走。

是时候了。别离最苦。筱秋红了眼眶。横跨一个院子,好像要走一世纪。

"三小姐,我不走了。"芹嫂冷不丁从屋里出来,抱着孩子,"我不走了。"她口气坚决。欧阳、筱秋、文茵都诧异。

芹嫂拧着脖子说:"上海那个地方我不想待,我就在这里,这个老县城我看不错,我就在这里把大小姐的孩子带大,你们走吧。"

这突如其来的决定,让筱秋和欧阳无法接受。翠凤倒有些欢喜。她有伴了。

芹嫂朗声说:"这些年在上海,我也算见识了,比别个地方都要格外凶险些，现在大小姐两口子都不在了，剩下个孩子，你们都忙，各有各的事要做，我老婆子所剩的日子虽然不多，可好歹落下个无事一身轻，在这个小县城，天高皇帝远，没人管没人问，我把这孩子养大成人，也就算报了尚家、报了大小姐一家对我的情谊了。我多说一句，大小姐两口子就算有天大的错，人一死，什么错都抵消了。三小姐，欧阳先生，你们走吧。”

一席话，铿锵有力。筱秋知道芹嫂的脾气，也只能由着她，而且她说得也是实话，养孩子，在这县城，的确有上海没有的优势，念安和文茵一起养，有益成长，芹嫂和翠凤做做伴，日子总归好过些。

欧阳没表态。家中之事，他向来英雄气短。

筱秋搂住芹嫂和念安，说保重。又说，有困难，随时写信过来，还说，钱方面，会按一年三节这么寄。几个人都哭了。除了欧阳。

他感到愧疚。身为男儿，他报效国家，信仰主义，义不容辞。身为男人，他总是让女人们痛苦着。他也不知道这是因为什么。

可能都是命。

筱秋、欧阳还没回到上海，舆论界已经开始清算汉奸了。其中，以文化界清算工作最为热闹，当初与日本、伪政府方面有往来的，叫附逆文人，附逆文人被揪出来，打落，是为“落水”，他们是文化汉奸，是替日本替伪政府鼓与吹，说难听的，男的成了“文奸”，女的成了“文妓”。

写《我的恋爱》的春灵女士，赫然在列。小报传什么的都有，说她是汉奸的情妇，说她的恋爱，就是她与汉奸的恋爱，还有说她跟汉奸生了个孩子，好事者还不惜挖地三尺，说她当电影明星时就是汉奸，还去日本陪军官们睡过觉。

筱秋大为震动，只好躲起来过日子。流言三千，一个都没说到正题上，充其量，她只是走了点江弘武的关系，弄了点新闻纸来印书。还是姓江的“自投罗网”。仅此而已。

筱秋活那么大，向来身正不怕影子斜，可舆论的口水，到底让她不愉快，她现在多少能理解当年艾霞和阮玲玉的苦恼了。

欧阳的伤好了，被安排在物资部门工作，负责上海的特殊物资供应。上海接收完毕，罗意浓也换了“工作”，她被安排到蓝桥监狱，负责看管政治犯，她是这个监狱系统唯一的女教官，女大员，又在敌特战线立过功，地位自然非同一般。

罗茂松捞足资本，入主上海市政府秘书处，成了说话很有分量的人物。不得不承认，在当官这件事上，罗茂松很有天分。罗子静在他的宠爱下，成了一名叛逆少女，她甚至背着爸爸，偷偷摸枪。

茂松发现了，呵斥：“女孩子家，这像什么样子！你知不知道有多危险。”

罗子静“临危不惧”：“有什么危险的，开枪杀人，在重庆我见得多了，爸你杀过人，砰，一下，枪不危险，人才危险。”

茂松见说她不过，只好命令式：“你给我放下！放下！”

罗子静调转枪头，双手握枪，英姿飒爽，眼神冷酷得可以杀死一个排的敌人。可惜枪口这回是朝她爸。茂松一身冷汗，颤巍巍说你放下，放下。仆人来了，是一个中老年妇女，没见过这阵仗，大叫，盘子杯子掉一地。

罗子静恢复嬉皮笑脸：“逗你玩呢，没子弹！”

罗茂松全身松懈下来，冲上去，一把缴了她的枪，挥掌要打她。罗子静又成小女孩，抱着茂松的腰，嘟噜着嘴巴道：“爸——爸，你别打我，我最爱你了，娘不要我，我只有爸一个人。”

罗茂松的心事被触动了。他深吸一口气。他觉得这一辈子，在感情上，他总是失败。过去爱筱秋，不得，后来爱上意浓，得到了，终究又失去。算起来，以今时今日之身份之地位，他罗茂松什么女人得不到。可不。他就要罗意浓，他只痴迷罗意浓。这也是冤，是孽，是上辈子带到这辈子的债！

“过一阵妈妈会来看你,你欢迎么?”茂松口气柔软。

“欢迎,当然欢迎,热烈欢迎,我还要送给她礼物呢。”罗子静口气轻松,表情冷漠。

有一阵,全上海的小报好像都在围剿“春灵”,一部《我的恋爱》,原本几乎绝版,现如今,盗印偷印,不计其数。春灵的私人生活也变得无可遁形。怪谁呢,《我的恋爱》里本来就写得巨细靡遗。其余的,人们也能揣摩出几分。

筱秋出门买菜,被认出来。

穿过弄堂,竟然也有人指指点点。弄堂口,几个孩子在玩砸沙包。筱秋没注意闪躲,沙包击中了她。一个男孩过来捡,抬头看,恍然大悟,一张脸狞笑得不像孩子。他指着筱秋道:“她是汉奸,文妓,她是春灵,该砸,我们快砸。”一只沙包不够用。其他孩子开始丢石子。

筱秋落荒而逃。

诊所老板也打算辞退筱秋。筱秋问为什么。老板说,筱秋小姐,你的身份我们大概知道,总有人好奇,来这里看你,这样可不行,我们开门是要做生意的。

筱秋忙道:“我可以戴口罩,他们认不出。”

老板摇头。

她在这里做得不错,可再不错,影响开门赚钱可不行。这就是上海。

筱秋没办法。只好打道回府。毫无疑问,这是罗筱秋生命中最困难的一个时期,比日本人来轰炸的时候还困难。那时候还有听装西柚汁喝。现在她成了人人喊打的过街老鼠。她甚至觉得自己好笑,还想要把文茵带来上海。凭什么带,怎么带,她自己都举步维艰。

现在出了大名,去餐馆端盘子都没人要。

筱秋得为自己找一条生路。霞飞路,写字楼,犹太人办的公司还没搬走,招女打字员,办公地点有限,可以带回家作业。

好在外国人不看重什么“汉奸”不“汉奸”的名头。他们只认活儿。做好了，他们就给钱。

犹太老板是一个中年人，慈眉善目。他交给筱秋一摞手稿，全英文的，一包纸，一些油墨，微笑着说：“三天能完成吗？”

筱秋忙说：“可以。”他就是说一天必须完成，她也得说可以。

“一定可以。”

回去就是打，筱秋来不及想太多，她必须靠自己活下去。生活，曾经困苦，曾经华丽，一路颠簸到现在，呈现给筱秋的依旧是那四个字：自食其力。她是这四字箴言的信徒。

去接稿送稿，她穿大衣，竖起领子，正好天冷了，名正言顺。

接回来，就是打，有时候她一天甚至只吃一顿。早晨吃。中午喝点糖桂花。她们尚家三姐妹，都爱喝糖桂花。一点小的旧习惯，筱秋不愿意丢掉。那是回忆。

晚上，打到十点多休息，她怕影响邻居。邻居们能容忍她，已经算是万幸。可筱秋有时候也觉得委屈，她有什么错，她流泪，她灰心，她沮丧，她歇斯底里地在屋子里走来走去，但又有什么用，世界本癫狂，她就算有一千一万张嘴，也未必说得过他们去。

唯一的止痛药，是时间。

一面钟挂在墙上，滴答滴答，已过晚间十点。有敲门声。

这个点，谁还会来？筱秋有些害怕，狂热的人，没有底线。

她问：“谁啊——”

对方答：“是我，欧阳。”

她对他，不像过去那么戒备了，或者说，她跟他似乎有些淡了。生活的压力，挤掉了她腔子里那些惆怅与爱恋。她打开门，淡淡地，说你怎么来了。

欧阳提着东西进来。又是一大包。筱秋了然，她不像过去那么抗拒了。她正缺这些。

一沓稿纸放在桌子上。

欧阳看在眼里。筱秋脖子酸,一只手扳着,反复揉。

欧阳上前:“我帮你揉。”

筱秋忙说:“不用。”又说:“我这里,你还是少来,就不怕被人知道,你就是文奸文妓小说里的男主角?”是自嘲的口气。

欧阳坚毅地回答:“我不怕。”

筱秋突然歇斯底里:“你不怕我怕,这悖谬不堪的日子,谁知道明天会是什么?我顾不了你,你也顾不了我,我们都应该各自保重,欧阳,我们真的回不到从前了。”

欧阳深情地说:“不回去,我们可以重新开始。”

筱秋望着欧阳的脸,多少年过去,他沧桑了许多,可那棱角,那眼神,与当年在北平遇到的那个人,完全一样。他没变。她坚信这一点。可是,一个人固执的坚持又怎么能抵御得了时间的洪流。她变了。变得没那么勇敢。多少次分分合合,多少次遍体鳞伤。她知道,他这个时候的恳求,有真心,也无非是给她一根救命稻草,好让她明白,无论什么时候,他都与她同在。可她又怎么忍心,怎么忍心连累他呢。

这个时候,拒绝,就是保护,退缩,便是成全。

“对不起——”筱秋哽咽,“我们无法重新开始。”

欧阳不罢休,停了停,他又说:“嫁给我好不好,我们还可以有孩子的,我们还年轻,文茵还可以有弟弟、妹妹,我们还可以——”

筱秋内心的防线崩溃了。海水倒卷陆地,电闪雷鸣,她眼泪似浪涛,整个人瑟瑟发抖。“不,不——”她只能发出这个字。

欧阳夏很沮丧。他这次表白,做了很长时间的心理准备。他没想过被拒绝怎么办。他过去总是考虑未来,好不容易抓一次现在,却偏偏一败涂地。

好久。筱秋终于平静些。

“我不知道,文茵、静安、弘武,还有我现在的处境,你的处境,现在我还无法消化这一切,给我时间,也给你自己时间,欧阳,我们都不年轻了,应该成熟一些。现在这样不好吗?”筱秋说着,故意破涕为笑,但不自然,这笑充其量是她假装洒脱的道具,“你偶尔可以来,当然得趁着夜色,我们还是朋友,很好的朋友,剩下的,交给时间。”

欧阳夏默然无声。

交给时间。一切的一切,都可以归结到这四个字。等待,再等待,会有结果吗？天知道。

小圈子开始传罗意浓的“绯闻”。她在尚静安和江弘武家住的那一段时间,变得“解释不清”。是罗意浓开枪打死江弘武的,有人也就顺理成章地理解为:罗意浓要杀人灭口。否则,她为何下狠心要杀死自己的姐姐和姐夫。还有人怀疑,说罗意浓和江弘武通奸,被姐姐发现,她恼羞成怒,才下此毒手。传闻甚至还延伸为:江弘武和罗意浓还有个孩子。是个战争宝宝。偷偷生下来之后,被送到外地抚养,是个地地道道的汉奸之后。

罗意浓感觉敏锐。她开始不自在了。她在抗战期间的活动,当属机密,怎么会泄露出去,而且细节描述得如此详细。

蓝桥监狱。同仁们开始说闲话。当然是背着意浓说的,可她还是能听见,但又只能装作听不见。她这点心理承受力还有。

她去清监,手握教棍,雄赳赳的。两侧铁栏杆里,也不晓得是哪边,嗷的一声,“汉奸情妇!”

意浓全身紧缩,本能四下寻找肇事者。可哪里还找得到,呼叫声此起彼伏,且全都是那四个字:汉奸情妇。

汉奸情妇。罗意浓觉得这四个字是对她天大的侮辱。

意浓掏枪,对房顶鸣一响。

顿时静了,几秒。跟着又是叫嚷,骇笑,这些犯人,有不少是共产党,意浓一直拿他们没办法。他们骨头硬,又最具煽动力,对于政府是最最危险的一群。

“上烟雾弹。”罗意浓交代下属，她只能用这种高压方式，纾解内心的烦闷。

柳传雄办公室，罗意浓恨不得要拍桌子。“柳座，我的派出任务是有档案的，我在情报部门工作那么多年，到头来这么污蔑我可不行，这消息从哪传出来的，必须法办，不然我绝不答应。柳座，我在抗日战线上是有功劳的，党国就是这么对待功臣的吗？”

柳传雄更胖了。姨太太换了好几个。重庆的就留在重庆。上海的留在上海。他在上海做大员捞足了，又调任南京中央主抓防务，依旧在CC手下做情报工作。

他两手背着，面朝窗户，嘴巴上的烟斗永远不放下来。

罗意浓掏枪，撂在桌子上，两手一拍，金盆洗手：“柳座，我不干了，麻烦向上头报告，连我都成问题人员了，其他人呢，我们接收上海，共产党的地下党也没闲着，党国如果不给我正名，我也懒得赴汤蹈火了。”

柳传雄立刻安慰，乜斜着眼。“意浓小姐，意浓小姐——”他没想好措辞，故意拉长声调，“是谣言，总会破的，真的假不了，假的真不了，你又何必在意呢，谁没有对立面，都是一路争议过来的。我们在明，敌人在暗，到什么时候都不能忘了这一点，你做情报工作，应该比我清楚。我也听说共产党也在忙着接收上海。哼，不是我说，没这个金刚钻，别揽那瓷器活儿。”

罗意浓哼然一笑：“柳座，可别小看了共产党，当初联共抗日，可能就是个错误，过去他们在陕北，在延安，巴掌大地方，能干什么，如果当初一心剿匪，没准现在早就一统江山了。现在呢，上海都有好多人朝延安跑，那简直成了革命圣地，人人朝圣，这种力量，党国上下细细思量，就不觉得惭愧吗？毛泽东一首《沁园春》，搅和得重庆一片大乱，硬是没人能比。正经心思不用，我看咱们可能都用在自相残杀上了。”

柳传雄手一挥："没那么严重。我看这事，你还是跟茂松商量商量。他这几天也很着急，四处为你跑，为你正名。我这边也会彻查。不过，意浓，还是那句老话，一日夫妻百日恩，为自己留点后路，没错的。"

他拿起枪，交到意浓手里，拍拍，小声说："到什么时候，这个东西，都不能放。"

周日，小阿姨备好了饭菜，都是安徽口味。罗子静学网球回来，挥舞着网球拍，被菜香吸引，不顾脏手，捏一条肉丝就放嘴里。

小阿姨看见了，不敢言语，即便茂松交代过她，人没到齐，谁也不许动。

子静吃得痛快。

半盘子没了。

茂松终于踏进房门。见女儿如此形状，立刻批评："礼数，礼数！你奶奶那时候，我们不洗手不祷告都不许上桌。你名字里有个静字，为什么不能安安静静？"

罗子静收敛，拍拍手。"不吃就不吃，不就是那个女人要来么，何至于。"

那个女人，她居然叫她亲娘那个女人！

罗茂松挥手要打。子静用网球拍挡。

"你干什么！"罗意浓进屋了，"就是这么教育孩子。"她去摸子静的头，像所有慈祥的母亲那样。子静下意识躲开，小声嘀咕："要你管。"

她的"解围"，她并不领情。打是亲，骂是爱，这是她和爸爸的交流方式，罗意浓一个"外人"，自然不明就里。

茂松笑脸相迎："来了。"子静看不上，他对她永远是笑。卑微的奴仆。

意浓坐下。茂松也招呼子静坐下。很像一家人了。这是罗茂松期待的画面。

开始吃饭，没有言语，罗意浓不说话，子静也不在乎。低头吃自己的。终于，茂松笑嘻嘻：“意浓，你难得回一次家，要不就多住几天，孩子也想你。”

子静忙道：“我没想。”

茂松呵斥：“不许没礼貌。”

子静道：“我有礼貌，但也得说出事实。”

意浓并不生气，她反倒觉得，女儿这样挺好，一股子倔劲，像她。她赞：“说出事实很好，人生，就是应该面对事实。”她问茂松：“我的事，你听说了吧。”

茂松连声说：“知道知道，哦，不过……谁会信呢，反正我不信，完全是污蔑，不可理喻。”

罗意浓说：“老实说，这事跟你有没有关系？”茂松做诧异状，放下筷子，手指鼻子：“我？我若如此，天理难容。意浓，谁都有困难的时候，遇到了困难，我们一起解决困难，不要动不动就怀疑人。”

子静笑嘻嘻，对茂松说：“爸，我看你就是这种人。”

茂松换了副脸孔：“吃完进屋去，少在这里插嘴，一点没家教。”

子静扭头走，嘀咕：“没家教也是你教的。”

饭桌边只剩茂松、意浓两人。

茂松的表白时间到了。他清了清喉咙。罗意浓知道他有把戏要玩，放下筷子就说要走。罗茂松说：“不再坐坐？”意浓道：“所里还有事。”时间更紧了。茂松决定抓住最后的机会。

他站起来，一手扶住椅子。“四妹，关于你名誉的事，我已经在奔忙，你比三妹强，三妹属于事实附逆，你只是在地下战线工作，还是不一样的。”

意浓抢白：“三姐那也不叫附逆，怎么叫附逆呢，她的书好卖，江弘武上赶着要送纸，这谁也拦不住，三姐勇敢的时候你没看到，而且，说一千道一万，我们尚家损失还不够大吗？大姐没了，芹嫂带着孩子走了，茂松，我们就算不是夫妻，到底也是亲戚，你说这个话，我不接受，并且非常诧异。胳膊肘，到什么时候也不能朝外拐。”茂松一听意浓这么说，知道算是把她先拖住了，侃侃道：“四妹，我就是那么一说，三妹那边，我也帮了忙，不信你看，小报上没她的消息了吧。而且四妹，我对你，对尚家，可是忠心耿耿。”

意浓道：“你的手段我知道，对欧阳，也从未手软过。”

茂松一听欧阳就不自在，他忙说：“四妹，我今天请你来，一是看看孩子，二来，我现在坐到这个位子，完全有能力保护你，流言止于智者，也止于强者，我过去说过，现在还是这么说，我们这个家，永远向你敞开，四妹，我希望能够与你复婚，你可以做秘书长太太。”

意浓冷笑：“罗茂松，我若有心，什么太太做不成，何苦等到现在？茂松，我们不是一路人，我们从内到外，从肉体到灵魂都无法结合，我知道，你为了你男人的一点面子，竭尽全力想要挽回我，其实大可不必，你现在前途大好，为什么不找一个看重你爱护你对你忠心不二的女人一起过日子呢？茂松，我们曾经相爱过，这一点我永远都承认，但如果我们的爱是错误，那么，终止它就是对彼此最大的慈悲。”

茂松控制不住情绪，向来绵柔，有针也藏在绵里，可面对此情，他要“据理力争”。“你以为你对欧阳夏的感情就正确吗？他有妻子有情妇，还会接纳你吗？什么从肉体到灵魂，说得那么崇高，你自己扪心自问，为了得到欧阳，你用了多少手段，四妹，该罢手了，苦海无边，回头是岸，我这个岸，你为什么就看不到听不到感觉不到！你对我慈悲吗？你对我公平吗？你对我有过一丝怜悯吗？”

意浓被激发起斗志，一声大喝：“可是我不爱你！”

茂松迎上：“那你也不能终止我对你的爱！”

女佣早退回休息间。天崩地裂，她要避难。

卧室倒门洞大开，一声巨响。是门板撞到墙壁。子静双手举左轮手枪，缓缓走出，姿势跟意浓当初射杀弘武一样。

母女连心、连形。胎里带出来的。

茂松咆哮："你混蛋！"

子静并没打算放下枪。

意浓觉得有意思，两臂抱着，好像这事与她无关，她是来欣赏的，坐山观虎斗。

枪还是举着。黑洞洞的枪口，对准意浓。

"把枪放下！"罗茂松几乎抓狂，他请意浓回来，可不是要这个局面。

子静眼都不偏，也吼："爸，你别管，我这是为你出气。"

茂松要往前，意浓拦阻。"让她说！"

罗子静天不怕地不怕："你以为我怕你？哼，你自从生下我就离开了我们，这么多年，你管过我么，你问过我么，你在乎过我的感受么？你只知道逍遥，自在，在外面交男朋友！我根本不愿意承认你这个妈！"

罗茂松心软，一席话，句句是他的心声。只是他说不出罢了。他两手插进头发，抱住头，半蹲下，痛苦不堪。

子静着急："爸，你不要难过，这个女人根本配不上你！我现在就帮你教训她。"罗意浓一副大义凛然状，这种场面她见惯了，何况是自己女儿，女高一尺，母高一丈，她看到子静手里那把枪，子弹都还没上膛。意浓笔直朝女儿走去。

子静退。她没想到意浓会这样。

没退路了。她靠在墙上，头顶的一幅西洋裸体女人画，可能是安格尔的，直压在子静头上。意浓一寸一寸，攻城掠地，逼近枪口。

终于，枪口顶到胸了。子静觉得枪口一软，她亲娘的乳房撞上来，这只乳房没有哺育过她。依旧柔软，特别可恨。

子静年纪不大，眼神却像能杀人。她颤抖着喊："别以为我不敢开枪，不会开枪！啊——"开始冲锋了。

罗茂松弹起，要去夺女儿的枪。

子静笨拙一拉，枪上膛了，再一扣。茂松惊出一身汗。

是哑枪。没有子弹。

意浓淡然微笑。子静不服气。再上膛，银色小手枪就像个玩具，她是个顽皮的孩子。再打。

突。一声闷响。意浓肩头震了一下，她本能地朝后倒，居然站住了。

衣服洇红一片。

茂松从背后扶住意浓。一脚飞踹过去，女儿手里的枪，飞了。"不想过给我滚！"这是他第一次打她，第一次重骂她。

子静像头小豹子："你弄清楚，我是在帮你报仇！"

奇怪的，意浓没生气，相反，她脸上的微笑一直没消失，她望着子静，目光慈祥，这在过去，是不可想象的。"行了吧，报仇了，解气了，我欠你的，还了？要不要再来一枪？"

子静跑了出去。女仆蹿出来，赶紧把枪收走。

茂松哭腔："四妹——四妹——"又喊："快拿纱布来！"女仆连忙跑去楼上，找纱布。

意浓说："一个大男人，至于么——我对人，向来是一清二楚，不亏不欠，当初我欠你的，用一个孩子还了，如今我欠子静的，用一颗子弹还了，挺好，我心安了，你也不怪我了。"

茂松反倒掉泪了。"你没还，你还不清，你怎么也还不清，我不让你走，不让你走……"他像个孩子，心事袒露，软弱得像一只正在褪壳的蟹。意浓抱住他的头，多少年她没这样抱住过他。

"我们革命人，真要那么多儿女私情，还了得。放下，才能快乐！"

茂松抬头："你撒谎，你总是说要无情要无情，可你自己的感情最丰富最泛滥最不能控制，你永远是嘴上和心里不一致。四妹，回家吧。”

罗意浓苦笑，她也想为自己的爱找一个家。革命与爱，在她心里同样重要，可这些年，她都没能实现。她跟筱秋不同，筱秋是新与旧的融合，她曾经激进，但很快又回归到普通的生活当中去，可意浓不愿意，人生那么短，她不要平庸，不要屈服于命运。

意浓吻了一下茂松的额头。“干吗这么在乎结果呢，每个人的终点，其实都是一样的，那就是死，谁也逃不过，但过程却不一样，重要的是这个过程，我们都理应去追求。”

女仆匆忙跑下来。

“纱布来了。”

看见意浓和茂松抱在一起。她有些窘。她完全不能理解这一家人，一会儿杀，一会儿爱。

筱秋的日子过得不容易，但终究走上了正轨，最起码，房租和吃饭没问题了。打汉奸的风潮尽管小了些，但闲言碎语少不了的。

习惯就好。

经过这一回，筱秋又恢复了当初在北平做女学生时的政治觉悟。她重新开始看报纸，进步杂志，关心政治走向。重庆谈判早破裂了。据说打得厉害。目前看，国民党方面似乎是占优势，他们的武器先进，飞机轰炸延安，共产党中央又开始迁移。上一次迁移是长征。这次叫转战陕北。这些报刊，在上海是不允许公开流通的，她是从犹太老板那里拿来看的。犹太老板未必关心战局，但他关心战局对他生意的影响。其实日子是越来越不好过了。

一九四六年起，全国物价腾涨，上海最是个风向标，食品、纺织品、金属乃至于一些杂货，价格上涨甚至超过十倍。到了一九四七年，法币在上海已经贬值得一塌糊涂，黄金、美元暴涨。二月十日，法币币值跳水。十一日，上海的金价升至73.4万元，其他大城市跟着涨，南京升至93万元，武汉95万元，广州110万元。十七日，蒋介石颁布《经济紧急措施方案》。洞大难补，杯水车薪。

盛世的翡翠，乱世的金条，所有人都疯了，当然，筱秋没这个钱。她想想觉得可笑，当初做电影明星时，金条是成箱子的，现在落魄至此，不过也有一个好处，人们渐渐不认识她，她又可以做一个普通人。

这也是好大一个理想。

多少年风雨飘摇，起起落落，她看清了，想通透了，就做一个自食其力的普通人，挺好。再进一步，回归老天爷赐予的本真，做一个普通女人——爱一个男人，接受男人的爱。那就更完美了。当然，后面这一条，她只能随缘。

心伤仍旧痛。

她和意浓也少有往来。各过各的。意浓被子静打伤的事，她也无从知晓。直到这年清明，两姐妹才见面。

黄浦江边。这段江算荒的，接近入海口。

筱秋和意浓，一人拿着一小束白菊。

姐夫弘武和姐姐静安都没土葬。火化后，骨灰撒入江海。既然盖棺论定是汉奸，土葬保不齐人人喊打。归于江海，一了百了。

太阳将落，江上海口一片金黄，原本那一条江与海的界限，也被光模糊了。意浓还是急脾气，一把将花洒向大海。筱秋则蹲下，轻轻将花放入水中，任其漂流。

意浓转头，对筱秋："姐，还记得我们给自己改名的时候么?"

筱秋愣了一下，道："怎么不记得，我要改，你非跟着我改，我有个秋字，你就非要叫意浓，说什么组合起来叫秋意浓，现在看起来，俗气得很。"

意浓道："俗才是人生。"她又问："姐，没想到我们这个家，到如今，只剩下你和我。"筱秋叹气："刚从六安出来的时候，我觉得自己无所不能，充满了朝气，一心想要改变点什么，可现在呢？”意浓问：“你后悔了？”筱秋坚定：“后悔倒没有，我只是感慨，这就是我们这一代人的路，大姐，二姐，娘，甚至于死去的翠喜，还有……静静过活的翠凤，上天给每个人的命运不一样，可每个人又都努力朝着自己的方向活，这或许就是人生。”

意浓问：“你有信仰么？”

筱秋答：“信仰，你指什么？宗教、三民主义，还是共产主义？我至今都觉得自己是个普通人，我希望我们国家变得更好，这是我的信仰，另外，我还信仰自己的一份清简日子。”

意浓说：“你变传统了。”

筱秋说：“我常常也在想，我们这些从旧家庭走出来的新女性，到底在反抗些什么呢？革命，你我都参加过，可革命过后，我们又成了人人喊打的汉奸，被误解，被污蔑。也许，对于女人来说，家庭是个好东西，至少可以给你保护。在人类没有实现真正的平等之前，男权依旧压制着女权。”

两个人沿着河滩走。突然，意浓又问：“你还爱欧阳么？”

这个问题太直接。筱秋有些愕然，可这就是妹妹的风格。

“我不知道。”筱秋躲避开了。

“我还爱他。”意浓热烈不改。

“那他应该谢谢你的爱。”筱秋心虚了。

筱秋楼下，大成米店，队伍排得老长，店家迟迟不肯开门。筱秋也排队买米。上午十点了，排队的人开始砸门板。小伙计伸出头，骂道：“米还没到！谁砸不卖给谁！”接近年关，米店囤积居奇，哄抬物价。法币论斤称，店家不愿意收，碎金子买米，也是常事。

筱秋等得腰酸腿麻。

有个人拍她的肩膀。“三妹。”

是茂松，穿着西装，打领带，戴着帽子，很绅士的样子。他胖了。

筱秋看了他一眼，客气地笑笑。继续排队。

茂松招呼："来，跟我来。"筱秋不动。茂松又说："买米容易。"筱秋半信半疑，排了半天队，就这么放弃，有些可惜。

"跟我来吧。"茂松几乎是央求。

筱秋抬脚了。

米店有后门，小伙计见罗茂松来了，连忙揭门板，露出个缝，刚好够茂松和筱秋闪进去。群情激奋，要往里冲。小伙计伶俐地把门板合上了。

米店大堂内。一座小米山。

茂松得意："大成米店，有我的股份。"

筱秋当然明白其中深浅，她只说她该说的："表哥给我方便，我谢谢你，只是，米是白的，别赚那黑心钱。"

茂松道："三妹，你的思想还是没进步，当初你可是进步分子啊，这不叫黑心钱，这是良心钱，只不过动了点脑子。"他旋即招呼小伙计："快，给这位小姐拿点米，钱算在我账上。"小伙子勤力，忙去了。

筱秋笑笑："茂松，这么多年下来，你成熟了。"

茂松道："生活逼迫的。没办法。"

筱秋道："但做人基本的道德良心不能丢。"

茂松跟着说："没丢没丢，倒是三妹无情，一不来看我，二也不来看看你外甥女。"

筱秋说："多年不走动，荒疏了。"

茂松说："三妹，我还是求你一件事，得空的时候，帮我劝劝意浓，我等她回家。"

这一句话说出，罗筱秋对茂松另眼相看。这么多年，他一直打自己的小算盘，如果说，弘武是想发国难财，茂松当然也是，只不过，弘武没了底线，投靠了日本人，而茂松呢，则是在底线的边缘游走，赚得自己的一份家业。这种做法，罗筱秋看不上，但这也许只是因为她太清正。可是，她不得不承认，罗茂松在感情上，专一得近乎顽固，叫人感动。意浓离开他有年头了。他没续弦，似乎也没这种打算。每次遇到，他拜托的唯一一件事，也不过就是，想让所有人都来劝劝意浓，让她回心转意。

筱秋都有些替他着急。

意浓爱的是大气的英雄呀！

他如此一个市井小人，怎么能得到罗意浓的爱。当初筱秋觉得他们不配，正在这里。

可当下，筱秋有了点怜悯心。

"有机会我会劝的。"

茂松感激。

筱秋又说："茂松，我们曾经共同生活过，对你，我了解，对四妹我也了解，我现在说这个话不合适，但我依旧想告诉你，你对意浓，不是可有可无。你们都为国民党工作，工作内容我不清楚，也不想知道，但我希望你永远是意浓的一条退路。"

茂松呆了，又喃喃自语，笑道："好好好，退路好，每个人都有退路。"

小伙计来了，递上了米。

上海龙华，蓝桥秘密监狱。罗意浓拿着鞭子。她穿着皮靴、军帽、军服，十分威武。最近进来不少人，有犯人不守规矩，在监狱里背反动文章，唱反动歌曲。她要来教训教训他们。柳传雄跟在她身后，压低帽子，一身马褂，刻意的低调，但他的身材出卖了他。走到哪里都是庞然一块。

审讯室，刑具俱全。秘密监狱的施刑法子跟重庆保持一致，都是金、木、水、土、风、吞、绞、毒等所谓十大酷刑，金针刺肚皮，木管打人，土来活埋，吞吃虫子，当然，这里为首的是女人，意浓爱用鞭刑。自己动手，用气势震慑住对方。

不过，更喜欢用心理战。

柳传雄这次来，就是要和意浓一起，摸清共产党在上海的地下战线。近期抓了一批，都很不老实，在狱中煽动犯人搞暴动，意浓也觉得头痛。

为首的姓丁，叫丁大力，当然是化名。年纪不大，二十多岁，江西口音，更为可疑。

丁大力被带进来。一身破衣烂衫，昂着头，因为年轻，精神状态特别昂扬。他绝食三天了，眼睛却很亮。

旁边一个副官，是意浓的帮手，静安花园过去的看门人老朱。静安夫妇死后，意浓看老朱一可怜，二听话，三来她对姐姐姐夫心存愧疚，所以将老朱收为己用。

老朱比意浓还恨。他告发过翠喜。

老朱的腔调很怪："丁大力！你可知罪？"柳传雄、罗意浓听了这音调都想笑，他是前清府衙的腔调。他并不包公。

丁大力玩世不恭："我有何罪，有罪的是你们，民族败类！"

老朱拖腔："给我——打——"

三两个卫兵就要施刑。柳传雄一挥手："别打了。"

老朱忙喊停。

柳传雄抱着两臂，两只小眼眯缝着，更看不见。意浓站起来，走到丁大力身边。柳传雄笑眯眯："你不是丁大力，你姓孙，叫孙福来，江西人。"

丁大力脸色稍变，但他控制住了。柳传雄到底是老狐狸，他接着说。

"我们对你不错，你在里头散播你的主义，你的思想，我们也不拦着。"柳传雄站起来，踱着步子，"只要你说出上海地下还有哪些鬼，我们什么都好说。"

丁大力啐了一口，唾沫飞到柳传雄脸上。

意浓道:“柳座,少跟他废话,还是用刑。”

柳传雄唾面自干,一挥手:“慢,孙福来,听说你的亲戚,有好几个,也在上海,还有在南京的,哦,北平也有,你的孩子刚出生,可爱得不得了。”

丁大力激动,吼叫:“你朝我来!”

柳传雄笑呵呵:“好说好说,只要孙先生有意配合,什么都好说。”

丁大力道:“我什么都不知道,你杀了我吧。”

柳传雄厉色:“说出你的上线,说出你的下线,你就有活路,否则,党国也没必要跟你客气,你得死,你的家人,都得死!”

意浓站在柳传雄身后,深感此人非同小可,这么短的时间,他就能把丁大力查个底朝天,是真?是假?还是他只是诓他一下?罗意浓还没反应过来,柳传雄口中便已轻轻吐出一个字:打。

老朱得令,顿时有了用武之地。

审讯室一片血雨腥风。柳传雄是从二七年过来的,对付共产党,他有一套。罗意浓尽管身居要职,但终究是块嫩姜。

晚饭时间,意浓请客,但陪柳传雄。过去他来上海,都是茂松陪侍,现在,职位有变,再加上意浓和茂松的特殊关系,柳传雄便不叫茂松,省得尴尬。

扬子饭店。方底台式屋顶及斜面屋顶,防雨小屋面式老虎窗,外观朴实宏伟,内部奢侈豪华。包厢,意浓和柳传雄对坐,红酒两杯,都是高脚的。意浓举杯。

“为柳座的到来,献上美酒。”

柳传雄摆了摆手,拿出一只无线电设备,扭开,这是干扰信号。他不想自己的话,被人窃听。而后,这才举杯,一饮而尽。又自嘲:“我这还是山东喝酒的方法,只适合饮白酒,这红酒得慢慢品,我没那么有耐性,让意浓小姐见笑了。”

罗意浓笑道:“真名士自风流,不必拘礼,我对柳座,向来甚是佩服。”

柳传雄哦了一声,表示不解。

意浓款款道:“丁大力刚抓进来,柳座人也是刚到,居然就能把他的底线摸得一清二楚,不但如此,还连其枝枝蔓蔓也了如指掌,尽在控制之中,真是比诸葛亮还多了几分道行。”

柳传雄得意,哈哈笑道:“意浓小姐,我们做情报工作的,说白了就是两句话:豁得出去,干得出来,为达到委员长交付的任务,无所不用其极。”

意浓奉承:“柳座高明。”

柳传雄转而叹气:“也高明不到哪去,别看这上海我们接管了,共产党狡猾呐,我们在地上接管,他们在地下接管,非常了得,我们进攻延安,他们就来个空城计,共产党,是比日本人更难对付呐。现在上海的局面,暗流涌动,没有突破口,这个丁大力,充其量只是一般的交通员,即便他肯反水,也不值什么。”

意浓问:“那柳座的意思是?”

柳传雄道:“共产党,是抓不完的,你看看上海的各个监狱,哪个不是人满为患,大多数都是小喽啰,多半没什么,抓了也没用。”他突然压低声音:“要钓,就钓大的。”

意浓不解:“谁知道哪个是大的呢?”

柳传雄又笑了:“当然是有线索的。”意浓拱手:“愿闻其详。”

柳传雄道:“江弘武时代,有个人姓王,几次坏了他的好事。”意浓心一沉,老王,她知道,从北平到南京,再到上海,这个人一直围在欧阳夏身边。难道,姓柳的瞄准了欧阳夏?罗意浓不敢往深了想。与江弘武的厮杀过后,她就怀疑过欧阳,但她没深究,那时候委员长还在跟共产党谈判,不至于你死我活。又或者,她下意识里,根本就抗拒着考虑欧阳夏的身份问题——他是什么身份对她来说不重要,他抗日,是英雄,大无畏,是个男人,而她,是个女人。就这么简单。

可柳传雄的“点拨”,让她紧张。她还是仔细聆听着。

“这个姓王的底子复杂,十之八九是共产党,而且是个关键人物,不过他已经死了,死无对证,他周围过去有几个人,有一个,还是意浓小姐你的熟人。”

“欧阳夏?”罗意浓决定自己说出来。先发制人,静观其变。她总是主动出击的一个。柳传雄笑:“罗意浓啊罗意浓,如果党国之人,个个能有你三分聪慧,当今天下,也不会是这个局面。”

意浓道:“还请柳座把真实的情况告知属下,我好采取行动。”

柳传雄的声音更低了:“重庆时期,我就怀疑这个欧阳有问题,但我认为,他应该是个摇摆派,立场不固定,还是有机会拉拢的。”

意浓明知故问:“怎么拉拢?”

柳传雄哈哈大笑:“我也是成人之美,这个,意浓小姐想必比我清楚。”又鬼祟地:“对于这个欧阳,据我所知,意浓小姐一直是垂涎三尺啊!”

罗意浓脸红了。这个柳传雄,什么都查得清楚。

“我做不到。”罗意浓道,“他对我一直不冷不热。”

柳传雄笑,这不难办:“工作需要,男未婚女未嫁,组织上可以做媒。”

意浓低头,千思百想。

柳传雄见意浓不语,便给她倒酒:“不着急,慢慢安排,我们可能要布置未来的棋了。”

风雨欲来。

一九四八年,注定是个繁忙的年头,轰轰烈烈,但对某些人来说,又多少有些落寞。五月二十日,蒋介石、李宗仁在南京就任中华民国总统、副总统。九月,辽沈战役,十一月,淮海战役、平津战役,大江东去,大势难回。上海方面,开始处决一批政治犯,当然,这个过程是缓慢的，南京方面，并不完全认为没有挽回的余地。柳传雄的工作重心，转到上海，他要做两手准备，一是继续深入探测敌情，二是要为之后的路布棋子。

筱秋、茂松、意浓、欧阳几个人，都在上海忙着自己一摊子事，过着自己的生活，罗意浓听从上峰安排，甚至有大半年没跟欧阳接触过。

现在远，是为了未来近。

一九四八年，圣诞节前夕，上头突然派人来下达命令——当然这个命令是柳传雄安排的——准备在圣诞节当天，安排欧阳夏和罗意浓结为夫妻。

柳传雄是老狐狸，他谁也不相信，但他相信"融合"。想要进入敌人深处，精神上、肉体上，都应该融合，你中有我，我中有你。

出乎意料的是，罗意浓和欧阳夏都表示答应，且都很平静。

意浓说："我是军人，服从命令是第一天职。"

欧阳说："单身那么多年，我也该有个家，谢谢关心。"

可话传到罗茂松耳朵里，他暴跳如雷。他直接打电话给柳传雄，问是怎么回事，得到的答案是：自由恋爱，两情相悦，党国也只是做个证婚人。

茂松挂了电话，来回走。

子静打趣："别发疯了，早跟你说她心在别处，你还怨我。爸，我看你们秘书处那个小张不错，娶回来给我当后妈吧。"

茂松眼绿，他拿女儿没办法，但他还是决定找罗意浓好好谈一谈。最起码，原因他要问个明白。

蓝桥秘密监狱。罗茂松要见罗所长。意浓在，却拒绝见。

可想而知，茂松是来闹事的，对她和欧阳即将举办的婚礼，他必定是一百个不满意。意浓自有打算，她不想让茂松干涉太多。

茂松闯进来了，一路，持枪警卫千拦万阻，没用——本来也不是真挡着，一来茂松身份他们都知道，二来，也不排除看好戏的心态。

意浓坐在所长办公室。罗茂松推门进来，手很重，嘴巴上也不客气："罗意浓，你疯了是么？"

意浓起身，彬彬有礼："罗秘书长，这里是办公场所，请注意你的仪态和用词。"罗茂松合上门，他不看她，痛心疾首，有些结巴了："你，你如果是为了气我，大可不必这样作践自己。"意浓觉得茂松好笑，故意逗他，是俏皮口气："呦，你这话新鲜，我问你，我罗氏意浓，与你罗氏茂松，现在是什么关系？"茂松撇嘴："曾经是夫妻，现在是……是同事。"意浓跟着道："那我现在的状态，算不算未婚？"茂松知道顺着意浓说要进言语圈套，便跳开说："你未婚，可欧阳这个王八蛋可是有婚约关系在身。"意浓驳道："他有婚姻关系，也是早八百年的媒妁之言包办婚姻，他老婆人呢，他自己也没说不可以再结婚，我们在上海这块自由地，结秦晋之好，强强联合，以后继续为党国效力，有什么不可以呢？"

茂松支吾。

意浓乘胜追击："罗秘书长，归根到底，你还是我孩子的爸爸，我们之间，没有爱情，还有感情，我如果是你，就大大方方送一份新婚大礼。岂不快哉。"

罗茂松还能说什么呢。组织上踢皮球，罗意浓这边斩钉截铁，连女儿罗子静都劝他再娶，他成了孤家寡人。

"不行，反正我不同意！"他只能蛮横，甚至撒泼。一个男人，好生难看。不得志的茂松出了监狱，直接去找最后一根救命稻草。

"什么？结婚？"罗筱秋得到消息后的第一反应，是令茂松满意的。他连忙渲染："王八对绿豆，看上眼了，你说这算什么，一个是我前妻，你妹妹，一个是还抢了你孩子的父亲，这算什么，还有没有人伦道德天地良心。"茂松急了，有些语无伦次。

罗筱秋刚打完稿子，累得全身疼，听到这个消息，几乎不能自持，她坐在凳子上，脑子蒙蒙的，所有的结果，她都接受，他们这样做，一定有他们的道理。可在她，心痛，是一定的。

她感觉自己快不能呼吸了。

“消息属实?”

“句句实言。”茂松斩钉截铁。

看来错不了了。茂松煽风点火:“三妹,这事,你可要阻止啊!”

“阻止? 我怎么阻止,如果是真,也断无阻止的可能,他们都是成年人,应该也是三思之后的决定。”

“怎么走到这一步了,我们都是受害者。”

筱秋劝茂松:“不要这样想,现在就是过自己的日子,想多了,只能乱了自己的心神。”茂松说了一阵,见没大效果,走了。

关上门,筱秋坐在凳子上。她这房子西晒,落日的余晖透过窗子照进来一缕,桌子上的打字稿,整整齐齐码着,一只旧茶缸,孤单地靠在打字机旁,她心爱的一件毛巾衣,挂在墙角的三角木头架子上,瘪瘪的,没精打采,相当落寞。

时钟在走,滴答滴答。

筱秋感受不到时间。她甚至觉得,一秒,一分,一小时,一整天,一辈子,对她来说也没什么太大分别。情断,意冷,心死。

她不想去问欧阳前因后果,没意义。

她认定,行动,即是回答。

窗外鸽子飞过,鸽哨嗡嗡嗡一阵鸣响。

罗筱秋哭了,无声地。

罗意浓打算狠狠做回新娘,头次跟茂松结婚,在天津西开教堂,拘束,连婚纱都是别人穿剩的。如今再次“出闺”,新郎又是自己心仪的人物,千年等一回,她要抓住机会。婚纱,去俄国人开的店挑,白色是一定的,关键得与纽约同步。

地点,也在教堂。圣诞节,在教堂办顺理成章。就徐家汇的天主教圣依纳爵堂,排场不比西开差。关键是,意浓喜欢那哥特式的风格,红砖墙，白石柱，青灰石板瓦顶，两座钟楼，南北对峙，匀称庄严。

意浓说了，她这个婚礼，要往细了办。这些都不用找欧阳商量，就仿佛他是道具，是演员，她是女主角，他只是配合她完成一场表演。演给别人看，也演给自己看。

局势已几近明朗。国民政府高层的圈子里，弥漫着一种不安的气氛，有一种说法是，国民政府可能要向广州迁，再不行，就去台湾。

可意浓不问这些，国仇家恨，一笔勾销，她想做的，只是完成眼前迫在眉睫的一场梦想婚礼。

流程全部按新式的来，民国三十六年，新式婚礼早已风行上海，传统婚礼父母之命媒妁之言，已经被介绍人取代。意浓的介绍人很有头面，除了柳传雄，还有党部和军部的大员各一名，以示重视。

订婚证书是龙凤呈祥，比当初筱秋和欧阳的订婚证书要大一倍，且烫金华丽。婚纱早一个月便已经从纽约启程，运往上海。

婚礼要有乐队，请的是上海最有名的婚礼配乐班子——雀喜乐队；迎亲的车，也是柳传雄包办，清一色敞篷，都是过去法租界的公董们留下来的；还有傧相，服装统一，教堂里本来就有钢琴。十二月结婚，花是个难题，按理说，纸花可以凑合，但意浓不肯，一律从南方运鲜花过来，抛的、摆的，一应俱全。

都弄好了。意浓去给欧阳送西服。

“喏，到时候穿这套。”意浓递过去。欧阳接了，摆在一边，不置可否。

意浓笑：“不会后悔了吧。”

欧阳没答，过了会，才说：“没有。按程序办。”

意浓比了个腰身：“快乐起来，你看看我，我不美吗？”

欧阳没看她。

意浓生气，嚷嚷：“欧阳夏我这是在救你，你知不知道？”

欧阳挤出笑：“知道，你很美，行了吧？”

罗意浓走到他面前,给他一个正面无可躲避的自己。她要让他看见她,看她的鼻子、眼睛、耳朵、嘴巴,看她美丽旗袍下动人的腰身。她要他看见!

她气他!怎么就不能成全一回她的任性!

她到底哪里不如三姐?

意浓抱住欧阳,喃喃道:“结了婚,办了仪式,不管你承不承认,这辈子,我们就是夫妻了。”

她贴近他,感觉得到他的心,咚咚咚加速。

接下来是送请柬。不重要的,寄,或者派人送;重要的,意浓亲自上门。她没给茂松发,认为没必要刺激他。罗筱秋的那张,结婚头一天由意浓亲自送去。

圣诞节前夜,霞飞路,俄法侨民的店铺,有的放出了圣诞树,玻璃窗上有圣诞贴纸,红的白的,圣诞老人驾着驯鹿车。意浓自认也是来送礼物的。

她从来不是天使。

门半开着,好像筱秋知道她要来,特地准备好似的。屋子里,七零八乱,几只箱子张着嘴,像饥民。筱秋从里屋出来,抱着衣服,看到意浓,说了句来了,没停,继续忙自己的。面无表情。

“要走?”意浓问。

“后天早晨的火车。”筱秋答。

“怎么也不说一声,”意浓口气关切,“盘缠够么?”

“够,谢谢关心。”姐妹俩客气起来,但敌意明显。罗意浓一直想切入正题,筱秋却若无其事,轻巧躲避。她们一个攻,一个防,彼此都知道对方底细,即便不露痕迹,也已经算兵戎相见了。意浓哪里知道,筱秋是哭了一夜,才做出南下的决定。她只知道,输了那么多年,她终于有机会卷土重来,杀个片甲不留。

意浓径直走到筱秋身边，前戏是演完了。随身的皮包，是粉红色，快要做"新娘"，意浓连这些小地方都柔和了些，她做惯了女革命者，从来大刀阔斧，这些小地方，如今被爱狠狠地装饰着。她从皮包里掏出那张请柬，早准备好了的，比筱秋当初的请柬大一倍，阔阔朗朗，里面也还用那八个字：不离不弃，莫失莫忘。

只是，旧人换新人。

筱秋原本撑得住，可结果把请柬翻开，那八个字好像道士的灵符，一下贴住她，她是游魂、野鬼，再也无法逃窜。

她想到过去的种种誓言，地老天荒。

筱秋鼻子酸，眼眶跟着就红，但她没掉泪。该哭的，头天晚上已经哭尽。她只是觉得伤感。

她对意浓说："四妹，你又何必呢？"

罗意浓不语，走到窗前，突然扭头："我爱他。"

筱秋问："他爱你吗？"

意浓被激怒了，她根本不像来之前预想好的那般优雅，大声说："罗筱秋，难道你认为欧阳这辈子就只能爱你一个人吗？你错了！你把欧阳想得太崇高太纯洁了，他当初能够抛弃翠凤跟你，现在就能舍下你来与我成婚，男人这个东西，就是这样。"

筱秋不为所动，依旧收拾着东西，淡淡地说："如果你这么认为，我也没办法，我祝你找到你想要的。"

意浓恨道："我不会输给你！"

筱秋说："我从未想要跟你竞赛。感情，不是打仗。"

意浓道："怎么不是，情场如战场，战场亦情场。"

筱秋合上箱子："意浓，不要再像个小孩子。老实讲，你与欧阳这样，我没想到。你一直跟我比，我知道，但我从来都是把你当妹妹，这不是争，这是爱护。"

罗意浓哈哈大笑："三姐，都到什么时候了，收起你的伪善吧！你吃着,我看着,这叫爱护?物竞天择,适者生存,进化论我看有道理。”筱秋说:“有的时候,不争,便是争,我的爱情没有了,我的孩子遗落在民间,我不得近身。我想了一个晚上,大概觉得上海这日子,不应当是属于我的,我该走了。”

意浓道:“走之前欢迎参加婚礼。”

筱秋从上朝下俯视着喜帖。

“我不恨你,祝你快乐。”

意浓的婚礼办得前所未有地盛大,上海高层名流,需要处理战事的除外,都在柳传雄的张罗下,愿意给几个小时的面子。教堂门口,小汽车排成一字长蛇,服务生跑来跑去,忙个不停。教堂破例在十二点敲钟。悠扬的钟声震起鸽子,盘旋着,又落在教堂顶上,俯瞰着人间繁华。

是时候了。大堂内圣母抱小耶稣像立于祭台之颠,俯视全堂。灯光全开,庄严肃穆,全部嘉宾、傧相、花童,都静静的。

罗意浓站在圣像下的圆台子上,头顶白纱,有朦胧的美,白色纱裙,少说也有一百层,白蕾丝绣花手套,让她显得分外优雅。从早晨起,她就开始化妆,私人摄影师全程跟踪拍摄——她要让这些成为永久的回忆。

欧阳夏与她面对面站着。他好像从未收拾得如此整洁,正气一身犹在,燕尾服西装,又把他修饰得像一名绅士。他身材依旧健美,气质依旧刚毅,就连脸上那块疤痕,也还像从前一样。意浓微微抬头,看见他,确认了,没变,一切都没变。还是那个欧阳夏,那个让她十六岁就怦然心动、下定决心以身相许的欧阳夏。音乐响起,是钢琴伴奏,花童们唱着圣歌。

一曲唱毕。神父来到他们中间,头向左,问:

“欧阳先生,你是否愿意娶罗小姐为妻?按照《圣经》的教训与她同住，在神面前和她结为一体，爱她、安慰她、尊重她、保护他，像爱你自己一样。不论她生病或是健康、富有或贫穷，始终忠于她，直到离开世界？”

粗厚的声音：“我愿意。”

神父头向右，问：“罗小姐，你是否愿意嫁罗先生为妻？按照《圣经》的教训与他同住，在神面前和他结为一体，爱他、安慰他、尊重他、保护他，像爱你自己一样。不论他生病或是健康、富有或贫穷，始终忠于他，直到离开世界？”

罗意浓轻启朱唇，刚说第一个字：“我……”

“我反对！”教堂门口传来声响。

逆着光，人形剪影，他快跑着，逼近新人，嘉宾们发出惊呼。卫兵摸枪了，柳传雄一举手，卫兵们又重新站好。

是罗茂松，他的老部下。

“我反对——”茂松一身西装，头发凌乱。

意浓两颗眼珠子快要瞪出来，幸亏有头纱挡着。大庭广众，她不好发作。欧阳挡在前面，呵呵笑着，这是他今天唯一的笑容，他的话是说给大家听的：“作为前夫，你的心情我理解。在下今天对你表示感谢，感谢你过去的日子里曾经对罗意浓小姐，也就是我未来的妻子的照顾，不过眼下的一切，与你无关！”

罗意浓微笑。不愧是欧阳夏。

“这是阴谋！”罗茂松不管不顾了。

柳传雄突然紧张，走上来，小声说：“罗秘书长，有话下去说。你这样，很不好。”

茂松杀红了眼，只认这一条：“他就是有阴谋！”

柳传雄招手，示意卫兵把他拖下去。

欧阳夏一举手，意思让停，他问：“罗兄，当着全上海政要的面，你倒是说说，我与罗小姐自由结合，有什么阴谋？”

欧阳夏脖子后头出汗了。意浓垂着手站着,她不能动,她是新娘,她恨死茂松了,毁了她准备了半辈子的梦。

全场安静,只等茂松的回答。

罗茂松早失了理智,有阴谋三个字,也是慌不择言,现在所有人都盯着他,今天不说出个一二三来,漫说别人,柳传雄都不会放过他。他东张、西望,终于说:“你不爱她!”

哄堂大笑。茂松的闯入,彻底成为一个喜剧注脚。

欧阳不再解释。

他的表演非常成功,音乐再次响起,婚礼一派祥和。

罗茂松被卫兵带到一边。

柳传雄一脸严厉恨不得要把烟斗敲到茂松脑袋上:“你胡闹!”

婚礼过后是喜酒。婚礼西式,喜宴是中式的了,西式喜宴太过彬彬有礼,不够劲,中式的,喝酒、吃菜、叙交情,畅快淋漓。

欧阳带着意浓满场转,处处敬酒,实打实的。她换了旗袍,他穿新郎马褂,胸前一朵大红花。

党国内部,很多有高层消息的,也都明白,在上海待不长了,索性借这次喜酒,浇浇自己内心之块垒,喝得更猖狂。八仙居的酒甚至都不够用,得另外去借。

茂松没来喝,他回家了,回家就哭。子静看不惯父亲这样,她拿过枪,递给茂松,小土匪似的:“爸,你若实在出不了这口恶气,就去把他们都崩了吧。”

茂松没反应过来。枪已递到他手上。沉甸甸的。

夜,拉上帷幔,阻挡光。

婚房是借住的汪某人从前旧居,战利品,柳传雄给意浓的“豪华套房”。

一天的繁华与疲惫,该落幕了。

意浓没换衣服，她脱掉鞋，赤脚走上前，从后面抱住欧阳，一双手肆意蔓延着。欧阳捉住他的手，转过身，没说话。

他们心照不宣。

但意浓觉得还不够。“你今天说的都是真话?”她有些醉了，但还不至于糊涂，尽管知道是谎话，她也要当真。只要从他嘴里说出来，她就认为是真的。

“你该休息了。”欧阳一副正人君子的讨厌样。

“那好，一起睡。”意浓拉他的手，他不动，钢铸铁打。

已经是回答。

“陪我一晚都不行？欧阳夏，你有没有良心，是我救了你，你知不知道?”

红烛高照，一夜春宵，他不懂珍惜。

欧阳突然横抱起意浓。摔在床上，一阵猛亲。意浓开心了，她要他这样，狂风暴雨又何妨。

风停了。

四目相对，一个天，一个地，两张嘴几乎没有距离。

“人在哪？想今晚走。”

罗意浓心沉大海，一句话提醒她，戏该散了。

她起身收拾自己，胡乱地。她内心很慌，从桌上抽了一支烟，点上，吸了一口。演出结束了，她不再伪装。

“善钟路，”烟吐出来，她说，“人都在那里，有车，开了就走。”

欧阳夏迅速穿好衣服。

他望着她，目光真诚：“跟我走吧，他们不会放过你，北面有新世界。”

意浓苦笑：“共产党就会放过我？不用你管了。”

“保重。”

“保重。”

临出门，意浓突然问他："我和姐姐，你到底喜欢哪一个？"她愿意听他说，他喜欢她，而不是筱秋。她宁愿听假话。

欧阳夏没说话。

她已经知道答案。

"姐姐明天南下，凌晨，第一班车。"意浓低头，不看他，她怕自己再多看一眼就改变主意。

"谢谢。"欧阳走了，趁着夜色。

善钟路秘密监狱，十几名政治犯，在欧阳的安排下，逃了出去。他们要乘船去北面，去解放区。

江边，天色微明，但还足以掩护一段时间，欧阳夏站在岸上，一位老者在船上向欧阳伸手："同志，快上船吧。"

欧阳丢掉烟头，果断地说："你们先走，江北见。"

他扭头朝码头深处走去。

罗意浓抽烟抽到凌晨，一地烟头。门被推开了，罗茂松一张诧异的脸。

"人呢？"他问，"怎么回事？"

意浓不答，旗袍开衩裂了个口子，显得很颓丧。

"他是共产党？"

意浓苦笑："共产党，国民党，这个党，那个党，真的那么重要吗？"

罗茂松扑上去，捉住意浓的肩，狠劲摇晃，像要摇醒她。

他恨铁不成钢般："为了他，你背叛了党国！"

什么是背叛？她不愿意背叛自己的心。

柳传雄没想到自己的融合战略一天之内就失败了。罗意浓这个棋，不但没能策反、套情报，反倒被人给洗了脑，损失重大。他连忙排兵布阵，罗茂松做先头兵，捉拿欧阳夏。茂松恨他，格外出力。

普陀真如，上海中站。卫兵开始戒严，挨个盘查，候车室，欧阳夏化了装，两撇小胡子有些俏皮，他在寻找筱秋。

她会去哪儿？天地之大，他不知晓。如果去香港，走水路更合适，难道是武汉？南京也有可能，又或者，她想要回六安寿县？那该坐汽车。

欧阳夏心里有一百个疑问，但他知道自己不能停。

卫兵围紧，擦肩而过，没认出他来。

有个女人背对着他坐着，是筱秋。他不顾一切冲过去。“筱秋。”欧阳夏喊。

转过头，是张陌生的脸。

“讨厌！”中年妇女的臭骂，“吃豆腐啊！老白相作死！”

欧阳连忙说对不起。

再找。

火车快开动了，去南京的。筱秋会不会坐这辆车？长长的鸣笛声。旅客排队上车了。欧阳夏地毯式搜索，在站台上一路跑着。一车厢，没有，二车厢，没有，三车厢，没有，四车厢，没有……越往后跑，欧阳越绝望，他错过太多，欠她也太多。跑到头，他又往回跑，再搜索。

列车快开动了，再次鸣笛。

罗茂松带着人，闯进火车站。

一个女人拎着皮箱，踏上站台。她低头看看手表，似乎犹豫不决。

“罗筱秋！”欧阳夏喊。

她扭过头，看见了他，人走光了，两个人之间一片空地，却好像隔了万水千山那么远，他跑过来，就是跨越万水千山。

筱秋害怕，她怕见他，她太伤心。火车开动了，车轮一圈一圈转动。她朝反方向走。他追上她：“你听我说。”

罗筱秋泪水决堤，她不要听。她只是想找个清净的地方待一待。反正只要不是上海就行。

“我爱的是你！”欧阳夏吼。

筱秋愣住了。

罗茂松带着人冲上站台。

欧阳牵住筱秋的手，跑，跟着火车跑，筱秋不由自主地，也跟着他跑。他一跃上车。车速加快，杠杆支使着车轮，轰隆轰隆。“快上来。”

筱秋在跑，死死拎住皮箱。她又犹豫，到底上不上。

茂松他们追来了。

上吧。上去再说。

筱秋跳，车速太快，没上去。欧阳一手拉住车门拉竿，身体悬在半空，几乎要跌出去，他伸长手臂。“抓住我的手。”

筱秋奋力跑着，伸展手臂，拉成一条线。

手与手触碰，抓住了，车开快了，又失去，再抓。筱秋一个跳跃，半个身子扑在车厢上。她上车了。躺在欧阳夏的怀里。

“对不起，对不起……”欧阳夏喃喃。

对不起什么呢，他说不清，他从未改变，戏谑的是命运。火车雄赳赳朝前开，它要冲出上海，罗茂松一行人被甩在身后。欧阳和筱秋两人，就坐在火车过道，两侧的窗，透光进来，天越来越明了。他们两个却好像两只土拨鼠，终于有了一个小角落，可以藏身。

“和意浓结婚，是为了任务。”欧阳撕开心，说真话，“我心里，永远只有一个人，就是你。”

筱秋流泪，在站台上望见他，又看到追兵，她大抵便明白了。革命，他们都是为了革命，从她遇见他第一天起，他就是一位革命战士。过去，她不明白，这个男人身上，到底有什么东西让她如此迷恋。现在，她突然明白，应该是那种正气，一往无前，心无旁骛，一心追求光明的正气。她觉得，每个人都应该是向往光明的。

“我是有信仰的，”欧阳娓娓道，“这么多年了，我参加革命，从反对军阀，到抗日。到如今，我还是更愿意相信延安的路，筱秋，过去我的顾虑很多，身上任务也重，我总是怕伤害到你，而我个人历史的种种问题，又偏偏屡次对你造成了极大的伤害，我退缩了，逃避了，可现在我希望你能跟我一起走，成一条心，走一条路。”

筱秋破涕：“我都不知道你们的路，究竟是什么路。”

“为劳苦大众的路，南京方面的失败，就是因为他不愿意依靠劳苦大众。好日子不会远了。”欧阳夏说。

“那我跟你走。”筱秋握住他的手，“不过，文茵、念安、翠凤、芹嫂也得愿意跟你走才行。”

“我们先去，他们，等南方解放了，我们再去做工作。”

“我们去哪？”

“西柏坡，估计不久就要进北平城了，我们往北走就行。”

“这车是去南京的。”筱秋道。

“那就到了南京城再说，找机会过江，我们就自由了。”

自由？罗筱秋的字典里，一直有这两个字，另外两个字，是独立，多少年前，从家乡走出的那一刻，这两个词四个字，一直是她心之所属。可多少年过去了，她经历了多少颠簸，苦苦维持着女性自我的独立，但自由，她似乎从未实现过。她自己也不知道什么叫作真正的自由。罗筱秋半仰着头，看着欧阳夏坚毅的脸庞，刚从婚礼上逃出来，从上海逃出来，他丝毫没有疲惫，眼睛灼灼的，有光。

她愿意再一次把自己托付给这个男人。

她愿意相信这个男人所信仰的道路，所亲近的一群共产党员。

她愿意和他一起，走向一个新世界。

车轮撞击铁轨接缝，咣当咣当，有节奏的，小曲。

罗筱秋在欧阳怀里，竟然睡着了。

小汽车、几辆军车开出上海，一路朝南京方向。柳传雄和罗意浓坐在后座上，茂松在副驾驶位上。柳传雄痛心疾首：“意浓，你知道你这次闹了多大一个笑话吗？现在国难当头，怎么还会出这种事情。”

罗意浓冷冷地答道："他在酒里给我下了迷药，你们如果不灌我那么多酒，兴许还没这事。"茂松知道意浓在撒谎，找理由，他也不揭破她，他对她还有感情，他用讽刺口吻对柳传雄："柳座，怎么样，你们还说我胡来，我就猜到这小子不是好鸟，你们麻痹大意，没套到狼，反被狼给咬了。"

柳传雄正色："放这些马后炮没有意义，现在当务之急就是把这个欧阳给逮住，以振我党国声威，杀一儆百。"

茂松哼了一声道："还党国声威呢，我看是大江东去。东北丢了，江北丢了，平津也丢了，柳座，我听说马上要往南撤。"

柳传雄喝道："党国的军人如果都像你这样，迟早得亡！"

茂松还要辩解。意浓抢在头里说："柳座，这次您亲自出马，自然不能马虎，我罗意浓，要戴罪立功，这个欧阳夏，毁我名誉，我非杀了他。"

茂松听不下去，只好说："得，希望您这是实话。我可说好了，到时候您不开枪，我来处决。"

柳传雄道："我造的孽，我亲手了结，他们要北上，必然要过长江。现在两军对垒，加上各个渡口我们都有警卫盘查，他们想必会绕开大渡口，估计不会从城北的三汊河、清江桥走，而会在晚上从野渡乘小船。我们看好，一抓一个准，多带几小队人，多带些枪，死活不论，见到就打。"

罗茂松微笑着。

汽车风驰电掣。

欧阳夏和罗筱秋在南京城转了一天，吃了顿饭，买了些大葫芦，便找了家旅馆歇脚，准备晚上渡江。他们在南京住，似乎已经是上辈子的事，可欧阳知道，郭家拐渡口，一是偏，二来水道宽，渡船不多，且天黑就收船，人烟稀少，故国民党大概也不太会派重兵力把守。只要能租一条小船,夜里偷偷摇到对面,就神不知鬼不觉。欧阳把所有的盘缠都给了旅馆老板,拜托他找了亲戚,又七托八托,好歹在郭家拐租到一条船。旅馆老板是明白人,只认钱,也不多问——欧阳、筱秋给的钱,已经够买好几条船。国民党怎么样,共产党怎么样,真金白银,才是真的。

“会划船么?”旅馆里,欧阳问筱秋。

“会一点,北海划过。”筱秋答。欧阳说那不行,得我们配合,那船是单桨。他跨出步子,比划着,好像划龙舟。筱秋被逗笑。

“没那么难,”筱秋说,“总之拼命划就是了。”

欧阳夏也笑:“关键方向要对。”

筱秋打趣道:“方向当然要对,向着共产主义的方向。”

两个人收拾行李,搭车朝渡口走,到地方,天已经见黑了。小船停在江口,孤零零一只,真是“野渡无人舟自横”。

“把葫芦系身上。”欧阳夏发号施令。他是指挥。

罗筱秋乖乖系上。真是冒险。当年从北平大戏院逃出来,也如眼下般刺激。“系紧一点。”欧阳夏过来帮她整理。她系得不合格。

“万一掉到水里,葫芦能救你一命。”

筱秋反驳道:“这什么天,掉进水里,要冻死。”

欧阳乐观主义:“动起来就不会。”他做划水状。

晚十点。他们上船了。筱秋跳进去,小舟打了个圈。欧阳用木桨撑了一下,船开始离岸。

“朝后划。”欧阳说。

筱秋连忙做动作。

江流深而急,横着渡江,并不容易。他们要努力控制住船体。

岸上一阵嘈杂。汽车驶过来,停住。车灯大开,照得欧阳、筱秋无可遁形。

车上下来三个人:柳传雄、罗茂松、罗意浓。他们找渡口,寻常的找尽了，又找野渡，好找了一阵，一天阴沉，雾到半下午才薄了些，晚近，江边竟又有些迷蒙。

柳传雄得意，举枪："跑得了和尚你跑不了庙，过得了初一，你还想过十五！停船，给我下来，我饶你不死！"

欧阳小声："继续划。"

筱秋不敢懈怠，嘴里念着口诀，朝后，朝后。吹出白气。

江上起雾了。

柳传雄行伍出身，自负神枪手，有雾不要紧，但凡有影，他就能打中。

江水滔滔。欧阳、筱秋齐心协力，划着。

子弹穿过薄雾，跟着一声响。打在欧阳右手臂上。桨掉了。

罗茂松快活地叫："打中了，柳座好枪法，多来两枪，党国的叛徒，该杀！"罗意浓面色凝重如铁，无言无语。这个场面，出乎她的料想。

欧阳的桨一撒手，船缺一边，顿时失了方向，在江面上打转。

柳传雄又开一枪，打中了欧阳系在腰间的葫芦。一颗小洞穿过。欧阳腰上也负伤了。筱秋方寸大乱。欧阳命令她："不要慌，继续划。"

船慢慢朝前开。

柳传雄知道得抓住机会，再远一些，超出了射程范围，就不好办了。

他故意扯着嗓子，放大音量，这回，他打算考验考验共产党的"革命感情"。"好了！男的打够了！我这下要打你们这位女同志！这位女同志很有名哇，哈哈哈哈——"他笑着，头低下去，腰半弯，再一抬头，砰一枪，手法之快，类似于武林高手甩柳叶镖。他真打筱秋，朝头。

意浓惊叫，那可是她亲姐姐！

子弹伶俐地直奔江面，无情、狠毒，筱秋不知躲闪——也确实无处可躲。就在子弹快要接近的一刹，欧阳飞扑上去，用身体挡住了筱秋。

子弹着陆了。

打在欧阳夏的胸口，他岿然不动。

“妈的！还不死！”柳传雄骂骂咧咧，连开两枪。都打中了欧阳。

筱秋扶住他的腰。欧阳倒下，倒在筱秋怀里。

筱秋痛哭：“欧阳，你坚持住，我们马上就过江了。”

夜很黑，筱秋抚摸着他的脸，眼泪滴下来，湿了人间。

“去找翠凤、文茵、念安……”他气息很弱。

“不要丢下我，不要，我们还要走我们的路，我们还要去北面，你的革命就要胜利了，不要……”筱秋喃喃哭诉。

欧阳夏不动了。

他死在革命的征途上，他死在所爱之人的怀里，他死在天地之间。

意浓咬着嘴唇，怔怔的。一天一夜，得到与失去，瞬间转换。人生给了她最美的笑脸，又给了她最恶毒的鬼脸。

枪声淹没在黑暗中，水流声不止。罗茂松呆站在江边。筱秋的悲伤，他竟然感受得到。情敌的死，并没有让他有多少喜悦。

柳传雄最冷血。

他递枪给意浓：“最后这个人，由你解决，大义灭亲，这是你对党国表示忠诚的考验。”茂松看着柳座，太冷酷的考验，连他也接受不了。

筱秋跟他与意浓，都是至亲！

“不要……”茂松摇头，声音颤抖。

罗意浓接过枪，摸了摸，单手举起，对准渐行渐远的筱秋。若筱秋用欧阳的尸体做盾牌，她可以挡过去。可意浓知道，姐姐不会这么做。

孽，是她造的。

意浓咬牙，一张脸在颤抖，几乎脱了形。这是她几十年来，最难做决定的时刻。柳传雄的狞笑，罗茂松的轻声呼唤，都在耳边盘旋。过去几十年和姐姐，和欧阳，和芹嫂，甚至和大姐静安，大姐夫弘武的种种，居然都跳出来，在脑海中厮杀成一片。罗意浓向来果决，对江弘武开枪，她没有一点犹豫。

现在,她又要执行一次枪决。

她闭上眼,啪,子弹冲出枪口。

茂松懵了。

柳传雄应声倒地。子弹击中他眉心。

筱秋没了泪,她努力划,面朝妹妹意浓这边的岸,一下,一下,笨拙又优雅,她划向新世界。意浓把枪丢进江心。

一声嘶吼,心裂,魂飞,梦断。今晚,她好像喝了孟婆汤,过去的一切,似乎都要与她告别。茂松站在意浓身后,体会着他难以承受的沉重。

人生之大关,不过生离死别。

意浓站在江边,看着姐姐罗筱秋的一只小船渐行渐远。她望见姐姐,姐姐也望见了她,望断今生。

意浓走回汽车,关上车灯。

筱秋和她的船隐没在江上。

支援队来了,罗茂松对着他们喊:“共产党被打死了,柳座不幸殉职!行动结束,谁敢乱说话,小心脑袋!”

这晚没有月亮。

一九四九年起始便五味杂陈。几家欢喜,几家愁。元旦,蒋介石发表新年讲话,实为“求和”。毛泽东则发表献词,题名为“将革命进行到底”,四月一日北平和平谈判,当然没有结果。胜利就在眼前,共产党怎么也不会把到手的果实拱手让给蒋介石。四月二十日晚和二十一日,解放军第二、三野战军遵照中央军委的命令和总前委的《京沪杭战役实施纲要》,先后发起渡江。事实上,淮海战役后,蒋介石已经没有了讨价还价的筹码。退守台湾,成了唯一的选择。

上海一片混乱,一九四九年一月的“太平轮”事件,让那些想要渡海的人更加惶恐。茂松和子静走得晚,原本,他们也打算乘坐太平轮去台湾。结果因为要等意浓,没走成,保了一命。

到四月底,一定要走了。茂松因为老同事的关系,从舟山,乘小客轮走。这些客轮,做战争生意,但照眼前的形势看,这个钱也赚不了多久,尽管都是黄金付账,老板也是要命的。

“走吧。”临行前,茂松一再劝意浓。从南京回来之后,他们的关系缓和了些,物是人非,现在连上海这块老地方都要失去,她与他之间,还有什么好计较呢。

他们毕竟有过共同的岁月。在所有的一切注定要打翻的时刻,回忆也成了财富。

“你们先走,我还有事,随后到。”意浓坚毅,满不在乎。

子静从屋里出来。“你不走,等于等死,我好几个同学的亲戚都死在太平轮,都没人带他们去海那边。”子静不说台湾,她一律说海那边。

罗意浓不吭声。

茂松知道她心意已定,劝也没用。

子静受茂松之托,来劝她娘亲。

“妈——”她这么叫,还是第一次,“我们一家人去海那边生活,不好么?”

意浓受了刺激。这孩子还是第一次这么叫她,柔和的,好声好气。她摸着子静的脸,她喜欢她,她是她的女儿,和她像,天不怕,地不怕。

“好孩子,你和爸爸先去,妈妈还有一点事情,随后就到。”

子静没完成使命。

二月起头,罗茂松带着罗子静登上了驶往舟山的船,他们将在那里转乘小客轮,驶向台湾。

上海还在党国手里。

但却摇摇欲坠。

罗意浓是打算去一趟安徽。她早就听说,芹嫂回了那里,带着尚静安留下的小男孩,那里还有翠凤,有筱秋和欧阳夏的女儿文茵。

欧阳夏死了。

筱秋，生与死，她不打算过问。天涯路人，谁还管得了谁。她想必已经入了共产党，马上要杀到上海来。

意浓要把这两个孩子带走。

一个是欧阳的骨血。

一个是静安的骨血。

他们是死去的人留下的一点活气。

文茵大了，不好养。

她后半辈子，希望有念安陪。

主意已定。罗意浓上路了，她什么都不怕，哪怕这是一条不归路。

那天夜里，筱秋划船，带着一身葫芦，到了对岸。欧阳死了，她在荒地里用手刨了个土坑，把欧阳埋了，做了个记号，便是安身之地。她在江北农村待了几个月，四月底，解放军打过来。举村欢呼，是为“解放”。

筱秋吃不准，没有表明自己身份——她也确实不好表明，她是谁呢？女影星，女雇员，还是烈士亲属？她都不算，名不正，言不顺。她怎么也算不上农民，工人，勉强算一个。欧阳是共产党的人，可他现在死了。

筱秋身上没有钱。

她想走，也走不远。

四月底五月初，村里来了一小队宣传员，有男有女，都是战士，会唱《南泥湾》。罗筱秋这时候已经像个农妇，蓬头垢面，衣衫破旧，但她气质还在。

晚上有人在村口点篝火唱革命歌曲。

筱秋也就混在里面听。

为首的那个女战士，嗓子亮，还会舞蹈。

她唱完《东方红》，就下来休息，刚好坐在筱秋旁边。

女战士不经意偏偏头，眼睛亮了："咦？静若姐？是你吗？"

筱秋疑惑，进而害怕，怎么此地，还能有知道她底细的人。"我是尚兰兰，哦，不，我是珍妮，哦不不不，我是尚庆贵家那边的，还不对，尚庆贵是地主，我要跟他划清界限！"

庆贵？是她四叔。听说逃难时，去过上海。

筱秋隐约明白了些。

她问："你是从静安家逃走的那个珍妮么？"

女战士道："是翠喜姐放我出来的，翠喜姐是好样的，她也是被压迫的人，静安，该死！"筱秋心里说，唉，静安已经死了。女战士继续说："静若姐，你经过改造了？"筱秋忙说："改造了，改造了，我和一个共产党员一起从南面逃过来，但是，他被打死了。"

女战士纠正："那不叫死，那叫牺牲。"又鼓励她："静若姐，你是好样的。"

筱秋喃喃："好样的，好样的。"

女战士兴奋："我教你唱《南泥湾》。"筱秋说好，两个人你一句我一句唱，接着筱秋又唱了一遍。女战士直夸她。筱秋怯怯地问："兰兰，你能借我一点盘缠么？"女战士问她要盘缠做什么。筱秋说："我想回一趟安徽，去见见几个孩子。"灯火之下，女战士圆睁着两只眼。

一提到孩子，她的心软了。

一九四九年元月，寿县古城和平解放。战争过去了，和平到来了，芹嫂、翠凤并两个孩子并没觉得异样。小县城里，日子是不走的，只有看着孩子一天天长大，才能窥见时光痕迹。数年磨合，翠凤和芹嫂分工明确，一个带孩子，一个做工、挣钱，维持家计，合作愉快，她们的名字，在两个孩子那儿，也都一致：一个叫凤妈妈，一个叫芹姥姥。

四月底，春早打了。似乎无人在意城外来了个女人。

农历十五,翠凤依旧去布店做活,芹嫂带着两个孩子在家无事,早起,打算去报恩寺烧烧香。上海有一阵没消息了。翠凤担心,问芹嫂。

芹嫂只说一句话:“吉人自有天相。”

没别的话。

翠凤没再问,她迫使自己忙碌,也就不多想。可偏偏芹嫂把事存在心里,逢十五,她按照黄历,带两个孩子去报恩寺拜拜,求个心里踏实。

文茵已经不小了,虽不算太活泼,又在小家小户养着,但也算一块碧玉,念安能走了,也会说话,但尚在幼年。芹嫂紧紧抱着,不肯撒手。

她是还债。还她欠大小姐静安的感情债。

算起来,寿州城的报恩寺,少说也有一千多年的历史,旧名东禅寺,唐贞观年间建寺。东大寺巷尽头,芹嫂领着两个孩子迈进山门,院正中是宋塔地宫,塔已残了,原为九级,如今只剩下塔基,再往里,飞角流丹,是大雄宝殿。殿面阔五间,进深三间,殿门前有长廊,立石质方形廊柱,柱面有花鸟浮雕,门东一柱础上有“石羊抵头”画面,生动逼真,此为“寿州内八景”之一景。

芹嫂面佛,俯身要拜,便将念安委托给文茵暂管。并嘱托:“别乱跑,看着弟弟。”文茵向来乖巧,唯唯应下。

殿前的焚香池,两只大水缸上,有人点莲花灯。好些香客围着看,县城小,莲花灯是稀罕物。文茵拉着念安,探头垫脚围过去。

看了没多会,她觉得手上一震,再回头,念安不见了。

文茵心慌,四处找,只见有个人,分不清是男是女,穿着怪异,脚下是靴子,外面却是普通的棉罩袍,抱着念安朝庙外走。文茵大喊,芹嫂闻讯出来,两个人跟着追。十五是大集,县城街道人不少。

芹嫂来不及哭,也来不及责怪文茵,她看到那人背影,不像一般拐卖孩子的老婆子,那身影,有些熟悉。芹嫂腿脚不甚灵便,但也追了一阵。文茵倒跑得快,一个飞扑,抓住了那人的衣服。念安哇哇大哭。

快出城门了。

芹嫂大喊一声:“罗意浓!”

那人转头,脸遮着,那眼神,凌厉得几乎能杀人,她跳上套马驾车,一路跑了。芹嫂和文茵气喘吁吁。“别追了,追也没用。”

“是老四。”

文茵问:“老四是谁?”

芹嫂没好气:“你四姨!”

孩子丢了,芹嫂回来才知道哭,一哭一夜。翠凤做活回家,安慰,没用,跟着哭,也没用,她只是不明白,四小姐为什么要偷孩子。

芹嫂冲她喊:“还叫她四小姐,尚家,数她最绝。”

第二天,两个人去政府报了案,登记了。可政府刚成立,事多着呢,孩子丢了,未必有空去细找。而且,退一步讲,如果偷孩子的人是有心,现在可能早出正阳关了。找,也是白找。

芹嫂、翠凤灰了心。回家路上,芹嫂一个劲抹泪,念念有词:“你说这一家子,造的什么孽,做姨的跑来抢孩子,也不是她的孩子啊,她不会要害他吧。”

翠凤是明白人,她劝解:“害倒不至于,不过……”

芹嫂听这口气不妙,忙问不过什么。翠凤道:“四小姐,按说是以前的国民党政府的,现在不是共产党坐天下了么,四小姐应该要逃跑才是。”

芹嫂哀叹:“她不会要带念安去南洋吧……”

两个人说着,到了家门口。文茵站在门口,不进门。翠凤走过去,拉住她胳膊问:“怎么不进屋?”文茵不说话,只朝屋里望了望。

芹嫂激动:“怎么的?老四带着念安回来了?”她垫上两步,慌着进屋探头看,翠凤也跟着。

堂屋的板凳上,一个灰头土脸的女人,端坐着。

“三小姐……”翠凤、芹嫂异口同声。

洗了脸，筱秋简单说了说目前的情况、自己的经历，也说到了欧阳的死。翠凤流泪了，芹嫂也哭。筱秋过了那劲，短暂坚强些，关键是她回到了这里，看到文茵过得好好的，多少有了个安慰。

“老四估计要去台湾，共产党快打进上海了，按理说，她应该是带着念安，回上海，再搭船过海，现在我们唯一的办法，就是赶紧回上海，去码头堵，没准还有希望。”

“我去！”芹嫂自告奋勇，“我们现在就走。”

翠凤微嗔道：“天都要黑了，怎么走？”

筱秋说：“还是我回去吧，这一路都解放了，应该没什么问题。”她不再提欧阳，心太痛。

芹嫂叹气：“要是欧阳在……那就……”

两个女人都低头，翠凤又哭了。芹嫂忙住口。

筱秋说：“我们只能自力更生，明天启程吧，翠凤和文茵在家，我和芹嫂去就行，有消息，会及时写信。”

芹嫂、翠凤都表示同意。文茵站在屋子外，静静地看着这一屋子人。

当晚，筱秋住厢房，她是客，好的一间自然让给她。

翠凤和文茵在厨房忙活，蒸糖包子，要给她们带上。翠凤对文茵：“你别在这儿忙了，去，给她打盆洗脚水，要热的。”

文茵不动。

“去啊——”翠凤又说。

“我不去。”文茵执拗。

“怎搞的，干吗不去？你这孩子不懂事。”翠凤有些生气。

“我就是懂事才不去。”

“你懂什么，你才经多少看多少，你知道她是……”翠凤欲言又止。

“她是什么？”文茵问。

翠凤手上没停下："你知道她对你有多重要吗？"

"我不知道，也不想知道。"

翠凤难受，也怪她，这么多年，她从未在文茵面前细说过她的生母——三小姐罗筱秋，江老太太在的时候，这是个禁忌话题，老太太走后，她更是觉得没有必要特地提，尤其那次筱秋来要孩子，让她那般恐慌。可如今不同，欧阳已经没了，文茵也大了。罗筱秋一身破败流落民间，翠凤动了恻隐之心，来的这日，筱秋也没提文茵的事，一门心思出谋划策，帮着找念安。再加上她和芹嫂将赴上海，翠凤想，去上海，那还有个头？那是什么地方，刺激、危险，搞不好就要摔个大跟头。前途茫茫，母女再不相认，谁知道以后还有没有机会呢？翠凤下定决心，要让文茵好歹先认下这个娘。

翠凤停下手中的活计："她是你娘，你是她生的，我只是你的养母，你奶奶是你的亲奶奶，这么多年，我们娘俩，后来还有芹嫂相依为命，你就是我的命，可是即便这样，你也得去认你的亲娘。"

文茵说："我就你一个娘，没有其他的娘。"

翠凤又感动，又感慨，文茵这孩子，孝顺、老实，但骨子里憋着的那股劲儿，是尚家女儿才有的。"我是你娘，我巴不得一辈子留着你，看着你长大、成人、嫁人，过得好好的。但你明白吗？你亲娘就要走了，她去上海，这一去好不好，还是未知数。她来的情况你也看到了，一身破烂，惨透了，你去给她端盆洗脚水，叫她一声娘，也算对她的一点安慰，至于日后，你要认哪个做娘，我不拦着。"

翠凤一席话，说得在情在理，文茵善良，她的心也被说活了。文茵扭捏，终于说："那我只端一盆水。"翠凤道："水都端了，再叫一声，也不能少块肉。"文茵说："那只叫一声。"翠凤笑说："成，叫一声就成，也算认祖归宗了。"

厢房里点着油灯。筱秋在缝衣服，尽管芹嫂拿了一身新衣服来，可逃难穿的那一身棉布，她不想丢，多少是纪念。为欧阳。

门嘎吱一响。文茵端着大木盆进来了,盆上冒着热气儿。

咣当,盆摆在筱秋脚下了。

筱秋又是惊又是喜,猛然不知说什么好,嘴里只有一个字:“这……”

文茵有些不好意思。蹲下来,要给筱秋脱鞋。

筱秋忙说:“我自己来,我自己来,我能行我能行……”

尽管筱秋手快,文茵还是帮她脱了一只鞋。

脚放水里了。

热流包裹着皮肤,通体舒泰,一路的疲惫,好像都在水里释放了。筱秋眼眶红了。她怕文茵看见,连忙背过脸,不让文茵看见。

文茵站在脚盆面前,对着筱秋。

筱秋叫她:“孩子,你看着,我也没什么东西能给你……”“你看这……”文茵从脖子里拉出一根红绳,绳上坠着个玉弥勒,笑呵呵的,他总是笑看人间。“这是你给我的。”

筱秋脑子瞬间空白,过了两秒,才恢复意识,那年她来,文茵不过是个孩子,哦,她现在也是孩子,可她知道,她记得。筱秋控制不住眼泪,只好任其肆意。“记得,记得……”她喃喃。世间还有什么比女儿记得母亲送的礼物更幸福的事呢?反正对筱秋来说就是这样。

“娘——”文茵冷不丁一叫,扭头跑了,门哐当一声。

筱秋啊一声也叫出来,闭不上嘴,她终于哭出声来。

这是幸福的眼泪,叫喜极而泣。

一路盘查,到上海要四天,筱秋和芹嫂紧赶慢赶,用了三天半。上海早乱成一团,长江各处,已经是解放军的地盘,攻占上海,是迟早的事。国民党的退路,只有吴淞口一小块地方。五月上旬,必有一战,筱秋料想,按照意浓的一贯做法,她应该会带孩子从吴淞口走,至于去舟山列岛,还是去台湾,是下一步的事,只要她出了吴淞口。她们再追她就难了。

吴淞口附近没有旅店，因为要打仗，连老百姓都不多，江上有军船停着，士兵无精打采，军队打了太多败仗，这些士兵没有再打的心劲儿。中国人干吗打中国人，军队里已经流传着类似观点。

筱秋让芹嫂去城里等，她怕她身体吃不消。芹嫂不愿意："我这把老骨头，还值什么。念安，我是一定要找回来的，不然对不起大小姐，这个老四，良心真是黑，不知害死了多少人。"

筱秋说："行，那就一起等吧，就这两天，听说夜里有船要出海，上海还遗留一些达官贵人，这是最后的机会。"

芹嫂问："他们就不怕解放军？不是说，之前就有船沉了。"

筱秋说："解放军不会打老百姓，那艘船沉，是不小心撞到了暗礁，并不是解放军击沉的。"

芹嫂恍然大悟："那是他们心虚。"

两个人白天在码头边的小棚子里盯着，晚上，天冷，她们就多穿几件。三天过去，并没有行船的迹象，更没有意浓的身影。芹嫂嘀咕："会不会他们藏起来了，老四根本没打算过海。"筱秋的信心也动摇了，她只能说，来都来了，再等会。终于，第四天晚上，吴淞口驶来了一艘小船。只有一层，像是条渔民的捕鱼船，比普通渔船略大些罢了。夜里两点，一行人来到码头。

芹嫂眼睛老花，但看远处看得特别清楚。"老四来了。"她指着。筱秋跟着望过去，没错，罗意浓穿着一身黑衣，过肩斜绑着布条，孩子躺在布条里，像是睡着了。

芹嫂耐不住，冲了上去。筱秋没办法，也只好跟着她跑。

"老四，把孩子放下！"芹嫂嚷。

罗意浓有些意外，旋即笑道："呦，真有本事，追到这儿来了。"

筱秋沉住气，说："老四，你害死那么多人，不要再加害念安。"意浓怒道："我害死人？罗筱秋，人是你害死的，若不是你要跟着欧阳一起跑，他也不会死，若不是欧阳和你非要清算大姐和大姐夫，他们没准现在正在国外过着逍遥日子。你永远都有理，永远都是一副正义者的样子，我呸！其实就是假仁假义的烂货！”芹嫂朝前迈：“好了好了，你们姊妹怎么吵我不管，你先把孩子放下来。”她伸出两手，一副要抱孩子的姿态。

意浓掏枪，喝道：“不许过来！”

芹嫂吓得止步。她央求：“四小姐，你不要这么贪心，茂松是你的，你还有子静，再不行，以后你还可以生，你非要千辛万苦把念安偷去，做什么呀，你把念安放下，快走吧，不然解放军来了，你就走不了了。”

意浓说：“你们团团圆圆，我孤家寡人，你休想。大姐，是我欠她的，这孩子，必须是我抚养，以后孩子跟我亲，轮不到你们。”

船冒着白气。它不敢鸣笛，快开了。

意浓朝后退，她喂了孩子一点安眠药，孩子乖得异常，不哭不闹。芹嫂急了。筱秋一步一步上前：“四妹，我知道你没那么狠心，你要走可以，我跟你走。”

“你别过来——”罗意浓胆怯了。

起风了。小船闪了两下灯。这是最后的警告，该上船的都必须上船。

“你要上船？你跟着我们去海那边？有你的活路么？你可是共党的余孽。”意浓劝姐姐。

筱秋不答。她转身跟芹嫂交代：“你去旅馆，等我两天，两天后我若不回来，你就回安徽吧。”芹嫂泫然。

意浓退上船，带着孩子。姐姐怎么选，是她的事，反正她有枪，她什么也不怕。筱秋也混在人群里，跟着上了船。

在甲板上，她挥手跟芹嫂告别。

船驶向舟山群岛。筱秋来到意浓的房间，房间里本有好几名乘客，筱秋一现身，意浓举枪，乘客们吓得连忙躲出去。

“你真的铁了心要去台湾？”

“我对不起大姐，这孩子，是必须照顾好的。”

“我照顾不是一样?”

“你尽你的心,我尽我的心。你何苦一辈子把我逼成这样。”

筱秋不解:“我逼你?”

意浓说:“你样样比我强,处处压着我,我与你,是既生瑜何生亮。”筱秋说:“你怎么会这么想,我现在有什么,我拥有的远没有你多。”意浓:“要不你下船吧,到舟山,我让船老板放你下来。”

筱秋道:“你若真不想带我上来,在我上船的时候,你就会让船老板禁止我上船,对不对,妹妹?如果你非要让我跟你一起去台湾,才肯把孩子交出来,那我就跟你走,我做你的人质。”

意浓叫:“姐——你能不能不要那么固执!”

船颠簸了一下。船老大从甲板上跑下来,嚷嚷:“过不去了,过不去了,打起来了,打起来了,舟山那边都是船。”

意浓是军人,一贯冷静,众多乘客,只有她站出来。

“什么打起来了,谁打起来了?这是最后的机会,我们必须突围。”

船老大说:“太危险了,海面撂炮弹,听见声音没有……”众人侧耳倾听,果然有轰轰隆隆的声音,时响时歇。

“不行,我们还是回去,海上现在太危险,大家从陆路再找机会吧。”

意浓举枪,对准船老大:“不行,必须开过去。”

众人噤声。筱秋知道妹妹的脾气,但她还是说:“现在开过去太危险,要不我们就返回去,等等再说。”

意浓厉声道:“不能听她的,她是共产党派来的奸细!”举舱哗然。“她是来抢孩子的,怎么能信她的,我们继续往前开,闯过去,就是新大陆。”

众说纷纭。船老大被意浓的枪指着,没办法,只好加足马力,在海上驰骋。他对这片海比谁都熟悉,撞暗礁这种事,绝不会发生。而解放军的船只,他又总能躲开,另辟蹊径,朝目的地驶去。

开了半个小时,意浓得意:“这个时候不勇往直前怎么行。”

天蒙蒙亮。前面有一艘军舰,看旗帜,是国民党的部队。意浓对筱秋说:“怎么样,准备好过新生活了?”筱秋不言语,只是裹紧衣服。

船老大打信号灯,闪三下,这是暗号。

对方没回应。

船老大疑惑,又闪,还是没回应。意浓站在驾驶室船老大旁边,也觉得奇怪,她下令:“再闪。”船老大又操作了一遍,还是没动静。

过了几秒。

军舰举起了炮筒,慢慢地,对准了这艘小船。

“快跑!”船老大只喊了这么一声。可往哪里跑,船就那么大,炮弹飞来,爆炸,天花乱坠,一艘小船,瞬间塌了半边。

意浓腿脚快,冲进船舱抱起孩子,可已然来不及。船开始沉了,船舱进水,筱秋在甲板上喊:“快,快上来!”乘客们有的抱住浮板,有的哭,有的呆站在那儿,任凭船一点一点下沉。

海浪无情,乘虚而入。

船彻底散了。

筱秋有准备,上船前,她在里层穿好了救生衣。她谨遵欧阳的教诲,渡长江时,她正是靠一圈葫芦保平安,才最终得以把欧阳的遗体和那艘小船拖上岸。

四下都是惨叫。

海浪漫卷,叫声立刻就被扑灭。

筱秋划着水,抓住一条浮板,她慌张四望,找意浓,找孩子。

不远处有声音。“快救孩子!”

筱秋辨明声音方向,看见一颗人头在海面沉浮,还有一根手臂,擎着,孩子暂时安全。他终于醒了,不知所措,在哭。

筱秋拼命游着,脑海里只有一个念头:她要救念安,她要救意浓。

海浪又来了。一个浪头飞跃,铺天盖地朝下打。

筱秋被埋在水下,又浮起。

意浓的声音还有，断断续续，她口鼻灌水了。筱秋再游，五米，三米，两米，一米，接近了。意浓大喊：“先救孩子。”

筱秋把孩子接过来，拖着，放在浮板上。

再一转身，哪还有罗意浓的身影。罗筱秋怔了几秒，失声痛哭。天茫茫，海茫茫，她分不清，哪个是海水，哪个是眼泪。

她就那么呆呆地浮在海面。

小念安趴在大浮板上。他不哭了，东看看，西看看。他还完全不明白人生的残酷。

国民党的军舰开走了。不远处，解放军的船只，先是一个小点一个小点，而后越来越大，慢慢靠近了。

又是一个黎明。

旅馆大堂。人们都还没起，战时，也的确没几个旅客。芹嫂站在一尊佛龛面前，双手合十，拜了拜。

寿州城东头，一处民宅里。翠凤和文茵躺在床上，她们聊了一夜。翠凤把筱秋的故事、欧阳的故事都说给她听。末了，文茵说：“她好勇敢。”

翠凤想了想，叹气道：“是，她很勇敢。”

台湾，高雄，茂松和子静在吃早餐。海浪声从窗外传来，子静不经意问：“她到底还来不来？”

茂松嘴巴停了。

子静见这话触动了父亲的心事，便改口说：“好了好了，不说了，她会来，她会来，她终究会来。”茂松两手背在后头，走到窗前，闻闻海风味，看看大海。他希望大海能带来一点关于故人的讯息。意浓的，筱秋的，翠凤的，芹嫂的，一切，他都想知道。

他背对女儿，流泪了。

他在等待一场团圆。